LYNDA LAPLANTE

Das verschwundene Mädchen

W0217717

Buch

Lorraine Page, die gestrauchelte Expolizistin und trockengelegte Alkoholikerin aus *Zwei Leben hat die Katze,* befürchtet, ihre neugegründete Privatdetektei in Los Angeles wieder schließen zu müssen. Doch dann zieht Assistentin Rosie einen lukrativen Job an Land: die Suche nach der spurlos verschwundenen Tochter Anna Louise der Millionärin Elizabeth Caley. Vor elf Monaten war Mrs. Caley wie jedes Jahr mit ihrem zweiten Mann Robert und ihrer Tochter aus erster Ehe zu Mardi Gras nach New Orleans geflogen. Kurz nach der Ankunft war Anna Louise wie vom Erdboden verschluckt. Einziger Anhaltspunkt für Lorraine ist ein Streit Anna Louises mit ihrer besten Freundin Tilda, nur wenige Stunden vor der Abreise. Lorraine geht jeder Spur nach, doch in New Orleans, der Stadt des Voodoo-Zaubers und der geheimnisvollen Bräuche, stößt Lorraine auf eine Mauer des Schweigens.

Autorin

Lynda LaPlante, 1946 in Liverpool geboren, war Schauspielerin, bevor sie mit dem Schreiben begann. Ihr erster Roman *Der Fluch der schwarzen Steine* wurde ein Bestseller; die Verfilmung ihres Romans *Heißer Verdacht,* zu der sie auch das Drehbuch schrieb, ist preisgekrönt.

Außerdem bei Goldmann erschienen:

Der Fluch der schwarzen Steine. Roman (42020)
Bella Mafia. Roman (42808)
Zwei Leben hat die Katze. Roman (43145)
Heißer Verdacht. Zwei Inspektor-Tennison-Romane in einem Band (13154)

LYNDA
LAPLANTE

Das verschwundene Mädchen

Roman

Aus dem Englischen
von Regina Winter

GOLDMANN

Die englische Originalausgabe erschien 1996 unter dem Titel
»Cold Blood« bei Macmillan Publishers Ltd., London

Umwelthinweis:
Alle bedruckten Materialien dieses Taschenbuches
sind chlorfrei und umweltschonend.
Das Papier enthält Recycling-Anteile.

Der Goldmann Verlag
ist ein Unternehmen der Verlagsgruppe Bertelsmann

Deutsche Erstausgabe 1/98
Copyright © der Originalausgabe 1996 by Lynda LaPlante.
Copyright © der deutschsprachigen Ausgabe 1998
by Wilhelm Goldmann Verlag, München
Umschlaggestaltung: Design Team München
Umschlagfoto: Mauritius/AGE
Druck: Elsnerdruck, Berlin
Verlagsnummer: 43934
Redaktion: Ingrid Abeln
FB · Herstellung: Heidrun Nawrot
Made in Germany
ISBN 3-442-43934-5

1 3 5 7 9 10 8 6 4 2

Für Liz Thorburn

Prolog

Mojo ist ein afrikanisches Wort und bezeichnet einen Fetisch oder ein geheiligtes Objekt, der oder das entweder etwas Gutes oder etwas Schlechtes bewirken kann. Gris-Gris, französisch für »grau-grau«, nennt man in New Orleans die Kombination von »schwarzen« und »weißen« Mojos, die von einem Voodoo-Meister oder einer Voodoo-Meisterin gefertigt werden, um seinen oder ihren Zwecken zu dienen; sie sollen das Leben eines Menschen schützen, dem das Amulett gegeben wird, Krankheiten vorbeugen und die bösen Wünsche von Feinden abwehren und Pech in der Liebe wie im Leben verhindern. Ein persönliches Gris-Gris muß geheimgehalten werden, es verliert seine Kraft, wenn es von jemand anderem als dem Besitzer oder der Besitzerin gesehen oder angefaßt wird. Aus diesem Grund wird ein Gris-Gris normalerweise dicht am Körper getragen, die Männer tragen es auf der linken, die Frauen auf der rechten Körperseite.

1

Anna Louise Caley blieb eine halbe Stunde unter der Dusche und schrubbte sich, denn sie wollte sichergehen, daß jeder Zentimeter ihres Körpers gereinigt wurde. Aus ihrem Geist konnte sie das, was sie getan hatte, verdrängen – das war einfach –, aber was sie ihrem Körper angetan hatte, beunruhigte sie , und sie untersuchte sich sorgfältig und war froh, keinen blauen Fleck oder eine andere Spur dessen zu finden, was sie am Abend zuvor getan hatte.

In ein weiches weißes Badetuch gehüllt, untersuchte sie sich abermals, betastete und knetete ihre Haut, bis sie zufrieden war, dann ölte und puderte sie sich ein und zog sich an. Weiße Tennissocken, weiße Baumwollhöschen, ein weißes Tenniskleid und schließlich makellos weiße Tennisschuhe. Sie schnürte sie zu, wählte dann einen aus einer Reihe von Profischlägern, öffnete die Tasche, strich mit der flachen Hand über die Bespannung, dann schloß sie die Hülle wieder. Sie überprüfte ihre Frisur und zog ein weißes Stirnband über, um sich das lange blonde Haar aus dem Gesicht zu halten.

Anna Louise hatte alles im Zimmer wieder an seinen Platz geräumt und das Handtuch zusammen mit den schmutzigen Kleidern des vergangenen Abends in den Wäschekorb geworfen. Sie war stolz darauf, kein normaler Teenager zu sein, sondern ausgesprochen ordentlich, und sie ließ noch einmal den Blick über ihr makelloses Zimmer schweifen, bevor sie es verließ. Sie ging durch die Küche, die um halb sieben Uhr morgens noch leer war – die Dienstboten hatten noch nicht mit den Vorbereitungen fürs Frühstück begonnen –, nach draußen, wo ein Gärtner bereits die Rasensprenger eingeschaltet hatte und Blätter wegfegte, die während der Nacht abgefallen waren. Er blickte allerdings nicht auf, als Anna Louise zu dem Umkleideraum ging, in dem die Tennisbälle aufbewahrt werden, wo sie einen großen Korb mit Bällen nahm, um dann weiter zum Platz zu gehen. Als erstes untersuchte sie das Netz, überzeugte sich, daß es die richtige Höhe hatte, dann fütterte sie die Bälle in eine Wurfmaschine und legte Richtung und Geschwindigkeit fest. Vorsichtig holte sie den Schläger aus der Hülle und stellte die Ballmaschine ein, bereit, dagegen anzutreten – gegen sich selbst. Sie stand an der Aufschlaglinie, das Gewicht auf die Fußballen verlagert, bereit für den ersten Ball, und begann mit Übungen für ihre Rückhand. Sie war eine präzise Spielerin, schnell, sorgfältig und sehr kräftig, und sie schmetterte einen Ball nach dem anderen auf den Platz, bis sie vor Anstrengung schwitzte, jeden Schlag mit einem zufriedenen Grunzen begleitend.

Einen Augenblick lang ließ sie in ihrer Konzentration nach und verfehlte den nächsten Ball, der sie fest an der Brust traf. Jemand lachte, und sie erkannte sowohl das Lachen als auch das darauf folgende leise Kichern.

Die Bälle schossen weiter aus der Maschine, aber Anna Louise ignorierte sie jetzt und ging auf den Pavillon zu, durch die Büsche, wo man sie weder sehen noch hören konnte.

Einige Zeit später feuerte die Maschine immer noch Bälle über den Platz, aber jetzt schlug Anna Louise voller Wucht nach ihnen, schickte sie mit ungeheurer Wucht über den Platz, als Tilda Brown, ihre beste Freundin, das Tor zum Tennisplatz öffnete. Tilda war so blond und hübsch wie Anna Louise und trug einen ähnlichen weißen Tennisdreß, aber Anna Louise ließ mit ihren Schlägen keinen Moment nach, um sie auch nur zur Kenntnis zu nehmen.

»Hi, Anna!« rief Tilda. »Tut mir leid, daß ich spät dran bin, ich hab schreckliche Kopfschmerzen. Vielleicht sollte ich heute früh lieber nicht spielen. Es geht mir echt schlecht.« Sie zog eine Grimasse.

Anna Louise antwortete nicht, schaltete nur die Maschine

aus und begann, die herumliegenden Bälle aufzusammeln. Tilda, die immer noch über ihre Kopfschmerzen jammerte, balancierte ein paar Bälle auf ihrem Schläger und trug sie hinüber zum Korb.

»Hast du gehört, was ich gesagt habe? Mir ist heute nicht nach Spielen.«

Anna Louise lächelte.

»Aber ich habe auf dich gewartet. Ich wollte dir meine Rückhand vorführen, ich bin wirklich besser geworden.«

»Deine Rückhand war immer schon gut«, erwiderte Tilda.

»Ja, aber jetzt ist sie noch besser«, meinte Anna ungerührt.

»Später vielleicht.« Tilda trug den Korb hinüber zur Maschine. »Ich fülle neue Bälle für dich ein.«

Anna Louise stand an der Aufschlaglinie, ließ einen Ball auf dem Schläger hüpfen und zielte dann. Der Ball krachte gegen Tildas Rücken, so daß sie keuchend herumwirbelte. Es hatte so weh getan, daß sie kaum sprechen konnte, und der nächste Ball traf sie so fest in den Magen, daß sie rückwärts taumelte und keine Luft mehr bekam.

»Laß das, Anna, HÖR AUF, DAS TUT WEH ... DU TUST MIR WEH.«

Anna Louise kam näher. »Wenn Polar dir einen Kuß gibt, wird es bestimmt gleich besser.«

Tilda hatte Angst; der Bauch tat ihr weh und ihr Rücken brannte, und Anna Louise hatte schon einen neuen Ball in der Hand, war bereit, erneut zu zielen. Tilda duckte sich, als der dritte Ball auf sie zuschoß.

»Was machst du denn da? HÖR DOCH AUF!« schrie sie.

Grinsend hob Anna Louise den vierten Ball auf.

»Du kannst mir nicht entgehen, Tilda Brown.« Jetzt warf sie den Ball in die Luft, wie zum Aufschlag. Tilda zog sich weiter zurück und stieß gegen die Maschine, gegen den Schalter. Die Maschine begann, Anna Louise die Bälle schneller entgegenzuspucken, und Anna Louise lachte und schwang ihren Schläger, Vorhand und Rückhand vollendet, jeden Ball auf die sich duckende Tilda gezielt, die kreischte, hierhin und dorthin floh, um diesem Hagel von Tennisbällen zu entgehen, bis sie schließlich schluchzend hinter dem Netz hockte.

Selbst dort trafen sie die Bälle noch fest genug an Armen und Beinen, und schließlich zielte Anna Louise vor allem auf ihr Gesicht.

»Hör auf, bitte, hör doch auf«, schluchzte Tilda, blickte auf und sah, daß Anna Louise vor ihr stand.

»Halte dich von ihm fern, Tilda, er gehört mir. Wenn ich dich noch einmal mit ihm sehe, wird es dir leid tun, und dann tue ich dir mehr weh als jeder Tennisball, so schlimm, Tilda Brown, daß du dir noch wünschen wirst, tot zu sein...«

Tilda weinte wie ein Kind, beinahe ebenso erschrocken über Anna Louises Drohungen wie über die Gewalttätigkeit der Freundin, und schluchzte vor Erleichterung laut auf, als sie erkannte, daß jemand auf den Platz zukam. Auch Anna Louise sah es und schlug Tilda noch einmal schnell und fest auf den Kopf, dann senkte sie den Schläger, setzte ein liebenswertes Lächeln auf, und ihre ganze Haltung änderte sich.

»Hallo, Kleines.« Robert Caley lächelte seine Tochter an, dann entdeckte er die weinende Tilda. »Was ist denn los, Tilda?«

Anna Louise hakte sich bei ihrem Vater ein. »Es war mein Fehler, Papa, du kennst doch meine Aufschläge, und die arme kleine Tilda stand direkt im Weg... ein bißchen bist du auch selbst schuld, weil du mir diese harten Aufschläge beigebracht hast, aber ich wollte sie bestimmt nicht treffen, ich fürchte, sie ist einfach nicht schnell genug für mich.«

Robert Caley hatte einen Arm um seine Tochter gelegt und streckte die andere Hand besorgt nach Tilda aus. »Alles in Ordnung, Liebes?«

Tilda wich seinem Blick aus und drückte die Hand an den Kopf, wo sie eine Beule spürte. »Ich möchte nach Hause, Mr. Caley«, sagte sie leise, aber mit fester Stimme.

»Sie stellt sich nur an, weil sie verloren hat«, warf Anna Louise ein. Sie versuchte, ihren Vater am Arm festzuhalten, damit er Tilda nicht folgen konnte, aber er riß sich los, und sie war wütend, als sie sah, wie er Tilda zum Tor und zum Haus zurückbrachte. Sie warf den Schläger fest auf den Boden, dann hob sie ihn schnell wieder auf und untersuchte ihn besorgt, weil sie fürchtete, ihn beschädigt zu haben. In der Bespannung hingen einige von Tildas langen Haaren.

Tilda hatte gepackt und weigerte sich, auch nur durch die verschlossene Tür ihres Schlafzimmers mit Anna Louise zu sprechen. Sie sagte ihr nur, sie wolle sofort nach Hause. Anna Louise versuchte, sie zu überreden, erklärte, wie leid es ihr tue, daß sie es nicht so gemeint habe, aber Tilda weigerte sich, die Tür zu öffnen. Jetzt machte sich Anna Louise Sorgen, was Tilda wohl zu ihrer Mutter sagen würde, und dachte, daß es vielleicht besser sei, wenn sie wirklich ginge, je schneller, desto besser. »Gut, dann geh eben, Tilda Brown, es ist mir egal«, sagte sie wütend, aber sie war beunruhigt und beschloß, zu ihrer Mutter zu gehen. Tilda würde sich sicher von ihr verabschieden wollen und ihr sehr wahrscheinlich alles erzählen. Anna Louise klopfte an die Tür der Suite ihrer Mutter und wartete – die Tür war morgens oft verschlossen, denn Elizabeth Caley konnte es nicht ausstehen, wenn jemand sie ohne Kriegsbemalung sah. Anna Louise klopfte ein weiteres Mal, dann ging sie hinein: Alle Vorhänge waren zugezogen, der Raum war dunkel. Sie rief nach ihrer Mutter, erhielt aber keine Antwort und fragte sich, ob Elizabeth immer noch schlief oder – schlimmer! – schon nach unten gegangen war, wo sie Tilda treffen würde. Sie eilte durchs Wohnzimmer zum Schlafzimmer.

»Mama«, flüsterte sie und drückte das Ohr an die Tür. »Bist du wach, Mama? Ich bin's, Anna Louise.«

Sie zog die Tür einen Spaltbreit auf und spähte hinein, dann rief sie noch einmal leise, aber sie sah, daß die Bettdecke zurückgeschlagen war. Wenn ihre Mutter aus dem Schlaf gerissen wurde, konnte sie noch wütender werden als wenn man sie ohne Make-up überraschte. Sie litt unter schweren Schlafstörungen, und daher war ihr ihr Schlaf besonders kostbar, wenn sie ihn auch nur selten natürlichen Ursachen verdankte.

Anna Louise schaute zur Badezimmertür hinüber und hörte, wie das Badewasser plätschernd einlief. Sie wollte gerade wieder gehen, als sie das Licht einer Kerze auf dem Nachttisch ihrer Mutter bemerkte. Die Kerze flackerte heftig, und Anna Louise wollte nur nachsehen, durch was das bewirkt wurde; sie erwartete nicht, noch etwas anderes zu finden.

Das Gris-Gris war geweiht, denn es lag oben auf einer abgegriffenen schwarzen Bibel, an deren linken Seite ein kleines weißes Baumwollsäckchen mit Salz zu sehen war, rechts eine winzige grüne Flasche mit Wasser. Hinter der Bibel stand eine blaue Kerze, die das Feuerelement symbolisierte, davor ein Räucherkegel, das Symbol für Luft. Anna Louise spürte, wie sich ihr die Nackenhaare sträubten, als sie den Gris-Gris-Beutel öffnete und sich den Inhalt ansah – sie verstand nicht, was das zu bedeuten hatte und welche Auswirkungen es haben würde, ein geweihtes Gris-Gris zu berühren. Fasziniert griff sie dann nach der alten Bibel und schlug sie auf: Auf dem Vorsatzblatt stand in altmodischer Handschrift, in von Schwarz zu Braun verblaßter Tinte, eine Widmung an Elizabeth Seal – das war der Mädchenname ihrer Mutter gewesen. Anna Louise legte das Buch vorsichtig zurück, strengte sich an, es an dieselbe Stelle zu schieben, an der sie es gefunden hatte.

Wieder in ihrem eigenen Zimmer angelangt, schnupperte sie an ihren Fingern und fand, daß sie muffig rochen, also ließ sie warmes Wasser ins Waschbecken laufen und wusch sich gründlich die Hände. Sie war gerade dabei, sie abzutrocknen, als sie ihre Mutter rufen hörte, worauf sie in Elizabeths Suite zurückkehrte.

»Tilda möchte heute nach Hause«, sagte Elizabeth, die mit einem Silberlöffel von ihrem Frühstückstablett spielte. »Das ist albern – schließlich fahren wir morgen doch alle dorthin.«

Anna Louise ließ sich auf der Bettkante nieder und bemerkte, daß der Nachttisch abgeräumt war. »Ach, wir haben uns gestritten, aber wir werden uns schon wieder vertragen.« Sie war darauf aus, das Thema zu wechseln, also fragte sie besorgt: »Wie geht es dir denn heute?«

»Mir geht es prima. Und jetzt geh und rede mit deiner Freundin; es ist doch dumm, jetzt abzureisen, wenn wir doch morgen ohnehin alle nach New Orleans zurückfahren.«

»Gut, ich werde mich mit ihr versöhnen. Soll ich dein Tablett mitnehmen?«

»Mhm, ich schlafe noch ein bißchen, ich hatte eine schlechte Nacht. Küßchen?«

Anna Louise beugte sich über das Tablett, um ihre Mutter auf die Wange zu küssen, dann nahm sie das Frühstückstablett mit nach draußen und schloß die Tür hinter sich.

Als Anna Louise in die Küche kam, war Tilda schon weg. Anna Louise machte sich keine Gedanken mehr: Sie würde sich schon wieder mit Tilda versöhnen, ihr vielleicht etwas Teures schenken. Berenice, die Haushälterin, hatte gerade frische Blaubeer-Muffins gebacken, und Anna Louise begann, an einem davon herumzuzupfen. Dann fiel ihr wieder der seltsame Geruch der Bibel ein, die sie oben gesehen hatte.

»Tilda hat mir erzählt, sie habe mal was Unheimliches gesehen...«, begann sie beiläufig und naschte weiter von der Kruste des Muffins.

Berenice räumte die Spülmaschine aus und achtete dabei nicht sonderlich auf die Tochter ihrer Arbeitgeber, hörte nur halb zu, während sie die sauberen Teller wieder in die Schränke zurückräumte. Sie goß ein Glas Milch für Anna Louise ein.

»Ich habe gesehen, daß Miss Tilda sich über was aufgeregt hat. Sie hat sich fast die Augen ausgeweint. Wir dachten, sie hat vielleicht schlechte Nachrichten bekommen.« Sie fuhr fort, das saubere Geschirr wegzuräumen.

»Was bedeutet es, wenn man eine Bibel sieht, eine blaue Kerze und komische kleine Beutelchen mit Salz und Räucherwerk und, na ja, so was wie diese Gris-Gris-Beutel, die sie daheim verkaufen?«

Die Schranktür wurde mit einem Knall geschlossen.

»Das willst du gar nicht wissen, Miss Anna Louise, und hör auf, an jedem Muffin rumzuzupfen. Wenn du einen willst, nimm dir einen.«

»Was hat das zu bedeuten?«

Die Haushälterin legte nun Besteck in die Schublade zurück und polierte jedes Messer und jede Gabel noch einmal schnell nach.

»Das hängt davon ab, wie das Kreuz um die Bibel angeordnet ist.«

»Aha, du weißt also, was es bedeutet.«

»Ich weiß nur eins: Wenn ihr damit rumgespielt habt, Miss Tilda und du, dann solltet ihr lieber wieder damit aufhören. Mit Voodoo sollte man nicht spielen, denn das Böse findet immer einen Weg in dich hinein, wie eine große schwarze Schlange. Dann sitzt es in deinem Bauch, und du weißt nie, wann sich die Schlange entrollt und zubeißt... und wenn du das Gris-Gris von anderen berührst, kannst du großen Ärger kriegen.«

Anna Louise brach ein großes Stück Muffin ab und steckte es in den Mund. »Du glaubst doch nicht an diesen Hokuspokus, oder?«

Sie trank einen Schluck Milch, verschluckte sich und fing an zu husten und zu spucken. Sie keuchte, Tränen traten ihr in die Augen, und sie lief rot an. Sie bekam keine Luft mehr – es fühlte sich an, als würde sie erwürgt, und Berenice mußte ihr fest auf den Rücken klopfen, bis sie endlich keuchend und hustend das Stück Muffin wieder ausspucken konnte, das ihr in der Kehle steckengeblieben war.

Die Haushälterin griff nach einem Papiertuch, um aufzuwischen.

»Da siehst du's. Die Schlange hat schon zugebissen, und du wärst beinahe erstickt, also hör auf mich.« Aber als sie sich wieder umdrehte, war Anna Louise bereits verschwunden, also folgte sie ihr nach draußen in den Flur und sah gerade noch, wie das Mädchen die Treppe hinaufrannte.

»Alles in Ordnung, Miss Anna Louise?«

Anna Louise schaute nach unten, lehnte sich dann über das Treppengeländer und flüsterte: »Es war im Zimmer meiner Mama. Es war nicht Tilda, die es gesehen hat, sondern ich.«

Plötzlich lachte sie auf und rannte weiter die Treppe hinauf, sah nicht mehr die Angst in Berenices Gesicht, als die Haushälterin die Hand in den Kittel steckte, um nach ihrem eigenen Gris-Gris zu tasten. Es steckte unter ihrem Unterhemd, links, unter ihrem Herzen.

Berenice kehrte in die Küche zurück: Dieses dumme verwöhnte Kind hatte keine Ahnung, was in diesem Haus vorging, und die Haushälterin hoffte nur, daß sie es auch nie erfahren würde. Sie räumte den Tisch ab, stellte die letzten Teller weg und kippte dann alle frischgebackenen Muffins in den Mülleimer. Sie würde neue backen, für den Fall, daß ein Tropfen Schlangengift herausgezischt war, wo Anna Louise Caley sie berührt hatte: Es gab Risiken, die man einfach nicht eingehen durfte.

Am folgenden Nachmittag flog Anna Louise Caley in Begleitung ihrer Eltern von Los Angeles nach New Orleans. Es war der 15. Februar, und am 16. Februar wurde Anna Louise offiziell als vermißt gemeldet. Die Polizei von New Orleans und Los Angeles versuchte sie aufzuspüren, und nachdem dies nicht gelang, stellten ihre Eltern Privatdetektive ein.

Die Wochen dehnten sich zu Monaten – keine Leiche wurde gefunden, ebensowenig tauchte eine Lösegeldforderung auf, und selbst Spitzendetekteien, die sich mit dem Fall befaßten, konnten keine Hinweise liefern, wo sich das Mädchen oder ihre Leiche befand. Nach neun Monaten war das Verschwinden von Anna Louise für die Medien uninteressant geworden, und sie war nur noch eine weitere Ziffer in der Statistik, ein weiteres Foto in den Vermißtenakten.

Elf Monate vergingen, und da sie nichts Neues erfahren hatten, mußten sich Anna Louises verzweifelte Eltern der Möglichkeit stellen, daß sie ermordet worden war. Inzwischen hatten mehr als fünfzehn Detekteien in diesem Fall ermittelt, der Mississippi war mit Schleppnetzen abgefischt worden, Hubschrauber hatten die Sümpfe von Louisiana nach ihr durchkämmt. Agnews Investigations und drei weitere, weniger bekannte Agenturen, waren immer noch mit den Ermittlungen befaßt: Die Caleys hatten Millionen von Dollars gezahlt, aber bisher hatte sich kein Motiv gefunden, kein Verdächtiger, kein Ergebnis. Den trauernden Eltern blieb nur, weiter unter Qualen auf ein Lebenszeichen ihrer Tochter zu warten.

Alle beteiligten Detekteien hatten gut verdient, und einige hatten untereinander Informationen ausgetauscht, aber nun war die Anna-Louise-Caley-Goldmine am Versiegen. Die Finanzdecke für Privatdetektive wurde dünner – es war ein hartes Geschäft, in dem man auf Kontakte und Mundpropaganda angewiesen war, was auch Page Investigations, eine kleine Detektei, auf dem schwierigsten Weg erfahren hatte. Selbst auf der niedrigsten Sprosse dieser Wettbewerbsleiter Fuß zu fassen, hatte sich als unmöglich erwiesen, und der Versuch hatte Lorraine Page um ihr letztes Geld gebracht: Inzwischen war ihre Agentur so gut wie pleite.

Sie war zwar einmal Lieutenant der Polizei gewesen, aber ihre eigene Fallgeschichte wies sie als Trinkerin aus, und schließlich hatte sie betrunken im Dienst einen unbewaffneten Jungen erschossen, und das führte dazu, daß sie nach ihrem Hinauswurf bei der Polizei von Los Angeles in der Gemeinde der Privatdetektive nicht gerade willkommen geheißen wurde. Am schwierigsten war es, Rosie, ihrer Assistentin, die Lorraine auch oft im Scherz als Partnerin bezeichnete und die ebenso wie Lorraine Alkoholikerin war und um ein »trockenes« Leben kämpfte, jetzt erklären zu müssen, daß sie am Ende waren. Rosie, die immer noch hoffte, die immer noch glaubte, es würde schon wieder werden – obwohl das kaum anzunehmen war. Es war ein Spiel gewesen, ein Traum, aber nun war es vorüber.

Lorraine hatte den Telefonhörer in der Hand, hörte nur halb zu und fragte sich ansonsten, ob sie es heute wohl endlich schaffen würde, Rosie die Wahrheit zu sagen. Sie hörte zu, sagte zweimal, wie leid es ihr tue, als der Mann am anderen Ende mit tiefer, knurriger Stimme Bemerkungen über den Tod seiner Frau abgab.

Rosie, eine rundliche Frau mit einem freundlichen, ehrlichen Gesicht, las gerade ihr Horoskop, eine Tasse Kaffee und zwei kleine Schokoladenkuchen neben sich. Als das Telefon in dem stillen Büro geklingelt hatte, hatte sie Lorraine einen Blick zugeworfen und dann geseufzt, als sie Lorraines gekünstelt fröhliches »Hi, Bill, wie geht's?« hörte.

Rosie hatte eine neue Diät ausprobiert: Eiweiß zu einer Mahlzeit, Kohlehydrate bei der nächsten, und vierzig Minuten vor oder nach jeder Mahlzeit Obst, und keinesfalls Fett oder Fast Food. Das hatte sie einen Monat lang durchgehalten, aber heute war sie einem Freßanfall erlegen und haßte sich für jeden Bissen.

Endlich legte Lorraine den Hörer auf. »Das war Bill Rooney«, murmelte sie und steckte sich eine Zigarette an. »Seine Frau ist gestorben.«

»Ich wußte gar nicht, daß er eine Frau hatte«, sagte Rosie und legte ihre Zeitschrift hin.

»Ich glaube, er hatte auch keine«, meinte Lorraine und zählte die Kippen im Aschenbecher. Seufzend lehnte sie sich zurück. Wenn sie den Kopf nur ein klein wenig drehte, konnte sie gerade noch das billige Schild mit dem falschen Golddruck sehen, das an der Tür des Vorzimmers hing – »Page Investigations«. Auf ihrem Schreibtisch lag ein Stapel Visitenkarten mit derselben Aufschrift. Es war eine Farce.

»Ein weiterer Tag hyperaktiver Detektivarbeit geht zu Ende.« Rosie schluckte den letzten Kuchenbissen herunter und starrte auf den Digitalwecker, den sie beim Kauf von mehreren beschichteten Pfannen umsonst bekommen hatte. Es war beinahe sechs. Sie beobachtete Lorraine, die sich die dreißigste Zigarette dieses Tages anzündete und mit leerem Blick an die weiße Wand starrte. Rosie konnte diese leeren Blicke nicht ausstehen. Manchmal schwieg Lorraine dann über eine Stunde lang, und Rosie wußte nie, was ihre Partnerin dachte. Sie hoffte nur, daß es nicht zu einer dieser Stimmungen würde. »Du solltest weniger rauchen«, sagte sie.

»Und du solltest weniger essen«, gab Lorraine zurück und warf einen Blick auf den Mülleimer, der voller Kuchenformen aus Alufolie war.

»Ich rauche nicht, also ist es ganz normal, wenn ich ein Bedürfnis nach Zucker habe. Darum geht es doch beim Alkoholismus zur Hälfte: um die Gier nach Zucker.«

Lorraine schob den Drehstuhl, den sie gebraucht gekauft hatte, vom Schreibtisch zurück. »Ach ja? Wäre mir nie aufgefallen. Und was ist mit Hamburgern und Fritten, fallen die auch unter diese Kategorie?«

»Jetzt hör doch auf, auf mir rumzuhacken! Von deinem Naturreis und den ganzen Vitaminen könnte ich glatt kotzen!«

»Das würde dir vielleicht guttun.«

Rosie ließ sich wieder auf den Bürostuhl fallen – ein Sonderangebot. »So ist es.«

»Du hast's erfaßt, Rosie.«

Es war schwer zu erklären, wieso Lorraine sich mit jedem Tag isolierter vorkam, denn körperlich gesehen war sie es nicht: Rosie und Big Bill Rooney waren ununterbrochen anwesend. Nicht, daß sie niemanden gehabt hätte, mit dem sie reden oder etwas unternehmen konnte – trotzdem fühlte sie sich einsam. Ihr Geist schien zu schrumpfen, und sie fühlte sich ausgezehrt, lethargisch; manchmal hätte sie weinen können, nur wegen dieser Einsamkeit, oder war es Lieblosigkeit? Was auch immer es war, es wirkte sich mit jedem Augenblick zerstörerischer aus, und sie spürte, wie sie abwärts gezogen wurde.

Lorraine schnippte die alte Jalousie hoch, die nicht ganz an die Fenster paßte. Sie warf ihrer rundlichen Mitbewohnerin einen Seitenblick zu und drückte die Zigarette aus. Sie hatte nicht einmal eine eigene Wohnung, sondern wohnte in Rosies kleinem Apartment in einem heruntergekommenen Viertel nahe dem Orange Grove. Sie war siebenunddreißig Jahre alt, und beinahe sechs dieser Jahre hatte sie in einem Meer von Drogen- und Alkoholabhängigkeit verloren, und manchmal, besonders in Zeiten wie diesen, hatte sie das Gefühl, es sei alles reine Zeitverschwendung gewesen; es würde ihr nie gelingen, wieder zu der einzigen Tätigkeit zurückzukehren, mit der sie sich auskannte – oder doch zumindest in den Tagen bei der Polizei ausgekannt hatte.

Die beiden Frauen hatten sich kennengelernt, als Lorraine sich von den Folgen eines beinahe tödlichen Verkehrsunfalls erholte. Es war nicht der Wagen gewesen, der sie beinahe das Leben gekostet hatte, sondern ihr Trinken, die Selbstzerstörung. Inzwischen war sie seit beinahe zwei Jahren trocken und hatte versucht, ihr Leben in den Griff zu bekommen. Während ihrer Jahre bei der Polizei hatte sie für die Mordkommission von Pasadena gearbeitet, und sie war eine erfahrene, gute Detektivin gewesen. »Gewesen« war hier der entscheidende Begriff: Der Alkohol hatte sie nicht nur den Mann und die geliebten Töchter, sondern auch den Job gekostet.

»Woran denkst du denn gerade?« fragte Rosie mit gespieltem Desinteresse.

»An nichts«, erwiderte Lorraine, aber das traf offensichtlich nicht zu. Sie fragte sich gerade, ob sie noch einmal versuchen sollte, sich mit ihren Kindern zu versöhnen. Aber wie immer, wenn sie darüber nachdachte, entschied sie, daß die beiden besser dran wären, wenn ihre Mutter sich nicht mehr in ihr neues Leben drängte, ein Leben, an dem sie zu viele Jahre keinen Anteil mehr gehabt hatte. Darüber hinaus hatte ihr Exmann wieder geheiratet, und ihre Töchter nannten seine neue Frau nun »Mutter«. Sie wollten Lorraine überhaupt nicht sehen.

Rosie beugte sich wieder über ihre Zeitschrift. Lorraines tiefe Seufzer kündigten an, daß etwas im Gang war, aber Rosie schwieg und überflog eine Anzeige für eine neue Diät, die versprach, man könne problemlos abnehmen, wenn man nur die zu Sonderpreisen erhältlichen »Schlankheitsgetränke« bestellte. Aber da Rosie die meisten dieser Diäten schon ohne nennenswerten Erfolg ausprobiert hatte, blätterte sie weiter zu den Strickmustern.

»Das hier ist eine Farce, das wissen wir beide. Ich hab keine Ahnung, was wir noch tun sollen. Wie viele Zeitungsanzeigen können wir uns denn überhaupt noch leisten, wenn wir bis Ende der Woche keinen Kunden gefunden haben?«

Jetzt kommt's, dachte Rosie und zog eine Grimasse. Sie konnte es nicht ausstehen, wenn Lorraine mit dieser Taktik loslegte, zum Teil, weil sie wußte, daß alles, was sie sagte, der Wahrheit entsprach, aber auch, weil es ihr angst machte. Angst, daß Lorraine gehen würde und daß sie dann beide wieder dem Alkohol verfielen.

»Wir müssen aufhören, uns selbst zu belügen.«

»Ja, ich weiß, aber ich finde, wir sollten dranbleiben. Jeder weiß, daß es schwer ist, neu anzufangen, selbst Bill Rooney hat uns das gesagt.«

Lorraine schien gar nicht zuzuhören; sie wühlte in ihrer Handtasche nach Kleingeld.

»Ich meine, wir könnten schon morgen einen Fall kriegen, der alles, was du da sagst, überflüssig macht«, verkündete Rosie ein wenig zu vergnügt.

»Wie bitte?«

»Überflüssig«, wiederholte Rosie tonlos.

»Ach ja? Das sagst du jetzt schon seit einem Monat, und seitdem hat nicht mal jemand angerufen. Es sieht nicht danach aus, daß wir einen Fall bekommen, der uns auch nur in die Lage versetzt, deine Kuchen und meine Zigaretten zu finanzieren, mal ganz abgesehen von der Miete für dieses Büro oder deine Wohnung. Begreife das endlich, Rosie. Scheiße, ich brauche eine Zigarette.«

Lorraine stand auf und riß ihren Regenmantel vom Haken.

»Vielleicht hört der Regen bald wieder auf.«

Lorraine zog den Mantel an. »Ach ja, und wenn die Sonne scheint, ist alles wieder in Ordnung, wie?«

»Kann schon sein.«

»Du bist eine blöde Optimistin.«

»Wie bitte?«

»Eine Optimistin, Rosie. Selbst wenn die Sonne so lange scheint, daß das Straßenpflaster Risse kriegt, wird uns das nicht helfen. Zwei streunende Hunde, ein verschwundener seniler Opa, zwei Wochen Urlaubsvertretung für eine Kaufhausdetektivin, fünf geklaute Autos und eine Frau, die ihren Mann verdächtigt, eine Affäre mit der Sekretärin zu haben, und da die Frau deine Kleidergröße hat und die Sekretärin wie Julia

Roberts aussieht, haben wir nicht lange ermitteln müssen, und das… das war's, Rosie, das war alles, was wir in den letzten neun Monaten an Aufträgen hatten.«

»Du siehst das immer zu persönlich. Wenn du es mal positiv betrachtest, warst du jetzt neun Monate länger nüchtern, und ich glaube immer noch, daß wir es schaffen. Wir haben im Moment eben einfach Pech.«

Lorraine biß die Zähne zusammen. »Nein, Rosie, wir sind pleite, und ich habe nicht vor, meine Zukunft damit zu verbringen, im Aschenbecher nach Kippen zu suchen. Wir sollten es uns lieber eingestehen, ehe wir noch mehr Schulden machen.«

»Wir gestehen es uns ja ein«, sagte Rosie störrisch.

Lorraine schloß die Augen und sprach mit betont geduldiger Stimme, als spräche sie mit einem Kind. »Nein, das tun wir nicht. Tatsache ist, daß die ganze Idee bescheuert war, und um ehrlich zu sein, ist mir auch nicht danach, mir auf die Schulter zu klopfen, weil ich nüchtern geblieben bin. Die Wahrheit ist, daß mir ausgesprochen danach zumute wäre, einen zu kippen, und nur die Tatsache, daß ich kein Geld habe, hält mich davon ab.«

»Das hat dich früher nie zurückgehalten«, fauchte Rosie zurück.

Lorraines Blick war eisig geworden. »Was soll das heißen? Was willst du damit andeuten, Rosie? Komm schon, spuck es aus, willst du damit sagen, daß ich rausgehen und ein paar Typen vögeln soll, damit wir die Miete weiterzahlen können?«

Rosie wurde rot und wandte sich ab. Sie haßte es, wenn Lorraine sich so verhielt, sie konnte so kalt sein, so unnahbar, so ekelhaft. Aber anders als früher fiel ihr jetzt keine entsprechend boshafte Antwort mehr ein.

Lorraine starrte sich in dem Spiegel an, der an die Tür geklebt war. Sie brauchte einen neuen Haarschnitt und Strähnen. Sie beugte sich vor und musterte angestrengt die Narbe, die von ihrem linken Auge bis über ihren hohen Wangenknochen verlief – darum sollte sie sich auch kümmern, aber plastische Chirurgie war teuer. Sie trat zurück, betrachtete sich abschätzend. Wenn man in Betracht zog, was sie sich innerlich und äußerlich angetan hatte, sah ihre Haut erstaunlich klar aus, aber rund um ihre Augen waren Falten zu sehen, und sie wurden immer ausgeprägter. Lorraine gefiel nicht, was sie sah, und sie trat die Tür zu.

Sie griff nach ihrer Sporttasche und schaltete die Deckenlampe aus. Ihr Schatten zeichnete sich an der Wand des Büroraums ab, als sie nach der Handtasche griff. Rosie konnte ihre scharf gemeißelten Züge im trüben Licht des Computerbildschirms sehen, und wie immer zog ihr dieser Anblick das Herz zusammen. In Rosies Augen war Lorraine immer noch eine sehr attraktive Frau. Lorraine hielt streng Diät und trainierte beinahe zwanghaft, aber sie konnte den Beweis dafür antreten, daß eine Frau, die sechs Jahre mit Trinken verloren hatte, die bei ihrer ersten Begegnung mit Rosie eine hoffnungslose, verhärmte, kränkelnde Alkoholikerin gewesen war, wieder wie eine Sportlerin aussehen konnte. Das einzige, was Lorraine Page nicht zurückbekommen konnte, war ihre Karriere, ihr Mann und ihre beiden Töchter. Sie sprach nie von ihnen, nicht mit Rosie und nicht bei den AA-Treffen, während Rosie viele Tränen darüber vergoß, daß sie ihren Sohn so gern wiedersehen wollte.

Rosie seufzte tief; vielleicht würde ihr geschäftliches Versagen Lorraine tatsächlich wieder an die Flasche und in die Gosse bringen. Daher war sie vollkommen unvorbereitet auf das, was Lorraine ihr zu sagen hatte, als sie – ausgehbereit – in der Tür stand.

Lorraine schob die Tür sachte mit dem Fuß hin und her. »Ich wollte dir noch sagen, daß mir das Warenhaus eine Stelle als Hausdetektivin angeboten hat. Erinnerst du dich, daß ich das schon mal für zwei Wochen gemacht habe? Na ja, offenbar hatte ihre bisherige Detektivin wirklich einen tollen Urlaub und ist schwanger zurückgekommen.«

»Was?«

»Also schließen wir Ende der Woche, und ich werde immerhin genug verdienen, um die Wohnungsmiete bezahlen zu können.«

»Und was wird aus Page Investigations?« fragte Rosie mit Tränen in den Augen.

»Wie ich schon sagte, ist damit Ende der Woche Schluß.«

»Und was wird aus mir?«

Lorraine schaffte es nicht, ihre Freundin anzusehen, und tippte immer noch mit der Schuhspitze an die Tür. »Na ja, ich denke, du solltest dich wieder in die große Welt rauswagen, Rosie, und dir einen Job suchen. Das dürfte doch nicht zu schwer sein, du kennst dich mit Textverarbeitung aus und …«

Rosie wandte sich ab, und Lorraine fühlte sich schrecklich. Sie ging zu ihr und legte ihr den Arm um die Schultern.

»Es tut mir leid. Manchmal sage ich Dinge, die dann ganz falsch rauskommen. Was ich sagen wollte war – du wirst weiterkommen, Rosie, und ich vielleicht auch, aber mit dieser Sache hier schaffen wir es nicht.«

Rosie nickte und suchte in der Tasche nach einem Tuch. Lorraine zögerte. Sie wußte, wenn sie jetzt hierbliebe, würde das bedeuten, wieder einmal über Dinge zu reden, die sie schon hundertmal besprochen hatten. Das Klingeln des Telefons rettete sie. Rosie griff rasch nach dem Hörer, in der unwahrscheinlichen Hoffnung, daß sich doch noch ein Kunde finden würde, aber sie war kaum imstande, sich zu melden. Es war ohnehin gleich – es war nur ihr Sponsor, Jake, der nachfragte, ob sie heute abend zum AA-Treffen kommen würde. Nachdem sie seine Frage beantwortet hatte, war Lorraine schon verschwunden.

»Alles in Ordnung, Rosie?« fragte Jake.

»Nein. Wir schließen den Laden. Hast du heute vor dem Treffen noch Zeit?«

Sie verabredeten sich, Rosie legte auf und spürte, wie ihr wieder die Tränen kamen. Würde es denn nie ein Ende nehmen? Hatte sie wirklich ihr Leben noch vor sich, wie Lorraine gesagt hatte? Sie wußte, daß sie ohne Lorraine hoffnungslos war – ja, sie kannte sich mit Textverarbeitung aus, aber sie hatte nicht genug Selbstvertrauen für die große Welt da draußen. Das war der Unterschied zwischen ihnen – Rosie brauchte Lorraine, und ohne sie jagte ihr die Welt eine Höllenangst ein. Vielleicht war es auch nicht nur die Welt, nur ihre eigene Schwäche und ihre mangelnde Selbstachtung. Schon der Anblick der leeren Kuchenschachtel brachte sie zum Weinen – sie konnte nicht mal eine Diät halten! Wie würde sie ohne Lorraine zurechtkommen? Indem sie wieder trank, das war die Antwort, und das bewirkte nur noch mehr Tränen. Sie mußte unbedingt zu diesem Meeting gehen.

Lorraine ging zum Training. Sie zwang sich, sich so zu verausgaben, daß sie zu Hause nur noch umfallen und einschlafen würde. Sie verdrängte Rosies betrübtes Gesicht. Im Grunde bedrückte es sie genauso, daß sie die Detektei schließen mußten, aber anders als Rosie wußte sie, daß sie sich von diesem Gefühl nicht überwältigen lassen durfte. Wenn sie weiterkommen wollte, würde sie tun, was getan werden mußte. Sie wußte, daß sie nicht die Verantwortung für Rosie übernehmen konnte, es war schwierig genug, allein zurechtzukommen, und wenn sie überleben wollte, mußte sie sich selbst an die erste Stelle setzen, sonst würde sie untergehen. Sie hatte es durchaus ernst gemeint, als sie sagte, sie brauche etwas zu trinken. Aber sie würde es nicht tun, jedenfalls nicht heute. Inzwischen wußte sie, daß es nie ein Ende nehmen würde, der »Durst« nie vorüber sein würde. Es würde ein ununterbrochener Kampf bleiben, solange sie lebte. Meistens wollte sie diesen Kampf auch führen, aber manchmal, nur manchmal, kam ihr alles so sinnlos vor.

In Tränen aufgelöst, saß Rosie neben ihrem guten Freund Jake Valsack, der ihr die Hand tätschelte.

»Vielleicht hat sie ja recht, Rosie. Wenn es nicht läuft, vor allem nicht finanziell, wieso solltet ihr dann weitermachen?«

Rosie putzte sich die Nase. »Sie hat es einfach so dahingesagt – sie muß schon eine ganze Weile von diesem Jobangebot gewußt haben. Sie ist schwanger, weißt du.«

»Wer, Lorraine?«

»Nein, diese verdammte Warenhausdetektivin, die dumme Kuh.«

Jake zog die dichten, buschigen Brauen hoch. Es war manchmal ein bißchen schwierig, Rosie zu folgen, aber er nahm an, daß Lorraine einen Job hatte und Rosie nicht und daß ihre Detektei pleite war.

»Wie kann sie das nur tun, Jake? Ich habe das Büro gestrichen und eingerichtet, wir haben all die Möbel gekauft... Ich weiß, es ist nicht viel, aber wir haben neue Telefone legen lassen, ich muß den Computer abbezahlen, ein Faxgerät und... ich war es, die die Möbel besorgt hat! Wir haben Monate gebraucht, um alles einzurichten – wie kann sie mir das jetzt antun?«

»Sie hat es getan, Rosie, weil ihr keine Aufträge habt. Stimmt's?«

»Darum geht es nicht«, widersprach sie störrisch.

Jake warf einen Blick auf die Uhr; bald würde das Treffen beginnen. Er wußte, daß Rosie noch lange so weitermachen konnte, und ganz gleich, was man sagte, sie achtete nicht darauf, sie drehte sich nur weiter im Kreis.

»Was ist denn mit diesem Expolizisten Rooney? Sagtest du nicht, er wollte Kunden für euch finden?«

Rosie schnaubte. »Ach, der! Der hat erst mal genug mit sich selbst zu tun; seine Frau ist gerade gestorben.«

»Oh, das tut mir leid. Ich kenne ihn nicht, aber wie kommt er denn damit zurecht?« fragte Jake, um das Thema zu wechseln.

Rosie fuhr fort, als hätte es diese Unterbrechung nicht gegeben. »Ich meine, wenn man an etwas nicht dranbleibt, es wirklich durchsteht... wir haben all diese Büromöbel gekauft, und ich bin auf so vielen Flohmärkten gewesen...«

Jake packte ihre Hand fester. »Rosie, Liebes, vielleicht hat Lorraine genau das ja getan, sie ist drangeblieben, und jetzt ist sie zu dem Schluß gekommen, daß es nicht funktioniert. Es hat nicht funktioniert.«

»Sie hat der Sache nie eine Chance gegeben.«

Jake seufzte. Er sollte heute abend das Meeting leiten, und er sah, daß die Menge der Wartenden langsam kleiner wurde und die Leute den Saal betraten. »Rosie, ich muß jetzt rein. Vielleicht können wir es später weiter durchsprechen?«

»Ich muß jetzt darüber reden, Jake.«

Er versuchte, sich zusammenzunehmen. »Rosie, ich habe mit dir seit über einer Stunde darüber geredet, aber du weigerst dich einfach, dich den Tatsachen zu stellen.«

»Tatsache ist, Jake, daß sie mich hängengelassen hat. Wir hätten vielleicht Arbeit kriegen können, die den anderen Agenturen zu viel wurde.«

»Nein, Schatz, Tatsache ist, daß Lorraine sich vernünftig verhält. Bedenke doch mal ihre Situation, du kennst ihre Geschichte. Überleg doch mal, welche von den anderen Agenturen es sich auch nur leisten könnte, daß eine Exsüchtige, eine Exalkoholikerin, ihnen das Klopapier bestellt, von überzähligen Aufträgen gar nicht erst zu reden? Ihre Geschichte ist bekannt, also werden sie, selbst wenn es nur um gestohlene Autos geht –«

»Aber wir haben wegen gestohlener Autos ermittelt, sogar dreimal.«

Jake raufte sich das schütter werdende Haar; sie weigerte sich einfach zuzuhören. »Ich muß jetzt rein, Rosie, auf der Stelle, also putz dir die Nase und laß uns gehen. Du brauchst ein bißchen Unterstützung.«

»Ich brauche was zu trinken, Jake.«

Er schloß die Augen. Es würde eine lange Nacht werden.

Sie waren gerade dabei, zum Thema zurückzukehren, als jemand an das Fenster des verbeulten alten Pontiac klopfte. »Jake, ich bin's nur, ich habe alle willkommen geheißen, und ich glaube nicht, daß heute noch mehr Leute kommen. Der Kaffee ist fertig, und alle warten nur auf dich.«

Die Frau mit dem schmalen Gesicht und dem maßgeschneiderten Kostüm trat vom Auto zurück. Phyllis Collins gönnte Rosie, die sich lautstark schneuzte, nicht einmal einen Blick.

»Schon gut, Phyllis, ich komme.« Jake stieg aus und beugte sich dann zu Rosie. »Gehen wir.«

»Nein, ich komme nicht mit.«

Jake winkte Phyllis zu sich. »Tu mir einen Gefallen, Phyllis. Rosie muß ein bißchen aufgemuntert werden. Ihr kennt euch, oder?«

Phyllis nickte und spähte zum Beifahrersitz. »Guten Abend.«

Rosie ignorierte sie einfach und suchte weiter in ihrer Tasche nach einem neuen Taschentuch. Jake verdrehte die Augen, und Phyllis lächelte ihm ermutigend zu.

»Geh du rein, ich bleibe hier bei ihr. Geh schon, du kannst die Leute nicht länger warten lassen.« Phyllis beugte sich zum Wagen. »Wir sind uns schon ein paarmal begegnet; ich bin Phyllis Collins.«

Rosie warf ihr einen wütenden Blick zu. Sie konnte sich nicht an die Frau erinnern, und sie hatte nicht vor, aus dem Wagen auszusteigen.

»Jake muß leider reingehen, er leitet heute abend das Meeting. Stört es Sie, wenn ich mich zu Ihnen setze?«

Rosie zuckte die Achseln, wandte den Blick ab, hielt Phyllis aber nicht vom Einsteigen ab. Immerhin konnte sie jetzt die ganze Geschichte noch einmal erzählen; sie hätte sie jedem erzählt, so elend fühlte sie sich.

»Man hat mich fallengelassen.«

»Oh, das tut mir leid. Waren Sie lange verheiratet?«

»Nein, es geht um meine Geschäftspartnerin. Ich hab mir den Arsch abgearbeitet, und heute sagt sie mir ganz einfach, sie habe einen anderen Job.«

Phyllis nickte, das schmale Gesicht mitleidig verzogen. »Oje, kein Wunder, daß es Ihnen nicht gutgeht.«

Lorraine drückte sich das nasse Tuch an ihr verschwitztes Gesicht. Die Hitze in der Sauna war so intensiv, daß sie sie nur noch ein paar Minuten würde ertragen können. Sie lag nackt auf der höchsten Bank, auf den beiden Bänken unter ihr lagen zwei weitere Frauen. Niemand sagte etwas.

Lorraine fragte sich, wie es Rosie wohl ging, aber sie nahm an, daß sie schon keine Dummheiten machen würde, wenn Jake bei ihr war. Sie beschloß, das Wechselgeld in ihrer Tasche zusammenzusuchen und eine Flasche alkoholfreien Apfelwein zu besorgen, um Rosie aufzuheitern. Das Zeug sah aus wie Champagner und schmeckte wie Katzenpisse, aber Rosie liebte es.

»Entschuldigung«, murmelte Lorraine, stellte die Füße auf die untere Bank und schwang sich dann an einer der liegenden Frauen vorbei, die sich auf den Ellbogen stützte, um Lorraine durchzulassen. Sie blieb halb aufrecht sitzen und starrte Lorraine hinterher, als diese die Sauna verließ. Sie beneidete sie um ihren schönen, schlanken, muskulösen Körper und wurde dann neugierig, als sie die Narben an Lorraines Armen bemerkte, die gezackten Linien von Rasierklingen und die runden Brandstellen.

Dieselbe Frau entdeckte Lorraine dann wieder im Umkleideraum, wo sie ihr seidiges blondes Haar über eine Rundbürste fönte.

»Ich wünschte, das könnte ich auch.«

Lorraine drehte sich herum, ein wenig verwirrt, und fragte sich, ob die Frau überhaupt mit ihr sprach.

»Würde mir ein Vermögen beim Frisör sparen. Mit den Haaren am Hinterkopf komme ich nie zurecht.«

Lorraine schaltete den Fön ab. »Ach, man braucht nur ein bißchen Übung«, sagte sie höflich und konzentrierte sich dann wieder auf ihre Frisur. Als sie aus der Umkleidekabine kam, sprach die neugierige Frau gerade vertraulich mit einer anderen, beide hatten die weißen Badetücher des Fitneßclubs um die üppigen Körper geschlungen.

»Sie war mal bei der Polizei, als Lieutenant, und hat im Dienst gesoffen. Sie kennt den Trainer, und er hat mir erzählt, daß sie...«

Lorraine ließ die Tür ihrer Kabine laut zufallen, wobei die beiden wie erschrockene Hamster zusammenfuhren. Sie hätte ihnen gern gesagt, wohin sie sich den Fön stecken sollten, aber sie schwieg. Sie sagte gar nichts. All die Spannung, die nach dem Sport und der Sauna aus ihren Muskeln gewichen war, war wieder da. Als sie am Empfang vorbeikam, war sie wütend und angespannt.

Arthur, der Trainer, grinste sie freundlich an und rief »Gute Nacht.«

Lorraine ging wortlos vorbei.

Und so was nannte sich Freund! Sie beschloß, nicht wieder herzukommen. Und sie wußte, daß sie jetzt lieber direkt nach Hause gehen sollte, statt noch etwas für Rosie zu kaufen, denn ihr Bedürfnis nach Alkohol wurde immer stärker.

Phyllis und Rosie hatten in dem kleinen Café schon drei Flaschen Evianwasser geleert. Und nun war es nicht Rosie, die ihre traurige Geschichte erzählte, sondern Phyllis, und sie hatte Rosies volle Aufmerksamkeit.

»Ich glaube, wahrscheinlich bin ich geblieben, weil es alles so schrecklich war, und ich dachte immer: ›Wenn es vorüber ist, gehe ich.‹ Aber vielleicht wird sich nie etwas ändern. Manchmal ist es so schlimm mit ihr, daß ich es fast nicht mehr aushalten kann. Sie verlangt einfach zu viel, will, daß ich jederzeit um ihretwillen alles stehen- und liegenlasse. Wenn sie morgens um vier wach wird, dann macht sie sich nicht mal die Mühe, die Sprechanlage zu benutzen, sie schreit einfach nach mir. Manchmal wache ich in kaltem Schweiß auf, weil ich glaube, daß sie nach mir geschrien hat, und manchmal, wenn es ihr sehr schlechtgeht, weil sie zu viele Schlafmittel genommen hat, bin ich ganz starr vor Angst und kann ihr nur noch den Puls fühlen und nachschauen, ob sie noch atmet. Es ist eine schlimme Zeit für alle Beteiligten, wirklich, eine Tragödie...«

Rosie holte tief Luft. »Ich habe mir früher all ihre Filme angesehen.«

Phyllis goß sich den Rest Evian ein. »›Früher‹ ist das richtige Wort. Sie hat seit fünfzehn Jahren keinen Film mehr gedreht.«

Rosie beugte sich dichter zu Phyllis. »Warum machst du das mit? Wegen des Geldes? Oh, es tut mir leid, das war unhöflich, entschuldige.«

Phyllis kniff den Mund zusammen, setzte eine defensive Miene auf. »Nein, es ist nicht des Geldes wegen, glaub mir, und in der letzten Zeit sind wir auch nicht mehr gereist, so wie früher. Sie verläßt das Haus und den Garten kaum mehr.«

Rosie nickte. »Ja, es muß schrecklich sein.«

»Ist es. Jedesmal, wenn das Telefon klingelt. Nicht, daß sie selbst den Hörer abnähme, sie schreit nach mir, und ich werde immer angespannter, hoffe auf irgendeine Nachricht und habe Angst, daß es eine schlechte Nachricht sein könnte, die schlechteste... Sie war so ein hübsches Mädchen.« Phyllis begann zu schniefen und holte ein kleines Spitzentuch aus einer teuer aussehenden Wildledertasche. »Tut mir leid, daß ich mich so aufführe, aber ich habe nur wenig Freunde und niemanden, mit dem ich wirklich reden kann. Deshalb bin ich zu den Anonymen Alkoholikern gegangen. Und Jake ist so ein reizender Mensch, er ist einfach wunderbar.«

»O ja, ich weiß, er hat mir auch sehr geholfen. Möchtest du noch ein Glas Wasser, Phyllis? Oder sollen wir zu etwas Stärkerem übergehen, zum Beispiel zu Orangensaft?«

Lorraine setzte schon dazu an, sich bei Rosie zu entschuldigen, als sie die schweren Schritte vor der Tür hörte.

»Rosie?«

Jake öffnete die Fliegentür und spähte herein. »Nein, ich bin's. Ist sie nicht hier?«

»Nein.«

»Ich fahre noch mal um den Block und suche nach ihr. Es macht ihr zu schaffen, daß ihr die Detektei zumachen müßt.«

Lorraine steckte sich eine Zigarette an. »Na ja, für mich ist es auch kein Grund zum Feiern, Jake, aber eine von uns muß die Miete verdienen.«

»Du hast ja recht. Bleib hier, ich suche weiter.«

»War sie beim Treffen?« fragte Lorraine nicht sonderlich besorgt.

»Sie ist nicht mit reingekommen, ich habe Phyllis Sowieso

bei ihr gelassen. Ich hoffe nur, die beide besaufen sich nicht zusammen. Bis dann.«

Ihr rutschte das Herz in die Hose, als sie kurz darauf ein Rufen von der Straße her hörte und dann Rosies Schritte. Die kleine Wohnung, die nur aus einem Schlafzimmer, einem winzigen Bad und einem Wohnzimmer mit Kochnische bestand, befand sich im ersten Stock eines alten Hauses an der Marengo Avenue. Die Wohnung darunter gehörte einer ständig wachsenden Einwandererfamilie. Zum Glück machten sie selbst soviel Lärm – manchmal drehten sie Radio und Fernseher so laut auf, daß man sein eigenes Wort nicht mehr verstand. Jeder andere wäre von Rosies dröhnenden Schritten erschrocken aus dem Schlaf gefahren.

»He! Du wirst nicht glauben, was ich dir jetzt erzähle.« Rosies Wangen glühten. Sie war ganz atemlos.

»Rosie, wieviel hast du getrunken?«

»Ich habe mehr Wasser intus, als im Tank auf dem Dach ist.« Rosie schleuderte ihre Schuhe weg, warf den Mantel zur Seite, die Tasche aufs Sofa und baute sich dann, die Hände an den Hüften und von einem Ohr zum anderen grinsend, vor Lorraine auf. »Ich glaube, wir hatten gerade Glück.«

»Willst du einen Kaffee?«

»Nein, und du setzt dich erst mal hin und hörst zu. Los, setz dich. Also gut. Kannst du dich noch an die berühmte Schauspielerin Elizabeth Seal erinnern?«

»Nein.«

Rosie hob abwehrend die Hände. »Aber sicher kannst du. Du hast doch bestimmt den *Ahornbaum* gesehen, und *Sumpf* und *Vanessas Maske*?«

»Nein.«

»Klar doch, den haben wir im Kabelfernsehen gesehen. Diese Elizabeth Seal war berühmt, du weißt bestimmt, von wem ich rede, sie war in den späten Siebzigern und frühen Achtzigern wirklich ein Star.«

»Und mit der hast du dich besoffen?«

Rosie warf sich auf das Schlafsofa, das unheilverkündend knarrte. »Stell dich nicht dümmer, als du bist – Elizabeth Seal würde nie mit mir in Joe's Diner Mineralwasser trinken. Sie ist ein *Filmstar*! Hast du vielleicht von Elizabeth Caley gehört? So heißt sie jetzt, seit sie verheiratet ist.«

»Nein.«

»Verdammte Scheiße, es ist wirklich nicht zu glauben. Elizabeth und Robert Caley waren vor einem Jahr in allen Schlagzeilen. Sie waren sogar im Fernsehen, weil sie mal so berühmt war. Ihre Tochter ist verschwunden, hörst du? Ihre achtzehnjährige Tochter Anna Louise Caley ist verschwunden.«

Lorraine versuchte, sich zu erinnern, aber ihr fiel immer noch nichts ein. Das war nichts Neues, es gab Zeiten, Monate und sogar Jahre, da konnte sie sich kaum an ihren eigenen Namen erinnern, geschweige denn an andere.

Rosie nippte an ihrem Kaffee. Sie war so aufgeregt, daß sie schwitzte, und ihre Augen leuchteten wie die eines Kindes. »Sie ist spurlos verschwunden. Sie haben die Polizei gerufen, sie haben mit Hellsehern zusammengearbeitet, weil es eine große Belohnung gab. Aber es gab keine Lösegeldforderungen, keine Anrufe, nichts. Als hätte sich das Mädchen in Luft aufgelöst. Die Cops nehmen an, sie sei entführt worden, und dann sei etwas schiefgelaufen, und die Entführer hätten sie umgebracht... Sie glauben, sie haben sie gekillt und dann...«

Eine halbe Stunde später wußte Lorraine immer noch nicht, wieso Rosie sich eigentlich so aufregte. »Rosie, wenn die Caleys laut dieser Phyllis die besten Agenturen des Landes beschäftigt haben, wieso sollten sie nun ausgerechnet uns wollen?«

»Weil niemand sie gefunden hat, und sie geben immer noch Tausende aus. Sie sind superreich, Lorraine, und sie wollen immer noch mehr Geld loswerden.«

Lorraine hob abwehrend die Hand. »Warte mal, Rosie, laß mich ausreden. Wenn diese... diese Caleys, ja? schon in der Vergangenheit... wie lange ist es her, sagst du?«

»Es ist vor elf Monaten passiert, während des Mardi Gras in New Orleans.«

»Was? In New Orleans? Ist das dein Ernst?«

»Glaubst du, ich habe alles erfunden?«

Lorraine seufzte. »Rosie, wenn es in New Orleans passiert ist, wieso sollten sie dann eine Detektei in L.A. anheuern?«

»Genau das haben sie aber schon getan. Phyllis hat es mir erzählt. Die hiesigen Cops waren ebenfalls auf den Fall angesetzt, schließlich wohnen die Leute hier.«

Lorraine verdrehte die Augen. »Wenn sie so viel Geld bezahlt haben und es immer noch keine Ergebnisse gibt, wie kommst du dann darauf, sie würden noch mehr ausgeben wollen, zum Beispiel für uns, was ich sowieso für reine Hysterie halte?«

»Verdammt, ich bin nicht hysterisch!«

»Gut, aber bleib bei den Tatsachen, Rosie. Wieso sollten sie ausgerechnet Page Investigations einschalten wollen, das heißt dich und mich? Nur, weil du mit der Sekretärin der Familie in derselben Gruppe Anonymer Alkoholiker bist? Das ist nicht gerade die beste Empfehlung.«

Rosie schrie: »Ich hab nicht mal erwähnt, daß du *auch* gesoffen hast, im Gegenteil, ich hab dich hochgelobt und gesagt, du seist eine der Besten in deinem Fach. Ich hab sogar verkündet, wie gut es sei, Rooney in unserem Team zu haben, wo er doch auch bei der Polizei war und so. Sie war beeindruckt, sie war ehrlich beeindruckt.«

»Ach ja?«

Den Sarkasmus verstand Rosie nicht. »Ja, genau. Ich hab ihr unsere Karte gegeben, und sie sagte, sie werde mit Mrs. Caley sprechen.«

»Ach, und was passiert, wenn sie das getan hat?«

»Hör mal, diese Leute vertrauen ihr, sie arbeitet seit Jahren für sie. Und sie weiß, daß Elizabeth Caley verzweifelt ist, am Durchdrehen, weil sie wissen will, was mit ihrer Tochter passiert ist, und sie wird alles zahlen, um es rauszufinden.«

»Und du hast ihr unsere Karte gegeben?«

»Ja! Und du weißt, ich bin nicht blöd. Erst war ich ganz aufgeregt und hab ihr erzählt, daß meine Partnerin aufhört, aber sobald ich merkte, daß wir einen großen Fisch am Haken haben, hab ich erzählt, daß es bei diesem neuen Job, den du annimmst, um eine Mordermittlung geht. Ich bin nicht dumm, ich kann mir schon was ausdenken, wenn es darauf ankommt.«

»Und wie lange sollen wir warten, bis sie sich meldet?«

Das Telefon klingelte. Lorraine drückte die Zigarette aus. »Das wird Jake sein, er ist ganz unruhig gewesen. Er hat nach dir gesucht, also gehst du besser selbst ran.«

Rosie griff nach dem Hörer. Aber es war nicht Jake, sondern Phyllis, und sie wollte, daß so bald wie möglich Informationen über Page Investigations an Mrs. Caley geschickt würden. Rosie legte mit einem selbstzufriedenen Grinsen auf.

»Siehst du? Sie hat mit ihr gesprochen, genau, wie ich dir gesagt habe.«

Am nächsten Morgen produzierten sie mit Hilfe des Computers eilig etwas, das nach einer brauchbaren Akte aussah, in der sich Lorraine ausführlich über ihre Erfolge bei der Polizei ausließ und die Fälle auflistete, mit denen sie zu tun gehabt hatte. Sie führten auch den erfahrenen und engagierten Captain William Rooney, ehemals Angehöriger der Polizei von Pasadena, als Mitarbeiter von Page Investigations auf.

Rosie machte sich auf, die Akte zum Anwesen der Caleys in Beverly Hills zu bringen. Lorraine saß im leeren Büro und dachte über den neuen Fall nach. Es blieben ihr noch ein paar Tage, bis sie sich wegen des Warenhausjobs entscheiden mußte, also gab es keinen Grund, nicht noch abzuwarten. Rosie mochte recht haben, vielleicht sprangen wirklich ein paar Dollars raus, aber sie hatte so ihre Zweifel.

Der Summer an der Tür zum Vorzimmer erklang, als Bill Rooney fröhlich hereintorkelte. »Hi! Du hast angerufen? Also dachte ich, wenn ich eh in der Nähe bin –«

»Ach ja? In welcher Bar in der Nähe?«

Rooney zeigte ihr den Finger, dann quetschte er sich in Rosies Drehstuhl. Er sah unrasiert und verkatert aus, sein breites Gesicht und seine Knollennase waren stark gerötet. An einer Seite stand der Hemdkragen ab, und seine Krawatte hatte

Flecken und saß schief, sein Hosenboden glänzte speckig, und der ganze Anzug sah so aus, als hätte er darin geschlafen.

»Du bist ja gut in Form«, sagte Lorraine lächelnd.

»Mir geht es auch phantastisch. Ich hab meine halbe Pension in eine Detektei gesteckt und die Kurve nicht gekriegt. Aber ich war nie ein guter Geschäftsmann, hatte es nie mit Zahlen, und der Dreckskerl, der mir den Laden verkauft hat, muß mir das angesehen haben. Ich habe einen Computer, der mit nichts kompatibel ist, schon gar nicht mit mir selbst, ein Telefonsystem voller Kurzschlüsse, und dieses tragbare Ding hab ich schon nach einer halben Stunde irgendwo liegengelassen. Im Augenblick sieht es also nicht so aus, als ob ich dir Aufträge verschaffen könnte, im Gegenteil. Wie sieht es bei euch aus?«

Er schaute auf den Schreibtisch und lächelte. »Ich sehe, daß das Geschäft blüht, ich kann ja vor lauter Telefongeklingel mein eigenes Wort kaum verstehen.«

»Sehr geistreich, wenn man dein eigenes Fiasko bedenkt.« Lorraine holte ein paar saubere Tassen und stellte die Kaffeemaschine an. Rooney hatte nicht erwähnt, daß er selbst kaum in der Lage gewesen war, sich um die Agentur zu kümmern – Ellens Tod hatte ihn in tiefe Depressionen versinken lassen. Er tat Lorraine leid, denn trotz seines forschen Auftretens war er vermutlich einsam, und sie beobachtete ihn aus dem Augenwinkel, als er sich über Rosies Tisch beugte und sich die neue Akte von Page Investigations ansah.

»Interessant zu lesen. Du schaffst es prima, all die Jahre zu vertuschen, die dir fehlen, mein Schatz. Das hier liest sich, als hättest du den Dienst ruhmreich verlassen, statt aus der Hintertür geworfen zu werden.«

»Ja, und das Zeug über dich macht sich doch auch gut, oder?« Sie stellte die Kaffeetassen mit einem gewissen Nachdruck ab.

Rooney lachte, als er die Passage über sich las, dann legte er die Mappe zurück. »Hab ich dir gesagt, daß Ellen gestorben ist?«

»Ja. Es tut mir leid.«

»Ich hab heute die Urne abgeholt. Ich hab den Typ gefragt, woher ich wissen soll, daß das wirklich die Asche meiner Frau ist? Ich meine, es war die Urne, die ich bestellt hatte, aber da können die ja alles rein tun.« Kopfschüttelnd fuhr er fort. »›Nein, das ist Ihre Frau, Mr. Rooney, sehen Sie, ihr Name steht drauf.‹ Ziemlich verrückt, ein ganzes Leben in eine Messingbüchse gezwängt.« Er umriß mit den Händen die Größe der Urne, dann rieb er sich übers Gesicht. »Sie war in der Küche und kochte. Sie hatte das Radio an, wie immer, obwohl mich das wahnsinnig gemacht hat. Und dann ist sie gefallen, ich hab gehört, wie sie hingefallen ist.«

Lorraine goß ihm Kaffee ein. Rooney schien gar nicht mit ihr zu sprechen, es schien ihm gleichgültig, wer zuhörte und ob überhaupt.

»Sie lag auf dem Boden, hatte den Holzlöffel noch in der Hand, und die Überraschung stand ihr ins Gesicht geschrieben. Sie war tot.«

»Es tut mir wirklich leid, Bill.«

»Ja. Mir auch. Ich meine, es war bestimmt nicht einfach, mit mir auszukommen. Ich hab nicht mal ihre Kleider weggepackt, ich bin ins Gästezimmer gezogen. Und ich erwarte immer noch, daß sie mich jeden Moment reinruft, weil das Essen fertig ist. Ich weiß nicht, was ich mit mir anfangen soll, Lorraine, ich drehe durch. Das Haus ist so still, sogar das verfluchte Radio fehlt mir.«

»Hast du keinen Kontakt mehr zu den Jungs vom Revier?«

»Nein. Eine Weile war es anders, aber du weißt ja, wenn man erst mal draußen ist, ist man draußen. In den Bars reden sie immer über diesen oder jenen Fall, und wenn ich ehrlich bin, heute, in diesem technisierten Zeitalter, sind Cops auch nicht mehr, was sie mal waren.«

Lorraine trat neben ihn und tätschelte ihm die fleischige Schulter. Er faßte nach ihrer Hand und drückte sie einen Augenblick lang.

»Ich störe doch nicht, oder?«

Er tat ihr leid, deshalb boxte sie ihn spielerisch. »Wie du

schon festgestellt hast, wir sind nicht gerade überbeschäftigt. Tut mir leid, daß es für uns alle so wenig funktioniert hat.«

Rosie kam hereingestürmt.

»Was für ein Haus – der reinste Palast! So was hab ich noch nie gesehen… Gärtner und Diener, und das Gelände ist wie ein Park, Farne und Blumen und zwei Schwimmbecken mit Nebengebäuden und Tennisplätze und… Hi, Bill, wie geht's? Das mit deiner Frau tut mir wirklich leid.«

Rooney erhob sich. »Danke.«

»Hast du je von einer Schauspielerin namens Elizabeth Seal gehört?«

Rooney nickte. »Klar, ich war mal ganz scharf auf sie.«

Rosie warf Lorraine einen triumphierenden Blick zu. »Siehst du? Ich hab dir doch gesagt, daß sie berühmt war. Also, dort komme ich gerade her, aus Elizabeth Seals Haus – allerdings ist es eher ein Palast.«

Lorraine stellte Rosie eine Kaffeetasse hin.

»Sie haben sogar einen englischen Butler, ehrlich, und ein Stubenmädchen. Ich mußte eine Weile in der Halle warten, bis Phyllis herunterkam. Diese Halle ist gewaltig, man könnte darin Rollschuh laufen. Die schwimmen wirklich im Geld, allein die Gemälde müssen Millionen wert sein. Diese alten Filmstars wissen, wie man stilvoll lebt.«

Lorraine goß Rosie Kaffee ein. »Hat Phyllis irgendwas von einem Auftrag gesagt?«

»Nein, sie hat die Mappe entgegengenommen, sich dafür bedankt, daß ich vorbeigekommen bin, und erklärt, wir würden uns übermorgen nach dem Meeting sehen. Sie hat einen ziemlich nervösen Eindruck gemacht. Hat sich immer wieder über die Schulter umgesehen… Vielleicht hätten wir einen Kurier schicken sollen.«

»Elizabeth Seal«, sagte Rooney und schloß die Augen. »Ich kann mich gut an sie erinnern. Sie stammt aus New Orleans, hat mit einem Film angefangen, der *Sumpf* oder so ähnlich hieß. Sie war wirklich sexy…«

Rosie nickte und begann, Elizabeth Seals spätere Filme aufzuzählen, dann berichtete sie von der entführten Tochter. Rooney runzelte die Stirn, dann nickte er.

»Ja, jetzt kann ich mich erinnern, es stand vor einer Weile in allen Zeitungen – sie ist entführt worden, oder?« Rooney kniff sich in die Nase, versuchte, sich an weitere Einzelheiten zu erinnern. »Aber das war nicht in Hollywood, sondern in New Orleans. Sie ist dort verschwunden, nicht wahr?«

Rosie nickte. »Ja, und zwar spurlos. Sie war mit ihren Eltern zum Mardi Gras gefahren. Sie ist ausgegangen und wurde nie wieder gesehen.«

Rooney begann, auf der Unterlippe herumzukauen, dann sah er Lorraine an. »Ich glaube, ein Freund von mir, Jim Sharkey, hat den Fall hier bearbeitet… jetzt fällt es mir wieder ein.«

»Lorraine wußte nicht mal, wer Elizabeth Seal ist«, warf Rosie ein.

Das Telefon klingelte, und Rooney, der auf der Schreibtischkante dicht daneben saß, zuckte zusammen. Rosie, die sich jetzt sehr überlegen fühlte, griff nach dem Hörer.

»Page Investigations.« Dann winkte sie Lorraine hektisch zu, sie solle ans Telefon kommen. »Wenn Sie einen Augenblick warten möchten; ich werde nachsehen, ob Mrs. Page Zeit für Sie hat.« Rosie legte die Hand auf die Muschel und holte tief Luft. »Elizabeth Caley auf Leitung eins.«

2

Lorraine vergewisserte sich noch einmal, daß sie auch wirklich gut aussah. Ihre braunen Schuhe waren ein wenig stumpf, also zog sie sie aus, und Rosie stand schon mit Schuhcreme und Bürste bereit. Rooney würde sie zum Haus der Caleys fahren, was ihnen nicht nur das Geld fürs Taxi sparte; es würde der Detektei auch zusätzliches Ansehen verschaffen, wenn ein ehemaliger Captain der Mordkommission von Pasadena zum Ermittlungsteam gehörte.

Rooney war begeistert auf den Vorschlag eingegangen, seine leeren Tage sinnvoll zu verbringen, und hatte ein paar alte Zeitschriftenartikel über das vermißte Mädchen aufgetrieben. Er hatte auch seine Kontakte bei der Polizei genutzt, um weitere Informationen von den Beamten zu erhalten, die den Fall damals betreut hatten. Jim Sharkey, der die Ermittlungen in L.A. geleitet hatte, hatte sich als wenig hilfreich erwiesen; Rooney richtete sich darauf ein, mit ihm noch einmal eine Kneipentour unternehmen zu müssen, um ihm weitere Einzelheiten zu entlocken. Aber er hatte etwas über die anderen Detekteien herausgefunden, die bereits mit dem Fall zu tun gehabt hatten – und das war eine beeindruckende Liste. Lorraine wollte nicht, daß er bei den Agenturen nachfragte, weil sie das für Zeitverschwendung hielt. Und Geldverschwendung konnten sie sich noch weniger leisten.

Noch einmal betrachtete sie sich prüfend. Rosie war mit den Schuhen fertig, und dann hörten sie auch schon Rooney auf der Straße hupen.

Er hatte sich wirklich angestrengt: Sein Hemd sah aus, als käme es direkt aus der Verpackung, mit zwei scharfen Falten vorn; auf seiner Krawatte waren zwar Spuren von Zigarettenasche zu sehen, aber immerhin keine Essensflecken, wie Lorraine erleichtert feststellte.

»Kommt Rosie nicht mit?« fragte er, als sie in den Hyundai einstieg.

»Nein, wir wollen es nicht übertreiben. Nur wir beide.«

»Gut. Ich bin gestern abend schon mal vorbeigefahren. Beeindruckend. Das Haus liegt etwa eine Meile hinter dem Bel Air Hotel. Ich hätte es beinahe auch für ein Hotel gehalten.«

»Aha«, meinte Lorraine. »Also, wie sollen wir es angehen?«

Rooney fuhr vorsichtig. Er hatte eine Sonnenbrille aufgesetzt, weil die Januarsonne so stark war, daß es sich beinahe wie Sommer anfühlte. »Laß sie reden, wir setzen uns einfach hin und hören zu. Wir müssen ihnen ja nichts aufdrängen, jedenfalls jetzt noch nicht. Versuche, keinen übereifrigen Eindruck zu machen.«

Lorraine nickte und starrte aus dem Fenster.

»Was hältst du von der Sache?« fragte er lässig.

Lorraine lehnte sich zurück, schloß die Augen. »Nach dem, was ich den Artikeln entnehme, könnte es eine Entführung sein, die schiefgegangen ist – keine Lösegeldforderung –, wahrscheinlich ist das Mädchen schon lange tot. Was meinst du?«

Rooney bog auf den San Diego Freeway ab, dann auf den Sunset Boulevard, der nach Beverly Hills führt.

»Na ja, nach allem, was ich gehört habe, scheint sie keine Rumtreiberin gewesen zu sein. Sie kannte die Umgebung, war dort schon oft zu Besuch gewesen. Vielleicht ist sie freiwillig gegangen, aber es war Mardi Gras, wer weiß ... Wenn wir den Fall bekommen, werden wir uns mehr Informationen aus New Orleans besorgen. Von hier aus können wir wenig unternehmen, die Jungs hier in L.A. haben nur Aussagen von Verwandten und Freunden aufgenommen, um zu sehen, ob der Fall möglicherweise eine Verbindung hierher hat.«

»Und?«

»Soweit sie wissen, nicht.«

»Keine Lösegeldforderung«, wiederholte Lorraine. Für etwa zehn Minuten blieb sie tief in Gedanken versunken, dann öffnete sie die Augen wieder. »Erinnerst du dich an diesen Fall aus dem Jahr 1986? Ein junges Mädchen verschwand, und dann tauchte sie anderthalb Jahre später in Las Vegas als Showgirl auf? Die Familie dachte längst, sie sei tot, statt dessen fand man sie in einem spärlichen Pailettenkostüm und mit neuen Silikontitten.«

Rooney schüttelte den Kopf. »Nein, daran kann ich mich nicht erinnern.« Er blieb an einer Ampel stehen, dann bog er nach links ab, nach Beverly Hills. Lorraine steckte sich eine Zigarette an.

»Es ist mir deshalb eingefallen, weil es so lange gedauert hat, sie zu finden – anderthalb Jahre. Wenn sie uns den Fall wirklich geben, dann sollten wir mal darüber nachdenken, wie lange es dauern kann, jemanden zu finden, ob nun tot oder lebendig«, meinte sie nachdenklich.

Rooney streckte die Hand aus, öffnete das Handschuhfach und holte einen Umschlag heraus, den er Lorraine reichte. »Das hier ist eine Art Leitlinie für Ausgaben. Ein Kumpel hat sie mir vor einiger Zeit gegeben, als ich zum ersten Mal darüber nachgedacht habe, mich selbständig zu machen. Wenn wir den Job kriegen, müssen wir wissen, wieviel wir verlangen können. Sieh mal nach.«

Lorraine überflog die Notizen und steckte die Seiten dann wieder in den Umschlag; sie hatte schon eine recht präzise Vorstellung davon, wieviel sie verlangen würde, aber das kam dem, was einige der Agenturen für ihre High-Tech-Ausrüstung verlangten, nicht einmal nahe.

»Wir werden diese anderen Detekteien unterbieten, aber denselben Mist verzapfen, was die technische Ausrüstung angeht. Wir wollen schließlich nicht billig wirken.« Sie steckte den Umschlag zurück ins Handschuhfach und klappte es schnell wieder zu, als sie den Flachmann mit Bourbon darin sah.

»Gut.« Jetzt fuhren sie an den hohen Hecken vorbei, an elektronisch überwachten Toren, patrouillierenden Sicherheitsleuten mit Hunden. »Kommt dir das nicht auch wie ein Gefängnis vor?« fragte er, und Lorraine lachte leise.

»Ganz bestimmt nicht. Niemand, der je gesessen hat, käme auf die Idee, diese Herrenhäuser hier als Gefängnisse zu bezeichnen.«

Sie hatten einen Verkehrskreisel erreicht, aus dem ein Pfeil die Richtung zum Bel Air Hotel wies. Sie bogen nach links ab, kamen am Bel Air vorbei und fuhren weiter die ruhige Straße entlang.

Rooney verlangsamte die Geschwindigkeit. »Das nächste Haus links.« Er bemerkte, wie sie sich aufrichtete, ihre Jacke zurechtzupfte. Sie sah großartig aus, und verglichen mit seinem fetten, ungesunden Körper wirkte sie auch ausgesprochen fit. Ihre Widerstandskraft verblüffte ihn immer wieder, und er bewunderte sie dafür. Vor noch nicht allzulanger Zeit war sie wegen Trunkenheit und Landstreicherei verhaftet worden, aber seitdem hatte sie viel geleistet.

Er hielt vor dem Tor an, und als er das Wagenfenster öffnete, drang ein Schwall heißer Luft ein. »Scheiße, ist das heiß! Das Wetter spinnt – eine Minute schüttet es, und als nächstes verkünden sie Temperaturen über zwanzig Grad.« Er streckte die Hand nach der Sprechanlage aus und kündigte ihre Ankunft an.

Das Tor blieb noch ein paar Minuten lang geschlossen, dann glitt es auf. Von hier aus war das Haus nicht zu sehen, aber der üppige Garten war sogar noch exotischer, als Rosie ihn beschrieben hatte. Ein Gewächshausdschungel voller Farne und sorgfältig plazierten immergrünen Büschen, mit Palmen jeder Art und Größe, die die Einfahrt säumten. Rooney und Lorraine kamen an Tennisplätzen vorbei, an gepflegtem Rasen und farbenprächtigen Blumenbeeten, deren Sprinkleranlagen dafür sorgten, daß sie das ganze Jahr über blühten. Das Sprühwasser, das sich in weiten Bögen über die Pflanzen zog, verlieh dem Garten etwas nebelhaft Surreales. Erst als der Wagen um eine Kurve bog, kam das Haus in Sicht. Die weißen Säulen und das zweistöckige Haus im Südstaatenstil erinnerten an *Vom Winde verweht*, – man hätte jeden Augenblick erwartet, daß Scarlett O'Hara diese weißen Steintreppen herunterkam. Aber statt Scarlett empfing sie ein Butler in schwarzem Anzug und weißer Weste, der vor der mit Schnitzereien reich verzierten Haustür stand.

»Rosie sagte ja schon, daß es ein Palast ist«, murmelte Lorraine ehrfürchtig.

»Geld«, kommentierte Rooney.

Ein Diener erschien aus dem Nichts, um Lorraine die Wagentür aufzuhalten. Sie zögerte einen Augenblick, bevor sie ausstieg, und als sie auf der Treppe waren, fiel ihr auf, daß Rooney auf dem kurzen Weg bereits ins Schwitzen gekommen war.

»Guten Morgen. Würden Sie mir bitte folgen, Mrs. Page, Mr. Rooney?« sagte der Butler steif. Er war Engländer, und sein starres Gesicht war bar jeden Ausdrucks, als er sie mit einer Geste bat, die Halle zu betreten. Der weiße Marmorboden war so poliert, daß er schimmerte, und deckenhohe weiße, goldverzierte Doppeltüren führten nach rechts.

»Mrs. Caley wird gleich zu Ihnen kommen«, sagte der Butler und bat sie, den Raum hinter der Doppeltür zu betreten. Überall standen weiße Sofas mit weißen Kissen aus Seidenstoffen, alles war weiß in weiß, mit einem Hauch von Goldstickerei. Auf der weißen japanischen Seidentapete zeichneten sich schimmernd die Umrisse von Vögeln ab, und zwischen den beeindruckenden goldgerahmten Spiegeln an jeder Wand hingen große Ölgemälde von Elizabeth Caley in ihren diversen Filmrollen.

»Ach, daran erinnere ich mich genau«, murmelte Rooney und starrte eines der Bilder an. »Der Film hieß *Sumpf*, und sie tanzte mit einer riesigen Schlange.«

»Darf ich Ihnen eine Erfrischung anbieten?« fragte der Butler in einem Tonfall, als hätte er gerade etwas Übles gerochen.

Lorraine bat um ein Glas Wasser. Rooney hätte gern ein Bier getrunken, aber er zuckte die Achseln. »Soll mir recht sein.«

Der Butler verschwand, und sie konnten sich in Ruhe umsehen. Sie wagten es kaum, sich hinzusetzen und die sorgfältig arrangierten Seidenkissen zu zerdrücken. Rooney entschied sich schließlich für einen weißen Louis-Quinze-Sessel – nicht, daß er hätte beurteilen können, ob das Ding echt war. Erst nachdem er sich niedergelassen hatte, begann er sich Sorgen zu machen, ob er für die dünnen Beine zu schwer sei.

Lorraine sah sich weiter um, bemerkte die vielen silbergerahmten Fotos eines jungen Mädchens. »Das muß die Tochter sein.« Sie trat näher an die Tür und betrachtete ein Foto. Das Mädchen war ausgesprochen hübsch, mit taillenlangem blondem Haar, einer kleinen, ein wenig nach oben gerichteten Nase und großen hellen Augen.

Lorraine setzte sich mitten auf ein riesiges weißes Sofa und versank so tief darin, daß es ihr unbehaglich war.

»Ich glaube nicht, daß man hier rauchen darf«, sagte sie wie zu sich selbst und betrachtete die Gegenstände auf der Marmortischplatte, die alle aus Bronze oder Gold waren. Keiner davon erinnerte an einen Aschenbecher. Sie starrte ihre Schuhe an, die im hochflorigen weißen Teppich kaum mehr zu sehen waren, und fragte sich, ob Rosies Nachpolitur einen Streifen Schuhwichse auf dem Teppich hinterlassen würde. Als sie Eiswürfel klirren hörte, blickte sie wieder auf.

Ein Hausmädchen in schwarzem Kleid und mit weißer Schürze brachte ein Tablett herein: Eiswasser mit Zitrone in hohen Kristallgläsern. Lorraine konnte sich kaum das Lächeln verkneifen, als Rooney seinen Dank murmelte und sein Sessel unheilverkündend knarrte. Das Mädchen servierte das Wasser und stellte dann das Tablett ab. Als sie zur Tür zurückging, erschien Phyllis.

»Bitte, bleiben Sie sitzen. Ich bin Phyllis Collins, Rosies Freundin. Sie müssen Lorraine sein. Darf ich Sie... Lorraine nennen?« Sie huschte durchs Zimmer und schüttelte Lorraine die Hand, dann schaute sie Rooney an. »Und Sie sind William Rooney; Rosie hat mir alles von Ihnen erzählt. Bitte, behalten Sie Platz, Mrs. Caley weiß, daß Sie hier sind, und wird bald herunterkommen.«

Lorraine nickte. Rooney fühlte sich noch unbehaglicher auf seinem Sessel, aber wenigstens war ihm nicht mehr heiß. Im Gegenteil, das Zimmer war eisig kalt.

»Wir haben betrübliche Zeiten hinter uns«, sagte Phyllis, die bei dem Sessel neben Rooney stehengeblieben war.

»Werden Sie bleiben, wenn –« Lorraine wußte nicht, als was sie dieses Treffen bezeichnen sollte.

»Nein, Mrs. Caley hat mich nicht darum gebeten. Ich bin eigentlich nur ihre Gesellschafterin. Sie sollte jeden Augenblick hier sein.«

Der Augenblick zog sich zu einer Dreiviertelstunde. Sie sprachen über Elizabeth Caleys Filme, über die Gemälde und über Phyllis' englische Herkunft, aber immer, wenn Lorraine das Gespräch auf den Grund ihres Hierseins bringen wollte, wechselte Phyllis rasch das Thema. Lorraine hatte zwei große Gläser Wasser getrunken und verweigerte ein drittes, weil sie wußte, daß sie sonst zur Toilette gemußt hätte. Rooney hatte sein Wasser zu schnell getrunken und bedauerte das nun, da die Kohlensäure in seinem Bauch blubberte. Eine Uhr schlug, und alle drei wandten sich der großen goldenen Stutzuhr zu, die auf dem Kaminsims stand.

»Ich nehme an, das dort sind Fotos von Miss Caley?« fragte Lorraine und zeigte auf einen der Silberrahmen.

Phyllis nickte und wollte gerade etwas sagen, als sie Schritte in der Marmorhalle hörten, das Klicken hoher Absätze. Dann öffnete der Butler die Tür.

»Mrs. Elizabeth Caley.«

Phyllis übernahm die Vorstellung, und Lorraine stand auf, was die Kissen in weitere Unordnung brachte. Rooney erhob sich unter Sesselknarren, aber Mrs. Caley winkte nur in seine Richtung, und er ließ sich wieder nieder.

Elizabeth Caley streifte Lorraines ausgestreckte Hand mit einer federleichten Berührung, dann schenkte sie Rooney ein liebenswertes Lächeln, das ihn erröten ließ. Sie war vollendet zurechtgemacht, wie man es von einem Filmstar der späten fünfziger oder frühen sechziger Jahre erwartet hätte – ihr schwarzes Haar glänzte und war mit einem Hornkamm hochgesteckt. Aus einiger Entfernung hätte man sie immer noch für Mitte Dreißig halten können, aber sie hatte die Vierzig bereits hinter sich gelassen, und operative Straffungen hatten ihrer Haut eine falsche, zerbrechlich wirkende Glätte verliehen. Ihre cremefarbene, tief ausgeschnittene Bluse ließ ein vermutlich ebenso falsches Dekolleté erahnen. Mrs. Caley trug einen engen schwarzen Rock und helle Strümpfe, die zeigten, daß sie immer noch die Beine einer jungen Frau hatte; ihre hochhackigen Sandaletten betonten ihre schlanken Fesseln.

Rooney war geradezu überwältigt. Er spürte, wie sein Herz pochte, als ihr Parfum ihn umwehte, ein schwerer Magnolienduft, der einem ihre weiße, weiche Haut noch bewußter werden ließ. Elizabeth Caley war immer noch eine sehr attraktive Frau. Sie hatte üppige rote Lippen, passend lackierte Fingernägel und an ihrem Ringfinger einen Ring mit einem Smaragd von der Größe eines kleinen Vogeleis. Sie wirkte beinahe unsicher, als sie sich auf die Kante eines kleinen, unbequem aussehenden Sessels setzte, als wollte sie gleich wieder aufspringen und davonrennen. Mit einem kaum wahrnehmbaren Nicken bedeutete sie Phyllis, sie allein zu lassen. Schweigend schloß Phyllis die Tür hinter sich.

»Meine Tochter.« Mrs. Caley wies auf ein großes Farbfoto, das auf einem Glastisch in der Ecke stand.

Anna Louise Caley war so blond wie ihre Mutter dunkelhaarig. Beide hatten sie große Augen, aber Elizabeths waren von dunklem Braun, während die ihrer Tochter auf dem Foto hellblau wirkten.

»Sie ist sehr schön«, sagte Lorraine leise.

»Ja.« Aber Rooney konnte den Blick nicht von Mrs. Caley wenden, erinnerte sich an all ihre Filme, einen nach dem anderen, und mußte sich beinahe zwicken, um zu glauben, daß er wirklich hier mit ihr im selben Zimmer saß.

»Ich weiß, daß Sie bereits mehrere Detekteien beschäftigt haben«, begann Lorraine, während Mrs. Caley ins Leere starrte. »Wenn wir den Fall wieder eröffnen wollen –«

»Er ist nicht abgeschlossen«, sagte Mrs. Caley leise.

»Entschuldigen Sie, selbstverständlich ist er das nicht, aber wenn Page Investigations ebenfalls Ermittlungen über den Verbleib Ihrer Tochter anstellen soll, dann werden wir Ihnen eine Menge Fragen stellen müssen. Das könnte bedrückend für Sie sein, aber vielleicht werden wir dabei –«

Mrs. Caley senkte den Kopf. »Einen Hinweis finden?«

»Ja. Manchmal stößt ein einzelner oder eine kleine Firma wie die meine, die neu mit einem Fall befaßt ist, auf etwas, das andere für unwesentlich gehalten haben.«

Mrs. Caley nickte, den Blick immer noch auf den glitzernden Ring an ihrem Finger gerichtet. »Ich wollte mit Ihnen sprechen, weil Phyllis mir erzählt hat, Sie hätten bereits in ähnlichen Fällen ermittelt.«

Rooney runzelte die Stirn und warf Lorraine einen fragenden Blick zu. Sie ignorierte ihn und überlegte nur, was Rosie wohl erzählt haben mochte. Leise und ermutigend sprach sie weiter.

»Vermißte zu finden, kann langwierig und kostspielig sein, und wir können Ihnen keine Erfolgsgarantie geben. Aber davon einmal abgesehen, bin ich überzeugt davon, daß meine Erfahrung als Lieutenant bei der Polizei von Pasadena und die Hilfe meines Partners, Mr. Rooney, dazu führen wird, daß…«

»Nichts unversucht bleibt?« Elizabeth Caleys Blick wanderte von Lorraine zu Rooney und dann wieder zu ihrem Ring zurück. Sie lachte. »Das haben sie mir alle versprochen, meine Liebe, und um ehrlich zu sein, die Kosten oder die Dauer interessieren mich nicht. Ich möchte, daß meine Tochter gefunden wird, weil jeder Tag ein Alptraum für mich ist, jeder Anruf eine neue Hoffnung, und jede Nacht…« Sie hielt den Atem an, schluckte, brauchte einen Augenblick, um sich wieder zu fassen. Wenn man daraus auf ihre Schauspielkünste schließen konnte, mußten ihre Filme gut gewesen sein. »Ich habe die Hoffnung nie aufgegeben, obwohl man angedeutet hat, daß nach so langer Zeit…« Wieder holte sie Luft und strich sich mit der schmalen Hand über den milchweißen Hals. »Haben Sie Kinder, Mrs. Page?«

»Ja, ich habe zwei Töchter«, erwiderte Lorraine.

»Nun, dann werden Sie verstehen, was so etwas für eine Mutter bedeutet. Jede Nacht vermerke ich in meinem Tagebuch, daß wieder ein Tag vergangen ist, daß ich wieder eine Nacht ohne meinen Liebling vor mir habe, und ich bete – ich habe so viel gebetet. Und ich habe so viel geweint, daß mir keine Tränen mehr geblieben sind.«

Wieder wies sie mit einer geschmeidigen Geste auf das Foto ihrer Tochter. »Ich starre ihr Gesicht an, immer und immer wieder – wo bist du? Mein Liebling, geliebtes Kind, wo bist du?«

Rooney hatte Tränen in den Augen. Lorraine schaute angemessen bewegt drein, aber sie war immer noch der Ansicht, daß Mrs. Caley sich wie in einem ihrer Filme benahm. Und dieser Eindruck wurde stärker, als Elizabeth Caley aufsprang und lautlos auf dem weißer als weißen Teppich auf und ab zu tigern begann und mit erhobener Stimme weitersprach.

»Es war am fünfzehnten Februar. Wir reisten nach New Orleans, wir fahren immer zum Mardi Gras dorthin. Sie ist nicht zum Essen heruntergekommen. Wir waren auch erst ein paar Stunden zuvor eingetroffen und nahmen einfach an, sie sei nicht hungrig.«

Jetzt trat sie an einen der goldenen Beistelltische mit den Glasplatten, auf denen mehrere Fotos ihrer Tochter standen – auf einem war sie als Debütantin auf einem der Mardi Gras-Bälle zu sehen, auf anderen bei einer Überraschungsparty, einer Filmpremiere. Elizabeth schien beinahe vor den Bildern zu tanzen, dann strich sie mit dem Finger über einen kleineren Goldrahmen, und Tränen liefen über die perfekt geschminkten Wangen.

»Ich werde nicht aufgeben, ich kann es einfach nicht.«

Rooney hätte vor ihr auf die Knie sinken mögen, ein Fan fürs Leben. Lorraine wünschte sich einfach, Mrs. Caley sollte endlich mit dem Theater aufhören und vernünftig reden, damit sie besprechen konnten, wie lange sie an dem Fall arbeiten sollten. Während Mrs. Caleys Monolog hatte sie berechnet, wieviel sie verlangen mußte, damit sie zu dritt an dem Fall arbeiten konnten, Spesen eingeschlossen, und wenn sie – was offensichtlich war – nach New Orleans reisen mußten, würden diese Spesen noch höher ausfallen…

Lorraine hüstelte, um Mrs. Caleys Aufmerksamkeit auf sich zu lenken. »Mrs. Caley, wenn Sie wünschen, daß Page Investigations mit der Arbeit beginnt, könnten wir dann kurz über die Finanzen sprechen?«

Mrs. Caley fuhr herum und starrte Lorraine an. »Selbstverständlich möchte ich, daß Sie ermitteln – wieso, glauben Sie, hätte ich Sie sonst hergebeten? Ich möchte, daß Sie meine Tochter finden, habe ich das denn nicht deutlich genug gemacht?«

Lorraine leckte sich die Lippen. »Gut, aber wir müssen über die Verträge sprechen, die Sie mit anderen Detekteien haben, weil die ein wenig besitzergreifend sind, und –«

»Sie haben nichts erreicht! Es ist jetzt elf Monate her, *elf Monate, und es ist mir egal, mit wem wir Verträge haben!* Keine dieser Agenturen hat auch nur eine einzige Spur gefunden!« Sie lieferte ihnen jetzt eine oscarreife Vorstellung, ihre Stimme wurde immer lauter und emotionaler. Sie griff nach einem der Fotos ihrer Tochter und preßte es an die Brust. »Sie ist so ein süßes, unschuldiges Mädchen, sie kann nicht einfach so verschwunden sein, sie muß doch irgendwo sein. Wer kann mir so etwas antun – es bricht mir das Herz!«

Lorraine sah den gebannten Rooney an und wünschte sich, er würde ihr helfen. Sie wußte, daß Mrs. Caley auf einen Höhepunkt zusteuerte, und es war gut möglich, daß sie zusammenbrach. Sie würden wiederkommen müssen, vielleicht mehrmals, bis sie endlich einen unterschriebenen Vertrag hätten. Dann wurden plötzlich die Türen aufgerissen.

»Elizabeth, *Elizabeth*!«

Mrs. Caley wandte sich zur Tür und hielt dem Eintretenden in einer theatralisch-hilflosen Geste das Foto entgegen.

»Sie lebt noch, Robert, ich weiß, daß sie noch lebt. Ich werde nicht aufgeben – *ich gebe einfach nicht auf!*«

Robert Caley gönnte Lorraine nicht einmal einen Blick, sondern winkte Phyllis herein, die dicht hinter der Tür stand. »Phyllis, hilf Elizabeth auf ihr Zimmer, bitte. Sofort.«

»Nein, Robert, ich werde nicht gehen. Ich muß mit diesen Leuten reden; sie werden Anna Louise finden.«

Robert Caley sah selbst wie ein Filmstar aus. Sein Gesicht war von tiefen Falten gezeichnet, die durch die Sonnenbräune noch mehr auffielen, und sein dichtes schwarzes Haar mit den grauen Schläfen verlieh ihm einen strengen Ausdruck, der zu seiner eisern kontrollierten Stimme und den stechenden blauen Augen paßte.

»Bitte, Elizabeth, geh auf dein Zimmer. Dich so aufzuregen und es immer wieder durchzumachen, ist sinnlos.«

Elizabeth stellte das Foto zurück wie ein ungezogenes Schulmädchen. Schmollend schob sie die Unterlippe vor. »Diese Leute sind hochqualifiziert, Liebling. Gib ihnen wenigstens eine Chance … gib Anna Louise eine Chance.«

Robert Caley starrte einen Augenblick lang zu Boden, und

Lorraine wußte, daß er verzweifelt versuchte, seinen Zorn zu beherrschen. Dann blickte er auf und starrte sie kalt an.

»Wie Sie sehen können, Mrs. Page, geht es meiner Frau nicht gut. Es wäre besser, wenn Sie jetzt gingen. Im Augenblick haben wir mehr als genug Detekteien unter Vertrag, von der Polizei, die ebenfalls versucht, unsere Tochter zu finden, nicht zu reden. Ich will Ihre Zeit nicht länger verschwenden.«

Elizabeth Caley baute sich vor ihrem Mann auf, die Hände fest zu Fäusten geballt. »Ich möchte, daß diese Leute noch heute nachmittag anfangen, Robert, ich bestehe darauf. Mrs. Page hat selbst Töchter, sie weiß, wie eine Mutter empfindet, und sie ist mir sehr empfohlen worden...«

»Ach ja? Ich denke, Mrs. Page interessiert sich nur dafür, dich auszunehmen, Elizabeth. Das muß ein Ende haben. Ich werde nicht zulassen, daß du diese Leute ins Haus bringst.«

Lorraine trat vor. »Entschuldigen Sie, Mr. Caley.«

Wieder wandte er Lorraine diesen kalten, arroganten Blick zu. »Nein, Sie entschuldigen mich, Mrs. Page. Ich weiß nicht, welche Lügengeschichten Sie meiner Frau aufgetischt haben, aber ich glaube nicht, daß Sie in irgendeiner Weise qualifiziert sind, meine Tochter zu finden. Wir haben genug von Journalisten, genug von diesen Blutsaugern, die sich als Privatdetektive ausgeben, genug von Leuten, die uns nur ausnehmen wollen, von Leuten, die nicht fähiger sind, Anna Louise zu finden als...«

»Entschuldigen Sie«, sagte Lorraine noch einmal.

»Ich werde nicht zulassen, daß meine Frau noch einmal –«

Lorraine unterbrach ihn. »Noch einmal was, Mr. Caley?«

Er holte tief Luft, wandte sich einen Augenblick lang ab und sah Lorraine dann wieder an. »Betrogen wird, Mrs. Page, und ich glaube, tiefer als bis zu Ihnen und Ihrer Agentur können wir kaum mehr sinken. Ich weiß alles über Ihre Detektei, wenn man sie überhaupt als so etwas bezeichnen kann, ebenso, wie ich von Ihrer Sauferei weiß. Sie sind bei der Polizei rausgeflogen, weil Sie einen unschuldigen Jungen erschossen haben. Sie sind Alkoholikerin und haben keinerlei Erfahrung in privater Detektivarbeit. Und was Ihre Kinder angeht – Sie haben seit Ihrer

Scheidung keinen Kontakt mehr zu Ihren Töchtern! Vielleicht waren die Agenturen, die wir beschäftigt haben, nicht in der Lage, meine Tochter zu finden, aber sie waren sehr effektiv, als es darum ging, mir Informationen über Sie zu liefern. Ich wäre also dankbar, wenn Sie endlich mein Haus verließen und nicht wiederkommen würden.«

Lorraine hatte das Gefühl, der dichte Teppich sei ihr bis zum Hals gewachsen und ersticke sie nun. Sie drehte sich um und griff nach ihrer Handtasche. Rooney, der wie ein Buddha dagesessen hatte, trat nun vor, das Gesicht rot angelaufen.

»Mr. Caley, ich bin Bill Rooney, und bevor Sie mir erzählen, was Sie über meinen Hintergrund wissen, möchte ich Sie darüber informieren, daß ich vor kurzem in Pension gegangen bin. Ich habe begonnen, mit Mrs. Page zusammenzuarbeiten …«

»Bitte gehen Sie.«

»Oh, ich werde gehen, Mr. Caley, aber nicht, bevor ich einiges richtiggestellt habe. Mrs. Page mag getrunken haben, aber jetzt trinkt sie nicht mehr. Und was immer sie getan hat, sie hat dafür bezahlt. Und bei dem, was sie jetzt tut, ist sie sehr gut, und das muß ich wissen, denn ich habe lange genug mit ihr zusammengearbeitet. Sie weiß mehr und verfügt über mehr Intuition als alle anderen Polizisten, mit denen ich je zusammengearbeitet habe, und sie ist besser als alle anderen Privatdetektive, die Sie in L.A. finden können. Wenn Ihre Tochter noch lebt, wird sie sie finden, und zwar ohne Sie oder Ihre Frau auszubeuten, denn Lorraine Page ist vor allem ein Profi. Danke für das Eiswasser.«

Rooneys Gesicht war noch röter geworden, als er sich umdrehte und die Hand zu Lorraine ausstreckte. Sie hatte die Stütze nicht mehr so dringend gebraucht, seit sie mit dem Trinken aufgehört hatte. Sie hätten das Zimmer verlassen, wenn Elizabeth Caley Lorraine nicht am Arm gepackt hätte.

»Nein, bitte, gehen Sie nicht, bitte …« Jetzt spielte sie nicht mehr, und von nahem konnte man sehen, daß alle Jugendlichkeit von ihr gewichen war. »Bitte, finden Sie meine Kleine für mich. Lieber Gott, ich flehe Sie an, mir zu helfen, bitte!«

Rooney versuchte, Lorraine aus dem Zimmer zu ziehen, während Mrs. Caley sich flehend an ihren Mann wandte. »Bitte, schick sie nicht weg; du darfst sie nicht wegschicken. Sag mir nicht, daß ich die Hoffnung aufgeben soll, bitte, tu mir das nicht an!«

Robert Caley sackte ein wenig zusammen. Sein Zorn war verpufft, und nun klang er einfach nur müde. »Ich beauftrage Sie für zwei Wochen, zahle alle Spesen, was immer Sie brauchen. Wenn Sie mit mir sprechen möchten, können Sie mich zu den üblichen Zeiten in meinem Büro erreichen. Phyllis, bring Elizabeth bitte nach oben, damit sie sich ausruhen kann, und dann kümmere dich um die notwendigen Verträge.« Er verließ das Zimmer.

Elizabeth Caley lehnte sich gegen die Tür und seufzte. »Ich bin jetzt zu müde, weiter mit Ihnen zu reden, Sie müssen morgen wiederkommen. Phyllis wird sich um alles kümmern.«

»Danke, Mrs. Caley«, sagte Lorraine.

Elizabeth nickte ihr zu. Sie war jetzt wieder sehr gefaßt, beinahe stählern. »Ich möchte mit Ihnen unter vier Augen sprechen. Würden Sie mit auf mein Zimmer kommen?«

Rooney schaute ihnen nach, dann lächelte er Phyllis zu. Sie schloß die Tür mit einer hektischen Bewegung, die zeigte, wie wütend sie war, weil Rosie sie hinters Licht geführt hatte. Sie warf Rooney einen erbosten Blick zu.

»Nun, welche Bezahlung verlangen Sie, Mr. Rooney?«

»Wir werden zu dritt an diesem Fall arbeiten. Tausend pro Woche.«

Phyllis nickte. »Dreitausend pro Woche plus Spesen, die sich wohl in derselben Höhe bewegen werden wie bei den anderen Agenturen, nehme ich an?«

Rooneys Mund stand offen; er hatte eigentlich an tausend Dollar für sie alle drei gedacht.

»Ich werde Quittungen für die Spesen brauchen«, sagte Phyllis und schlug ein kleines Notizbuch auf.

Rooney strahlte. »Die werden Sie bekommen, Miss Collins.« Er konnte kaum glauben, daß sie so viel Glück hatten.

Lorraine bekam Elizabeth Caleys Schlafzimmer nicht zu sehen. Als sie vor der Suite angekommen waren, zog Elizabeth sie näher zu sich heran.

»Werden Sie sie finden?«

»Ich werde mein Bestes tun, Mrs. Caley.«

Elizabeth nickte, kaute an ihrer Lippe und beugte sich dann noch näher zu Lorraine vor. »Ich werde Ihnen noch einen Grund liefern. Wenn Sie sie finden, erhalten Sie einen Bonus von einer Million Dollar.«

Lorraine blinzelte. »Eine Million?«

»Ja. Ich möchte, daß meine Tochter gefunden wird, Mrs. Page.«

Lorraine verlagerte vorsichtig das Gewicht auf den anderen Fuß. Ihre Stimme war sanft und so leise wie die von Elizabeth, aber sie zögerte nicht. »Tot oder lebendig, Mrs. Caley?«

»Wenn Sie sie finden, tot oder lebendig, werden Sie eine Million bekommen.«

»Könnte ich das schriftlich haben?«

Die weiche, weiße Hand mit den blutroten Nägeln packte Lorraines Hand zu einem festen Handschlag, und wieder hatte Lorraine den Eindruck, daß zwei Personen in Elizabeth Caley steckten: In der Öffentlichkeit war sie der Filmstar, die leidenschaftliche Schauspielerin, aber dahinter gab es noch etwas anderes, etwas, das ihr zunächst nicht aufgefallen war – und es war nicht Härte, die sie erwartet hätte. Elizabeth Caley war sehr, sehr verängstigt. Aus der Nähe konnte man sehen, daß die Pupillen ihrer mandelförmigen braunen Augen sehr stark vergrößert waren, und Lorraine wußte, daß sie Drogen nahm.

3

Am Nachmittag sprachen Lorraine, Rooney und Rosie darüber, wie sie die Ermittlungen beginnen würden. Als erstes würden sie sich von den Caleys einen Vorschuß geben lassen. Rooney würde die Polizisten ansprechen, die, soweit er wußte, noch mit dem Fall zu tun hatten. Das würde die Anzahl der Fragen, die sie Mr. und Mrs. Caley stellen mußten, beträchtlich verringern, und bevor Lorraine noch einmal mit einem von beiden sprach, wollte sie so viele Hintergrundinformationen haben wie möglich. Und dann mußten alle Zeitungsartikel über das Verschwinden des Mädchens kopiert und eine Akte angelegt werden.

Sie waren begeistert. Eine Million Dollar waren ein einzigartiger Anreiz.

Am Abend traf sich Rooney mit Detective Jim Sharkey zu einem flüssigen Abendessen. Sharkey, der Dean Martin wie aus dem Gesicht geschnitten war, war nicht sonderlich kooperativ; soviel er wußte, hatte die Polizei alles getan, was getan werden konnte.

»Alle sind der Meinung, sie sei entführt worden, obwohl es keine Lösegeldforderung gab. Andere derartige Fälle wären nicht so lange offengehalten worden.«

Rooney schnaubte. »Du behauptest also, daß eine Menge andere Mädchen auch einfach so verschwinden?«

»Ja, eine Menge, Bill, das solltest du eigentlich wissen. Wir haben eine Akte, so lang wie mein Arm, die sich mit vermißten Jugendlichen beschäftigt, und wir versuchen sie alle zu finden. Und glaub mir, für diesen Fall haben wir erheblich mehr Zeit aufgewendet, wegen der Position der Caleys. Außerdem ist sie in New Orleans verschwunden, also konnten wir hier nicht sonderlich viel tun. Wir haben ein paar Jungs hingeschickt, um sich zu informieren, aber die haben auch nichts gefunden, und die Kollegen dort sind nicht gerade von der freundlichsten Sorte und haben uns nahegelegt, uns rauszuhalten.«

»Und das hast du getan?«

»Ja, wir haben hier nichts gefunden, und wir haben all ihre Freunde und Freundinnen verhört.«

»Hatte sie was mit Drogen zu tun?«

»Nein. Vollkommen clean. Und nachdem bisher keine Leiche gefunden wurde, nehmen einige der Jungs an, die Kleine sei einfach abgehauen.«

Bill seufzte und lehnte sich zurück. »Hat sich irgendwas über die Eltern ergeben?«

Sharkey schien verdutzt. »Was? Sag das noch mal! Sie haben die besten Leute eingestellt, um was rauszufinden, und wenn sie irgendwas, auch nur das Geringste, mit dem Verschwinden ihrer eigenen Tochter zu tun gehabt hätten, glaub mir, dann hätten wir das rausgefunden. Und die Alte hat sich die Augen ausgeweint.«

»Mrs. Caley?«

Sharkey nickte. »Sie muß mal 'ne tolle Frau gewesen sein; ist es immer noch. Mann, was für 'ne Figur, und ich sag dir, Bill, ich hab sonst nichts für ältere Frauen übrig. Aber die würde ich gern flachlegen, ganz ehrlich.«

Rooney nickte. Die Tatsache, daß keiner von ihnen beiden in den vergangenen zwanzig Jahren eine Frau umsonst bekommen hatte, bewahrte ihr männliches Ego nicht davor zu glauben, es sei anders. Sie tranken noch ein paar Bier, dann gingen sie zu Wodka über. Es wurde reichlich spät. Um Mitternacht riefen sie ein Taxi und machten sich auf den Weg zu Sharkeys Revier. Sharkey konnte einiges vertragen, und obwohl er nicht im Dienst war, verweigerte er Rooney den Eintritt ins Revier. Es hätte Probleme geben können, wenn Ex-Captain Bill Rooney seinen Fuselatem hier verströmte, erst recht, wenn jemand erfuhr, was Sharkey vorhatte.

Rooney wartete im Taxi. Es dauerte fast eine Stunde, bis Sharkey zurückkam und ihm einen dicken Packen Fotokopien zuschob. Ein teurer Abend, dachte Rooney, als Sharkey die fest zusammengefalteten Geldscheine zwinkernd entgegennahm. Er hatte fünfhundert Dollar gewollt und die Garantie, daß Rooney ihn nicht verraten würde, falls es Schwierigkeiten gab. Die fünfunddreißig Dollar für das Taxi erwähnte Rooney lieber nicht, er war zu versessen darauf, die Akte schnell zu Lorraine zu bringen.

Lorraine arbeitete vieles davon noch in dieser Nacht durch. Soweit sie sehen konnte, war Anna Louise Caley ein freundliches, beliebtes und verwöhntes Mädchen. Die Schüler aus ihrer

Klasse hatten kein schlechtes Wort über sie verlauten lassen. Alle Schüler und Lehrer machten Bemerkungen über ihre Schönheit, niemand über ihre intellektuellen Fähigkeiten, aber es hieß, sie sei eine hervorragende Tennisspielerin, Schwimmerin, Reiterin – ein sportliches Mädchen. Sie hatte keinen festen Freund, aber Lorraine strich sich die Namen der Jungen an, die zugaben, mit ihr ausgegangen zu sein. Sie beschloß, sie als erste zu befragen. Sie hatte auch die Namen mehrerer Schülerinnen, die allesamt behaupteten, Anna Louises beste Freundin zu sein, also listete sie sie an zweiter Stelle auf. Dann kamen die Trainer und Lehrer. Es würde ein Rennen gegen die Zeit werden: Bei nur zwei Wochen würde sie ihre Vorermittlungen in L.A. innerhalb von zwei Tagen abschließen müssen.

Am nächsten Morgen ging es bei Page Investigations zum ersten Mal seit Eröffnung der Detektei wirklich geschäftig zu. Das Telefon klingelte ununterbrochen, und Rosie war rot angelaufen und schwitzte.

Lorraine zeigte auf eine große Pinnwand, an der sie die Namen derjenigen notiert hatte, die sie befragen wollte.

»Also gut, Rosie, du schreibst die Namen aller Schüler auf, mit denen ich reden muß, in alphabetischer Reihenfolge. Wir streichen sie dann nacheinander wieder aus.« Rosie nickte. Es war ein gutes Gefühl, endlich etwas zu tun zu haben.

Rooney war beauftragt worden, sich so diskret wie möglich über die Detekteien zu informieren, die für die Caleys gearbeitet hatten, und herauszufinden, ob es dort einen Exkollegen gab, der ihnen für Geld Informationen über interessante Einzelheiten beschaffen würde. Er heftete eine Liste der Agenturen an die Pinnwand.

»Mein Gott, haben die alle an diesem Fall gearbeitet?« fragte Rosie.

»Ja. Caley hat tatsächlich eine Menge Geld ausgegeben.« Lorraine kaute auf ihrem Bleistift herum, dann steckte sie ihn sich ins Haar.

»Also gut. Wir gehen folgendermaßen vor: Ich kümmere mich um die Kids am College. Bill, du versuchst, etwas über

Caley herauszufinden und zapfst deine alten Kumpels an. Und du, Rosie, hältst hier die Stellung, und wir rufen dich an, wenn wir irgendwas herausgefunden haben. Das wichtigste ist, daß wir in die Gänge kommen und so bald wie möglich etwas finden. Einverstanden?«

Rooney nickte, als Rosie ihm die Nummer von Lorraines Handy aufschrieb. »Wir bleiben alle ununterbrochen in Verbindung«, sagte sie strahlend.

Lorraine warf Rooney einen Seitenblick zu und zwinkerte. »Genau darum geht es, Rosie.«

Lorraine mietete einen Wagen, einen 88er Buick, der schon bessere Zeiten gesehen hatte. Bewaffnet mit zwei Fotos von Anna Louise, sprach sie mit fünfzehn ihrer Mitschüler und Mitschülerinnen. Diesen jungen Leuten gegenüberzustehen, die so redselig waren und so voll jugendlicher Begeisterung, bewirkte, daß sie sich müde und unglaublich erschöpft fühlte, aber das Bild, das sich vor ihrem geistigen Auge abzuzeichnen begann, entsprach überwiegend dem, das sich schon aus den Polizeiakten ergeben hatte. Es war schwer, die jungen Leute dazu zu bewegen, sich einigermaßen zu entspannen, und langsam schmerzte ihr Gesicht vom aufgesetzten Lächeln, aber sie hielt durch. Am Mittag hatte sie nur noch zwei Namen auf ihrer Liste und ging zum Tennisplatz, um sich dort mit Angie Wellbeck zu treffen, die in Sharkeys Akten als »beste Freundin« aufgeführt wurde. Nach Angie würde sie noch einen der Jungen sehen, mit dem Anna Louise ausgegangen war, Tom Heller.

Angie trug weiße Tennisshorts, ein weißes T-Shirt, Reeboks und weiße Söckchen mit Bommeln. Sie hatte ihre Schläger in einer sehr professionell aussehenden weißen Tasche. Während sie betont höflich die Routinefragen beantwortete, die Lorraine allen Schülern gestellt hatte, zupfte sie ununterbrochen an dieser Tasche herum. War sie gut mit Anna Louise ausgekommen? Gab es Leute, die Anna Louise nicht leiden konnten? Die aus bestimmten Gründen etwas gegen sie hatten? Mit wem hatte sie Umgang gehabt? Nahm sie Drogen, trank sie zuviel? Was für eine Art Mädchen war sie?

Angie saß auf der Bank, starrte ihre Tennisschuhe an, und Lorraine konnte auf ihrem zart gebräunten Gesicht die ersten Sommersprossen erkennen.

»Sie war wirklich hübsch und hatte immer die modischsten Kleider, wissen Sie, wenn etwas in war, war AL immer die erste, die es trug.«

»AL?« fragte Lorraine, obwohl sie schon längst wußte, daß man Anna Louise bei diesem Spitznamen gerufen hatte.

»Ja, wir haben sie immer AL genannt. Anna Louise klingt so langweilig. Nicht, daß sie selbst langweilig war, nur ihr Name.«

Angie sagte nichts Unpassendes und gab keinen Hinweis darauf, daß ihre Freundin anders als vollkommen war. Sie wiederholte nur, daß sie sich nicht sonderlich für geistige Dinge interessierte, aber eine gute Sportlerin war und sehr wettbewerbsinteressiert.

»Wie sehr?« wollte Lorraine wissen.

»Na ja, es hat ihr großen Spaß gemacht zu gewinnen, vor allem beim Tennis. Wir haben viel zusammen gespielt, manchmal auch Doppel. Ihr Dad spielt sehr gut, er hat viel mit ihr geübt, deshalb ist sie so gut. Eine großartige Rückhand, sehr stark, obwohl ihr Aufschlag nicht so toll war, aber sie ist eine gute Spielerin. Hat sehr viel trainiert.«

»Hat sie sich geärgert, wenn sie verloren hat?«

»Klar.«

»Aggressiv?«

»Manchmal.«

»Hat sie Streit angefangen und mit wem?«

»Nein, sie war dann wütend auf sich selbst.«

»Wie meinen Sie das?«

»Na ja, wenn sie einen Ball verpaßt hat, hat sie sich selbst angebrüllt und geflucht und so.«

»Aha. Sie haben also nie erlebt, daß sie sich mit anderen gestritten hätte?«

»Nein, aber vielleicht sollten Sie noch andere Leute fragen. Ich meine, wir haben oft gespielt, aber ich war nicht die einzige. Vor allem hat sie mit Tilda Brown gespielt. Sie hat AL näher gestanden, aber sie ist nicht wieder in die Schule gekommen, seit AL verschwunden ist – das wissen Sie ja wohl.«

Lorraine nickte und unterstrich Tildas Namen in ihrem Notizbuch.

»Habt ihr alle denselben Trainer?«

»Nein, überhaupt nicht. AL war reich, und ihr Trainer ist ein ehemaliger Olympiateilnehmer, ein echter Profi. Keine von uns hätte was dagegen gehabt, von ihm trainiert zu werden«, kicherte sie.

»Hat das zu Eifersüchteleien geführt?« Lorraine fühlte sich inzwischen selbst von ihren Fragen angeödet.

»Ja, aber das hatte nichts mit Tennis zu tun.«

Lorraine schaute Angie an, die ihr Stirnband abnahm und jetzt daran herumzupfte. »Wie meinen Sie das?«

»Jeff Nathan, der Trainer, ist wie ein Filmstar. Ich glaube, er trainiert eine Menge berühmter Leute. Manchmal hat er mit uns gespielt, wenn ich AL besucht habe – wir haben Doppel gegen ihn und ALs Dad gespielt. Daher kenne ich ihn.«

»Den Trainer?«

»Ja, und ihren Dad. Er war wirklich nett.«

Angies Tennispartnerinnen warteten schon, also fragte sie, ob sie jetzt gehen könne. Lorraine fielen keine weiteren Fragen mehr ein. Wie alle, mit denen sie gesprochen hatte, hatte Angie ihr nicht viel über Anna Louise sagen können, aber sie hatte – wie bereits drei andere Mädchen – den Tennislehrer erwähnt.

»Waren Sie ihre beste Freundin?« fragte Lorraine, als Angie aufsprang, begierig, endlich zu gehen.

Sie drehte sich um und lächelte. »Das würde ich nicht sagen. Ich denke, Tilda war ihre beste Freundin, aber wir mochten sie alle – ein wirklich nettes Mädchen.« Angie verzog einen Augenblick lang das Gesicht, dann zögerte sie, biß sich auf die Lippen. »Glauben Sie, daß ihr etwas Schlimmes passiert ist?« Lorraine wandte sich ab, und Angie trat näher heran. »Es gibt Leute, die sagen, sie sei vielleicht ermordet worden. Ist das wahr?«

»Das weiß ich wirklich nicht. Danke, daß Sie mit mir gesprochen haben.«

»Schon in Ordnung. Bis dann.«

Lorraine sah zu, wie Angie sich zu den anderen drei Mädchen gesellte, alle in weißer Tenniskleidung. Sie schauten zu ihr herüber und lächelten. Lorraine blieb noch ein paar Minuten sitzen und sah den Mädchen beim Aufwärmen zu. Soweit sie es beurteilen konnte – sie spielte allerdings nicht selbst – waren diese Mädchen ziemlich gut. Wenn Anna Louise besser gespielt hatte, mußte sie sehr gut gewesen sein.

»Sie hätte Profi werden können, wenn sie das gewollt hätte.«

Lorraine stand vor den Squashplätzen und sprach mit einem schlaksigen jungen Mann, der sich ein weißes Sweatshirt um die Schultern geschlungen hatte. Tom Heller war mindestens eins fünfundachtzig groß und sah durchschnittlich gut aus.

Als Lorraine fragte, ob er regelmäßig mit Louise gespielt habe, zuckte er die Achseln.

»Ja, manchmal an den Wochenenden, bei ihr zu Hause. Ihr Dad ist ein guter Spieler.«

Lorraine nickte. »Und was war mit dem Trainer, äh…«

»Jeff Nathan? Ja, mit dem hab ich auch mal gespielt. Er gibt Privatstunden.«

»Mögen Sie ihn?«

Er runzelte die Stirn. »Ich kenne ihn kaum.«

»Hat Anna Louise ihn gemocht?«

»Keine Ahnung.«

»Sie sind manchmal mit ihr ausgegangen, nicht wahr?«

»Ein paarmal, aber nichts Ernstes. Ein paar Partys. Wir waren Kumpel.«

»Hatten Sie Sex mit ihr?«

Er wurde rot. »Nein.«

»Wissen Sie, ob sie sexuell freizügig war?«

»Nein, nicht mehr als alle anderen.«

»Wie viele junge Männer kennen Sie, die eine sexuelle Beziehung zu Anna Louise hatten?«

Wieder errötete er. »Darüber weiß ich nichts. Wie ich schon sagte, wir sind nur ein paarmal miteinander ausgegangen.«

»Was ist mit dem Trainer? Dieser Nathan, hatte er was mit ihr?«

Er sah Lorraine angewidert an. »Keine Ahnung.«

Plötzlich ging ihr seine Hochnäsigkeit auf die Nerven.

»Hören Sie mal, Tom – ich versuche, Anna Louise zu finden, sie ist seit elf Monaten verschwunden, und sie könnte irgendwo vergraben sein oder in Las Vegas tanzen. Ich versuche nur, meine Arbeit zu machen, okay? Wenn sie es also mit dem Tennistrainer getrieben hat, und Sie vielleicht davon wußten, wäre ich dankbar, wenn Sie mir ...«

»Ich habe keine Ahnung.«

»Wissen Sie, wo ich diesen Tennislehrer finden kann?«

»Vielleicht im Bel Air. Dort spielt er öfter.«

»Danke, Mr. Heller. Entschuldigen Sie die Störung.«

Es war beinahe Essenszeit, als Lorraine im Büro anrief.

»Wie läuft's?«

»Gut. Ich warte noch darauf, daß Bill sich meldet«, sagte Rosie.

»Ich bin auf dem Weg zu ihrem Tennistrainer – was machst du gerade?«

Rosie schürzte die Lippen. »Ich muß Hotels buchen, Flüge und ...« Das zweite Telefon klingelte. »Warte mal, Lorraine, das könnte Bill sein.«

Er war es, und er berichtete, daß er von den anderen Detekteien bisher nicht viel erfahren hatte, aber noch ein paar Kontakte überprüfen wollte. Rosie leitete das an Lorraine weiter, die vorschlug, er sollte vielleicht auch die Hellseherin befragen, mit der die Caleys in L.A. Kontakt aufgenommen hatten. Rosie wiederholte das für Rooney und lauschte seiner Antwort, beide Hörer an die Ohren gedrückt, ehe sie sich wieder Lorraine zuwandte. »Er sagt, diese Typen seien alle nur Zeitverschwendung.«

Lorraine fauchte zurück: »Sag ihm, daß ein Haufen tennisspielender Kids kein bißchen informativer sind, aber bevor wir nach New Orleans fliegen, müssen wir hier alles abklappern, *sag ihm das*!«

Rooney hatte sie selbst gehört, lachte und sagte Rosie, sie solle Lorraine mitteilen, *sie* sei der Boß, aber Lorraine hatte schon aufgelegt. Rosie legte beide Hörer auf und fing an, in der Bedienungsanleitung der Telefonanlage nachzulesen, wie man beide Leitungen direkt miteinander verbinden konnte.

Jeff Nathan hatte einen muskulösen Körper, von dem die meisten Frauen träumen. Sein enges weißes T-Shirt und die kurzen weißen Tennisshorts betonten die Bräune von Armen und Beinen. Alles sehr attraktiv, aber innerhalb von Minuten fiel Lorraine auf, daß sie sich all diese maskulinen Muskeln viel besser um einen ebenso gebräunten Männerkörper geschlungen vorstellen konnte.

»Sind Sie schwul, Mr. Nathan?«

»Oh, wir sind aber aggressiv!«

»Nein, ich würde das nicht als aggressiv bezeichnen, aber ich mußte diese Frage stellen, und ich kenne die Antwort schon. Wissen Sie, Mr. Nathan, ich suche nach einem jungen Mädchen, das seit elf Monaten verschwunden ist, und wenn Sie sexuelle Beziehungen zu ihr hatten, dann ...«

Er lächelte und verabschiedete sich von seinem Macho-Tennisprofi-Image. »Ja, Mrs. Page, ich bin schwul«, sagte er und betrachtete die Visitenkarte, die sie ihm gereicht hatte.

»Danke. Erzählen Sie mir etwas über Anna Louise Caley.«

»Ich war ihr Privattrainer, also habe ich mit ihrem Verschwinden ein angenehmes Einkommen verloren. Anna Louise hätte Profispielerin werden können, ihre Bewegungen waren sehr koordiniert, sie war kräftig, aber sie hatte einen großen Fehler: Wenn sie einmal einen Fehler gemacht hatte, konnte sie ihn nicht mehr vergessen. Sie wurde sehr wütend auf sich selbst, und das hat dann für gewöhnlich den Rest des Spiels verdorben. Je wütender sie wurde, desto schlechter spielte sie.« Er legte den Kopf schief. »Sehen Sie, ich kannte sie wirklich nur als Trainer, und ich kann Ihnen viel über ihr Spiel erzählen, aber nichts über ihr Privatleben.«

»Was ist mit ihrem Vater?«

Nathan zuckte die Achseln. »Ein guter Spieler, hat einen festen Schlag, aber kein Tempo. Er wartet immer darauf, daß die Bälle auf ihn zukommen, er nutzt den Platz nicht. Anna Louise hat nie Interesse daran gehabt, ernsthaft zu spielen, sie wollte immer nur besser sein als ihr Vater, aber wenn sie gegeneinander spielten, verlor sie immer die Nerven. Dabei hätte sie ihn schlagen können.«

»Hat sie versucht, sich an Sie ranzumachen?« fragte Lorraine, während sie über den Platz gingen. Sie fand sein falsches Lächeln unattraktiv, nahm aber an, daß es einem jungen Mädchen sehr gefährlich werden konnte.

»An mich ranzumachen? Meine Liebe, das ist leider der Hauptgrund dafür, wieso Leute mich einstellen, zumindest Frauen oder Mädchen. Ich muß aussehen und mich aufführen wie ein Hengst.«

»Und, haben Sie?« versuchte sie es noch einmal.

»Habe ich was? Den Hengst gespielt? Bitte ...« Die Sehnen an Nathans gebräuntem Hals spannten sich, seine vollkommenen Züge verzerrten sich zu breiterem Lächeln.

»Sie war also, sagen wir mal, in Sie verschossen?«

Er lächelte, zeigte wieder die weißen Zähne. »Kann sein, aber ich versichere Ihnen, es war nicht in meinem Interesse, sie zu ermutigen. Wie ich schon sagte, haben die Caleys mich gut bezahlt, und es wäre dumm gewesen, ein solches wöchentliches Einkommen aufs Spiel zu setzen.«

»Wöchentlich?«

»Ja, manchmal kam ich zum Haus und sie hatte keine Lust zu spielen, aber ich wurde immer bezahlt.« Nathan drehte sich um, als eine zierliche blonde Frau mit einem rüschenbesetzten Tennisrock von einem der anderen Plätze ihn herbeiwinkte. »Ich muß gehen, aber wenn Sie noch einmal mit mir sprechen wollen, können Sie sich jederzeit melden. Spielen Sie selbst?«

Lorraine schaute zu, wie die Blonde versuchte, einen Ball

übers Netz zu schlagen. »Etwa so gut wie die da!« Er lachte – eigentlich mochte sie ihn. »Ich danke Ihnen.«

Wieder hatte sie nichts erfahren, das sie nicht bereits aus der Polizeiakte wußte. Als sie das Feld verließ, fühlte sie sich vollkommen erledigt, und sie war auch ärgerlich. Vielleicht lag es an den jungen Leuten, ihrer Lässigkeit, aber niemand hatte ihr etwas Wesentliches über das verschwundene Mädchen sagen können. Ebenso, wie niemand ein schlechtes Wort über sie gesagt hatte, nur, daß sie ziemlich böse werden konnte, wenn sie einen verdammten Ball verpaßte.

Lorraine rief Rosie an. »Was Neues?«

»Nein, noch nichts«, erwiderte Rosie.

»Ist Rooney bei dieser Hellseherin?« fragte Lorraine.

»Ich glaube schon, aber er hielt es für Zeitverschwendung.«

»Ja, schon gut. Ich bin auf dem Weg zu den Caleys. Ich habe bis jetzt auch nichts rausfinden können, also werde ich noch einmal mit den Eltern reden und wieder anrufen, wenn ich fertig bin.«

»Ich dachte, Rooney wollte bei dem Gespräch mit den Caleys dabeisein?«

»Rosie, ich leite diese Ermittlung, nicht Rooney.«

Rosie hatte kaum den Hörer aufgelegt, als Rooney ins Büro platzte.

Rosie lächelte. »Lorraine hat gerade angerufen; sie ist auf dem Weg zu den Caleys.«

»Scheiße, ich wollte doch dabeisein.«

»Ich weiß, ich habe es ihr auch gesagt, aber sie meinte, *sie* führe die Ermittlungen, also …«

Rooney warf seinen Hut nach dem Hutständer und verfehlte ihn, dann zog er die Jacke aus und präsentierte sein verschwitztes Hemd. »Ich habe einen Kontaktmann gefunden. Ein alter Kumpel, hat vor etwa zehn Jahren bei der Polizei aufgehört und arbeitet jetzt bei Agnews, der großen Agentur, die die Caleys mit der Suche nach ihrer Tochter beauftragt haben. Um ehrlich zu sein, ich habe nicht geglaubt, daß er noch arbeitet.

Er hat eine gute Pension bekommen, als er als Invalide das Revier verließ. Das arme Schwein hat lauter Blei im Bein... Ich werde mich heute abend mit ihm treffen.«

»Wie heißt er?«

»Nick Bartello.«

»Italiener?«

»Manchmal. Sie wird ihn nicht mögen. Ich weiß nicht, ob sie sich mal begegnet sind, sie haben für verschiedene Abteilungen gearbeitet, er im Drogendezernat, sie bei mir im Morddezernat.«

»Wieso glaubst du, daß sie ihn nicht mag?«

»Er ist ihrem alten Partner Lubrinski wie aus dem Gesicht geschnitten, derselbe Typ. Sie haben auch mal zusammengearbeitet, aber nur kurz, weil Lubrinski dann zu mir kam.«

»Wer ist das?«

Rooney runzelte die Stirn. »Hat sie dir nie von ihm erzählt?«

»Nein.« Rosie ging zur Kaffeemaschine.

»Er war Lorraines Partner.«

»Und weshalb soll sie diesen Bartello deshalb nicht mögen? Wenn er ein Kumpel von dir ist, kann er uns vielleicht weiterhelfen.«

»Kann sein. Sie hat Lubrinski wirklich nie erwähnt?«

Rosie kehrte mit dem Kaffee zu ihrem unordentlichen Schreibtisch zurück. »Nein...«

»Er ist tot.«

»Vielleicht hat sie deshalb nie von ihm gesprochen.« Sie setzte sich.

»Er war ein prima Kerl, dieser Lubrinski. Guter Cop. Ehrlich, Rosie, ich hab gesehen, wie eine Menge Männer abgestürzt sind, nicht alle sind gestorben, ein paar sind einfach zusammengeklappt, geistig, aber als sie Lubrinski reingebracht haben – er war der einzige, um den ich je geweint habe. Nicht, weil er so ein guter Cop war, er war einfach ein prima Kerl, konnte jeden unter den Tisch trinken. Ein Einzelgänger, ein Spinner. Als ich ihn mit Lorraine zusammengesteckt hab, dachte ich eigentlich, es würde nicht gutgehen...«

»Und?« fragte Rosie, die nur halb zuhörte. Aber weil Rooney schwieg, wurde sie aufmerksam und blickte auf. Er starrte ins Leere.

»Sie waren ein verdammt gutes Team, das beste, das ich je hatte. Er wurde bei einer Schießerei verletzt, drei Kugeln. Er ist im Krankenwagen verblutet. Sie hat versucht, die Wunde abzubinden, mit ihrer Strumpfhose... aber es hat nicht funktioniert. Er war tot, als sie im Krankenhaus eintrafen, und sie wollte seine Hand nicht loslassen. Der Pfleger hat erzählt, sie hätten sie dazu zwingen müssen.«

Rosie zog die Brauen hoch. »Sie hat nie etwas davon erwähnt. Was ist danach passiert?«

Rooney seufzte und verlagerte das Gewicht. »Sie wollte sofort in den Dienst zurückkehren. Etwa sechs Wochen später hat sie diesen Jungen erschossen...«

Rosie wußte von dem Jungen, den Lorraine erschossen hatte, bei einer Drogenfahndung. »Vielleicht ist das mit diesem Bartello wirklich keine gute Idee. Vielleicht sollte man sie nicht an die Vergangenheit erinnern.«

»Es ist lange her«, sagte Rooney, der gern das Thema wechseln wollte. »Und Bartello ist ein guter Mann.« Dann klingelte das Telefon, Rosie wurde abgelenkt und hörte nicht mehr, wie Rooney leise sagte: »Ich glaube, sie hat Lubrinski geliebt.«

Rosie legte die Hand auf die Sprechmuschel und winkte Rooney zu sich herüber. »Nick Bartello.«

»He, Nick, wie geht's? Hast du meine Nachricht bekommen? Können wir uns mal auf ein Glas oder zwei treffen? Klar, wo steckst du jetzt?« Rooney schrieb etwas auf Lorraines Notizblock. »Gut, ich komme, gib mir 'ne halbe Stunde...« Langsam legte er den Hörer zurück. »Also gut, ich verschwinde jetzt. Wenn sie anruft, sag ihr, daß ich in Joe's Diner bin.« Er griff nach seiner Jacke. »Rosie, du solltest Lubrinski vielleicht lieber nicht erwähnen. Wie ich schon sagte, es ist lange her, und ich will nicht, daß sie denkt, wir hätten über sie getratscht.«

Rosie nickte, schon wieder abgelenkt vom Telefon. Es war Robert Caley, der Lorraine sprechen wollte, weil seine Frau indisponiert war und er zu Hause sein würde und nicht, wie abgesprochen, im Büro. Sein Tonfall war abrupt und kühl. Ein Mann, der sehr daran gewöhnt war, Befehle auszugeben.

Rosie rief Lorraine an und gab ihr die Nachricht weiter. Zum Dank mußte sie sich eine Tirade anhören, denn Lorraine war gerade auf dem Weg zu Caleys vornehmem Bürogebäude gewesen, dem Water Garden in Santa Monica. Rosie erwähnte weder Nick Bartello noch Lubrinski, und Lorraine legte so abrupt auf, wie Robert Caley es getan hatte. Rosie dachte noch lange über das nach, was Rooney über Lubrinski erzählt hatte. Die Erkenntnis, wie wenig sie von Lorraines Vergangenheit wußte, bewirkte, daß sie sich unbehaglich fühlte, weil das vielleicht auch bedeutete, daß sie kaum etwas von der Frau wußte, mit der sie ihr Heim teilte.

Der asketische Butler führte Lorraine ins Wohnzimmer der Caleys und bat sie zu warten. Sie setzte sich nicht, sondern sah sich statt dessen die anderen Fotos von Anna Louise an. Besonders eines fiel ihr auf: Anna Louise stand zwischen Nathan, ihrem Tennislehrer, und ihrem Vater. Robert Caley hatte den Arm um ihre Schulter gelegt, als führe er sie vor, und sein väterlicher Stolz war unübersehbar.

Zehn Minuten vergingen. Lorraine betrachtete nun die großen Ölgemälde von Elizabeth Caley in ihren Filmrollen. Sie war wirklich eine verblüffend schöne Frau. Lorraine stellte sich vor das Bild, auf das Rooney sie hingewiesen hatte und das Elizabeth in einer ihrer ersten Rollen zeigte, bei der sie kaum älter als zwanzig gewesen sein konnte. Sie trug schwere goldene Ohrringe und einen blaßblauen Seidenturban, wie es schwarze Frauen manchmal taten, aber auf eine Art geknotet, die Lorraine nie zuvor gesehen hatte, so daß das glänzende Material fast wie eine Krone wirkte. Ihre Schultern waren nackt, ihre Haut bräunlich, und ihre Kleidung bestand nur aus einem bunten Tuch, das über sie drapiert war. In den goldenen Rahmen des Gemäldes war eine kleine Plakette eingelassen, auf der »Marie Laveau, Königin von New Orleans« stand. Lorraine schaute von den Gemälden zu dem Foto von Anna Louise und ihrem Vater und konnte keine Familienähnlichkeiten entdekken.

Zwanzig Minuten waren vergangen,und Lorraine sah auf ihre Armbanduhr. Es war beinahe fünf. Sie wollte gerade gehen, als der Butler zurückkehrte und Lorraine mit einer Geste bat, ihm zu folgen, ohne sich dafür zu entschuldigen, daß sie so lange hatte warten müssen.

Lorraine folgte dem schweigenden Livrierten an der breiten geschwungenen Treppe vorbei in einen Korridor, der nach links in einen wunderbar hellen, verglasten Wintergarten führte. Es handelte sich wohl um einen nachträglichen Anbau ans Hauptgebäude. Tropische Pflanzen wuchsen hier so üppig, daß man sich an die Ausstellungsräume von Floristen erinnert fühlte, und die schweren Düfte von Magnolien und Jasmin hingen in der feuchten Luft. Lorraine folgte dem Butler durch den Dschungel in einen Innenhof, in dem Pflanzen in großen weißen Kübeln Schatten spendeten. In einem Pavillon stand ein Tisch, auf dem ein Krug Orangensaft, ein Eiskübel mit zwei Flaschen Chablis und eine Reihe von Gläsern standen.

»Mr. Caley wird sofort bei Ihnen sein.« Der Butler bat Lorraine, sich zu setzen und blieb am Tisch stehen. »Darf ich Ihnen ein Glas Wein anbieten, Saft oder…«

»Ein stilles Wasser«, sagte Lorraine, verärgert, daß Caley sie immer noch warten ließ. Sie setzte sich in einen weißen Korbsessel, schob das gelbe Kissen zur Seite und war froh, daß die wehenden Musselinvorhänge des Pavillons ein wenig Schatten spendeten. Der Butler goß ihr Wasser ein und fischte mit einer silbernen Zange eine Zitronenscheibe aus einer Schale, um sie an der Kante ihres Glases zu plazieren.

»Danke.« Sie sah zu, wie er den Wein entkorkte, eine weiße Serviette um den Hals der Flasche drapierte und sie dann wieder in den Eiskübel zurückstellte.

»Entschuldigen Sie mich, Mrs. Page.« Er ging tatsächlich zwei Schritte rückwärts, bevor er sich umdrehte und wieder ins Haus ging. Lorraine sah auf die Uhr: Sie war jetzt schon über eine Stunde hier, und da sie nur zwei Wochen Zeit für den Fall hatte, hatte sie damit wichtige Zeit verloren. Sie nippte am Eiswasser, und als sie einen großen Glasaschenbecher entdeckte, beugte sie sich vor, um ihn näher zu sich heranzuziehen. Sie zögerte einen Augenblick, dann steckte sie sich eine Zigarette an. Sie sah sich um, und als sie sich ein wenig umdrehte, konnte sie den Rand der Tennisplätze erspähen. Sie stand auf und ging den schmalen Pfad entlang. Zu ihrer Linken lagen die beiden Tennisplätze, zu ihrer Rechten ein großer Swimmingpool mit Reihen von Liegestühlen, jeder mit einem blaßgelben Handtuch bedeckt, mit kleinen Tischen dazwischen, wie an einem Hotelpool. Hinter dem Pool befand sich ein großes, pagodenähnliches Gebäude, das vermutlich Umkleidekabinen und Duschen enthielt. An Wasserfontänen auf beiden Seiten vorbei kam man in einen japanischen Garten – jedenfalls nahm Lorraine an, daß es sich um so etwas handelte, wegen der Bonsaibüsche und -bäume. Niemand war zu sehen, kein Gärtner, kein Schwimmer, keine Tennisspieler. Vom Gesang der Vögel abgesehen war alles seltsam still, so still, daß es sie beunruhigte. Wieder sah sie auf die Uhr und zuckte zusammen, als Caley plötzlich wie aus dem Nichts vor ihr auftauchte.

»Tut mir leid, daß Sie warten mußten. Hat Ihnen Ihre Sekretärin gesagt, daß meine Frau sich nicht wohl fühlt und daß ich deshalb hier und nicht in meinem Büro bin?«

Er schien keine Antwort auf seine Entschuldigung zu erwarten. Er stand am Tisch und goß sich ein Glas Wein ein. Dann zögerte er einen Augenblick, und sie sah, wie er kurz zu ihrem Eiswasser hinsah. Er bot ihr keinen Wein an, sondern ließ sich nur auf einem der Korbsessel nieder. Das zugehörige gelbe Kissen warf er auf den Stuhl daneben. Er war lässig gekleidet, trug eine hellbraune Hose und ein hellblaues Seidenhemd mit aufgekrempelten Ärmeln. Er hob ihr das Glas entgegen und trank dann einen Schluck, aber Lorraine konnte den Ausdruck in seinen Augen hinter der goldgerahmten Sonnenbrille nicht erkennen. Alles an Robert Caley hatte diesen für L.A. typischen Glanz, etwas Hochmodisches, von der flachen goldenen Armbanduhr am linken Handgelenk bis zu dem schmalen, lockeren Goldband am rechten. Er trug keinen Ehering.

»Ihr Garten ist wunderschön.«

»Für meinen Geschmack ist er ein wenig zu gepflegt,und dieser Pavillon hier erinnert mich immer an eine Filmkulisse, aber er erfüllt seinen Zweck.«

Lorraine setzte sich und zog ihr Glas näher heran. Sie war unsicher.

»Meine Frau setzt sich nie in die Sonne; ihre Haut ist zu hell.« Ihm machte die Sonne offenbar nichts aus; er gehörte zu den Männern, die das ganze Jahr über braungebrannt sind. Er strahlte ungetrübtes Selbstbewußtsein aus und schien keine Eile zu haben, sie nach dem Grund ihres Besuchs zu fragen.

Lorraine drückte ihre Zigarette aus und spürte, wie er sie abschätzend betrachtete. Sie hüstelte und schlug die Beine übereinander, griff nach ihrer Handtasche neben dem Sessel.

»Spielen Sie Tennis, Mrs. Page?«

»Nein.«

Er lächelte und trank noch einen Schluck. »Das hätte ich auch nicht angenommen, aber Sie treiben Sport, nicht wahr?«

Sie haßte sich für ihr Erröten und beschäftigte sich damit, ein Notizbuch aus der Handtasche zu holen. »Ja, aber da Sie Nachforschungen über mich angestellt haben, wissen Sie auch, daß ich bis vor kurzem nicht gerade bei bester Gesundheit war.«

Er hob ihr sein Glas entgegen. »Nun, Sie sehen jedenfalls gut aus. Ist Ihr Haar von Natur aus so blond?«

»Ja, aber ich lasse Strähnen reinfärben.« Plötzlich mußte sie lachen, fand diese Unterhaltung absurd. Kein Mann hatte sie bisher gefragt, ob sie von Natur aus blond war.

»Meine Tochter ist auch blond, aschblond, aber das haben Sie ja auf den Fotos gesehen.«

»Ja. Übrigens vielen Dank, daß Sie den Vorschuß so prompt gezahlt haben.«

»Ach, das hat Phyllis erledigt.« Caley griff wieder nach der Flasche und schenkte sich ein. »Möchten Sie noch Wasser?«

Lorraine schüttelte den Kopf. »Ich glaube nicht, daß ich

Ihren Butler noch einmal ertragen kann, er erinnert mich immer an diese britischen Serien im Fernsehen.«

Caley lachte, ein liebenswertes, echtes Lachen, und dann schlug er ein Bein über das andere und lehnte sich zurück. »Damit kommen Sie der Wahrheit schon sehr nahe. Er war tatsächlich Schauspieler; viele Briten kommen hierher, weil sie hoffen, Arbeit zu finden. Wenn sie beim Film nicht unterkommen, nehmen sie alles, was sie kriegen können, aber Peters ist schon viele Jahre bei uns. Ich finde, er spielt seine Rolle sehr gut. Die anderen Dienstboten kommen aus Elizabeths alter Heimat New Orleans – Berenice ist die Haushälterin, und wir haben zwei Mädchen, Sylvana und Mara, und Mario, den Chauffeur. Es gibt auch noch vier Gärtner, die sich um das Gelände und den Pool kümmern.«

Lorraine schrieb alles mit. »Darf ich Ihnen ein paar Fragen stellen?«

»Selbstverständlich, deshalb sind Sie ja wohl hier. Fragen Sie.«

»Ich habe mit Freunden Ihrer Tochter gesprochen und erfahren, daß sie sehr beliebt war. Das ist eigentlich selten, wenn –«

»Sie *ist* sehr beliebt.«

»Ich habe auch mit ihrem Tennislehrer gesprochen, mit Jeff Nathan.«

Er nickte. »Ja, er ist ein guter Lehrer,und Anna Louise ist eine hervorragende Spielerin. Ich habe gehofft, sie würde Profisportlerin werden, denn sie ist die geborene Sportlerin.«

»Und Sie?«

Er beugte sich vor. »Bitte?«

»Sind Sie auch der geborene Sportler?«

»Lieber Himmel, nein, aber Sie sind nicht hier, um über mich zu reden. Ist irgendwem, mit dem Sie gesprochen haben, etwas Neues eingefallen?«

»Nein, also wird es nötig sein, daß ich mit meinem Team nach New Orleans fliege, wenn ich hier fertig bin.«

Er nickte und trank noch einen Schluck.

»Ich weiß, Sie haben das schon hundertmal durchgekaut, Mr.

Caley, aber würden Sie mir noch einmal mit eigenen Worten erzählen, was an dem Tag geschah, an dem Ihre Tochter verschwand?«

Er trank aus und stand auf. »Wir haben gefrühstückt. Meine Frau hat noch gepackt, also hat sie nicht mitgefrühstückt, es waren nur Anna Louise und ich. Anna Louise war gut gelaunt, sie freute sich auf den Ausflug. Wir fahren meist für die letzten Wochen des Karnevals hin, das tun wir seit Jahren. Das Datum für Mardi Gras wird von Ostern aus rückwärts errechnet, also kann es vom dritten Februar an bis zum neunten März auf jeden Dienstag fallen.«

Lorraine lächelte und schaute in ihr Notizbuch. »Danke. Letztes Jahr sind Sie am fünfzehnten Februar nach New Orleans geflogen?«

»Ja. So gegen neun Uhr dreißig sagte ich meiner Frau, sie und Anna sollten gegen Mittag fertig zur Abreise sein. Ich mußte mich um ein paar geschäftliche Dinge kümmern, und als ich kurz vor zwölf zurückkehrte, waren die Koffer schon im Wagen. Ich habe mich noch geduscht und umgezogen, und gegen halb eins sind wir zum Flugplatz gefahren.« Seine Stimme war ausdruckslos, er hatte das schon unzählige Male erzählt. Er steckte die Hände in die Hosentaschen und ging zur Seite des Pavillons, lehnte sich gegen eine der Säulen. »Ich habe einen Privatjet. Ich bin nicht selbst geflogen, weil ich auf dem Flug ein paar Papiere durchsehen mußte, also haben wir meinen Piloten mitgenommen, Edward Hardy. Anna saß bei ihrer Mutter und hat in Zeitschriften geblättert, und dann hat sie Elizabeth gefragt, ob Phyllis ihr eines der Abendkleider besorgen könnte, das ihr auf den Modeseiten gefallen hatte. Elizabeth rief Phyllis an und organisierte das, kurz bevor wir landeten. Mein Wagen wartete schon, und wir fuhren direkt ins Hotel. Anna Louise war so aufgeregt wie immer. Sie wollte sich mit einer Freundin treffen.«

Lorraine blätterte in ihren Notizen. »Diese Freundin, war das Tilda Brown?«

Er nickte, und Lorraine fuhr fort. »Und Sie sind alle direkt ins Hotel gefahren?«

»Ja, wir mieten immer zwei nebeneinanderliegende Suiten für den gesamten Mardi-Gras-Monat.«

»Es war das Hotel Cavagnal?«

»Ja, in der Rue Chartres. Ein altes Hotel mitten im French Quarter. Die Balkone gehen auf der einen Seite zum Innenhof, auf der anderen zur Straße.«

»Wieso wohnen Sie im Hotel, wenn Sie Häuser in der Stadt haben?«

»Während des Karnevals ist es am besten, gleich mittendrin zu sein.«

Lorraine warf Caley einen zweifelnden Blick zu, aber er sprach unbeeindruckt weiter und wich ihrem Blick nicht aus. »Und manchmal arbeite ich gerne außerhalb meiner gewohnten Umgebung.«

Lorraine wandte sich wieder dem Notizblock zu. »Sie trafen also im Cavagnal ein…«

»Ja. Das Zimmermädchen, sie heißt Alphonsine, hat erst die Sachen meiner Frau ausgepackt, dann meine, und dann ging sie in Anna Louises Suite. Wir gehen immer zu diversen Festen und Partys, also überprüft sie immer, ob alles gebügelt und gewaschen ist.«

Lorraine nickte. »Alphonsine wohnt in New Orleans?«

»Ja, wir haben in einem unserer Häuser dort ebenfalls Personal. Sie helfen uns, wenn wir im Hotel wohnen, falls wir etwas aus dem Haus brauchen, und bereiten alles für uns vor, da wir nach dem Karneval für gewöhnlich in eines unserer anderen Häuser ziehen.«

Lorraine blätterte weiter. Sie besaß bereits die Adressen der diversen Häuser der Caleys und Listen der Dienstboten. »Und wann –«

Er unterbrach sie. »Sobald wir eintrafen, bestellte Elizabeth sich eine Massage. Ich blieb in der Suite und telefonierte. Anna Louise kam zu uns zum Tee, und wir beschlossen, im Cavagnal zu Abend zu essen, da wir eingeladen waren, und, äh… sie hat einen gewissen schwarzen Humor, und sie begann, einige der meist älteren Damen nachzuäffen, die uns zum Cocktail eingeladen hatten. Irgendwann ermahnte Elizabeth sie und sagte, sie könne sich nach diesem Abend mit ihren Freundinnen treffen, sollte sich aber fürs erste zusammennehmen. Elizabeth ist eine Berühmtheit und genießt es, bei solchen Gelegenheiten im Mittelpunkt der Aufmerksamkeit zu stehen – es erinnert sie an die alten Tage, als sie ein Star war.«

»Hat Anna Louise sich mit Ihrer Frau gestritten?«

»Nein. Sie sprachen darüber, was sie anziehen sollten – Frauengespräche. Ich ging schwimmen und kam gegen sieben zurück. Ich duschte und zog mich um, Elizabeth war dabei, sich ebenfalls umzuziehen, und sie war bereits frisiert. Das erledigt immer derselbe Friseur, auch jemand, den sie schon seit Jahren kennt.«

»Oscar Cloutier?«

»Ja. Er ging um Viertel nach sieben. Elizabeth und ich gingen um halb acht hinunter in den Speisesaal. Wir bestellten Champagner. Um Viertel vor acht bat Elizabeth mich, in Anna Louises Zimmer anzurufen, und das tat ich auch. Als ich keine Antwort erhielt, kehrte ich zum Tisch zurück, weil ich dachte, sie sei schon auf dem Weg nach unten.«

Lorraine warf einen Blick auf ihre Notizen. Robert Caley hatte seine ursprüngliche Aussage beinahe wörtlich wiederholt, selbst, was die Daten des Mardi Gras anging. Er fuhr fort und berichtete, daß er und seine Frau dann das Essen bestellt hatten, für Anna Louise hatte er sogar gegrillte Shrimps, ihr Lieblingsgericht aus New Orleans, bestellt.

»Als es acht Uhr war und Anna Louise immer noch nicht unten war, bat ich den Kellner, noch einmal auf ihrem Zimmer anzurufen. Er sagte, sie antworte nicht, also ging ich nach oben, und das Zimmer war verschlossen. Ich benutzte die Verbindungstür zwischen unserer Suite und der von Anna Louise. Es war alles ordentlich und aufgeräumt, und das Kleid, das sie tragen sollte, lag auf dem Bett. Ich ging ins Bad und ins Wohnzimmer und sah ihre Handtasche, die sie auf dem Flug dabeigehabt hatte, also dachte ich, sie hätte noch jemanden besucht und sich dann verspätet. Ich ging zurück in den Speisesaal.«

»Aber Sie hatten sie doch gebeten, mit Ihnen zu Abend zu essen. Kam es oft vor, daß sie nicht gehorchte?«

»Manchmal hat sie etwas versprochen, sich aber nicht daran gehalten, wie es Teenager hin und wieder tun.«

»Aber Ihre Frau hatte sie doch ausdrücklich darum gebeten, an diesem Abend mitzukommen?«

»Ja.«

»Hatten Sie den Eindruck, sie wollte das nicht? Sie sagten, Ihre Frau habe sie getadelt, weil sie ein paar der Damen nachgeäfft hat, die Sie zum Cocktail eingeladen hatten, nicht wahr?«

Er seufzte, war verärgert. »Ich würde das nicht als ernsthafte Auseinandersetzung bezeichnen.«

»Ist es, wenn Sie in New Orleans waren, schon öfter vorgekommen, daß Anna zugestimmt hat, mit Ihnen zu essen, und dann nicht auftauchte?«

»Schon möglich, aber ich kann mich nicht erinnern, daß es jemals wichtig war. Sie kannte die Stadt und war sich der Gefahren, in bestimmten Gegenden allein unterwegs zu sein, durchaus bewußt. Wir waren beide sehr deutlich gewesen, was das Verbot anging, nachts alleine auszugehen. Und soviel ich weiß, hat sie auch nie dagegen verstoßen.«

»Sie kennt die Stadt also gut, kennt das alte French Quarter?«

»Ja, selbstverständlich. Elizabeth kommt aus New Orleans, und Anna Louise war seit ihrer Kindheit immer wieder dort. Sie hat sogar auf einem der Karnevalsbälle debütiert.«

»Sie hat dort also viele Freunde?«

»Nun gut, so viele waren es nicht, weil sie hier in L.A. zur Schule ging, aber Tilda Brown ist eine ihrer engsten Freundinnen, wenn nicht überhaupt die engste. Tilda war auch an der UCLA, aber sie stammt aus New Orleans, also haben sie viel gemeinsam.«

»Sie haben also angenommen, sie hätte sich mit Tilda getroffen?«

»Ja.«

»Glaubte Mrs. Caley auch, daß Anna Louise mit Tilda unterwegs sei? Ist Tilda nicht kurz zuvor bei Ihnen hier in L.A. gewesen?«

Er nickte, dann zuckte er die Achseln. »Sie hatten einen kleinen Streit, und Tilda reiste einen Tag vor uns ab. Eine dumme Geschichte, wir hätten sie am nächsten Tag mitnehmen können, aber ...«

»Wissen Sie, wieso die Mädchen sich gestritten haben?«

»Nein.« Er schien immer noch verärgert, wippte mit dem Fuß. Auch diese Fragen hatte man ihm offenbar schon oft gestellt.

»Ihren früheren Aussagen zufolge haben Sie erst sehr spät an diesem Abend bei Miss Brown zu Hause angerufen.«

»Ja, das stimmt.«

»Wieso haben Sie nicht sofort bei Tilda Brown angerufen?«

»Weil wir fertiggegessen haben, und wie ich schon sagte, wir waren verabredet, verpflichtet, wenn Sie es so ausdrücken wollen.«

»Obwohl Sie also die Handtasche Ihrer Tochter im Zimmer liegen sahen ...«

Caley sah sie direkt an. »Ich habe nicht bei Miss Browns Eltern oder sonstwo angerufen, weil ich nicht glaubte, daß meiner Tochter etwas passiert war, ebensowenig wie meine Frau.«

»Wie hat Ihre Frau darauf reagiert, daß Anna Louise nicht zum Essen kam?«

Er seufzte. »Elizabeth ist ein wenig impulsiver als ich. Sie war sehr wütend auf Anna. Wir verließen das Hotel gegen zehn, um zu unserer ersten Einladung zu gehen. Als wir kurz nach Mitternacht zurückkehrten, begannen wir, uns Sorgen zu machen. Wir riefen bei Miss Browns Eltern an. Tilda war schon im Bett, und ihre Eltern sagten, daß Anna weder zu Besuch gewesen sei noch angerufen habe. Sie hatten sie nicht gesehen.«

»Darf ich Sie fragen, ob diese Brille medizinisch notwendig ist?«

»Wie bitte?«

Lorraine starrte ihn an, und er setzte langsam die Sonnenbrille ab. »Danke.«

Er beugte sich vor, so daß sie ihm in die Augen sehen konnte, während er sich auf den Tisch stützte. »Glauben Sie, daß ich etwas verberge?«

»Nein, aber ich sehe gern –«

»Was? Das Weiße in meinen Augen? Oder macht es Leuten wie Ihnen Spaß, wenn andere sich quälen? Glauben Sie denn, Mrs. Page, daß ich nicht jedesmal, wenn ich das alles wieder durchmache, glaube, daß ich irgendwie schuldig bin? Wenn ich schneller gehandelt hätte, hätte meine Tochter vielleicht gefunden werden können. Ich mache mir ununterbrochen Vorwürfe. Meine Tochter ist jetzt seit elf Monaten verschwunden, Mrs. Page, und jeder Anruf, jeder Brief ist eine Hoffnung, und jede Hoffnung verursacht mir Herzklopfen. Was erwarten Sie von mir – Tränen?«

»Es tut mir leid, aber ich muß diese Fragen stellen.«

»Fragen Sie, was Sie wollen, und ich werde antworten, genau wie bei jedem anderen Detektiv, den wir eingestellt haben. Ich weiß, daß die Polizei hier aufgegeben hat, aber ich weiß auch, daß der Fall in New Orleans immer noch offen ist. Was erwarten Sie von mir? Ich will meine Tochter wiederhaben, ich bete, daß sie noch lebt. Ob sie nun mit einem fragwürdigen Subjekt durchgebrannt ist oder was auch immer, ich werde ihr verzeihen, denn das hier ist die Hölle. Ich will sie einfach nur wiedersehen, ich liebe sie, ich war stolz auf sie, und sie fehlt mir.«

Er war bitterböse, und dennoch hatte er Tränen in den Augen. Das kam unerwartet, und es brachte Lorraine durcheinander. Seine offenen Gefühle und seine Erklärung, wie sehr er seine Tochter liebte, bedrückten sie. Dieser weltgewandte, gutaussehende Mann war plötzlich ungemein verwundbar, weil er sich nicht mehr unter Kontrolle hatte. Er wandte sich von ihr ab und begann zu schluchzen.

»Meine Tochter fehlt mir so, Mrs. Page. Wenn ich am Tennisplatz vorbeigehe, höre ich ihr Lachen, höre, wie sie mir etwas zuruft. Schon hier in diesem dummen Pavillon zu sitzen tut weh, weil ich höre, wie sie darüber lacht, sich darüber lustig macht, genau wie über diesen lächerlichen japanischen Garten, den wir beide nicht ausstehen konnten. Und dann muß ich jede Nacht hören, wie meine Frau weint, und ihr Gesicht sehen, wenn das Telefon klingelt. Dieses Haus ist tot ohne unser kleines Mädchen.«

»Es tut mir so leid.«

»Ich brauche Ihr Mitgefühl nicht, Mrs. Page, ich will, daß meine Tochter gefunden wird. Oder schlimmer noch, ich muß wissen, ob sie nie wiederkommt, denn dann kann ich irgendwie mit meinem Leben weitermachen.« Tränen liefen ihm über die Wangen und er wischte sie mit dem Handrücken weg und setzte die Brille wieder auf. »Entschuldigen Sie. Wenn Sie noch Fragen haben, stellen Sie sie ruhig.«

Lorraine klappte das Notizbuch zu. Alles, was er ihr gesagt hatte, stand bereits in den Akten. Sie griff nach ihrer Tasche und steckte das Notizbuch zurück, dann zögerte sie.

»Nur noch eins, Mr. Caley. Sie sagen, Sie haben vom Hotel aus telefoniert, vermutlich mit Geschäftspartnern, aber ich weiß nicht, wen Sie angerufen haben.«

»Ich lasse Ihnen morgen eine Liste zustellen.«

»Sie sind Makler. Dürfte ich Sie um eine Beschreibung Ihrer geschäftlichen Aktivitäten hier und in New Orleans bitten?«

Er wandte sich ab. »Was zum Teufel hat das mit dem Verschwinden meiner Tochter zu tun?«

»Wahrscheinlich gar nichts, aber es könnte wichtig sein, also möchte ich so viel wie möglich über Sie wissen.«

»Ich werde Ihnen die entsprechenden Informationen zukommen lassen. Wenn Sie mich jetzt entschuldigen …«

»Selbstverständlich. Äh, noch eines – ich weiß, es geht Ihrer Frau nicht gut, aber könnte ich einen Augenblick mit Phyllis sprechen?«

Er nickte und griff nach dem Hörer des Haustelefons an der Wand des Pavillons. »Phyllis, würden Sie in den Hof kommen? Mrs. Page möchte mit Ihnen sprechen.«

Robert Caley ergriff die Weinflasche und ging in Richtung der Tennisplätze davon, während Lorraine sitzen blieb und ihm nachsah.

Rosie versuchte, Bills schreckliche Kritzeleien zu entziffern.

»Das kann ich nicht lesen, was soll das heißen?« fragte sie.

Rooney gähnte. »Die Hellseherin, mit der die Caleys zusammengearbeitet haben. Sie war nicht zu Hause, ich war zweimal dort. Ich habe zwei Nachrichten hinterlassen.«

»Juda?« fragte Rosie.

»Ja, so heißt sie. Ich halte es immer noch für Zeitverschwendung, das sind doch alles Schwindler. Ich gehe und treffe mich mit Nick Bartello, er hat irgendwas rausgefunden. Wenn ihre Hoheit also anruft, sag ihr, daß sie mich später zu Hause erwischen wird. Erheblich später, wenn ich Nick richtig einschätze.«

Rosie nickte und schrieb sich Judas Namen, Telefonnummer und Adresse auf. »Ich gehe heute abend zu einem Meeting, aber ich hinterlasse Nachrichten für sie, hier und zu Hause.«

»Bis dann.« Rooney trabte zur Tür, als das Telefon klingelte.

»Ist Mr. Rooney da?« fragte eine schleppende Stimme mit deutlichem Louisiana-Akzent.

»Nein, tut mir leid, er ist nicht hier. Mit wem spreche ich? Kann ich ihm etwas ausrichten?«

»Er wollte, daß ich ihn anrufe. Hier ist Juda Salina. Wissen Sie, um was es geht?«

Rosie wurde lebhafter; schließlich war sie ebenfalls eine Partnerin in dieser Detektei. »Ja, wir ermitteln im Fall Anna Louise Caley, und ...«

Die Leitung war tot. Rosie starrte den Hörer an und fragte sich, ob sie einen Fehler mit der Anlage gemacht hatte. Sie schrieb eine Notiz für Rooney und Lorraine, komplett mit Zeitpunkt und Datum. Sehr professionell.

Phyllis spielte mit ihrem Glas Mineralwasser. »Sie braucht Tabletten, damit sie schlafen kann, und manchmal kann sie dann nicht aufstehen. Heute ist einer von diesen Tagen; der Doktor war da, aber er hat ihr nur ein anderes Beruhigungsmittel verschrieben. Es ist alles so traurig, die arme Frau, aber ich werde dafür sorgen, daß Sie morgen mir ihr sprechen können.«

»Danke.«

Lorraine leckte am schmelzenden Eis; die Zitrone schwamm jetzt auf dem Rest des lauwarm gewordenen Wassers. »Sie haben also an dem Tag, als die Familie nach New Orleans fuhr, nichts Ungewöhnliches bemerkt?«

»Nein.«

»Und Anna Louise war froh und glücklich und freute sich auf den Ausflug?«

»Ja. Sie benahmen sich eher wie Freundinnen als wie Mutter und Tochter. Ich meine, sie haben sich hin und wieder gestritten, das ist nur natürlich, sie war recht störrisch, schmollte aber nie lange.«

»An diesem Tag, dem fünfzehnten Februar, bekamen Sie einen Anruf aus dem Privatjet der Caleys?«

»Ja. Anna Louise hatte etwas in der *Vogue* gesehen, das ich für sie kaufen sollte.«

»Und das haben Sie getan?«

»Ja.«

»Hat sie Sie oft darum gebeten, ihr Dinge zu besorgen? Den Akten zufolge war es ein schwarzes Chiffonkleid für dreieinhalbtausend Dollar. Ich würde sagen, das klingt ziemlich verwöhnt.«

Phyllis schürzte die Lippen. »Die Caleys sind nun einmal sehr wohlhabend, Mrs. Page, und ich kann Ihnen versichern, daß so etwas nicht ungewöhnlich war. Sie könnten vielleicht sagen, sie war verwöhnt, aber gleichzeitig war sie eines der liebenswertesten, natürlichsten jungen Mädchen, die mir je begegnet sind.«

»Aber sie war verwöhnt.«

»Nicht mehr als andere Kinder reicher Eltern.«

Lorraine zögerte, dann sagte sie leise: »Oder einer reichen Mutter...«

»Entschuldigen Sie. Ich kann Ihnen nicht ganz folgen...«

»Aber sicher können Sie das. Es ist doch eindeutig, daß das Geld von Elizabeth Caley stammt.«

»Mr. Caley ist ein sehr erfolgreicher Geschäftsmann.«

»Aber als er heiratete, war er nicht so erfolgreich. Ein alter

Zeitungsartikel deutet an, er sei nicht sehr wohlhabend gewesen und habe Mrs. Caley kennengelernt, als er ihr ein Haus zeigte.«

Phyllis erstarrte. »Darüber kann ich Ihnen leider nichts sagen. Ich arbeite erst seit zehn Jahren für die Caleys, über etwas, was vorher geschah, weiß ich also nichts. Ich weiß nur, daß Mr. Caley ausgesprochen hart arbeitet.«

»In welche Transaktionen ist er denn in New Orleans verwickelt?«

»Mrs. Page, ich habe wenig Ahnung von Mr. Caleys geschäftlichen Angelegenheiten. Ich bin Elizabeth Caleys Gesellschafterin und Sekretärin.«

»Aber Sie kümmern sich um die Rechnungen. Sie haben, soviel ich weiß, meinen Vorschuß bezahlt und werden meine Rechnungen weiterhin bearbeiten; stimmt das?«

»Ja, Mrs. Caley hat mich damit beauftragt.«

»Und Sie haben das nicht mit Mr. Caley besprochen?«

»Ich habe es für ihn notiert, wie ich es immer tue.«

Lorraine erwähnte den Millionen-Bonus nicht, den Mrs. Caley zu zahlen versprochen hatte. Sie wurde langsam müde; es war ein langer Tag gewesen, und sie mußte noch nach Pasadena zurück.

»Ich danke Ihnen. Ach, noch etwas – Tilda Brown, Anna Louises Freundin, war hier und sollte eigentlich mit den Caleys zusammen nach New Orleans zurückkehren, aber sie reiste schon einen Tag vorher ab. Wissen Sie, warum?«

Phyllis erhob sich. »Nein, aber es hatte vermutlich mit einem Tennisspiel zu tun; sie haben ständig Tennis gespielt. Ich glaube, Tilda hat immer eigene Regeln erfunden, und das hat Anna Louise geärgert.«

»Haben Sie gehört, wie die beiden sich stritten?«

»Nein, Tilda bat mich nur, ihr ein Flugticket zu besorgen, und sie wurde von Mario zum Flughafen gefahren.«

»Danke, Mrs. Collins. Ich gehe durch den Garten raus.«

Phyllis nickte und sagte, sie werde dem Sicherheitsmann Bescheid sagen.

»Haben Sie rund um die Uhr einen Sicherheitsdienst?«

»Ja. Seit Anna Louises Verschwinden sind viele Reporter hier gewesen, und Mr. Caley wollte nicht, daß seine Frau gestört wird.«

Lorraine blieb noch einmal stehen und drehte sich um. »Gehört dieses Haus Mrs. Caley?«

»Ja, ich glaube schon.«

»Und die Häuser in New Orleans?«

»Ja, ich glaube, sie gehörten ihrer Familie.«

Lorraine zögerte, wußte nicht, ob sie Phyllis die nächste Frage stellen oder sie für Elizabeth Caley persönlich aufheben sollte.

»Gibt es noch etwas?«

»Äh, ja, es hat wahrscheinlich nichts zu bedeuten, aber wer ist Elizabeth Caleys Haupterbe?«

Phyllis starrte sie wütend an, und Lorraine wußte, daß sie einen Fehler gemacht hatte.

»Das hat wahrscheinlich mit der Ermittlung überhaupt nichts zu tun, aber Sie müssen auch verstehen, daß ich –«

Phyllis unterbrach sie. »Es tut mir leid, ich kann Ihnen wirklich nicht helfen.«

»Schon gut. Wann soll ich morgen anrufen?«

»So gegen elf.«

»Danke. Wir werden uns morgen sicher sehen.«

»Ja.« Phyllis schmales Gesicht wirkte noch spitzer, als sie Lorraine anstarrte. »Sie haben eine Menge Erkundigungen eingeholt.« Sie hatte das nicht als Kompliment gemeint, aber Lorraine tat so, als wäre es eins und lächelte.

»Darum geht es doch, oder? Und Sie müssen verstehen, Phyllis – ich hoffe, ich darf Sie Phyllis nennen? –, daß alles, was Sie mir sagen, vollkommen vertraulich behandelt wird. Wenn Sie glauben, etwas zu wissen, was mir helfen könnte, können Sie sich jederzeit mit mir in Verbindung setzen.«

Sie bemerkte es – es war nur ein winziges Zögern, und dann verbarg Phyllis es hinter einem angespannten Lächeln. »Nehmen Sie den ersten Weg nach links, dann kommen Sie wieder zur Vorderseite des Hauses. Ich wünsche Ihnen einen guten Abend, Mrs. Page.«

Lorraine ging den gepflasterten Weg entlang. An den Tennisplätzen blieb sie stehen. Robert Caley saß auf einer weißlackierten Bank, die leere Weinflasche locker in der Hand, und starrte offenbar den leeren Platz an. Lorraine wäre weitergegangen, aber Caley rief nach ihr, und sie drehte sich zu ihm um. Er trug immer noch die Sonnenbrille, setzte sie aber ab, als sie näher kam.

»Ich werde nach New Orleans fliegen. Wenn Sie innerhalb dieser Woche ebenfalls hinfliegen wollen, rufen Sie mich bitte an. Sie können…« Er lächelte jungenhaft. »Ich kann Sie mitnehmen.«

Sie erwiderte sein Lächeln. »Danke. Ich melde mich.«

Er nickte und sah ihr nach, als sie das Grundstück verließ.

Lorraine fand Robert Caley sehr attraktiv, schon seitdem er sich im Pavillon zu ihr gebeugt hatte, um sie anzusehen, aber sie wußte auch, daß sie alle sexuellen Bedürfnisse vergessen mußte, denn falls sie entdecken sollte, daß er einen Vorteil durch das Verschwinden seiner Tochter hatte, würde er unter Verdacht stehen. Und inzwischen hatte Lorraine das sichere Gefühl, daß Anna Louise Caley tot war.

4

»Rooney sagt, er erinnert ihn an jemanden namens Lubrinski.«

Lorraine sah Rosie mit einem seltsamen Seitenblick an, wobei ihr Haar die Narbe auf der Wange fast verdeckte. »Ach ja?«

»Ja, er sagte, er sei bei einer Schießerei verletzt worden. Er hat einen Spitznamen, Hinke-Nick.«

»Wirklich?« meinte Lorraine unbeteiligt.

»Und wer war dieser Lubrinski? Hast du wirklich versucht, seine Wunde mit der Strumpfhose abzubinden?«

»Du solltest Rooney doch inzwischen kennen, er hat nur Mist

im Kopf. Er sollte lieber tun, was ich ihm gesagt habe, sich zum Beispiel mit dieser Hellseherin in Verbindung setzen. Wir haben nur zwei Wochen, Rosie.«

»Aber du hast Bill gesagt, er soll alle Agenturen überprüfen, und ich habe auch nicht den ganzen Tag nur rumgesessen.«

»Ach, sei still. Und wenn du jetzt nicht duschen willst, dann gehe ich.«

Unter dem Wasserstrahl der Dusche, das Gesicht nach oben gewandt, die Augen geschlossen, spürte sie, wie die Erinnerungen wiederkamen. Wie Lubrinski sie gequält angesehen und nach ihrer Hand gegriffen hatte.

»Es wird alles gut«, hatte sie gelogen. »Der Krankenwagen wird jeden Augenblick hier sein, du alter Mistkerl, aber inzwischen...«

»Mein Gott, wenn ich gewußt hätte, daß ich mich nur anschießen lassen muß, damit du die Höschen ausziehst, hätte ich das längst getan.«

»Halt's Maul, perverses Schwein.«

Eine Viertelstunde später war er in ihren Armen gestorben, im Krankenwagen, der sich mit kreischenden Sirenen den Weg durch den Verkehr bahnte. Lubrinski hatte immer noch ihre Hand gehalten, wie ein Kind, als sie gesehen hatte, wie das Licht aus seinem Blick verschwand. Man hatte die Umklammerung gewaltsam lösen müssen. Sie hatte ihn nicht loslassen wollen, war sicher gewesen, daß es noch Hoffnung gab. Lubrinski hatte eine große Leere in ihr hinterlassen. Wollte sie Robert Caley deshalb, weil er Lubrinski ähnlich sah, mit seinem dunklen Haar und den dunklen Augen? Würde sie den Rest ihres Lebens Männern hinterherjagen, die Lubrinski ähnlich sahen, die dieselben dunklen Haare und dieselben brennenden angsterfüllten dunklen Augen hatten. Das war es, was sie gesehen hatte, als er die Sonnenbrille abnahm: Angst und Schmerz. Lubrinski hatte sich immer hinter klugen Bemerkungen versteckt, hinter hartem Getue, bis er gestorben war, erst dann hatte sie etwas in seinen Augen gesehen, das ihr das Herz zerrissen hatte. Was war es? Wieso fühlte sie sich davon angezogen? Was sie empfand, hatte nichts mit Mütterlichkeit zu tun. Sie wollte Robert Caley nicht bemuttern, sie wollte mit ihm schlafen, genauso, wie sie Lubrinski gewollt hatte. Aber damals war sie die verheiratete Mutter zweier Kinder gewesen. Sie wünschte, sie hätte ihm nur einmal sagen können, daß sie ihn liebte. Fest schloß sie die Augen und biß die Zähne zusammen; sie würde jetzt nicht weinen, es war alles schon zu lange her. Aber sie konnte die Tränen nicht aufhalten, denn zum ersten Mal hatte sie vor sich selbst zugegeben, Lubrinski geliebt zu haben. Sie hatte es immer abgestritten, selbst nach seinem Tod, aber nun, nach all den Jahren, weinte sie um ihn und flüsterte leise: »Ich habe dich geliebt, Jack, und du fehlst mir immer noch.«

Rosie zog den Duschvorhang zurück. »Ich hab die Hellseherin angerufen. Sie sagt, sie ist für niemanden zu sprechen.«

Lorraine griff nach einem Handtuch. »Das wollen wir mal sehen.«

»Du willst jetzt hinfahren?«

»Ja. Wir haben nur zwei Wochen, Rosie.«

»Kann ich mitkommen?«

Lorraine wollte ablehnen, aber Rosies kindliche Begeisterung bewirkte, daß sie es sich noch einmal überlegte.

»Klar, warum nicht?«

Es war ein gutes Viertel, aber die Wohnung befand sich im Erdgeschoß und am Ende eines Flurs. Das Gebäude hatte ein ausgefeiltes Sicherheitssystem und unterirdische Garagen für die Anwohner. Lorraine hatte Glück gehabt: Sie war einfach einem Wagen ins Parkhaus gefolgt und hatte der Frau vor sich zugewinkt, die hatte zurückgelächelt, nicht ahnend, daß Lorraine nicht hierher gehörte.

»Bingo. Wir sind drin. Jetzt können wir Mrs. Salina überraschen, es sei denn, sie hat uns in ihrer Kistallkugel kommen sehen«, sagte Lorraine.

Lorraine stieg schnell aus, grüßte die Frau aus dem anderen Wagen noch einmal freundlich und trat schnell neben sie, als sie den Sicherheitscode am Fahrstuhl eingab, der hoch ins Hauptgebäude führte. »Komisches Wetter, beinahe fünfundzwanzig

Grad heute.« Sie sah sich um, verärgert, daß Rosie sich mit dem Aussteigen so viel Zeit ließ. Die Frau nickte, mehr darauf konzentriert, ihre Hausschlüssel aus der Tasche zu fischen. Die Fahrstuhltür war immer noch offen, und Lorraine schob ihren Fuß in den Zwischenraum.

»Haben Sie Probleme mit Ihrer Klimaanlage?« versuchte Lorraine, das Gespräch aufrechtzuerhalten. Sie warf Rosie einen wütenden Blick zu.

»Nein, aber ich habe bemerkt, daß es heute viel wärmer ist.«

»Ja, und es soll noch wärmer werden, wenn man dem Wetterbericht glauben kann.« Rosie trat ein, und die Fahrstuhltür schloß sich.

Der Parkhauslift führte zum Hauptflur mit den Fahrstühlen zu den Wohnungen. Kurz darauf standen sie vor Mrs. Salinas Tür.

»Ja, wer ist da?«

Lorraine beugte sich zur Tür hin. »Ich heiße Lorraine Page.«

»Was wollen Sie?«

»Mrs. Salina, ich muß mit Ihnen reden. Ich bin Privatdetektivin und ermittle ...«

»Ich weiß nicht, wie Sie ins Haus gekommen sind, aber Sie sollten lieber verschwinden, ehe ich den Sicherheitsdienst rufe.«

»Tun Sie das, Mrs. Salina, aber ich nehme an, daß Mrs. Caley nicht erfreut sein wird.«

Einen Augenblick lang herrschte Schweigen. Rosie war sehr beeindruckt von Lorraine. Dann hörte man, wie eine Kette zurückgezogen wurde, das Öffnen eines Riegels, eines weiteren Schlosses, und dann ging die Tür auf.

»Ich wollte in fünf Minuten weggehen.«

»Gut, es wird nicht lange dauern. Kann ich reinkommen?«

»Arbeiten Sie für die Polizei?«

»Nein, hier ist meine Karte, ich bin Lorraine Page von Page Investigations, und das ist Rosie, meine Assistentin.«

Mrs. Salina griff nach der Karte, und dann ging die Tür weiter auf. »Fünf Minuten.«

Rosie schmollte. Das mit der Assistentin hatte ihr nicht gefallen – sie war schließlich Lorraines Partnerin in der Agentur –, aber sie sagte nichts, als sie einen langen, dunklen Flur entlanggingen. Das größte Zimmer der Wohnung befand sich am Ende des Korridors, die Wände waren bedeckt mit Fotos bekannter und nicht so bekannter Stars, daneben Urkunden über Hellseherei, Handlesen, Kristalle, Tarotkarten und mehr. Es schien, daß sich Mrs. Salina auf jedem Gebiet parapsychologischer Phänomene auskannte und das mit einem Zertifikat belegen konnte. Rosie sah sich all das an und wünschte sich, sie hätte einen Notizblock mitgebracht. Das hier war wirklich interessant, dachte sie – kein Wunder, daß Lorraine ihren Job mochte, man begegnete so vielen Menschen.

Erst als sie Juda in das kleine Wohnzimmer gefolgt waren, konnten sie die Frau genau sehen. Sie wirkte exotisch, hatte eine bräunliche Haut und dichtes schwarzes Haar, das sie im Nacken zu einem Knoten gebunden hatte. Sie wog mindestens 130 Kilo, aber wie viele schwergewichtige Frauen bewegte sie sich gewandt und hatte kleine zarte Hände. Lorraine schätzte sie auf etwa fünfzig, und ihre Tücher, Ohrringe und dicken Perlenketten erinnerten sie an die »Flower Power«-Zeit. Im Kontrast dazu war ihr hervorragendes Make-up deutlich ein Produkt der neunziger Jahre, mit wohlplazierten falschen Wimpern, einem Lippenstift ähnlich dem von Mrs. Caley, selbst die Konturen waren fast identisch gezeichnet.

»Setzen Sie sich«, sagte sie und ließ sich selbst auf einem Stuhl nieder. »Wie ich schon sagte, ich habe nur fünf Minuten. Was wollen Sie von mir?« Sie hatte einen New-Orleans-Akzent, leicht festzustellen an ihrer schleppenden Sprechweise und dem singenden Tonfall.

Sie warf Rosie, die sich am liebsten in nichts aufgelöst hätte, einen forschenden Blick zu. Sie hatte Lorraine den besseren Sessel überlassen, oder genauer, Lorraine hatte ihn sich automatisch genommen; sie benahm sich, als wäre Rosie nicht anwesend.

»Erzählen Sie mir von Elizabeth Caley.«

»Tut mir leid, aber ohne Mrs. Caleys Erlaubnis kann ich nicht über sie sprechen. Das ist in meiner Branche ähnlich wie bei Priestern oder Ärzten, die Privatsphäre meiner Kunden bleibt genau das: privat.«

»Aber Sie wurden ebenso wie ich von ihr eingestellt, um ihre Tochter zu finden.«

»Ja.«

»Hatten Sie zuvor schon Kontakt zu Mrs. Caley?«

»Das kann ich Ihnen leider nicht sagen.«

»Sind Sie nach New Orleans gereist?«

»Ja.« Sie stand auf und ging zu einem Schrank. Sie zog eine Schublade auf und holte ein Foto heraus. »Sie hat eine sehr starke Präsenz.«

»Anna Louise?«

»Ja. Und ich bin überzeugt davon, daß sie noch in New Orleans ist.«

»Lebendig?« fragte Lorraine scharf.

Juda wandte sich ihr zu, die Augen geschlossen. Rosie betrachtete die Frau: Sie machte sich immer Sorgen wegen ihres Gewichts, aber Juda hatte erheblich mehr Grund dazu.

»Ich bin sicher, daß Anna Louise noch am Leben ist.«

»Warum?«

Die falschen Wimpern klimperten. »Warum? Wie ich schon sagte, sie hat Präsenz. Das Mädchen lebt noch, da bin ich mir sicher.«

»Warum?« Lorraine ließ sich nicht so schnell überzeugen.

Juda öffnete die Augen. »Das habe ich Ihnen doch schon gesagt. Ich spüre ihre Anwesenheit.«

»Das mag sein, aber ich habe nicht Ihre Fähigkeiten. Mein Job besteht darin, sie zu finden, und ich kann keine Anwesenheit spüren, ich stehe nicht in Kontakt mit den… den Kräften, wenn ich es so ausdrücken darf.«

»Es gibt Kräfte, Mrs. Page, starke Kräfte, und ich sage Ihnen, das kleine Mädchen lebt noch. Ich nehme meine Arbeit sehr ernst, und wenn ich sie spüre, wenn ich zu ihr werde, dann sagt sie mir nicht, daß ihr kalt ist.« Wieder wandte sie Rosie ihre dunklen Augen zu, und Rosie überlief ein Schauder der Angst.

Sie wandte sich ab und biß sich auf die Lippen. Diese Frau hatte etwas Unangenehmes an sich, die ganze Wohnung war unangenehm.

»Was sagt sie Ihnen denn?«

Juda zeigte auf ihre Armbanduhr und dann auf Lorraine. »Mrs. Page, nicht Sie bezahlen mich, sondern Mrs. Caley, und ich habe Mrs. Caley alles gesagt, was ich empfangen konnte, nämlich, daß Anna Louise noch lebt.«

»Sie wollen, daß ich Sie bezahle?«

Juda warf Lorraine einen forschenden Blick zu. »Ich muß jetzt gehen. Wenn Mrs. Caley mir persönlich mitteilt, daß ich Ihnen sagen kann, was ich empfangen habe, können Sie sich wieder melden. Aber jetzt kann ich Ihnen lediglich versichern, daß ich ihre Präsenz spüre, eine Aura von Licht, und zwar immer dann, wenn ich ihr liebes Engelsgesicht ansehe.«

»Nun, falls diese Präsenz einen Hinweis darauf liefert, wo sie sich aufhält, werde ich mit Mrs. Caley sprechen und wiederkommen und Sie dazu bringen, mir alles zu sagen. Wissen Sie, ich habe es mit Fakten zu tun, und sie ist nun schon beinahe ein Jahr lang verschwunden. Mrs. Caley hat mich eingestellt, um ihre Tochter zu finden.«

»Ich nehme an, Sie werden dafür bezahlt.«

»Ja, ebenso wie Sie.«

»Nein. Ihr Mann hat meiner armen lieben Elizabeth verboten, mich zu sehen.«

»Haben Sie ihm gesagt, daß seine Tochter noch lebt?«

Juda stand auf, ging zur Tür und blieb dort stehen. »Ich hatte nichts mit Mr. Caley zu tun, aber ich kenne Elizabeth seit vielen Jahren.«

»Sie ist drogenabhängig, nicht wahr?«

Juda warf Lorraine einen säuerlichen Blick zu. »Ich sagte fünf Minuten, und nun muß ich Sie bitten zu gehen. Ich habe nur zugestimmt, weil Sie andeuteten, daß Elizabeth Sie gebeten hat, mit mir zu sprechen, aber ich glaube, Sie lügen, genau wie alle anderen, die mit mir sprechen wollten. Meine ganze Loyalität gilt meinen Kunden.«

»Mit welchen anderen Leuten haben Sie gesprochen?«

Wieder bedachte Juda sie mit diesem direkten, reichlich unheimlichen Blick. »Mit Privatdetektiven und mit der Polizei. Sie alle haben mich respektlos behandelt, Mrs. Page, ich spüre es, ich sehe es ihnen jedesmal an. Sie brauchen kein Wort zu sagen, und doch weiß ich, was sie von Menschen wie mir halten.« Sie ging zum Schrank und öffnete eine Schublade. »Hier, nehmen Sie das, aber jetzt müssen Sie gehen.«

Sie reichte Lorraine einen zusammengehefteten Computerausdruck. Juda wartete nicht einmal ab, bis sie einen Blick darauf geworfen hatte, sondern ging ungeduldig in den Flur hinaus. Lorraine reichte Rosie die Papiere und deutete mit einem Nicken an, sie solle ihr nach draußen folgen, wo Juda schon an der offenen Wohnungstür stand.

»Guten Abend, Mrs. Page. Noch eine Sache – würden Sie einen Augenblick ganz nahe kommen?«

Lorraine trat näher an sie heran, und Juda starrte ihr ins Gesicht. Sie hob ihre zarte Hand und berührte die Narbe, die über Lorraines Wange lief. »Schatz, Sie sollten etwas daran machen lassen. Sie könnten wirklich gut aussehen. Wie war noch Ihr Vorname?«

»Lorraine.«

»Schön, mit Ihnen zu reden, Lorraine.«

Rosie drückte sich an ihr vorbei, als die Frau sich wieder vorbeugte.

»Rosie. Sie heißen Rosie, und Ihr Geist ist sanft. Passen Sie auf sich auf, Liebes.«

Lorraine und Rosie mußten im Parkhaus noch eine Viertelstunde warten, bis ein Anwohner kam und den Code eingab, der die Sicherheitstore öffnete. Sie sprachen über Juda Salina und kamen zu dem Schluß, daß sie eine Schwindlerin war, die aus verzweifelten Menschen wie Elizabeth Caley Kapital schlug. Ihre computererstellte Anzeige war plump und unprofessionell und berichtete darüber, wie viele Menschen durch

Juda Salinas Vorhersagen gerettet worden waren und wie oft. Sie listete auch die Kriminalfälle auf, mit denen sie zu tun gehabt hatte. Das war alles Unsinn – zu behaupten, sie spüre die Präsenz von Anna Louise Caley bedeutete nur, daß sie glaubte, Mrs. Caley noch mehr Geld entlocken zu können.

Rosie las stirnrunzelnd weiter. »Ich hoffe, sie hat recht.«

»Mit was? Deiner Sanftheit?«

»Nein, daß das Mädchen noch lebt. Ich hoffe, sie lebt noch.«

Lorraine war inzwischen noch überzeugter, daß dies nicht der Fall war, aber sie beschloß, daß Rooney wenigstens einmal die Beteiligung von Mrs. Salina an den anderen Ermittlungen überprüfen sollte. Eigentlich hatte sie nur eines herausgefunden, was sie wirklich interessierte: Robert Caley konnte Juda Salina nicht leiden. Dafür stieg er in ihrer Achtung.

Juda fragte sich, ob sie Mrs. Caley anrufen sollte oder nicht. Es gefiel ihr nicht, daß man eine weitere Detektei eingeschaltet hatte, offenbar mit Mrs. Caleys Erlaubnis. Und es ärgerte sie, daß irgendein Angestellter ihr im Namen von Robert Caley mitgeteilt hatte, daß man ihr nicht länger erlaubte, seine Frau zu besuchen, und daß sie kein Geld mehr erhalten würde. Sie hatte viel Geld aus dem Elend der Caleys gezogen, sogar eine Reise nach Hause. Aber diesmal machte sie sich Sorgen.

Im Geist ging sie noch einmal durch, was Lorraine gesagt hatte. Die Frau hatte keine neuen Fragen gestellt, um was ging es also? Die Narbe? Sie hatte das Gefühl, daß ein Mann Lorraine diese Narbe zugefügt hatte, aber das Gefühl war sehr verschwommen gewesen. Sie seufzte, fühlte sich plötzlich müde und war unsicher, ob sie das alles noch einmal durchmachen sollte, und dazu noch ohne Bezahlung. Aber noch während sie dagegen ankämpfte, stand sie auf, zog die dunkelroten Vorhänge zu und schaltete die Deckenlampe aus, so daß das kleine Zimmer fast völlig im Dunkeln lag. Sie setzte sich wieder hin. Ein Beobachter hätte vielleicht angenommen, sie sei eingenickt. Sie stieß ein leises Seufzen aus, ähnlich einem Stöhnen sexueller Befriedigung, und ließ sich tiefer in den Sessel sinken. Ihr gewaltiger Busen hob und senkte sich mit tiefen, langsamen Atemzügen.

»Ja, o ja, ja«, flüsterte sie und umklammerte die geschnitzten Armlehnen des unbequemen Sessels. Sie arbeitete weiterhin konzentriert und angestrengt, und ihr Kopf wurde immer leichter, während sie in Trance fiel. Dunkelheit drang in ihr Bewußtsein. Für eine Weile spürte sie nichts, dann begann es, genau wie damals, als sie bei Elizabeth Caley gewesen war. Erst verzerrte Musik, dann eine Straße. Sie konnte die Gegend nicht erkennen, es passierte zu schnell, aber es war ein vertrautes Viertel. Wie schon zuvor ängstigte sie etwas, und diesmal empfand sie es stärker. Sie begann zu keuchen, krallte sich an den Sessel; sie spürte Schmerzen in der Brust, als drückte sie ein Gewicht nieder, preßte ihr die Luft aus den Lungen. Sie begann, mit den Armen zu rudern; etwas oder jemand lag über ihr, ein Mann, und er hatte ein Messer. Sie konnte sein Gesicht nicht sehen, wußte aber, daß er ihr die Kehle durchschneiden wollte.

Ihr eigener Schrei durchschnitt die dunkle Leere der Angst. Sie sprang vorwärts, verwirrt für einen Augenblick, bis sie erkannte, daß sie sicher in ihrer eigenen Wohnung war. Schweiß lief ihr über die Wangen, und sie tupfte sich unwillkürlich Hals und Brust ab, immer noch erschrocken von diesem Gefühl zu ersticken, dem Gefühl, daß jemand das Leben aus ihr herausdrücken wollte. Nur, daß sie jetzt wußte, daß man nicht sie, Juda Salina,umbringen wollte, sondern jemanden, dessen Name mit L begann.

Dieser Buchstabe L – stand er für Lorraine Page? Sie spannte sich an, erinnerte sich an das, was sie gerade durchgemacht hatte, und nun schon zum zweiten Mal. Juda hatte eine ähnlich verwirrende Botschaft empfangen, als sie bei Mrs. Caley in Trance gefallen war, über jemanden, dessen Name mit L begann. Sie wußte, daß sie Elizabeth Caley erschreckt hatte, aber sie wußte nicht, was das alles zu bedeuten hatte. Sie hatte damals angenommen, das L stünde für Louise, Anna Louise, denn sie hatte Gefahr und Tod ungeheuer stark empfunden. Sie hatte gelogen und Mrs. Caley gesagt, die Kräfte seien sehr stark und ihre Tochter sei am Leben, aber sie hatte den Tod sehr nahe gespürt.

Juda versuchte, sich genau an den Tag ihres Besuchs bei Mrs. Caley zu erinnern. Sie suchte den entsprechenden Eintrag in ihrem Terminkalender und blätterte dann zum nächsten Tag. Sie las die gekritzelte Nachricht von Robert Caleys Sekretärin, daß sie seine Frau nicht wieder aufsuchen solle. Das waren die einzigen Notizen für diesen Tag. Juda trommelte mit den Fingernägeln auf die leeren Seiten und beschloß, bei den Caleys anzurufen. Phyllis war am Telefon.

»Phyllis, hier ist Juda…«

»Sie dürfen hier nicht mehr anrufen; ich dachte, Mr. Caley hätte ihnen das klargemacht. Er wird Ihnen nicht erlauben, noch einmal mit Elizabeth zu sprechen.«

»Ich weiß. Ich wollte mit Ihnen reden…«

Phyllis flüsterte beinahe. »Wenn es um weitere Zahlungen geht – ich bin von Mr. Caley instruiert worden, daß –«

»Nein, ich muß nur etwas wissen. Hier ist eine Frau vorbeigekommen, die für eine Detektei arbeitet.«

»Sie meinen Mrs. Page.«

»Wann haben Sie sie eingestellt?«

»Am vergangenen Dienstag, dem Tag, an dem Sie zum letzten Mal bei Mrs. Caley waren. Wie Sie wissen, war sie sehr verzweifelt, nachdem Sie gegangen waren und… hallo?«

Juda schwieg.

Phyllis klang besorgt. »Hallo, sind Sie noch da? Stimmt irgendwas nicht? Hat Mrs. Page etwas gesagt?«

»Nein, ich mußte nur meine Termine abklären. Danke, Phyllis, und bitte sagen Sie Elizabeth, daß ich an sie denke und an Anna Louise, und daß ich darauf warte, daß sie mit mir Kontakt aufnimmt. Bis bald.«

Juda legte auf, bevor Phyllis noch weitere Fragen stellen konnte. Sie hätte das als Zufall auslegen können, aber sie wußte, daß es keiner war. Sie spürte, daß Anna Louise Caley schon lange tot war – sie wußte es. Sie hatte nur bisher keinen Sinn in dieser Botschaft von Dienstag abend finden können, die so intensiv gewesen war, daß ihr körperlich unwohl geworden war. Eine Verbindung zu dem Buchstaben L hatte sich ihr ins Hirn gebrannt, umgeben von Feuer und unmittelbarer Gefahr. Jetzt war sie sicher, daß das L für Lorraine Page stand, und es ging um erheblich mehr als um eine unmittelbare Gefahr... sie war sicher, daß diese Frau dem Tod geweiht war, und zwar auf jene Weise, die sie so klar in ihrer zweiten Trance gesehen hatte – jemand würde Lorraine die Kehle durchschneiden.

Lorraine hatte sich Rosies Lockenwickler geborgt, um sich zu frisieren. Sie trug eine cremefarbene Seidenbluse, einen engen Rock mit Schlitz an der Seite und hohe Absätze. Sie schlüpfte in eine blaue Leinenjacke und trat zurück, um das Ergebnis im Spiegel zu begutachten.

Rosie stand in der Küche und löffelte Cornflakes. »Ich weiß nicht, wie du es schaffst, auf Flohmärkten immer solche Sachen zu finden. Mir paßt nie was. Sieht sehr gut aus.«

»Danke. Ich muß mich gut fühlen, wenn ich Elizabeth Caley gegenübertrete.«

»Mhm«, murmelte Rosie, und Milch lief ihr übers Kinn. »Wirst du sein Angebot annehmen? Es wäre nett, in einem Privatjet zu fliegen.«

Lorraine griff nach Handtasche und Aktenkoffer. »Ich bin hier in L.A. noch nicht fertig, also werden wir sehen. Inzwischen habe ich hier eine Liste von Dingen, um die du dich kümmern kannst: Tickets und Hotels buchen, mit dem Packen beginnen. Wenn nötig, kannst du mich telefonisch erreichen, vielleicht am frühen Nachmittag, und mir erzählen, was Rooney bei diesem Detektiv erreicht hat.«

»Gut.« Rosie sah sich die sauber geschriebene Liste an.

Kurz nachdem Lorraine davongefahren war, hielt Rooneys Wagen vor dem Haus. Er hupte – er war dazu übergegangen, Rosie mit ins Büro zu nehmen, wenn er vorbeikam.

»Lorraine ist zu den Caleys gefahren. Aber wir haben eine Liste von Befehlen, und sie will wissen, was du bei Nick Bartello erreicht hast.«

Rooney schob die Sonnenbrille hoch. »Ich hab einen Mordskater, aber ich wette, seiner ist noch schlimmer.«

Rosie sah ihn forschend an. »Mein Gott, wo hast du diese Sonnenbrille her?«

»Hab ich in 'ner Schublade gefunden. Gehörte wohl meiner Frau. Warum?«

Rosie grinste. »Ich hätte dich einfach nicht für den Typ gehalten, der eine Sonnenbrille mit rosa Gestell trägt, aber sie steht dir. Gibt dir ein bißchen Farbe.«

Rooney fuhr an, den Bauch gegen das Lenkrad gedrückt. »Wenn ich sie nicht mehr brauche, kannst du sie gern haben. Sie paßt zu deiner Haarfarbe – wie immer du die nennen magst.«

»Ach, halt die Klappe, das liegt nur an der Dauerwelle. Die roten Haare sind echt, und wenn es sein muß, kann ich das auch beweisen.«

»Das möge der Himmel verhindern – das könnte ich nicht mal ohne Kater ertragen!«

Lorraine und der Butler vollführten einen weiteren rituellen Verbeugungstanz, bevor er sie zum Wohnzimmer führte.

»Ich werde doch nicht wieder so lange warten müssen, oder?« fragte sie.

Er lächelte beinahe. »Mrs. Caley erwartet Sie schon, Mrs. Page.«

In diesem Augenblick erschien Phyllis und winkte Lorraine zu, sie sollte ihr die Treppe hinauf folgen.

»Bringen Sie bitte Mrs. Caleys Frühstück. Möchten Sie auch etwas, Mrs. Page?«

»Oh, ich hätte gern einen Kaffee. Schwarz mit Honig, wenn's geht.«

Er nickte und verschwand im Küchenflur.

»Wie heißt er noch mal?«

»Peters, Reginald Peters.« Phyllis klopfte an die Doppeltür am Treppenabsatz.

»Herein.«

Phyllis trat zurück und bat Lorraine in Elizabeth Caleys Wohnzimmer. In diesem Wohnzimmer standen fast überall Blumen, und obwohl die Fensterläden vor den offenen Fenstern geschlossen waren, schienen die blaßgelben Wände, die Vorhänge und der Teppich beinahe ineinanderzufließen und ließen den Raum sonnendurchflutet aussehen. Weiße Musselingardinen wehten von Messingstangen, im Kontrast zu der Unbeweglichkeit der drapierten Seidenvorhänge mit ihren goldenen Fransen.

Elizabeth Caley ruhte auf einer weißen Wildseidenchaiselongue und trug einen fließenden Kimono mit dunkelgrünem und gelbem Blumenmuster. Ihr dickes schwarzes Haar war zu einem Zopf geflochten, und sie trug ein weißes Stirnband. Sie rieb sich gerade die Hände ein und lächelte Lorraine liebenswürdig zu.

»Kommen Sie herein, meine Liebe. Entschuldigen Sie, daß ich Ihnen nicht die Hand schüttle, aber ich hatte gerade eine Maniküre, und dieses Mädchen benutzt nie genug Feuchtigkeitscreme. Setzen Sie sich.«

Lorraine sah sich um. Überall lagen Kissen auf gelben Wildseidensesseln, und bevor sie sich entscheiden konnte, hatte Phyllis ihr schon einen spinnenbeinigen Sessel herangezogen.

»Danke, Phyllis, meine Liebe. Bringt Peters Erfrischungen?«

»Ja.«

»Gut, dann kannst du uns jetzt allein lassen.«

Phyllis schlüpfte nach draußen, und Lorraine setzte sich und holte ihr Notizbuch heraus.

»Haben Sie etwas mit Ihrem Haar gemacht?«

Lorraine lächelte. »Nein, nur gewaschen.«

»Machen Sie das selbst?«

»Ja. Danke, daß Sie Zeit für mich haben.«

Peters kam mit einem vergoldeten Servierwagen herein, auf dem Kaffee, Croissants, Tee und Eiswasser standen. Er schob den Wagen neben Mrs. Caley, reichte ihr eine weiße, steif gestärkte Serviette und goß ihr grünlich aussehenden Tee ein. Dann goß er schwarzen Kaffee ein und servierte ihn Lorraine, zusammen mit einem silbernen Tellerchen mit Honig.

Mrs. Caley richtete sich ein wenig auf und winkte. »Danke, danke. Ich werde läuten, wenn wir noch etwas brauchen.«

»Sehr wohl, Mrs. Caley.« Er führte seine Halbverbeugung im Rückwärtsgehen vor und schloß leise die Tür hinter sich.

»Mögen Sie ein Croissant?«

»Nein, danke.«

Lorraine löffelte Honig in den Kaffee, sorgfältig darauf bedacht, nichts auf die Serviette zu kleckern. Elizabeth Caley legte sich mit einer silbernen Zange ein Croissant auf den Teller. Lorraine bemerkte, daß ihre weichen Hände mit den langen, krallenartigen roten Nägeln zitterten und daß sie beide Hände benutzen mußte, um die Tasse sicher zum Mund zu bringen.

»Es tut mir leid, daß ich Sie gestern nicht sehen konnte, aber ich bin sicher, Phyllis hat mich entschuldigt.«

»Das hat sie.«

»Ich weiß nicht, was ich ohne Phyllis machen würde. Das ist eine sehr hübsche Bluse.«

»Danke.«Lorraine balancierte ihre Tasse und die Untertasse auf der Armlehne des Sessels und legte sich das Notizbuch auf den Schoß. »Es tut mir leid, daß ich Ihnen Fragen stellen muß, die Sie sicher schon häufig beantwortet haben, aber es ist wichtig. Ich werde versuchen, Sie nicht zu lange aufzuhalten, weil es Sie sicher bedrückt…«

Elizabeth Caley nickte. Sie ähnelte Merle Oberon, hatte dieselbe hohe Stirn, jetzt betont durch das Band, und die makellose Haut. Ihr Make-up war, wie alles an ihr, perfekt, ihre Lippen waren in einem dunklen Fuchsienton nachgezeichnet. Ob man ihrer Schönheit operativ auf die Sprünge geholfen hatte oder nicht, war unwesentlich, und selbst auf diese kurze Entfernung war ihre Haut faltenlos. Im Vergleich mit ihr kam sich Lorraine abgehärmt vor, wie wohl jede Frau. Elizabeth Caley verfügte über eine Weiblichkeit, eine Zerbrechlichkeit, die in diesen Tagen von Feministinnen verhöhnt wurde. So vollkommen sie auch sein mochte, sie gehörte einem vergangenen Zeitalter an. Sie hätte sich nicht träumen lassen, jemals auch nur eine Tür selbst zu öffnen.

»Könnten Sie mir vom fünfzehnten Februar erzählen, dem Tag, an dem Sie nach New Orleans reisten?«

»Wie meinen Sie das?«

»Nun, ich weiß, daß Anna Louise und Sie zusammen waren, bevor Ihr Mann aus dem Büro zurückkehrte und –«

»Aha. Ja, ich mußte mich ums Packen kümmern, wir waren eingeladen, Cocktailpartys, Abendessen… Normalerweise packt Peters für Robert, aber ich bin sehr vorsichtig, ich verwende gewöhnlich ein besonderes Seidenpapier, das Knitter verhindert, wissen Sie, wenn man dünne Schichten davon zwischen die Kleidungsstücke packt.«

»Haben Sie auch für Ihre Tochter gepackt?«

»Lieber Himmel, nein. Anna Louise ist schrecklich, und Sie wissen doch, wie sich junge Leute heutzutage anziehen, Jeans und T-Shirts und noch mehr Jeans und T-Shirts und dazu Turnschuhe. Ich finde, wer diese schrecklichen Dinger erfunden hat, sollte erschossen werden. Sie wirft ihre Sachen einfach in die Koffer; tatsächlich hatten wir einen kleinen Streit deshalb, weil ich Phyllis gebeten habe, ein paar ihrer besseren Sachen einzupacken, weil wir zu einigen förmlichen Anlässen eingeladen waren. Jedenfalls hat sich Phyllis darum gekümmert, und dann haben wir auf der Terrasse gefrühstückt und auf Robert gewartet. Dann fuhren wir zum Flughafen und…« Sie runzelte die Stirn. »Ja, im Flugzeug sah sie etwas in der *Vogue* oder der *Elle*, ein kleines schwarzes Cocktailkleid, und ich war überrascht, weil es ihr wirklich gefiel. Also haben wir zu Hause angerufen und Phyllis gebeten, sich darum zu kümmern und es liefern zu lassen, wenn sie zurückkam.«

Abermals runzelte sie die Stirn und tippte mit ihrem langen Fingernagel dagegen. »Anna Louise war gut gelaunt, freute sich wirklich auf den Ausflug und auf ihre Freundinnen, besonders auf Tilda Brown – ein reizendes Mädchen. Sie ist oft hier gewesen, wir alle haben Tilda wirklich gern.«

»Tilda Brown hatte eigentlich mit Ihnen zusammen nach New Orleans reisen sollen –«

»Ach ja, ja. Sie sagte, sie wollte früher zurückfliegen, also hat

Phyllis sich darum gekümmert. Ich habe keine Ahnung, warum, aber Sie wissen ja, wie Mädchen in diesem Alter sind. Eine dumme Geldverschwendung. Jedenfalls, wir fuhren zum Flughafen und...«

Lorraine hörte zu, während Elizabeth Caley ebenso wie ihr Mann Wort für Wort die Aussage wiederholte, die sie schon der Polizei gegenüber gemacht hatte, von dem Augenblick ihrer Ankunft im Hotel bis zum Abendessen.

»Fällt Ihnen noch etwas ein – so geringfügig es Ihnen auch erscheinen mag –, das Sie noch niemandem gegenüber erwähnt haben?«

»Meine Liebe, ich bin diese Stunden immer wieder durchgegangen, aber es gibt nichts mehr, an das ich mich erinnern kann. Und das macht es so schrecklich, weil ich Ihnen nicht helfen kann. Anna Louise war einfach glücklich und vergnügt und freute sich auf den Karneval...«

»War sie schon zuvor alleine weggegangen?«

»Selbstverständlich, aber nie, ohne daß wir wußten, wohin sie gehen wollte und mit wem sie sich traf. Sie ist ein intelligentes Mädchen und sich der Gefahren, die nachts draußen drohen, besonders im French Quarter, vollkommen bewußt. Ich habe selbst mit ihr darüber gesprochen, wie wichtig es ist, daß wir immer wissen, wo sie sich aufhält. Und jedes junge Mädchen hier in Los Angeles weiß sehr genau über die Gefahren Bescheid, die darin bestehen, mit fremden Männern wegzugehen oder sich mitnehmen zu lassen, oder was Drogen angeht...«

»Hat sie je Drogen genommen?«

»Wie bitte?«

»Hat Anna Louise Ihres Wissens Drogen genommen, zum Beispiel Marihuana geraucht?«

»Nein, ganz bestimmt nicht, sie raucht nicht einmal Zigaretten. Und sie trinkt sehr selten, vielleicht einmal ein Glas Champagner, nicht mehr. Sie ist sehr gesundheitsbewußt, sehr sportlich. Sie liebt den Sport, und sie weiß, daß Drogen oder Alkohol ihr nur schaden würden. Ich will sie nicht besser darstellen, als sie ist, sie ist nicht vollkommen. Sie kann jähzornig sein und Wutanfälle bekommen wie jedes andere Mädchen ihres Alters.«

»Wutanfälle.«

»Nun, ich weiß nicht, ob das die richtige Bezeichnung ist. Sie ist leider sehr verwöhnt; Robert verwöhnt sie noch mehr als ich, und sie kann ihn um den Finger wickeln, konnte es schon als kleines Kind. Er liebt sie abgöttisch, aber er kann auch sehr unbeugsam sein.«

»Ist Ihre Tochter Ihre Haupterbin?«

»Warum fragen Sie das?«

Lorraine wählte ihre Worte sorgfältig. »Nun, es gibt keine Beweise dafür, daß Ihre Tochter entführt wurde, keine Lösegeldforderung, keine Kontaktaufnahme. Ich versuche nur herauszufinden, ob es ein Motiv gibt…«

Einen Augenblick lang zögerte Elizabeth Caley.

»Ja, sie steht in meinem Testament.«

»Ihre Tochter ist die Haupterbin?«

»Ja, aber sie ist auch die Haupterbin meines Mannes. Haben Sie ihm dieselbe Frage gestellt?«

Lorraine schlug den Blick nieder, als konzentrierte sie sich auf ihre Notizen. »Ja.«

»Aha. Also, wenn etwas passieren würde, wäre Anna Louise automatisch die Hauptbegünstigte. Und wenn, was Gott verhüten möge, Anna Louise etwas zustieße, wäre Robert offensichtlich der nächste Verwandte und umgekehrt.«

Lorraine blickte besorgt auf, denn Elizabeth Caley zitterte nun, und es waren nicht nur ihre Hände, sondern ihr gesamter Körper, der bebte.

»Ist alles in Ordnung?«

»Was ist aus meiner Tochter geworden?«

»Ich weiß es nicht, Mrs. Caley, aber ich werde alles tun, was ich kann, um sie zu finden.«

»Glauben Sie, daß sie tot ist?«

»Ehe ich nicht mehr Einzelheiten weiß, kann ich diese Frage nicht beantworten.«

Elizabeth erhob sich langsam, klammerte sich an die Kanten

der Chaiselongue. Lorraine sah zu, wie sie die Möbel als Stütze benutzte, sich einen Augenblick an einer Stuhllehne hielt, dann an der Kante eines Schranks. »Entschuldigen Sie mich einen Moment… Bitte, nehmen Sie sich noch Kaffee.«

Lorraine stand auf, wollte ihr helfen, aber Elizabeth lehnte sich an die Tür zu ihrem Schlafzimmer, und ehe Lorraine sie erreicht hatte, war sie schon draußen und hatte die Tür hinter sich zugeschlagen.

Lorraine goß sich noch einen Kaffee ein und bemerkte dann den feuchten Fleck auf der Chaiselongue, wo Elizabeth Caley gelegen hatte. War sie inkontinent? Sie versuchte, sich daran zu erinnern, wann das Zittern sich verstärkt hatte – war es, als sie nach dem Hauptnutznießer des Testaments gefragt hatte?

Phyllis trat ein, nickte Lorraine kurz zu und sagte leise »Entschuldigen Sie«, bevor sie ins Schlafzimmer schlüpfte.

Lorraine wartete zehn Minuten. Dann kam Phyllis wieder heraus und lächelte angespannt. »Ich hole frischen Tee. Möchten Sie noch mehr Kaffee?«

»Nein, vielen Dank. Geht es Mrs. Caley gut?«

»Ja, sie ermüdet nur sehr schnell, also hoffe ich, daß Sie sie nicht mehr viel länger bemühen werden.«

Phyllis schob rasch eines der vielen Kissen auf den Fleck auf der Chaiselongue, dann begann sie, den Teewagen hinauszurollen. Als sie an der Tür war, rief eine schrille, hohe Stimme aus dem Schlafzimmer nach ihr: *»Phyllis… Phyllis!«*

Lorraine sah zu, wie sie zurück ins Schlafzimmer eilte. Sie konnte ihr Flüstern hören, verstand aber nicht, was sie sagte. Dann kam Peters herein und schob wortlos den Teewagen nach draußen. Lorraine sah, wie ein Licht an der Sprechanlage aufleuchtete und hörte abermals Phyllis leise Stimme. Diesmal schlich sie dichter zur Schlafzimmertür.

»Das sollten Sie. Ich werde sie bitten zu gehen. Ja, ich sage es ihr.«

Lorraine schaffte es gerade noch zurück zum Sessel, bevor Phyllis das Zimmer betrat. »Peters hat den Wagen rausgebracht.«

»Mrs. Page, Sie sollten lieber gehen, denn –«

»Geh, Phyllis.« Elizabeth Caley trug nun einen anderen Kimono und band sich gerade den Gürtel. »Ich werde Mrs. Page selbst sagen, wann Sie gehen soll, das ist nicht deine Sache. Los, verschwinde. Und ich möchte frischen Tee, und sie möchte, was immer sie hatte.«

»Nein, schon gut, danke. Und wenn ich Sie störe –«

»Nein. Los, Phyllis, geh endlich.«

Seufzend verließ Phyllis das Zimmer.

»Sie kann so verdammt aufdringlich sein.« Elizabeth ging zu einem Beistelltisch voller Fotos und Nippes. Sie klappte eine Zigarettendose auf und holte eine lange, dünne Zigarette heraus. Sie griff nach einem Feuerzeug aus Onyx und schüttelte es.

Lorraine holte ihr eigenes Feuerzeug heraus und wollte Mrs. Caley gerade Feuer geben, als das Onyxfeuerzeug endlich funktionierte. Elizabeth Caley inhalierte tief und warf das Feuerzeug auf einen Sessel.

Ihre Schönheit war verschwunden, das sorgfältig geschminkte Gesicht eine Maske. *»Ich will nicht, daß sie sich einmischt!«* Ihre Stimme war schrill, ihre Hände – wieder am Gürtel des Kimonos – zu Klauen verkrümmt. Wie eine billige Nutte ließ sie die Zigarette im Mundwinkel baumeln. »Mrs. Page, Sie tun, wofür Sie bezahlt werden. Und ich werde mein Angebot eines Bonus zurückziehen, wenn Sie Juda Salina noch einmal aufsuchen. Sie weiß nichts über meine Tochter.« Elizabeth hielt ihr ein Blatt ihres Briefpapiers hin. In ihrer eigenen Handschrift gekritzelt fand sich dort ihre Zustimmung, den Bonus zu zahlen. »Wie ich sagte, eine Million, wenn Sie meine Tochter finden. Aber wenn Sie noch einmal mit Juda Salina sprechen, sehen Sie keinen Cent. Verstehen Sie, was ich sage? Sie werden nicht mehr bezahlt werden.«

Elizabeth Caleys Stimme hatte sich verändert. Sie war in ihren Louisiana-Akzent zurückgefallen. Das faszinierte Lorraine, und sie wußte, Elizabeth hatte in ihrem Schlafzimmer entweder Kokain, Speed oder eine Art Stimulans eingenommen, weil sie jetzt überaktiv war – sie rauchte, tigerte auf und ab, zupfte immer wieder am Gürtel des Kimonos. »Ich muß mich auf Sie verlassen können.«

Lorraine faltete das Blatt Papier. »Das können Sie, Mrs. Caley.«

»Schon gut, dann ist es ja in Ordnung. Ich brauche Vertrauen, verstehen Sie? Sie verstehen mich doch?«

»Ja, ich verstehe.« Das entsprach nicht der Wahrheit; sie wußte nicht, was los war, aber was immer sie noch hätte herausfinden können, wurde von Robert Caley vereitelt, der in diesem Augenblick hereinkam. Er ignorierte Lorraine, ging direkt zu seiner Frau und nahm sie in die Arme.

»Komm, leg dich hin, mein Liebes. Verabschiede dich von Mrs. Page.« Er hielt sie weiter fest, schob sie auf die Schlafzimmertür zu. »Sie sollten lieber gehen, Mrs. Page.«

Lorraine stieg gerade ins Auto, als Robert Caley aus dem Haus kam. Er hatte einen deutlichen Kratzer auf der rechten Wange.

»Ja«, sagte sie unschuldig.

»Einen Augenblick bitte, äh, ich war vielleicht nicht so... ehrlich, wie ich hätte sein sollen, als ich gestern mit Ihnen sprach.«

»Bitte?«

»Als meine Frau nicht mit Ihnen sprechen konnte, sagte ich, sie sei indisponiert, wie es ein guter Public-Relations-Agent vielleicht ausdrücken würde. Nun, wie Sie selbst gesehen haben, besteht die Indisposition meiner Frau in...«

Lorraine gab nicht nach, sondern sah ihn so unschuldig an, wie sie nur konnte. »Bitte?«

Er wandte sich ab, rieb sich die Stirn. »Das Verschwinden meiner Tochter hat meine Frau tief beunruhigt. Ich weiß nicht, was sie Ihnen gesagt hat, aber Sie sollten wissen, daß sie bisweilen sehr irrational reagiert und... Elizabeth hatte im Lauf der vergangenen Jahre ein Drogenproblem, das vor allem mit einer alten Verletzung zu tun hat... Während der Aufnahmen zu *Santa Maria* ist eine Kulisse über ihr zusammengebrochen, und sie trug schwere Verletzungen davon. Die Studioärzte haben dafür gesorgt, daß sie in den Tagen darauf weiterdrehen konnte, indem sie starke Schmerzmittel verschrieben und… äh… nun ja, sie hat immer noch starke Schmerzen, und im Lauf der Jahre…«

»Ich verstehe.«

»Gut, denn ich könnte den Gedanken nicht ertragen, wenn Sie etwas falsch verstünden oder gar an die Presse weiterleiten würden.«

»Auf keinen Fall.«

»Ich danke Ihnen. Im allgemeinen gelingt es mir, ihre Abhängigkeit mit Hilfe der Ärzte unter Kontrolle zu halten, aber manchmal, wenn ich nicht hier bin…«

Falls er log, dann war er gut darin, denn er klang ernstlich besorgt und verstört.

»Ich verstehe wirklich, Mr. Caley. Diese Zeit muß schrecklich sein, nicht nur für Ihre Frau, und Sie können sich darauf verlassen, daß alles, was ich höre oder bemerke, unter uns bleibt.«

Er wandte sich ab. »Finden Sie einfach nur heraus, Mrs. Page, ob meine Tochter noch lebt oder tot ist, denn diese Unsicherheit macht mich krank und bringt meine Frau um.«

5

Rooney fläzte sich auf Lorraines Stuhl hinter ihrem Schreibtisch. Der Türsummer ertönte, und er und Rosie spähten zur Tür. Nick Bartello stand dort und starrte auf die Fußmatte. Sein dichtes, lockiges schwarzes Haar reichte ihm fast bis zum Kragen, und er hätte eine Rasur nötig gehabt.

Er hinkte ins Büro. Das verknitterte Jeanshemd und die zerrissenen Jeans konnten seiner Attraktivität nichts anhaben. Er war einer jener Männer, denen man auf den ersten Blick ansah, daß sie eine lange Geschichte hatten. Sein Hinken war nicht so schlimm, es ließ seinen Gang nur etwas schief wirken.

»He, Nick, wie geht's?« dröhnte Rooney.

»Beschissen. Und so seh ich auch aus. Hast du einen Kaffee für mich?«

»Sicher. Das hier ist übrigens Rosie.«

»Hi, Rosie.« Nick ließ sich auf einen leeren Stuhl fallen. »He, Mann, wir haben gestern abend ganz schön gesoffen, wie?«

»Haben wir, Nick.«

Rosie begann, Kaffee zu kochen, während Nick einen verknitterten Notizblock und einzelne Blätter aus seinen Taschen zog. »Also, es sieht folgendermaßen aus. Ich hab den Fall erst gekriegt, als unsere Topleute schon damit durch waren, vermutlich, weil sie mir eins auswischen wollten. Wie ich schon sagte, ich werde rausfliegen, wenn ich keine Ergebnisse bringe, und bisher hab ich nichts. Und erst heute, so vor zehn Minuten, hat Robert Caley angerufen und gesagt, wenn wir keine Ergebnisse bringen, sind wir draußen.«

Rosie kehrte an ihren Schreibtisch zurück. »Kaffee kommt gleich.« Er schenkte ihr ein hinreißendes Lächeln.

»Danke, Schatz. Ich mag ihn schwarz und stark.« Er wandte sich wieder Rooney zu, der grinste.

»Nick kriegt etwa tausend die Woche, plus Spesen. Agnews kassiert dafür fünftausend. Sie haben Caley wahrscheinlich gesagt, daß drei Leute an dem Fall arbeiten, wie, Nick?«

»Ja, aber in Wahrheit sind die anderen schon an einem neuen Fall, auf der Suche nach irgendeinem Ehemann. Sie werden die Sache so lange wie möglich vor sich herschieben, also hab ich den Caley-Fall für mich allein. Der Laden will die fünf pro Woche nicht verlieren, und ich nicht meinen Job.«

Rooney neigte den Kopf zu Nick. »Hast du ihnen von uns erzählt?«

Nick zuckte die Achseln. »Kein Wort. Sie wissen, daß ihr für Caley arbeitet und, heh, Rosie, wie war das mit dem Kaffee? Du hast hier einen verzweifelten Mann vor dir.«

Rooney schnaubte, als Rosie zur Kaffeemaschine ging; das Wasser war noch nicht durchgelaufen. Sie mochte Nick Bartello, er hatte etwas Liebenswertes an sich. Und dieses Lächeln war umwerfend.

»Bill, ich würde gern mit dir teilen, du gibst mir, was du hast, und umgekehrt.«

»Bloß, daß du nichts hast.«

»Genau.« Nick lachte, und das Lachen erwies sich als ebenso gut wie sein Lächeln.

»Warum sollten wir uns also mit dir zusammentun? Wir kriegen selbst ein schönes Stück vom Kuchen.«

»Ja, aber vielleicht weiß ich noch ein paar Sachen, die ich gestern nicht verraten hab, besoffen wie ich war. Glaubst du etwa, ich wüßte nicht, was du vorhattest?«

Wieder schnaubte Rooney. Nick mochte sich lässig geben, aber er war nicht leicht zu übertölpeln. »Es müßte schon was Interessantes sein, wenn du mit uns ins Geschäft kommen willst.«

Nick Bartello rieb sich die Bartstoppeln. »Na ja, vielleicht hab ich sogar was, was euch dazu bewegt, die Million zu teilen, die Mrs. Caley als Bonus versprochen hat.«

Rosie warf Rooney einen Blick zu: Er war offenbar selbst betrunken genug gewesen, um Bartello das zu verraten. Rooney besaß den Anstand, einen Augenblick lang beschämt dreinzuschauen.

Sie knallte den Kaffeebecher vor ihn hin. »Glaubt ihr nicht, daß wir darüber lieber mit Lorraine sprechen sollten?«

Bartello lachte. »Ich glaube, ich kenne den Typ. Wenn Jack Lubrinski der Meinung war, daß sie cool ist, dann wird sie mitmachen. Sie trinkt, oder?«

»Nicht mehr«, warf Rosie wütend ein.

»Na gut, dann eben nicht, aber ich schlage vor, daß wir unsere Informationen zusammenwerfen und ihr mich an der Million beteiligt. Ich werfe meinen Job hin, und alle sind froh und glücklich und können die Hypothek abzahlen.«

Rooney sah Rosie stirnrunzelnd an, dann wandte er sich Bartello zu. »Na gut. Ich bin einverstanden. Lorraine wird es auch sein. Also, was hast du auf Lager?«

»Wir sollten auf Lorraine warten«, sagte Rosie und goß ihnen Kaffee ein.

»Komm schon, ihr habt nur zwei Wochen«, sagte Nick.

»Du hast doch eh nichts«, meinte Rooney.

»Gut. Ich will ehrlich sein. Ich hab was, das ich dir gestern nicht gesagt habe, aber ich werde kein Wort verraten, ehe du mir nicht deinen Handschlag drauf gibst.«

Rooney sah Rosie an, dann zuckte er die Schultern. »Gut, einverstanden.«

Die beiden Männer tauschten einen Handschlag aus. Dann trank Bartello einen Schluck Kaffee. »Gut, fangen wir ganz vorne an. Ich weiß aus verläßlicher Quelle, daß Elizabeth Caley tief in Drogengeschichten verwickelt ist. Also hat das Verschwinden ihrer kostbaren Tochter vielleicht damit zu tun.«

»Verdammt noch mal, ist das wahr?« fragte Rooney.

Nick nippte an seinem Kaffee. »Ja, sie gibt etwa dreitausend pro Woche dafür aus. Ich bin gerade dabei, die Dealer zu überprüfen, und es kann sein, daß sie einem davon eine Menge Geld schuldet und der sich an die Tochter gehalten hat. Ich hab auch den Namen von ihrem Arzt. Er ist einer dieser Prominentenärzte, aber man kennt ihn auch auf der Straße, weil er mit Rezepten so gefällig ist.«

»Kokain?«

»Offensichtlich nimmt die Dame alles, was sie kriegen kann. Sie war schon zweimal im Entzug, in ziemlich glamourösen Häusern.« Nick reichte Rooney ein paar zerknitterte Blätter, Kopien von Arztberichten, die von einer Sicherheitsnadel zusammengehalten wurden. »Das hab ich für hundert Eier von einer netten Schwester gekriegt. Dabei könnte die Kleine Tausende machen, wenn sie das Zeug an die Zeitschriften weiterreicht.«

Rooney warf einen Blick darauf. »Hier steht, es geht um eine Frau namens Maureen Sweeny.«

»Du hast doch nicht erwartet, daß sie unter ihrem richtigen Namen dort auftaucht?«

Rooney las weiter, dann reichte er Rosie die Seiten. »Das ist alles?«

Nick lehnte sich zurück. »Für den Anfang ja. Und was hast du?«

»Lorraine war bei dieser Hellseherin«, sagte Rosie, und dafür bekam sie einen Tritt von Rooney.

Nick starrte Rosie an. »Juda Salina?«

Rosie runzelte die Stirn. »Ich weiß nicht genau.«

Rooney sah Nick an. »Hast du was von ihr bekommen?«

Nick schüttelte den Kopf. »Nein, sie ist eine Schwindlerin.«

Rooney nickte. »Ja, deshalb hab ich auch keinen großen Wert darauf gelegt, mit ihr zu reden. Keine Ahnung, warum Lorraine sich so dafür interessiert hat.«

»Und was habt ihr noch?« Nick wartete, sah, wie Rooney Rosie einen Blick zuwarf, dann zuckte er die Achseln. »Verdammt noch mal, du verlogener Dreckskerl, du hast gar nichts!«

»Rooney hat *was* getan?« schrie Lorraine in ihr Handy.

»Beruhige dich doch«, sagte Rosie zitternd.

»*Mich beruhigen?* Bist du wahnsinnig? Du sagst mir, daß dieser Idiot sich irgendeinen halbgaren Kerl geangelt und ihm nicht nur alles *gesagt* hat, was wir haben, sondern ihm auch noch einen Anteil von unserem Millionenbonus angeboten hat, und jetzt soll ich mich beruhigen?«

»Sie haben mit Informationen gehandelt«, stotterte Rosie.

»Es ist mir scheißegal, womit sie gehandelt haben.«

»Aber Nicks Informationen waren gut –« Weiter kam sie nicht.

»Quatsch. Glaubst du etwa, ich hätte nicht gemerkt, daß Elizabeth Caley vollkommen stoned war? Mein Gott, Rosie, das habe ich ihr sofort angesehen.«

»Ich nicht.«

»Du bist ihr ja auch nie begegnet«, fauchte Lorraine.

»Na ja, vielleicht kommen wir ja zurecht«, meinte Rosie nervös.

»Ach ja, aber dieser Dreckskerl arbeitet für Agnews. Glaubst du wirklich, daß er nicht gleich hingerannt ist und ihnen alles erzählt hat?«

»Das denke ich nicht.«

»Du denkst nicht, Punkt, ebensowenig wie dieser Idiot Rooney. Wie konnte er nur?« Lorraine schlug hörbar gegen das Armaturenbrett. »Wo sind sie jetzt, Rooney und dieser Bartello?«

»Zu Hause.«

»Wir sehen uns da.«

Rosie brauchte zwanzig Minuten, um zu Fuß vom Büro zur Hauptkreuzung von Orange Grove zu kommen, dann ging sie den Marengo Drive entlang. Sie sah den Mietwagen schon dastehen, schief geparkt, direkt unter dem Parkverbotsschild. Sie sah auch Rooneys Wagen auf der anderen Straßenseite.

Rosie konnte sie schon auf der Straße streiten hören.

»Ich hab dir schon einmal gesagt, Bill, daß ich die Ermittlungen leite, nicht du. *Ich.*«

»Schon gut, schon gut, aber es besteht keine Gefahr, daß Nick seiner Agentur etwas berichtet.«

»Ach ja, da bist du dir sicher?« schrie Lorraine.

»Verdammt, ich kenne Nick Bartello, und ich weiß, daß er in Ordnung ist.«

»Ach ja, das glaubst du wohl!«

»Ja! Und wenn du dich mal für eine Sekunde beruhigen würdest –«

»Erzähl mir nichts von wegen beruhigen, Bill, ich koche vor Wut.«

Rosie trat ein, aber weder Lorraine noch Rooney gönnten ihr auch nur einen Blick. Rooney war rot angelaufen und sah schuldbewußt aus.

»Nick wird gleich hier sein, dann reden wir darüber.«

»Ich werde auf keinen Fall mit noch mehr Leuten teilen.«

»Sollten wir nicht darüber abstimmen?« warf Rosie ein und bereute ihre Worte sofort.

Lorraine warf ihr einen wütenden Blick zu, dann begann sie, ihre Bluse aufzuknöpfen, während sie zum Schlafzimmer stürmte. »Wann begreift ihr beiden das endlich? Das hier ist mein Fall, *meiner,* es gibt hier keine Abstimmungen. Ich treffe die Entscheidungen!«

Rosie nahm eine kohlehydratreiche Mahlzeit aus Nudeln und Salat zu sich; sie hatte schon vier Pfund abgenommen, seit sie den Fall Caley angenommen hatten. Sie war selbst überrascht und hatte beschlossen, die Kekse und Kuchen zwischen den Mahlzeiten wegzulassen. Die fettarme Ernährung bewirkte, daß sie sich erheblich besser fühlte – geistig und körperlich.

»Was ist denn das?« fragte Lorraine und stach mit der Gabel nach einer käsegefüllten Nudel.

»Das sind Ravioli mit Knoblauch und Tomatensoße. Wenn du sie nicht magst, bleibt mehr für Bill und mich übrig.«

Lorraine aß eine Gabel voll und verzog das Gesicht. »Du hast es mit dem Knoblauch gewaltig übertrieben.«

»Wenn du selbst kochen willst – die Küche gehört dir.«

»Und wann taucht dieser Nick auf?«

»Jederzeit.«

Lorraine stand auf und holte ihr Notizbuch. »Also gut. Juda Salina hat mir kein Wort gesagt, wenn man mal davon absieht, daß sie nicht von Robert Caley eingestellt wurde, sondern von seiner Frau. Sie wollte nichts weiter sagen, wegen dieser ganzen Vertraulichkeitsscheiße, und Mrs. Caley wird den Bonus zurückziehen, wenn wir uns noch einmal mit ihr in Verbindung setzen. Ich werde mich noch mal mit unserem Filmstar unterhalten, der von Schmerzmitteln abhängig ist. Robert Caley hat zugegeben, daß seine Frau abhängig ist, und ich hatte den Eindruck, daß sie Angst vor ihrem Mann hat oder zumindest davor, daß er rausfindet, wie tief sie in dieser Drogensache steckt. Er schien ziemlich offen zu sein, aber er hat ein Motiv, denn wenn seine Tochter aus dem Weg geräumt ist, ist er der Haupterbe des Vermögens. Das ist allerdings reine Spekulation, denn laut Mrs. Caley haben sie beide ihre Tochter als Haupterbin eingesetzt – wer immer als erster den Löffel abgibt, wird den anderen also erheblich reicher machen.« Sie blickte auf, als Rosie nach ihrem Teller griff und dazu ansetzte, sich die Reste auf ihren eigenen Teller zu schieben. »Verdammt, Rosie, ich war noch nicht fertig.«

»Tut mir leid, ich dachte, der Knoblauch...«

»Nein, es schmeckt gut.« Lorraine zog den Teller heran und aß.

»Du verdächtigst ihn also?« fragte Rosie.

»Ich muß einfach den finanziellen –«

Sie drehten sich um, als Nick Bartello die Fliegentür öffnete und hereinspähte. Er hatte die letzten Sätze mitgehört.

»Ich würde auch sagen, da ist ein Motiv. Unser Exfilmstar ist um die fünfundfünfzig Millionen schwer.«

Rooney zog die Serviette aus dem Hemdkragen und stand auf. »He, Nick, laß dich vorstellen, das hier ist –«

»Lorraine Page von Page Investigations«, sagte Nick und lächelte, während er die Hand ausstreckte. Lorraine griff nicht danach, hob aber ihr Wasserglas.

»Und Sie sind Nick Bartello?«

»Ja, genau.«

»Sind wir uns schon mal begegnet?« Lorraine aß weiter.

»Nein, aber Sie haben einen ziemlichen Ruf.«

»Ach ja?«

Nick warf Rooney einen Blick zu, verwundert über diesen kühlen Empfang. Rooney zog einen Stuhl heran, und Rosie goß Nick ein Glas Wasser ein.

»Wie ist Ihr Ruf, Nick?« fragte Lorraine sarkastisch. »Oder reicht das Hinken?«

»Ich bin ein echt liebenswerter Mistkerl, reicht das für den Anfang?« Das Lächeln, das Rosie so überwältigt hatte, erreichte bei Lorraine überhaupt nichts. Sie war vielen Nick Bartellos begegnet, invalide oder nicht.

»In welcher Abteilung waren Sie?«

»In meiner«, sagte Rooney, »jedenfalls damals, als ich beim Drogendezernat war.«

»Ach ja? Also sind Sie ein alter Freund von Bill?«

»Ja, insoweit, als ich das Bein voll Blei diesem fetten Idioten hier verdanke, der mich zu einer häuslichen Auseinandersetzung geschickt hat, ohne mir vorher zu sagen, daß der Betreffende über ein Waffenarsenal verfügt, das selbst die Army erst mal abgeschreckt hätte.«

Lorraine nickte. »Also glauben Sie, daß Bill Ihnen was schuldet?«

Plötzlich hatte Nick Bartello genug von den Witzen. »Niemand schuldet mir was, Miss Page, niemand. Es war meine eigene Angelegenheit, und als Beweis habe ich die Pension. Bill und ich sind einfach alte Freunde.«

Rooney, der sich sehr unbehaglich fühlte, meinte, er solle lieber reinen Tisch machen, bevor Nick damit herausplatzte. »Nick war ein paar Wochen Partner von Jack Lubrinski. Bevor ich ging und Lubrinski mitnahm.«

»Ja, Gott sei Dank, das war vielleicht ein Spinner.«

»Mein Gott, ihr beide zusammen müßt wirklich seltsam ausgesehen haben.«

Nick zögerte. »Ja, haben wir, Miss Page, für etwa zehn Minuten.«

Sie wandte sich ab. »Und nun arbeiten Sie für Agnews Investigation Agency? Lubrinski wäre sicher stolz auf Ihre Fortschritte.«

»Ja, Ma'am, ich arbeite für Agnews, und vielleicht weiß ich erheblich besser, was Jack denken würde, als Sie. Soweit ich gehört habe, haben Sie ziemlich gesoffen.« Er hob das Glas an die Lippen und versuchte, sie abzuschätzen. Sie blieb ruhig, das mußte er ihr zugestehen, und sie griff ihn trotz der beißenden Bemerkung nicht an.

»Und, haben Sie Agnews von uns erzählt?«

»Nein.«

»Wirklich nicht? Nicht mal von dem großen Bonus?«

»Nein, ich sage denen kein Wort, schon gar nicht, wenn ich hier einen Anteil bekomme.«

»Bedeutet das, daß Sie es ihnen sagen oder nicht, Mr. Bartello?«

»Nick.«

»Also gut, Nick. Wieso sollte ich ein Wort von dem glauben, was Sie erzählen?«

Er setzte sein Glas ab. »Weil ich bei denen nur ein kleines Licht bin, und ein Anteil am Bonus könnte bedeuten, daß ich ihnen den Finger zeigen kann. Was ist los? Wollen Sie meinen Lebenslauf sehen? Hat Bill Ihnen nicht gesagt, daß wir zusammengearbeitet haben?«

»Ja, aber Hinken ist nicht gerade, was ich als Empfehlung bezeichnen würde, Mr. Bartello!«

»Scheiße! Heh, Billy, was hat die Alte denn?« Er war wütend, sah Rooney mit glitzernden Augen an und konnte sich nur mühsam beherrschen.

»Sie ist der Boß, Nick.«

Er wandte sich um und starrte Lorraine an. »Na, da haben wir aber mächtig aufgeholt. Sie sind also jetzt die Chefin, ja?«

»Sieht so aus, Mr. Bartello, und wo Sie gerade dabei sind, wieso sagen Sie uns nicht, wieso wir Sie unbedingt dabei brauchen sollten, Anna Louise Caley zu finden? Denn was Bill von Ihnen über Mrs. Caley erfahren hat, war mir alles andere als neu, und es reicht nicht aus, um Ihnen ein Stück von unserem Bonus abzugeben.«

Er beugte sich vor. »Vielleicht habe ich ja noch was anderes, Schatz.«

»Ich bin ganz Ohr, Mr. Bartello. Können Sie dem, was wir haben, noch etwas hinzufügen?«

Wieder dieses hinreißende Lächeln. »Ach ja, was soll ich denn machen? Eine Runde Applaus spenden? Bisher haben Sie ja wohl noch gar nichts…«

»Und Sie hatten nicht viel mehr«, sagte sie, aber langsam konnte sie dem Lächeln nicht mehr widerstehen. Rooney und Rosie konnten beinahe die Funken sehen, die zwischen den beiden sprühten.

Nick lehnte sich zurück und holte eine Packung Kools aus der Tasche. Er zündete sich eine an, dann warf er Lorraine einen Blick zu. »Sie verdächtigen Robert Caley? Könnte gut sein. Wenn seine Tochter tot ist, ist er automatisch Haupterbe, wie?«

»Ja, aber er wird auch noch unseren Filmstar umbringen müssen, um ans Geld zu kommen.«

»Vielleicht hat er das ja vor.«

»Vielleicht.«

»Glauben Sie, ein Typ, der seine Tochter erledigt hat, wäre dazu nicht fähig? Aber es war nicht Mrs. Caley, die die großen Agenturen eingestellt hat, sondern ihr Mann, also treffen dieselben Gründe auch auf sie zu. Sie könnte hinter seinem Geld her sein.« Nick wartete auf ihre Antwort.

»Hat er welches? In einem alten Zeitungsartikel stand, daß er nur als Makler gearbeitet hat, als sie sich kennenlernten.«

»Das ist mehr als zwanzig Jahre her. Jetzt hat er selbst ein paar Grundstücke und Häuser, das habe ich überprüft, und er ist alles andere als pleite. Noch was?«

Rosie und Rooney waren außen vor, konnten nur noch zusehen, wie Lorraine und Nick sich aufeinander konzentrierten wie Schachspieler.

»Wenn Sie nur Robert Caley als Verdächtigen haben, sind Sie in einem sehr kleinen Kanu, *Mrs.* Page, und Sie haben kein Paddel.«

»Warum?«

»Wenn ich meine Tochter umgebracht hätte, würde ich nicht die Hälfte der besten Detektive in L.A. einstellen, mich selbst eingeschlossen ... Wenn Caley aber unser Mann ist, würde er natürlich genau das tun, aber nur, wenn er verdammt sicher ist, daß es nicht den geringsten Beweis gegen ihn gibt. Verstehen Sie das?«

»Nicht genau.«

Er lächelte. »Oh, ich glaube schon, Mrs. Page. Ich glaube, Sie wissen inzwischen, wie ich funktioniere.«

Ihr heiseres Lachen überraschte ihn. Langsam gefiel ihm Lorraine Page. Aber das würde er ihr selbstverständlich nicht zeigen. Er nahm an, daß diese Dame solche wie ihn zum Frühstück verspeiste.

Rooney zündete sich eine Zigarette an. »Also, arbeiten wir zusammen oder nicht?«

Nick sah Lorraine an und legte den Kopf schief. »Das liegt ganz bei der Lady.«

»Was haben Sie noch, Nick?« fragte Lorraine.

Er holte einen Vierteldollar aus der Tasche. »Werfen Sie. Der Verlierer antwortet zuerst.«

Lorraine verlor. Nick beobachtete, wie sie aufstand. Er war sich jeder Linie ihres Körpers bewußt. Sie zündete sich eine Zigarette an und inhalierte tief. Er mochte es, wie sie den Mund halb öffnete, um den Rauch herauszupusten.

»Ich glaube, daß das Mädchen tot ist. Es gibt zu wenig Spuren, sie ist nirgendwo gesehen worden, etcetera. Andererseits sind Leute schon nach viel längerer Zeit gefunden worden, aber ich habe das Gefühl, daß Anna Louise schon lange tot ist.«

Nick nickte. »Aber Bill sagte, die Million steht, ob wir sie nun tot oder lebendig finden.«

Lorraine zögerte. »Heißt das, daß Sie derselben Meinung sind wie ich?«

»Ja, und Bill ebenfalls.«

Rooney sah Lorraine an. »Ja, ich glaube, sie ist hinüber.«

Nick hob die Hand. »Das Mädel ist tot, sind wir da einer Meinung?«

»Nein«, sagte Rosie. »Ich bin nicht sicher, nicht, ehe wir mehr Informationen haben. Sie könnte sich einfach abgesetzt haben. Das machen Kinder in ihrem Alter manchmal. Ich meine, ich kenne welche, die verschwunden sind und Jahre später wiederauftauchten; vielleicht gehört Anna Louise dazu.«

»Du könntest recht haben, Rosie.« Lorraine sah weiterhin Nick an. »Haben Sie mit dieser Juda gesprochen?«

Nick nickte. »Von dieser Sorte gibt es eine ganze Menge, die brauchen nur eine Kristallkugel und ein Zelt. Sie ist eine Schwindlerin, die Geld macht, weil in dieser Stadt so viele verzweifelte Leute wohnen. Ich glaube, sie hat schon länger mit Elizabeth Caley zu tun, ihr wißt ja, wie Filmleute auf dieses Psychozeug abfahren. Diese Geschichte mit der Vertraulichkeit ist Quatsch, und es ist auch Quatsch, daß sie schon zuvor mit der Polizei zusammengearbeitet hat, das habe ich überprüft. Sie hat vermutlich nur im *National Enquirer* darüber gelesen. Den Polizeiakten nach hat sie nie etwas Nützliches beigetragen, sie war nur im Weg und hat sich Publicity verschafft.«

Rooney war der Ansicht, auch etwas beitragen zu müssen. »Willst du noch mal mit ihr reden? Mrs. Caley ist dagegen.« Er sah Nick an. »Sie sagte Lorraine, sie werde den Bonus zurückziehen…«

Lorraine unterbrach ihn. »Wir müssen nach New Orleans. Robert Caley hat mir einen Flug in seinem Privatjet angeboten. Ich werde annehmen, denn das verschafft mir Gelegenheit, mit ihm zu reden.«

Nick lächelte. »Ja, wir gesellen uns zu den Superreichen, wie?«

»Was soll das heißen?«

Nick strich sich das wirre Haar glatt. »Nicht bös gemeint, aber er sieht ziemlich gut aus und… War nur'n Witz. Ist das alles, was Sie bisher haben?«

»Wenn Sie mit Bill gesprochen haben, sollten Sie das verdammt noch mal wissen.«

»Ja, das weiß ich, aber was halten *Sie* zurück?«

Lorraine lachte ihn an. »Wer sagt denn, daß ich was zurückhalte, Nick?«

»Nennen Sie es Intuition, Süße. Sie haben das Gefühl, daß das Mädchen nicht mehr lebt. Was sagt Ihnen Ihr Gefühl noch?«

Lorraine setzte sich und zog ihren Stuhl dicht an seinen. »In diesem Haus ist irgendwas nicht in Ordnung. Elizabeth Caley hat Angst, vielleicht vor ihrem Mann, ich weiß nicht.«

»Aber Sie haben vor, mit ihm in seinem Privatjet zu fliegen.«

»Das werde ich jedenfalls versuchen.«

Wieder lächelte Nick sie an; das war zu vertraulich, und sie wandte sich ab. Er legte ihr die Hand auf den Arm. »Bloß nicht aufregen. Er sieht wirklich gut aus. Wenn ich an Ihrer Stelle wäre, würde ich versuchen, mit ihm etwas anzufangen.«

»Lassen Sie mich doch in Ruhe.«

»Nein, tun Sie nur, was Sie tun müssen.«

»Was soll denn das heißen?« fauchte sie.

»Wenn Sie dadurch an Informationen kommen können, vögeln Sie ihn ruhig. Wie ich schon sagte, wenn ich eine Frau wäre, würde ich vielleicht dasselbe tun, einfach weil ihr drei nicht viel habt, und ich auch nicht. Und mit dem Kerl ins Bett zu gehen ist eine nette Abkürzung. Aber vielleicht habe ich ja auch…«

»Du hast was?« fragte Rooney und beugte sich zu ihm vor.

Nick steckte sich eine Zigarette an der Kippe der letzten an und lehnte sich zurück. »Und das ist es also? Alles, was ihr bisher habt? Dann bin ich wohl dran.«

»Genau«, sagte Lorraine, verärgert und ein wenig verlegen über seine Andeutungen, denn es war, als hätte Nick Bartello ihre Gedanken gelesen. Robert Caley interessierte sie tatsächlich. Aber er hatte auch in anderer Hinsicht den Nagel auf den Kopf getroffen – Page Investigations hatte bisher wenig zu bieten. Ein paar Ahnungen vielleicht, aber die hatte sie noch nicht erwähnt. »Wir warten, Mr. Bartello«, sagte sie und legte den Kopf schief. »Ich bin sicher, Sie haben viel mehr auf Lager. Sie arbeiten schon länger an diesem Fall, also hören Sie auf, uns auf die Folter zu spannen.«

Er inhalierte, dann holte er langsam ein paar zerknitterte Blätter aus seiner Jeanstasche. Er strich sie vorsichtig glatt, ließ sich Zeit. Es sah so aus, als hätte er sie aus einem kleinen Notizbuch gerissen.

»Ich überprüfe meine Akten, sehe nach, ob es Querverbindungen gibt«, sagte er und wies auf das zerknitterte Papier.

»Fang doch mit den Drogen an«, meinte Rooney. Er war müde und hätte gerne etwas getrunken.

»Also gut. Vor zehn Jahren hab ich einen Kerl namens Gerry Fisher erwischt. Jedenfalls stellte sich heraus, daß er mit einer der Damen im Drogendezernat verheiratet war, nicht aus meinem Team, aber ich hab einen Hinweis gekriegt, nicht zu hart zu sein. Ich hab ihn laufenlassen, und seitdem schuldete er mir was. Und dann hab ich ihn achtzehn Monate später wieder erwischt, immer noch beim Dealen, und ich sagte: ›Diesmal bist du dran, und wenn du mit dem Präsidenten selbst verheiratet wärst.‹ Fisher war eine Art Mittelsmann. Er hat sich das Zeug von seinem Hauptdealer geholt und dann an einen Prominentenarzt namens Hayleden weiterverscherbelt, der eine Menge berühmter Patienten hatte, die sich nicht ganz offen was verschreiben lassen wollten. Er wußte nicht, für wen er arbeitete, er brachte nur, was auch immer bestellt wurde, zur Praxis. Den Doktor selbst hat er selten gesehen. Ich wollte etwas dagegen unternehmen, aber dann hab ich das Bein voll Blei gekriegt und war draußen, und Fisher –«

»Was hat das alles mit dem Fall zu tun?« unterbrach ihn Rooney. »Komm endlich zum Thema, Nick.«

»Schon gut. Also, bevor ich an diesem Caley-Fall gearbeitet habe, hab ich nach dem Sohn eines anderen Filmstars gesucht. Die Familie glaubte, er sei ein Dealer, weil er immer Stoff hatte, und sie haben uns angeheuert, um ihn zu verfolgen und Druck auf ihn auszuüben, bevor ihn die Bullen erwischten. Und Bingo, ich treffe wieder auf Fisher, der mir immer noch was schuldet. Also verrät er mir, daß dieser Junge von ihm beliefert wird und den Stoff an Collegekids vertickt.«

»Anna Louise Caley?« fragte Lorraine, plötzlich interessiert.

»Nein, wartet noch. Ich kümmere mich um den Jungen und so weiter, und wir streichen eine nette Summe ein. Als nächstes kriegt Fisher es mit der Angst zu tun, weil er denkt, er wird verhaftet, aber die Familie will das nicht, will nur, daß der Junge was auf die Pfoten kriegt. Also handelt Fisher mit mir, sagt mir, er werde mir eine Menge Informationen über bekannte Persönlichkeiten verschaffen, wenn ich ihn nicht ausliefere. Ich sage ihm, er soll verschwinden, und um zum Thema zu kommen ...«

Alle stöhnten, aber Nick hob die Hand. »He, wartet. Ich komme schon noch hin. Als ich auf den Caley-Fall angesetzt werde, frage ich Fisher also, ob er Anna Louise etwas verkauft hat. Er sagt, er habe nie von ihr gehört und erkennt nicht mal ihr Foto, also sage ich ihm, sie sei Elizabeth Seals Tochter.«

Blinzelnd betrachtete Nick seine »Unterlagen«. »Und jetzt wird die Sache interessant. Fisher verkauft nicht an Anna Louise, sondern an ihre Mama. Eines Abends bekommt er einen Notruf von Doc Hayleden, der in Aspen oder so Ski läuft und Fisher bittet, ihm so schnell wie möglich was in seine Praxis zu liefern, die Schwester dort würde ihn bezahlen.« Er zählte an den Fingern auf: »Die Lieferung schloß Kokain ein, Amphetamine, ein bißchen Crack und eine Ladung Downers – Schlaftabletten, Valium –, also ist ziemlich klar, daß jemand eine Party feiern will. Er bringt die Sachen wie üblich zur Praxis, wird bezahlt und setzt sich wieder in sein Auto. Er überlegt, ob er nicht in Zukunft den Mittelsmann ausschließen kann. Also wartet er, und etwa eine halbe Stunde später kommt eine dünne Frau vorgefahren. Er sieht, wie sie in die Praxis geht und dann schnell wieder rauskommt und zu ihrem Auto geht. Er folgt ihr, weil er weiß, daß die Praxis jetzt geschlossen ist, also muß die Dame wohl die Käuferin sein. Und sie führt ihn direkt zum Haus der Caleys. Sie parkt am Tor, und er nutzt die Gelegenheit. Sie dreht durch und behauptet, daß sie nicht weiß, worüber er redet, sie hat nur Medizin abgeholt, und wenn er nicht sofort verschwindet, wird sie die Polizei rufen. Sie fährt rein … er denkt, er hat sich vielleicht geirrt, aber später bekommt er noch mehr Notrufe, und es ist immer wieder dieselbe Frau, die das Zeug abholt, also nimmt er an, daß er recht hatte. Er hält sie wieder an, und diesmal ist sie noch verschreckter, aber er beruhigt sie und sagt, daß er nichts mit den Bullen zu tun hat, nur –«

»Sie sprechen von Phyllis Collins?« fragt Rosie.

»Ja, und die hat jetzt Angst, daß er sie und ihren Filmstar verrät, also stimmt sie zu, in Zukunft direkt bei ihm zu kaufen. Phyllis ruft ihn an, bestellt, trifft sich mit ihm in Cafés oder so. Also verliert der Doc seinen Schnitt und Fisher macht gute Geschäfte, weil er dasselbe auch mit anderen Kunden des Arztes macht. Dann sagt Phyllis ihm, daß es keine Deals mehr gibt, Mrs. Caley geht in Entzug. Nur, daß jemand in diesem Haus immer noch süchtig ist, Fisher zufolge für mehrere tausend Dollar die Woche.«

Rooney war verblüfft. »Mein Gott. Elizabeth Caley!«

Nick zuckte die Achseln. »Und als nächstes – das mag damit zu tun haben oder nicht – wird mein Freund Fisher –«

»Kann ich ihn treffen?« fragte Lorraine.

»Das wird schwierig werden. Er wurde vor drei Wochen tot

aufgefunden, liegt immer noch in der Pathologie, die haben eine Warteliste. Vermutlich war er wieder auf Heroin, hatte 'ne Spritze in der Hand.«

»Scheiße.« Lorraine goß sich Kaffee nach.

Nick sah sich das nächste zerknitterte Blatt an. »Wir wissen also, daß die Sekretärin das Zeug für Ihre Ladyschaft besorgt hat. Ich finde, das ist ein guter Ansatz. Wir können uns um Phyllis kümmern, denn sie muß mehr wissen, als sie zugibt. Sie sagen, daß Mrs. Caley vermutlich immer noch süchtig ist, also hat sie vielleicht einen anderen Dealer, oder sie bezieht den Stoff wieder über den Doc. Wir wollen aber nichts überstürzen, weil es schließlich Mrs. Caley ist, die einen Millionenbonus anbietet.«

»Hat dieser Fisher je erwähnt, daß er Geschäfte mit Robert Caley gemacht hat?« fragte Rooney.

»Nie.« Nick drückte seine Zigarette aus.

»War das alles?« wollte Lorraine wissen.

Nick zuckte die Achseln. »Wir sollten Phyllis ein bißchen unter Druck setzen... wir könnten vielleicht auf eine mögliche Verbindung zu Dealern stoßen. Vielleicht waren Fishers Lieferanten sauer, oder der Doc, das müssen wir überprüfen. Und als nächstes, und das ist wirklich gut...«

Nick studierte wieder seine Notizen, kaute an der Unterlippe, und dann warf er Lorraine einen Blick zu. »Also gut, Robert Caley. Er sieht vielleicht nett aus, mein Schatz, aber für mich ist er der Hauptverdächtige, und wenn nicht er, dann seine Geschäftspartner.«

»Wegen des Testaments?« fragte Rooney.

»Das ist doch für den Anfang nicht schlecht. Wir wissen nicht, ob er vorhat, sich seiner drogenabhängigen Frau zu entledigen. Aber ohne die Tochter wird er alles erben, wenn Elizabeth Caley stirbt. Und ihr könnt mir glauben, das ist ein ziemliches Vermögen. Wir sprechen über eine Summe von ungefähr fünfzig Millionen. Dieses Haus, in dem sie wohnen, ist allein zwölf Millionen wert, und sie haben noch Immobilien in New Orleans.«

»Aber das sind alles Spekulationen, oder?« fragte Lorraine.

»Ja, aber so ist es doch mit allem, ehe wir Ergebnisse haben, und als ich anfangs sagte, unser Mr. Caley sei nicht gerade pleite, ist das nicht die ganze Wahrheit. Ihr wißt, in welchem Bereich Robert Caley arbeitet?«

»Immobilien«, warf Rooney gereizt ein.

»Ja, er arbeitet hier und in New Orleans, und er macht eine Menge Geld.« Nick legte eine Kunstpause ein. »Er *hat* jedenfalls bisher eine Menge Geld gemacht.«

Rooney und Lorraine sahen einander an. In diesem Bereich hatten sie noch keine Erkundigungen eingezogen, also warteten sie, während Nick wieder seine Notizen zu Rate zog.

»Robert Caley und seine Partner versuchen, in New Orleans ein Casino zu eröffnen. Sie haben der Stadt den Plan auch bereits gut verkaufen können, auf dem Hintergrund, daß es die Wirtschaft ankurbeln wird und vielen Arbeitslosen Stellen verschafft. Aber irgendwie sind sie über den Tisch gezogen worden – plötzlich gibt es Einwände gegen den Standort, wegen der Architektur, wegen der sozialen Auswirkungen, und Robert Caley hat immer noch keine Lizenz, während inzwischen ein anderes Konsortium aufgetaucht ist, das dieselben Ansprüche erhebt. Ich setze deshalb mein ganzes Geld auf Mr. Caley als Hauptverdächtigen, weil er an Glaubwürdigkeit verliert, und jede Verspätung läßt es wahrscheinlich werden, daß seine Partner sich zurückziehen. Wenn er nicht bald grünes Licht für sein Casino bekommt, wird er Millionen verlieren, weil er den Bauplatz schon gekauft hat.«

Nick strahlte – er wußte, daß er eine Bombe hatte platzen lassen. Er fuhr fort. »Also haben wir schon einige mögliche Motive. Die Tochter könnte von einem Drogendealer entführt worden sein, sie könnte entführt worden sein, um Caley dazu zu bewegen, sich aus dem Casinodeal zurückzuziehen. Caley hat es mit üblen Burschen zu tun, und so weit ich sehe, war es seine Frau, die die Privatdetektive reingebracht hat, nicht Caley selbst...«

»Er wollte nicht, daß wir einsteigen, aber er hat so getan, als ginge es nur darum, daß er uns für Versager hält«, meinte Rooney und trank seinen Kaffee aus.

»Laß mich ausreden, Bill. Meine dritte Theorie besagt, daß Caley Geld für sein Casino braucht, und zwar dringend. Ihr wißt, wie es in der Politik zugeht – wenn Caley genug schmiert, werden all seine Probleme verschwinden. Also erledigt er seine Tochter, als nächste ist seine Frau dran, und dann haben wir einen sehr reichen glücklichen Mann, der den Rest seines Lebens damit zubringen kann, noch reicher zu werden.« Nick faltete seine Notizen wieder zusammen und steckte sie zurück in die Tasche. »Das ist alles, was ich habe. Darf ich einen Vorschlag machen? Ich finde, Lorraine oder Rosie sollten versuchen, soviel wie möglich aus Phyllis Collins rauszuholen. Ich kümmere mich um den Doc und die Drogenszene, und du, Bill, siehst zu, ob du mehr über Caley und den Casinodeal rausfinden kannst.«

»Klingt gut«, sagte Rooney und schob seinen durchgeschwitzten Krawattenknoten wieder hoch zum ebenfalls durchgeschwitzten Hemdkragen.

Nick zündete sich noch eine Zigarette an, stand auf und ging zur Tür. »Danke für den Kaffee, Rosie. Bis dann, Partner...« Er zögerte und warf Lorraine einen Blick zu. »Sorgen Sie dafür, daß unser Freund Sie in seinem Jet mitfliegen läßt. Ich weiß nicht, was Sie denken, aber meiner Meinung nach ist er unser Hauptziel.«

Rooney schob seinen Stuhl zurück. »Ich verschwinde ebenfalls. Ich werde mal sehen, ob ich was über meine alten Freunde rausfinden kann. Wir bleiben in Verbindung, ja?«

»Ich freue mich schon drauf«, sagte Rosie und lächelte.

»Auf was?« fragte Lorraine gereizt.

»Auf New Orleans. Ich war noch nie dort. Und mit diesen Spesen können wir uns ein wirklich nettes Hotel leisten. Und ich kann Phyllis Collins verhören. Sie wird morgen bei einem Meeting sein.«

»Bis dann«, rief Rooney, schon an der Tür.

»Macht's gut«, rief Nick.

Lorraine blickte auf. »Nur eins noch, Mr. Bartello. Das hier ist mein Fall, ich bin hier der Boß: Hören Sie also auf, mir zu sagen, was ich tun soll.«

»Schon in Ordnung.«

Lorraine bemerkte den Blick, den Nick und Rooney austauschten, bevor sie gingen. Er machte sie wütend, und sie ärgerte sich über sich selbst, ihn mit einer so krassen Bemerkung auch noch herausgefordert zu haben. Sie hätte sich zurückhalten sollen. Sie trug das schmutzige Geschirr zum Spülbecken.

»Vielleicht sollte ich mit Phyllis reden, Rosie.« Rosie ließ Wasser ins Becken laufen und konnte nicht verbergen, daß sie enttäuscht war. Lorraine legte ihr den Arm um die Schultern.

»Aber du solltest ruhig bei dem Meeting mit ihr reden. Zwei Köpfe sind besser als einer.«

6

Lorraine fuhr auf den Freeway. Rosie hatte sich schon mit Phyllis Collins in Verbindung gesetzt, die sich bereit erklärt hatte, sich mit Lorraine zu treffen, aber nicht im Haus der Caleys. Schließlich hatte sie vorgeschlagen, sie sollten sich im Plaza am Rodeo Drive auf einen Kaffee zusammensetzen, da sie dort ohnehin etwas für Mrs. Caley aus dem Laden von Georgette Klinger abholen sollte.

»Was ist denn das für ein Laden?« fragte Lorraine.

»Keine Ahnung, vielleicht eine Boutique. Ich hab nicht gefragt.«

»Also gut. Wenn du mich brauchst – ich nehme das Telefon mit.«

Lorraine sah auf die Uhr und parkte an einer Parkuhr am Rodeo Drive. Sie hatte noch über eine Stunde Zeit, also beschloß sie, sich das Haar schneiden zu lassen und suchte nach dem Zufallsprinzip einen Salon aus und fragte, ob sie dort gleich bedient werden könne.

»Also gut, Lorraine, wir werden eine neue Frau aus Ihnen machen.«

Lorraine sah zu, wie Noël, der lebhafte afroamerikanische Friseur, schnitt und schnippelte, sie mit kritischen Augen betrachtete und noch mehr schnitt und schnippelte. Auf dem Regal neben dem Spiegel entdeckte sie ein paar weiße Tuben, auf denen der Name Georgette Klinger stand.

»Was ist denn das für ein Zeug?«

Er blickte auf. »Ach, das sind sehr teure Haarkuren, die es in einem Laden weiter oben am Drive gibt. Einige unserer Kundinnen«, er machte eine ausholende Geste mit der Schere, »schwören drauf.«

Um 14 Uhr 45 verließ sie den Salon wieder. Sie hatte immer noch eine Viertelstunde bis zu ihrem Treffen mit Phyllis, also ging sie den Rodeo Drive entlang bis zu dem betreffenden Laden, spähte hinein und trat dann zurück, um sich im Schaufenster zu bewundern. Der Schnitt war gut, im Nacken kurz und vorne lang. Noël hatte eine Seite, die Narbenseite, viel länger gelassen, und Lorraine gefiel, wie die Haarsträhnen ihr Gesicht halb verdeckten, wenn sie sich vorbeugte. Ihr neues Spiegelbild gefiel ihr. Sie war so sehr damit beschäftigt, sich selbst zu bewundern, daß sie gar nicht sah, wie Phyllis gegenüber parkte, zu einem anderen abgestellten Wagen weiterging, einer metallisch grünen Lincoln-Limousine mit verdunkelten Fenstern, und dort einstieg.

»Hallo, ich soll hier etwas für Mrs. Elizabeth Caley abholen.«

Lorraines Vertrauen in ihr neues Aussehen geriet etwas ins Wanken, als die elegante Französin hinter der Theke ihr taillenlanges blondes Haar zurückstrich.

»Tut mir leid, um wen geht es denn?«

»Mrs. Elizabeth Caley.«

»Tut mir leid, aber ich erwarte niemanden, es sei denn… einen Augenblick bitte.« Sie warf einen Blick in ein ledergebundenes Buch. Lorraine sah sich die diversen Georgette-Klinger-Lotionen an. »Nein, Mrs. Caley wartet auf eine unserer

Schutzcremes, aber die sind noch nicht angekommen, erst nächste Woche. Tut mir sehr leid.«

Lorraine kaufte ein Shampoo und einen Festiger und bekam beinahe einen Herzinfarkt, als ihr die Rechnung präsentiert wurde. Eine zweite Verkäuferin kam näher, begierig, noch mehr Produkte zu verkaufen.

»Die Dame ist eine Freundin von Mrs. Caley; sie sagt, sie wartet auf eine Lieferung...«

Die zweite Dame lächelte sie an. »Ich habe vor zwei Tagen angerufen und mich für die Verspätung entschuldigt. Die Creme wird erst am Monatsende hier sein.«

Lorraine verließ das Geschäft. Sie sah auf die Uhr und fragte sich, ob sie für Phyllis schon zu spät dran war.

Judas schweres Parfum bewirkte, daß Phyllis beinahe übel wurde; sie konnte diese Frau einfach nicht ausstehen. »Ich fürchte, Mrs. Caleys Mann besteht darauf. Bitte rufen Sie nicht wieder im Haus an. Mrs. Caley sagte, sie werde sich später mit Ihnen in Verbindung setzen.«

»Aha. Nun, das kann sie halten, wie sie will. Aber sie kann nicht einfach Termine ausmachen und dann absagen. Ich halte die Zeit für sie frei, und ich habe viele Klienten.«

Phyllis reichte Juda einen Umschlag. »Ich denke, das hier wird genügen...«

Juda griff nach dem Umschlag. »Bitte, sagen Sie der lieben Elizabeth, sie soll die Hoffnung nicht aufgeben. Ich spüre Anna Louise immer noch sehr stark; sie soll die Hoffnung nicht aufgeben.«

»Ich sage es ihr.«

Juda nickte und reichte Phyllis ein kleines Päckchen, das in braunes Papier gewickelt war. Als Phyllis schon aussteigen wollte, sagte sie: »Vielleicht ist Mr. Caley demnächst auf Reisen und Elizabeth kann mich empfangen?«

»Ich bin sicher, daß Mrs. Caley Sie anrufen wird. Ich muß gehen...«

Phyllis stieg aus. Der Fahrer wandte sich kurz um; er war erst

Anfang Zwanzig, dunkle Haut, weißes Hemd und verspiegelte Sonnenbrille. Er sah zu, wie Juda den Umschlag öffnete und 100-Dollar-Noten zählte.

»Wohin jetzt, Tante Juda?«

Juda blickte auf und steckte das Geld in eine weiche Ledertasche. »Fahr mich wieder heim, Raoul, und dann gehst du einkaufen. Und sieh nach vorn, sonst fährst du in den nächsten Bus.«

Er kicherte. »Mit dir sollte man sich lieber nicht anlegen, wie?«

Sie lehnte sich zurück und starrte aus dem Fenster. »Du sagst es, mein Schatz, und denen, die es trotzdem versuchen, tut es hinterher sehr leid. Warte mal einen Augenblick. Ich habe gerade jemanden gesehen.«

Lorraine eilte den Rodeo entlang in Richtung Plaza. Sie sah, wie Phyllis aus dem Lincoln stieg, sah, wie sie am Straßenrand wartete, aber als Lorraine die Straße überquert hatte, war Phyllis schon ein gutes Stück vor ihr.

Lorraine nahm an, daß der Lincoln Mrs. Caley gehörte und der Chauffeur Phyllis nur abgesetzt habe, also achtete sie nicht weiter auf den Wagen. Aber Juda lehnte sich vor, als der Wagen aus dem Parkplatz ausscherte. Sie war sicher, daß diese blonde Frau die Detektivin war, die sie aufgesucht hatte, und offensichtlich verfolgte sie Phyllis.

»Lorraine«, sagte Juda leise.

»Was ist? Fahren wir oder bleiben wir hier?«

»Fahr«, fauchte Juda.

»Eine Kundin?« wollte Raoul wissen.

»Nein, die da ist keine Kundin, sie ist Detektivin.« Noch einmal wiederholte sie Lorraines Namen, dann faltete sie die dicklichen, verschwitzten Hände. Ihre Brust hob und senkte sich, als sie schwer zu atmen begann.

»Hast du Probleme?« fragte Raoul.

»Nein, ich nicht, aber diese Dame da wird welche bekommen. Große Probleme.«

Er machte keine Witze mehr. Wenn sie so etwas sagte, wenn sie so starr durch ihn hindurchsah, machte ihm seine Tante angst, wie auch seine Mutter es konnte… sie waren Schwestern. Er umklammerte das Lenkrad fest, warf Juda noch einen verstohlenen Blick zu und schaute dann in den Seitenspiegel, um noch einen Blick auf die Frau zu werfen, von der seine Tante gesprochen hatte. Aber Lorraine war verschwunden.

Lorraine holte tief Luft, als sie sich zu Phyllis an einen der kleinen weißen Tische vor dem Café setzte.

»Tut mir leid, ich bin ein bißchen spät dran, aber ich wußte nicht genau, welches Café Sie meinten.«

Lorraine lächelte. »Möchten Sie einen Kaffee?«

»Ja bitte, einen Cappuccino. Sie brauchen nicht an die Theke zu gehen, der Kellner kommt heraus.«

Phyllis sprach schnell und nervös. Sie konnte Lorraines Plastiktüte von Georgette Klinger nicht übersehen.

»Ich glaube, Sie waren nicht sehr ehrlich, Phyllis.«

Auf Phyllis' Wangen zeichneten sich zwei rote Flecken ab, und sie kniff die Lippen zusammen. »Tut mir leid, ich kann mir nicht vorstellen, wie Sie darauf kommen. Sie waren beim Frisör.«

»Ja, ich hatte noch ein bißchen Zeit, und deshalb bin ich auch in diesen Laden gegangen.« Sie hielt ihre Tüte hoch und lächelte.

»Ach ja, ich wollte dort etwas für Mrs. Caley abholen.«

»Aber die Creme ist erst Ende des Monats wieder lieferbar, ich weiß.«

»Ja, sehr ärgerlich. Aber immerhin konnte ich mich mit Ihnen treffen, und Sie wollten mich ja, wie Rosie sagte, ziemlich dringend sehen.«

Ein Kellner kam, und Lorraine bestellte die Cappuccinos. Phyllis tippte nervös mit dem rechten Fuß gegen den Stuhl.

»Aber Sie wußten, daß Mrs. Caleys Sonnencreme noch nicht lieferbar war; Sie wurden angerufen. Das hat mir die Verkäuferin wenigstens gesagt.«

»Lieber Himmel, haben Sie etwa nachgefragt? Nun, ich halte das alles für reichlich unnötig.«

»Kann sein, aber da ich schon einmal dort war…«

»Wenn Sie deshalb auf Unehrlichkeit schließen, dann tut es mir leid. Ich wollte nur vorbeischauen und mich überzeugen, ob die Creme wirklich noch nicht da ist. Ich habe auch noch anderes hier in der Gegend zu tun, also habe ich nicht gelogen, und ich bin unangenehm berührt, daß Sie mir so etwas unterstellen. Mrs. Caley leidet so unter der Sonne, sie kann kaum vor die Tür gehen…«

Sie tippte weiter mit dem Fuß, der Tisch wackelte ein wenig, aber sie schien es nicht zu bemerken, sah sich immer wieder um und zupfte an ihrem Blusenkragen. Lorraine ließ sie eine Weile kochen. Die beiden roten Flecken auf Phyllis' Wangen verblaßten langsam.

»Ihr Haarschnitt ist wirklich sehr hübsch. Wieviel so ein Schnitt ausmachen kann…«

»Ja, ich hatte Glück, ich war in einem Salon weiter oben am Drive.«

»Bei St. Julian's?« fragte Phyllis. Ihr Gesicht erinnerte Lorraine an einen Vogel, einen pickenden Vogel, mit dieser spitzen Nase und den ruckartigen Kopfbewegungen. »Sie nehmen Ihre Arbeit aber wirklich zu ernst.«

»Wieso?«

»Das ist Mrs. Caleys Friseur. War es jedenfalls, jetzt kommen sie zu ihr ins Haus. Aber Anna Louise ging dorthin, sie war immer sehr empfindlich, was ihr Haar anging.«

»Ach ja? Nein, das war einfach Zufall, ich war zu früh dran und habe mich ein wenig umgesehen.«

Der Kaffee wurde serviert, zusammen mit hauchdünnem Gebäck. Lorraine lächelte dem Kellner zu.

»Wie lange ist Mrs. Caley schon drogensüchtig?«

Phyllis' rote Flecken kehrten plötzlich und sehr heftig zurück. Sie rührte im Kaffee, tippte immer noch mit dem Fuß auf, und nun drehte sie ruckartig den Kopf zur Seite. »Ich weiß nicht, was Sie meinen.«

»Das wissen Sie genau, und deshalb wollte ich auch mit Ihnen sprechen.«

»Ich verstehe nicht, was es Rosie oder Sie angeht, welche Medikamente Mrs. Caley nimmt.«

»Medikamente? Kommen Sie, Phyllis, ich weiß, daß sie Aufputschmittel nimmt, Beruhigungsmittel, Kokain, Speed, alles mögliche. Selbst ihr Mann hat zugegeben –«

»Mr. Caley hat Ihnen das gesagt?« Phyllis war verblüfft.

»Ja, aber er hat angedeutet, daß es nur um Schmerzmittel wegen einer alten Verletzung geht und daß Mrs. Caley nun davon abhängig geworden sei. Aber Speed, Kokain und so weiter sind nicht gerade das, was ich als Schmerzmittel bezeichnen würde, und als ich sie das letzte Mal sah, war sie sehr aufgedreht. Und sehr verstört.«

Phyllis' Unterkiefer mahlte. »Ich glaube, unter diesen schrecklichen Umständen wäre jedermann verstört, Mrs. Page. Ihre Tochter ist verschwunden, sie könnte sogar tot sein...«

»Ja, ich weiß, Phyllis. Deshalb muß ich auch jedes mögliche Motiv herausfinden.«

»Sie meinen, Sie verdächtigen Mrs. Caley?«

»Nein, aber ich muß wissen, von wem sie die Drogen bekommt, weil es vielleicht eine Verbindung gibt.«

»Es gibt keine, das kann ich Ihnen versichern.«

»Das genügt mir nicht, Phyllis. Und wenn es Ihnen um die Wahrheit geht, sollten Sie mit diesen albernen Spielchen aufhören. Sie könnten wegen Drogenhandel verhaftet werden, das wissen Sie doch, oder? Sehen Sie, ich weiß, wie es gelaufen ist. Der freundliche, mitfühlende Arzt – auch er könnte verhaftet werden. Ich weiß, daß Sie die Drogen in seiner Praxis abgeholt haben, und ich weiß auch, daß Sie später direkt mit einem Mann namens Gerry Fisher verhandelten.«

»O Gott.« Phyllis zitterte jetzt. »Weiß Mr. Caley, daß Sie mit mir sprechen?«

»Nein, das hier ist ein vertrauliches Gespräch zwischen Ihnen und mir, und niemand muß davon erfahren. Aber ich muß wissen, ob jemand unangenehm geworden ist oder Drohungen gegen Mrs. Caley ausgesprochen hat. Eine Sucht für über dreitausend Dollar die Woche ist für einige ein gutes Einkommen, und es gibt so etwas wie einen Wettbewerb. Ich weiß, daß Sie den Doktor irgendwann ausgeschlossen haben, also hat er seinen Profit verloren.«

»Es sind keine drei ...«

»Ach, Phyllis, wir brauchen uns doch nicht wegen ein paar hundert Dollar mehr oder weniger zu streiten.«

»Es sind fünftausend.«

»Wie bitte?«

»Manchmal ein bißchen weniger, und offensichtlich ist das teuerste daran die – Vertraulichkeit. Ich meine, wenn die Öffentlichkeit je davon erführe ... Mrs. Caley ist sehr berühmt, ist Mitglied vieler Wohltätigkeitsorganisationen, und wir dürfen auch Mr. Caley nicht vergessen. Es wäre schrecklich für ihn.«

»Er selbst nimmt keine Drogen?«

»Nein, er ist sogar ausgesprochen dagegen. Er hat häufig versucht, Elizabeth zu überreden, damit aufzuhören. Sie war in mehreren Kliniken, aber sobald sie entlassen wird ... fängt es wieder an, und diese Tragödie hat alles sehr viel schlimmer gemacht. Den größten Teil des Tages ist sie wie erstarrt, und wenn Mr. Caley nach Hause kommt, nimmt sie irgendwas, das sie aufweckt, und dann kann sie selbstverständlich nicht schlafen, und das Unheil nimmt seinen Lauf. Es ist ein Wunder, daß sie sich noch nicht umgebracht hat. Sie muß die Konstitution eines Ochsen haben, wenn man überlegt, was sie ihrem Körper antut, und sie schafft es immer noch, einen guten Auftritt aufs Parkett zu legen, wenn das notwendig sein sollte. Sie ist sehr heimtückisch, und sie würde, wenn Sie fragten, jederzeit auf die Bibel schwören, daß sie keine Drogen nimmt ...«

Lorraine trank ihren Cappuccino. Phyllis hatte ihren noch kaum angerührt. Sie war jetzt nicht mehr so aufgeregt und hatte die Hände im Schoß gefaltet.

»Ich weiß nicht, wie wir es geschafft haben, es so lange geheimzuhalten, aber wenigstens muß ich mich nicht mehr mit diesem schrecklichen Mann treffen.«

»Von wem bekommen Sie das Zeug jetzt, Phyllis?«

»Bitte, ich bin keine Dealerin, Mrs. Page. Als Mrs. Caley in Entzug ging, sagte ich Mr. Fisher, seine Dienste würden nicht mehr benötigt. Und dann fing es wieder an, ich habe wieder Medikamente in der Praxis abgeholt, nur etwas, damit sie schlafen kann und nicht mehr so angespannt ist.«

Lorraine nickte. Sie brauchte jetzt unbedingt eine Zigarette. »Sie haben sich also mit keinem anderen Straßendealer in Verbindung gesetzt, sondern beziehen alles wieder über den Doktor?«

»Ja.«

»Also weiß sonst niemand Bescheid, und niemand setzt Mrs. Caley unter Druck?«

»Nicht daß ich wüßte.«

»Mr. Caley weiß, daß Sie den Stoff für sie abholen, oder?«

Phyllis kaute auf der Unterlippe. »Er weiß von den Schmerzmitteln.«

»Schlafen die beiden zusammen?«

Phyllis schien schockiert. »Darüber kann ich wirklich nicht sprechen.«

»Haben sie ein gemeinsames Schlafzimmer?«

»Sie haben getrennte Suiten. Was sie ansonsten tun, weiß ich wirklich nicht. Er ist, soviel ich weiß, ein sehr geduldiger und liebevoller Mann, und sie kann wirklich sehr schwierig sein.«

»Was ist mit Anna Louise?«

»Wie bitte?«

Lorraine seufzte. »Phyllis, wußte Anna Louise von der Drogenabhängigkeit ihrer Mutter?«

Phyllis wandte sich ab. »Kann sein. Es ist schwer, so etwas zu übersehen, wenn man im selben Haus wohnt. Mrs. Caley hat extreme Stimmungsumschwünge, und manchmal ist sie ziemlich irrational.«

»Haben sie sich oft gestritten?«

Phyllis nickte.

»Hat Anna Louise Drogen genommen?«

»Nein, sie haßte so etwas, sie wollte nicht einmal rauchen

und hat kaum je etwas getrunken. Manchmal wirkte sie mehr wie die Mutter als wie das Kind – das macht es für Mrs. Caley so besonders schrecklich.«

Lorraine schob das Gebäck auf dem Teller herum. »An dem Tag, als sie nach New Orleans gefahren sind – in welcher Verfassung war Mrs. Caley da?«

»Sie … sie hatte etwas genommen. Sie war sehr angespannt, benutzte immer die Ausrede, daß sie so ungern flog, daß sie etwas brauchte, um ihre Nerven zu beruhigen, aber sie war … ausgesprochen angespannt. Sie hat ständig ihre Ansicht darüber geändert, ob sie nun fahren wollte oder nicht, aber schließlich hatten wir fertig gepackt, und als Mr. Caley zurückkam, war sie relativ ruhig.«

»Und wie war Anna Louise?«

»Nun, sie mochte es nicht, wenn Mrs. Caley so unruhig war, und ich glaube, einmal sagte sie, sie wollte nicht mitkommen. Aber als Mr. Caley nach Hause kam, unterhielten sie sich eine Weile und dann fuhren sie alle los.«

»Sie haben also zum letzten Mal mit Anna Louise gesprochen, als sie aus dem Flugzeug anrief?«

»Ja. Sie hat mich gebeten, ihr ein Kleid zu besorgen, aber das wissen Sie ja schon.«

»Und sie schien in Ordnung zu sein, nicht nervös?«

»Sie klang entspannt und vergnügt, ebenso wie Mrs. Caley.«

»Sie haben also auch mit Mrs. Caley gesprochen?«

»Ja, sie sagte mir, ich sollte das Kleid ins Haus schicken lassen und dann dem Piloten geben, der es abholen und nach New Orleans bringen würde.« Phyllis senkte plötzlich den Kopf. »Es war ein reizendes Kleid, und … sie hat es nie getragen. Sie glauben, daß sie tot ist, nicht wahr?«

Lorraine winkte dem Kellner. »Das kann ich nicht sagen, ehe ich nicht mehr weiß. Und Sie?«

»Wie bitte?«

»Glauben Sie, daß sie tot ist, Phyllis?«

Sie nickte und rang die Hände. »Ja. Sie würde ihrer Mutter so etwas nie antun, und vor allem nicht ihrem Vater; sie war ein sehr rücksichtsvolles Mädchen. Wenn sie wußte, daß sie zu spät kommen würde, hat sie immer angerufen, und wenn sie nicht zu Hause war, rief sie ihren Vater zwei- oder dreimal täglich an.«

Lorraine zahlte für den Kaffee; in einem Coffee Shop im Orange Grove hätte sie für dieses Geld eine vollständige Mahlzeit bekommen. Sie nahm ihre Einkäufe und wollte gerade aufstehen, als Phyllis noch etwas sagte.

»Es war immer sehr schwierig, wenn Freundinnen sie besuchten.« Sie hatte endlich ihren kalten Cappuccino getrunken und hatte jetzt Schaum auf der Oberlippe. »Sie hat immer versucht, Mrs. Caley zu schützen und hatte Angst, jemand würde es herausfinden. Heutzutage muß man immer befürchten, daß jemand die Informationen an die Skandalpresse verkauft. Die arme Anna Louise hat sich solche Sorgen gemacht, es scheint so unpassend, daß sie es jetzt sein soll, die diese Schlagzeilen verursacht. Und wissen Sie, was wirklich widerwärtig ist… nachdem man sie fünfzehn Jahre nicht haben wollte, fürs Fernsehen vielleicht, aber nicht für ernsthafte Filmarbeit, bieten ihr jetzt plötzlich die großen Studios Drehbücher an. Und jemand, es ist kaum zu glauben, hat sogar angedeutet, daß man einen Film über Annas Verschwinden machen könnte, und Elizabeth soll sich selbst spielen. Widerwärtig, einfach widerwärtig. Also ist es doch verständlich, daß sie Drogen braucht, oder? Auch wenn es für mich nicht einfach ist.«

»Ich danke Ihnen, daß Sie sich mit mir getroffen haben und daß Sie so aufrichtig waren. Selbstverständlich werde ich alles, was Sie gesagt haben, vertraulich behandeln. Und wenn es noch irgend etwas gibt, wovon Sie glauben, daß es mir hilft, rufen Sie mich bitte an.«

Lorraine saß in ihrem Auto. Es war heiß, der Sitz verbrannte ihr den Rücken, also öffnete sie alle Fenster. Das Telefon knisterte und zischte.

»Rosie, könntest du Robert Caley für mich anrufen? Er ist wahrscheinlich in seinem Büro, also versuch es da und frag ihn, ob er Zeit für mich hat.«

»Einen Augenblick.« Rosie knabberte gerade an einer Möhre. Sie schluckte schnell. »Ich gebe dir mal kurz Bill, er möchte mit dir reden. Und inzwischen rufe ich Caley an, ja?«

Rooney griff nach dem Telefon. »Ich hab versucht, etwas über diese Casinogeschichte rauszufinden.«

»Ja, und?«

»War nicht viel zu machen. Caley ist Chef eines Konsortiums, das aus ihm, einer Reihe örtlicher Geldgeber und einer Casinofirma aus einem anderen Bundesstaat besteht. Sie sind bereit, ihn mit bis zu zweihundertfünfzig Millionen zu unterstützen.«

»Wie bitte?«

»Ja, 'ne Menge Geld, aber Caley wird das größte Stück vom Kuchen abbekommen, weil er die ersten Zahlungen für das Grundstück vorgestreckt hat, einen riesigen Bauplatz am Fluß. Zu dem Komplex wird auch ein Hotel gehören, außerdem eine Menge hochklassiger Läden.«

»Und wieso hat Caley nun Probleme?« warf Lorraine ein.

»Na ja, es gibt eine Menge Schwierigkeiten. Erstens versucht er schon seit fünf Jahren, diesen Deal einzufädeln, aber leider ist der Staat Louisiana nicht allzu schnell, wenn es darum geht, Glücksspiel zu legalisieren, während ihre Nachbarn da nicht so zimperlich waren – eine Menge Glücksspielbetriebe haben bereits ein Heim an der Küste von Mississippi gefunden, und sie werden wahrscheinlich auch nicht umziehen. Zweitens gibt es alte Geldleute in der Stadt, die eine Vorschrift dagegen ausgegraben haben, die Nutzung des Geländes umzudefinieren, und sie sagen, es sei gegen die Bundesgesetze: Alles Quatsch, aber es könnte die Angelegenheit um einiges verzögern. Und drittens, und das muß man erst mal kapieren, gibt es eine Menge Unterklauseln in diesen Glücksspielstatuten – die Stadt darf denjenigen auswählen, der das Gelände erschließt, aber der Staat beschließt, wer am Ende das Casino betreibt. Alle dachten, das würden Caley und seine Freunde sein, sobald sie die juristischen Schwierigkeiten wegen des Platzes geregelt hätten, aber inzwischen fragen sich die Leute schon, wieso das alles so lange dauert. Ein paar andere reiche Leute dort unten haben sich gefragt, ob nicht ein anderer die Lizenz bekommen sollte, also hat Caley jetzt einen Rivalen im Nacken, ein Konsortium, das sich Doubloons nennt. Einer seiner Geldgeber ist schon abgesprungen und wird erst wieder einsteigen, wenn Caley die Lizenz hat, und das könnten die anderen ebenso vorhaben.«

»Hast du die Namen der Geldgeber?«

»Ja, zwei Typen namens Bodenhamer und Dulay. Sie sind Inhaber großer Firmen, Bodenhamer hat eine Baufirma, Dulay ist im Alkoholgeschäft. Beide könnten jede Menge aus dem Casino rausholen, nicht nur aus dem Spielbetrieb, sondern aus all dem Zeug, was sie verkaufen könnten. Bisher haben sie noch keinen Cent verloren. Aber Caley steckt erheblich tiefer drin.«

»Wieso?« Lorraine versuchte, all diese neuen Informationen zu verdauen.

»Caley hat die Pacht für das Gelände vorgestreckt. Wenn er die Lizenz nicht kriegt, sieht er das Geld nie wieder. Das ist in New Orleans allgemein bekannt, aber wenn ich erst dort bin, werde ich noch mehr rausfinden.«

»Kann schon sein, daß das in New Orleans alle wissen, aber wieso stand davon nichts in der Akte, die dein Kumpel Sharkey uns kopiert hat?«

»Vielleicht ging es dem um seinen eigenen Arsch, oder er hielt es nicht für wichtig, ich weiß es nicht.«

»Ich schon. Du sagst also, daß Robert Caley unbedingt auf diesen Casinodeal angewiesen ist?«

»Sicher. Er ist seit Jahren nicht mehr sonderlich flüssig – er hat Besitz in L.A. und Louisiana verkauft. Wenn der Deal grünes Licht bekommt, wird er Millionen machen. Vielleicht hatte Nick recht, was Caley angeht. Er hat mächtige Gegner, vor allem dieses andere Konsortium, aber im Augenblick steht die Tür auch für alle anderen weit offen.«

»Wir werden so schnell und so viele Informationen wie möglich beschaffen. Ich werde mal sehen, ob Caley mir weitere Einzelheiten verrät. Hat Rosie ihn schon erreicht?«

Rosie nahm den Hörer ab. »Ja, du sollst um halb fünf dort sein. Er hat den Sicherheitsleuten gesagt, daß du kommst.«

Lorraine klemmte sich das Telefon unters Kinn und ließ den Motor an. »Gut, ich bin auf dem Weg.«

Rosie legte auf und beugte sich vor, um die Alubehälter mit Essen aus der Tasche zu holen und eine Zeitung als Unterlage auf Lorraines Schreibtisch auszubreiten.

»Das ist japanisch, Bill, sehr fettarm – hier gibt es Krabben, Lachs und Fisch, rohen Fisch. Beim ersten Mal schmeckt es ein bißchen seltsam, kau es einfach gut und nimm viel von der Soße. Und hier haben wir Salat und Brokkoli.«

»Nein, danke, ich hole mir lieber einen Hamburger.«

»Das hier ist aber besser für dich – probier es wenigstens mal.«

»Nein danke, ich warte lieber.«

Rosie baute alle Alubehälter auf, dann spießte sie ein Stück Fisch auf eine Gabel und ging damit zu Rooney.

»Versuch's doch nur mal, es ist sehr gesund, und wenn ich das mal sagen darf, es würde dir gut stehen, ein paar Pfund zu verlieren.«

Rooney zog eine Grimasse, aber er öffnete den Mund und ließ sich füttern. Rosie sah ihn abwartend an. Er schluckte und nickte.

»Nicht übel, ein bißchen wie chinesisches Essen, nicht wahr?« Rosie verteilte das Essen auf zwei Teller, und Bill knabberte vorsichtig an einer Krabbe.

»Kein Reis? Bekomme ich keinen Reis?«

»Nein, du darfst Reis nicht mit Eiweiß essen, weil Reis Kohlehydrate sind, und das darf man nicht mischen. Als nächste Mahlzeit können wir einen Riesenteller Nudeln essen, aber kein Eiweiß.«

»Interessant. Woher weißt du das alles?«

»Lorraine hat mich darauf gebracht.«

Bill ließ sich vor seinem Teller nieder und steckte sich eine Papierserviette in den Kragen. »Sie weiß eine Menge, nicht wahr?«

Rosie nickte und goß ihnen Wasser ein. »Sie beeindruckt mich immer wieder, manchmal überrascht sie mich regelrecht.

Aber sie ist ein seltsamer Mensch, und ich will nicht hinter ihrem Rücken über sie herziehen, aber sie hat manchmal eine ziemlich scharfe Zunge, und dann ist sie wieder sanft wie ein Baby.«

Rooney hatte den Mund voll, sonst hätte er ihr widersprochen, denn während all der Jahre, die er Lorraine Page nun kannte, hatte er keine Seite ihres Charakters kennengelernt, die er als »sanft« bezeichnet hätte. Aber er schwieg und nickte nur kauend. Selbst wenn das, was er aß, wie Gummi schmeckte und er lieber einen Hamburger mit Würstchen und Schinkenspeck dazu gehabt hätte, gefiel es ihm, daß er nicht mehr allein zu Hause saß. Fritten konnte er auf dem Heimweg immer noch bekommen, nette Gesellschaft dagegen nicht.

Ein junger Mann mit zurückgekämmtem Haar in einem grauen Designeranzug führte Lorraine in Robert Caleys Büro. Er klopfte an eine riesige Tür, ein grünes Licht blinkte an einer Sprechanlage links daneben, und der junge Mann öffnete die Tür. Er spähte hinein, Lorraine dicht hinter ihm.

»Mrs. Page, Mr. Caley.«

Er schenkte ihr ein strahlendes, weiß überkrontes Lächeln. »Bitte …«

Das Büro hatte hohe Fenster, und Jalousien hielten die Nachmittagssonne fern. Ein gewaltiger Schreibtisch mit einer schwarzen Glasplatte dominierte den Raum. Der Teppichboden war grau und hochflorig, und Stühle aus weichem Leder bildeten einen Halbkreis vor dem schwarzen Ungeheuer. Teure Drucke schmückten die Wände, aber es gab keine Aktenschränke, keine Beistelltische. Nur die Bronzeskulptur einer männlichen Gestalt auf einem Sockel, die gen Himmel wies, war diskret in einer Ecke plaziert.

Robert Caley sprach in eines der acht Telefone, die auf dem Schreibtisch standen. Er hatte Lorraine die Rückenlehne seines Stuhls zugewandt, also konnte sie ihn nicht sehen, aber sein Sekretär wies auf einen der Stühle vor dem Schreibtisch.

»Gut, im Bel Air, bis dann.« Caley drehte sich zu Lorraine um und legte den Hörer auf. »Entschuldigen Sie mich noch einen Augenblick, Mrs. Page.«

Er sah seinen Sekretär an. »Verschieben Sie meine Verabredung um fünf auf sechs Uhr – ich muß raus zum Bel Air. Und buckeln Sie ein wenig mehr vor Dulay, Mark, er ist wirklich sauer.«

»Jawohl, Sir. Wünschen Sie eine Erfrischung?«

»Nein, es sei denn ...« Caley wandte sich Lorraine zu.

»Nein, danke.«

Caley nickte, und der Sekretär schloß die Tür hinter sich. »Sie wollten mich sehen, Mrs. Page?«

Er schwang den Stuhl zur Seite und tippte, ohne auf eine Antwort zu warten, das Telefon, das er benutzt hatte, mit dem Finger an. »Schwierigkeiten.«

»Es tut mir leid, wenn ich ungelegen komme ...«

Caley lächelte finster und stützte sich auf die Ellbogen, schmiegte das Kinn in die Hand. »Vielleicht tut es mir ganz gut, kurz von meinen Befürchtungen wegen einer Pleite abgelenkt zu werden. Möchten Sie einmal was sehen?« Er sprang auf und drückte einen Knopf am Schreibtisch. Lorraine drehte sich um, als ein Teil der grauen Wand rechts von ihr zurückglitt und eine große Architekturzeichnung enthüllte. »Das hier könnte mir das Genick brechen. Kommen Sie, ich zeige es Ihnen.« Er führte ihr die Pläne für das Casino vor, für das Einkaufszentrum, die Hotels, und berichtete von seinen Plänen – vieles hatte sie schon von Rooney gehört. »Sieht gut aus, wie? Und da mir der Platz gehört, würde ich selbstverständlich der Hauptaktionär sein. Aber ich habe nicht damit gerechnet, daß der Staat jahrelang Zicken macht, während sie Untersuchungen darüber finanzieren, wie Glücksspiel Witwen und Waisen korrumpiert und Leute blind macht, bevor ihnen einfällt, daß es sich tatsächlich um einen fördernswerten Zweig der Freizeitindustrie handelt, der neues wirtschaftliches Wachstum und Arbeitsplätze bringen könnte, ganz, wie es der Doktor verschrieben hat. In diesem Plan stecken fünf Jahre meines Lebens, und meine Partner, die, anders als ich, noch keinen Dollar in das

Projekt gesteckt haben, kriegen langsam kalte Füße, während eine Bande anderer Geschäftsleute glaubt, sie könnten sich auch ein Stück vom Kuchen abschneiden. Also…«

Lorraine sah sich die Zeichnung noch einmal an. »Wenn Ihre Partner sich zurückziehen, was bleibt Ihnen dann?«

»Ein Haufen Land und kein Geld. Ich brauche diese Leute also, denn ohne sie könnte ich nicht mal mehr eine Hütte bauen. So tief stecke ich in der Scheiße.« Er ließ die Wand wieder vor die Zeichnungen gleiten und kehrte an seinen Schreibtisch zurück.

Lorraine lehnte sich zurück. »Lassen Ihre Partner Sie hängen?«

»Ja, einer ist schon abgesprungen, und der andere ist kurz davor. Er hat gerade eben angerufen und mich gefragt, was ich jetzt unternehmen will, dabei ist er es, der an jedem Wochenende den Golfwagen des Gouverneurs schiebt. Man kann Leute wie Lloyd Dulay – ich meine den Brauereibesitzer – nicht lange an der Kandare halten. Wenn man so viel Geld hat wie er, bieten einem viele Unternehmer Deals an, und Sie wissen ja, diese superreichen Dreckskerle sind immer nur darauf aus, noch reicher zu werden – nur warten können sie nicht.«

»Stört es Sie, wenn ich rauche?« fragte sie.

»Nein.«

Er zog eine Schublade auf und stellte eine Dose aus Gold und Onyx auf den Tisch. Sie nahm eine Zigarette, und er gab ihr mit dem goldenen Cartierfeuerzeug aus der Zigarettendose Feuer. Sie blickte auf und ihre Blicke begegneten sich. Einen Augenblick lang starrten sie einander an, dann schloß er den Deckel der Zigarettendose mit einem Klacken. Er reichte ihr einen schwarzen Glasaschenbecher. »Ich brauche jetzt was zu trinken.«

Sie sah zu, wie er zu einem weiteren in der Wand verborgenen Fach trat, das einen Barschrank enthielt. Sie konnte das Klirren von Eis im Glas hören, und ihr Herz begann schneller zu schlagen. Was, wenn er ihr etwas anbot? Und noch wichtiger: Würde sie imstande sein, es abzulehnen?

Lorraine war aus einem bestimmten Grund hier – sie wollte herausfinden, ob Caley tatsächlich so viele Schwierigkeiten bei dem Casinodeal hatte, wie Rooney behauptete. Und dann hatte er es ihr einfach erzählt. Entweder war er ein hervorragender Schauspieler und hatte den Grund ihres Besuchs geahnt, oder er war einfach nur ehrlich. Er hatte sie verwirrt, und sie wußte nicht, wie sie weiter vorgehen sollte.

Er stellte ein hohes Kristallglas Mineralwasser mit Eis und Zitrone auf den Tisch. Sich selbst hatte er ein Glas Cognac mitgebracht.

»Danke«, sagte sie leise.

Wieder trafen sich ihre Blicke, und diesmal lächelte er. »Sie nahmen doch nicht an, daß ich Ihnen Alkohol anbieten würde, oder?«

»Einen Augenblick lang schon.«

»Das würde ich nicht tun, ich weiß doch, daß Sie ein Problem damit haben. Das sollte ich auch wissen, schließlich lebe ich mit einer Frau zusammen, die nicht ein, sondern eine ganze Reihe von Drogenproblemen hat. Aber darüber haben wir ja bereits gesprochen.«

Sie nickte und fragte sich, ob hinter einer dieser grauen Wände auch ein Bett verborgen war. Wäre das der Fall gewesen und hätte er das betreffende Paneel weggeschoben, hätte sie nicht gewußt, was sie tun sollte. Sie fand ihn heute sogar noch attraktiver, alles an ihm gefiel ihr: Seine Hände waren kräftig und braun gebrannt, sein Anzug legerer als der seines Sekretärs, und er trug ein kragenloses Hemd, dessen oberste zwei Knöpfe offenstanden. Alles an ihm wirkte lässig, wenn man von seinen blauen Augen absah: Sie waren so gefährlich wie sein Lächeln.

»Ich muß nach New Orleans, wahrscheinlich morgen. Wollen Sie mitkommen?«

»Ja.« Sie trank einen Schluck Wasser.

»Sie wollen vermutlich sehen, was Sie dort ausgraben können.« Er lachte. »Ausgraben ist das richtige Wort. Ich werde auch für den Rest meines Lebens schaufeln müssen, wenn ich diesen Deal nicht durchziehen kann.«

»Aber Ihre Frau hat doch sicher genug Vermögen –«

Er unterbrach sie. »Eines will ich klarstellen, Mrs. Page. Das Geld meiner Frau gehört ihr, und ich verdiene meines selbst. Wir haben getrennte Konten, immer schon, und falls Sie das noch nicht herausgefunden haben, einen entsprechenden Ehevertrag.«

»Wenn sie stirbt…«, sagte Lorraine leise.

Er warf ihr einen wütenden Blick zu. »Was dann?«

»Sie sind Ihr Haupterbe, oder?«

»Nein, Mrs. Page, meine Tochter ist die Haupterbin.«

»Aber wenn Anna Louise ebenfalls tot ist?« Sie sprach weiterhin sehr leise.

»Daran hatte ich gar nicht gedacht. Lieber Himmel, sind Sie etwa deshalb hier? Für wen halten Sie mich? Wir sprechen hier über meine Tochter – was, glauben Sie, habe ich mit ihr gemacht, sie umgebracht, damit ich an das Geld meiner Frau komme? Glauben Sie, ich habe auch vor, meine Frau umzubringen? Wofür halten Sie mich?« Er schüttelte den Kopf. »Gott, ist das widerwärtig.«

»Deshalb bin ich nicht hier.«

»Das freut mich, denn ansonsten müßte ich Sie eigenhändig rauswerfen.«

»Ich suche nach Motiven für Anna Louises Verschwinden, Mr. Caley. Vielleicht haben Sie mir eines geliefert.«

Wieder starrte er sie wütend an. »Sie glauben, ich wäre fähig, meine eigene Tochter umzubringen?«

»Das weiß ich nicht, Mr. Caley, aber als Ermittlerin muß ich alles für möglich halten. Sie sind, soweit ich weiß und soweit Sie es mir gerade gesagt haben, der einzige, der einen Vorteil aus Anna Louises Tod ziehen könnte, ob Ihnen das nun gefällt oder nicht.«

»Und der Vorteil wäre erheblich größer, wenn meine Frau ebenfalls tot wäre, ja?«

»Ja.«

»Sie glauben also, ich habe vor, sie umzubringen? Sind Sie deshalb hier? Um herauszufinden, auf welche Weise ich meine

Frau umbringen will? Nun, vielleicht können Sie mir als sogenannte Ermittlerin ja ein paar Tips geben.«

»Ich bin keine sogenannte Ermittlerin, Mr. Caley.«

»Als Polizistin haben Sie nicht viel getaugt.«

Sie stand auf und beugte sich über den Schreibtisch. »Sie haben keine Ahnung, was ich war, und ich werde nicht länger hier sitzen bleiben und mich beleidigen lassen.«

»Aber Sie dürfen mich beleidigen? Anna Louise ist meine Tochter, und jetzt verschwinden Sie hier und erledigen die Arbeit, mit der meine Frau Sie beauftragt hat, denn ich habe meine Tochter nicht umgebracht und plane auch nicht, meine Frau zu töten.«

Lorraine hüstelte, strengte sich an, unbeteiligt zu wirken. »Vielleicht hat einer Ihrer Geschäftspartner etwas damit zu tun.«

Er lehnte sich zurück und starrte sie an, dann drehte er sich um, damit sie sein Gesicht nicht sehen konnte. Seine Stimme wurde leiser, tiefer. »Weiter, Mrs. Page…«

»Sie haben es doch gerade selbst dargelegt: Es geht um eine Menge Geld, es gibt ein konkurrierendes Konsortium, für das es erheblich einfacher wäre, wenn Sie plötzlich das Interesse an diesem Projekt verlören. Und vergessen Sie nicht die Konkurrenz auf dem Fluß – ein Casino wie das Ihre würde ihnen eine Menge Kunden wegschnappen, oder? Es ist also möglich, daß die Entführung Ihrer Tochter Teil eines Planes ist.«

»Was für einen Plan meinen Sie?« fauchte er.

»Na ja, jemand könnte Anna Louise entführt haben, um Sie dazu zu bringen, sich aus dem Projekt zurückzuziehen. Das Land gehört Ihnen, und Ihre Partner haben bisher noch keinen Cent investiert…«

Er schwieg einen Augenblick, dann drehte er den Stuhl zurück und sah sie wieder an. »Weiter.«

»Das ist nur eine Theorie, aber jemand hätte auf diese Weise versuchen können, Sie zum Rückzug zu veranlassen. Hat jemand Sie direkt darauf angesprochen?«

Er starrte sie an, dann zuckte er die Achseln. »Nein…«

»Hat Ihnen jemand angeboten, das Land zu kaufen?«

Er begann, mit seinem leeren Glas zu spielen, schob es langsam über die Schreibtischplatte. »Nein. Aber sagen Sie mir, wieso gab es dann keine Lösegeldforderung, wieso hat nie jemand mit mir Kontakt aufgenommen, wenn das stimmt? Das Doubloons-Konsortium hat so viel Einfluß, daß ich mir nicht vorstellen kann, daß sie zu solchen Mitteln greifen würden.«

»Aber sie haben vielleicht ein paar zwielichtige Elemente damit beauftragt, Anna Louise vorsorglich festzuhalten, und etwas ist schiefgegangen.«

»Sie meinen, sie wurde umgebracht?«

Wieder stand dieser Schmerz in seinen Augen, und sie mußte den Blick abwenden. »Kann sein, und das würde auch erklären, wieso es keine Lösegeldforderung gab. Und all die Publicity im Zusammenhang mit dem Verschwinden Ihrer Tochter muß einen negativen Einfluß auf ihre Geschäfte gehabt haben.«

Caley schob den Stuhl zurück und stand auf. »Aber sie haben schon genug Erfolg, die Entwicklung meiner Pläne aufzuhalten, sie müssen dazu nicht meine Tochter entführen. Und wenn meine Partner weiter abspringen, dann…«

»Sie haben auch schon daran gedacht, nicht wahr?«

Er nickte seufzend. »Ja, kurz, aber dann habe ich den Gedanken verworfen, weil ich nicht glaubte, daß sie so tief sinken könnten.«

»Wenn Millionen auf dem Spiel stehen, staunt man immer wieder, wie tief Leute sinken können, Mr. Caley. Und wenn selbst Sie die Möglichkeit schon in Betracht gezogen haben, müßten Sie verstehen, wieso ich mir das näher ansehen muß und wieso ich wissen muß, wer die beteiligten Parteien sind, besonders Ihre Konkurrenten. Und dann kann ich eliminieren –«

»Damit werden Sie nicht weiterkommen.«

»Das werden wir sehen«, meinte Lorraine herausfordernd.

»Also gut, Sie wollen mit der Gegenseite reden?«

»Offensichtlich.«

»Ich fürchte, Mrs. Page, Sie werden gegen dieselbe Wand rennen wie bisher jeder andere Detektiv, aber ich will Sie nicht abhalten. Im Gegenteil, ich werde alles tun, was ich kann, um Ihnen behilflich zu sein, wie bei den anderen auch. Wenn Sie mich jetzt entschuldigen…«

»Haben die anderen Detektive und die Polizei Sie auch über diese Leute befragt?«

Er ging auf die Tür zu. »Selbstverständlich, und sie haben mich auch verdächtigt.«

»Ich verstehe.«

»Nein, Mrs. Page, das glaube ich nicht. Ich hatte nach unserem letzten Gespräch angenommen, daß Sie mir glauben würden, daß ich meiner Tochter niemals auch nur ein Haar krümmen würde und daß ich schon gar nicht der Mann bin, der seine Frau einer solchen Qual aussetzt. Sie haben keine neuen Ideen eingebracht, nichts, was ich nicht schon einmal gehört hätte. Und nun entschuldigen Sie mich; Mark wird Sie über alle Einzelheiten informieren, die Sie wissen müssen.«

Er ging und schloß die Tür hinter sich. Ein paar Minuten später erschien der Sekretär.

»Mr. Caley hat mich gebeten, Ihnen diese Akten zu geben, aber verstehen Sie bitte, daß es sich dabei um vertrauliche Informationen handelt. Sie können sich Notizen machen, aber die Akten dürfen das Büro nicht verlassen. Wenn Sie Hilfe brauchen –«

Sie unterbrach ihn. »Ich soll also hier bleiben?« Sie griff nach den Akten.

»Ja. Mr. Caley hat vorgeschlagen, daß Sie sein Büro benutzen, und wenn Sie Hilfe brauchen oder etwas fotokopiert haben möchten, werde ich für Sie da sein. Die Akten enthalten die Pläne für das Casino und –« Wieder unterbrach sie ihn, indem sie aufstand und um den Schreibtisch herumging.

»Ich danke Ihnen. Tut mir leid, ich habe Ihren Namen vorhin nicht verstanden.«

»Mark Riley. Ich bin Mr. Caleys Privatsekretär.«

Sie setzte sich an Caleys Schreibtisch und schlug die Akte auf. »Danke, Mark. Wenn Sie mir jetzt noch zeigen, welchen Knopf ich drücken muß, wenn ich mit Ihnen sprechen will…«

»Ich bin auf Leitung zwei.«

Sie lächelte. »Danke, Mark.«

An der Tür zögerte er noch einmal. »Ich lasse Sie jetzt erst mal allein.«

»Kannten Sie Anna Louise, Mark?«

Er schien überrascht. »Ja, selbstverständlich.«

»Kam sie oft her?«

»Nein, aber hin und wieder hat sie Mr. Caley zum Essen abgeholt.«

»Sind Sie ihr je privat begegnet?«

»Nein, ich habe sie nur gesehen, wenn sie zu Mr. Caley kam.«

Dann war Lorraine allein in dem riesigen, kalten Büro. Sie öffnete die erste Akte und griff nach ihrem Notizbuch. Sie fand allerdings keinen Stift, also sah sie sich auf der Schreibtischplatte um und entdeckte eine eingelassene quadratische Platte direkt vor dem Stuhl. Sie drückte darauf, aber nichts passierte. Dann sah sie einen kleinen schwarzen Knopf, also probierte sie den, und die Platte zog sich zurück. Darunter befand sich eine Schreibunterlage und eine Reihe von Stiften, Notizblocks, Büroklammern, alles fein säuberlich aufgeräumt, und zwei gerahmte Fotografien, die mit dem Rücken nach oben lagen. Lorraine drehte sie um und sah, daß eine Anna Louise zeigte, die andere Elizabeth Caley.

Von seinem Schreibtisch aus beobachtete Mark Riley Lorraine auf einem kleinen Monitor. Er wandte sich einer dunkelhaarigen Frau zu, die an einem Computer arbeitete.

»Mrs. Page schnüffelt im Büro rum.«

Die Frau sah ihn an. »Ja, das ist mir auch aufgefallen, aber ich habe die Schubladen verschlossen, also wird sie nicht weit kommen.«

Mark warf einen Blick ins Terminbuch. Dort war kein neuer Termin vermerkt. »Mit wem trifft er sich denn jetzt?«

»Was glaubst du wohl?« fragte die Frau und zog die Brauen hoch.

Saffron Dulay kam zu spät, wie immer, und Robert Caley, der gerade auf die Uhr gesehen hatte, sah sie nicht hereinkommen. Allen anderen entging ihr Auftritt nicht – sie war schwer zu übersehen. Saffron bewegte sich anmutig an den Tischen vorbei, geführt von einem Oberkellner, der sich verbeugte und auf Robert Caleys Tisch in einer der Nischen des Restaurants des Bel Air wies. Saffron blieb kurz stehen, um ein paar Bekannte freundlich zur Kenntnis zu nehmen, dann nickte sie, als wäre sie tatsächlich das Mitglied eines königlichen Hauses, als das der Oberkellner sie behandelte.

Caley sprang sofort auf und beugte sich vor, um sie auf die Wange zu küssen.

»Robert«, sagte sie mit heiserer Stimme. »Ich bin zu spät, ich weiß, aber bitte, bleib doch sitzen.«

Er zog ihr trotzdem den Stuhl zurecht – den mit dem Rücken zum Fenster. Er wußte, daß sie gern das gesamte Restaurant sah und viele kannte, die heute hier waren. Saffron war reich, die Tochter eines Brauereiunternehmers, Erbin von Millionen. Sie zeigte ihren Reichtum auf jene verdeckte, einfache Weise, wie es nur die sehr Reichen können. Sie trug ein weißes négligéähnliches Kleid, wodurch ihre Größe – sie war beinahe einsachtzig – noch betont wurde. Goldene Sandaletten und Diamanten in ihren Ohren im Wert von einer Million unterstrichen ihre goldbraune Haut.

»Wie geht es dir denn?«

Saffron hatte die Vierzig bereits überschritten, aber es wäre schwer gewesen, ihr Alter zu schätzen; ihr Selbstvertrauen und ihre körperliche Vollkommenheit ließen sie erheblich jünger wirken. Trotz vier Ehen und endlos vielen Liebhabern bewahrte sie sich ein mädchenhaftes Aussehen – sie hatte ihren Auftritt besser im Griff als jedes Starlet, das nur halb so alt war wie sie.

»Hast du was Neues von deinem kleinen Mädchen gehört?« fragte sie mit schleppendem Südstaatenakzent.

»Nein.«

Sie berührte Caleys Hand leicht. »Es muß schwer für dich sein.«

»Ja.«

Sie sah sich kurz um, dann schaute sie wieder Caley an. »Du setzt dich immer hierher.«

»Ja, rauchen kann ich auch draußen.« Er winkte einem Kellner. »Ich habe schon bestellt, das Übliche – ich hoffe, dein Geschmack hat sich nicht geändert.«

Sie lachte, sah sich noch einmal um, und er mußte an Lorraine Page denken. Sie war blond, beinahe ebenso groß, aber so fehlerhaft, so wirklich im Vergleich mit Saffron. Er ging schon lange nicht mehr mit Saffron ins Bett. Aber jetzt mochte er sie nicht einmal mehr. Vielleicht zog Lorraine ihn an, weil sie so direkt war. Er hätte gern mit Lorraine geschlafen, und nur an sie zu denken, ließ ihn lächeln.

»Du hast ein umwerfendes Lächeln, Robert Caley«, sagte Saffron leise.

»Danke…«

Sie stützte das Kinn auf die Hand. »Was willst du, mein Schatz? Bist du schon wieder knapp bei Kasse?«

Der Kellner brachte ihr einen üppig dekorierten Cocktail und ihm noch einen Whiskey Sour. Es ärgerte ihn, daß sie sofort wußte, warum er sich mit ihr treffen wollte. Sie nahm einen winzigen Schluck und stellte das Glas dann wieder auf den Tisch; sie würde es nicht wieder anrühren, das tat sie nie.

»Ich werde nie verstehen, wieso du dich nicht von deiner Filmstar-Gattin finanzieren läßt.«

»Ich will kein Geld von meiner Frau.«

»Nein, aber du brauchst welches, also nimmst du es von anderen.« Sie lehnte sich zurück und schenkte ihm endlich ihre ungeteilte Aufmerksamkeit. Da sie reich war, wußte sie, wie sie mit Leuten umgehen mußte, die etwas von ihr wollten.

»Ich will keinen Cent von dir, meine Liebe, aber ich brauche dich, damit du deinen Dad überredest. Vergiß die Einzelheiten, du weißt ja, daß wir beide an dieser Casinosache beteiligt sind, aber er hat angedeutet, daß er sich zurückziehen will, und ich weiß, daß du ihn überreden kannst, also –«

»Ich hab mit ihm geredet, sobald du aufgelegt hattest… er

mag ja schon über siebzig sein, aber er ist ein schlauer alter Bursche. Sagt, er will, daß ich zu einem Fest nach Hause komme, du weißt schon, er will immer wissen, wo ich bin, und das macht mich wahnsinnig. Seit Mama tot ist, will er, daß ich wieder nach Hause ziehe, einen netten Mann finde und ihm ein Enkelkind schenke.«

»Das ist nur verständlich, du bist seine einzige Tochter. Hat er mein Projekt denn überhaupt erwähnt?«

»Warum fahren wir nicht ein bißchen spazieren, während wir darüber reden?« Sie lächelte, wartete gar nicht auf eine Antwort, sondern legte einfach die Serviette auf den Tisch. Caley erhob sich halb, als er sah, wie sie aufstand, dann trank er sein Glas aus, denn er wußte, daß sie jetzt noch gut eine Viertelstunde von Tisch zu Tisch gehen würde. Er zahlte die Rechnung, und er wußte auch, daß er jetzt noch mehr zahlen würde. Als er zum Ausgang ging, sah er noch einmal auf die Uhr: nur noch eine Dreiviertelstunde bis zu seinem nächsten Termin.

Der Fahrer konnte nicht durch die dunkle Trennscheibe schauen. Saffrons Limousine hatte eine breite Sitzecke, einen Fernseher und einen Barschrank, Faxgerät, Telefon und Computer. Caley saß ihr gegenüber; sie räkelte sich auf ihrem dick gepolsterten Sitz und wickelte ein Pfefferminz aus.

»Möchtest du was Süßes?«

»Nein.«

»Kalorienfrei.«

Er öffnete das Barfach, füllte Eis in ein Whiskeyglas und goß Wasser nach. Er warf Saffron einen Blick zu und hielt das Glas hoch, aber sie schüttelte den Kopf.

»Ich muß um sechs wieder im Büro sein.«

»Sicher ... wir werden langsam fahren, ganz, wie ich es mag.«

Sie schob einen Träger herunter, dann den zweiten, und wand sich aus ihrem weißen Kleid. Sie trug keine Unterwäsche und bewegte sich vollkommen natürlich, als sie ihr Kleid zusammenlegte und dann die Beine spreizte. Jetzt trug sie nur noch die goldenen Sandaletten. Caley beobachtete sie, während er Wasser trank. Er ließ die Eiswürfel klirren, und sie kicherte.

Er lockerte nicht einmal die Krawatte, er zog nicht einmal die Jacke aus, denn er wußte, daß es nicht nötig war. Saffron wollte nicht im Arm gehalten werden und wollte auf keinen Fall, daß ihr sorgfältiges Make-up von Küssen beschädigt wurde. Sie wußte genau, was sie wollte, und er wußte es ebenfalls. Sie begann, sich selbst zu streicheln, umfaßte ihre Brüste, bis die Brustwarzen hart wurden. Er kniete sich zwischen ihre Beine. Mit der rechten Hand berührte er eine ihrer Brustwarzen mit einem Eiswürfel, was sie zum Stöhnen brachte, während er mit der linken Hand sanft ihre Oberschenkel streichelte, immer weiter nach oben, bis er sie mit dem Daumen rieb, genau an dem Punkt, wo es sie am meisten erregte, und sie spreizte die Beine weiter und weiter, die Augen geschlossen.

»O ja, ja, das gefällt mir, das gefällt mir.«

Langsam ließ er den Eiswürfel von ihrer Brust gleiten, was sie erschauern ließ, und sie bog sich ihm entgegen, als er den schmelzenden Eiswürfel geschickt in ihre Vagina einführte. Schnell griff er nach dem Rest der Würfel, die noch in seinem Glas waren, und schob einen Würfel nach dem anderen nach, bis er das kalte Eis mit dem Daumen fühlen konnte.

»O Gott, ja, ja...« Sie beugte sich vor und zog seinen Kopf näher, und er begann, ihre Klitoris zu lecken. Sie kam rasch, schrie auf, aber sie hielt seinen Kopf immer noch fest. »Ich will es dreimal, laß mich dreimal schreien, Baby, los, mach schon.«

Nick hatte einen Hamburger in der Hand, als er ins Büro gestürzt kam, und Rosie rümpfte die Nase.

»Dieses Cholesterin ist nicht gut für dich, Nick.«

»Ich weiß, aber ich mag es halt.«

Er setzte sich auf Lorraines Stuhl damit, drehte sich und steckte sich den Rest des Hamburgers in den Mund, als Rooney hereinkam.

»Ha – erwischt! Du hast einen Hamburger gegessen, ich rieche es genau!« sagte Rooney anklagend zu Rosie.

»Habe ich nicht«, verkündete Rosie triumphierend, »er war's.« Sie zeigte auf Nick, der sich gerade mit dem Hemdsärmel den Mund abwischte.

»Wo bin ich denn hier gelandet? In einer Kurklinik?«

Rooney setzte sich auf die Tischkante und grinste Rosie an.

»Hast du was rausgefunden?«

Nick holte die üblichen zerknitterten Notizblätter aus der Tasche.

»Ich hab mich mit Elizabeth Caleys Arzt befaßt, ein alter Kumpel kümmert sich drum, und...« Sie warteten, während er die Zettel sortierte.

»Fishers Freundin macht gerade eine Aussage bei einem Kollegen vom Drogendezernat, und...«, fuhr er fort.

»Und?« fragte Rooney. Nick fuhr sich durch die ohnehin wirren Locken.

»Wir müssen uns beeilen; es heißt, Doc Hayleden werde demnächst verhaftet, also würde ich ihn mir gern vorher schnappen, vielleicht will Ihre Ladyschaft ja mitkommen und sich ansehen, wie ein echter Profi arbeitet.«

Rosie wollte Lorraine gerade anrufen, als Nick die Hand hob.

»Was hat sie eigentlich gegen mich?«

Rooney zuckte die Achseln und sah Rosie an.

»Nichts. Wieso fragst du?«

Nick legte den Kopf schief. »Na ja, ich reiße mir den Arsch auf, aber ich will nicht reingelegt werden.«

»Von Lorraine?« fragte Rosie.

»Ja. Ich weiß, daß sie was gegen unseren Deal hatte, also... ich frage euch ganz ehrlich: Mach ich mit oder nicht?«

»Selbstverständlich machst du mit«, erwiderte Rosie, und Rooney zeigte mit dem Finger auf Nick.

»Hör mal, wir teilen in vier Teile, und das war's.«

Nick grinste. »Also gut. Ich brauchte einfach noch eine Bestätigung... treibt sie's eigentlich mit jemandem? Ich hab mich nur gefragt...«

Rooney lachte. »Da hast du keine Chance, Nick. Oder, Rosie?«

Sie zuckte die Schultern. »Keine Ahnung, aber soll ich sie jetzt anrufen oder nicht? Sie ist in Caleys Büro.«

Nick grinste sie an. »Ruf ruhig an, aber sag nichts … äh … Persönliches, ja?«

Lorraine saß immer noch an Caleys Schreibtisch und machte sich Notizen, überwacht von Mark, aber sie bat ihn nicht um Hilfe. Sie wühlte sich methodisch durch die dicke Akte und wußte, daß auch alle anderen Ermittler das ebenfalls getan hatten, aber sie konnte es sich nicht leisten, nachlässig zu sein. Um sechs hatte sie ihr Notizbuch bereits halb vollgeschrieben. Sie lehnte sich in dem großen Ledersessel zurück.

Robert Caleys Finanzlage war äußerst angespannt. Es sah so aus, als wäre all sein Geld in Immobilien angelegt. Dadurch war er zwar immer noch ein reicher Mann, aber ohne Bargeld. Wie er ihr gesagt hatte, hatte er alles auf den Casinodeal gesetzt. Er würde für den Grund und Boden zahlen müssen, auch wenn seine Pläne schiefgingen. Wenn sich seine Partner zurückzogen, würde er Millionen verlieren und seine Immobilien schnell abstoßen müssen, um seine Schulden bezahlen zu können. Lorraine hatte keine weiteren Informationen über Elizabeth Caleys Vermögen, und soweit sie es beurteilen konnte, hatten die Caleys kein gemeinsames Konto oder Eigentum.

Mark sah im Monitor, wie Lorraine aufstand und sich gähnend reckte. Er sah, wie sie die Akte schloß und ihre Sachen zusammensuchte.

»Ich glaube, sie ist durch«, sagte er zu seiner Kollegin Margaret. Sie sprach gerade mit Robert Caleys Chauffeur, der soeben zum Büro zurückgekehrt war.

Margaret schürzte die Lippen. »Ich hoffe, er wird nicht zu spät kommen. Mario sagte, er sei im Bel Air geblieben. Dieses Miststück Saffron Dulay, ich weiß wirklich nicht, wieso er sich mit ihr trifft.«

Mark zuckte die Achseln und zeigte auf den Monitor. »Mrs. Page geht. Kannst du die Klimaanlage da drin anwerfen? Sie hat geraucht.«

Er wartete schon, als Lorraine mit der Akte unterm Arm das Büro verließ. »Sind Sie fertig?«

»Ja, danke. Ist Mr. Caley da?«

»Nein, tut mir leid, er ist bei einer Besprechung und hat dann um sechs noch einen Termin. Müssen Sie noch einmal mit ihm sprechen?«

»Äh, nein, eigentlich nicht; danken Sie ihm einfach in meinem Namen, ja?« Sie reichte ihm die Akte. »Ach, und noch eine Sache. Mrs. Caley – hat sie etwas mit diesem Geschäft hier zu tun?«

»Nein.«

»Aha. Sie hat auch nie eine der Immobilienfirmen finanziert?«

»Nicht daß ich wüßte«, sagte er gereizt.

»Sie haben keine gemeinsamen geschäftlichen Interessen?«

»Nicht daß ich wüßte.« Er schob die Akte in einen Schrank. Lorraine war ihm gefolgt, stand dicht hinter ihm.

»Aber sie ist doch eine sehr reiche Frau?«

»Ich glaube schon, aber ich arbeite nur für Mr. Caley. Ich weiß nichts über Mrs. Caleys Finanzen.«

»Sie müssen doch eine Vorstellung darüber haben, wieviel Geld sie hat. Ich meine, sind es ein paar Millionen, eine Million oder erheblich mehr?« Sie lächelte, aber er ließ sich nicht erweichen.

»Ich habe wirklich keine Ahnung. Sie sollten darüber vielleicht lieber mit Mrs. Caley selbst sprechen.« Er drehte sich um, als Margaret und Mario auf sie zukamen. »Mario, würden Sie Mrs. Page zum Fahrstuhl bringen? Ich informiere den Sicherheitsdienst. Das hier ist Mario, Mr. Caleys Chauffeur, Mrs. Page.«

Mario nickte und hielt ihr die Tür auf. Sie fuhren zusammen im Fahrstuhl nach unten.

»Ich dachte, Mr. Caley sei immer noch weg.«

»Das ist er auch, Ma'am.«

»Arbeiten Sie sowohl für Mr. als auch für Mrs. Caley?«

»Jawohl, Ma'am. Seit acht Jahren.«

Er brachte sie zum Tisch des Sicherheitsdienstes, und sie gab die Plakette zurück, die man ihr beim Eintreten gegeben hatte. Mario hielt ihr die Tür auf.

Lorraine zögerte. »Kennen Sie Anna Louise?«

»Ja, Ma'am. Manchmal habe ich sie und Mrs. Caley gefahren.«

»Haben Sie sie an bestimmte Orte gebracht? Besonders in der Zeit kurz vor ihrem Verschwinden?«

»Nein, Ma'am, es waren immer nur Einkaufsbummel, manchmal auch ein gesellschaftliches Ereignis, aber Miss Caley hatte ihr eigenes Auto. Sie war wirklich ein reizendes Mädchen, immer höflich, immer respektvoll.«

»Und Mrs. Caley?«

»Entschuldigen Sie?« Er wandte den Blick ab.

»Hat Mrs. Caley Sie respektvoll behandelt?«

»Jawohl, Ma'am.« Er hielt ihr immer noch die Tür auf, und sie wußte, daß er sie nur zu gern losgeworden wäre.

»Haben Sie Mrs. Caley auch zu ihrem Arzt gefahren?«

»Nein, Ma'am.«

»Nein? Also fahren Sie Mrs. Caley nur hin und wieder? Nur zum Einkaufen und dem einen oder anderen gesellschaftlichen Ereignis?«

»Jawohl, Ma'am.«

»Haben Sie Mrs. Caley je zur Wohnung einer gewissen Juda Salina drüben am Doheny Drive gefahren?«

»Manchmal. Auch Miss Anna Louise war ein paarmal dabei. Früher ist Mrs. Salina ins Haus gekommen, aber Mr. Caley mochte sie nicht, also sind sie dann immer zu ihr gefahren.«

»Ist Anna Louise je allein bei Juda Salina gewesen?«

»Äh, vielleicht ein- oder zweimal.«

»Kurz bevor sie verschwand?«

»Bitte, ich möchte nicht in Schwierigkeiten geraten. Mr. Caley weiß nicht, daß ich sie hingefahren habe, er mochte diese Frau nicht, und ich glaube nicht an dieses Zeug.«

»Also ging Miss Anna Louise direkt vor ihrem Verschwinden zu Mrs. Salina?«

Er nickte.

»Sie kommen aus New Orleans, nicht wahr, Mario?«

Er schien sich sehr unwohl zu fühlen, Schweiß stand ihm auf der Stirn. »Ja, Ma'am. Einige der Angestellten haben früher schon für die Familie von Mrs. Caley gearbeitet, und manchmal reisen wir mit den Caleys dorthin zurück, wenn sie länger dort bleiben.«

»Wenn ich noch einmal mit Ihnen sprechen muß, Mario...«

»Dann können Sie mich bei den Caleys oder hier erreichen, Mrs. Page. Ich habe eine Wohnung oberhalb der Garagen.«

Mario warf einen Blick zu den Sicherheitsleuten, dann schaute er wieder Lorraine an. Er holte eine Karte heraus und schrieb etwas auf die Rückseite. »Das ist die Nummer meines Handys, dort können Sie mich immer erreichen, aber Sie müssen wissen, daß ich wirklich nichts über Mrs. Caley oder Mr. Caley sagen kann. Sie sind nette Leute, und ich bin wirklich traurig wegen Miss Anna Louise, wie jeder, der sie kennt.«

Lorraine lächelte und steckte die Karte ein. »Es muß für Sie alle eine schlimme Zeit sein. Ich danke Ihnen, Mario.«

Sie ging auf den Parkplatz zu, wo sie eine weiße Limousine sah. Robert Caley beugte sich hinein, hatte ihr den Rücken zugewandt. Lorraine eilte hinüber, zwängte sich unter dem weißen Geländer durch, dann war sie kurz hinter Caley, der zornig schien.

»Ich will doch nur, daß du dafür sorgst, daß er mir Zeit läßt. Mein Gott, hör endlich auf mit diesen Spielchen.«

»Ich? *Du* spielst Spielchen, Caley, und du kriegst nur, was du verdient hast. Was soll ich tun? Meinem Daddy sagen, daß du ihm einen blasen wirst?«

»Ich werde deinem Daddy sagen, was für ein verdammtes Miststück seine Tochter ist...«

»Hallo, ich wollte gerade gehen«, sagte Lorraine dicht hinter ihm. Er drehte sich um, und Lorraine konnte die nackte Saffron sehen, die sich auf dem Rücksitz aalte. Caley schlug die Tür zu, der Wagen stieß zurück und wendete.

»Eine Besprechung, wie?« Lorraine lächelte.

Er zuckte die Schultern. »Ja, aber auch alte Geschäftspartner übertreiben es manchmal.«

Sie sah, daß ein kleiner Muskel an seinem Unterkiefer zuckte, und sie lächelte weiter. »Danke, daß Sie mir Ihr Büro überlassen haben.«

»Kein Problem.« Er hatte die Fäuste geballt, und obwohl er sich anstrengte, höflich zu sein, verriet ihn sein Blick. »Wenn Sie mich entschuldigen, ich habe einen Termin.«

»Gern. Wenn ich noch einmal mit Ihnen sprechen muß...«

Er ging weiter. »Sie wissen, wo Sie mich finden, Mrs. Page.«

Als Lorraine auf ihr Auto zuging, hob der Sicherheitsmann die Hand an die Mütze und kam auf sie zu.

»Guten Abend, Mrs. Page.« Er führte sie zu ihrem Wagen. Er nahm sogar die Schlüssel entgegen, um für sie aufzuschließen, dann hielt er ihr die Tür weit offen. Alle hier waren so überaus höflich.

»Es muß heute weit über zwanzig Grad gewesen sein«, meinte er und wartete offensichtlich auf sein Trinkgeld. Sie reichte ihm fünf Dollar.

»Das war eine tolle Limousine.«

»Die große weiße?«

»Ja, die mit den Nummernschildern aus Louisiana. Wem gehörte die?«

»Früher habe ich den Wagen öfter gesehen. Ein Geschäftspartner von Mr. Caley.« Er schloß die Tür und tippte aufs Dach. Lorraine fragte sich, ob er sich für weitere fünf Dollar erinnern würde und öffnete das Fenster.

Er hob den Schlagbaum für sie an. Als Lorraine auf gleicher Höhe mit ihm war, ließ sie ihr Lächeln verschwinden.

»Wem gehört der Wagen, mein Freund? Ersparen Sie mir eine Nachfrage im Revier. Ja, ich bin Cop – es gibt uns in allen Größen und Formen.«

Er zögerte. »Miss Saffron Dulay; sie ist die Tochter von Lloyd Dulay. Er benutzt den Wagen ebenfalls, wenn er in L.A. ist.«

»Danke«, sagte Lorraine und fuhr weiter. Also doch eine geschäftliche Besprechung?

Lorraine war auf dem Rückweg nach Hollywood, als Nick sie anrief.

»He, Schatz. Wenn wir mit Elizabeth Caleys Doc reden wollen, müssen wir uns beeilen. Ich hab gehört, er wird demnächst verhaftet, also sollten wir uns so schnell wie möglich vor seiner Praxis treffen.«

»Gut, ich beeile mich. Ich muß nur auf dem Weg dorthin noch jemanden anrufen.« Sie wählte die Nummer des Büros.

»Hi, Bill. Was Neues?«

»Nichts«, antwortete er. »Und bei dir?«

»Ich hab ein paar Stunden in Caleys Büro gesessen und ein paar Namen gefunden, die überprüft werden müssen. Er hat mich die Akte über den Casinodeal einsehen lassen – interessanter Lesestoff. Versuch mal, alles über Lloyd Dulays Tochter rauszufinden. Sie wohnt in Hollywood und heißt Saffron Dulay. Ich glaube, Robert Caley hat was mit ihr.«

»Lorraine –«

Sie wußte, daß er der Ansicht war, daß sie in L.A. nur noch Zeit verschwendeten. »Ich muß weiter, ich treffe mich mit Nick.«

Sie legte auf. Im Büro beugte sich Rosie über Rooneys Schulter und las seine Notizen. »Wer ist Saffron … wie war der Nachname?«

»Dulay. Tochter eines der Geldgeber in Caleys Casinodeal. Lorraine glaubt, daß Robert Caley was mit ihr hat, also werde ich sie überprüfen, Gesellschaftskolumnen lesen und so.«

Rosie nickte. »Das kann ich übernehmen, wenn du willst.«

»Danke. Du riechst gut; ist das Parfum?«

Rosie strahlte. »Gardenie.«

»Riecht gut. Frisch.«

»Danke.«

»Schon okay.«

Nick beobachtete, wie Lorraine auf den Parkplatz gegenüber der Praxis des Doktors fuhr, ausstieg und auf das Haus zuging. Ihr Gang gefiel ihm – sie machte lange, lässige Schritte. Eine starke Frau, dachte er, *ganz* Frau. Selbst jetzt, wo ihr blondes Haar wirr und ihr Kostüm verknittert war, sah sie gut aus. Er hatte langbeinige, hart wirkende Blondinen immer gemocht, und Lorraine war genau das. Er mußte unwillkürlich lächeln und nahm an, daß sie im Bett ziemlich gut sein mußte.

»Was ist denn so komisch?« fauchte sie.

»Nichts, aber du siehst aus, als wolltest du jemanden erwürgen. Schlechte Laune, wie?«

»Ja!« Aber sie lächelte. Nick Bartello war jemand, in dessen Gegenwart man sich leicht entspannen konnte.

Er lächelte strahlend. »Setzen wir uns in meinen Jeep? Ich stehe auf dem Parkplatz des Doc. Er ist übrigens da.«

Sie gingen zu dem verbeulten Cherokee-Jeep; selbst die Sitzbezüge waren zerrissen.

»Mein Gott, Nick, wo hast du denn die Karre her?«

»Der Motor ist gut, und er war billig. Mein Hund hat die Sitze angefressen.« Er pfiff, und ein behaarter Kopf schoß von einem Sitz hoch.

»Das hier ist Tiger. Tiger, darf ich dir Lorraine Page von Page Investigations vorstellen?«

Der Hund, halb Deutscher Schäferhund und halb Hütehund oder vielleicht auch Wolfshund, sah so zerzaust aus wie sein Besitzer, und seine unheimlichen blauen Augen waren Nicks ebenfalls nicht unähnlich.

»Ich hab ihn vor zwei Jahren in einer Mülltonne gefunden, er ist ein prima Wachhund, aber er scheißt überallhin. Er wohnt also sozusagen im Auto.«

»Das sieht man.« Lorraine spähte hinter die zerfetzten Vordersitze und entdeckte auf dem Rücksitz einen Freßnapf, einen Wassernapf und eine alte Decke. Als Lorraine sich setzte und die Tür schloß, knurrte der Hund leise.

»He, halt dich zurück, wir sind Partner.«

Tiger setzte sich auf und legte den Kopf auf Nicks Schulter, während dieser sich eine Zigarette ansteckte.

»Erinnerst du dich an diesen Fisher, von dem ich erzählt habe? Meinen inzwischen verstorbenen Informanten?«

Lorraine nickte.

»Ich hab noch ein bißchen ermittelt. Im Autopsiebericht steht, es sei kein Heroin gewesen, sondern ein Blutpfropf, weil er Temazepam gespritzt hat. Klingt logisch, weil er mir beim letzten Mal gesagt hat, daß er nicht mehr drauf ist, aber ich dachte, er hätte wieder angefangen. Dieser Doktor verkauft Rezepte, als kämen sie demnächst aus der Mode, und er liefert immer noch Temazepam an Elizabeth Caley. Aber wenn wir da reingehen, solltest du mir das Reden überlassen. Wir haben nicht viel Zeit, weil Fishers Freundin ausgesagt hat; sie ist vor ein paar Tagen gefaßt worden. Komm bloß nicht auf die Idee, mir vorzuwerfen, daß ich nicht genug leiste, ich bin seit dem Morgengrauen auf den Beinen. Und ich nehme an, daß sie jeden Augenblick hier anrücken und ihn mitnehmen, also können wir Fisher als Köder benutzen, wenn wir ihn zum Reden bringen wollen.«

»Also gut, reden wir mit ihm.«

Die Praxis war wie ein luxuriöses Wohnzimmer eingerichtet, mit bequemen Sofas, Gardinen und Beistelltischen, während Dr. Hayleden mit seiner randlosen Brille, dem wohlfrisierten Haar und dem gelifteten Gesicht an eine Gestalt aus einem Wachsfigurenkabinett erinnerte.

»Ich kann mit Ihnen nicht über eine meiner Patientinnen sprechen. Es sei denn, die Betreffende ist anwesend oder hat ihr Einverständnis schriftlich erteilt.«

Lorraine sagte nichts. Auch Nick schwieg.

»Ich denke, damit ist unser Gespräch beendet.«

»Noch nicht ganz«, sagte Nick leise.

»Ich glaube schon. Sie kommen hier einfach rein, behaupten, für eine Detektei zu arbeiten, stellen Fragen über meine Patientin – und dazu noch über eine, die den Medien gut bekannt ist – und erwarten von mir –«

»Ersparen Sie uns den Quatsch«, sagte Nick leise. »Ich weiß, daß Sie Elizabeth Caley nicht nur Schmerzmittel verschrieben haben, sondern auch Schlaf- und Beruhigungstabletten. Und das schon sehr lange … nur, daß sie schon genug von dem Zeug hat, um einen Elefanten umzuwerfen.«

»Diese Andeutungen gefallen mir überhaupt nicht, Mr. Bartello.«

»Ganz ehrlich gesagt, Doc, interessiert mich das einen Scheißdreck. Ich kenne niemanden, ganz gleich wie schlaflos er sein mag, der jede Woche eine solche Menge an Temazepam braucht, wie Sie es Elizabeth Caley verschrieben haben. Genug, um die Tabletten aufzulösen und sich sechs- oder siebenmal am Tag zu spritzen. Nein, wir reden nicht von den üblichen Verschreibungsmengen, sondern von zweihundert Stück pro Rezept. Und ich weiß das alles, weil ein Freund von mir ebenfalls für Sie gedealt hat, nämlich ein gewisser Mr. Fisher. Er und seine Freunde sind in Lagerhäuser eingebrochen und haben Sie dann beliefert. Und wir wissen beide, daß jeder, der so mit Drogen umgeht, auf eine Thrombose zusteuert, so wie unser Freund Mr. Fisher. Er ist tot, wissen Sie das?«

Dr. Hayleden starrte Nick wütend an und tat so, als wüßte er nicht, wovon die Rede war. Aber man konnte spüren, daß sie ihn erwischt hatten. Schweiß brach ihm aus, und er hatte die Augen weit aufgerissen. Lorraine stieß leicht gegen Nicks Fuß – sie durften diesen Mann auf keinen Fall zu sehr verängstigen.

Sie beugte sich vor. »Wir sind nicht vom Drogendezernat, wir sind Privatdetektive. Wir müssen nur wissen, ob Robert Caley weiß, wovon seine Frau abhängig ist.«

»Ich habe keinen Patienten namens Fisher.« Dr. Hayleden schwitzte jetzt heftig, seine perfekte Frisur wurde langsam feucht, seine Lippen trocken, obwohl er sie ununterbrochen leckte. »Sie müssen verstehen – wenn ein Patient Medikamente, die ich verschreibe, mißbraucht, kann ich wenig dagegen tun.«

Nick stand auf. »Wenn ein Arzt weiter diese Drogen verschreibt, obwohl er die Gefahren kennt, steckt er tief in der Scheiße. Warum beantworten Sie nicht einfach unsere Fragen? Und am besten sagen Sie uns auch, ob Robert Caley selbst einmal eines dieser kleinen Bonbonpäckchen für seine Frau abgeholt hat.«

Eine Viertelstunde später wußten Nick und Lorraine, daß Elizabeth Caley manchmal bis zu tausend Pillen in der Woche bestellte und daß Hayleden, der Robert Caley nie begegnet war, nicht glaubte, daß Caley vom Drogenmißbrauch seiner Frau wußte. Hin und wieder hatte Mrs. Caleys Privatsekretärin die Tabletten abgeholt. Anna Louise Caley war nie in seiner Praxis gewesen.

Als sie in der Wohnung beim Essen saßen, bestand Nick darauf, daß Robert Caley immer noch ihr Hauptverdächtiger war. Rooney und Rosie lauschten gespannt Nicks und Lorraines Bericht über den Besuch in der Praxis. Sie waren alle der Ansicht, daß sie nun in New Orleans weitermachen sollten. Nur Lorraine hielt sich zurück, denn sie war unzufrieden, daß die anderen Caley als Hauptverdächtigen behandelten und der Ansicht waren, daß sie sich zu sehr auf Juda Salina fixierte und darauf bestand, noch einmal mit Phyllis reden zu müssen, ebenso wie mit Elizabeth und Robert Caley.

Nick zuckte die Schultern. »Süße, wieso willst du so viel Zeit verschwenden? Es war Caley, er hat das beste Motiv.«

Rooney nickte. »Wir werden es allerdings beweisen müssen, Nick.«

Nick wickelte Spaghetti um seine Gabel und sah Lorraine an. »Hast du einen Grund, wieso wir es nicht versuchen sollten?«

»Nein, es ist nur so ein Gefühl.«

»Du meinst, du bist scharf auf ihn.« Nick lachte.

Lorraine sprang auf. »Scheiße, das stimmt nicht. Ich meine nur, wenn er etwas mit dem Verschwinden seiner Tochter zu tun hatte, wieso sollte er mir dann Einsicht in seine Akten gewähren und sein Motiv so deutlich machen? Er hat nichts vor mir verborgen, im Gegenteil.«

Nick goß sich ein Bier ein, das er selbst mitgebracht hatte. »He, Moment mal. Es ist für einen Schuldigen immer besser, wenn er dir Informationen selbst zugänglich macht, statt es dich herausfinden zu lassen, das gehört zum Spiel, und das weißt du. Und dann hast du ihn mit Saffron Sowieso erwischt.

Wir müssen uns beeilen, damit Elizabeth sich nicht umbringt, bevor wir ihn haben, oder wir verlieren diesen Bonus.«

Lorraine war es leid. »Hast du was über Saffron Dulay gefunden, Rosie?«

Rosie schlug feierlich ihr Notizbuch auf. »Als erstes hatte sie mehr Ehemänner als ich warme Mahlzeiten. Sie ist die einzige Tochter und Erbin eines Vermögens. Ich hab mich mit Melissa Dewhurst von diesem Hollywood-Klatschblatt unterhalten, und sie hat mir gleich alles erzählt, weil Saffron ihr Blatt verklagt hat, denn Melissa hat in einem Artikel angedeutet, sie sei eine Nymphomanin. Sie hat auch noch eine andere Zeitung verklagt, in der behauptet wurde, sie hätte Brustimplantate. Den Bildern nach zu schließen, die ich gesehen habe, hat sie sich nicht nur die Titten liften lassen; sie sieht phantastisch aus. Und seht euch mal diese Bilder von ihrer Wohnung an.« Rosie breitete Kopien aus.

Nick beugte sich vor und stieß einen schrillen Pfiff aus. »Wow! Da haben wir noch ein Motiv! Tolle Frau, und außerdem noch reich. Lorraine, schau dir mal an, wie sie angezogen aussieht. Im Auto auf Robert Caleys Parkplatz war sie doch nackt, oder?«

Rooney starrte sie an. »Soll das ein Witz sein?«

Lorraine lehnte sich zurück und schob den Teller weg. Sie holte ihre Notizen aus der Aktentasche und legte sie auf den Tisch. »Ihr drei solltet euch das mal ansehen, aber paßt auf, daß kein Essen drauffällt.« Sie stand auf.

»Und was ist mit Robert Caley?« wollte Nick wissen.

»Um ihn geht es in meinen Notizen, Nick, lies es einfach.«

Nick gähnte und zwinkerte Rooney zu. »Wie wär's mit einem Getränk? Wir können uns das Zeug auch in einer Bar ansehen.«

Rooney klappte das Buch zu. »In Ordnung. Bis morgen, Rosie, und danke für die Spaghetti.« Er beugte sich zu ihr und küßte sie auf die Wange. Sie war vollkommen überrascht und errötete.

Nick zwinkerte ihr zu, als er Rooney die Tür aufhielt. »Bis morgen.«

Rosie begann, den Tisch abzuräumen. Es war angenehm, mit Männern zu tun zu haben, es tat gut, und als sie mit den Tellern an einem Spiegel vorbeikam, warf sie ihrem Spiegelbild rasch einen Blick zu. Vielleicht sollte sie morgen zum Friseur gehen und ein bißchen Make-up auflegen. Rooneys Kuß auf die Wange hatte ihr viel bedeutet; sie war sehr lange von keinem Mann mehr geküßt worden. Nicht, daß Rooney sie richtig geküßt hätte, aber es war ein Zeichen von Zuneigung, und davon hatte sie in letzter Zeit auch nicht viel bekommen.

Lorraine blieb am Tisch sitzen. Sie konnte Nick und Rooney unten auf der Straße lachen hören. Sie stand auf und ging ans Fenster, schaute hinaus, dann wandte sie sich Rosie zu.

»Gute Nacht, Rosie. Ich geh jetzt schlafen, es ist spät und ich bin schrecklich müde.«

»Gute Nacht. Mach die Klimaanlage aus, sonst kriegst du kein Auge zu.«

Lorraine schaltete die Klimaanlage aus, dann das Licht. Sie stand im Halbdunkel am Fenster, die Arme verschränkt, tief in Gedanken versunken. Nick Bartello hatte ihr den Fall so gut wie abgenommen, das wußte sie, und sie wußte, daß sie ihn übertreffen mußte, um nicht nur Rosie, sondern auch Rooney zu beweisen, daß sie immer noch der Boß war. Er hatte ihr viel voraus und er war gut, das wußte sie. Er gab sich lässig, aber er hatte tatsächlich Motive gefunden, gute Motive. Hatte sie ihren Instinkt verloren? Hatte sie Caley nicht durchschauen können, weil sie ihn so attraktiv fand? Seufzend legte sie sich aufs Schlafsofa.

Wäre Robert Caley imstande, sie darüber hinwegzutäuschen, daß er seine eigene Tochter hatte entführen und vielleicht sogar ermorden lassen? Oder verbarg Elizabeth Caley außer ihrer Drogensucht noch etwas anderes? Und wenn ja, wieso stellte sie dann Privatdetektive ein? Oder war das auch nur wieder eine Filmrolle, die sie spielte?

Lorraine gähnte und spürte, wie ihr die Augen zufielen. Sie war fest davon überzeugt, daß der Schlüssel zu Anna Louise Caleys Verschwinden bei ihren Eltern lag. Die Frage war, ob beim Vater oder bei der Mutter? Sie hatten nur zwei Wochen, um an diese Million zu kommen, und davon waren zwei Tage bereits vergangen.

Die Gesichter verschwommen vor ihrem geistigen Auge; einen Augenblick lang sah sie noch Nick Bartello, dann Lubrinski. Sie versuchte, ihn aus einem Kugelhagel in Sicherheit zu ziehen... Sie schrie, er war so schwer, er blutete und stöhnte. Lubrinskis Gesicht wurde zu Nick Bartello, dann war es wieder Lubrinski, und sie weinte. Sie erwachte von ihrem eigenen Schrei – und direkt vor dem Aufwachen hatte sich der Mann, der sie im Arm hielt, in Robert Caley verwandelt. Zitternd saß sie auf dem Sofa, schnappte nach Luft, in Schweiß gebadet. Sie brauchte einen Augenblick, um festzustellen, wo sie war. Dann ließ sie sich wieder auf die Kissen sinken und schloß die Augen, aber sie konnte nicht mehr einschlafen. Sie wollte nicht, daß der Alptraum wiederkam, sie wollte sich nicht daran erinnern, wie Jack Lubrinski in ihren Armen gestorben war. Ihr war sehr, sehr kalt.

Nick Bartello war Lubrinski so ähnlich. Auch er hatte seine Notizen immer in den Hosentaschen gehabt und Blätter aus dem Notizbuch gerissen, um sie mit seiner krakeligen Kurzschrift vollzukritzeln.

Rosie hatte die Schreie gehört. Sie war aufgesprungen, dann zur Tür geschlichen. Sie spähte ins Wohnzimmer. Sie sah, daß Lorraine sich wie ein kleines Mädchen zusammengerollt hatte, die Hände unterm Kinn.

»Alles in Ordnung, Partner?« flüsterte sie.

»Ja, ich hatte nur einen Alptraum. Hab ich dich geweckt?«

»Nein, schon gut. Bis morgen.«

»Rosie, fliegst du auch immer auf dieselben Typen?«

Rosie beugte sich über das Sofa und strich sanft über Lorraines Haar. »Ich bin schon so lange allein, ich würde jeden nehmen, groß oder klein, dick oder dünn, kahl, blond oder dunkelhaarig. Na ja, vielleicht keinen Rothaarigen, die mochte ich nie.«

Lorraine drehte sich um und lächelte Rosie an. Sie hatte ein reizendes, liebenswertes Lächeln – es war schade, daß sie es so selten einsetzte. »Mir haben immer die Dunkelhaarigen gefallen. Weißt du, vielleicht ist es das, was ich brauche.«

»Was?« Rosie war besorgt.

»Einen Mann.«

Rosie lachte. »Gott sei Dank, ich dachte schon, du sagst jetzt, du brauchst was zu trinken. Obwohl beides nach meiner Erfahrung gleich gefährlich ist.«

»Ja, da hast du recht.«

Rosies sanftes Streicheln beruhigte sie, und ehe Lorraine es noch merkte, war sie eingeschlafen. Sie spürte nicht einmal mehr, wie Rosie sie vorsichtig zudeckte, wußte nicht, daß Rosie wartete, bis sie wirklich tief schlief und fasziniert zusah, wie sich ihre geballten Fäuste entspannten. Das waren die Augenblicke, in denen zwischen ihnen alles wieder stimmte – nur vor Rosie zeigte Lorraine, wie erschreckend verwundbar sie war. Von welcher Art die Alpträume waren, die sie so erschreckten, erzählte sie nie. Aber sie waren jetzt seltener geworden – wie ihr Lächeln.

7

Lorraine traf um zwei Minuten vor elf am Haus der Caleys ein, genau zwei Minuten vor dem verabredeten Zeitpunkt, aber Mrs. Caley hatte noch Besuch von ihrer Kosmetikerin und ließ nachfragen, ob Lorraine warten könne. Lorraine war wütend und sagte Peters, dem säuerlichen Butler, daß sie unmöglich warten könnte, da sie noch weitere Termine habe, und schließlich stimmte Elizabeth zu, sie zu empfangen, und sie wurde in den Wintergarten geführt.

Elizabeth hatte eine dicke Gesichtsmaske aufgelegt, trug einen Frotteebademantel und hatte ein Handtuch um den Kopf. Zwei junge Frauen in weißen Uniformen waren um sie bemüht, eine Pediküre, die andere manikürte sie. Sie befanden sich alle in dem Massageraum, der an den Wintergarten angebaut war und in dem auch noch Fahrräder, Gewichte und ein Punchingball darauf warteten, benutzt zu werden. Aus verborgenen Lautsprechern drang klassische Musik. Die Jalousien vor den Bogenfenstern waren geschlossen und sperrten die Morgensonne aus.

»Mrs. Page, zu meinen Füßen sehen Sie Angela, und das hier ist Barbara.«

Die beiden hübschen, gepflegten jungen Mädchen lächelten und arbeiteten weiter.

»Holen Sie sich einen Stuhl, meine Liebe.«

Lorraine zog einen Bambusstuhl heran und setzte sich. »Danke, daß Sie Zeit für mich haben, Mrs. Caley.«

Elizabeth trank Tee aus einer Porzellantasse auf einem kleinen Beistelltisch. »Meine Gute, ich bezahle Sie – es wäre doch dumm, keine Zeit für Sie zu haben, wenn Sie mich etwas fragen müssen.« Sie richtete sich auf und trank noch einen Schluck. »Haben Sie Neuigkeiten für mich?«

»Nein, noch nicht, tut mir leid.«

Barbara hatte die letzte Schicht blutroten Nagellacks aufgetragen und stand auf. »Ich bin fertig, Mrs. Caley.«

»Danke, Barbara.«

»Ich brauche auch nicht mehr lange, dann nehme ich Ihnen die Maske ab«, sagte Angela und massierte weiter Öl in die zarten Füße.

Lorraine wollte keine Fragen stellen, solange Elizabeth noch die Gesichtsmaske trug und bis die Haut mit Tonic gereinigt und massiert und mit Feuchtigkeitscreme behandelt war. Das dauerte einige Zeit. Elizabeth hatte die Augen geschlossen.

Angela lächelte Lorraine diskret zu und flüsterte: »Sie schläft.«

Lorraine lächelte zurück, aber am liebsten wäre sie aufgestanden und hätte Elizabeth wach gerüttelt. Sie blieb jedoch sitzen, während Angela lautlos ihre Sachen packte und sich dann davonschlich.

Elizabeth lag reglos, den Kopf zurückgelehnt, scheinbar in

Tiefschlaf. Lorraine starrte sie zunächst wütend, dann mit wachsender Faszination an: Diese Frau hatte keine einzige Falte im Gesicht oder am Hals, und selbst ohne jegliches Make-up war ihre Haut makellos. Ihre schönen Hände ruhten auf dem Frotteebademantel, und sie bewegte sich nicht.

Panik überfiel Lorraine – war sie etwa tot? Sie stand auf und schlich näher und seufzte erleichtert, als sie Elizabeth atmen hörte, mit tiefen, ruhigen, langsamen Zügen. Elizabeth Caley hatte ein perfektes Gesicht: Wangenknochen, Nase, Kinn, Lippen – ob es nun natürlich oder durch Schönheitschirurgie entstanden war, war unwesentlich. Lorraine sah sich die schlafende Frau an – konnte es wirklich sein, daß sie sich mit so viel Dreck vollstopfte? Sie konnte keine Einstiche erkennen, weder an den schlanken, marmorweißen Armen noch zwischen den Zehen. Dann entdeckte sie einen winzigen blauen Fleck und einen Einstich rechts an ihrem Hals, aber nur einen. Wenn Elizabeth Caley sich selbst spritzte, mußte sie sehr geschickt sein, wahrscheinlich spritzte sie in die Leiste. Aber wenn Lorraine den Bademantel wegschob, würde sie vermutlich aufwachen, und wer weiß, was dann geschehen würde. Lorraine sah auf die Uhr und ging nach draußen, überließ die schlafende Elizabeth ihrem Beethovenkonzert.

Peters war unsicher, aber Lorraine bestand darauf, daß sie Anna Louises Zimmer sehen müßte, wenn sie schon beauftragt worden war, sie zu finden.

»Vielleicht sollten Sie doch lieber Mr. Caley fragen«, sagte sie ungeduldig.

»Ich fürchte, Mr. Caley ist nicht im Haus.«

»Nun, dann hängt es von Ihnen ab, Peters, und Sie sind doch wohl imstande, eine Entscheidung zu fällen, oder?«

Es war nicht einfach nur ein Zimmer, sondern eine geräumige Suite, die aus einem Schlafzimmer, einem Wohnbereich und einem Badezimmer bestand, das allein schon größer war als Rosies gesamte Wohnung. Es sah aus wie ein Vorführraum: unwirklich, unbewohnt, aufgeräumt. Die Hauptfarben waren sanfte Rosatöne und Weiß, und auf dem riesigen Bett saß eine

Reihe so jungfräulich weißer Teddybären, daß sie unmöglich je als Spielzeug gedient haben konnten.

Lorraine sah sich um. Kein normales, lebendiges junges Mädchen hätte ein solches Zimmer bewohnen können, ohne Spuren zu hinterlassen. Sie setzte sich aufs Bett und versuchte, jede Einzelheit aufzunehmen, als hoffte sie, daß dasZimmer zu ihr sprechen würde. Sie fragte sich, wo sie etwas verbergen würde, das niemand sehen sollte. Gab es so etwas wie einen Safe?

Sie ging umher, und ihre Füße versanken beinahe im hochflorigen austernrosa Teppich. Sie schaute unter das Bett und fand nichts, sie suchte hinter den Vorhängen, unter den Kissen und den Bären – nichts. Sie ging ins Bad, schaute in den riesigen Schrank, den Spülkasten der Toilette. Sie schaute noch einmal in den riesigen Schrank und durchsuchte die Regale – nichts, nicht einmal ein schwacher Geruch nach altem Parfum an den Kleidern. Sie schienen, wie alles andere, unbenutzt und ungetragen. Sie wollte gerade wieder zu Mrs. Caley zurückkehren, als ihr etwas auffiel. Bei allen Schuhschachteln war der Inhalt auf einer Karte aufgedruckt: Sandalen, Schnürschuhe, Pumps, schwarz, braun, cremefarben usw. – bis auf eine. Diese Schachtel hatte zwar auch eine aufgeklebte Karte, aber ohne Beschreibung.

Lorraine holte die Schachtel heraus und stellte fest, daß es eine Designer-Schuhschachtel war, mit weißer Seide bezogen. Sie nahm den Deckel ab und mußte lächeln. Drinnen waren Briefe, Geburtstagskarten, Andenken, eine Karte zum Valentinstag. Endlich war sie auf etwas Interessantes gestoßen, etwas, womit sie vielleicht etwas anfangen konnte. Sie klappte die Valentinstagkarte auf.

Meiner Einzigen. In Liebe. Polar.

Die meisten anderen Geburtstagskarten waren von Anna Louises diversen Tanten und Onkeln, ihrer Mutter und ihrem Vater, aber insgesamt fünf, die vermutlich an Blumensträußen befestigt gewesen waren, stammten von diesem Polar. Lorraine sah sich alles genau an, las die Briefe. Außerdem gab es noch ein paar Gedichte und Einladungen zu Collegefesten.

Sie fand nichts Interessantes mehr, bis sie die Schachtel beinahe ausgeräumt hatte – dann entdeckte sie die Kondome, zusammengehalten von einem Gummiband. Anna Louise hatte zweifellos einen Ordnungsfimmel. Als nächstes kamen mehrere Streichholzbriefchen, ebenfalls zusammengebunden, nicht aus eleganten Restaurants, sondern aus dem Viper Rom, On the Rox und dem Snake Pit – allesamt berüchtigte Nachtclubs. Aber erst, als sie bei den Pornomagazinen anlangte, lehnte Lorraine sich zurück, denn das war nicht das billige Zeug, das man im Zeitungsladen bekam, sondern harte Pornographie.

Sie blätterte darin und fand einen zusammengefalteten Zettel. Darauf standen in fein säuberlich geschriebenen Großbuchstaben die Worte:

ICH LIEBE DICH, ICH WILL DICH FICKEN, ICH WILL, DASS DU MICH WILLST, STECK IHN MIR IN DEN ARSCH, LECK MEINE MUSCHI BIS ICH KOMME, ICH WILL DEINEN SCHWANZ IN MEINEM MUND. SCHLAG MICH FEST, BITTE BITTE TU MIR WEH UND KÜSS MICH DANN.

Lorraine steckte den Zettel in die Tasche; ansonsten nahm sie nichts aus dem Zimmer mit. Sie hatte die kindliche Druckschrift mit der bei einem der Gedichte verglichen und die »Schuhschachtel« dann wieder zurückgestellt.

Peters stand unten an der Treppe.

»Ein sehr schönes Zimmer.«

»Ja. Mrs. Caley schläft immer noch, und ich glaube wirklich nicht, daß Sie sie wecken sollten.«

»Ich werde morgen wiederkommen, sagen wir um neun.«

»Mrs. Caley steht nie vor halb elf auf.«

Sie zögerte. »Dann werde ich um elf hier sein. Auf Wiedersehen.«

Vom Auto aus rief sie Nick an.

»Na, wie geht's?«

»Wie wäre es mit einem Besuch in einem Nachtclub?«

»Wie bitte?«

»Kennst du den Viper Room?«

Nick lachte. »Du bist ein bißchen zu alt dafür, Süße, und außerdem nicht berühmt genug. Sie werden dich nicht reinlassen.«

»Wetten, daß doch? Hol mich um halb zwölf bei Rosie ab.«

Nick zögerte. »Scheiße, Lorraine, ich bin kein Tänzer, ich hab nur anderthalb Beine. Um was geht es denn? Hast du noch eine gefunden, mit der Caley ein Verhältnis hat?«

»Nein, ich hab nur gerade was über den süßen Engel Anna Louise erfahren – ein Typ namens Polar hat ihn ihr in den Arsch gesteckt. Bis später. Ach, und, Nick – bade vorher, und rasier dich vielleicht, ja?«

Zufrieden legte Lorraine auf. Sie nahm an, daß sie endlich auf etwas gestoßen war, von dem die anderen nichts ahnten. Sie hatte vor, direkt zurück zu ihrer Wohnung zu fahren und dann noch zu einem AA-Meeting zu gehen, bevor sie sich mit Nick traf. Sie hatte nicht geplant, Juda Salina noch einmal aufzusuchen, aber als sie den Doheny Drive entlangfuhr, schaute sie auf die Uhr und dachte noch einmal nach. Sie verstand selbst nicht so recht, wieso ihr Juda Salina nicht aus dem Kopf ging, aber so war es – vielleicht, weil ihr Instinkt ihr sagte, daß diese Frau erheblich mehr über das vermißte Mädchen wußte, als sie zugab. Wenn sie tatsächlich die behauptete mystische Verbindung zu Anna Louise hatte, dann würde sie auch eine Ahnung davon haben, was für ein Mensch dieser Polar war … Und da Lorraine hier praktisch vor ihrer Tür stand, warum nicht?

Lorraine drückte den Knopf der Sprechanlage am Haupteingang. Diesmal würde sie nicht versuchen, das Haus ohne Erlaubnis zu betreten. Eine gelangweilte Stimme fragte, wer dort sei.

»Ich heiße Lorraine Page. Ich muß mit Mrs. Salina sprechen.«

»Sie schläft.«

»Dann wecken Sie sie, es ist wichtig.«

»Wie, sagten Sie, war noch Ihr Name?«

Die Tür ging auf.

Juda schlug Raoul fest ins Gesicht, und er drückte sich gegen die Wand.

»Ich weiß nicht, wer sie ist, und zu dir kommen doch so viele Verrückte, die immer behaupten, es sei wichtig. Ich dachte, sie sei eine Kundin.«

Sie schlug noch einmal zu. »Ich hab dir doch gesagt, du sollst in meinem Terminkalender nachsehen und niemanden reinlassen, wenn ich es dir nicht sage. Und jetzt hast du dieses Miststück reingelassen. Ich werde nicht mit ihr reden.«

»Ich hab gesagt, daß du schläfst, und sie sagte, ich sollte dich aufwecken.«

»Gut, dann sagst du ihr jetzt, ich wäre krank und könnte nicht mit ihr reden, verstanden?«

Es klingelte an der Haustür, und Juda rauschte in ihr Schlafzimmer und schlug die Tür hinter sich zu. Raoul öffnete die Tür einen Spaltbreit, ohne die Kette zu lösen.

»Hallo, ich bin Lorraine Page.«

»Sie kann nicht mit Ihnen reden, sie ist krank.«

»Und wer sind Sie?«

»Raoul. Ich bin ihr … ihr Fahrer.«

»Also gut, Raoul, dann sagen Sie Mrs. Salina jetzt, daß ich, wenn sie nicht zehn Minuten mit mir redet, ihrem Vermieter verraten werde, daß sie hier in diesem Wohngebäude ein Geschäft betreibt.«

In die Küche verbannt, setzte Raoul Wasser auf. Er wünschte sich, er wäre nicht nach L.A. gekommen, aber er konnte jetzt nicht mehr nach Hause, jedenfalls für einige Zeit nicht, und er wußte nicht, wohin er sonst gehen sollte. Es war absurd, bei seiner Tante zu wohnen – und nur in dieser winzigen Küche fühlte er sich halbwegs sicher vor ihrer bedrückenden Präsenz, obwohl es hier dunkel und eng war, und Raoul mochte das Dunkel nicht, mochte nicht, was im Dunkeln passierte.

Juda zündete ein Räucherstäbchen an und wedelte damit herum. Lorraine setzte sich auf denselben Stuhl wie bei ihrem ersten Besuch.

»Ich wollte mich nicht aufdrängen, Mrs. Salina, aber ich muß Ihnen wirklich noch ein paar Fragen stellen.«

»Ich bin krank, ich habe Migräne.« Sie trug eine große dunkle Brille, war wieder in ein zeltartiges Gewand gekleidet und hatte einen grünen Turban aufgesetzt. Der Rauch des Räucherstäbchens biß Lorraine in die Augen.

»Sie haben mir nicht gesagt, daß Anna Louise Caley Sie ebenfalls aufgesucht hat.«

»Ich kann mich nicht daran erinnern, daß Sie gefragt hätten.«

»Kam sie an dem Tag zu Ihnen, bevor sie nach New Orleans flog?«

Juda seufzte. »Ich werde in meinem Buch nachsehen, aber ich sagte Ihnen schon, daß ich die Privatsphäre meiner Klienten wahren muß.« Sie stand ächzend auf und ging langsam zur Tür, öffnete sie. Die Wohnung war klein, und sie hätte nicht schreien müssen, tat es aber trotzdem. »Raoul, hol mir meinen Terminkalender.«

Raoul erschien in der Tür und reichte seiner Tante ein in rotes Leder gebundenes Buch. »Geh und hol das Auto, Raoul, ich habe in einer Viertelstunde einen Termin. Park draußen und warte da. Verschwinde jetzt.«

Sie schloß die Tür und blätterte in dem Buch.

»Mrs. Salina, ich will nicht Ihren Terminkalender sehen, sondern ich will, daß Sie mir sagen, ob Anna Louise –«

Juda hielt Lorraine das Buch vor die Nase. »Sie haben mich bedroht und behauptet, Sie wollten mich beim Vermieter anschwärzen. Also, hier ist es schwarz auf weiß, Wochen vor dem fünfzehnten Februar, und keine Anna Louise.«

Lorraine stand auf, blätterte das Buch durch und sah, daß Juda an dem betreffenden Nachmittag tatsächlich eine Verabredung gehabt hatte, mit einer Klientin namens Eunice Bourdreaux. Sie klappte das Buch zu. »Danke. Warum hat Mrs. Caley Anna Louise mitgebracht? Haben Sie auch ihr die Karten gelegt?«

»Manchmal brauchte sie Hilfe, es ging ihr nicht so gut.«

»Ich weiß, warum sie sich nicht so gut fühlte, sie war vollkommen zugepumpt – und was hat Anna Louise getan? Sie gestützt, wenn sie den Flur entlangging?«

Juda zuckte die Achseln. Wie bei ihrem Neffen kam der Südstaatenakzent manchmal mehr, manchmal weniger deutlich zum Vorschein. Jetzt sprach sie wieder schleppend und zog die Vokale lang.

»Von Drogen weiß ich nichts, und ich weiß auch nicht, was Sie andeuten wollen, oder was Sie daran so interessiert. Das Mädchen kam mit, saß einige Zeit hier, und wenn ich fertig war, gingen sie wieder.«

»Haben Sie auch mit Anna Louise gesprochen, ihr die Hand oder die Karten gelesen?«

»Kann schon sein – ich kann mich nicht genau daran erinnern; meine Kundin war Mrs. Elizabeth Caley.«

Lorraine biß die Zähne zusammen. Diese Frau mit ihrer Singsangstimme ging ihr auf die Nerven. Sie schlug die Beine übereinander und wippte verärgert mit einem Fuß.

»Sie lesen Tarotkarten, Sie lesen Handlinien, Sie spüren die Aura von Menschen, und wenn man diesen Zeugnissen hier an der Wand glauben darf, sind Sie auch ein Medium… und Sie behaupten, Sie könnten sich nicht erinnern? Nicht, daß ich an diese Dinge glauben würde, aber es wundert mich doch.«

»Das ist Ihr gutes Recht, Schatz.«

»Ich weiß auch, daß Sie Broschüren verteilen, in denen Sie behaupten, bei polizeilichen Ermittlungen behilflich gewesen zu sein. Aber die Polizei sagte mir, Sie hätten nie zur Aufklärung eines Falles beigetragen. Sie haben sich nur eine Menge Publicity verschafft, und dem Terminkalender nach zu schließen, brauchen Sie davon noch erheblich mehr. Es wimmelt hier nicht gerade vor Kunden, wie?«

Juda lächelte, ihre Hände ruhten auf ihrem Bauch. »Im Augenblick arbeite ich nicht so viel. Ich denke sogar daran, ganz in den Ruhestand zu treten.«

»Es kann natürlich auch sein, daß Sie Ihre Termine nicht immer aufschreiben. Also frage ich Sie noch einmal: Ist Anna Louise Caley je allein hier gewesen?«

Juda lächelte weiterhin, dann zuckte sie die fetten Schultern. »Nein. Wie ich schon sagte, sie war ein paarmal mit ihrer Mutter hier.«

»Wer ist der junge Mann, der mich reingelassen hat?«

»Raoul? Mein Neffe. Ich kümmere mich um ihn. Daran ist nichts Illegales, oder?«

Lorraine beugte sich vor. »Was wollte Anna Louise von Ihnen wissen? Hat sie sich wegen etwas Sorgen gemacht? Hatte sie Angst vor etwas?«

Juda seufzte, antwortete aber nicht. Lorraine wurde wütend, weil sie sie einfach nicht zum Reden bringen konnte. Sie versuchte eine andere Taktik, bettelte beinahe.

»Ich versuche doch nur, sie zu finden, Mrs. Salina, wenn sie Ihnen also irgend etwas gesagt hat, das mir einen Hinweis auf ihre Probleme gibt, auf eine Beziehung vielleicht...?«

Juda wandte sich ab.

»Hat sie sich mit jemandem getroffen? Mrs. Salina, hören Sie auf, mir irgendwas von vertraulichen Informationen zu erzählen. Anna Louise ist seit elf Monaten spurlos verschwunden.«

»Ich bin wieder und wieder ausgefragt worden – glauben Sie denn nicht, daß ich es längst gesagt hätte, wenn es etwas gäbe? Aber es gibt nichts, und was ich für Mrs. Caley gesehen habe, hat nichts damit zu tun.«

»Na gut. Was haben Sie für Mrs. Caley gesehen?«

Juda leckte sich die Lippen. »Nichts Gutes. Ich sah, daß sie dringend in den Entzug muß, ich sah Eheprobleme, ich sah, daß sie wieder anfangen könnte zu filmen, viel Publicity, aber nichts Gutes...«

Lorraine hätte ihr am liebsten die Sonnenbrille von dem fetten Gesicht gerissen, aber statt dessen gab sie auf. »Wissen Sie was, von Leuten wie Ihnen kann einem schlecht werden.«

»Ich glaube, das haben Sie schon letztes Mal deutlich gemacht, Schatz, aber um ehrlich zu sein, bin ich von Ihnen auch nicht sonderlich beeindruckt. Sie glauben, Sie können einfach so in mein Zuhause eindringen und Drohungen ausstoßen, nur weil man Ihnen eine Menge Geld dafür bezahlt. Mir bieten Sie keines an, und selbst wenn, würde ich es Ihnen in Ihr selbstzufriedenes Gesicht werfen. Sie sollten ein paar Nachhilfestunden in Höflichkeit nehmen. Und wie ich schon zuvor erklärt habe: Ich habe nichts zu sagen und dem, was die Polizei schon weiß, nichts hinzuzufügen.«

Lorraine ging zur Tür. »Sehen Sie immer noch eine große, lebhafte Aura um Anna Louise? Sie sagen dieser bedauernswerten Frau immer noch, sie solle die Hoffnung aufrechterhalten? Ich mag vielleicht unhöflich sein, ich werde vielleicht für meinen Job bezahlt, aber das ist immer noch besser, als sich dafür bezahlen zu lassen, verzweifelten Menschen, denen ein Psychotherapeut besser helfen könnte, irgendwelchen Mist zu erzählen.«

Lorraine wartete nicht darauf, daß Juda sie hinausführte, sondern knallte die Wohnungstür demonstrativ zu.

Juda blieb sitzen und umklammerte die Armlehnen ihres Sessels. Sie konnte Lorraines Präsenz nur zu gut spüren; ein Teil davon war offensichtlich, das Miststück war einmal bei der Polizei gewesen. Aber der andere Teil verwirrte Juda. Am Anfang war sie sicher gewesen, etwas Übles zu spüren, etwas wirklich Übles – unterschied sie sich deshalb von all den anderen Detektiven? Und sie grub erheblich tiefer. Oder lag es daran, daß sie wußte, daß jemand mit dem Anfangsbuchstaben L Schlimmes zu befürchten hatte, daß sie etwas vernahm wie das Ticken einer Uhr, das bald aufhören würde?

Juda hatte es vom ersten Augenblick an gespürt: Etwas in dieser Frau war kurz vorm Explodieren. Was es war, hätte sie nicht sagen können, aber es beunruhigte sie und sie bekam langsam Angst, denn sie wußte, daß sie ihr weiter würde folgen müssen, und sie befürchtete, daß sie selbst mit ins Dunkel gerissen werden würde.

Lorraine trat auf den Bürgersteig, der in der grellen Sonne glänzte. Als sie auf ihren Buick an der Parkuhr zuging, kam eine Limousine vom Parkplatz. Sie konnte den Fahrer nicht erkennen, weil die Fenster dunkel waren, aber sie erkannte das Auto.

Als sie sich mit Phyllis getroffen hatte, hatte sie es für das Auto der Caleys gehalten. Jetzt glitt die Scheibe auf der Fahrerseite nach unten, und sie erkannte, daß sie sich geirrt hatte: Raoul sah sie lächelnd an.

»Sie waren gestern am Rodeo Drive, mit Phyllis Collins.«

Er schaute verdutzt drein.

»Mrs. Caleys Gesellschafterin«, erklärte Lorraine.

Raouls Grinsen wurde breiter. »Kann sein, Ma'am, aber um ehrlich zu sein, ich bin neu in der Stadt, also weiß ich selten, wo ich genau bin und wer hinten sitzt…«

Lorraine kam noch näher, bis sie ihr Spiegelbild in seiner Sonnenbrille erkennen konnte.

»Wie lange wohnen Sie denn schon bei Ihrer Tante?«

»Ach, eine Weile, seit ein paar Wochen.«

»Sie kommen aus New Orleans?«

»Ja, Ma'am. Aber da gab es keine Arbeit für mich.«

»Kannten Sie Anna Louise Caley?«

Er stellte den Motor ab und zog die Zündschlüssel. »Wen?«

»Anna Louise Caley. Sie wissen genau, von wem ich rede.«

Er knabberte an dem kleinen Plastikaffen an seinem Schlüsselring. »Ich weiß. Ich hab von ihr gelesen, aber ich bin ihr nie begegnet. Ich hab Fotos von ihr gesehen, meine Tante hat sie mir gezeigt, und ich weiß, daß sie wirklich hübsch war.«

»Sind Sie ihr nie in New Orleans begegnet?«

»Nein, Ma'am.«

Lorraine trat zurück. Sie war sicher, daß er log. »Danke, daß Sie mich in die Wohnung gelassen haben.«

»Schon gut. Einen schönen Tag noch.« Als sie davonging, rief er hinter ihr her: »He! He, Miss!«

Sie drehte sich wieder um; er beugte sich aus dem Fenster, knabberte immer noch am Schlüsselring.

»Sie sollten mit meiner Tante vorsichtiger sein.«

»Wie bitte?«

»Sie gehört nicht zu den Leuten, mit denen man sich anlegen sollte. Glauben Sie mir; Sie sollten lieber nett zu ihr sein.«

»Warum denn?«

»Vielleicht hat sie schlimme Sachen für Sie gesehen; sie hat das…« Er tippte sich mitten auf die Stirn. »Wenn Sie ihr Schwierigkeiten machen, kann sie bewirken, daß Ihnen was Schlimmes passiert; sie hat den Blick, wissen Sie? Bis dann, Ma'am, und ich muß Ihnen sagen, Ihre Beine sind wirklich nicht übel.«

Er zog den Kopf zurück, dann hörte sie laute Musik aus dem Wagen dröhnen, einen kreischenden Reggae, und das Fenster schloß sich langsam. Lorraine fühlte sich unbehaglich, und obwohl es heller Tag war und heiß, war ihr plötzlich kalt.

Sie schloß das Auto auf und stieg ein. Sie konnte immer noch die Limousine vor sich sehen. Mrs. Juda Salina war offensichtlich recht wohlhabend. Sie ließ den Motor an, legte den Sicherheitsgurt an und blieb noch weitere fünf Minuten sitzen. Sie zuckte zusammen, als das Telefon klingelte.

»Hi, ich bin's, ich wollte nur sehen, wo du bist.«

Es war Rosie. Lorraine behielt Judas Auto im Auge.

»Rooney möchte mit dir sprechen«, sagte Rosie und klang laut und aufgekratzt. Rooney kam an den Apparat.

»Wir sollten bald nach New Orleans fliegen; ich will mit meinen Kontaktleuten dort direkt reden und nicht nur am Telefon. Hast du noch was rausgefunden?«

»Ich will alles, was du nur finden kannst, über diese Juda Salina, diese sogenannte Hellseherin.«

»Ich glaube, das haben wir schon. Sie ist eine Schwindlerin, oder?«

Lorraine sah, wie Juda aus dem Haus kam und in das wartende Auto stieg. »Einer ihrer Neffen aus New Orleans ist zu Besuch. Er heißt Raoul, Typ Robert de Niro. Überprüfe ihn, fang mit demselben Nachnamen an. Wenn du nicht weiterkommst, habe ich eine Autonummer für dich – die Dicke kann nicht fahren, und der Wagen hat Nummernschilder aus Louisiana.«

Rooney notierte sich die Nummer. »Gut, aber ich denke wirklich, wir sollten losfliegen. Die Zeit vergeht so schnell, und wir haben nur zwei Wochen.«

»Ja, ich weiß. Frag Rosie, ob sie heute abend zu einem Meeting geht und ob Phyllis dort sein wird… Scheiße, warte mal.«

Lorraine sah, wie Raoul davonfuhr und sich hupend in den Verkehr einfädelte. Sie versuchte dasselbe und verfehlte nur knapp einen Wagen, dessen Fahrer sie anhupte. Entschuldigend winkte sie, das Telefon unters Kinn geklemmt.

»Hi, hier ist Rosie.«

»Siehst du Phyllis heute abend?«

»Für gewöhnlich kommt sie zu diesem Meeting, ja.«

»Gut, dann versuche ich es auch. Bis dann.«

Rosie legte den Hörer auf. »Sie kommt immer wieder auf diese Juda Salina zurück. Keine Ahnung, ich halte es für Zeitverschwendung – ich meine, ich war mit ihr da, ich hab sie kennengelernt, und Nick hat sie ebenfalls überprüft.«

»Hältst du sie auch für eine Schwindlerin?« fragte Rooney.

»Um ehrlich zu sein, das weiß ich nicht. Sie war schon irgendwie seltsam. Es war unheimlich, als sie mich angesehen hat, als könnte sie durch mich durchsehen. Sie hat seltsame Augen, sehr dunkel – aber vielleicht lag es nur an den falschen Wimpern.« Sie kicherte.

»Ich habe vier Pfund abgenommen«, bemerkte Rooney.

Rosie klatschte in die Hände. »Das ist ja wunderbar! Ich habe – na ja, es ist nicht soviel, wie ich mir wünsche. Findest du, daß ich schon dünner aussehe?« Rooney betrachtete sie lange und abschätzend, dann nickte er. »Nur eine Sache, Rosie – können wir die Diät nicht erst mal vergessen, wenn wir nach New Orleans kommen? Dort gibt es das beste Essen der Welt, und ich werde dort keinen rohen Fisch essen. Es könnte bedeuten, daß ich wieder zulege, aber…«

Sie streckte die Hand aus. »Abgemacht. Wir halten hier Diät, aber nicht in New Orleans.« Sie schüttelten sich die Hände, und Rooney wurde plötzlich verlegen. Er hatte nie zuvor so vertrauliche Gespräche mit einer Frau geführt, nicht einmal mit seiner armen Ehefrau.

»Darf ich dir was sagen?« fragte er zögernd, und sie sah ihn an.

»Klar.«

»Aber erzähl Lorraine nichts davon«, sagte er wie ein Kind. Rosie wartete, während Rooney sich den Kopf rieb und sich an seiner großen Nase kratzte.

»Vielleicht werde ich alt.«

»Was ist denn?« Jetzt hüstelte er und zupfte an seiner Krawatte.

»Na ja, versteh das nicht falsch, ich versuche nicht, mich davonzumachen, auf keinen Fall, aber …« Er seufzte, wußte nicht, was er sagen sollte und wie.

»Ich kann einfach nicht mehr so viel Energie aufbringen wie früher, weißt du, dieses Adrenalin, das man für einen solchen Fall braucht. Früher habe ich es immer gespürt, ich war unruhig, ich konnte kaum schlafen, kaum was essen, und ich weiß, es muß unerträglich gewesen sein, mit mir zusammenzuleben. Die arme Ellen – ich muß immer daran denken, was für ein mieser Ehemann ich gewesen bin. Sie hat kein schönes Leben gehabt.«

Er kam ihr so verwundbar vor, wie er dasaß und versuchte, etwas auszudrücken, von dem er selbst nicht allzuviel wußte, und Rosie ging zu ihm und legte die Arme um ihn, was ihn noch mehr in Verlegenheit brachte.

»Es tut mir so leid wegen ihr, Rosie, sie hat sich so darauf gefreut, mit mir im Wohnwagen durchs Land zu fahren, und …«

Rosie sagte nichts, hielt ihn nur im Arm und streichelte ihm den Rücken. Rooney lehnte den Kopf an ihre Schulter.

»Tut mir leid, du mußt mich für einen Idioten halten, aber sie war eine nette Frau, Rosie, sie hätte keiner Fliege was zuleide tun können.«

»Es tut immer gut, wenn man über so etwas redet, Bill, und mach dir keine Sorgen wegen deiner Energie. Ich finde, du bist ein ganz besonderer Mensch. Es gibt zu viele Leute, die ihre Gefühle verstecken – ich weiß, daß ich meine in einer Flasche versteckt habe –, aber jetzt geht es mir schon viel besser.«

Rosie richtete sich wieder auf, und Bill putzte sich die Nase.

»Lorraine sollte jeden Moment hier sein«, sagte Rosie, um ihre Verlegenheit zu verbergen.

»Bitte sag ihr nichts davon. Ich möchte nicht, daß sie das Gefühl bekommt, daß ich nicht hundert Prozent in diesen Fall investiere.«

»Hier ist nichts passiert, du alter Spinner.« Rosie lächelte, aber beide wußten, daß etwas passiert war. Vielleicht hatten sie beide Angst, es zuzugeben, aber nun bestand eine Verbindung zwischen ihnen, und das war ein sehr gutes Gefühl.

Lorraine folgte dem verrückten Raoul so lange sie konnte, aber schließlich verlor sie ihn doch. Vielleicht hatte er bemerkt, daß sie hinter ihm war, aber so, wie der Junge fuhr, schien es wahrscheinlich, daß er sich einen Strafzettel für zu schnelles Fahren einfangen würde und Lorraine ebenso.

Sie parkten gegenüber dem Haus, in dem das AA-Meeting stattfinden sollte. Es war kurz vor acht.

Lorraine schaute in den Rückspiegel. »Da kommt sie. Also gut, ich steige aus, du wartest im Wagen.«

»Aber ich will zum Meeting gehen.«

»Gut, aber laß mir ein paar Sekunden mit Phyllis.«

Lorraine stieg aus und ging auf Phyllis zu, lächelte und reichte ihr die Hand. Dann gingen sie zusammen zu einer Bank vor dem Haus.

Phyllis ballte die Hände zu Fäusten. »Das geht Sie wirklich nichts an. Ich kam einfach an diesem Wagen vorbei, und Mrs. Salina sprach mich an, also ging ich zu ihr und –«

»Geht Mrs. Caley immer noch zu ihr?«

»Äh, nein, Mr. Caley will nicht, daß sie ins Haus kommt, und daher hat Mrs. Caley nichts mehr mit ihr zu tun.«

»Weiß Robert Caley, daß Elizabeth Caley sich Temazepam spritzt?«

Wieder hatte Phyllis rote Flecken auf den Wangen. »Das verstehen Sie nicht.«

»Ich versuche es, Phyllis, ehrlich. Haben Sie überhaupt eine

Ahnung, wie gefährlich das ist? Sie könnte eine Thrombose bekommen und daran sterben.«

Phyllis sah aus, als würde sie gleich in Tränen ausbrechen.

Lorraine fuhr fort. »Dieses Zeug ist tödlich, Phyllis, und wenn sie sich damit umbringt, tragen auch Sie einen Teil der Verantwortung. Sie besorgen ihr den Stoff, das haben Sie doch schon zugegeben, warum hören Sie also nicht auf, mich anzulügen? Weiß Robert Caley, was seine Frau nimmt?«

Phyllis schüttelte den Kopf. »Nein, er hat keine Ahnung. Als sie aus dem letzten Entzug kam, hat sie kein Kokain mehr genommen, nicht mal mehr getrunken, aber seit dieser schrecklichen Sache wegen Anna Louise... Sie konnte nicht schlafen und wurde sehr nervös und...«

»Der Arzt hat Temazepam verschrieben?«

Phyllis nickte. »Am Anfang nur eine geringe Dosis, aber dann brauchte sie mehr...« Tränen liefen ihr über die Wangen, und sie holte ein Spitzentaschentuch aus ihrem Ärmel. »Ich kann sie nicht davon abhalten. Und sie hat gedroht, daß sie mich rauswirft, wenn ich Mr. Caley etwas sage. Sie wird mich auch rauswerfen, wenn ich ihr das Zeug nicht mehr hole... das bringt mich in eine schreckliche Situation.«

»Sie wird nichts mehr kriegen können. Doc Hayleden wurde verhaftet.«

»O Gott.« Phyllis tupfte sich die Augen.

»Ja, o Gott, aber Sie sollten dankbar sein, Phyllis, denn ohne weitere Lieferungen wird sie sich nicht umbringen können.«

»Ach, sie wird etwas anderes finden oder jemand anderen. Ich weiß nicht, ob ich das noch ertragen kann. Deshalb habe ich angefangen zu trinken, wissen Sie, sie hat mich mürbe gemacht. Sie schläft nie, sie kann ohne Mittel nicht mehr schlafen, und jetzt hat sie eine Ausrede. Sie denkt nur noch an Anna Louise.«

»Hat sie sie mit zu Juda genommen?«

»Ja, ich glaube schon, aber ich war nicht dabei, sie hat mich nie mitnehmen wollen.«

»Und Mr. und Mrs. Caley haben Mrs. Salina nach New Orleans gebracht? Damit sie Anna Louise findet?«

Phyllis nickte, kaute an ihrer schmalen Unterlippe. »Ja, Elizabeth hat darauf bestanden. Wissen Sie, Mrs. Salina meinte, wenn sie in der Nähe von Orten ist, an denen Anna Louise sich aufgehalten hat, im Hotel oder so, würde sie ihre Aura besser spüren können.«

»Und?«

Phyllis zuckte die Schultern. »Na ja, sie war sicher, daß das arme Kind noch lebt, und ich glaube, sie ist noch ein paar Tage länger geblieben, ich erinnere mich daran, daß Mr. Caley sein Privatflugzeug geschickt hat, um sie nach L.A. zurückzubringen.«

Lorraine nickte. »Wieso hat er ihr verboten, Elizabeth zu sehen?«

Phyllis seufzte. »Mr. Caley hatte immer den Verdacht, daß sie eine Betrügerin ist und Elizabeth nur sinnlose Hoffnungen macht; er war nie mit ihr einverstanden und war sehr wütend, als er erfuhr, daß Elizabeth Anna Louise mit zu Mrs. Salina genommen hatte.«

»Hatte er ihr damals Hausverbot erteilt?«

»Nein, das war nach ihrer Rückkehr aus New Orleans.«

»Aber sie hatte einen beruhigenden Einfluß?«

»Ja, aber nicht mehr, nachdem Anna Louise verschwunden war. Elizabeth wurde hysterisch, und dann rief sie immer Mrs. Salina an. Mrs. Salina hat ihr Hoffnung gemacht, wissen Sie… Mr. Caley wollte nur ihr Bestes.«

Lorraine nickte und sah auf die Uhr. »Warum ist Anna Louise mit zu Mrs. Salina gegangen?«

»Ich glaube nicht, daß sie irgendwas mit diesem Humbug zu tun hatte; es ging nur darum, daß Mrs. Caley nicht sonderlich ausgeglichen war. Ich glaube, Mr. Caley hat mit Anna Louise gesprochen, und sie hat ihm versprochen, nie wieder hinzugehen.«

»Und?«

»Sie hätte nie gegen den Willen ihres Vaters gehandelt. Sie war so ein gehorsames Mädchen. Und dann war Tilda Brown zu Besuch, und sie hatte andere Dinge im Kopf. Dieses Mädchen war oft da, weil ihre Eltern so weit entfernt wohnen. Sie hat die meisten Wochenenden bei den Caleys verbracht. Anna Louise hat sich sehr auf New Orleans gefreut, weil…«

Phyllis zögerte plötzlich und wandte sich von Lorraine ab, als sei ihr etwas eingefallen und als könne sie sich noch nicht entscheiden, ob sie es ansprechen sollte.

»Weil?« fragte Lorraine leise.

»Äh, es ist eigentlich nichts, die Mädchen hatten sich ein wenig gestritten, nichts Ernstes, und Tilda reiste am nächsten Morgen ab. Sie hätte eigentlich noch einen Tag bleiben und zusammen mit Mr. und Mrs. Caley nach New Orleans fliegen sollen, aber Sie kennen ja junge Mädchen – wahrscheinlich haben sie sich wegen eines Tennismatchs gestritten.«

»Es muß aber ein heftiger Streit gewesen sein, wenn Tilda deshalb so bestürzt abreiste.«

»Kann schon sein – Sie wissen doch, wie junge Mädchen sind.«

»Haben Sie je Saffron Dulay kennengelernt? Ich glaube, sie ist eine enge Freundin von Mr. Caley.«

Phyllis schaute auf die Uhr und stand auf. »Nein, ich hatte dieses Vergnügen noch nicht. Gibt es noch etwas, das Sie wissen wollen? Ich würde jetzt nämlich gern reingehen.«

»Nein, schon gut. Danke, daß Sie so viel Zeit hatten.«

Phyllis zupfte an ihrem Haar. »Es tut mir leid, wenn ich… gut, ich war nicht immer ehrlich, aber ich muß so vorsichtig sein. Ich habe ein Vertraulichkeitsabkommen mit Mrs. Caley unterzeichnet, wie all ihre Angestellten, und…«

»Ich verstehe, Phyllis.«

»Es ist nur, daß ich solche Angst habe, meine Stelle zu verlieren. Ich muß für meine sehr alte Mutter und eine Tante in England sorgen. Die Caleys waren so hilfreich, wenn es um meine Probleme ging.«

»Da bin ich sicher. Elizabeth Caley müßte das eigentlich gut verstehen können.«

Phyllis stieß ein unheimliches, schrilles Kichern aus. Sie streckte die Hand aus und umfaßte Lorraines Arm.

»Hat Juda Salina viel Geld bekommen?«

»Um Geld, Mrs. Page, muß sich Elizabeth Caley nicht sorgen.«

»Nur noch eins, Phyllis. Wie kurz vor Anna Louises Verschwinden hat Mr. Caley ihr verboten, zu Mrs. Salina zu gehen?«

»Ach, das war Wochen vorher. Nachdem Anna Louise verschwunden war, hat Mr. Caley erlaubt, daß Mrs. Salina ins Haus kommt, aber nach drei oder vier Monaten hat er es ihr verboten. Und jetzt möchte ich wirklich reingehen. Guten Abend.« Sie eilte davon.

Lorraine runzelte die Stirn: Wie war Elizabeth Caley an diese verklemmte Gesellschafterin gekommen?

Rosie stieg aus und schlug die Wagentür zu. »Ich muß jetzt gehen, Lorraine. Lorraine!«

Lorraine dachte immer noch nach. »Weißt du, ich glaube, Phyllis mag Elizabeth Caley nicht sonderlich.«

»Gehst du zum Meeting?«

Lorraine schüttelte den Kopf. »Nein, geh du nur.«

Rosie schnaubte verärgert. »Du solltest lieber mitkommen.«

Lorraine fuhr herum. »Wir haben nur zwei Wochen, Rosie.«

»Das weiß ich, aber wie soll ich hinterher nach Hause kommen?«

Lorraine seufzte. »Laß dich von Phyllis heimfahren.«

Rosie kniff die Lippen zusammen. Manchmal ärgerte sie sich wirklich darüber, wie Lorraine sie behandelte, und das wollte sie auch gerade sagen, als Lorraine zurückkam und sie umarmte.

»Tut mir leid, das wollte ich nicht... aber wir haben wirklich keine Zeit, Rosie, und ich glaube, ich habe eine Spur. Ich bin noch nicht sicher, aber wenn dich niemand mitnimmt, nimm dir ein Taxi, ja?«

Rosie tätschelte ihrer Freundin die Schulter. »Mach dir keine Gedanken, ich komme schon nach Hause. Und auf dich wird Nick aufpassen, das weiß ich.«

»Wie bitte?«

Rosie zwinkerte. »Ich hab nichts gesagt, aber ich glaube, er ist ziemlich scharf auf dich, also sei nett zu ihm.«

Lorraine lachte. Rosie konnte so dämlich sein! »Nein, Rosie, er will nur seinen Anteil an der Million, darauf ist er scharf, und vielleicht schaffen wir es ja wirklich. Bis dann.«

8

Es war halb zwölf, schon der dritte Abend ihrer Ermittlungen, und Lorraine war nicht so optimistisch, wie sie Rosie vorgemacht hatte. Sie betrachtete sich kritisch: Sie trug ein kurzes schwarzes Kleid, selbstverständlich Second Hand, aber von Donna Karan. Außerdem hatte sie der Tochter der Hispanofamilie aus dem Erdgeschoß ein paar rote Schuhe mit hohen Absätzen und Plateausohlen abgekauft. Die schwarzen Strümpfe waren ihre eigenen. Sie hatte sich das Haar gewaschen, immer noch unsicher wegen des neuen Schnitts, und überlegte gerade, ob sie noch mehr Make-up auflegen sollte, als es an der Tür klopfte.

Rosie war nach dem Meeting von jemandem heimgefahren worden und saß mit einer Schale Trauben vor dem Fernseher.

»Herein.«

»Hi, ist sie fertig?« fragte Nick laut.

Rosie nickte und schaltete den Fernseher aus. »Was ist denn dieser Viper Club eigentlich?«

Nick schlenderte ins Zimmer. »Viper *Room* – man sagt nicht mehr Club, Rosie.«

Lorraine kam herein, und Nick versuchte, seine Überraschung zu verbergen, denn sie sah so anders aus. »Lieber Himmel, wir ziehen aber wirklich alle Register.«

Lorraine sah ihn an. »Ich wünschte, ich könnte dasselbe über dich sagen. Hast du schon im Bett gelegen oder was?«

»Ganz bestimmt. Wir gehen also wirklich?«

»Glaubst du, ich putze mich nur zum Spaß so heraus?«

»Macht mich echt an. Ich glaube, es sind die Schuhe. Mann, damit bist du mindestens eins achtzig groß.«

Lorraine setzte eine Sonnenbrille auf und winkte Rosie zu. »Bis dann. Komm schon, Nick.« Sie betrachtete seine Jeansjacke. »Meine Güte, du bist voller Hundehaare.«

»Wundert dich das? Ich hab einen Hund. Gute Nacht, Rosie.«

Nick sah sich den Zettel an, den Lorraine in Anna Louises Schlafzimmer gefunden hatte. Schweigend gab er ihn zurück. Er war immer noch verblüfft über Lorraines Aussehen, und als sie sich näher zu ihm beugte, bekam er eine Erektion. Es ärgerte ihn, daß sie ihn so einfach dazu bringen konnte.

»Ich will rausfinden, wer dieser Polar ist. Sie hatte Streichhölzer vom Viper Room, also fangen wir dort an. Und es gab noch andere Streichhölzer vom On the Rox und...«

»Das brauchst du mir nicht zu erklären. Wir finden es schon raus, ja?« Er schien verärgert, und sie hatte nicht die geringste Ahnung, daß das nur daran lag, daß er sie attraktiv fand. Sie bogen auf den Sunset ein und fuhren an der Parade von Yuppie-Möchtegern Hell's Angels auf ihren chromblitzenden Maschinen vorbei, durch das Neonlichtviertel, vorüber an Nutten und Zuhältern, den Straßencafés und Bars, und schließlich bog Nick auf einen Parkplatz vor einem heruntergekommenen Schuppen namens Alfredo's Striptease ein.

»Sind wir schon da?« fragte Lorraine.

»Nein, aber ich muß noch kurz mit einem Freund reden. Warte einen Moment, ich bin gleich wieder da.«

Nick sprang aus dem Jeep und betrat das Lokal. Lorraine wartete. Sie spürte Tigers heißen, keuchenden Atem im Nakken.

»Hau ab, du stinkst.«

Er schaute ziemlich betreten drein und setzte sich hin, dann zog er die Lefzen hoch und knurrte leise.

»He, du kannst auch auf meinem Schoß sitzen, wenn es dir Spaß macht, aber beiß mich nicht.«

Sie hörte, wie der wedelnde Hundeschwanz gegen den Freßnapf schlug. Jetzt knurrte er nicht mehr.

»Braver Hund. Du könntest mir gefallen, weißt du das?«

Und das bestätigte sich, als zwei betrunkene Rocker in Lederjacken gegen den Jeep taumelten, einer hereinschaute und hämisch fragte: »Wieviel?«

Tiger schoß auf ihn zu, und der Rocker wich zurück, machte sich fast in die Hosen.

Lorraine streckte die Hand aus und tätschelte dem Hund den großen Kopf. »Danke.«

»Na, habt ihr schon Freundschaft geschlossen?« fragte Nick, als er die Fahrertür öffnete. Er ließ den Motor an. »Gut, ich hab die entsprechende Visitenkarte, also kommen wir vielleicht rein… Aber wenn es dir nichts ausmacht, darf ich noch mal sagen, daß du leider die Dreißig von der falschen Seite siehst, und in diesem Laden gibt es nicht viele Mädels über Zwanzig. Typen kommen immer rein, solange sie berühmt sind und ihre Brieftaschen dick genug. Aber wir versuchen's mal.«

Sie fädelten sich wieder in den nächtlichen Verkehr ein, und Lorraine fragte, ob Nick Kontakte zu Filmstars habe. Er lachte und schüttelte den Kopf. »Nein! Greif mir mal in die Tasche, ich hab was viel Besseres.«

Sie ließ ihre Hand in die Tasche seiner Jeansjacke gleiten und zog eine kleine Plastiktüte heraus. »Nick, was hast du vor?«

»Kokain – na ja, ein bißchen, der Rest ist Scheuersand. Solange du nicht etwas hast, was die da drin wollen, bist du ein Nichts.«

»Hast du das Zeug etwa gerade gekauft?«

»Nein, äh, na ja, irgendwie schon. Erinnerst du dich an Fisher?«

»Ja, aber…«

»Der Laden da gehörte Tony T. Loredo. Ich hab ihn fünfundachtzig hochgenommen, aber ich hab ihm einen Gefallen getan. Seitdem ist was aus ihm geworden, und er beliefert die Filmstars mit frischem Fleisch, Dope, was immer du willst. Ich werde ihn als Eintrittskarte benutzen. Geht das klar?«

Sie hielten vor dem dunklen, unauffälligen Eingang zum Viper Room – daß sich hier ein Nachtclub befand, war nur an den sehr professionell wirkenden Rausschmeißern und an den Limousinen zu erkennen, die vorfuhren und ihre Fahrgäste in den Club entließen.

Nick beugte sich aus dem Jeep und rief einem der Rausschmeißer zu: »He, Mann, haste mal'n Moment Zeit?« Er wandte sich Lorraine zu. »Beug dich vor, tu so, als wärst du bedröhnt und zieh dir das Haar übers Gesicht. Los!« Der Mann kam näher. »Halt Abstand, ich hab 'nen bissigen Hund auf dem Rücksitz und 'ne Verrückte neben mir ... ich hab auch Ware von Tony.«

Der Mann starrte Lorraine an, dann Nick, der die Plastiktüte ein wenig aus der Tasche zog. Der Rausschmeißer trat zurück, nickte und zeigte Nick einen Parkplatz weiter hinten.

»Also gut, wir sind drin.«

»Drin« schmiß es Lorraine beinahe um. Es war so dunkel, daß sie kaum etwas sehen konnte, und die Musik war ohrenbetäubend laut. Lorraine versuchte, sich so gut wie möglich zu orientieren. Sie konzentrierte sich auf ein Mädchen, das einen schwarzen BH, Höschen und Netzstrümpfe trug. »Meinst du, sie hätte ein Kleid angehabt, als sie herkam?« fragte sie Nick, aber der sah sich ebenfalls gerade um. Dann beugte er sich zu ihr.

»Rechts von dir steht eine Herde Supermodels.« Nick zeigte in die entsprechende Richtung. »Es gibt einen Raum oberhalb der Tanzfläche, dessen Boden aus Spiegelglas ist. Manche finden es geil, über all diesen Arschlöchern zu vögeln. Na ja ...«

»Vielleicht hat Anna Louise Caley das auch getan. Wie gehen wir vor?«

Nick zuckte die Achsel. »Ich finde, wir verschwenden hier nur unsere Zeit. Dieser Zettel, den du da gefunden hast, ist der übliche jugendliche Schwachsinn, was soll's?«

»Es könnte uns helfen, diesen Polar zu finden.«

Nick winkte einem Kellner. Lorraine konnte spüren, daß er unruhig war, denn er sah sich ständig um. Er griff in die Tasche und holte ein Foto von Anna Louise heraus.

»Hast du Geld dabei? Fünfziger, Zehner bringen nichts. Ich brauch ein paar größere Scheine.« Lorraine öffnete ihre Handtasche, und Nick beugte sich plötzlich zu ihr und sagte: »Kopf runter und stoned aussehen, mein Schatz.«

Sie blickte auf, als der Kellner näher kam. »He, Mann, ein mexikanisches Bier und eine Cola Light. He, warte mal.«

Der Kellner beugte sich vor.

»Ich brauch noch was – mein Freund Tony, Loredo T., will wissen, ob diese Kleine mal hier war. Sie schuldet ihm noch was, verstehst du? Ziemlich viel sogar, und wenn du ihm einen Tip geben kannst, ist auch was für dich drin...« Nick zog den kleinen Plastikbeutel aus der Tasche. »Das da ist fünfzehn wert... und könnte dir gehören. Ganz ruhig bleiben, Mann, aber ich muß wissen, ob sie öfter hier war.«

»Klar, ein mexikanisches Bier und eine Cola Light.« Der Kellner schob das Foto und die beiden Fünfzigdollarscheine mit einer geschickten Bewegung unter sein Tablett.

Lorraine zischte: »Hundert Eier? Bist du wahnsinnig?«

Nick sah sich weiter auf der dunklen Tanzfläche um, wo ein Mädchen strippte – niemand schien sich dafür zu interessieren. »Quatsch, ein paar von diesen Kids lassen an einem Abend zehn- oder fünfzehntausend hier. Ich muß pinkeln, warte einen Augenblick.«

Er blieb mindestens zwanzig Minuten weg. Lorraine sah den jungen Leuten zu, von denen einige offen Kokain schnieften. Ein Mädchen war so high, daß sie einfach nur starr dasaß, die Beine gespreizt. Männer befummelten sie im Vorübergehen, aber sie war kaum imstande, den Kopf aufrecht zu halten.

Lorraine stand auf und ging in Richtung Toilette. Sie wurde hin- und hergeschubst und sah noch mehr Spuren von Koks und spärlich bekleidete Mädchen. Sie kam sich alt vor – nicht, daß jemand sich auch nur die Mühe gemacht hätte, sie anzusehen, alle waren viel zu versessen darauf, die Aufmerksamkeit eines der »Stars« zu erhaschen.

Nick war immer noch nicht wiederaufgetaucht, als sie zurückkam, aber ihre Plätze waren jetzt von einem Paar eingenommen, das kurz vor dem Höhepunkt stand, also nahm sie ihr Glas und wandte sich ab. Sie trank einen Schluck, dann drehte sie durch, weil nicht nur Cola, sondern Rum darin war, gemischt mit Gott weiß was.

Der Alkohol traf sie im Hals wie ein Feuerball. Es brauchte eine Menge Willenskraft, das Glas abzusetzen, aber sie schaffte es. Sie taumelte weiter und wurde von einer Gruppe junger Männer, die miteinander tanzten, an die Wand gedrückt. Sie spürte, wie Panik in ihr aufstieg, und wünschte sich, daß Nick endlich wiederkommen würde. Das Kleid klebte an ihr, die Hitze war drückend, die dröhnende Musik überwältigend – aber nichts war so schlimm wie ihre Gier, das Glas leerzutrinken.

»Wo ist denn dein Freund?« zischte der Kellner, und sie drehte sich um und wurde von sich drehenden Scheinwerfern geblendet. »Auf dem Klo? Oder oben? Schau nicht hin, tu so, als ob du was bestellst.«

Sie schloß die Augen; Schweiß lief ihr über den ganzen Körper. Sie schluckte – es schmeckte ranzig.

Dann stand Nick hinter dem Kellner. »He Mann, auf'm Klo ficken sie gerade.«

»Ach ja? Ich hab in zehn Minuten Pause, bin dann an der Hintertür.«

Nick nickte, und als der Kellner sich umdrehte, grinste er Lorraine an. »Die Show da drin war nicht übel.«

»Bring mich hier raus, Nick.«

Er lachte. »Wie bitte? Wird's dir zu viel? Aber du wolltest doch…« Plötzlich merkte er, wie ernst sie es meinte, er packte sie am Ellbogen und zog sie mit sich hinaus in die kühle Nachtluft.

Lorraine lehnte sich an den Jeep. »Jemand hat mir was in die Cola getan, oder ich hab das falsche Glas erwischt und… tut mir leid, ich bin da drin ziemlich durchgedreht.«

Sie war so verwundbar, sie zitterte am ganzen Körper. Er legte den Arm um sie, schob sie auf die Autotür zu.

»Komm, setz dich rein, es geht schon wieder… Willst du einen Schluck Wasser?«

Sie taumelte, und er hielt sie fest und half ihr in den Wagen. Er griff nach hinten auf den Rücksitz. Tiger tauchte auf, und Nick tätschelte ihm schnell den Kopf, dann öffnete er eine Flasche Evian.

»Es gehört eigentlich Tiger, aber ich glaube, es stört ihn nicht.«

Sie trank das Wasser gierig; es war lauwarm, aber wenigstens etwas Flüssiges. Sie hatte Angst, weil sie sich so abhängig fühlte. »Es tut mir leid.«

Sanft streichelte er ihre Wange. »Liebes, du mußt dich nicht entschuldigen. Ich hätte nicht so lange wegbleiben sollen, aber es war wirklich interessant, und ...«

Sie wandte sich ab, umklammerte die verbeulte alte Plastikflasche. »Scheiße, Nick, hört das denn nie auf? Das war der erste Schluck Alkohol seit Monaten ...«

Er klappte das Handschuhfach auf und holte eine Rolle Pfefferminz heraus. Er nahm eines und berührte ihre Lippen damit. »Mund auf.« Er schob ihr das Pfefferminz in den Mund und gab ihr einen leichten Schubs ans Kinn. »Bleib du hier; ich will diesen Typ nicht verpassen. Außerdem hat er hundert Dollar von unserem Geld und«, er faßte sich an die Jackentasche, »wird sich mit diesem Zeug ziemlich die Nase versauen. In Ordnung, wenn ich gehe?«

Sie nickte. »Tiger ist ja auch noch da. Geh schon.«

Aber sie fühlte sich schrecklich. Sie konnte nicht aufhören zu weinen, und sie lutschte wütend an dem Pfefferminz.

»Ich bin durchgedreht, Tiger«, flüsterte sie. Es erschreckte sie, wie schnell ihr Selbstvertrauen verschwunden war, wie rasch man ihr alles nehmen konnte, was sie war oder zu können glaubte. Nur ein Schluck, und die alte Gier war wieder da.

Nick lehnte an einer Mauer, von der aus er den abgesperrten Hinterhof übersehen konnte. Er wartete schon beinahe zehn Minuten. Selbst hier hinten gab es Sicherheitsleute, weil die Jugendlichen auch versuchten, durch die Hintertür hereinzukommen. Er hatte seine hundert Dollar schon aufgegeben, als der

Kellner herauskam. Er hatte eine nietenbesetzte Lederjacke über der Schulter und trug eine Sonnenbrille.

»Muß mal nach meiner Maschine sehen, bin gleich wieder da«, rief er einem der Rausschmeißer zu.

Nick blieb halb hinter der Mauer versteckt, bis der Kellner ein Stück weitergegangen war. Der Mann war ausgesprochen nervös.

»Meine Maschine steht weiter oben, kommst du mit?«

»Klar. Wie heißt du?«

»Frankie. Wir müssen wirklich vorsichtig sein, wenn einer von uns dabei erwischt wird, wenn er auch nur eine Schachtel Zigaretten weitergibt, sind wir erledigt. Der Job hier wird gut bezahlt, und ich will ihn nicht verlieren.«

»Schon gut, ich hab dich nie gesehen.«

Die Harley des Kellners hatte mehr Ketten und Alarmanlagen als eine Sicherheitsfirma. Sie war glitzernd poliert.

»Nicht übel.«

»Ja, aber inzwischen kommen die Typen mit LKWs und klauen. Ich hab sie erst seit ein paar Monaten.«

»Wie du schon sagtest, der Job wird gut bezahlt, und vielleicht kannst du dir noch was dazuverdienen. Hast du was für mich?«

»Das ist das Mädchen, das vermißt wird, oder? Ich will nichts mit den Cops zu tun haben...«

»Verdammt, ich bin kein Cop. Ich will bei ihrer Familie für Tony absahnen, sie schuldet ihm noch was. Alles andere ist mir scheißegal.«

Wieder holte Nick den Plastikbeutel aus der Tasche, und Frankie warf einen unsicheren Blick nach beiden Seiten. Er zog die Jacke von der Schulter und holte eine Zeitung mit einem braunen Umschlag darin heraus.

Nick blinzelte Lorraine zu, als er wieder in den Jeep sprang und den Motor anließ.

»Laß uns lieber ein paar Kilometer zwischen uns und unseren neuen Freund Frankie bringen.«

Mit quietschenden Reifen fädelte er sich in den Verkehr ein, dann holte er den Umschlag aus der Jacke.

»Gott«, sagte Lorraine, als sie das Foto herausholte.

»Du sagst es – ich wollte es nicht glauben. Es gehört zu einer Privatsammlung, die sie dort im Büro haben. Du hattest recht.«

Nick wohnte in einem Haus, das dem von Rosie nicht unähnlich war, nur noch verfallener. Seine Wohnung war ein einziges Durcheinander, das Bett ungemacht, im Spülbecken türmten sich die schmutzigen Teller. »Diese Bude hier braucht die Hand einer Frau. Aber das Problem ist, es kommen zwar einige hier vorbei, aber keine bleibt lange genug, um Staub zu saugen.«

Das sollte keine Entschuldigung sein, offensichtlich war es ihm gleich. Aus dem Augenwinkel sah Lorraine, wie er den Kühlschrank aufmachte und eine Flasche Wodka herausholte. Er griff sich ein kleines Glas, füllte es, trank es leer, füllte es abermals, trank es ebenfalls in einem Zug aus und seufzte zufrieden.

Alles in ihr sehnte sich danach, es ihm gleichzutun. Sie zitterte.

»Nick...«, sagte sie leise.

»Ja? Ich hab schon Kaffee aufgesetzt, es wird nicht lange dauern.« Er trat neben sie und tätschelte ihr sanft den Kopf. Es war eine liebenswerte, liebevolle Geste, und sie mußte schlucken, weil sie auf keinen Fall weinen wollte. »Wie geht es dir?«

»Gut.«

Sie hatte sehr leise gesprochen, und er hockte sich vor sie. »Möchtest du reden?«

Ihre Stimme war heiser. »Ich will was zu trinken, das ist alles, woran ich denken kann.«

»Schon gut, ich könnte jetzt zum Kühlschrank gehen und dir einen eingießen, aber das wäre doch ziemlich dumm.«

Sie senkte den Kopf. »Gib mir einfach was zu trinken, Nick.« Er stand auf, die Hände an den Hüften. »Wenn du einen willst, hol dir einen. Krieg den Arsch hoch, die Flasche steht im Kühlschrank.«

Langsam erhob sie sich, leckte sich die Lippen und ging zum Kühlschrank. Sie streckte die Hand aus, dann drehte sie sich um und sah Nick an.

»Ich werde dich nicht aufhalten, du kennst den Weg, den du da nimmst, besser als ich.«

Sie lehnte den Kopf an die kalte Tür des großen altmodischen Kühlschranks, und Nick beobachtete sie wieder, die Hände an den Hüften, der alte mexikanische Gürtel mit der Silberschnalle verdreht. Er wartete. Die Art, wie sie sich an den Kühlschrank drückte, machte ihn an, es war, als würde sie einen alten Geliebten küssen. Sie schob sich weg vom Kühlschrank und ging zur Kaffeemaschine, die Hände zu Fäusten geballt.

»Wie gut hast du Jack Lubrinski gekannt?« Ihre Stimme klang angespannt. Sie wandte sich ihm zu, legte den Kopf schief, die Narbe verborgen von einer blonden Strähne.

»Ein guter Cop und ein prima Kerl.«

Sie nickte, und als sie das Haar zurückstrich, konnte er die gezackte Narbe auf ihrer Wange sehen. Sie hatte die blauesten Augen, die er je gesehen hatte, aber sie schien ihn nicht anzusehen, sondern schaute durch ihn hindurch.

»Er fehlt mir.«

»Ja, ich weiß.«

Plötzlich richtete sie den Blick auf ihn, betrachtete sein Gesicht. Er errötete. »Manchmal erinnerst du mich an ihn.«

Er steckte zwei Zigaretten an und reichte ihr eine davon. Als sie sie nahm, berührte sie seine Hand leicht mit einem Finger.

»Weißt du, Nick, es ist, als gingen in meinem Kopf plötzlich Türen auf. Es passiert vollkommen unerwartet, wirft mich vollends aus der Bahn, und dann verspüre ich diese schreckliche Angst. Immer, wenn ich denke, ich habe alles unter Kontrolle, immer wenn ich denke, jetzt habe ich mich zusammengerissen…« Sie inhalierte. »Nur ein bißchen Rum in der Cola, ein Schluck, und alles andere ist gleichgültig.«

»Du hast den Kühlschrank nicht aufgemacht.«

»Nein, aber ich hätte es getan, wenn ich allein gewesen wäre. Das macht mir angst, Nick, und…«

»Und was?«

Sie zuckte die Achseln, trank ihren Kaffee.

»Komm schon, erzähl mir, und was?«

»Meine Kinder. Ich muß an sie und Michael denken.«

»Wer ist Michael?«

»Er war mein Mann.«

»Ach, wir haben alle Geheimnisse, Lorraine. Vielleicht solltest du sie nicht verbergen, sondern mehr darüber reden.«

»Das kann ich nicht.«

Plötzlich beugte sie den Kopf vor, so daß er ihr Gesicht nicht mehr sehen konnte, und gab einen gequälten Laut von sich. Er wollte sie in die Arme nehmen, sie halten, küssen, aber er stand auf und ging ein Stück weg. Er kam nicht mit den Gefühlen zurecht, die sie in ihm auslöste; es war so lange her, seit er eine Frau hatte lieben wollen, und er wußte, daß genau das passierte: Er war dabei, sich in sie zu verlieben. Schnell wechselte er das Thema.

»Wir sollten jetzt über das reden, was heute abend passiert ist, Süße; es ist schon spät und wir müssen mit diesem Fall weiterkommen.«

Sie schniefte. »Ja, du hast recht, und es geht mir auch wieder besser.« Sie sprang auf, zog den Rock zurecht und zog die hochhackigen roten Schuhe aus. »Gib mir noch mal das Foto. Und dieser Frankie kannte niemanden, der Polar heißt?«

»Nein.« Nick hob die Jacke auf und holte den Umschlag heraus. Sie griff danach, sie zitterte nicht mehr, keine Spur der Verwundbarkeit war geblieben. Sie war wieder in Form.

Sie setzte sich auf die Kante des Küchentischs und betrachtete das Foto. Nick stand neben ihr, ziemlich dicht, aber er konnte sie nicht berühren, er wußte, daß ihr Bedürfnis nach ihm und nach etwas zu trinken verschwunden war.

»Sie ist völlig daneben, das ist klar; sieh dir ihre Augen an.«

»Hübsche Figur«, stellte er fest.

Anna Louise Caley lag nackt auf dem Tisch. Hinter ihrer Schulter standen Flaschen, ein Glas war umgefallen. Die drei jungen Männer waren alle um die Zwanzig und sahen betrunken aus, halb ausgezogen, mit heruntergelassenen Hosen. Einer fickte sie, einer küßte ihre Titten und einer wichste auf sie, Sperma glitzerte auf ihrem flachen, gebräunten Bauch. Anna Louise Caley lächelte und hielt eine Flasche Tequila in der Hand.

»Ein braves Mädchen aus gutem Haus«, sagte Lorraine leise. Sie sah sich das Foto genauer an. »Ich glaube, einer dieser kleinen Dreckskerle ist der sommersprossige Junge, mit dem ich am College gesprochen habe.«

Nick zündete sich noch eine Zigarette an. »Laut diesem Frankie – und er arbeitet im Club erst seit der Zeit, als dieses Foto gemacht wurde – war sie nur ein- oder zweimal da, mit einem blonden Mädchen in ihrem Alter. Sie sind zusammen aufgetaucht, haben sich besoffen und dann vögeln lassen. Er kannte keinen der Jungen, aber er hat sie auf dem Foto erkannt, das ich ihm gegeben habe.«

»Er wußte auch, wer sie war? Ihr Foto war auf allen Titelseiten – wieso hat er der Polizei nichts gesagt?«

»He, der Junge hat solche Angst, seinen Job zu verlieren; außerdem wird er nicht der einzige sein, der sie erkannt hat.«

Sie runzelte die Stirn. »Aber wenn so was öfter passiert, wieso erinnert er sich an jemanden, der nur ein- oder zweimal dort war? Hast du nicht gesagt, daß sie auch auf dem Klo gevögelt haben?«

»Erstens ist ein Beutel mit Koks für fünfzehnhundert ein ziemlich guter Anreiz, und das hier hat sich nicht auf dem Klo abgespielt, sondern in einem Privatzimmer, ziemlich spät in der Nacht. Es waren nur noch die ›wichtigen‹ Leute da, die sogenannten Stars, und ein paar Kellner, einer von ihnen Frankie. Er sagte, er erinnert sich, weil er dachte, er würde auch noch drankommen, aber sie hat dann das Bewußtsein verloren…«

»Aber diese Mistkerle sind keine Filmstars, sondern Jungs vom College.«

»Vielleicht haben sie genug Geld, wer weiß.«

Lorraine runzelte die Stirn. »Hatte Frankie ein Bild ihrer Freundin?«

»Nein, er sagte, sie haben sie in ein anderes Zimmer gebracht, und er war nicht dort, weil sie ihren eigenen Kellner hatten.«

»Wer hat das Foto gemacht?«

Nick legte den Kopf schief. »Sie haben offenbar versteckte Kameras hinter den Spiegeln. Sie machen eine Menge Fotos, Frankie mußte nicht befürchten, daß jemandem auffällt, daß eines davon verschwunden ist.«

Lorraine steckte das Foto zurück in den Umschlag. »Also gut. Jetzt habe ich etwas mit Mr. und Mrs. Caley zu besprechen, was ihnen gar nicht gefallen wird.« Sie bückte sich nach den roten Schuhen, dann zog sie eine Grimasse. »Ich gehe lieber barfuß. Fährst du mich noch nach Hause?«

»Klar.«

Im Jeep streichelte sie Tiger, und der Hund versuchte, ihr das Gesicht abzulecken. »Ich glaube, wir kommen wirklich gut miteinander aus. Nick, dieser Hund hat Charakter.«

»Sicher.« Nick schlug die Tür zu.

»Diese Neuigkeiten entlasten Robert Caley irgendwie. Hältst du es für möglich, daß sie die Fotos für Erpressungen benutzt haben?«

»Frankie meinte, sie haben Unmengen dieser Fotos und benutzten sie nur, um sich dran aufzugeilen. Aber wir sollten Erpressung nicht ganz ausschließen.«

Als sie vor Rosies Wohnung anhielten, lachte Lorraine. »He! Wir hatten heute abend einen großen Durchbruch, Nick! Ich werde morgen früh mit den Caleys reden und sehen, ob ich was aus diesem Tom Heller rauskriege, und dann …« Sie boxte ihn gegen den Arm. »Ach Nick, eine Million Dollar! Ich bin sicher, wir finden Anna Louise, und wie Mrs. Caley schon sagte, ob tot oder lebendig, das Geld ist uns sicher.« Lorraine streichelte Tigers Kopf. »Gute Nacht. Wir reden morgen weiter. Ach, und Nick, du wirst die Informationen doch nicht an Agnews weitergeben?«

»Nein, aber darf ich mir wenigstens noch meinen Scheck von ihnen abholen?«

Sie lachte, und er sah ihr nach, wie sie barfuß die Treppe hinaufrannte und dabei immer zwei Stufen auf einmal nahm. Sie schien so voller Energie, ihr Selbstvertrauen war offensichtlich wieder im Lot. Außerdem, bemerkte er, hatte sie das Foto mitgenommen. Lorraine Page war wieder obenauf. Er streichelte Tiger.

»Eine gefährliche Dame. Geht einem unter die Haut.« Tiger leckte ihm übers Gesicht. »Nein, ich glaube, das verstehst du nicht.«

9

Lorraine beobachtete im Spiegel, wie Noël ihr Haar fönte.

»Derselbe Stil wie neulich?«

»Ja, genau. Übrigens, haben Sie je Anna Louise Caley frisiert?«

Er legte den Kopf schief und nahm den Fön einen Augenblick lang weg. »Ja.«

»Waren Sie je im Viper Room?«

Er konzentrierte sich wieder auf ihr Haar. »Nein, ich hab Besseres zu tun.«

»Anna Louise Caley war öfter dort.«

Er sah ihr Spiegelbild an, schien sich immer noch nur für ihr Haar zu interessieren.

»Ach ja? Das hätte ich nicht gedacht.«

»Wieso sagen Sie das?«

»Na ja, sie schien eher schüchtern zu sein. Aber ganz besessen von ihrem Haar.«

»Ist sie immer allein hergekommen?«

Er schaltete den Fön ab und lehnte sich an den Spiegel. »Was soll das? Wieso stellen Sie all diese Fragen?«

Lorraine beugte sich vor und betrachtete ihr Spiegelbild. »Weil die Caleys mich beauftragt haben, sie zu finden, und alles, was ich zu hören bekomme ist, daß sie wirklich nett war, ein nettes reiches Mädchen. Aber das glaube ich nicht so recht. Ich glaube, Miss Caley hatte auch noch eine andere Seite.«

»Und Sie glauben, ich wüßte davon?«

»Vielleicht. Ich bin Privatdetektivin, Noël, kein Cop, es besteht also kein Grund, nervös zu werden. Ich möchte Ihnen was zeigen.« Lorraine holte das Foto heraus. »Sehen Sie sich das an.«

Noël warf einen Blick auf das Foto, dann pfiff er leise und sah noch genauer hin. Er murmelte etwas und gab Lorraine das Foto zurück.

Noël fönte ihr Haar weiter. Zweimal begegnete er ihrem Blick im Spiegel, aber er sagte nichts.

»Kennen Sie einen der Typen auf dem Foto?«

Er nickte. »Sehen Sie den Typ da ganz hinten, den mit der Tönung? Das ist der, der sie vögelt. Er heißt Cal, und er ist ein Arschloch.«

Lorraine sah sich um. Cal hatte ihr den Rücken zugewandt und sie konnte sein Gesicht nicht sehen.

Sie ging quer durch den Salon zum letzten Platz. Sie stellte sich hinter den jungen Mann, der gerade die Schale mit der Tönung auswusch.

»Entschuldigen Sie – Cal?«

Cal Thompson drehte sich um. Er sah gut aus und war braungebrannt wie jedermann in L.A., einer dieser jungen Männer, die wissen, daß sie gut aussehen.

»Könnte ich einen Augenblick mit Ihnen sprechen?«

Er runzelte die Stirn, warf einen Blick zur Empfangstheke, dann sah er Lorraine wieder an.

»Privat.«

Er zögerte. »Ich hab im Augenblick viel zu tun. Wenn Sie einen Termin ausmachen wollen…«

Lorraine holte das Foto heraus. »Wäre es Ihnen lieber, wenn das im *National Enquirer* abgedruckt würde? Das würde ich mir an Ihrer Stelle gut überlegen, Cal.«

Cal zog einen Vorhang vor die Nische, in der sie standen. Lorraine holte ihre Zigaretten heraus und setzte sich.

»Sind Sie Reporterin?«

»Nein. Setzen Sie sich einen Augenblick, Cal.«

Er setzte sich, machte immer noch einen auf cool, schob Lorraine den Aschenbecher zu. »Was wollen Sie?«

»Informationen. Ich bin Privatdetektivin. Sehen Sie sich das Bild an. Vergewaltigung ist ein Verbrechen, nicht wahr? Sie war noch minderjährig, also sollten Sie meine Fragen lieber beantworten, denn dann verschwinde ich wieder.«

»Hören Sie, sie ist keine Minderjährige mehr. Und sehen Sie sich mal ihr Gesicht an – es hat ihr verdammt gut gefallen.«

»Ich würde sagen, sie war vollkommen stoned. Sie wissen, wer sie ist, nicht wahr?«

Er seufzte und wandte sich ab. »Ja, ja, das weiß ich.«

Lorraine wartete – langsam verlor er die Nerven. »Sie wissen also, daß sie verschwunden ist?«

Er nickte. »Ja, aber das hat nichts mit mir zu tun. Ich meine, *das da* war ein Einzelfall. Wir waren high und ... das war alles.«

»Alles? Hier vergewaltigen drei Typen ein junges Mädchen, das völlig bedröhnt ist, und Sie sagen, das war alles? Wissen Sie, wer die anderen waren?«

»Nein.«

»Und was ist danach passiert?«

Cal zuckte die Achseln. »Ich hab meinen Schwanz wieder in die Hose gesteckt, noch ein paar getrunken und bin heimgegangen. Sie war schon gegangen, mit ihrer Freundin.«

»Wer war diese Freundin?«

»Keine Ahnung. Sie war mal mit ihr im Salon.«

»Tilda Brown?«

»Keine Ahnung, ich hab 'ne Menge Kunden, viel Laufkundschaft, also steht sie vielleicht nicht mal im Terminkalender. Also gut, ich kannte Anna Louise, aber das taten alle anderen auch. Sie hatte den Ruf, jedem Angebot gegenüber offen zu sein, sie war schon ein paarmal dort gewesen und hatte ähnliches gemacht. Es hat ihr gefallen.«

»War sie immer stoned?«

»Keine Ahnung. Ich glaube, es war eher Alkohol, aber dort

nehmen alle Drogen, sie sind leicht zu kriegen, wenn Sie verstehen, was ich meine.«

»Ich geb mir Mühe, Cal. Haben Sie sie öfter mit demselben Typ gesehen? Haben Sie den Namen Polar schon mal gehört?«

»Nein, ich hab sie nur dieses eine Mal im Club gesehen und ein paarmal hier im Salon. Sie ist nicht mal meine Kundin.«

»Haben Sie an dem Abend, als dieses Foto gemacht wurde, gesehen, wie sie den Viper Room verließ?«

»Ja, zusammen mit ihrer Freundin. Wir sind noch 'ne Weile dort geblieben.«

»Wir?«

»Ein paar Freunde. Es war ziemlich spät, es wurde langsam leer, also muß es so gegen vier oder fünf Uhr morgens gewesen sein.«

Lorraine steckte das Foto wieder ein. »Erinnern Sie sich, welcher Tag es war?«

»Ja, weil es der Geburtstag meiner Freundin war. Wir haben uns gestritten, im Club, und ich bin dort geblieben. Letztes Jahr, am dreizehnten Februar. Hören Sie, ich war vollkommen ehrlich mit Ihnen, ich bin inzwischen verheiratet und mache so was nicht mehr.«

Lorraine drückte die Zigarette aus. »Wissen Sie, wie Anna Louise nach Hause gekommen ist? Ist sie selbst gefahren oder hat sie sich ein Taxi genommen?«

»Mann, sie war viel zu stoned zum Fahren. Ich glaube, jemand hat sie abgeholt, aber ich kann mich ehrlich nicht genau erinnern. Ich hab nichts Falsches gemacht – es hat ihr gefallen.«

Lorraine zog den Vorhang zurück. »Danke. Und ich hoffe, Sie waren wirklich ehrlich, denn ich möchte nicht gern zurückkommen.«

»Hi, erinnern Sie sich an mich?«

Tom Heller war nach einem Tennismatch schweißgebadet und schlang sich einen weißen Baumwollpulli um die Schultern. Er starrte Lorraine einen Augenblick lang an, dann zog er ein weißes Handtuch aus der Sporttasche und wischte sich den Schweiß ab. »Nein, tut mir leid.«

»Lorraine Page, Page Investigations.«

Er steckte den Schläger in die Tasche. »Ach ja.«

»Sie sagten, Sie wären ein paarmal mit Anna Louise Caley ausgegangen.«

Er hängte sich die Tasche über die Schulter. »Ja. Hören Sie, ich muß unter die Dusche.«

»Sie sagten auch, es sei eine platonische Beziehung gewesen, Sie hätten sie nur auf ein paar Partys begleitet…« Er setzte an wegzugehen. »Einen Augenblick noch.« Ihr Unterton ließ ihn innehalten. »Sie haben gelogen. Sie kannten sie sehr gut, nicht wahr?«

»Nicht besser als die meisten.«

Sie drückte ihm das Foto vor die Brust. »Ach ja? Sie meinen, das haben alle mit ihr gemacht? Sehen Sie sich das gut an – eine seltsame Art von ›Party‹, finden Sie nicht? Sieht mehr nach einer Vergewaltigung aus, und Sie sind derjenige, der ihr auf den Bauch wichst.«

Er starrte auf das Foto und seufzte dann. »Scheiße.«

»Setzen wir uns hin und reden. Diesmal sollten Sie lieber ehrlich sein, oder Ihre Eltern werden einen Abzug von diesem Foto bekommen, ebenso wie der Collegedirektor… haben Sie mich verstanden?«

Mario polierte die Limousine der Caleys. Als Lorraine auf ihn zukam, drehte er sich um.

Sie lächelte. »Gute Arbeit, Mario. Erinnern Sie sich an mich? Lorraine Page.«

Mario nickte und polierte weiter.

»Sagen Sie, haben Sie Anna Louise in der Nacht des dreizehnten Februar letzten Jahres vom Viper Room abgeholt?«

»Wie?«

Lorraine lehnte sich an den Wagen. »Die Caleys sind zwei Tage später nach New Orleans gereist, am fünfzehnten – und an diesem Tag ist Anna Louise verschwunden, also würde ich sagen, Sie sollten sich ziemlich gut daran erinnern können, was kurz vorher passiert ist, weil Sie schon von der Polizei verhört wurden.«

Wieder nickte er.

»Also, haben Sie sie am dreizehnten Februar abgeholt?«

»Ja, Ma'am, ich habe Miss Caley und ihre Freundin abgeholt und hierher gebracht.«

»Vollkommen stoned?«

»Weiß ich nicht, Ma'am, ich hab sie nur abgeholt. Sie warteten an der Straße.«

»Wußten ihre Eltern davon?«

»Nein, Ma'am. Anna Louise hat mich angerufen. Ich war schon lange im Bett, es war gegen fünf Uhr morgens.«

»Wieso haben Sie das noch nie zuvor erwähnt?«

Er ging zu einem Eimer und tunkte das Fensterleder ins Seifenwasser. »Ich wollte keine Schwierigkeiten. Sie haben sich nur rumgetrieben, wie es junge Leute eben tun. Ich hab sie heimgefahren, das war alles.«

»Haben Sie Anna Louise schon öfter von Clubs abgeholt?«

»Nein, Ma'am. Sie hat mich hin und wieder angerufen, wenn sie auf einer Party war – sie wollte nicht fahren, wenn sie nicht nüchtern war. Wir hatten eine Art Übereinkunft. Es war sicherer so.«

»Wer war bei ihr?«

»Meistens ihre Freundin Tilda. Sie ist nicht oft ausgegangen, nur wenn Miss Brown hier war. Alle haben gesagt, Miss Brown sei ein nettes Mädchen, aber ich fand das nicht. Ich fand, sie hatte einen schlechten Einfluß auf Miss Anna Louise, aber ich hab nie was gesagt, das geht mich nichts an.«

»Kennen Sie jemanden namens Polar?«

»Nein, Ma'am, und wenn Sie mich entschuldigen, ich muß jetzt die Räder waschen.«

Lorraine trat beiseite. »Haben Sie Tilda Brown zum Flughafen gefahren?«

»Ja.«

»Hat sie etwas gesagt?«

»Nein, sie wußte, daß ich sie nicht leiden konnte, und sie hat nie mit mir gesprochen. Miss Tilda Brown ist eine eingebildete kleine Ziege.«

Lorraine hörte, wie jemand ihren Namen rief, und drehte sich um. Phyllis stand auf der Treppe zur Haustür. Sie schien verwirrt zu sein. »Mrs. Page, ich habe Ihnen gerade Ihr Geld geschickt. Ich habe Sie gar nicht erwartet – gibt es Schwierigkeiten?«

»Nein, ich muß nur noch einmal mit Mrs. Caley sprechen, bevor ich abreise. Sie ist doch zu Hause, oder? Ich hatte um elf einen Termin mit ihr, aber ich bin aufgehalten worden.«

»Ich bezweifle, daß sie Sie empfangen wird; sie hat gar nicht erwähnt, daß Sie vorbeikommen wollten, und sie hat einen Termin mit ihrem Agenten, also ...«

Phyllis ging ins Haus, als wollte sie die Tür schließen, aber Lorraine war schon dicht hinter ihr.

»Ich muß mit ihr sprechen, es ist sehr wichtig.«

»Ich kann sie jetzt nicht stören, sie zieht sich gerade an.«

»Doch, das können Sie, Phyllis, denn ich werde dieses Haus nicht verlassen, ehe ich mit ihr gesprochen habe.«

»Tut mir leid, aber Mrs. Caley ist für niemanden zu sprechen.«

»Meinst du nicht, du solltest mich vorher fragen, Phyllis.« Elizabeth stand oben auf der Treppe. Sie sah vollkommen gelassen aus. »Ich komme herunter, Mrs. Page, aber ich habe nur eine halbe Stunde Zeit.« Mit sicherem Schritt kam sie die Treppe herunter, und ihr Parfum erreichte Lorraine lange bevor Elizabeth ihr die weiße Hand auf die Schulter legte.

Lorraine folgte Elizabeth in den Wintergarten. Sämtliche Jalousien waren zugezogen, und der überwältigende Duft der Lilien, gemischt mit Elizabeths schwerem Parfum, ließ Lorraine fast nach Luft schnappen. Die beiden Frauen setzten sich an einen kleinen weißen Tisch inmitten des Dschungels.

»Ich will gleich zum Thema kommen.«

»Das hoffe ich, Liebes. Mein Agent wird gleich hier sein, es sieht so aus, als wolle man mir Arbeit anbieten. Seit Anna

Louise verschwunden ist, hatte ich so viel Presse, eigentlich widerwärtig, ich glaube, eine Menge Leute in der Branche hatten mich schon für tot gehalten. Ich werde selbstverständlich nicht auf die Vorschläge eingehen, aber er besteht darauf, daß ich sie mir wenigstens anhöre. Es gibt nichts Traurigeres, als Leute wie mich wieder auszugraben.« Sie lachte.

»Sie sehen wunderbar aus«, sagte Lorraine, und das meinte sie durchaus ernst.

Der stumme Butler brachte Tee und Kaffee.

»Danke, Peters«, sagte Mrs. Caley und goß sich den blaßgrünen Tee ein. Sie sah Lorraine an. »Sie haben etwas herausgefunden, nicht wahr?« Ihre leise Stimme klang beinahe ängstlich.

»Ja.«

Sie schloß die Augen. »Nichts Gutes, oder?«

»Nein.«

»Gut, dann kommen Sie zum Thema, Mrs. Page, spannen Sie mich nicht auf die Folter.«

Lorraine griff nach ihrer Aktentasche. »Tut mir leid, aber was ich Ihnen zeigen werde, wird Sie aufregen.« Sie reichte Mrs. Caley das Foto und wartete, beobachtete sie wie ein Raubvogel. Sie sah, wie Elizabeth die Augen aufriß, wie sie einmal, zweimal schluckte und dann tief Luft holte. Dann reichte sie Lorraine das Foto zurück.

»Warum? Warum hat sie so etwas getan? Warum?« Ihre Lippen zitterten, sie runzelte heftig die Stirn. Es sah so aus, als wollte sie auf keinen Fall weinen, um nicht ihr Make-up zu ruinieren. »Wer sind diese Leute?«

»Ich kenne zwei von ihnen. Einer ist Friseur, der andere ein Mitschüler.«

Sie schüttelte den Kopf. »Man sollte sie einsperren. Wo ist das passiert?«

»In einem Nachtclub namens Viper Room.«

»Bitte, zeigen Sie es Robert nicht – er wird sie umbringen. Er würde es nicht glauben, er hat keine Ahnung.«

»Und Sie?«

»Wußte ich, daß meine Tochter sich öffentlich zum Narren macht? Wußte ich, daß meine Tochter sich wie eine Hure von mehreren Männern nehmen läßt? *Nein! Das habe ich nicht gewußt!* Aber ich wünschte, es wäre anders.« Sie ballte die Fäuste. »Wofür halten Sie mich?«

»Ich weiß, daß Sie ein Drogenproblem haben.«

»Wie bitte?«

»Hören wir auf mit den Spielchen, Mrs. Caley, ich weiß von Ihrem Arzt. Wissen Sie eigentlich, welches Risiko Sie eingehen?«

»Wer hat Ihnen das gesagt?«

»Ich habe es herausgefunden, Mrs. Caley, das ist mein Job. Aber sind Sie sich wirklich bewußt, daß Sie Ihr Leben aufs Spiel setzen? Sie nehmen doch Temazepam, nicht wahr?«

»Was würden Sie denn unter solchen Umständen tun?« fauchte sie.

»Was Sie tun, ist tödlich, und Sie sollten sich so schnell wie möglich in ärztliche Behandlung begeben. Ich glaube, daß Sie das Temazepam injizieren –«

Mrs. Caley schob den Tisch ein Stück von sich. »Phyllis – hat Phyllis mit Ihnen gesprochen?«

»Ihr Arzt ist verhaftet worden …«

»O Gott. Hat er es Ihnen gesagt? Was hat er gesagt?«

Lorraine bot Elizabeth Caley eine Zigarette an. Elizabeth schlug ihr das Päckchen aus der Hand.

»Sie sollen herausfinden, wo meine Tochter ist und nicht in meinem Privatleben schnüffeln. Sie hatten kein Recht, Ermittlungen über mein –«

Lorraine unterbrach sie mit ruhiger und fester Stimme. »Ich versuche ja, Ihre Tochter zu finden. Und es könnte durchaus sein, daß es eine Verbindung zu Ihrem Drogenproblem gibt. Also frage ich Sie noch einmal: Hat Ihre Tochter ebenfalls Drogen genommen?«

»Nein.«

»Hat sie von Ihrer Sucht gewußt?«

Elizabeth Caley seufzte gereizt. »Ja, aber sie hätte nie daran gedacht, selbst Drogen zu nehmen. Sie hat an ihrer eigenen Mutter gesehen, wozu das führen kann.«

»Wußten Sie, daß Tilda Brown zusammen mit Ihrer Tochter diese Clubs aufsuchte?«

»Tilda war auch mit dabei?«

»Ich glaube schon. Wußten Sie, daß die beiden Mädchen einen Streit hatten, bevor Sie nach New Orleans flogen?«

»Ich weiß nicht, um was es ging, nur, daß Tilda nach Hause wollte.«

Lorraine hatte nicht vor, Mrs. Caley so einfach davonkommen zu lassen.

»Haben Sie Drogendealer in New Orleans?« Sie hatte ins Schwarze getroffen; Elizabeth Caleys Gesicht glänzte jetzt vor Schweiß, und sie wurde mit jeder Sekunde aufgeregter.

»O Gott, Robert wird so wütend sein, das ist einfach schrecklich. Wissen Sie, er steckt mitten in einer wichtigen Geschäftsangelegenheit und –«

»Ich brauche nur einen Namen, Mrs. Caley, jemanden, mit dem Sie normalerweise dort Kontakt haben.«

»Nein, bitte, wenn das je rauskommt, wenn irgendwer dort davon erfährt...« Sie schien vor Lorraines Augen zu verfallen, sackte zusammen und begann zu weinen. Ihr Make-up verschmierte, sie stützte den Kopf in die Hand und zerrte an ihrem Haar. Sie schwitzte immer noch heftig.

Lorraine beugte sich vor und berührte ihren Arm. »Bitte, ich werde diskret sein. Das verspreche ich Ihnen, aber ich muß alle befragen, die damit zu tun haben könnten. Sie wollen doch, daß ich Ihre Tochter finde.«

»Ja, ja«, murmelte sie, dann begann sie, unkontrolliert zu zittern und schrie: »Phyllis, *Phyllis, Phyllis*!«

Phyllis kam sofort angerannt. Urin lief an Elizabeths Beinen entlang, sie riß den Kopf ruckartig vor und zurück.

»Schon gut, schon gut, *ich bin ja da, Mrs. Caley,* halten Sie sich an mir fest, es wird schon alles gut. O Gott, helfen Sie mir, um Himmels willen, sie wird Krämpfe bekommen...«

Dann war auch Peters da, und zusammen halfen sie Elizabeth

nach draußen. Lorraine folgte ihnen in den Flur und sah zu, wie Peters Elizabeth die Treppe hinauftrug.

»Bitte, bleiben Sie unten«, sagte er wütend zu Lorraine.

»Ja, lassen Sie sie in Ruhe«, fügte Phyllis hinzu.

Lorraine seufzte, aber sie konnte nichts tun. Sie würde jetzt nichts mehr aus Mrs. Caley herausholen können, also war es sinnlos, noch im Haus zu bleiben. Sie kehrte in den Wintergarten zurück, um ihre Tasche und die Zigaretten zu holen. Ein Mädchen war schon dabei sauberzumachen.

Lorraine griff nach der Teekanne und hob den Deckel hoch; der Tee roch nach Minze und etwas anderem, nach Kräutern. Sie schnupperte noch einmal.

»Entschuldigen Sie, Mrs. Page, darf ich Ihnen das abnehmen?« Das war der säuerliche Peters.

»Was zum Teufel ist da drin?«

»Eine Kräutermedizin.«

»Woher kommt sie?«

Peters hob das Tablett hoch. »Aus einem Geschäft für Naturheilkunde. Entschuldigen Sie, ich hoffe, es stört Sie nicht, wenn ich das sage, aber warum lassen Sie sie nicht in Ruhe? Sie ist sehr krank, und es ist tragisch, sie so zu sehen – es ging ihr gerade wieder besser, und –«

»Ja, das alles erinnert mich sehr an Sunset Boulevard, aber ich frage mich, wer schließlich im Swimmingpool enden wird?«

Er starrte Lorraine an und machte keinen Hehl aus seiner Verachtung. »Sie sollten vielleicht aufpassen, daß Sie es nicht selbst sind.«

Er ging hinaus. Lorraine wollte ihm gerade folgen, als das Mädchen nervös hüstelte. Lorraine wandte sich ihr zu. Sie warf Peters' Rücken einen ängstlichen Blick zu.

»Sie bekommt es von zu Hause, Ma'am. Und es ist keine Medizin.«

»Was haben Sie gesagt?«

Das Mädchen kaute auf der Unterlippe und wollte sich dann an Lorraine vorbeidrücken.

»Warten Sie. Reden Sie von dem Tee?«

Phyllis kam herein. »Gehen Sie schon, Sylvana, sofort.«

Sylvana warf Lorraine noch einen verängstigten Blick zu, dann huschte sie davon.

Lorraine sah Phyllis besorgt an. »Wie geht es Mrs. Caley?«

Phyllis schüttelte den Kopf und zuckte die Achseln. »Sie wird jetzt schlafen.«

Lorraine nahm Phyllis am Arm, und zusammen verließen sie den Wintergarten. »Phyllis, Sie sollten lieber dafür sorgen, daß Mrs. Caley ärztliche Behandlung bekommt, sonst wird sie sich umbringen.«

»Ja, ich weiß«, flüsterte Phyllis, und dann blieb sie stehen. »Was haben Sie denn gesagt, was sie so aufgeregt hat?«

»Wer ist ihr Drogendealer in New Orleans?«

Phyllis schloß die Augen. »O Gott, das ist so schrecklich! Wenn Mr. Caley das erfährt! Bitte, ist es denn wirklich nötig...«

»Um Himmels willen, Phyllis, ich versuche, Anna Louise zu finden! Wenn Sie mir weiterhin Informationen vorenthalten und nur Halbwahrheiten mitteilen...«

Gerade, als es so aussah, als würde Phyllis nachgeben, kam Robert Caley herein. »Was ist hier los? Phyllis, Sie sollten bei Elizabeth sein. Setzen Sie sich zu ihr, bis der Arzt kommt.«

»Es tut mir leid, Mr. Caley, ich gehe sofort zu ihr.«

»Und bleiben Sie bei ihr; wenn sie sich übergibt, könnte sie...« Robert Caley seufzte und wartete, bis Phyllis gegangen war. Dann sah er Lorraine an. »Was haben Sie ihr gesagt? Sie ist vollkommen hysterisch.«

»Ich versuche nur, meine Arbeit zu machen, Mr. Caley, aber alle, die hier arbeiten, sind so sehr damit beschäftigt, Ihre Frau zu schützen –«

»Sie haben sie doch gesehen – glauben Sie etwa nicht, daß sie geschützt werden muß?«

»Ja, aber ich denke nicht, daß Sie wissen, wie ernst ihr Zustand ist.«

»Was für eine Unverschämtheit! Ich habe sie in eine Rehabilitationsklinik gebracht, und sie hat einen Entzug gemacht, nur um sofort wieder mit Drogen anzufangen. Aber sie wird wieder einen Entzug machen, ob ihr das nun paßt oder nicht …«

»Sie wissen also, was sie nimmt?«

»Alles, was sie inhalieren, schlucken oder injizieren kann. Wenn ich sie nicht vierundzwanzig Stunden am Tag überwache, kann ich sie nicht aufhalten. Glauben Sie mir, ich habe es versucht.«

»Im Augenblick, Mr. Caley, nimmt Ihre Frau Drogen, die sie jederzeit umbringen könnten. Die Menge allein ist schon gefährlich, und durch das Spritzen könnte sie sich eine Thrombose zuziehen.«

Er schloß die Augen. »O Gott. Nimmt sie Heroin?«

»Nein, es handelt sich um verschreibungspflichtige Schlaftabletten.«

Er seufzte, machte eine hilflose Geste. »Alles, was mir jetzt noch fehlt, ist, daß irgendein Arschloch davon erfährt und die Story auf alle Titelseiten bringt. Meine Konkurrenten werden begeistert sein, und sie werden auf jeden Fall Anna Louises Verschwinden damit in Verbindung bringen und –«

»Was, wenn es wirklich etwas damit zu tun hat?« unterbrach Lorraine ihn. Er sah sie stirnrunzelnd an. Sie war sicher, daß er nicht genau wußte, wieviel Drogen seine Frau tatsächlich nahm. »Wissen Sie, wer sie in New Orleans mit dem Zeug beliefert hat? Ihre Frau gibt sehr viel Geld für ihre Sucht aus, Mr. Caley, und es könnte auch in New Orleans eine Verbindung geben.«

Er setzte sich hin, stützte die Ellbogen auf den Tisch, den Kopf in die Hände. »Ich fürchte nicht; sie verfügt über ein sehr gut organisiertes Netzwerk von Leuten, die ihr beschaffen, was immer sie braucht. Und ich zweifle auch nicht daran, daß sie gut dafür bezahlt.«

»Kennen Sie einen ihrer Lieferanten?«

»Ich weiß, daß ihr Arzt ihr wichtigster Kontaktmann ist. Es ist Wahnsinn – wenn ich ihn anzeige, wird er zweifellos meine Frau mit reinziehen, und jetzt erst recht.« Er stand auf und schob die Hände in die Hosentaschen. Er wirkte erschöpft. »Ich habe Juda Salina Hausverbot erteilt, aber das scheint nicht zu helfen, Elizabeth ist einfach zu ihr gefahren –«

»Juda Salina hat Ihrer Frau Drogen geliefert? Sind Sie sicher?«

»So sicher wie ich nur sein kann, aber was soll ich tun? Setzen Sie die Polizei auf ihre Spur, und sie wird der Presse alles über Elizabeth erzählen.«

Lorraine beugte sich vor. »Ich glaube nicht, daß ihr Arzt die nächste Zeit praktizieren wird – er wurde vor zwei Tagen verhaftet, und da ich nicht annehme, daß Ihre Frau ihren richtigen Namen benutzt hat, wird es auch keine Publicity geben. Das hoffe ich jedenfalls, um Ihrer beider willen.«

»Danke«, sagte er leise und lächelte, dann winkte er ihr, ihm zu folgen. »Ich brauche ein bißchen frische Luft, gehen wir in den Garten.«

»Darf ich Sie etwas Persönliches fragen, Mr. Caley?«

»Fragen Sie nur. Und wenn ich auch etwas Persönliches sagen darf – dieser neue Haarschnitt steht Ihnen gut.«

Lorraine ignorierte das Kompliment. »Lieben Sie Ihre Frau?« Er hatte diese Frage nicht erwartet, und es dauerte einen Augenblick, bevor er antwortete. »Selbstverständlich. Ohne sie würde ich immer noch Häuser verkaufen. Das war alles, was ich tat, als ich sie kennenlernte, ich war ein kleiner Makler. Tatsächlich habe ich sie sogar durch meine Arbeit kennengelernt.«

»Sie hatten Glück«, sagte Lorraine leise, und plötzlich war seine Verwundbarkeit verschwunden, sein Blick wurde hart, seine Stimme kalt.

»Nein, Mrs. Page, ich habe mich in eine sehr schöne, liebenswerte Frau verliebt. Und wenn Sie keine weiteren Fragen haben, sollte ich mich jetzt lieber um Elizabeth kümmern... Ach, ich hatte Ihnen ja angeboten, Sie mitzunehmen. Ich werde heute abend nach New Orleans fliegen. Wenn Sie sich mir anschließen wollen, rufen Sie Phyllis an. Ich schicke meinen Wagen vorbei.«

»Gern, aber ich werde selbst zum Flughafen fahren.«

»In Ordnung. Phyllis wird Ihnen sagen, in welchem Hangar Sie meine Maschine finden. Um halb sieben?«

»Danke, ich werde da sein.«

Er kehrte zum Haus zurück, ohne sich noch einmal umzudrehen, und Lorraine blieb allein stehen, wütend auf sich selbst. Es war nicht nötig gewesen, Caley zu fragen, ob er seine Frau liebte; sie wußte, daß das nicht der Fall war, aber sie glaubte auch, daß er sich ernsthaft um sie sorgte.

Sie stieg gerade in ihr Auto, als sie sah, wie der private Krankenwagen in die Einfahrt einbog. Sie beobachtete, wie die Sanitäter ins Haus eilten. Ein weiterer Wagen stand in der Einfahrt, ein dunkler Mercedes. Einen Augenblick später tauchten die Sanitäter wieder auf und halfen Elizabeth Caley die Treppe herunter. Sie trug eine Sonnenbrille, hatte sich ein Tuch um den Kopf geschlungen und schluchzte, aber sie wehrte sich nicht, als die beiden Männer ihr in den Krankenwagen halfen.

Phyllis und Robert Caley kamen hinterher, gefolgt von einem hochgewachsenen Mann im grauen Anzug, der eine Arzttasche trug. Lorraine konnte nicht länger stehenbleiben, denn alle drei starrten sie jetzt an.

»Bis später«, rief sie und bedauerte dann sofort, nicht etwas Passendes gesagt zu haben – und ihr Bedauern wurde noch größer, als sie am Krankenwagen vorbeifuhr und einen Blick auf Elizabeth Caley werfen konnte, bevor die Tür zufiel. Mrs. Caley weinte und rief immer wieder den Namen ihrer Tochter: »Anna Louise, Anna Louise…«

10

Lorraine hatte eine Propellermaschine erwartet, aber Robert Caley besaß einen Privatjet, der ihrem russischen Taxifahrer ein anerkennendes Pfeifen abnötigte. Als Lorraine ihren Koffer aus dem Auto holte, stieg ein braungebrannter blonder Mann aus der Maschine.

»Mrs. Page?« Sein Lächeln war ein bißchen zu strahlend. »Ich bin Edward Hardy, Mr. Caleys Pilot. Geben Sie mir Ihren Koffer. Mr. Caley wurde aufgehalten, aber er sagte, er werde bald hier sein. Wir haben ohnehin noch keine Starterlaubnis erhalten.«

Lorraine betrat das Flugzeug. Edward ging ihr voraus und wies auf einen dick gepolsterten Ledersessel. Er räumte ihren Koffer in ein Fach weiter hinten und unterhielt sich dabei weiter mit ihr.

»Das Bad ist direkt hier, und das Schlafzimmer gleich nebenan.«

Sie warf ihm einen Blick zu, aber es war eine vollkommen harmlose Bemerkung gewesen.

»Wenn Sie sich frisch machen möchten, oder was Damen auch immer tun mögen. Darf ich Ihnen in der Zwischenzeit etwas zu trinken anbieten? Wir haben Champagner, gekühlten Chardonnay oder einen guten Merlot. Und es gibt Gin, Whiskey, Martini – ich kann auch einen Cocktail mixen … alles, was Sie wollen.«

Lorraine fühlte sich so fehl am Platz, daß sie ganz starr auf dem Sessel saß. »Bitte nur Wasser.«

Ein winziger Chinese trat ein und brachte einen großen Korb und ein mit Alufolie bedecktes Tablett.

»Hi, wie geht's? Yun Sin, das ist Mrs. Page.«

Sie lächelte, als der Mann begann, das Buffet aufzubauen.

»Mögen Sie Hummer, Mrs. Page?«

»Ja.«

»Direkt aus Maine eingeflogen.« Er klappte einen Tisch auf, deckte ihn mit einer weißen Decke und Servietten, Blumenvasen, Porzellan, Besteck und Kristallgläsern.

Lorraine nahm sich eine *Vogue* und begann zu blättern. Hatte Anna Louise auf demselben Sessel gesessen und eine ähnliche Zeitschrift gelesen?

»Kannten Sie Anna Louise?« fragte sie Edward, als er ihr das Wasser eingoß.

»Ja, selbstverständlich.«

»Sie haben die Maschine auch am fünfzehnten Februar letzten Jahres geflogen?«

»Ja.«

Lorraine lächelte und trank einen Schluck. »Anna Louise hat zu Hause angerufen?«

»Ja. Wir haben ein Telefon. Möchten Sie telefonieren?«

»Nein, danke. Wie hat sie sich damals verhalten?«

»Ich war im Cockpit.«

»Aber Sie müssen sie doch gesehen haben.«

»Ja. Sie war wie immer, nettes Mädchen, immer freundlich.«

»Arbeiten Sie schon lange für die Caleys?«

»Etwa acht Jahre.«

»Also kennen Sie Anna Louise ziemlich gut?«

Edward zögerte, dann legte er die Hände auf die Hüften. »Sie war die Tochter meines Arbeitgebers, Ma'am, sie war ein nettes Mädchen, aber ich hab sie nicht gekannt, ich hab sie nie privat gesehen, wenn es das ist, was Sie meinen.«

»Sie sind ein gutaussehender junger Mann, Edward.«

»Ich bin verheiratet, Mrs. Page, und habe einen zweijährigen Sohn. Ich würde auf keinen Fall meinen Job oder meine Ehe aufs Spiel setzen oder Mr. Caleys Interessen mißachten.«

»Wie sind Sie mit Mrs. Caley zurechtgekommen?«

Man sah Edward langsam an, daß er sich über diese Fragen ärgerte. »Mrs. Caley ist eine der nettesten Frauen, die ich kenne, immer freundlich. Ich weiß, sie hat ein paar Probleme, aber das geht mich nichts an. Wenn sie an Bord ist, ist sie sehr ruhig, sie hat nie Angst. Sind Sie nervös, Mrs. Page?«

»Nein.«

»Das hätte ich auch nicht erwartet.«

Er wollte schon gehen, als sie die Zeitung mit einem Knall hinwarf.

»Eine Sekunde noch, Edward. Werden Sie bloß nicht frech. Die Caleys haben mich engagiert, ihre Tochter zu finden, also muß ich ein paar Fragen stellen, auch persönliche. Ich wollte Sie nicht beleidigen, aber eine Menge Leute haben mir erzählt, was für ein nettes Mädchen Anna Louise doch war, und ich weiß inzwischen, daß sie nicht ganz so nett war, nicht ganz so unschuldig, und gern rumgevögelt hat.«

»Entschuldigen Sie, Ma'am.« Edward ging zum Ausgang.

Lorraine seufzte, überrascht von ihrer eigenen Schroffheit. Sie sah aus dem Fenster, als Caleys Limousine neben der Maschine anhielt.

Edward nahm Caleys Koffer entgegen. Die beiden Männer lächelten einander freundschaftlich an.

Caley trat ein, winkte Lorraine zu und legte Edward den Arm um die Schultern. »Tut mir leid, daß ich so spät bin. Gibt es Probleme wegen der Starterlaubnis?«

»Nein, die Meldung kam gerade, wir können jederzeit starten.«

»Also los.«

Caley stand schon in der Tür zum Cockpit, dann drehte er sich noch einmal um. »Würden Sie bitte den Gurt anlegen, Mrs. Page, nur zur Vorsicht. Ich komme gleich zurück.«

Der Start war sanft, brachte kaum das Geschirr auf dem Eßtisch zum Zittern. Ein paar Minuten später kam Caley zurück. Er goß sich einen Whiskey ein und schaute auf die Uhr.

»Es wird etwas mehr als drei Stunden dauern. Wir essen in einer Stunde, ist das in Ordnung?«

»Ja, danke.«

»Ich hoffe, Sie mögen Hummer?«

»Ja.«

»Gut.« Lächelnd griff er nach seiner Aktentasche. Er setzte sich Lorraine gegenüber und packte seine Papiere aus. Lorraine blätterte weiter in den Zeitschriften, war sich seiner Anwesenheit sehr bewußt, ebenso wie der Tatsache, daß er sie offenbar nicht beachtete. Es machte sie nervös.

»Sie können gern rauchen«, sagte er leise.

»Nein, danke.«

»Wenn Sie mich entschuldigen, ich muß das hier durcharbeiten, tut mir leid.«

»Sie brauchen sich nicht zu entschuldigen. Ich bin dankbar, daß Sie mich mitnehmen.«

Er antwortete nicht, konzentrierte sich auf seine Arbeit. Irgendwann zog er die Jacke aus und legte sie beiseite. Dann knöpfte er das kragenlose Hemd auf, einen, zwei, drei Knöpfe, immer noch auf die Papiere konzentriert, und schließlich erst die eine Manschette, dann die andere. Er krempelte die Ärmel bis zum Ellbogen auf.

Er goß sich zwei weitere Drinks ein, sprach kurz mit Edward, setzte sich dann auf einen anderen Sessel und telefonierte fast eine Dreiviertelstunde lang, wobei er Lorraine den Rücken zuwandte. Sie hörte zu, obwohl er sehr leise sprach. Er rief Geschäftspartner an, dann Phyllis, dann das Krankenhaus, um nach Elizabeth zu fragen, dann seine Angestellten in New Orleans; er hatte ein längeres Gespräch mit Mark, seinem Sekretär. Er hörte zu, fluchte leise, seufzte viel und stand dann auf, um sich nachzuschenken. Er blieb neben Lorraines Sessel stehen.

»Möchten Sie noch ein Glas?«

»Nein, danke.«

Er lächelte, aber sie konnte sehen, daß er in Gedanken ganz woanders war, also sah sie sich eine weitere Zeitschrift an. Sie blickte nicht auf, als er sich ihr gegenübersetzte.

»Ihr Kostüm gefällt mir.«

Sie blickte auf und errötete. »Es ist neu.«

»Haben Sie Hunger?«

»Wenn Sie noch arbeiten müssen, kann ich warten.«

Aber er streckte die Hand aus und führte sie zum Tisch, rückte ihr den Stuhl zurecht und zündete die Kerzen an.

Während des Essens sprachen sie kaum. Danach kochte er Kaffee, während sie zu ihrem Platz zurückkehrte. Sie wußte nicht, ob es die Luft in der Kabine oder das Brennen in ihrem Magen war, aber es fiel ihr schwer zu atmen, so sehr sehnte sie sich danach, er möge sie berühren. Es machte sie wahnsinnig, sie konnte an nichts anderes mehr denken, und die Begierde war beinahe schmerzhaft.

Sie fragte nach dem Bad, und er zeigte zum Ende der Kabine, eine Zigarre zwischen den Zähnen, während er Kaffee eingoß und dann eine Flasche Cognac für sich öffnete. Lorraine schloß die Tür hinter sich und schnappte nach Luft. Erst als sie sich das Gesicht gewaschen hatte, fühlte sie sich ein wenig ruhiger. Ihre Hände zitterten, und sie fühlte sich wie eine Sechzehnjährige, hatte Angst, wieder nach draußen zu gehen und ihn zu sehen, befürchtete, er wisse, was sie empfand.

Sie wußte, daß nebenan ein Schlafzimmer war, es schoß ihr sogar einen Augenblick lang durch den Kopf. Er könnte dort warten, wenn sie jetzt herauskäme. Was würde sie dann tun? Es war einfach Wahnsinn. Sie betätigte die Toilettenspülung und versuchte, sich zusammenzureißen. Sie betrachtete ihr Spiegelbild über dem Waschbecken – ihre Wangen waren vom kalten Wasser gerötet, ihre Wimperntusche verschmiert. Sie spuckte auf ein Papiertaschentuch und wischte sich die Augen. »Das Kostüm mag ja gut aussehen, aber du siehst schrecklich aus«, sagte sie sich, und dann zwang sie sich, die Tür aufzumachen und wieder hinauszugehen.

Ihr Kaffee stand auf dem Tisch, aber Robert Caley war nirgendwo zu sehen. Sie schaute zur geschlossenen Schlafzimmertür hin – war er dort? Und wartete er auf sie?

Edward öffnete die Cockpittür. »Würden Sie bitte den Gurt anlegen, Mrs. Page, wir landen in zehn Minuten.«

Sie nickte und zog gerade den Gurt fest, als Edward noch einmal hereinsah. »Nur, damit Sie sich keine Sorgen machen, Mr. Caley wird die Maschine nicht selbst landen, er sagt, er hat zu viel getrunken. Er will noch etwas durchlesen und kommt zurück, wenn wir gelandet sind.«

Lorraine bemerkte, daß auch die Aktentasche nicht mehr da war, sie schloß erleichtert die Augen. Es machte sie ruhiger, daß er nicht mehr so nahe war.

Caley lag auf dem Bett, die Zigarre in der Hand. Er hatte zu viel getrunken, das wußte er, aber es verwirrte ihn, wie sehr er Lorraine begehrte; er kam sich vor wie ein dummer Teenager. Er stellte sich vor, wie sie hereinkam und sich ohne ein Wort zu ihm legte. Er konnte spüren, wie das Flugzeug langsam sank, und das schien zu dem Brennen in seinem Magen zu passen. Er mußte sich zwingen wieder aufzustehen. Er schaute auf die Uhr, rasierte sich und zog dann ein sauberes Hemd an.

Als das Fahrwerk ausgefahren wurde, gesellte er sich wieder zu Lorraine. Er setzte sich, schnallte sich an. Lorraine starrte aus dem Fenster.

»Ich habe die Kerzen ausgemacht.«

»Ach, danke.«

Er rückte eine Zeitschrift auf dem Tisch zwischen ihnen zurecht, als die Maschine ruhig aufsetzte. »Ein guter Pilot«, sagte er.

»Ja,«, erwiderte sie, aber sie sahen einander nicht an.

Der Wagen wartete vor dem Privatflughafen am See, und hinter dem Asphalt erstreckte sich der gewaltige Salzsee. Als Caley ihr in den Wagen half, fragte er, wo sie übernachten wolle. Sie setzte sich so weit wie möglich von ihm entfernt und suchte in der Handtasche nach Rosies Notizen. Im Gästehaus St. Marie. Der Chauffeur wartete, bis Caley ihn anwies, direkt zu seinem Hotel zu fahren.

»In diesem Hotel haben wir auch übernachtet, als Anna Louise verschwand. Ich habe wieder beide Suiten gebucht, weil ich dachte, Sie wollten vielleicht die Angestellten befragen.«

Lorraine nickte und Caley wandte sich dem Fenster zu, konzentrierte sich scheinbar auf den alten, grellbunt angemalten Raddampfer, der jetzt als schwimmendes Casino diente. Die Konkurrenz?

»Wenn Sie wollen, können Sie Annas Suite benutzen…«

»Oder lieber nicht«, sagte er leise. »Tut mir leid, ich wollte keinen falschen Eindruck erwecken, es ist nur…«

»Nur was, Mr. Caley?«

»Es sind zwei miteinander verbundene Suiten«, meinte er verlegen.

»Ja, das hatten Sie erwähnt.« Ihr Herz klopfte laut, und sie wußte, daß sie das Angebot eigentlich ablehnen sollte. Statt dessen lachte sie laut auf und versuchte, einen Witz daraus zu machen. »Haben Sie Angst, daß ich mich mitten in der Nacht anschleiche?«

Er schwieg lange und angespannt, aber er wandte den Blick nicht ab. »Ich habe keine Angst vor dem, was Sie tun könnten, Mrs. Page. Es geht um das, was ich tun könnte, wovor ich mich vielleicht nicht zurückhalten könnte.«

Wieder entstand angespanntes Schweigen. Sie schob die Hand über den Sitz, auf ihn zu. Sie konnte kein Wort sagen, und als sie seine Hand auf ihrer spürte, fühlte sie sich, als würde sie gleich explodieren. Sie hatten jetzt den Highway hinter sich gelassen und näherten sich dem alten French Quarter. Lorraine war froh über die Ausrede, sich abwenden zu können, und tat so, als interessierte sie sich für die historischen Straßen. Nur ein paar Blocks entfernt gab es die üblichen Hochhäuser des Geschäftsviertels wie in jeder amerikanischen Stadt, aber hier herrschte eine Atmosphäre, wie Lorraine sie noch nicht erlebt hatte, halb dörflich, halb kosmopolitisch. Eine Stadt wie Babylon.

Die Gebäude schienen auf den ersten Blick flach und uninteressant, meist einstöckige Stadthäuser, verputzt in matten Farben, die einmal leuchtend gewesen waren – ocker, lehmfarben, aschrosa, senffarben. Alle hatten hohe Fenster mit eleganten Läden und Türrahmen, die oft in einem kontrastierenden Dunkelgrün gestrichen waren, aber das Wichtigste waren die schmiedeeisernen Gitter, die Balkone, Galerien, Gänge und Blumenkästen begrenzten. In ihrer Blüte mußte diese Stadt wirklich schön gewesen sein, dachte Lorraine, aber nun fiel selbst in der Nacht auf, daß die Farbe verblaßt war und abblätterte und die Blumenkästen und Körbe verwildert und ungepflegt waren.

Caley zog eine Grimasse, als die Menschenmengen größer wurden und man immer mehr Karnevalsfahnen und Girlanden sah. Der Fahrer bremste bis zum Schrittempo ab, als Fußgänger jeden Alters und jeder Nationalität sich durch die Straßen drängten. »Tut mir leid. Das geht nur ein paar Blocks weit so – das Touristenviertel.«

Lorraine wußte, daß auch er nur redete, um die Spannung zwischen ihnen zu verbergen, und blickte auf ein Straßenschild: Bourbon. Weiter unten an der Straße konnte sie die Neonfiguren nackter Mädchen und die dreifach-X-Zeichen der Stripteasebars sehen, aber ansonsten schien es hier nur Jazzbars, Restaurants und Andenkenläden mit billigen T-Shirts, Bechern, Figurinen, Karnevalsmasken und Cajun-Cowboyhüten zu geben. Überall war Musik, und der Geruch stark gewürzten Essens drang aus den Türen und manchmal von den Balkonen; überall waren die Menschen am Essen, Trinken, Singen, Betteln. Junge Männer starrten und pfiffen Mädchen hinterher, Touristinnen hoch in den Siebzigern klammerten sich an ihre Handtaschen und die Arme ihrer Begleiter. Aber alle waren unterwegs. Die rauhe Seite des Lebens traf Lorraine wie ein Schluck Alkohol, und plötzlich schien es ihr nicht mehr so schäbig und verkommen. Auf dem Bürgersteig tanzte leichtfüßig ein schwarzer Junge von zehn, zwölf Jahren einen Steptanz. Er hatte ein breites, einschmeichelndes Lächeln aufgesetzt, aber Lorraine sah das Alter und das Wissen in seinem Blick, und plötzlich spürte sie die Macht der Vergangenheit. Dieser Ort hatte schon viel gesehen, nahm sie an; es gab nichts, das hier nicht geschehen konnte.

Der Wagen fuhr wieder schneller, und die Straßen wurden ruhiger, die Waren in den Auslagen wechselten zu Schmuck, Antiquitäten und Kunst, und die meisten dieser besseren Geschäfte waren schon geschlossen.

»Wir sind fast da, Mr. Caley«, sagte der Chauffeur, als sie an einem perfekt restaurierten Block vorbeifuhren. Lorraine zog ihre Hand weg. Sie blieben vor einem herrschaftlichen zweistöckigen Stadthaus mit breiten Balkonen und schmiedeeisernen Gittern stehen. Nichts wies darauf hin, daß es sich um ein Hotel handelte, aber als der Chauffeur an einer hohen Doppeltür klingelte, kam ein junger Mann in einem schicken Anzug heraus und grüßte Caley herzlich.

Er führte sie durch ein geschwungenes Tor in einen gepflasterten, laternenbeleuchteten Innenhof, und Lorraine wußte, daß sie nun eine Welt betreten hatte, die weit entfernt war von den billigen Touristenfallen. Hier war alles darauf eingestellt, die Gäste zu erfrischen, zu beruhigen. Die Bäume dufteten kräutersüß, zunächst seltsam, dann köstlich, belebend, während im Hintergrund gerade noch das Plätschern zweier Springbrunnen zu hören war und Farne, Palmen, Zitrusbäume und Ranken üppig und scheinbar planlos wucherten. Aber Lorraine wußte sofort, daß diese scheinbare Zufälligkeit einen hohen zeitlichen und finanziellen Aufwand erforderte: Das Gleichgewicht zwischen Wildnis und Kultiviertheit war so perfekt wie ein reiner Ton in der Musik.

Der junge Mann bat sie in ein kleines, geschmackvoll möbliertes Büro, und es verging einige Zeit, während der Caley erst mit ihm, dann mit dem eloquenteren Geschäftsführer Höflichkeiten austauschte, bevor der Page ihre Koffer nach oben trug. Lorraine bemerkte, daß sich der Süden immer noch mit der Grandezza einer großen alten Dame bewegte.

»Lieutenant Page wird Ihren Angestellten ein paar Fragen stellen wollen«, sagte Caley, als der Geschäftsführer sie schließlich zum Aufzug brachte.

»Wenn wir irgend etwas für Sie tun können, fragen Sie nur.«

Der Page wartete am Aufzug, einem zierlichen goldenen Käfig mit Spiegeln. Obwohl es eng war, hielten Lorraine und Robert Caley Abstand und sprachen nicht miteinander. Im zweiten Stock angekommen, nahm Caley die Schlüssel entgegen und ging vor.

»Bitte zeigen Sie Lieutenant Page ihre Suite«, sagte er, ohne einen Blick zurückzuwerfen.

»Jawohl, Sir. Ma'am?« Der Angestellte brachte Lorraine zu einer einfachen weißen Tür: Das Hotel war eindeutig zu exklusiv für Zimmernummern, selbst für Namen. Weiter unten am Flur schloß Caley die Tür seines Zimmers hinter sich.

»Genießen Sie Ihren Aufenthalt, Ma'am.«

»Danke.«

Lorraine sah sich in der Suite um: Das Wohnzimmer war geräumig und wurde von einem schweren Kronleuchter beleuchtet, und sie wußte sofort, daß die Chaiselongue, der wunderbare Kamin, die Spiegel und die seidenweichen Teppiche echte Antiquitäten waren und keine protzigen Reproduktionen, wie man sie für gewöhnlich in teureren Hotels fand.

Dahinter befand sich das Schlafzimmer: Ein bestickter Himmel hing von einer Art Krone über dem Doppelbett, und ein getrennter Bade- und Ankleidebereich war durch musselinverhangene Glastüren vom Balkon abgeschirmt. Lorraine öffnete die Türen und trat hinaus. Sie bemerkte eine enge Wendeltreppe, vermutlich die Feuertreppe, mit Ranken überwachsen, die zu dem Balkon im ersten Stock führte und dann weiter nach unten. Sie fragte sich halbherzig, ob Anna Louise das Hotel auf diesem Weg verlassen hatte. Wenn, dann hätte sie nur durch Zufall im Hof gesehen werden können.

Sie packte aus, hängte ihre neuen Sachen auf und überlegte, ob sie sich jetzt mit Rosie und den anderen in Verbindung setzen sollte, aber sie wußte auch, daß sie ihnen dann einiges hätte erklären müssen. Sie ging ins Bad, stellte ihre wenigen Kosmetikartikel auf den imposanten Marmorwaschtisch und ließ sich ein heißes Bad einlaufen.

Nick Bartello klopfte gerade an Rosies Tür, als auch Rooney hinten im Korridor erschien. »Ich habe fünf Betten im Zimmer, wie viele hast du, Nick?«

»Ach, nur ein Doppelbett, ein Einzelbett und ein Kinderbett.«

Rooney zuckte die Achseln. »Na ja, ist ja nicht unser Geld.«

Rosie öffnete die Tür und strahlte. »He, kommt rein. Ich hab ein Riesenzimmer und ein eigenes Bad, es ist so schön!«

»Was von Lorraine gehört?« fragte Nick und setzte sich auf ein klotziges Schaumgummisofa, das mit demselben Dralonstoff mit Fransen bezogen war, der auch die Fenster zierte. Hoch oben auf einer pseudoantiken Kommode stand ein alter Fernseher, die riesigen Nylonlampenschirme waren voller Staub, und es roch nach Zigaretten und Insektenspray.

»Noch nicht, aber ich habe zu Hause und im Büro angerufen

und keine Antwort bekommen, also ist sie wahrscheinlich auf dem Weg.«

»Ich hab Hunger«, sagte Rooney, und wieder lächelte Rosie.

»Warum gehen wir nicht essen und sehen uns ein bißchen das French Quarter an? Es ist immerhin unser erster Abend hier, und wir haben uns ein bißchen Entspannung verdient.«

»Gehen wir«, sagte Rooney, der sich nach einem Bier sehnte.

Nick zögerte, dann zuckte er die Achseln. »In Ordnung, aber du mußt auch noch bei den hiesigen Cops vorbei, Bill, und jemanden finden, der uns Informationen liefern kann.«

»Soweit ich weiß, ist hier jeder Cop für ein paar Dollar gern bereit, etwas zu erzählen.«

»He, laßt uns ein Stück mit der Straßenbahn fahren und uns die Casinodampfer ansehen.«

Nick warf Rooney einen Blick zu, als Rosie schon draußen war. »Die dumme Kuh denkt, wir wären im Urlaub.«

Rooney zuckte die Achseln. »Wir können heute abend ja mal so tun… warum auch nicht?«

»Na gut, warum auch nicht?« Nick folgte Rooney, und Rosie schloß das Zimmer ab, Broschüren und Reiseführer in der Hand. »Aber es ist schon der fünfte Tag. Wir haben nur noch neun Tage, um etwas zu finden.«

»Darauf habe ich mich wirklich gefreut«, sagte Rosie, als sie die Treppe hinuntergingen, vorbei an vier alten Damen mit Sonnenhüten, auf denen »Laissez les Bons Temps Roulez« stand.

»Rosie, wir sind hier die einzigen ohne Krückstock«, stellte Nick fest.

»Halt dich gefälligst zurück, Nick Bartello. Es war schwer genug, eine so zentral gelegene Unterkunft zu finden, wo doch bald Karneval ist.«

»Sicher«, meinte Nick nur, als ihnen in der Halle eine weitere Gruppe schwatzender Frauen samt Fremdenführer entgegenkamen.

»Meine Damen, sind Sie fertig? Heute abend gehen wir ins historische Voodoo-Museum, bitte halten Sie Ihre Eintrittskarten bereit«, rief der Führer.

Rosie hakte sich bei Rooney ein. »Dort möchte ich auch gerne hin. Ins Voodoo-Museum.«

»Laßt uns erst mal was essen, ja?«

Lorraine zog den Hotelbademantel an und fönte sich das Haar. Während der ganzen Zeit war sie sich der Tür zur anderen Suite sehr bewußt. Nebenan saß Robert Caley, ein Handtuch um die Hüften, am Telefon. Als erstes rief er Saffron Dulays Vater an, um ihn um einen Termin zu bitten.

Es war schon beinahe halb elf, aber er nahm auch noch mit seinen anderen Geschäftspartnern Kontakt auf, um ihnen mitzuteilen, daß er in der Stadt sei und sie miteinander reden müßten. Ansonsten hätte er bis zum Morgen gewartet, aber er mußte sich beschäftigen. Die Verbindungstür zwischen den Suiten zog ihn an wie ein Magnet.

Hatte er das wirklich gesagt? fragte sie sich, oder hatte sie ihn falsch verstanden? Hatte er tatsächlich gesagt, er habe Angst vor dem, was er tun könnte?

»Scheiße«, murmelte sie, weil sie wußte, wie lächerlich das alles war. »Pack dein Zeug und verschwinde, bevor du etwas tust, was du später bereuen wirst.« Aber sie blieb sitzen und sagte sich statt dessen, sie sollte lieber zur Rezeption gehen und dort ein paar Fragen stellen. Anna Louise Caley war aus diesem Zimmer hier verschwunden; das Kleid, das sie hatte tragen wollen, hatte schon auf dem Bett bereitgelegen, und Caley sagte, er habe sie im Wohnzimmer sitzen sehen. Durch welche Tür war er hereingekommen – durch die Verbindungstür? Hatte er gesagt, sie sei unverschlossen gewesen? Sie konnte sich nicht erinnern. Sie fönte ihr Haar weiter und beschloß, ins Bett zu gehen und ihre Fragen erst am nächsten Morgen zu stellen.

Lorraine hatte die Türen zum Balkon geschlossen und schlug gerade die Tagesdecke zurück, als sie hörte, wie es an der Zimmertür klopfte. Ihr Herz klopfte noch lauter, als sie vernahm, wie ein Schlüssel ins Schloß gesteckt wurde.

Das Mädchen spähte um die Ecke. »Oh, entschuldigen Sie, soll ich das Bett aufschlagen, Ma'am?«

»Nein, danke, äh… einen Augenblick bitte. Kommen Sie doch herein.«

Das Mädchen blieb an der Tür stehen. Sie hatte zwei Stücke Pfefferminzkonfekt in der Hand und knickste vor Lorraine, bevor sie zum Bett eilte.

»Darf ich Sie etwas fragen?« sagte Lorraine freundlich.

»Gern, Ma'am.«

»Können Sie sich an Anna Louise Caley erinnern?«

»Ja, Ma'am, sie ist oft hier gewesen.«

Lorraine trat näher. »Hatten Sie an dem Abend, als sie verschwand, Dienst? Es war letztes Jahr am fünfzehnten Februar.«

»Ja, Ma'am.«

Lorraine schaute auf die Uhr. Es war Viertel vor elf. »Haben Sie ihr Bett aufgeschlagen?«

»Nein, ich habe geklopft, aber sie hat nicht geantwortet.«

»Aber gerade haben Sie meine Tür selbst aufgeschlossen…«

»Sie haben aber auch kein ›Bitte nicht stören‹-Schild an der Tür, Ma'am.«

»Hatte Anna Louise Caley eines?«

»Ja, Ma'am, aber ich bin an jenem Abend auch früher vorbeigekommen. Heute sind viele neue Gäste eingetroffen, deshalb bin ich so spät dran.«

»Wann am Fünfzehnten wollten Sie denn Miss Caleys Bett aufschlagen?«

Sie starrte an die Decke. »So zwischen acht und halb neun.«

»Sind Sie noch einmal wiedergekommen?«

»Nein, Ma'am, denn als ich mit meiner Runde fertig war, hing das Schild immer noch an der Tür. Das war so gegen halb elf.«

»Danke. Äh, wie war noch mal Ihr Name?«

»Ellie, Ma'am. Ellie Paton.«

Lorraine steckte ihr ein paar Dollar zu und setzte sich aufs Bett. Wenn Anna Louise Caley hier oft übernachtet hatte, dann kannte sie die Gewohnheiten des Personals, also hatte sie offensichtlich vorgehabt, nicht gestört zu werden.

»Gute Nacht, Ma'am. Genießen Sie Ihren Aufenthalt.«

Ellie schloß leise die Tür und Lorraine horchte, fragte sich, ob sie auch Robert Caleys Bett aufschlagen würde. Sie konnte nichts hören, also ging sie hinaus auf den Flur. An Caleys Tür hing ein »Bitte nicht stören«-Schild.

Lorraine ging wieder hinein, zog den Bademantel aus und schlüpfte zwischen die kühlen Laken. Es war jetzt beinahe elf, und sie dämpfte das Licht der Nachttischlampe. Vom Hof her waren Stimmen zu hören, Musik, jemand sang. Sie lag im Bett und wartete, fragte sich, was er wohl gerade tat. Sie konnte nicht schlafen.

Nick war vollkommen erledigt. Er hatte zu viel getrunken; das scharf gewürzte Essen hatte ihn furchtbar durstig gemacht. Er spürte auch, wie es zwischen Rosie und Rooney funkte. Kaum zu glauben, aber sie benahmen sich wie Teenager, probierten jeweils das Essen des anderen, bestellten mehr und mehr lächerliche Gerichte. Das Cajun-Restaurant war so groß wie eine Scheune, voll mit Touristen, denen überschwengliche Kellner die Atmosphäre »verkauften«, und alle waren sie ganz versessen darauf, ihre schwärzlichen Shrimps und ihr Jambalaya auf fettfleckigen karierten Wachstüchern serviert zu bekommen und ihre Visitenkarten den Tausenden hinzuzufügen, die schon an den Stützpfeilern klebten. Eine Band spielte schnellen, rukkenden Zydeco, während der Sänger etwas von seiner Cajun-Queen jammerte, und Paare in mittleren Jahren tanzten, als sei es das erste Mal seit Jahren, daß sie einander berührten. Das alles ging Nick entsetzlich auf die Nerven.

»Stört es euch, wenn ich gehe? Ich bin vollkommen fertig.«

»Willst du nicht noch mit an den Fluß kommen?« fragte Rosie.

»Ein andermal. Ich muß jetzt einfach mal die Augen zumachen.« Nick griff in die Hosentasche, aber Rosie streckte die Hand aus. »Schon gut, Nick, das geht auf Kosten der Agentur.«

Nick grinste. »Also dann bis morgen.« Er schlenderte nach draußen und machte sich auf den Weg zu den Striplokalen im echten Teil der Stadt; diese Touristenviertel waren reine Show, und nach diesem Restaurant zu schließen, wurden viele hier nach allen Regeln der Kunst ausgenommen, ohne auch nur zu ahnen, daß das, was sie eigentlich suchten, ein paar Straßen weiter lag.

Lorraine schob das Laken beiseite und griff nach dem Bademantel. Sie wußte, wenn sie auch nur einen Augenblick nachdachte, würde sie den Mut verlieren, aber gerade, als sie auf die Tür zur Nachbarsuite zuging, öffnete sich diese. Sie sprachen kein Wort. Er ließ die Hände unter ihren offenen Mantel gleiten und zog sie an sich. Sie legte den Kopf an seine Halsbeuge, atmete den Geruch frischer Seife ein und hörte sein Herz schlagen, als sie die Beine um ihn schlang. Er hob sie höher, zog sie fester an sich, trug sie zum Bett und legte sie hin, ihre Beine immer noch um seine Taille geschlungen. Er streichelte ihre Beine, als er sich hinkniete, bis sie sie weit spreizte und er ihre Oberschenkel, ihren Bauch küßte. Sie spürte, wie sie sich ihm vollkommen öffnete, als er sie leckte, sie küßte, bis sie stöhnte und ihm ihre Hüften entgegenreckte. Erst als sie mit einem weiteren leisen, schnurrenden Stöhnen kam, zog er sein Handtuch weg. Dann legte er sich neben sie, küßte sie sanft und zärtlich am ganzen Körper. Er schob sich auf sie und knabberte an ihrem Hals, bis seine Lippen schließlich die ihren suchten, seine Zunge ihrer folgte. Erst als sie ihn noch fester an sich zog, als er ihren Hunger, ihre Leidenschaft spürte, legte er ihre Hand an seinen erigierten Penis, als bitte er sie um Erlaubnis, und sie murmelte »Ja… ja…«

Caley war der erfahrenste Liebhaber, den sie je gehabt hatte. Er schien sie nicht einfach nur zu nehmen; er war liebevoll und hin und wieder auch grob, und sie spürte, daß er ihr nur Vergnügen bereiten, sie zum Orgasmus bringen wollte. Leise fragte er, was ihr gefiel, was er tun sollte, und sie sagte es ihm ohne Verlegenheit; in dem Gefühl, die Kontrolle über die Situation zu haben, und dennoch wußte sie, daß das nicht der Fall war. Und erst als sie begann, sich ihm zu widmen, spürte sie, wie er sich leicht zurückzog.

»Laß mich dich doch lieben.«

Er schloß die Augen, als sie sich auf ihn setzte und ihm ins Gesicht sah. Sie beugte sich zu ihm. »Sieh mich an, mach die Augen auf… ich will, daß du mich siehst, mich erkennst.«

Langsam öffnete er die Augen. Verschwunden war der erfahrene Liebhaber, Lorraine sah nur noch rohe Unschuld, beinahe Angst, und sie streichelte sein Gesicht. »Wovor hast du Angst?«

»Vor dir«, erwiderte er leise, weil die zahllosen Frauen, mit denen er es getrieben hatte, Frauen wie Saffron Dulay, ihn nie so berührt hatten wie Lorraine. Er war nicht daran gewöhnt, etwas anzunehmen, nur zu geben, und es gab keinen Trick, den er nicht kannte. Aber in dieser Nacht gab es keine Spielchen, nur zwei Menschen, die dieselbe Leidenschaft füreinander empfanden, und je mehr sie ihn erregte, desto vertrauter wurde er mit dem Gefühl, sich erregen zu lassen, bis sie auf gleicher Stufe standen. Nach dem ersten Orgasmus war er atemlos. Ihre Körper glänzten vor Schweiß, noch fest aneinandergeklammert fielen sie in einen erschöpften Schlaf. Sie wachten abwechselnd wieder auf, weckten und erregten den anderen. Die Nacht war noch lang, und sie konnten nicht genug voneinander bekommen.

»Ich liebe dich, Lorraine Page«, flüsterte Caley.

»Und ich dich, Mr. Robert Caley«, sagte sie lächelnd und stützte sich auf den Ellbogen, sah ihm ins Gesicht. »Es ist lange her für mich.«

Er lachte leise. »Für mich noch viel länger, meine Liebste. Ich hätte nie geglaubt, daß ich noch einmal so empfinden könnte.«

»Schon wieder?« fragte sie neckend.

Caley zog sie an sich. »Es ist, als wäre dies das erste Mal, daß ich mit einer Frau schlafe, die keine Spielchen spielt, weil…« Er küßte sie. »Wir brauchen das nicht, und was noch wichtiger ist, ich will es nicht. Erinnerst du dich noch an die letzte Stellung?«

Sie lachte, fuhr ihm mit dem Finger am Kinn entlang. »Du könntest meine Erinnerung ein wenig auffrischen.«

Rooney stand vor dem großen Raddampfer-Casino. Mit den goldenen Laternen und der angestrahlten Goldkrone um den Schornstein sah er zwischen all den auf dem Mississippi tanzenden Lichtern so bunt aus wie ein Weihnachtsbaum.

»Vielleicht sollten wir uns an einem der nächsten Abende ein paar Chips gönnen«, schlug Rosie vor.

»Das wäre nett. Ich war noch nie in einem Casino.«

Sie gingen weiter, und Rosie war jetzt gar nicht mehr unsicher, weil sie sich bei ihm eingehakt hatte. »Den Unterlagen nach haben zwei dieser Casinos auf dem Fluß schon Pleite gemacht.«

Rooney blieb stehen und sah sich um. »Caleys Bauplatz für das neue Casino kann eigentlich nicht weit sein.«

Rosie wollte gerade den Stadtplan herausholen, als er ihre Hand ergriff und sie wieder in seine Ellbogenbeuge zog. »Mit der Arbeit fangen wir morgen an. Vielleicht sollten wir jetzt zurück zum Hotel gehen.«

»Gern.«

Er grinste. »Du bist ein guter Kumpel, Rosie, es war wirklich schön heute abend. Das Restaurant hat mir gefallen, die Atmosphäre war wirklich ganz echt. Ich weiß nicht, wieso Nick sich abgesetzt hat, der Stoffel.«

»Ich bin ganz froh darüber«, sagte Rosie, als sie weitergingen.

»Ich auch«, sagte Rooney und legte den Arm um sie. »Du warst also mal verheiratet?«

»Ja, und ich habe einen Sohn, aber diesen Teil meines Lebens sollte ich lieber vergessen. Nicht meinen Jungen, auf keinen Fall, aber ich war eine lausige Mutter. Ich habe getrunken, und jetzt sind die beiden nach Florida gezogen, mein Mann hat wieder geheiratet wie Lorraines Ehemann auch. Lorraines Töchter leben bei ihm und seiner Frau wie mein Junge bei seinem Vater. Aber ich hoffe, daß er eines Tages zu mir kommen wird, damit ich die Gelegenheit habe, ihm zu erklären, daß ich nie aufgehört habe, ihn zu lieben, ganz gleich, was ich sonst getan habe.«

»Ich hätte gerne einen Sohn gehabt«, meinte Rooney finster.

»Vielleicht sollten wir zurück zu den großen Hotels gehen, dort sollte man eigentlich ein Taxi finden«, sagte Rosie, als hätte sie seine Gedanken gelesen.

Sie drehten um und schlenderten langsam weiter.

»Hast du je daran gedacht?« fragte Rooney.

»An was?«

»Eine neue Familie zu gründen.«

Rosie blieb stehen und schaute in sein dickes, rundes Gesicht. »Ich denke an nichts anderes, Bill, aber ich bin zweiundvierzig…«

Ein leeres Taxi kam vorbei, und Rooney unterbrach sie, als er auf die Straße hinaustrat und es herbeiwinkte.

»Wie heißt unser Hotel noch mal?« rief er ihr zu.

»Das St. Marie«, sagte sie, als Rooney ihr die Tür aufhielt.

Der Taxifahrer nickte und wollte gerade wenden, als Rooney sich vorbeugte. »Sind wir weit vom alten Konferenzzentrum entfernt?«

»Nein, nur zwei Minuten.«

Rooney warf Rosie einen Blick zu. »Dann könnten wir ja wenigstens noch vorbeifahren, oder?«

»Sicher.«

»Wissen Sie etwas darüber, daß hier ein neuer Casino-Komplex geplant ist?« fragte Rooney den Fahrer.

»Ich glaube, ich hab mal davon gehört. Die Reichen behaupten, daß es Arbeitsplätze für die Einheimischen schafft, aber das ist alles nur Quatsch. Sie bringen Leute von außen, die Leute hier sind ihnen nicht gut genug, als wären sie zu dumm, ein Kartenspiel zu mischen. Aber sie sind immer gut genug, ihr Geld auszugeben. Diese ganze Stadt ist korrupt – ich weiß es ganz genau, schließlich ist mein Cousin ein Cop.«

»Was Sie nicht sagen.« Rooney beugte sich vor.

Nick war weiter gegangen, als er eigentlich vorgehabt hatte, froh, von den grellen Lichtern wegzukommen, und dann war er in eine Seitenstraße eingebogen. Die billige Bar, in der er nun saß, langweilte ihn, es mußte einmal eine Stripbar gewesen sein, die Beleuchtung war immer noch rosa, was die abgehärmten Mädchen jünger aussehen lassen sollte, und die Bühne war von selbstmontierten Spiegelkacheln umgeben. An den Wänden hingen schäbige Poster aus den siebziger Jahren, und selbst das rote Licht konnte den Dreck nicht verbergen. Ein paar junge Männer spielten an den Video-Poker-Automaten, und unter der alten Spiegelkachelkugel musizierte eine ältliche Jazzband mit erstaunlicher Lebhaftigkeit.

Die Typen waren gut, aber Nick hatte genug, also winkte er der Kellnerin, und sie kam an seinen Tisch. Zwei junge Leute begannen, einen alten Schwarzen anzuschreien, der beinahe so lang wie Nick in der Bar gesessen hatte. Der Alte hatte ebenfalls Musik gemacht, und er war ein guter Posaunist. Als er auf der Bühne stand, waren alle schier durchgedreht. Jetzt schubste ihn einer der Jungen, und der alte Mann geriet gefährlich ins Schwanken. Nick behielt ihn im Auge, während er die träge Kellnerin bezahlte, die sich mehr für ihr Trinkgeld interessierte als für die Unruhe.

Die beiden jungen Männer, beide schwarz, schrien jetzt sehr laut.

»Wir haben dich bezahlt, Mann, also wollen wir auch die Ware.«

Der Barmann legte den Hörer auf und bekam Glubschaugen. Die jungen Männer wurden noch lauter.

Nick war schon beinahe an der Tür, als einer eine Pistole zog. Plötzlich wurde es still, und niemand rührte sich mehr.

»Ich schieß dir das Hirn raus.« Der Junge rammte dem alten Mann die Mündung ins Gesicht.

Nick wollte flüchten. Aber der Alte und seine verbeulte Posaune hatten irgend etwas an sich…

»He, immer mit der Ruhe.«

Der Junge drehte sich um, fuchtelte mit der Magnum herum, und von nahem konnte Nick sehen, wie stoned er war.

»Halt dich da raus, du Spinner. Das geht dich nichts an.«

Nick kam noch näher. »Drohst du mir etwa?«

»Soll ich dir auch das Hirn rauspusten?«

Nick stellte sich direkt hinter den alten Mann, der heftig zitterte.

»Kleiner, ich schlage vor, du steckst diese Knarre weg, weil das die Leute hier bloß unruhig macht.«

»Bist du 'n Cop?«

»Nein, ich genieße nur den Abend.« Nick lächelte, dann stieß er zu. Er war schnell, traf den Jungen fest an der Leiste und drehte ihm dann den Arm auf den Rücken. »Laß los…« Die Waffe fiel zu Boden. Nick trat sie weg, aber niemand bückte sich danach. »Schnapp dir das verdammte Ding«, sagte Nick zu dem Alten, worauf der sich erhob, die Posaune auf die Theke legte und sich nach der Waffe bückte.

»Also gut, alles in Ordnung. Ihr zwei verschwindet jetzt einfach.«

Nick schob den Jungen weg. Er fiel auf den Rücken, und als sein Freund ihm aufhalf, schäumte er vor Wut. »Dich krieg ich noch, du Arschloch.«

Sie rannten hinaus, laut fluchend, während Nick dem alten Mann wieder auf den Hocker half.

»Alles in Ordnung?«

»Klar, Mann. Willst du ein Bier?«

Eigentlich nicht, aber Nick stimmte trotzdem zu. Der Barmann nahm die Waffe an sich und stellte ein Bier auf die Theke.

Der alte Mann wandte sich der Band zu. »Ist euch die Luft ausgegangen?«

Die Band begann wieder zu spielen, und der alte Mann wies den Barmann an, eine Runde auf Kosten des Hauses zu schmeißen. Dann wandte er sich wieder Nick zu, und als er lächelte, zeigte er vier Goldzähne, zwei unten, zwei oben.

»Der Laden hier gehört mir. Wer zum Teufel bist du?«

»Ich heiße Nick, Nick Bartello.«

Gichtige Finger umfaßten Nicks Hand. »Fryer Jones. Das hast du gut hingekriegt. Bist du ein Cop?«

»War mal einer, ist aber schon lange her.«

»Aha.« Fryer trank sein Bier.

»Um was ging es denn?«

Der Alte tätschelte seine Posaune. »Nichts Ernstes. Passiert dauernd, wenn sie high sind. Ich muß Schutzgeld zahlen, und du siehst ja, daß der Laden keine Goldmine ist. Wenn wir die Cops rufen, wollen die noch mehr Geld. Manchmal lassen wir sie hier ein bißchen aufräumen, was soll's, ich hab die besten Tage hinter mir.«

Nick trank sein Bier, und der Barmann stellte ihm eine weitere Flasche hin.

»Und du dealst noch nebenbei?«

Der Alte kicherte. »Für einen, der kein Cop mehr ist, stellst du eine Menge Fragen. Was machst du überhaupt hier in der Gegend?«

»Ich soll Anna Louise Caley finden.«

Fryer grinste. »Ach, das Mädchen, über das so viel in den Zeitungen stand.«

»Du weißt also, von wem ich rede.« Nick hatte eine solch direkte Antwort gar nicht erwartet.

»Ich kenne ihre Mama. Jeder hier kennt Elizabeth Caley, Mann. Und wenn ich dir 'nen Rat geben darf –«

»Gern«, sagte Nick, der den alten Mann mochte.

»Hau bloß ab, sonst geht's dir bald dreckig, Mann.«

»Warum?«

»Es sind schon 'ne Menge Leute vor dir hier gewesen.«

»Was, in dieser Bar?«

Fryer kicherte und schüttelte den Kopf. »Nein, Mann, die Stadt ist im Augenblick voll, die Leute bringen Millionen Dollar her, und nur eine Handvoll macht ihren Schnitt ... das schafft Ärger. Wühl den Schlamm lieber erst gar nicht auf, sonst kriegst du Schwierigkeiten – das hätte dir heute abend schon passieren können. Diese beiden Jungen ...« Fryer nestelte an seiner Posaune herum. »Sie haben gute Beziehungen.«

»Sah mir gar nicht danach aus.« Nick trank sein Bier aus.

»Hier ist nichts, wie es aussieht. Es gibt welche, die ihre Beziehungen haben, einige haben tiefe Wurzeln, und ich wollte dir nur einen guten Rat geben. Und wenn du mich jetzt entschuldigst, ich muß auf die Bühne, damit ich in Übung bleibe.«

Nick stand auf, und Fryer nahm sich etwas vom Hals, das wie eine Ansammlung von kleinen Tierknochen an einem Lederband aussah. »Hier, Bruder, wenn du das trägst, wird es dir helfen, das Böse abzuwehren. Und immer mit der Ruhe.«

Fryer sah Nick hinterher, dann wandte er sich dem Barmann zu und zog die Braue hoch. »Spinner.« Er gab einem jungen Mann, der am anderen Ende der Bar gesessen hatte, einen Wink, und der machte sich auf, Nick zu folgen.

Der Barmann packte Nicks leere Bierflaschen in eine Kiste unter der Bar. Direkt neben der Kiste lag eine doppelläufige Schrotflinte: Wenn Nick Bartello Fryer nicht geholfen hätte, wären die jungen Männer eher in Gefahr gewesen als der Alte. Aber das würde Nick nicht erfahren; Fryer Jones war alt, und er wäre nicht so alt, wenn er unvorsichtig gewesen wäre. Mehrere Männer hatten nur auf sein Zeichen gewartet, um einzugreifen, aber für gewöhnlich erledigte Fryer seine Angelegenheiten selbst.

»Er sucht nach dem Caley-Mädchen«, sagte Fryer und wischte das Posaunenstück an der Hemdbrust ab. Der Barmann wusch ein paar Gläscr. Langsam wurde es voller in der Bar. Aber so richtig würde es erst losgehen, wenn die Stammgäste aus anderen Clubs und Restaurants, wo sie arbeiteten, vorbeikamen. Ein paar Musiker, die den ganzen Abend lang Golden Oldies heruntergenudelt hatten, jamten dann in Fryers Bar. Das war beinahe ein allabendliches Ritual, und viele Nutten kamen vorbei und tranken ein paar Bier, bevor sie nach Hause gingen und den Tag verschliefen.

Fryer ging zu der alten, flachen Bühne mit den Plastikstühlen und einem Mikrophon und einem Lautsprecher aus den fünfziger Jahren. Auf dem Weg dorthin klopfte er ein paar Männern auf die Schulter, dann blieb er bei einem schwarzen jungen Mädchen stehen, das sich Metallperlen ins Haar geflochten hatte. Sie fächelte sich mit einer zusammengefalteten Zeitung Luft zu, die Augen geschlossen. Das billige Kunstseidenkleid klebte ihr am Körper und zeigte die kleinen Brüste mit den großen Warzen.

»Hi, Sugar May, weiß deine Mama, daß du so spät noch herkommst?«

»Ja, das weiß sie. Ich will Sängerin werden, Fryer, sie weiß, daß ich mich hier rumtreibe, und es ist ihr egal.«

»Hast du nicht gesagt, daß du zu deiner Tante nach L.A. ziehst und dafür zweihundert Dollar brauchst? Wie kommt es, daß du jetzt nicht in einem Club in Hollywood singst?«

Sugar May zuckte die hübschen Schultern. »Mein Bruder Raoul hat mir das Geld geklaut. Der würde mir auch noch die Muschi klauen, wenn ich ihn ließe. Er ist jetzt ein paar Wochen weg. Wie ist es, läßt du mich singen?«

Fryer sah sich um, dann beugte er sich zu Sugar May und packte ihre Zöpfe, so daß sie den Kopf zurücklegen mußte. »Sag deiner Mama, wenn sie mir noch mehr von ihren Verwandten schickt, die Schutzgeld wollen, dann schieb ich ihr die Posaune in den Arsch. Das war ziemlich blöd, hast du mich verstanden, Mädchen?«

»Ich hab nicht gewußt, daß meine Brüder herkommen wollten, Fryer, die sind einfach nur stoned.«

»Sie brüllen mich an, bedrohen mich vor meiner Kundschaft, Sugar May, und einer von diesen Kunden kam auch noch von auswärts.«

»Ich sag's ihr, Fryer, und ich hab dich nicht angelogen, als ich gesagt hab, ich wollte zu Tante Juda ziehen, ganz bestimmt nicht.«

Fryer ließ ihre Zöpfe los. »Sag ihr auch, daß der Kerl nach Anna Louise Caley gesucht hat, und er hat nicht danach ausgesehen, als würde er sich kaufen lassen. Er war hier, verstanden? Also weiß er vielleicht irgendwas. Und jetzt schaff deinen kleinen Arsch nach Hause.«

Sugar May wich ein paar Schritte zurück, die großen braunen Augen verängstigt aufgerissen. Ächzend stieg der alte Mann auf die Bühne. Sugar May wagte es nicht, noch einmal wegen des Singens zu fragen, aber diesen beiden kleinen Dreckskerlen, die sich hier aufgespielt hatten, würde sie es schon zeigen.

Nick Bartello schlief auf einem der vielen Betten in seinem Hotelzimmer ein, ohne sich auch nur auszuziehen oder Fryers Lederschnur mit den Tierknochen vom Hals zu nehmen. Er mochte das Ding, es erinnerte ihn an seine Hippietage. Daß er von der Bar aus verfolgt wurde, war ihm nicht aufgefallen.

Edith Corbello, Juda Salinas Schwester, saß vor dem Fernseher und schlief. Das Haus war eine heruntergekommene einstöckige Bude mit einem undichten Dach. Es gab eine Veranda, winzig und mit kaputtem Geländer, aber selbst an schönen Tagen saß Edith selten draußen – es macht nicht viel Spaß, über ein leeres, unkrautüberwuchertes Grundstück auf die Betonstützen einer Straße zu starren oder auf den Müll, der sich um den Stacheldrahtzaun eines verlassenen Lagerhauses türmte: Sie blieb lieber drinnen und träumte. Als Sugar May sie rüttelte, erwachte sie erschrocken.

»Fryer ist stinksauer. Willy und Jesse sind heute abend in die Bar spaziert und haben ihm mit einer Pistole vor der Nase rumgefuchtelt. Er sagte auch, es wäre ein Typ aufgetaucht, der nach Anna Louise Caley gefragt hat, und der hätte nicht ausgesehen, als ob er so schnell wieder aufgeben würde.«

Edith Corbello schaffte ächzend ihre 100 Kilo auf die geschwollenen Beine. Sie trug schmutzige alte Pantoffeln, das einzige Schuhwerk, das noch an ihre aufgequollenen Füße paßte.

»Ich schwöre dir, denen werde ich es zeigen. Ich werde ihnen noch Manieren beibringen.«

»Sie waren stoned, Mama«, fügte Sugar May beinahe triumphierend hinzu und bekam dafür eine Ohrfeige.

»Und du solltest längst im Bett liegen. Los, mach schon, raus mit dir.«

Edith schlurfte durch den dunklen Flur und spähte in die erdrückend heiße Küche. Es war schmutzig hier, mit Fettflecken an Wänden und auf dem Boden, überall standen leere Kartons und Bierflaschen herum, und es roch nach verrottendem Essen und nach Zigaretten. Edith schaltete einen klapprigen Ventilator ein und schob die Fliegentür zum Hof auf. Willy und Jesse waren vollkommen hinüber, der eine in einer Hängematte, der andere auf dem Rücksitz eines Autowracks. Mit überraschender Behendigkeit griff Edith nach einem Besen und ließ ihn erst auf Jesses Kopf niedersausen, dann stieß sie Willy damit aus der Hängematte.

»Jetzt ist Schluß, ihr beiden, ich hab euch gewarnt. Wie kommt ihr dazu, bei Fryer die Klappe aufzureißen?«

Wieder setzte sie den Besen ein, erwischte Jesse am Auge. Er heulte auf, und Willy versuchte auszuweichen, aber sie schlug ihm fest auf den Kopf, und er fiel auf die Knie, während er versuchte, die Schläge mit den Händen abzuwehren. Edith war ins Keuchen geraten, ihre Augen quollen vor, und sie war schweißüberströmt.

»Ihr putzt jetzt sofort die Küche, dann kommt ihr zu mir ins Wohnzimmer. Ihr werdet euch bei Fryer entschuldigen, oder ich werde euch eine Schlange in die Eingeweide setzen, so wahr mir Gott helfe! *Bewegt euch!*«

Sie ließ sich auf den Sitz des Autowracks sinken und warf den Besen beiseite. Seit Raoul weg war, mußte sie sich allein um diese beiden kümmern, und manchmal war sie einfach nur wütend auf Juda. Ihre Schwester verdiente so viel Geld, und sie, Edith, wohnte immer noch mit vier Kindern in dieser Bruchbude. Wenn ihr doch dieses reiche Miststück Elizabeth Caley nie unter die Augen gekommen wäre!

11

Lorraine wurde von einem Sonnenstrahl geweckt, der – gedämpft vom Musselin – durch die Balkontür hereinfiel. Einen Augenblick lang wußte sie nicht, wo sie war, dann sah sie Robert Caley, der sich geduscht hatte und rasiert war.

»Wie spät ist es?« murmelte sie.

»Sieben.« Er ging zum Schrank, nur ein Handtuch um die Taille, und holte Hemd, Anzug und Krawatte heraus und warf alles über eine Stuhllehne. Lorraine setzte sich und blinzelte. Er lächelte sie an.

»Wenn du schläfst, siehst du aus wie eine Zehnjährige – bis auf die Narbe. Wie um alles in der Welt bist du dazu gekommen?«

Lorraine zog das Laken fester um sich. »Ach, in irgendeiner Bar. Ich gehe lieber zurück in mein Zimmer.«

»Keine Eile. Soll ich Frühstück bestellen?«

Lorraine blinzelte ihn an. »Hältst du das für klug?«

Er lachte und ließ das Handtuch fallen, um eine Unterhose anzuziehen; seine Nacktheit machte ihn nicht verlegen.

»Vielleicht nicht, aber du kannst von deinem Zimmer aus anrufen, und dann können wir zusammen essen. Ich muß um acht zu einer Besprechung.«

Lorraine schwang die Beine aus dem Bett, und er kam zu ihr und bückte sich, um sie auf den Scheitel zu küssen. Er beugte sich noch weiter vor und zeichnete die Narben auf ihrem Rücken nach, dann die auf ihren Armen. »Wie ist das alles passiert?«

Lorraine entzog sich ihm. »Es gab eine Zeit, da war es mir egal, ob ich am Leben war oder nicht. Einige hab ich mir selbst beigebracht, die anderen…«

Er nahm ihr Gesicht in beide Hände. »Wo immer du auch gewesen bist, mein Liebling, es ist vorüber. Jetzt bist du bei mir.«

Sie blickte zu ihm auf, versuchte, ihn zu ergründen. »Aber ich bin dort gewesen, Robert, ob es dir gefällt oder nicht. Ich war eine Säuferin.«

Er küßte sie, nahm sie fest in die Arme. »Aber jetzt bist du keine mehr. Du bist meine reizende Lorraine, und ich werde die vergangene Nacht lange in Erinnerung behalten.«

»Ich auch«, sagte sie leise und wünschte sich, er würde wieder zurück in das breite Biedermeierbett kommen, wünschte sich, er würde sie noch einmal lieben. Einen Augenblick lang hatte sie das Gefühl, daß er dasselbe wollte, aber dann klingelte das Telefon, und er löste sich von ihr, um an den Apparat zu gehen.

»Hi, Phyllis. Nein, ich bin schon angezogen. Wie geht es ihr?«

Lorraine nahm ihren Bademantel vom Boden und legte ihn sich um die Schulter. Robert hatte ihr den Rücken zugewandt.

»Ja? Das ist gut. Sag ihr, ich werde sie später anrufen.« Er sah Lorraine an und drückte auf einen Knopf, um einen wartenden Anruf entgegenzunehmen. »Das war Phyllis. Sie sagt, es ginge Elizabeth gut, vielleicht muß sie nur noch eine Woche dort bleiben.«

Dann wandte er sich wieder dem Telefon zu. »Wann? Wir wollten uns um acht treffen... wie? Scheiße. Okay, nein, ich schaffe das schon. Ruf ihn zurück und sag ihm, ich werde da sein, und danke, Mark.«

Seufzend legte er den Hörer auf. »Lloyd Dulay will, daß ich zu seinem Haus komme, also muß ich mich beeilen. Läßt du mir die Nummer deines Hotels hier, damit ich dich anrufen kann?«

Sie nickte. Er zog sich fertig an und setzte die Sonnenbrille auf.

»Bis später.« Er küßte sie auf die Wange und ging.

Wieder in ihrer eigenen Suite, setzte sich Lorraine auf den Balkon. Was machte sie hier eigentlich? Sie mußte vollkommen verrückt sein – ganz gleich, wie diese Nacht verlaufen war, was immer sie auch bedeuten mochte, sie war deprimiert und teilnahmslos. Sie bestellte sich eine Kanne starken schwarzen Kaffee, trank drei Tassen davon und rauchte zwei Zigaretten, bevor sie sich anzog.

Sie ging zurück in Robert Caleys Suite. Zu ihrer Überraschung war sie bereits aufgeräumt worden, das Bett war gemacht. Es gab keine Spuren ihrer gemeinsamen Nacht mehr, es war, als wäre nie etwas geschehen. Sie ging zum Sekretär, um ihre Hotelnummer zu hinterlassen, öffnete die Schreibklappe und entdeckte dahinter einen Stapel Papiere und eine Akte mit der Aufschrift »Casino«. Sie fragte sich, ob Caley sie in seiner Eile vergessen hatte; sie klappte die Akte auf und sah, daß der Standort des geplanten Casinos dreimal unterstrichen war: Das Rivergate-Konferenzzentrum.

Sie nahm die Akte mit in ihre eigene Suite und begann, sich Notizen zu machen. Einige der Informationen erschlugen sie fast. Zweihundert Spieltische, sechstausend Automaten und voraussichtlich fünfeinhalb Millionen Kunden pro Jahr. Gehälter für die Angestellten wurden auf 107 Millionen geschätzt. Auch die Finanzierungsquellen waren aufgelistet: 170 Millionen Eigenkapital, beinahe 500 Millionen in Aktien, weitere 140 Millionen durch Kredit. Die Akte führte die Baukosten auf, inklusive Parkplätze, Spielanlagen, staatliche und städtische Steuern, Zinsen und so weiter. Sie bemerkte, daß sich die Summe all dessen auf mehr belief als die Investitionen. Schließlich war eine Hochrechnung der Einnahmen aufgeführt, die zu einem geschätzten Profit von 120 Millionen pro Jahr führte.

Auf den folgenden Seiten gab es Informationen über das konkurrierende Konsortium, Doubloons, das aus neun reichen Männern aus Louisiana bestand, die ebenfalls vorhatten, noch reicher zu werden: Kein Wunder, daß Caley wegen der Erteilung der Konzession so nervös war. Lorraine stellte fest, daß er bereits um die 40 Millionen als Pacht für den Bauplatz angelegt hatte und fragte sich, ob Caley dieses Geld allein aufgebracht hatte. Wenn das der Fall war, dann war er nicht nur sehr reich, sondern er hatte sich auch, wie er bereits angedeutet hatte, bis an die Grenzen belastet.

Lorraine brachte die Akte zurück und konnte nicht widerstehen, alle Schubladen aufzuziehen. Sie fand seine Maklerlizenz, die Adresse seines Büros in New Orleans, Einzelheiten von Plänen für neue Hotels, vor allem am See, und einen Bericht über ein Hotel, das Robert und Elizabeth Caley bereits gemeinsam besaßen. Im Widerspruch zu dem, was er ihr gesagt hatte, tauchte der Name seiner Frau auf diversen Besitzurkunden auf. Aber das Schockierendste war ein zusammengefaltetes Dokument im Namen von Anna Louise Caley. Es war versiegelt und enthielt anscheinend Einzelheiten über Anna Louises Trustfonds. Lorraine erwärmte ein Papiermesser mit dem Feuerzeug und löste vorsichtig das Siegel vom Papier. Die dicken, gelblichen Blätter waren schon brüchig, und sie mußte sehr vorsichtig sein. Sie schnappte nach Luft: Nie hatte jemand einen Trustfonds für Anna Louise erwähnt, und in diesem Dokument ging es um hundert Millionen Dollar. Der Fonds sollte von ihrer Mutter verwaltet werden, bis Anna Louise einundzwanzig war, und beim Tod der Tochter würde das Geld automatisch an die Mutter zurückfallen.

Rooney hatte einen Anzug angezogen, den er lange nicht mehr getragen hatte und war überrascht, daß er noch paßte, aber diese paar Pfunde, die er verloren hatte, bewirkten tatsächlich, daß er besser aussah und sich auch besser fühlte.

»Du siehst flott aus«, stellte Rosie fest, als sie in das Restaurant gegenüber dem St. Marie gingen, und er wurde rot.

»Denk an unseren Handel. Solange wir hier sind, gibt es keine Diät.«

»Sicher, ich halte mich daran.«

Rooney klatschte in die Hände und grinste. »Na prima – hier gibt es phantastische Pfannkuchen, und Nick und Lorraine werden auch gleich dasein.«

Verkatert, noch in den Sachen, die er am Vorabend getragen hatte und mit einer dunklen Sonnenbrille auf der Nase, hörte sich Nick Lorraines Bericht an. Als sie sah, wie Rosie und Rooney sich mit Pfannkuchen vollstopften, fiel Lorraine auf, wie hungrig sie war. Sie hatte seit dem Abendessen in Caleys Privatjet nichts mehr gegessen und bestellte jetzt Rühreier mit Räucherlachs, was Nick nur noch kränker machte.

»Wie bist du an all diese Informationen gekommen?« fragte Rooney mit vollem Mund.

»Ich habe im selben Hotel übernachtet, im selben Zimmer, aus dem Anna Louise verschwunden ist. Als ich rüberging, um mich bei Mr. Caley zu bedanken, war er schon weg.«

»Rüberging?« fragte Nick.

»Ja, es gibt eine Zwischentür und ich hatte den Schlüssel. Caley war bei einer Besprechung mit Lloyd Dulay.«

Nick goß sich noch einen Kaffee ein. »Du hast also im Zimmer direkt neben Caley übernachtet?«

Lorraine nickte. »Ja. Ich wollte mit den Angestellten reden, deshalb habe ich das Angebot angenommen, also verkneif dir die Zweideutigkeiten, Bartello. Was hast du da eigentlich um den Hals?«

»Ein Gris-Gris.« Er beugte sich dichter zu Lorraine. »Und was ist das an *deinem* Hals? Hat dich in dem vornehmen Hotel jemand gebissen?«

Bevor sie antworten konnte, war Nick schon aufgestanden und gegangen, und sie zog ihren Kragen hoch. »Ein Moskito. Das kleine Mistvieh muß begeistert gewesen sein.«

»Ich hab was, was du drauftun kannst«, sagte Rosie sofort. Sie hatte eine Erste-Hilfe-Tasche für jeden erdenklichen Notfall mitgenommen.

»Ach, vergiß es.«

Rooney kratzte sich den Fußknöchel, weil er plötzlich sicher war, daß auch ihn etwas gestochen hatte.

»Das kleine Mistvieh scheint mich auch erwischt zu haben. Es ist erst Januar und doch schon drückend heiß. Gott weiß, wie es hier mitten im Sommer sein mag.«

»Na ja, ich hoffe, daß wir in ein paar Tagen wieder zurückfliegen können«, sagte Lorraine, ein wenig gereizt, weil die anderen nicht sonderlich auf ihre Neuigkeiten reagierten. Sie taten so, als hätten sie das alles schon lange gewußt – Robert Caley war immer noch ihr Hauptverdächtiger.

»Ich gehe – wir sehen uns später in meinem Zimmer. Ich komme mir übrigens vor wie Schneewittchen oder so, Rosie – ich habe mindestens fünf Betten.«

Rosie wurde langsam ärgerlich über all diese Beschwerden.

»Wenn du was Besseres finden kannst, bitte, aber es ist Mardi Gras, da war nicht mehr viel zu machen.«

»Sei nicht böse, ich hab es nur erwähnt.«

Rooney schnaubte. »Wenn wir kein Geld mehr haben, können wir alle im selben Zimmer schlafen und die anderen untervermieten. Noch einen Kaffee?« Lorraine nickte.

»Ich bin gleich wieder da.« Sie ging zur Toilette, und Rooney winkte der Kellnerin, sie solle noch Kaffee bringen.

»Wo ist denn Nick?«

»Ich nehme an, duschen und umziehen«, zischte Rosie, immer noch verärgert.

»Was ist denn bloß los heute früh?« fragte Rooney verwundert.

»Ich hatte vollkommen gute Laune, als ich zum Frühstück runterkam«, fauchte Rosie zurück.

»Jetzt reg dich doch nicht über Lorraine auf, wir haben doch alle schon festgestellt, daß wir genug Betten für eine Basketballmannschaft haben.«

Rosie schlug auf den Tisch. »Wir können ja ausziehen, einer von euch kann ja mal versuchen, ein Hotel zu finden, was uns alle vier unterbringen kann. Ich habe wahrhaftig genug Zeit damit verschwendet, aber keiner sagt auch nur danke, und es geht mir einfach auf die Nerven.«

»Komm schon, keiner stört sich dran, und du weißt nie, einer von uns könnte ja auch Glück haben.«

»Was soll das denn heißen?« brummte sie.

»Na ja, vielleicht kommen ein paar Freunde zu Besuch. Nur ein Witz, Schatz.«

»Ich finde das gar nicht komisch, es untergräbt mein Selbstvertrauen. Du machst diese Ermittlungsarbeit vielleicht schon lange, aber ich nicht, und das gibt mir das Gefühl, benachteiligt zu sein.«

»Das tut mir leid, Rosie, aber weißt du, du solltest es als Kompliment betrachten, Cops hacken immer aufeinander herum und witzeln. Sorgen muß man sich nur machen, wenn sie einen anders behandeln.«

Sie wurde rot und lächelte. »Stimmt das?«

»Sicher. Willst du noch Kaffee?«

Rosie nickte.

Sie fühlte sich erheblich besser – wie immer, wenn sie mit Rooney zusammen war. Er verhalf ihr in vielerlei Hinsicht zu mehr Selbstbewußtsein.

Um die Jahrhundertwende mochte das Haus der Dulays, eine Mischung aus viktorianischen Türmchen und Erkern mit einem südländisch wirkenden Portikus, geschmacklos und protzig gewirkt haben, aber es hatte Unsummen gekostet, und Lloyd Dulay ließ die Leute gern wissen, daß er kein Neureicher war: Seine Familie hatte damals schon Geld gehabt, und sie hatte es immer noch.

Robert Caley durchquerte auf einer Allee sorgfältig beschnittener Eichen das gewaltige Grundstück der Dulays – den gepflegten Park, eine künstliche Wildnis, den Küchengarten, den Blumengarten, den Wassergarten –, das sich in direkter Nachbarschaft angenehm kühler Parks und Country Clubs zwischen Fluß und See befand und wie grüner Samt schimmerte, selbst wenn jeder andere Quadratmeter im Staat gelbbraun und ausgetrocknet war. Er klingelte an der Tür, und ein Stubenmädchen führte ihn an mehreren hüfthohen Bronzen der Lieblingshunde der Dulays vorbei ins Frühstückszimmer. Caley staunte immer wieder über Lloyds haarsträubenden Geschmack. Überall im Haus waren gewaltige Stuckdekorationen und Schnitzereien angebracht, und Lloyd hatte beschlossen, die getäfelte Decke des Frühstücksraums mit modernen Wandgemälden aufzuhellen, auf denen neoklassische Nymphen und Satyrn durch üppiges Grün spähten. Die Bilder hatten etwas Laszives an sich, und Caley fragte sich, ob die junge Kreolengöttin in der Livree eines Stubenmädchens, die gerade Kaffee eingoß, vielleicht als Vorbild für eine der üppigen nackten Schönheiten gedient hatte.

Es war nur ein Gedeck aufgelegt, und neben georgianischem Silber prangte auf dem Buffet auch noch eine große abstrakte Skulptur aus buntem Plastik, die als Tafelaufsatz diente. Lloyd hielt sich für einen Sammler moderner Kunst.

Die schwere Tür ging auf, und Lloyd Dulay stolzierte herein. Er war über eins achtzig groß und hielt sich, obwohl er schon über siebzig war, noch kerzengerade. Sein dichtes weißes Haar war aus der Stirn zurückgekämmt. Er war ein beeindruckender Mann, und neben ihm kam Caley sich immer klein vor.

»Setz dich, mein Junge. Tut mir leid, daß ich den Ort für die Besprechung geändert habe, aber ich mußte unbedingt diese Golfrunde fortsetzen. Ich hatte fünf Birdies – *fünf!* Danke, Imelda, Schätzchen.«

Dulay berührte das Mädchen leicht mit seiner großen breiten Hand, und sie lächelte, schlug den Blick nieder, beinahe zu demütig, zu schön. Caley nahm an, daß sie Dulays Mätresse war, er war dafür bekannt, sie »im Haus zu halten«, und, wie in diesem Fall, gern seinen Gästen vorzuführen.

»Wie geht es Elizabeth?« wollte Dulay wissen, nahm die Haube von einem der Teller und schaufelte sich Charentais-Melone und Beeren auf seinen Teller.

»Es geht ihr gut, Lloyd, sie wird bald wieder zu Hause sein.«

»Das hoffe ich. Der Karneval wäre ohne sie nicht derselbe, und wir haben dieses Jahr ein paar schöne Feste geplant.«

Lloyd fuhr fort, von seinen Plänen für Partys und Maskenbällen der Krewes – der großen Karnevalsorganisationen – zu erzählen und von dem neuen Karnevalskönig und dem jungen Mädchen aus der besten Gesellschaft, das seine Königin würde. Dann lehnte er sich auf seinem thronähnlichen Stuhl zurück und berichtete mit aufwendigen Gesten über die Zeiten, als seine eigene Tochter im Hofstaat des Rex aufgetreten war, und seine Stimme dröhnte in dem riesigen Zimmer immer lauter.

»Saffron war an diesem Tag noch schöner als sonst. Ich sage dir, das Mädchen hätte jeden Mann haben können, der ihr zu Füßen lag und um einen Tanz bettelte. Weißt du, ich habe ihr sogar zehn Millionen angeboten, wenn sie nur heiratet und lange genug verheiratet bleibt, um mir einen Erben zu gebären. Das ist einer der großen Mängel in meinem Leben.«

Caley biß sich auf die Lippen. Wie oft schon hatte er diesem einschüchternden Mann gegenübergesessen und zugehört, wie er laut und begeistert von seiner Hurentochter sprach. Manchmal hatte er sich sogar gefragt, ob das nicht einen Wink mit dem Zaunpfahl darstellte, Caley solle mit seiner Tochter ins Bett gehen – was er ja auch getan hatte, ebenso wie beinahe jeder andere –, aber Dulay ließ sich nie anmerken, daß er etwas von Saffrons Ruf wußte. Es sah einfach so aus, als hörte er sich gerne reden, und erst als er mit dem Obst, den Würstchen und einer Reihe von Konfitüren und altmodischen Biscuits fertig war, schwieg er wieder.

Wie durch Gedankenübertragung herbeigerufen, erschien Imelda und räumte den Tisch ab, und wieder bemerkte Caley, wie Dulay sie tätschelte. Wenn er schon keinen legitimen Erben hatte, hatte er sicher eine Reihe von unehelichen Kindern. Angeblich waren es zehn oder elf.

Dulay spähte in die Zigarrendose, die Imelda ihm hinhielt. Er wählte eine Zigarre aus, schnupperte daran, dann schnitt Imelda sie ab, brachte einen antiken Parfumflakon, der zu einem Feuerzeug umgebaut war, an den Tisch und ging wieder. Erst als Zigarrenrauch über Dulays Kopf schwebte, richtete er den Blick seiner scharfen, eisblauen Augen wieder auf Caley.

»Ende der Woche trifft sich der Bürgermeister in Baton Rouge mit dem Gouverneur und einigen Politikern. Wie ich es sehe, könnte er sich die Fahrt sparen – wir sollten uns lieber um das kümmern, was hier in New Orleans vorgeht. Ein paar Leute stellen sich Veränderungen immer in den Weg, bis alles über sie hinwegrollt, obwohl es so aussieht, als wäre an dieser Sache mit den Bundesgesetzen was dran. Das behauptet wenigstens mein Anwalt.«

»Das ist Quatsch, Lloyd, und das weißt du auch.«

»Robert, du hast mir nicht zugehört. Es geht um die Verzögerung. Je länger sie uns hinhalten, desto schlimmer, und wenn sie hundertmal behaupten, es hätte nicht mit dir persönlich zu tun, es wird uns keiner glauben.«

Caley lehnte sich zurück. Selbst in diesem klimatisierten Zimmer spürte er, wie ihm der Schweiß ausbrach: Er wußte, daß Dulay die Bedenken der Politiker nur angesprochen hatte, um eigene Motive zu verschleiern.

»Du willst also abspringen?« fragte er beunruhigt.

»Zum Teufel, nein, ich stehe fest hinter dir. Aber du wirst mir beweisen müssen, daß nicht nur ich mit drinhänge.«

»Im Augenblick bin ich der einzige, der drinhängt. Ich habe

diese Pachten mit meinem eigenen Geld bezahlt. Bisher hast du nicht einen einzigen Cent eingebracht.«

Dulay starrte ihn ungerührt an, und seine Augen schienen noch kleiner zu werden. »Nein, Robert, ich habe meinen Namen mit deinem verbunden, und so etwas bedeutet hier sehr viel. Mein Name hat in dieser Gegend viel Gewicht.«

»Das weiß ich doch... tut mir leid, Lloyd, aber im Augenblick stecke ich wirklich in der Scheiße, das weißt du.«

»Sicher, und so was hat niemand gern, aber du bist auch derjenige, für den am meisten rausspringen wird. Solltest du also davon nichts abgeben wollen...«

»Nein.«

»Vielleicht nicht heute, aber du solltest darüber nachdenken. Wenn du Pleite machst, wird dich niemand mehr finanzieren, selbst wenn dieses Land am Fluß einiges wert ist.«

»Mehr als einiges, Lloyd.«

»Na gut, aber kann dich das am Leben erhalten?«

»Kommt auf die Dauer an. Was macht denn Freund Siphers in Baton Rouge?«

Lloyd zuckte die Achseln. »Sie müssen eine kleine Pantomime aufführen, als zögen sie den Vorschlag von Doubloons in Erwägung – ein paar Knitter ins Papier machen, bevor sie es wegwerfen.«

»Du bist sicher, daß der Gouverneur es ablehnen wird?«

Lloyd schob seinen Stuhl zurück. »Sicher. Das hier ist deine Show, Robert. Du bist derjenige, der sich ins Zeug gelegt und neue Gebiete erschlossen hat, von dem die Leute glaubten, daß es nie erschlossen werden könnte. Jetzt versuchen ein paar Leute, aufs Trittbrett zu springen, aber sie werden dabei auf den Arsch fallen.«

»Und wann, glaubst du, werden sie sich endgültig entscheiden?«

»Das könnte jetzt jeden Tag passieren, Robert, und du wirst es als erster erfahren. Wie du weißt, ist der Gouverneur ein guter Freund von mir.«

Er schien Caley ein wenig zu glatt, um noch vertrauenswürdig zu sein, aber er war zu müde, dem alten Mann weiter zuzusetzen. Also stand er auf und zwang sich zu einem Lächeln.

»Ich werde darauf warten, Lloyd.«

»Du kannst dich darauf verlassen«, sagte Dulay und machte eine Geste zur Tür hin. Die Besprechung war zu Ende. In der Eingangshalle blieb Dulay noch einmal stehen. »Ist deine Tochter schon gefunden worden?«

Caley schüttelte den Kopf. »Nein, aber Elizabeth hat sich an eine neue Agentur gewandt, und die werden vielleicht etwas finden; sie sind sehr effektiv.«

Lloyd warf ihm einen wütenden Blick zu. »Effektiv? Mein Gott, Robert, sie ist deine Tochter! Und du redest von Effektivität... ich würde nichts unversucht lassen, wenn es um mein Mädel ginge, ich würde nur die besten Leute anheuern.«

»Das haben wir«, sagte Caley klipp und klar.

Dulay legte Caley den Arm um die Schultern. Es fühlte sich an wie ein tonnenschweres Gewicht. »Bist du sicher, daß du durchhältst? Geldmäßig?«

Caley nickte, und der alte Mann zog ihn dichter an sich. »Es muß die Hölle für dich und meine schöne Elizabeth sein. Ich fühle mit euch.«

»Danke.« Caley wollte nur noch weg, aber der alte Mann ließ ihn nicht los.

»Melde dich bei mir, Robert. Das meine ich ernst. Du gehörst praktisch zur Familie, und ich kann oft nicht schlafen, wenn ich nachts an das arme kleine Mädchen denke. Was glauben diese Detektive denn, was passiert ist?«

Caley trat einen Schritt zur Seite. »Sie nehmen an, daß sie entführt wurde, vielleicht sogar von unseren Konkurrenten, um mich an der Eröffnung des Casinos zu hindern.«

»Quatsch, für so etwas sind sie einfach zu wichtig. Mein Gott, ich kenne alle im Vorstand von Doubloons persönlich, mit vielen bin ich seit Jahrzehnten befreundet, und ich kann dir versichern, daß es alles ehrenwerte Männer sind.«

»Warum hast du dich dann nicht mit ihnen zusammengetan?« fragte Caley leise.

Dulay zuckte die Achseln und ging weiter auf die Tür zu. »Man hat mich nicht gefragt… und ich möchte gern gefragt werden. Ich bin kein Mann, der sich irgendwo reindrängt, sie müssen schon zu mir kommen. Bei meinem Kapital läßt man sich nicht auf irgendwas ein, wenn einem kein Respekt gezollt wird.« Er sah Caley von oben herab an. »Du hast mir immer Achtung erwiesen, Robert, und das ist der Grund, wieso ich bei diesem Deal auf deiner Seite stehe. Du bist ein Mann, der sich aus dem Nichts hochgearbeitet hat, und ich bewundere dich. Und ich habe deine Frau sehr gern, wir kennen uns schon lange. Ich freue mich darauf, sie bald wiederzusehen. Mein Haus ist auch dein Haus, das weißt du, Robert.«

Nick kam gewaschen, rasiert und in sauberer Kleidung zurück ins Restaurant. Rooney machte sich gerade auf der Rückseite eines Briefumschlags ein paar Notizen. »Ich werde mich mal mit dem Bruder dieses Taxifahrers unterhalten.«

»Ach ja? Und um welchen Taxifahrer und welchen Bruder geht es?«

Rosie beugte sich vor. »Wir sind gestern abend mit ihm gefahren, Nick, vorbei an dem Bauplatz für Caleys Casino, und der Typ war ziemlich sauer. Er sagte, sein Cousin – nicht sein Bruder – sei ein Cop, und die seien alle korrupt.«

Lorraine hatte die Augen geschlossen und hielt das Gesicht in die Sonne.

»Na gut. Ich glaube, ich werde noch mal in diese Bar gehen, in der ich letzte Nacht gelandet bin. Ein alter Posaunist hat mich ziemlich deutlich gewarnt, ich solle mich raushalten.«

»Wo raushalten?« fragte Lorraine.

»Aus dem Caley-Fall.«

Lorraine schlug die Augen auf und sah ihn an. »Weiter.«

Nick zuckte die Achseln. »Das war alles. Er sagte nur, ich solle mich verdammt noch mal raushalten, und im nachhinein habe ich den Eindruck, er hat einen ziemlich guten Grund dafür… ich weiß nicht, ich hab einfach das Gefühl, daß er etwas weiß. Und du, was hast du vor?«

Lorraine gähnte. »Ach, ich fange vielleicht bei Caleys Geschäftspartnern an und rede mal mit, äh, wie heißt sie noch, Anna Louises bester Freundin. Damit bin ich für heute mehr als beschäftigt.« Sie sah auf die Uhr. »Wollen wir uns um sechs heute abend wieder hier treffen?«

Rosie sah Bill an, der seine Notizen noch einmal überflog. »Und was soll ich machen? Wenn Ihr mir nichts zu tun gebt, gehe ich in dieses Voodoo-Museum.«

Rooney steckte den Umschlag in die Tasche und stand auf. »Ich miete mir ein Auto; ich kann dich dort absetzen, Rosie.«

»Danke, bis nachher.«

Lorraine hob die Hand. »Einen Augenblick noch, Rosie. Machst du mir Termine bei Caleys Geschäftspartnern aus und mit dieser Tilda Brown?«

Rosie nickte. »Ja, sofort. Kümmere du dich um das Auto, Bill, und wir treffen uns im Hotel.«

Lorraine sah ihnen nach, als sie davongingen.

»Die beiden haben sich ziemlich angefreundet.«

Nick schaukelte mit dem Stuhl. »Ja, ich war mit ihnen in einem schrecklichen Restaurant. Ein koketter Rooney und eine verlegene Rosie sind schwer zu ertragen.«

»Meinst du das ernst?« fragte Lorraine lachend.

»Ja.« Nick sah sie an, begehrte sie. Er wußte instinktiv, daß zwischen ihr und Caley mehr passiert war als nur ein gemeinsames Essen in einem Privatflugzeug.

»Was hast du von den Angestellten in Caleys Hotel erfahren?« fragte er.

»Nicht viel. Nur eine Sache, die in keinem Bericht stand – das Zimmermädchen hatte Anna Louises Bett so gegen halb neun nicht zurückgeschlagen, weil ein ›Bitte nicht stören‹-Schild an der Tür hing. Was bedeuten könnte, daß sie bereits gegangen war, oder…«

»Eine nette Suite, wie?«

»Ja.« Sie hätte ihm gern die Sonnenbrille abgenommen, hätte gern seine Augen gesehen, weil er dieses nervtötende Lächeln aufgesetzt hatte.

»Hast du's mit ihm getrieben?«

Lorraine griff nach ihrem Notizbuch und der Handtasche. »Wofür hältst du mich, Nick?«

Sie schob sich an seinem Stuhl vorbei, und er griff nach ihrer Hand. »Ich hab's nicht so gemeint.«

»Schon gut, Nick, aber hör auf damit, es geht mir auf die Nerven.«

Nick stand auf und ging mit ihr. »Ich bin nur vorsichtig, Schatz, er ist immerhin unser Hauptverdächtiger. Und erst recht, nachdem du das über diesen Fonds rausgefunden hast.« Er nahm die Brille ab. »Vielleicht hat sich Caley bereits daraus bedient. Hundert Millionen können verdammt verlockend sein.«

Lorraine wurde ein wenig schwindlig. »Ja, daran hab ich auch schon gedacht, und ich hab mich gefragt, ob wir das irgendwie rausfinden könnten.«

Nick legte ihr den Arm um die Schulter, als sie die Lobby betraten. »Du könntest ihn fragen.«

Lorraine seufzte. »Ja, aber dann wüßte er, daß ich in seinen Papieren geschnüffelt habe. Ich will ihn nicht vorwarnen, falls wir recht haben sollten...«

»Dieser Moskitostich an deinem Hals sieht wirklich übel aus; du solltest was drauftun.« Wütend wandte sie sich ihm zu, und er zog sie dichter an sich. »Erzähl mir keinen Mist, ich weiß genau, was das ist. Es ist mir ganz gleich, ob du mit ihm ins Bett gehst oder nicht, solange du nicht anfängst...«

»Solange ich nicht was?«

»Solange du dich nicht in ihn verliebst. Ich will nämlich nicht, daß dir was passiert, wenn ich das mal sagen darf.«

Sie lehnte sich an ihn, was ihn vollkommen überraschte, und er hielt sie einen Augenblick in den Armen. »Und ich muß zugeben, es macht mich verflucht eifersüchtig. Nicht, daß ich mir Hoffnungen machen würde, aber...«

Sie lächelte ihn an. »Man weiß ja nie. Wenn du frisch gewaschen bist und gut riechst, bist du gar nicht so übel. Nur nicht...«

»Dein Typ?«

Sie lachte leise. »Das wärst du früher mal gewesen, genau wie Lubrinski, aber du wärst die Hölle für jede Frau, die sich mit dir einläßt. Ich kenne Typen wie dich – ihr langweilt euch zu schnell und zieht dann weiter zur nächsten.«

»Aha, du hast mich entlarvt. Aber ganz ehrlich, Tiger und ich, wir suchen ein Zuhause, eins mit einem Hof, damit er nicht auf den Teppich pinkeln muß, und mit der richtigen Frau –«

»Ich bin nicht die richtige, Nick, und wir verschwenden nur unsere Zeit.«

Sie bemerkte eine Spur von Verletztheit in seinem Blick, dann lächelte er wieder. Er drückte ihr einen Kuß auf die Lippen, dann schlenderte er davon, mit diesem leicht unregelmäßigen Gang.

Als sie ihr Zimmer im St. Marie aufschloß, wünschte sich Lorraine, sie wäre nicht so abweisend gewesen, denn Nick waren diese Worte sicher nicht leichtgefallen. In vielerlei Hinsicht fühlte sie sich zu ihm hingezogen – es war schwer, nicht so zu empfinden –, aber sie wollte nicht, daß etwas passierte, denn sie wußte, daß sie recht hatte – Nick würde nie zur Ruhe kommen, was immer er da über »ein Zuhause mit einem Hof« erzählte. Er würde immer ein Einzelgänger sein, genau wie Jack Lubrinski.

Sie setzte sich auf die bunte synthetische Tagesdecke und blickte zu der blasenwerfenden Tapete und dem dick verstaubten Ventilator auf; nach der vergangenen Nacht kam ihr das alles häßlich und deprimierend vor, und obwohl es erst elf Uhr war, war sie schon wieder müde. Dieses schreckliche Gefühl in ihrer Magengrube, daß Caley etwas mit dem Verschwinden seiner Tochter zu tun hatte, wollte einfach nicht nachlassen, und selbst nach dieser wunderbaren Nacht konnte sie es nicht vermeiden, logisch zu denken. Sie schob ihre Gefühle für Caley beiseite und versuchte, das Ganze von einem professionellen Standpunkt aus zu sehen.

Es klopfte an der Tür, und Rosie kam herein.

»Ich hab hier eine Liste der Leute, die ich erwischen konnte, und eine andere von denen, die du vielleicht morgen treffen kannst. Ich hab dir ein Auto mit einem Fahrer beschafft, weil du ziemlich weit fahren mußt – Tilda Brown wohnt zum Beispiel über zwanzig Meilen vor der Stadt.«

Lorraine sah sich die Listen an. »Also sehe ich erst Tilda Brown und dann Lloyd Dulay? Also gut, ich mach mich auf den Weg.«

Das Telefon klingelte. Es war Robert Caley.

»Hi, hast du Zeit zum Mittagessen?«

»Nein, ich bin gerade auf dem Weg zu einem Termin.«

Er schien enttäuscht. »Wie wäre es mit Abendessen?«

»Können wir das später besprechen?«

»Klar. Ich werde am frühen Abend im Hotel sein, vielleicht fahre ich dann zum Haus, also kannst du mich dort erreichen.«

»Ich werde es versuchen.«

Einen Augenblick lang schwiegen beide, wollten etwas Zärtliches sagen, aber es war nicht möglich. Rosie stand ganz in der Nähe und horchte, wobei sie so tat, als ob sie ihre Notizen noch einmal durchlas. Sie fragte sich, wer da wohl anrief, weil Lorraine plötzlich so verlegen war, daß sie sogar rot wurde.

»Bis später.«

»Ja, so gegen sechs«, sagte sie und legte auf.

»Wer war denn das?«

»Robert Caley«, sagte Lorraine patzig.

»Ihr scheint ja ziemlich gut miteinander auszukommen.«

»So sollte es ja auch sein, Rosie – wenn man gut mit jemandem auskommt, sind die Leute offener und verraten einem mehr von sich.«

»Da bin ich sicher. Wirst du dich heute abend mit ihm treffen, oder besprechen wir zusammen den Fall? Nur, damit ich Nick und Bill Bescheid sagen kann.«

Lorraine bürstete sich das Haar. »Ich hab nur gesagt, daß ich ihn anrufe, Rosie.«

»Gut. Wir treffen uns also unten in der Lobby?«

»In Ordnung. Bis später.«

Rosie ging zur Tür.

»Du scheinst mit Bill sehr gut zurechtzukommen«, sagte Lorraine lässig.

Rosie hatte die Hand schon am Türknauf und Lorraine den Rücken zugewandt. Ihre Haltung wurde plötzlich defensiv. »Ja, darauf lege ich auch Wert. Immerhin sind wir Partner, und wie du schon sagtest, man erfährt mehr von Leuten, wenn man mit ihnen auskommt.«

»Aber Bill ist kein Verdächtiger«, sagte Lorraine amüsiert.

»Nein, aber ich bin neu in diesem Job und ich brauche jemanden, der mir hilft, gegen deine Erfahrung anzukommen.«

»Au, das hat wirklich gesessen, Rosie.« Lorraine lachte.

»Sollte es auch. Du kannst ganz schön eklig werden, wenn ich auch nur den kleinsten Fehler mache, also sorge ich dafür, daß das nicht passiert.«

Plötzlich machte Lorraine sich Sorgen. »He, Rosie, du kennst mich doch – wenn ich dich anfauche, kannst du dich ruhig wehren.«

Rosie lächelte.

»Ja, nur manchmal habe ich das Gefühl, daß du mich nicht ernst nimmst, aber ich werde mir merken, was du gesagt hast.«

Lorraine ging zu ihrer Freundin und legte die Arme um sie. »Sei einfach immer nur ehrlich zu mir, Rosie. Mein Gott, wir machen doch alle Fehler.«

»Ach!« Rosie lächelte abermals und setzte ein überraschtes Gesicht auf, und Lorraine lachte.

»Ich bin froh, daß du mit Rooney auskommst, er ist ein guter Mann. Er war auch ein guter Cop – jetzt ist er ein bißchen eingerostet, aber vielleicht ist er einfach nicht mehr so drauf aus wie früher.«

Rosie lief rot an. »Du untergräbst sein Selbstvertrauen, Lorraine, wie du es auch mit mir machst. Er und Nick strengen sich sehr an, das tun wir alle. Wir wollen alle dasselbe, und wir geben alle unser Bestes.«

Lorraine nahm die Schelte ruhig entgegen, war ihrer Freundin sogar bis zu einem gewissen Grad dankbar.

»Ja. Es tut mir leid, du hast recht. Bis später.«

»Paß auf dich auf, und melde dich bei uns. Wir stehen alle hinter dir, komme, was wolle.«

Sie ging hinaus, und Lorraine sah ihr stirnrunzelnd nach. Rosie hatte sich verändert: Vielleicht lag es an der Zusammenarbeit mit Bill, vielleicht stärkte die Diät ihr Selbstvertrauen. Lorraine starrte ihr Spiegelbild an.

»Vielleicht«, murmelte sie, »solltest du das auch mal versuchen.«

Sie berührte den Fleck an ihrem Hals, und unwillkürlich stieg ein Gefühl von Wärme in ihr auf, in den Leisten beginnend, bis es ihren ganzen Körper durchströmte. Sie war sehr, sehr lange nicht mehr so glücklich gewesen.

Das Haus, in dem Tilda Brown wohnte, war in den 70er Jahren am Seeufer gebaut worden, ein Ensemble niedriger rechteckiger weißer Gebäude, die der Tradition gewisse Zugeständnisse machten in Form von rechteckigen Säulen und Balkonen, die sich kaum zwei Meter über dem Boden befanden und Lorraine an die Stummelflügel flugunfähiger Vögel erinnerten. Dennoch, dieses trübselige Äußere war nicht auf Geldmangel zurückzuführen, und es gab noch mehr Hinweise auf Reichtum: Ein Cabrio europäischer Bauart und ein modischer Freizeitwagen standen vor der Tür, und im Garten war ein Gärtner am arbeiten. Der große, gepflegte Garten schloß sich an den Damm des Sees an, und Lorraine bat ihren Fahrer, einen mürrischen Schwarzen von etwa Zwanzig, hundert Meter weiterzufahren, so daß sie sich vom Damm aus in Ruhe umsehen konnte.

»Warten Sie hier auf mich, okay?«

»Ja, Ma'am. Ich bin für den ganzen Tag gebucht.«

Hinter dem Haus konnte sie einen Tennisplatz und einen Pool erkennen, beide mit Flutlicht und jeweils einem kubistischen Pavillon daneben, und am Pool lag ein blondes junges Mädchen auf einem Liegestuhl. Lorraine ging zur Haustür, bevor das Mädchen, Miss Tilda nahm sie an, aufblicken und sie sehen konnte. Sie klingelte, und ein Hausmädchen im rosa Kittel öffnete die Tür.

»Kommen Sie herein, Miss Page. Miss Brown ist am Pool, und ich soll Sie fragen, ob Sie etwas Kaltes trinken möchten.«

»Danke.«

Tilda Brown hatte goldbraune Haut, ihr taillenlanges blondes Haar war seidig und gut geschnitten, und sie trug nur einen winzigen Bikini.

Es war so heiß, daß Lorraine erleichtert war, als Tilda sich vom Liegestuhl erhob und vorschlug, sie sollten in das kleine klimatisierte Poolhaus gehen, das im Schatten hoher Palmen lag. Tilda setzte sich auf einen Sessel aus Edelstahl-Korbgeflecht, dessen Kissen mit so etwas wie knallrosa Spandex bezogen waren, und bat Lorraine, auf einem ähnlichen Sessel Platz zu nehmen.

»Es ist wirklich schon ziemlich heiß«, sagte Tilda lächelnd, »aber jetzt, wenn ich nicht mehr in der Sonne bin, kriege ich Gänsehaut. Ich hole mir schnell ein Tuch.«

Lorraine erwiderte das Lächeln. Das Hausmädchen erschien und servierte Limonade. Lorraine hatte ihr Glas schon halb leergetrunken, als Tilda zurückkam. Sie trug einen langen Seidenkimono, eine Sonnenbrille mit breitem weißen Gestell und duftete nach Blüten. Sie war sehr unsicher, ihre Hände zitterten, als sie sich Limonade eingoß.

»Können Sie mir etwas über Ihre Beziehung zu Anna Louise erzählen?«

»Sicher, sie ist meine beste Freundin. Wir stammen beide von hier – nicht, daß sie die ganze Zeit hier wohnt wie meine Familie, aber wir kennen uns schon, seit wir noch ganz klein waren, sechs oder sieben. Dann haben wir uns eine ganze Zeit lang nicht mehr gesehen, vielleicht fünf Jahre, aber dann ging ich nach L.A. zur Schule, und es war, als wäre inzwischen überhaupt keine Zeit vergangen. Es war schön, bei ihr zu Hause immer willkommen zu sein, weil ich mich manchmal so einsam gefühlt habe.«

»Sie kannten einander also wirklich gut?«

»Ja, und sie fehlt mir.«

Lorraine fragte, ob sie rauchen dürfe, und Tilda zuckte die Achseln und holte einen kleinen Chromaschenbecher. »An dem Tag, bevor Anna Louise L.A. verließ, haben Sie sich mit ihr gestritten«, sagte Lorraine und steckte sich eine Zigarette an.

»Wir haben uns oft gestritten, Mrs. Page, wir waren nicht immer einer Meinung, obwohl wir so gute Freundinnen waren.«

Sie strich sich mit einer makellos manikürten Hand das seidige Haar zurück – die Nägel waren austernrosa lackiert, genau wie die Zehennägel. Lorraine beneidete die Tilda Browns dieser Welt, weil sie offenbar nie schwitzten. Und wegen ihres Geldes – so jung Tilda auch war, sah man ihr doch an, daß sie nie etwas entbehrt hatte.

»Um was ging es denn bei diesem Streit? Am Morgen des vierzehnten Februar letzten Jahres.«

Tilda runzelte die Stirn. »Ach, wissen Sie, Anna Louise spielte so gut Tennis, und sie wurde oft ungeduldig, weil ich nicht so gut war wie sie. Selbst wenn wir uns nur aufwärmten, hat sie schon fest zugeschlagen, und dann hab ich mich geärgert, weil es sowieso kein faires Spiel war. Aber Anna Louise…« Sie zögerte.

»Ja, fahren Sie fort, Tilda.«

»Na ja, Anna Louise war in allem konkurrenzbesessen, und manchmal hatte ich genug davon. Also hab ich ihr gesagt, ich würde nicht mehr mit ihr spielen, und sie bekam einen Wutanfall, und Sie können mir glauben, Mrs. Page, sie konnte manchmal furchtbar wütend werden und schreckliche Sachen sagen. Ich hatte einfach genug davon, also sagte ich, wenn sie sich nicht entschuldigte, würde ich nicht mit ihr nach New Orleans fahren, sondern lieber allein. Nun, sie hat sich geweigert, sich zu entschuldigen, also bin ich reingegangen und habe Phyllis gesagt, ich wollte sofort abreisen.«

»Einfach so?«

»Ja. Phyllis hat mich von Mario zum Flughafen fahren lassen und hat mir auch das Ticket besorgt. Ich hab meine Eltern angerufen, und sie haben mich hier abgeholt. Ich habe gesagt, ich wollte nicht darüber reden, aber ich würde Anna Louise nie wieder besuchen.«

Lorraine trank aus, und Tilda goß ihr sofort nach. Endlich setzte sie die Sonnenbrille ab. Lorraine wollte ihre Augen sehen, wollte wissen, ob Tilda Brown eine gute Lügnerin war.

»Ich hab sie nie wiedergesehen. Und ich hab solche Schuldgefühle. Als wir uns das letzte Mal sahen, hatten wir Streit, haben uns angeschrien, und wenn… wenn sie nicht mehr wiederkommt, dann… Es wird immer schlimmer, und manchmal muß ich weinen, denn wir hätten uns ganz bestimmt versöhnt, das war immer so.«

»Sie hat Sie also nicht angerufen, als sie mit ihren Eltern hier eintraf?«

»Nein, aber ich wünschte mir so, sie hätte es getan.«

Lorraine trank die eiskalte Limonade und fragte sich, wie sie weiter vorgehen sollte. Tilda schien wirklich verzweifelt zu sein, weil ihre Freundin verschwunden war, und hatte sogar einmal Tränen in den graublauen Augen gehabt, aber sie schaute Lorraine nie direkt an, und sie war ungeheuer nervös.

»Wo waren Sie an dem Abend, als Anna Louise in New Orleans ankam?«

»Zu Hause. Die Schneiderin war da, und ich habe mit Papa und Mama zu Abend gegessen, bevor ich so gegen zehn ins Bett ging.«

»Und sie ist nicht vorbeigekommen, um sich mit Ihnen zu versöhnen?«

»Nein, aber wie ich schon sagte, ich wünschte, sie hätte das getan. Und jetzt bete ich nur noch, daß sie noch am Leben ist, denn ich werde mich bestimmt mit ihr versöhnen… es war so ein alberner Streit.«

»Kennen Sie jemanden namens Polar?«

Tilda runzelte die Stirn. »Sie meinen, wie ›Polarbär‹? Nein, ich kenne niemanden, der so heißt.«

»Und was ist mit Tom Heller?«

»Den kenne ich, er war am selben College.«

Tildas Singsangstimme ging Lorraine auf die Nerven. Sie

hatte lange genug gewartet. »Waren Sie je mit Tom im Viper Room?«

Bingo. Tilda lief rot an. »Wie bitte?«

»Der Viper Room…«

Sie blinzelte heftig und wurde noch röter, als Lorraine das Foto von Anna Louise und den drei Männern im Viper Room herausholte.

»O Gott…«

»Genau. O Gott. Das wurde am Abend vor Ihrem kleinen Streit aufgenommen, nicht wahr? Und Sie waren oben, in einem anderen Hinterzimmer des Viper Room?«

Tilda brach zusammen. Schluchzend flehte sie Lorraine an, ihren Eltern nichts zu sagen. Wenn die es je erfuhren, würde sie schrecklichen Ärger bekommen…

Lorraine reichte Tilda ein Papiertuch aus einer Schachtel, die mit demselben knallrosa Stoff überzogen war wie die Sesselkissen, und Tilda putzte sich die Nase. »Ich schäme mich so.«

Sie schluchzte noch eine Weile, dann beruhigte sie sich wieder. »Anna Louise hat ihrer Mutter Tabletten geklaut. Als wir zum ersten Mal welche genommen haben, sind wir nur albern geworden, aber dann hat Anna Louise sie regelmäßig genommen, und sie wollte immer, daß ich Wodka trinke, sie mochte Wodka. Und dann sind wir losgezogen, in die Clubs, und… ich kann Ihnen gar nicht sagen, wie sehr ich mich schäme…«

»Vor mir ist das nicht notwendig«, versuchte Lorraine sie zu ermutigen.

»Ich kann mich gar nicht daran erinnern, was wir getan haben oder was ich tat, ich hab immer alles vergessen.«

»Aber ihr habt es beide mit irgendwelchen Typen getrieben, nicht wahr?«

Sie nickte, und wieder kamen ihr die Tränen. »Ich glaube schon.«

»An dem Morgen, als Sie diesen kleinen Streit mit Anna Louise hatten, waren Sie sicherlich ein bißchen verkatert. Ging es denn nun wirklich um Tennis oder um etwas Wichtigeres?«

Tilda seufzte. »Ach, es war einfach schrecklich, sie konnte so ein Biest sein! Sie wollte unbedingt, daß wir die Geschichten, die wir erzählen, aufeinander abstimmen, damit unsere Eltern nichts herausfinden. Wir waren auf dem Tennisplatz, aber Sie haben recht, wir haben nicht gespielt. Ich hatte solche Kopfschmerzen, mir war übel, und Mr. Caley kam auf dem Weg zur Arbeit vorbei. Als er stehenblieb und fragte, ob es mir nicht gut ginge, kamen mir die Tränen. Ich weiß, wir haben etwas sehr Schlimmes getan, aber wissen Sie, Anna Louise konnte einen sehr unter Druck setzen. Sie hat gedroht, es meinen Eltern zu erzählen, wenn ich nicht tue, was sie will.« Lorraine wartete, während Tilda sich die Tränen abwischte. »Mr. Caley war so nett, er hat mich gefragt, ob ich krank sei, er hat mir sogar sein Taschentuch gegeben… ich hab nur geweint und geweint, und ich konnte ihm nicht mal verraten, wieso. Er ist bei mir sitzen geblieben, bis ich aufgehört habe zu weinen, und dann sagte er, wenn ich mir wegen etwas Sorgen machte, dann wäre es das beste, mit jemandem darüber zu reden, und wenn ich mit ihm reden wollte, brauchte ich ihn nur anzurufen. Er war so besorgt, so freundlich und rücksichtsvoll, wie ein richtiger Freund…«

»Und Anna Louise war die ganze Zeit dabei?«

»Äh, nein, sie war zum Pool gegangen, sie hatte gesagt, sie wollte schwimmen gehen und…«

»Und?« fragte Lorraine ungeduldig.

»Dann ist Mr. Caley gegangen. Er hat mir noch einen richtig netten Kuß auf die Wange gegeben und dann gesagt, er müsse jetzt ins Büro. Und dann hat sie sich regelrecht auf mich gestürzt.«

»Wer?«

»Anna Louise natürlich. Sie hat angefangen, mich zu schlagen und zu treten, als wäre sie verrückt geworden. Sie hat ihren Tennisschläger benutzt, um mich zu schlagen, und dann hat sie mich auf den Boden gezerrt und mich gekratzt und an den Haaren gezogen. Sie hat auf mir gesessen und meinen Kopf auf den Boden gedrückt.«

»Hat sie geglaubt, Sie hätten ihrem Vater erzählt, was im Viper Room passiert war – hat sie Sie deshalb angegriffen?«

»Ja, sie sagte, sie habe mich mit ihrem Vater gesehen. Sie hat mir gar nicht zugehört – sie sagte nur, das würde mir noch leid tun. Ich hab zurückgeschlagen, und dann hat sie mich angespuckt, ins Gesicht, und gesagt, sie würde es meinen Eltern erzählen, allen erzählen, daß ich versucht hätte, ihren Vater anzumachen. Ich war so entsetzt... ich war einfach sprachlos.«

»Aber er war nur freundlich und väterlich gewesen, oder?«

»Selbstverständlich, aber sie war einfach verrückt nach ihm.«

»Moment mal – was meinen Sie mit ›verrückt nach ihm‹?«

Tilda hatte die Fäuste geballt. »Sie hat ständig über ihn geredet, daß kein Mann ihm je das Wasser reichen könnte und daß...« Tilda wandte sich ab, und ihre Wangen waren flammend rot.

»Und was, Tilda?«

»Sie sagte, sie liebten sich, sie seien ineinander verliebt.«

Einen Augenblick lang war Lorraine so verblüfft, daß sie die Nerven verlor. »Sie hat Ihnen ernsthaft erzählt, sie habe eine sexuelle Beziehung zu ihrem Vater, Tilda?«

»Ja, genau das hat sie gesagt.«

»Und Sie haben ihr geglaubt?«

Tilda rang die Hände, zerrte an einem Ring. »Ich mußte einfach gehen, Mrs. Page. Ich bin ins Haus gerannt und hab Phyllis gebeten, mir ein Flugticket zu besorgen. Ich wollte Anna Louise nie mehr wiedersehen.«

Lorraines Herz klopfte hektisch. »Sie haben meine Frage nicht beantwortet, Tilda. Das ist sehr wichtig. Hatte Anna Louise Sex mit ihrem Vater?«

Tilda wandte sich ab, ihre Stimme klang angespannt, war kaum mehr zu verstehen. »Das weiß ich nicht, aber zu mir war er nur freundlich, ehrlich, und er hat nie versucht, mich anzumachen.«

»Was ist mit ihren anderen Freundinnen?«

»Sie hatte nur mich; ich war ihre einzige richtige Freundin. Anderen konnte sie nie etwas erzählen, alle hielten sie für so wunderbar. Sie haben sie nicht richtig gekannt. Und niemand ist gern bei ihr zu Hause gewesen, weil Mrs. Caley sich so seltsam benahm, daß es manchmal wirklich peinlich war.«

Lorraine blieb noch eine halbe Stunde und erinnerte Tilda noch einmal an ihre Aussage bei der Polizei und fragte sie, wieso sie nie die Wahrheit über ihren Streit mit Anna Louise gesagt hatte. Es lag einfach daran, daß sie Angst hatte, es würde herauskommen, daß sie und Anna Louise Drogen genommen und in den Clubs gewesen waren. Ihr war offenbar nicht klar, wie wichtig es war, ob Robert Caley tatsächlich eine sexuelle Beziehung zu seiner Tochter gehabt hatte. Als Lorraine weiter nachhakte, wurde Tilda noch aufgeregter und weinte wieder.

»War Anna Louise nur verschossen oder glauben Sie wirklich, daß die beiden mehr hatten als die übliche Vater-Tochter-Beziehung?«

Tilda wich Lorraines Blick wieder aus und biß sich auf die Lippen. Wenn diese Geschichte stimmte, erklärte Lorraine ihr, könnte das der Grund für Anna Louises Verschwinden sein, der Grund, wieso sie einfach weggelaufen war und vielleicht noch lebte und nur Angst hatte zurückzukommen. Was Tilda schließlich sagte, bewirkte, daß Lorraine übel wurde.

»Sie sagte mir, daß sie miteinander schliefen und daß er von ihr verlangte, sie solle die Pille nehmen, damit sie nicht schwanger würde.«

Als Lorraine schließlich das Haus verließ, sah Tilda Brown aus wie eine Stoffpuppe: Ihr Gesicht war geschwollen vom Weinen, die Nase rot, und selbst ihre Rosenknospenlippen waren wund und häßlich. Ihr Instinkt sagte Lorraine, daß Tilda nicht gelogen hatte, was die Gründe für ihre Falschaussage anging. Jetzt hatte sie einen weiteren Grund, Robert Caley als Hauptverdächtigen zu betrachten. Sie mußte etwas trinken und zwar sofort, und sie hatte Angst, dieser Versuchung nachzugeben, also sagte sie dem Fahrer, er solle sie gleich zu Lloyd Dulays Haus bringen. Ihr anfänglicher Schock über das, was Tilda ihr gesagt hatte, ließ ihre Gefühle schwanken. Sie wollte es einfach nicht glauben, aber wieso sollte Tilda Brown lügen? Und langsam verwandelte sich ihre Enttäuschung in glühenden

Zorn. Robert Caley hatte eindeutig ein Motiv, seine Tochter loszuwerden, und sie würde es beweisen.

Nick fluchte. Er war zu früh aus der Straßenbahn ausgestiegen, und jetzt studierte er seinen eigenen Stadtplan und benutzte nicht das ordentliche Bündel von Karten und Hinweisen, das Rosie ihm in die Hand gedrückt hatte, zusammen mit Telefonnummern von Restaurants, Taxiständen und so weiter. Er trug nicht gerne mehr als nötig mit sich herum, oder mehr, als er in seine Taschen stecken konnte. Er war in der Nähe des Konferenzzentrums auf der Lafayette, und er suchte Francis X. Roper's Investigation Agency. Ein alter Kumpel von ihm hatte dort einmal gearbeitet; er hatte zwar seit zehn Jahren nicht mehr mit Leroy Able gesprochen, aber es war den Versuch wert.

Aber bei Roper's Agency, einem überraschend ordentlich und effektiv wirkenden Laden, erhielt Nick nur eine Abfuhr. Die Empfangsdame, eine Rothaarige mit grün gerahmter Brille, bedachte ihn mit einem abschätzenden Blick, der eine Straßenbahn zum Stehen gebracht hätte, und dann erklärte sie, daß sie nichts von einem Leroy Able wisse – es gelang ihr, den Namen auszusprechen, als handele es sich um etwas Unappetitliches. Roper's, verkündete sie, sei eine Agentur, die sich vor allem mit Betrugsfällen befaßte und eng mit der Polizei zusammenarbeite. Das Wort Polizei betonte sie dabei ganz besonders.

»Haben Sie vielleicht eine Nachsendeadresse?«

»Versuchen Sie's mal mit dem Telefonbuch.«

»Haben Sie eins?«

Sie schürzte die Lippen und schob ein gelbes Telefonbuch über ihren ordentlich aufgeräumten Schreibtisch. Nick blätterte darin herum und warf Seitenblicke auf all die Plakate und Anzeigen, die im Empfangsraum aufgehängt waren – Vermißtenfälle, Ermittlungen in Scheidungsfällen, Installation von Videokameras, Überwachungsarbeit. Jeder Fall, behauptete eines der Plakate, wurde als erste Priorität behandelt.

»Haben Sie viel zu tun?« fragte er und durchkämmte weiter die As.

Sie wollte gerade antworten, als das Telefon klingelte und sie plötzlich in überraschend liebenswertem Tonfall mit dem potentiellen Kunden am anderen Ende zu sprechen begann, ohne Nick ganz aus den Augen zu lassen.

»Jawohl, Sir, wir beschäftigen sechs Ermittler, die alle eine Lizenz haben und hervorragend ausgebildet sind, wir haben unsere eigene Kameraausrüstung, darunter auch eine Reihe von Teleobjektiven und Spitzenferngläsern. Unsere Teams sind auch mit Funk und Handys ausgerüstet. Ich kann Ihnen gern einen Termin geben, einen Augenblick bitte.« Sie griff nach einem großen Terminkalender, während Nick sich Leroy Ables Adresse aufschrieb. Ob er immer noch im Geschäft war, würde er erst noch herausfinden müssen.

Er bedankte sich bei der Frau, die offenbar nicht einmal mehr bemerkte, daß er ging, und dann fuhr er zur Magazine Street im Lagerhausviertel. Im Untergeschoß des Hauses befand sich eine Boxschule.

Nick ging hinein. »Kennt hier jemand Leroy Able?«

»Oberstes Stockwerk«, rief ein untersetzter Boxer, der die Fünfzig schon weit hinter sich gelassen hatte und heftig auf einen Sandsack eindrosch.

Leroy blätterte gerade lässig in der *Times-Picayune*, eine Tasse Kaffee vor sich, aus der der unmißverständliche Duft von New-Orleans-Zichorie aufstieg, die Füße auf dem Schreibtisch.

»Hi, ist Leroy Able zu sprechen?« fragte Nick.

Leroy ließ die Zeitung langsam sinken. »Für wen?«

»Ein alter Kumpel – Scheiße, bist du's, Leroy?« Leroy nahm langsam die Cowboystiefel vom Tisch und starrte Nick forschend an. »Nick Bartello, Drogenfahndung in L.A., ich glaube, wir haben uns vor etwa zehn Jahren zum letzten Mal gesehen.«

»Ach ja? Ich hab kein gutes Gedächtnis für Gesichter. Wie war dein Name noch mal?«

»Nick. Nick Bartello.«

»Ach ja, jetzt erinnere ich mich. Setz dich. Willst du 'nen Kaffee?«

Nick war ein wenig verdutzt – Leroy schien ihn überhaupt

nicht zu erkennen. »Ich war bei Roper's, ich hab mich daran erinnert, daß du mal davon gesprochen hast.«

Leroy reichte Nick einen Pappbecher mit schwarzem Kaffee und hockte sich auf die Tischkante. »Weißt du, was ich nicht ausstehen kann, Bartello? Leute, die etwa zehn Minuten in der Stadt sind und einen auf Südstaaten machen.« Leroy versetzte Nick einen Schlag auf den Oberarm und grinste breit. »Was soll denn das Gris-Gris da an deinem Hals?«

Nick griff nach dem Lederband mit den Knochen. »Keine Ahnung. Das hat mir gestern abend jemand in 'ner zwielichtigen Bar gegeben.«

Leroy zog die Braue hoch. »Ihr müßt ordentlich blau gewesen sein. Das hier ist kein Touristenscheiß, das ist echt.«

Nick zuckte die Achseln. »Und, wie geht's denn so?«

Leroy ließ sich wieder auf seinem Drehstuhl nieder. »Ach, nicht übel, ich mache gutes Geld, die letzte Zeit hauptsächlich für Krankenkassen, ermittle in Betrugsfällen wegen Zahnersatz.«

Nick lachte, als Leroy sich zurücklehnte und laut grölte und dabei seine strahlend weißen und goldüberkronten Zähne zeigte.

»Ziemlich weit weg von der Drogenfahndung in L.A., aber wenigstens hab ich kein Blei im Bein. Und ich bin mein eigener Boß.«

»Du weißt also doch, wer ich bin«, sagte Nick und griff nach seinem Kaffee.

»Klar, ich hab mich nur einen Moment lang gefragt, ob ich dir Geld schulde. Ist doch nicht so, oder?«

Nick schüttelte den Kopf und sah sich um. Das Büro war gut ausgestattet und sah nach guten Umsätzen aus.

»Suchst du einen Job?« fragte Leroy, dem Nicks neugierige Blicke aufgefallen waren.

»Nein, ich hab einen; deshalb bin ich auch hier.«

»Und um was geht's?«

»Anna Louise Caley – sie ist vor elf Monaten verschwunden.«

Leroy nickte. »Ja, ich weiß davon. Eine Menge Privatdetektive haben in dem Fall abgesahnt, aber ich nicht. Ich war mit Schadenersatz- und Versicherungsfällen beschäftigt.«

»Aber du hast davon gehört?«

»Klar. Wie ich schon sagte, es war einige Zeit lang *das* Thema hier, aber keiner hat was rausgefunden. Es heißt, das Mädchen sei abgehauen – passiert hier oft, besonders an Mardi Gras. Die Mädels kommen her, lassen sich mit einem Typen ein und ziehen mit ihm weiter. Die Stadt zieht sie an wie ein Magnet.«

»Dieses Mädchen ist anders – sie ist steinreich.«

Leroy stützte sich auf die Ellbogen. »Reiche Kids sind auch nicht anders als die anderen, Nick. Sie lassen sich Drogen andrehen, sie lassen sich flachlegen, und wenn ein bißchen Gefahr dabei ist, um so besser, und dann geht's wieder zurück zu Mama und Papa, die sie mit offenen Armen willkommen heißen.«

»Aber sie ist schon seit elf Monaten weg.«

»Dann würde ich sagen, sie ist tot.«

Nick stand auf und begann, auf und ab zu gehen. »Das glaube ich auch. Die Frage ist, wer sie umgebracht hat, und wenn ich es rausfinde, ist ein netter Bonus drin.«

»Ich würde dir ja gern helfen, aber da ist noch dieser Zahnarztfall.«

Nick lächelte. »Also gut, was hält dich zurück?«

Leroy zögerte, dann wurde er ernst. »Willst du es wirklich wissen?« Er fuhr sich durch die grauen Locken. »Die Caleys und die Typen, mit denen du es zu tun hast, sind echte Geldleute. Elizabeth Caley ist hier immer noch ein großer Star, also haben sich eine Menge Leute gemeldet und irgendwelchen Quatsch erzählt, um die Belohnung zu kassieren. Ich glaube, es waren fünfundzwanzigtausend. Ich weiß, daß bisher etwa zwanzig Leute erklärt haben, sie hätten sie gesehen, und als sie den Spuren nachgingen, war es jedesmal eine Pleite...« Leroy begann, mit dem Stuhl zu schaukeln. »Und dann geht einem das Geld aus, man hat mehr Spesen als Ergebnisse. Nein, ich halte mich lieber an die Zahnärzte.«

Nick trank den Kaffee. »Was weißt du über einen alten schwarzen Jazzmusiker namens Fryer Jones?« Leroy starrte

Nick an, als dieser die Hand an die Knochen um seinen Hals legte. »Er hat mir das hier gegeben.«

»Fryer Jones?«

»Ja, gestern nacht.«

»Er ist im French Quarter eine Berühmtheit. Alle jüngeren Leute wollen in seiner Bar spielen, mit ihm und den alten Jungs – er war mal ein toller Posaunist. Sie gehen hin, kaufen Dope, spielen vielleicht ein paar Nummern. Er benutzt die Kids wie andere Klopapier, aber die Cops lassen ihn in Ruhe. Er hält sich von den Touristen fern, und das ist alles, was hier in dieser Stadt interessiert.« Leroy rieb Daumen und Zeigefinger gegeneinander – das Zeichen für Geld – dann lehnte er sich zurück. »Fryer muß inzwischen einiges wert sein. Er betreibt diese Bar seit Jahrzehnten und hat eine Menge kleiner Mädchen auf den Strich geschickt, alles im Namen des Jazz, Kollege. Aber ich finde, er ist ein Arschloch, denn es ist nicht der Blues, der sie an diese dreckige Bar bindet... sondern das, was du da um den Hals hast.«

Wieder berührte Nick die Knochen. »Was?«

Leroy schüttelte den Kopf. »Du hast keine Ahnung, wie? Gris-Gris soll dich vor bösem Voodoo-Zauber schützen, und der alte Fryer hatte mal Verbindungen in dieser Richtung. Ich glaube, er ist sogar mit den Salina-Schwestern verwandt.«

Nick blickte auf. »Warte mal. Salina?«

Leroy nickte. »Ja. Die eine hieß Juda, die andere... ach, Scheiße, ich kann mich nicht mehr genau erinnern, aber sie ist verheiratet. Das waren echte Hohepriesterinnen. Es heißt, daß... verdammt, ich könnte mich an ihren Namen erinnern, aber Judas Schwester hat eine Tochter, Ruby, Ruby Corbello, etwa achtzehn, sie arbeitet in einem Friseursalon. Sie hat auch hin und wieder als Model gearbeitet, und eine dieser neuen schwarzen Krewes hat sie zur Karnevalskönigin gemacht.«

Nick unterbrach ihn. »Moment, das geht mir alles zu schnell, Mann. In L.A. gibt es eine Juda Salina, die Tarotkarten liest und so 'n Zeug.«

»Es geht um erheblich mehr als Tarot, Nick. Wenn sie die

Frau ist, die ich meine, dann hat sie in einigen Bereichen den Status einer Königin... und ich rede nicht von Touristen. Sie sollen Nachfahren der großen Voodoo-Königinnen des vergangenen Jahrhunderts sein, und die Leute haben wirklich Angst vor ihnen. Wie ich schon sagte, ist es mehr als Drogen und Schnaps, was die Kids an diese Leute bindet, und ich würde mich an deiner Stelle von Jones und allen, die mit den Salina-Schwestern zu tun haben, fernhalten. Ich sage dir, du kannst mich nicht mal dazu bringen, ohne guten Grund einen Fuß in Fryers Laden zu setzen.«

Nick fühlte sich unbehaglich, und sein Bein tat weh von all dem Laufen. Er rieb es fest mit der flachen Hand. »Ich hab dem alten Dreckskerl das Leben gerettet, vielleicht schuldet er mir was.«

Leroy steckte sich eine Zigarette an, und Rauch drang ihm aus der Adlernase, als er Nick eindringlich ansah. »Pack deinen Kram und fahr nach Hause, Bartello; laß dich nicht mit diesen Leuten ein. Wie ich schon sagte, es wird dir nichts Gutes einbringen.«

Nick hinkte die Treppe hinunter und an der Boxschule vorbei, aus der jetzt das laute Grunzen der Trainierenden drang. Es war seltsam, und es war immer so gewesen: Je mehr man ihn abschrecken wollte, desto mehr regte das seinen Adrenalinumsatz an. Und er glaubte sowieso nicht an diesen Voodoo-Mist.

12

Lorraine saß auf einem breiten, rutschigen Sofa, das mit zinnoberrotem Seidendamast verziert mit goldenen Lilien bezogen war, während Lloyd Dulay sich ihr gegenüber auf einem passenden Sessel niedergelassen hatte. Lloyd hatte sich entschlossen, Lorraine im Wohnzimmer zu empfangen, um sie mit dem Glanz seines Hauses zu beeindrucken: Überall gab es goldene

Schnörkel. Die Vorhänge waren goldfarben und wurden von breiten Schleifen zurückgehalten, vergoldeter Stuck umgab den Kamin, den riesigen Spiegel darüber und den Kaminschirm. Die Stuckähren, -girlanden und -rosetten des Deckenmedaillons breiteten sich über gut vier Quadratmeter aus, und darunter hing ein Kronleuchter wie eine riesige vergoldete Lilie. Mehrere moderne, abstrakte Gemälde waren mit Taftschleifen an einer Bilderleiste befestigt, und alles war vollgestellt mit Lampen, Nippes und gewaltigen Arrangements frischer und getrockneter Blumen. Lorraine fand das Zimmer schrecklich und fühlte sich unbehaglich; ihr Mund war trocken, und sie mußte immer wieder an Alkohol denken, aber sie zwang sich, den Gedanken zu verdrängen.

»Sie wollten mich wegen einer persönlichen Angelegenheit sprechen, Mrs. Page?«

»Ja, Mr. Dulay.«

Er warf einen demonstrativen Blick auf die Uhr. »Dann kommen Sie bitte zum Thema, ich habe Gäste zum Mittagessen.«

»Ich ermittle im Fall Anna Louise Caley.«

»Ach ja? Ich wünschte, ich bekäme eine Million für jedes Gespräch mit einem Detektiv. Ganz ehrlich, ich kann mir nicht vorstellen, daß es noch etwas gibt, was ich hinzufügen könnte. Ich habe geschäftliche Verbindungen zu Robert Caley, und ich kenne seine reizende Frau seit über zwanzig Jahren, also kannte ich auch die kleine Anna, seit sie einem Grashüpfer gerade mal bis ans Knie reichte.«

Sie haßte ihn, seine laute Stimme, sein herablassendes Getue. Und in diesem gewaltigen Haus wurde ihr übel, weil es ein Abbild dieses Mannes war – groß, laut und schwer. Sie war der Ansicht, er sollte auch noch ein Wappen über dem Eingang anbringen lassen, mit einer Inschrift: »Ich habe Milliarden Dollar und scheiße auf euch.«

»Alle, mit denen ich über Anna Louise gesprochen habe, sagen, daß sie ein naives, reizendes, hübsches Mädchen war. Was hielten Sie von ihr?«

Er schloß die Augen. »Sie war genau das, sehr liebenswert,

mit einem Lächeln, das jedem Mann das Herz brechen konnte. Ich habe dieses kleine Mädchen wirklich gern gehabt, Mrs. Page.«

»Hat Robert Caley seine Tochter geliebt?«

Für einen Sekundenbruchteil schien er verstört. »Ja, selbstverständlich, er war ihr Vater.«

Lorraine begegnete dem Blick der winzigen, kalten blauen Augen. »Was halten Sie von Robert Caley?«

Dulay lachte, aber sie wußte, daß er verwirrt war. »Warum fragen Sie das?«

Sie hielt seinem widerwärtigen Blick stand, und schließlich mußte er sich abwenden. »Wenn er es mit seiner eigenen Tochter getrieben hat, hatte sie vielleicht allen Grund zu verschwinden.«

Er sprang auf. »Wenn Sie ein Mann wären, würde ich Ihnen jetzt einen Schlag versetzen, daß Sie durch diese Wand da fliegen.«

»Aber ich bin kein Mann, ich ermittle nur wegen des Verschwindens eines jungen Mädchens.«

Er beugte sich über sie. »Ich will Ihnen mal was sagen, Mrs. Page: Wenn ich das, was Sie gerade gesagt haben, auch nur einen Augenblick lang für wahr hielte, würde ich mir meine Flinte holen und den Dreckskerl persönlich abschießen.«

»Und wenn Sie herausfänden, daß Anna Louise nicht so süß und unschuldig war, wie alle glauben, wie wäre Ihnen dann zumute?«

»Ich kann Ihnen nicht folgen, Mrs. Page.«

Sie holte das Foto heraus, ganz langsam, und er kniff mißtrauisch die Augen zusammen.

Er nahm das Foto in seine riesige Hand und hielt es ins Licht – seine Sehkraft war weniger stark als seine Präsenz. »Was ist das für ein widerwärtiges Ding?«

»Ein Foto«, sagte Lorraine lächelnd.

»Das weiß ich, aber wo in Gottes Namen haben Sie das her? Weil das nicht das kleine Mädchen ist, das ich kannte, das ist… Lieber Gott, es bricht mir das Herz.«

»Vielleicht ist auch Robert Caley nicht der Mann, für den Sie ihn gehalten haben. Was können Sie mir über ihn sagen?«

Er war ehrlich erschüttert. »Weiß Elizabeth davon?«

»Ja.«

»Und Robert?«

»Nein.«

Er schüttelte den Kopf, ließ sich wieder auf den Sessel sacken. »Sie war mir so kostbar wie meine eigene geliebte Tochter. Mein Gott, wieso hat sie dieses ekelhafte Theater mitgemacht?«

»Vielleicht, weil sie sich mißbraucht fühlte, weil sie wütend war – ich weiß es nicht. Ich versuche nur, sie zu finden, tot oder lebendig.«

»Ist sie tot?«

Lorraine wandte den Blick ab. »Ich hoffe nicht.«

Sie konnte die Uhr auf dem Kaminsims ticken hören, während er weiter das Foto anstarrte. Dann holte er ein seidenes Taschentuch heraus und wischte sich die Augen.

»Ich weiß, daß es einen umfangreichen Trustfonds für Anna Louise gibt.«

Er hob ruckartig den Kopf; das Foto war vergessen.

»Mr. Dulay, ich suche nach Motiven für Anna Louises Verschwinden. Und deshalb frage ich Sie nach Robert Caley. Die Aktiva des Fonds belaufen sich auf hundert Millionen.«

»Ach ja?« sagte er leise.

»Mir ist auch bewußt, daß Mr. Caleys Finanzen durch das Casinoprojekt zum Zerreißen angespannt sind und –«

»Mrs. Page, ich sagte bereits, wenn Robert Caley diesem kleinen Mädchen auch nur ein Haar gekrümmt hat, werde ich ihn erschießen, und das nicht nur um meiner selbst, sondern vor allem um Elizabeths willen. Aber ich glaube keinen Augenblick, daß der Mann, den ich seit mehr als zwanzig Jahren kenne, eine solche Neigung zu seiner eigenen Tochter entwickeln würde. Schon der Gedanke ist ekelerregend, widerwärtig und ungerecht. Er ist kein großer Mann, aber er arbeitet schwer und hat sich sein Geld selbst verdient, auf die harte

Tour. Ich bin einer der Berater, die sich um Elizabeths Geld und ihre Investitionen kümmern, und außerdem ein enger Freund der Familie, also fühle ich mich verpflichtet, dafür zu sorgen, daß Sie dieses Haus ohne einen Verdacht gegen Robert Caley verlassen.«

Lorraine steckte das Foto wieder ein. »Wissen Sie, daß Elizabeth Caley ein ernsthaftes Drogenproblem hat?«

»Nein, das glaube ich einfach nicht.« Lloyd stand auf und starrte arrogant in die Spiegel hinter Lorraines Kopf, als könnte er in seinem Spiegelbild eine Bestätigung seiner Überzeugungen finden. Der Sinn dieser Spiegelwand war mehr als eindeutig – sie gestattete Lloyd, sein Spiegelbild ebenso zu genießen wie den Klang seiner Stimme.

»Ich kann Ihnen die Adresse des Krankenhauses geben, in dem sie sich gerade aufhält.« Sie wartete, während er sich mit besorgter und verwirrter Miene wieder hinsetzte. »Es tut mir leid, wenn unser Gespräch Sie bedrückt hat, und ich muß Sie selbstverständlich bitten, kein Wort darüber –«

»Ich würde nie über das sprechen, was Sie mir gesagt haben, Mrs. Page, mit niemandem, so wahr mir Gott helfe. Ich bin einfach verblüfft... schockiert, denn wenn es stimmt, was Sie sagen, sind Menschen, die mir sehr nahestehen, nichts als Lügner.«

»Nicht unbedingt.« Sie lächelte.

»Wieso?«

Lorraine klappte ihre Aktentasche zu. »Vielleicht wollten sie einfach nur, daß Sie es nicht wissen. Aber meine Aufgabe besteht darin herauszufinden, was unter der Oberfläche verborgen ist.«

»Ist es nicht vielmehr Ihre Aufgabe, Anna Louise zu finden?«

Sie nickte, stand auf und ging zur Tür. »Ja, Mr. Dulay, aber wenn ich während meiner Ermittlungen auf Widersprüche oder unlogische Aussagen stoße, muß ich ihnen nachgehen. Wenn Sie nichts mehr hinzuzufügen haben, was mir helfen könnte, dann danke ich Ihnen und verabschiede mich.«

»Robert Caley ist ein guter Mann«, sagte er erschöpft.

Sie drehte sich noch einmal um. »Das glaube ich auch, aber ich muß mich davon überzeugen, daß er wirklich nichts mit dem Verschwinden seiner Tochter zu tun hat, so daß ich ihn als Verdächtigen ausschließen kann.«

Langsam erhob er sich wieder, ging auf sie zu. »Sie verdächtigen ihn also?«

»Ich verdächtige jeden, bis ich die Wahrheit kenne, Mr. Dulay. Wenn es für Sie eine Möglichkeit gibt herauszufinden, ob Mr. Caley sich den Trustfonds seiner Tochter angeeignet hat, wäre ich sehr dankbar, wenn Sie mich das wissen ließen. Darf ich Sie noch einmal anrufen?«

Dulay erklärte sich einverstanden. Danach schwieg er und begleitete Lorraine nicht zur Tür. Wieder sackte er auf dem Sessel zusammen, verstört, wütend, enttäuscht. Er beschloß, sich sofort von Caleys Casinoplänen zurückzuziehen. Er hätte es ihm gern ins Gesicht gesagt, aber als erstes wollte er herausfinden, ob dieser Dreckskerl auch nur einen Cent von Anna Louises Fonds angerührt hatte. Er war der richtige Mann, das herauszufinden – die hundert Millionen stammten von ihm.

Lorraine fühlte sich ausgebrannt, und gleichzeitig ekelte sie sich vor sich selbst. Sie wußte, daß das, was sie gerade getan hatte, falsch und unprofessionell gewesen war. Einerseits wußte sie nicht, wieso sie so viel Druck auf Dulay ausgeübt hatte, denn es ging ihr in Wahrheit darum, Caley zu treffen, wegen Tilda Browns Bemerkungen. Sie konnte es nicht ertragen, daß er unter Verdacht stand, sie wollte, daß er unschuldig war. Und gleichzeitig war sie sicher, daß er schuldig war – aber in welcher Hinsicht? Sie wollte einfach nicht glauben, daß es immer wahrscheinlicher wurde, daß er seine Tochter umgebracht hatte.

Rosie fand schließlich das Schild, das an der Dumaine Street zum Voodoo-Museum wies, betrat unsicher das Gebäude und stieß auf eine Gruppe von acht weiteren Touristen, überwiegend Frauen, die in einem kleinen Empfangsbereich standen, wo es eine Unmenge Zauberpulver, Puppen und Kerzen zu kaufen gab, und auf den Beginn der Führung warteten. Hinter der Theke hing das Porträt einer beeindruckenden Frau in der Kleidung des vergangenen Jahrhunderts; sie hatte ein Tuch um den Kopf geschlungen und trug große goldene Ohrringe. Ihre Haut hatte einen gelblichbraunen Farbton mit einer Spur Kupfer, ihre Augen waren unergründlich dunkel. Obwohl es nur ein Gemälde war, schien ihr Blick die Jahrhunderte zu durchdringen. Als der Museumsführer erschien, wies er als erstes auf dieses Gemälde.

»Dies, meine Damen und Herren, ist ein Porträt von Marie Laveau, der mächtigsten Voodoo-Königin, die diese Stadt je hatte und die man die Päpstin des Voodoo nannte, weil sie nicht nur von ihren eigenen Leuten, sondern auch vom Adel und sogar von Angehörigen der Königshäuser aufgesucht wurde, so verbreitet war ihr Ruf. Ihre Macht war legendär, und wenn sie durch die Straßen ging, blieben die Menschen ehrfürchtig schweigend stehen und hoben ihre Kinder hoch, damit sie sie sehen konnten: Es war, als wüßten sie, daß man auch hundert Jahre nach ihrem Tod noch von ihr reden würde. Sie hielt ihre Rituale nahe dem Bayou St. John ab, und die Menschen behaupteten gesehen zu haben, wie sie auf dem Wasser ging; sie konnte bewirken, daß die Sonne sich verdunkelte, sie konnte Stürme herbeirufen, die Geister der Liebe und selbstverständlich« – er hielt lächelnd inne – »auch die der Zerstörung.«

Rosie blickte in die alterslosen Augen der großen Zauberin. Sie war sicher, dieses Gesicht schon einmal gesehen zu haben, aber sie wußte nicht, wo.

Schweigen hatte sich über die Gruppe gesenkt, die jetzt vom Museumsführer einen schmalen Flur entlanggeführt wurde, in dem die Porträts weiterer Voodoo-Königinnen hingen, von denen allerdings keine die Berühmtheit Marie Laveaus erreicht hatte. Der Führer blieb vor dem Bild einer weiteren hellhäutigen Schwarzen stehen, die ein strenges, altmodisches Kleid trug und die dunklen Locken im Nacken zusammengebunden trug: Ihr Blick war grausam.

»Dies, so sagen die Leute, war Maries Tochter, Marie II.,

wenn Sie so wollen, und sie soll der dunklen Seite der Macht nähergestanden haben als ihre Mutter. Es heißt, Marie Laveau sei bis 1918 oder 1919 gesehen worden, aber es war vermutlich ihre Tochter, die sie sahen, obwohl es Leute gibt, die behaupten, Marie Laveau sei nie gestorben: Wenn man an ihr Grab klopft, würde sie es hören.«

»Hatte Marie Laveau noch andere Verwandte – leben heute noch Nachkommen von ihr?« fragte jemand aus der Gruppe.

Der Führer lachte. »Es gibt eine Menge von Voodoo-Praktizierenden, die behaupten, sie hätten eine Verbindung zur Blutlinie von Marie Laveau, aber den stärksten Anspruch hat wohl die Familie Salina – es gibt zwei Schwestern, die beide mit Voodoo zu tun hatten, und diejenigen unter Ihnen, die zum Karneval bleiben, werden die Möglichkeit haben, eine Tochter der Familie zu sehen, Ruby Corbello, die die Königin einer neuen schwarzen Krewe sein wird.«

Der Führer leitete sie weiter den Flur entlang zu einem Raum, aus dem rhythmische und seltsam beruhigende Trommelgeräusche drangen; zögernd traten die Besucher ein und fanden sich von einer seltsamen Sammlung geschnitzter Masken und Statuen umgeben, von denen einige mit Perlen und Schmuck dekoriert waren. Außerdem gab es Teller mit allen möglichen Opfergaben und Kerzen. Eine Ecke des Raums war durch ein altes Friedhofsgitter abgetrennt, dahinter standen Grabsteine, lagen Menschen- und Tierknochen, die Rosie schaudern ließen, trotz der Erklärung des Führers, daß für eine Religion, die an die Kommunikation mit den verstorbenen Ahnen glaubte, die Zeichen des Todes nichts Beängstigendes hatten, sondern hoch geschätzt wurden. Er zeigte auf eine Vitrine mit Trommeln und anderen Schamaneninstrumenten, die die Reise in die Geisterwelt erleichtern sollten; eine weitere Vitrine enthielt Knochen, getrocknete Tierklauen und -häute, Wurzeln, Pulver, Bohnen und Baumrinden: Das alles, erklärte er, waren Mojos, und ihre Kombination durch erfahrene Praktizierende ergab ein Gris-Gris, ein mächtiges Schutzamulett, das man oft in einem Beutel um den Hals trug. In der letzten Ecke des

Raums befanden sich mehrere kleine Statuen und Puppen, meist grob aus einer Handvoll Stroh oder getrocknetem Gras hergestellt, das man um zwei gekreuzte Stöcke gebunden und mit ein paar Fetzen Stoff bekleidet hatte. Winzige, seltsam wild blickende Schädel und Gesichter waren darauf gemalt. Einige dieser Puppen, so erläuterte der Führer, dienten der Erhöhung der Fruchtbarkeit; über andere Zwecke ließ er sich nicht aus.

An der Tür des nächsten Raums empfing sie ein süßlicher Weihrauchduft: Hier waren die Masken und Statuen bunt angemalt und wirkten fröhlich und festlich. Wandbehänge und religiöse Gemälde wiesen auf christlichen Einfluß hin, und auch auf einem Tisch mit Kerzen, Statuen und einer Flasche Rum waren christliche Heiligenbilder angebracht. Ein kleines Bild der Kreuzigung hing vor einem Betstuhl, und der Führer erklärte, Voodoo sei kein böser Zauber, sondern eine Religion, die einzige Verbindung, die man den Schwarzen zu ihren alten Kulturen gelassen hatte und die ihnen in schweren Zeiten der Sklaverei geholfen hatte. Diese Religion sah Gott in der gesamten Schöpfung und hatte sich später schnell mit dem Christentum vermischt, die Boas, die Geister, waren mit Engeln und Heiligen gleichgesetzt worden.

Marie Laveau war regelmäßig zur Messe in die St. Louis-Kathedrale gegangen, war mit Priestern befreundet gewesen und hatte während der Fieberepidemien und auch für Gefangene wohltätige Arbeit geleistet. Dennoch wichen die Besucher unbehaglich zurück, als der Führer darauf hinwies, daß sich in dem Käfig in der Ecke eine Python befand, die nach Marie Laveaus berühmter Schlange Zombi benannt war, einem Symbol der Brücke zwischen den geistigen und den materiellen Ebenen, und einige spähten nervös durch die Glasscheiben des Käfigs.

Nun war die Führung offiziell vorüber, und Rosie trat näher an den Altar heran, während die anderen Besucher sich die Schlange ansahen oder den Baumstumpf betrachteten, in den Marie Laveaus Anhänger ihre Bitten und Gebete geschrieben hatten. Sie fand noch mehr von diesen beunruhigenden Puppen auf einem Regal oberhalb der Kerzen. Diese Welt, die sie nicht verstand, die aber in dieser Stadt immer noch lebendig war, erfüllte sie mit Ehrfurcht und einem Hauch Faszination. Bevor sie ging, kaufte sie ein paar Souvenirs und ein Buch über das Leben von Marie Laveau. Das schöne, herrschaftliche Gesicht der Voodoo-Königin schien sie zu verfolgen und gab ihr immer wieder ein *Déjà-vu*-Gefühl, aber vielleicht rief Marie Laveau bei jedem, der sie gesehen hatte, dieses Gefühl hervor, sie immer schon gekannt zu haben, weil sich in ihr das Geheimnisvolle und das Vertraute mischten.

Rooney saß schwitzend in seinem Leihwagen. Er parkte schon seit einer halben Stunde am vereinbarten Treffpunkt und war sehr unruhig, weil er hier in dieser unangenehmen Gegend stand, mit dem Aufkleber einer Mietwagenfirma im Rückfenster – jemand, der hier offensichtlich fehl am Platze war. Er wollte schon aufgeben, als er sah, wie der Streifenwagen hinter ihm einbog. Er beobachtete im Rückspiegel, was geschah und schüttelte den Kopf. Es gab alle möglichen Arten von Menschen, und das traf auch auf Polizisten zu. Jemanden wie Harris J. Harper hatte er allerdings noch nie gesehen.

»Rooney?« sagte Harper am Autofenster. Aus der Nähe war sein Gesicht so merkwürdig wie sein dicker, wabbeliger Körper. Er mußte einmal eines dieser wirklich hübschen Kinder mit Stupsnase und leuchtendblauen Augen gewesen sein, aber als der Rest seines Körpers ausgewachsen war, hatte sein Gesicht dieselbe Größe behalten, nur die Wangen hatten sich aufgebläht, und das ließ ihn völlig halslos aussehen.

Rooney nickte, und Harper watschelte zur Beifahrertür. Als er sich in den Wagen setzte, schien es, als würden die Stoßdämpfer brechen.

»Warten Sie schon lange?«

Rooney nickte. »Ja, seit zehn, aber das macht nichts.«

»Ich hätte nichts gegen ein Bier.«

»Sie sagen es.«

»Also gut, Captain Rooney, folgen Sie mir, ich kenne eine Bar, nur einen Block entfernt.«

»Danke.«

Harper stieg wieder aus, dann spähte er noch einmal ins Auto. »Äh... sind fünfhundert in Ordnung?«

Rooney zögerte. »Ich hoffe, Sie haben dafür was zu bieten.«

Harper schloß die Tür und tätschelte das Dach des Leihwagens. »Ich bin mein Geld wert.«

»Voodoo ist so ernst zu nehmen wie jede andere Religion«, fuhr Rosie fort. »Man denkt immer gleich an okkultes, finsteres Zeug, aber darum geht es eigentlich gar nicht. Es geht darum, sich mit den positiven, spirituellen Teilen des Lebens in Verbindung zu setzen, und das ist ein sehr natürlicher, sehr wichtiger Teil des Lebens vieler Menschen...«

»Alles Quatsch«, sagte Nick und gähnte.

Rosie beugte sich vor. »Das glaube ich nicht. Alle denken, es ginge nur darum, Leute umzubringen und sie zu Zombies zu machen. Hörst du überhaupt zu, Nick?«

»Ja, das ist wirklich aufregend, Rosie.«

»Dabei werden Menschen zu Zombies durch eine Art Strafe, weil sie ein sehr schweres Verbrechen begangen haben, vielleicht einen Mord –«

Nick verdrehte die Augen. »Da bevorzuge ich doch den guten alten elektrischen Stuhl, Baby.«

Rosie warf ihm einen wütenden Blick zu. »Wenn du mich weiter auf den Arm nimmst, erzähle ich nichts mehr. Also, der Priester hat ihnen eine Art Nervengift gegeben, das sie in einen Zustand versetzt hatte, den ein westlicher Arzt für den Tod halten würde, und dann wurden sie begraben und wieder ausgegraben. Deshalb haben die Weißen Zombies als lebende Leichen bezeichnet.«

Nick blickte auf und sah, daß Lorraine auf sie zukam. »Hier kommt eine davon.«

Rosie blickte auf. »Wie bitte?«

»Ein Zombie. Mrs. Page.« Lorraine ließ sich neben Nick und Rosie fallen, die im schattigen Hotelgarten saßen.

»Hört mal, wir müssen vielleicht über einiges neu nachdenken. Ich habe einen alten Kumpel aufgesucht, der mit mir bei der Drogenfahndung war, Leroy Able.« Nick trank sein Bier aus, bevor er weitersprach. »Also gut, wir wissen, daß es in dieser Voodoo-Religion Hohepriesterinnen gibt, sehr mächtige Frauen, und die Top-Position hat beim Voodoo immer – wie ihr sicher gerne hört – eine Frau inne. Es ist eine ziemlich große Sache, Lorraine, sie werden hier wie Hochadel behandelt und haben große Macht.«

»Ich war im Voodoo-Museum«, setzte Rosie an, aber Lorraine schnitt ihr das Wort ab. Sie hatten sich nicht einmal Zeit gelassen, sie zu begrüßen.

»Meine Güte, Nick, was hat das denn mit unserem Fall zu tun?«

»Ich komme schon noch drauf, ja?« fauchte er. »Es gibt zwei Schwestern, die wirklich große Macht haben, die besten Zaubertränke brauen, oder was weiß ich. Rosie hat ein paar Sachen aus dem Museum mitgebracht, die du dir selbst durchlesen kannst. Und laut Leroy sind Juda Salina und ihre Schwester hier die Größten.«

Lorraine war verblüfft. Sie griff nach einer Coladose und schüttelte sie – leer. Sie sah sich nach etwas zu trinken um. Der Durst hatte wieder angefangen.

»Warum hast du mir das nicht erzählt?« fragte Rosie.

»Ich bin noch nicht dazu gekommen.«

»Juda Salinas Schwester, Edith Corbello, wohnt immer noch hier, in einer ziemlich miesen Gegend; sie scheint nicht mehr so aktiv zu sein. Erinnerst du dich, daß ich Raoul überprüfen sollte? Er ist Edith Corbellos Sohn, Juda Salinas Neffe. Es gibt noch zwei Söhne namens Willy und Jesse und zwei Töchter. Die jüngere heißt Sugar May, die ältere ist Ruby Corbello, Friseuse, Möchtegern-Model, die dieses Jahr Karnevalskönigin sein wird.«

Lorraine brauchte jetzt wirklich etwas zu trinken – ihr Mund war trocken, ihr Herz klopfte. »Dann laßt uns das alles zusammensetzen, denn mir sträuben sich die Haare, Nick – ach, und kannst du mir ein Glas Wasser eingießen?«

Rosie kam ihrer Bitte nach, konzentrierte sich aber auf Nick.

»Vergeßt diesen ganzen Voodoo-Mist und seht euch Juda Salina an. Sie hat Elizabeth Caley in der Hand, kennt sie von hier, und Elizabeth hat sie sogar hierher zurückgebracht, damit sie hilft, Anna Louise zu finden.« Nick zündete eine Zigarette an und reichte sie Lorraine, dann steckte er sich selbst eine an. Er hatte gesehen, wie schnell sie das Wasser getrunken hatte, und das Zittern ihrer Hände.

»Wir haben die ganze Zeit nach einem Motiv gesucht, einem Grund – was, wenn es um Erpressung ging? Du hast dieses Foto von Anna Louise gefunden, hast diese Informationen über Elizabeth ausgegraben...«

»Warte mal, Nick, nicht so schnell. Du meinst, es sei die ganze Zeit um einen schiefgelaufenen Erpressungsversuch gegangen?« Lorraine runzelte die Stirn, rieb sich die Schläfen und versuchte zu verdauen, was sie gehört hatte.

»Ja, angeführt von dieser fetten Kuh Juda Salina. Sie hat genug Verwandte hier unten, um das zu arrangieren. Anna Louise ist vielleicht sogar freiwillig hingegangen...«

Lorraine inhalierte. »Ich sollte lieber mal mit dieser, wie heißt sie, Corbello reden. Ist noch mehr Wasser da, Rosie?«

Nick griff nach ihrer Hand. »Einen Augenblick, ich glaube nicht an diesen Mist. Und mein Kumpel Leroy auch nicht, aber er meint, diese Leute seien gefährlich, nicht wegen der Zaubersprüche und so, aber sie seien zu allem fähig. Und er hat mich gewarnt und mir empfohlen, sehr vorsichtig vorzugehen, weil ihnen eine ganze Armee zur Verfügung steht. Sie schlagen ihre Trommeln, und dann verschwindest du einfach spurlos.«

»Wie Anna Louise Caley?« fragte Lorraine leise und griff nach dem Wasserglas.

»Genau, und damit ist Robert Caley aus seiner Spitzenposition als Verdächtiger verdrängt, denn jetzt haben wir jemanden von außen, etwas, was nichts mit seinem Casino und seinem Geld zu tun hat...«

»Drogen?« fragte sie und trank gierig.

»Könnte sein. Wir wissen, daß Anna Louise zusammen mit

ihrer kleinen Freundin Tilda Drogen genommen hat. Vielleicht ist sie an dem Abend, als sie verschwunden ist, zu dieser Corbello gegangen, um etwas zu kaufen, und hat dort etwas gesehen? Zum Beispiel, daß Juda Salina, die sie schon zu Hause aufgesucht hatte, nicht nur dort, sondern auch hier dealte.«

Lorraine fuhr sich durchs Haar. Es war klatschnaß – sie war schweißgebadet. »Scheiße, Nick, wenn du recht hast, waren wir die ganze Zeit auf der falschen Spur.«

»Und ich glaube auch nicht, daß Elizabeth Caley etwas damit zu tun hat. Vielleicht ist sie nur eine gute Kundin, und wir wissen, daß sie Drogen brauchte, also besteht eine Verbindung über Juda Salina zu ihrer Familie hier.«

Rosie stand auf und ging.

»Wo willst du hin?« rief Nick.

»Ich hole noch was zu trinken, wenn es euch recht ist«, erwiderte sie, ohne sich auch nur umzudrehen. Nick drückte seine Zigarette aus und warf Lorraine einen Seitenblick zu. »Was ist denn los, Schatz?«

»Nichts, Nick, ich bin einfach nur müde.« Sie suchte in ihrer Handtasche nach Zigaretten. Nick reichte ihr wieder eine von seinen.

»Ich kann die Marke nicht ausstehen, es schmeckt, als würde man was aus dem Kühlschrank rauchen«, sagte sie und inhalierte trotzdem heftig. Sie tippte nervös mit dem Fuß gegen das Tischbein.

Nick tat, als wäre alles in Ordnung. »Harter Tag?«

»Ich komme schon zurecht.« Sie griff nach einer Dose Cola, die Rosie stehengelassen hatte, stieß sie aber dabei um.

»Scheiße«, fauchte sie und versuchte, das Tischtuch abzutupfen. Nick griff nach ihrer Hand.

»Du bist einfach nur gestreßt; immer mit der Ruhe.«

Lorraine senkte den Kopf und hielt Nicks Hand fest.

»Manchmal bin ich so gierig nach etwas zu trinken, daß es mich wahnsinnig macht. Es überfällt mich aus dem Nichts, und dann kann ich nicht mehr klar denken, oder vielleicht denke ich auch zu viel ...«

Er strich ihr sanft eine Haarsträhne von der Wange und beugte sich zu ihr.

»Warte nur noch einen Augenblick. Rosie holt Cola, und dann bring ich dir Zigaretten.«

»Danke.« Am liebsten hätte sie seine Hand nicht mehr losgelassen, aber dann blickte sie auf und sah Rosie, die mit einer Tüte Coladosen und Kartoffelchips auf sie zukam. Rosie knallte die Tüte auf den Tisch und rief: »Jetzt schau dir an, was du mit meinem Buch gemacht hast! Lauter Bier und Cola drübergeschüttet! Also wirklich!«

Lorraine beugte sich vor und griff nach der blauen Broschüre, um die Flüssigkeit abzuschütteln. Dabei bemerkte sie das Bild Marie Laveaus auf dem Umschlag.

»Wer ist das?« fragte sie Rosie.

»Marie Laveau, die berühmteste Voodoo-Königin.«

»Warum kommt sie mir so bekannt vor?« fragte Lorraine.

Rosie nahm ihr die Broschüre ab. »Mir ging es ganz ähnlich, als hätte ich dieses Gesicht schon einmal gesehen.«

»Der Turban, das Gewand… gib es mir noch mal, Rosie.« Lorraine war aufgesprungen und ging auf und ab. »Scheiße, das glaube ich einfach nicht! Wir hätten es gleich wissen müssen, Rosie!«

»Wovon redest du denn?«

Lorraine warf die Broschüre auf den Tisch. »Das da ist Elizabeth Caley – das Gemälde in ihrem Wohnzimmer, aus einem ihrer Filme.«

»Nein, es ist ein Bild von Marie Laveau, das im Museum hängt, aber du hast recht, es sieht ihr täuschend ähnlich.«

»Sumpf«, sagte Lorraine und klatschte triumphierend in die Hände. »Der Film hieß *Sumpf,* Elizabeth Seals erster Film, nicht wahr, Rosie?«

»Vielleicht gibt es ein Video«, meinte Rosie.

»Gute Idee, sehen wir mal, ob wir es kriegen können. Sie ist hier eine große Nummer, also könnte es durchaus sein. Toll, Rosie, das hast du wirklich gut gemacht.«

»Danke«, Rosie lächelte.

»Das meine ich ernst – wir werden noch eine Detektivin aus dir machen!« Lorraine umarmte Rosie. Langsam ging es ihr wieder besser.

»Wenn es euch nicht stört, leg ich mich jetzt ein bißchen hin. Ich bin ziemlich fertig und muß unbedingt unter die Dusche.« Rosie verstaute die Broschüre in der Tasche, und Lorraine legte Nick die Hand auf die Schulter.

»Schon gut, Nick«, murmelte sie, »schau mich nicht so besorgt an. Ich brauche nur ein paar Stunden Ruhe.«

Nick sah ihr schulterzuckend nach.

»Um was ging es denn?« wollte Rosie wissen.

»Nichts«, erwiderte Nick.

»Ach ja? Sie sah ziemlich fertig aus – glaubst du, ich sollte lieber mit raufgehen?«

»Nein. Vielleicht solltest du sehen, ob du dieses Video auftreiben kannst. Ich werde hier auf Bill warten.«

Rosie suchte ihre Sachen zusammen und warf ihm einen Seitenblick zu. »Vielleicht möchtest du gern an Lorraines Bettkante sitzen? Sie sah aus, als könnte sie jemanden brauchen, bei dem sie sich ausheulen kann.«

»Sie weiß ja, wo sie mich finden kann. Und laß die Cola hier, ja?«

Allein im Garten, spielte Nick mit einer Coladose und wünschte sich, er könnte jetzt wirklich zu Lorraine hinaufgehen – und nicht nur als Freund.

Die Crawfish Bar lag im Werftviertel, eine billige Holzbude, deren Fenster mit rostigem Karnickeldraht überzogen waren. Sie war einmal ein Lebensmittelladen gewesen, und man mußte klingeln, wenn man eingelassen werden wollte: Es war klar, daß hier keine Laufkundschaft erwünscht war. Die Bar war beinahe leer, als Rooney und Harper sich auf zwei Hockern an der Theke niederließen, weit hinten unter dem Fernseher, damit der Kommentar zum Basketball ihre Unterhaltung übertönte.

»Ich weiß nicht, ob ich so scharf darauf bin«, sagte Rooney und betrachtete mißtrauisch seinen Teller mit Krebsen und den häßlichen Plastikbehälter von der Größe eines Mülltonnendeckels, den man vor sie hingeknallt hatte und der die Köpfe und Schalen aufnehmen sollte.

»Ganz bestimmt. Diese kleinen Biester heißen auch ›Schlammkäfer‹, weil sie in den Frischwasser-Bächen leben, und hier, Kumpel, gibt es die frischesten in der ganzen Stadt«, erklärte Harper und klemmte sich die Serviette unters Kinn. Rooney starrte ungläubig die Krebse an, die ihm wie Spielzeughummer vorkamen.

»Also gut, schauen Sie, wie ich's mache. Erst packen Sie den Kopf mit Daumen und Zeigefinger, so etwa...« Harper führte vor, was er meinte, und Rooney tat es ihm pflichtschuldigst nach. Harper war mehr an seinem Essen als am Reden interessiert und meinte, sie sollten erst einmal die Krebse und ein paar Bierchen hinter sich bringen, bevor sie zum Geschäft kämen. Also dauerte es mindestens eine halbe Stunde, bis er etwas Wesentliches von sich gab, und erst, als die 500 Dollar sicher in seiner Brieftasche steckten.

»Was genau müssen Sie wissen, Bill?«

»Alles, was Sie über das Verschwinden von Anna Louise Caley rausfinden können.«

Harper zuckte die Achseln. »Da gibt's nicht viel.«

»Ist das alles, was ich für meine fünfhundert kriege?« knurrte Rooney.

Harper sah sich nervös um. »Das hängt davon ab, was Sie sonst noch wissen wollen.«

»Hat Robert Caley Dreck am Stecken?«

»Nein. Ein geachteter Mann, hat seine Maklerlizenz, hat eine Weile darauf warten müssen, obwohl er mit Elizabeth Seal verheiratet ist, aber er hat niemanden bestochen, hat sich einfach nur als Bürger von New Orleans auf dem vorgeschriebenen Weg beworben.«

»Aber er wohnt hier doch gar nicht.«

»Soll das ein Witz sein? Die haben Paläste hier, drei oder sogar vier. Reich wie Krösus. Es gab allerdings Gerüchte, daß Elizabeth Seal vor mehr als fünfundzwanzig Jahren mal was mit einem großen Tycoon namens Lloyd Dulay hatte und daß er zum Reichtum der Dame nicht wenig beigetragen hat.«

»Er ist einer von Caleys Geschäftspartnern bei dem neuen Casino, nicht?« fragte Rooney.

»Ja, er hat ein paar schwerreiche Leute auf seiner Seite. Ich würde sagen, sie werden irgendwann damit durchkommen, es ist nur eine Frage der Zeit.«

»Haben Sie je gehört, daß Elizabeth Caley Drogenprobleme hat?«

»Soll das ein Witz sein? Ganz bestimmt nicht.«

Rooney seufzte. »Können Sie mir dann mehr darüber erzählen, wie die Ermittlungen durchgeführt wurden? Es gab eine hohe Belohnung, es gab doch bestimmt massenhaft Leute, die sich gemeldet haben?«

»Ja, aber nachdem wir alle sogenannten Zeugen überprüft hatten, stellte sich alles als Unsinn heraus, und zum Teil waren es auch Betrugsmanöver von Cops, die an die Belohnung kommen wollten.«

»Was, glauben Sie, ist mit ihr passiert?«

Harper wischte sich den Schweiß ab. »Sie hat sich mit einem Typ eingelassen, sie haben Streit gehabt, und er hat sie umgebracht. Es gab nur eine Verhaftung, ein alter Jazzmusiker namens Fryer Jones. Jemand hatte angeblich gesehen, wie er sich im Quarter mit ihr unterhielt.«

Rooney runzelte die Stirn. »Sie hatten jemanden verhaftet? Aber darüber gibt es in L.A. keinen einzigen Bericht.«

»Warum auch? L.A. ist L.A., und hier ist New Orleans, und wir handhaben so manches anders. Wahrscheinlich finden Sie nicht mal in unserer Abteilung was über Fryer Jones.«

»Warum nicht?«

»Weil sich mit dem alten Knaben so schnell keiner anlegen will. Er ist sehr einflußreich, und ein paar Leute hier sind ausgesprochen abergläubisch. Fryer ist sehr schlau, wenn es darum geht, sich Leute gefügig zu machen.«

»Ich verstehe immer noch nicht. Wie gut waren denn die Beweise gegen ihn?«

Harper zuckte die Achseln. »Jemand glaubte gesehen zu haben, wie Anna Louise Caley mit ihm sprach. Sein Laden ist nicht weit vom Hotel; nicht im selben Viertel. Aber zu Fuß dauert es nicht länger als zehn Minuten, bis man dort ist. Wir haben niemanden gefunden, der die Aussage des Zeugen bestätigte, und der Zeuge wurde vor etwa fünf Monaten im Fluß gefunden, also, wie ich schon sagte –«

»Sie glauben, er wurde ermordet, weil er gegen Fryer ausgesagt hatte?«

»Kann schon sein, aber der Typ war ein Junkie, er kann auch leicht einfach so in den Fluß gefallen sein.«

»Es wurde keine Anklage erhoben?«

»Nein. Fryer stritt ab, Anna Louise Caley je gesehen zu haben, und er hatte etwa zwanzig Zeugen dafür, daß er an diesem Abend seine Bar nicht verlassen hatte, also haben wir ihn wieder gehen lassen.« Er schaute auf die Armbanduhr. »Ich muß weiter.«

»Glauben Sie, daß er mit mir reden würde?«

Harper zog den Hosenbund zurecht. »Das liegt an Ihnen, aber ich würde nicht allein in diese Gegend gehen. Wir kommen ihm nicht ins Gehege, und er läßt uns in Ruhe. Ob Sie es glauben oder nicht, diese Voodoo-Scheiße kann einen ganz schön fertigmachen.«

Lorraine hatte geduscht und zwei Aspirin genommen und fühlte sich ein wenig besser. Erst als sie ihren Bademantel angezogen hatte, sah sie sich die Notizen an, die für sie hinterlassen worden waren. Robert Caley hatte viermal um Rückruf gebeten, Lloyd Dulay einmal. Sie starrte Caleys Namen an, wollte ihn anrufen, aber sie hatte sogar Angst davor, seine Stimme zu hören, also rief sie Dulay an, der nicht zu Hause war. Sie wollte sich gerade hinlegen, als es an der Tür klopfte.

»Ich bin's und Bill«, sagte Nick.

Sie seufzte. Sie wollte die beiden jetzt nicht sehen.

»Ich wollte gerade unter die Dusche«, sagte sie, als sie die Tür öffnete.

»Geh ruhig, ich komme gern mit«, grinste Nick.

Rooney fand das gar nicht witzig. Ihm war heiß, seine Füße fühlten sich an wie Ballons, und er sackte auf einen Stuhl, während Nick sich auf eines der Betten fläzte.

»Vielleicht könnt ihr beide noch warten, bis wir ein paar Dinge besprochen haben«, meinte Rooney leicht gereizt. »Dieser Cop hatte ein paar sehr interessante Informationen.«

»Das will ich auch hoffen, wenn du fünfhundert Dollar dafür bezahlt hast.« Nick gähnte und rieb sich das Bein. »Ich hasse diese Stadt – mein Bein macht mich bei dieser Luftfeuchtigkeit noch wahnsinnig.«

Rooney holte seine Notizen heraus. »Können wir zum Thema kommen?«

Das Telefon klingelte. Lorraine sah Nick an. »Kannst du rangehen? Wenn es Robert Caley ist, dann sag ihm bitte, ich sei nicht hier, und wenn es die Rezeption ist, sag ihnen, sie sollen die Anrufe zurückhalten.«

»Klar.« Nick griff nach dem Telefon auf dem Nachttisch, erfreut, daß sie nicht mit Caley sprechen wollte. »Mrs. Pages Zimmer.«

»Ich hab mit diesem Cop gesprochen, ja«, fuhr Rooney fort, »und er hat mir gesagt, daß die Dreckskerle hier jemanden verhaftet hatten.«

Nick winkte Lorraine zu. »Sie ist hier.« Er legte die Hand auf die Sprechmuschel.

»Wer ist es denn?« flüsterte Lorraine.

»Die Cops. Es geht um Tilda Brown.«

Sie zog ein Gesicht und griff nach dem Hörer, während sie sich neben Nick aufs Bett setzte.

»Lorraine Page hier.« Sie hörte zu, dann richtete sie sich auf. »Ja, habe ich. Heute. Wie bitte?«

Rooney und Nick waren ganz Ohr; sie konnten Lorraine ansehen, daß etwas nicht stimmte.

»Selbstverständlich, ich komme sofort. Oh, dann warte ich vor dem Hotel.«

Sie legte auf. »Tilda Brown hat sich heute nachmittag erhängt. Sie wollen mit mir sprechen, weil sie meine Karte in der Tasche ihres Kimonos gefunden haben und deshalb wissen, daß ich heute früh bei ihr war…«

»Scheiße«, sagte Nick leise.

Lorraine war erschüttert. Sie drückte sich die Hand an die Stirn. »Sie schicken einen Streifenwagen… Verdammte Scheiße! Dieses dumme, dumme Mädchen!«

Nick griff nach ihrer Hand. »Komm schon, reiß dich zusammen. Wenn du willst, komme ich mit.«

Sie entzog sich ihm. »Nein, bleib hier und sprich mit den anderen alles durch. O Gott! Verdammt, warum hat sie das bloß getan?«

»Komm schon, du darfst dir dafür nicht die Schuld geben, Lorraine«, warf Rooney ein.

Lorraine ging aufs Bad zu, dann drehte sie sich um. »Nein? Ich habe sie wirklich auseinandergenommen, ich hab ihr sogar dieses verfluchte Foto von Anna Louise gezeigt und… soll ich jetzt so tun, als hätte ich nichts damit zu tun? Ich kann mir doch nichts vormachen.« Sie warf die klapprige Badezimmertür hinter sich zu.

Nick sah Rooney an. »Vielleicht sollten wir zu mir rübergehen und sie eine Weile allein lassen.«

Rooney seufzte. »Na gut, aber ich brauche ein Bier, diese Hitze bringt mich um.«

»Ich komme gleich nach.« Nick wartete, bis Rooney gegangen war, dann stand er auf und betrat das Bad ohne anzuklopfen. Lorraine stand zitternd vor dem Waschbecken, hielt sich mit beiden Händen daran fest, und Tränen liefen ihr über die Wangen. Sie hatte nicht einmal mehr die Kraft, ihn rauszuwerfen, und er zog ihre Hände vom Waschbecken weg, zog sie an sich und nahm sie in die Arme. Sie legte den Kopf an seine Schulter.

»Scht, wehr dich nicht, laß alles raus. Danach geht es dir erheblich besser, das kannst du mir glauben. Ich weiß, wovon ich rede.«

Sie klammerte sich an ihn, und er hob sie hoch und trug sie

ins Zimmer. Er legte sie aufs Bett und legte sich, wie er es sich zuvor gewünscht hatte, neben sie, nahm sie in die Arme und küßte sie sanft, während sie weinte. Sie brauchte ihn, wenn sie ihn auch nicht so begehrte wie er sie, aber ihre Nähe machte ihm Hoffnung, und das um so mehr, als sie sich auf den Ellbogen stützte und ihn ansah.

»Du bist schon ein seltsamer Typ, Bartello.«

»Ja, das haben auch schon andere festgestellt.«

Sie lächelte, und er fuhr ihr mit dem Finger über die Wange. »Und, soll ich mit dir kommen?«

»Nein, ich muß selbst damit zurechtkommen. Ich habe schon genug Fehler gemacht, Nick.«

Sie überraschte ihn, indem sie sein Gesicht in beide Hände nahm und ihn auf die Lippen küßte, ein platonischer Kuß, aber es versetzte ihn trotzdem in Unruhe. Er war klug genug und hatte genug Selbstkontrolle, nicht auf mehr zu drängen, aber dieser Kuß ließ ihn noch mehr Hoffnung schöpfen als zuvor.

»Es hat mich ganz schön erwischt, Mrs. Page, weißt du das?«

Sie wandte sich von ihm ab, konzentrierte sich bereits auf die Begegnung mit der Polizei.

»Hast du gehört, was ich gerade gesagt habe?«

Sie drehte sich um und sah ihn an, auf diese Weise, die er so liebte, den Kopf schief gelegt, so daß das Haar über ihre Narbe fiel. »Vielleicht bin ich es nicht wert, Nick.«

Er lachte, als er auf die Tür zu und dann hinausging, ohne sich noch einmal umzusehen. »Das werde *ich* beurteilen müssen.«

Während Lorraine sich anzog, wurden zwei kleine Umschläge mit Nachrichten unter ihrer Tür durchgeschoben: Lloyd Dulay hatte ihren Anruf erwidert, und Robert Caley erklärte, daß er sie unbedingt sehen müsse und daß Elizabeth Caley noch an diesem Abend in New Orleans eintreffen würde. Sie nahm die Zettel mit zum wartenden Streifenwagen.

»Ich war heute früh mit einer Gruppe hier«, sagte Rosie zu dem jungen Mann, der im Voodoo-Museum Spätdienst hatte. Er kam ihr erheblich unfreundlicher vor als die lächelnde junge Frau, die morgens hier gearbeitet hatte.

»Wenn Sie etwas verloren haben – heute wurde nichts gefunden«, sagte er, ohne auch nur von seiner Zeitung aufzublicken.

»Nein. Ich habe eine Frage wegen eines Videos.« Rosie reichte ihm die Visitenkarte der Detektei.

»Das hier ist keine Videothek, Ma'am.« Er sah sich die Karte nicht einmal an.

»Ich weiß, aber es geht um ein bestimmtes Video, einen alten Film mit dem Titel *Sumpf*, mit Elizabeth Seal als Marie Laveau, und er ist in keiner Videothek zu haben. Ich weiß, daß es diesen Film gibt, ich habe ein Porträt von Miss Seal als –«

Er schlug die Zeitung zu. »Da müssen Sie sich irren. Elizabeth Seal ist weiß, Marie Laveau war farbig. Wenn Sie noch einmal eine Führung mitmachen wollen ...«

Er blickte Rosie beinahe drohend an, aber sie gab nicht auf. »Diese Filmleute benutzen Make-up, wissen Sie, und ...«

»Und Sie haben mich falsch verstanden, Ma'am, man hat Ihnen die falsche Information gegeben. Und wenn Sie keine Führung mitmachen wollen, sollten Sie gehen.«

»Danke, ich mache noch eine Führung mit.«

Mürrisch nahm er ihr Geld für eine weitere Karte entgegen und ignorierte sie dann, als sie an ihm vorbeiging und erklärte, sie werde drinnen auf den Führer warten. Sie stand minutenlang in dem schlecht beleuchteten, nach Weihrauch riechenden Raum und wartete, aber niemand kam. Dann erklang der leise Trommelschlag, und sie fragte sich, ob der junge Mann ein Tonband eingeschaltet hatte.

Rosie trat wieder in den Flur hinaus und sah sich die Porträts der Königinnen an, aber sie hatte ständig das Bild von Marie Laveau vor Augen, ihr schimmerndes Gesicht, die unheimlichen, tiefdunklen Augen. Sie zuckte zusammen, als sie jemanden hinter sich hörte, nicht den jungen Mann, sondern einen hochgewachsenen, asketisch aussehenden Schwarzen mit grauem Haar. Er trug einen eleganten grauen Anzug und ein weißes

Hemd mit Krawatte. In der Hand hatte er Lorraines Visitenkarte.

»Sind Sie Mrs. Lorraine Page?« Seine Stimme war ruhig und tief.

»Nein, ich bin ihre Assistentin, ihre Partnerin, mein Name ist –«

»Würden Sie bitte mitkommen?« Er zeigte auf ein Zimmer weiter hinten.

Rosie hatte solche Angst, daß ihr Herz schneller schlug. Sie war sicher, daß es erheblich dunkler geworden war, und das Trommeln ängstigte sie zusätzlich.

»Was genau wollen Sie wissen?«

Rosie trat von einem Fuß auf den anderen. »Nun, das ist eine vertrauliche Angelegenheit, aber wir wurden von Mr. und Mrs. Robert Caley beauftragt.«

»Und wozu?« fragte der Mann und ließ den Blick nicht von ihr weichen.

»Äh, sie haben eine Tochter namens Anna Louise, die vor elf Monaten von hier verschwand. Nun, nicht genau von hier, aber aus New Orleans.«

»Ja, ich erinnere mich, ich habe davon gelesen«, brummte er. »Und was hat dieser Film zu tun mit diesen… Caleys, sagten Sie?«

»Elizabeth Caley hieß früher Elizabeth Seal.«

»Ah ja, die Schauspielerin, eine sehr schöne Frau.«

Rosie hatte ein wenig Selbstvertrauen zurückgewonnen und trat näher zu ihm. »Ihr erster Film hieß *Sumpf*, und bei ihr zu Hause hängt ein Porträt, das fast identisch ist mit dem von –«

»Königin Marie Laveau.«

»Ja. Und wir, also Mrs. Page und Captain Rooney, der auch für die Agentur arbeitet, würden den Film gerne sehen.«

»Warum?«

Rosie befeuchtete die Lippen. »Äh, um ehrlich zu sein, das weiß ich gar nicht, wir versuchen nur, Hintergrundinformationen zu finden, und es war ein Zufall, daß ich heute hier war und das Bild gesehen habe, und das ist eigentlich schon alles.«

»Aha, das ist alles. Aber es ist nicht ganz so einfach.«

»Wie meinen Sie das?«

Er beugte sich vor, und das Kerzenlicht beleuchtete sein strenges Gesicht. »Ich muß Ihnen etwas erkären. Königin Marie ist ein sehr wichtiger Bestandteil unseres Erbes. Wir sind stolz auf sie, wir beten sie an, sie hat uns Hoffnung und Glauben gebracht, als wir sonst nichts hatten. Wir hatten große Einwände gegen diesen Film, eine für Hollywood typische Geldscheffelei, die alle Tatsachen verzerrte. Dieser Film sollte vergessen werden, und niemand in New Orleans, niemand in ganz Louisiana, wird je akzeptieren, daß es ihn gibt.«

»Es ging in diesem Film also um Voodoo?«

Er starrte sie an, und dann schüttelte er lächelnd den Kopf. »Sagen wir, es war der Versuch eines Porträts unserer Königin, und es endete in einer Beleidigung ihres Andenkens. Es fing schon damit an, die Rolle mit einer Weißen zu besetzen: Elizabeth Seal mag schwarzes Blut haben, aber sie schämt sich, es zuzugeben, obwohl sie seit vielen Jahren eine großzügige Wohltäterin unserer Sache ist.« Er verbeugte sich. »Wenn Sie mich also entschuldigen möchten.«

»Wollen Sie damit sagen, daß Elizabeth Caley –«

»Eine Gläubige ist, und eine sehr großzügige Frau. Bitte übermitteln Sie ihr mein Mitgefühl bezüglich ihrer Tochter. Guten Abend.«

»Danke«, stotterte Rosie, immer noch unsicher, ob sie richtig gehört hatte. Aber sie wartete nicht mehr. Die Trommelschläge waren jetzt synchron mit ihrem Herzschlag, und das erschreckte sie fast zu Tode.

Lorraine saß in dem drückend heißen Büro im Polizeirevier. Eine Polizistin in Uniform nahm ihre Aussage auf. Ein Sergeant in Zivil saß hinter einem unaufgeräumten Schreibtisch, und sein Stuhl knarrte bei jeder Bewegung.

»Sie haben also keine Ahnung, wieso Miss Tilda Brown sich das Leben genommen hat?«

»Nein. Wie ich bereits sagte, war ich nicht länger als eine

Dreiviertelstunde bei ihr. Ich bin mit ihr noch einmal ihre früheren Aussagen durchgegangen, ob Anna Louise Caley sie am Abend ihres Verschwindens besucht hatte oder nicht, Routinefragen …«

»Wirkte sie aufgeregt oder verängstigt?«

»Sie war Anna Louises beste Freundin, also war sie selbstverständlich verstört.« Ihr Hirn arbeitete mit Höchstgeschwindigkeit, und sie beschloß, das Foto nicht zu erwähnen, ebensowenig wie Tildas Andeutungen über Anna Louise und ihren Vater.

»Nun, es ist eine Tragödie, aber wer weiß, was im Kopf einer Jugendlichen vor sich geht?« sagte der Sergeant, und wieder knarrte sein Stuhl unheilverkündend.

»Ja, wer weiß«, wiederholte sie, und dann fragte sie zögernd: »Sind Sie sicher, daß es Selbstmord war? Hat sie einen Brief hinterlassen?«

Er runzelte die Stirn. »Es gibt keine Anzeichen, daß jemand beteiligt war.«

»Und gab es einen Brief?«

Er nickte. »Ich kann den Inhalt nicht wiedergeben, da es sich um einen persönlichen Brief an ihre Eltern handelte. Sie war ihr einziges Kind.«

»Aber es war Selbstmord?«

»Ja. Sie trug nur einen Seidenkimono, und sie hat den Gürtel benutzt, ihn an eine Gardinenstange gebunden, ist auf einen Hocker geklettert und hat ihn weggetreten. Es gibt keine Anzeichen von Gewaltanwendung an ihrem Körper, nur die Spuren des Gürtels. Ihre Mutter hat sie gefunden. Sie mußte ruhiggestellt werden. Wie ich schon sagte, sie war das einzige Kind.«

Lorraine ging im Hotel an der Rezeption vorbei und erklärte, sie wolle auf keinen Fall gestört werden, auch nicht von ihren Mitarbeitern, die im selben Hotel wohnten.

In der Zwischenzeit waren noch mehr Nachrichten gekommen, aber Lorraine ignorierte die Umschläge, die man unter ihrer Tür hindurchgeschoben hatte. Sie hatte nicht einmal diejenigen geöffnet, die sie zuvor mitgenommen hatte. Sie war vollkommen erschöpft und wollte niemanden mehr sehen, mit niemandem sprechen, nicht einmal mit Robert Caley, denn sie gab sich die Schuld am Tod von Tilda Brown. Sie wollte noch einmal alles durchgehen, was sie gesagt hatte, alles, was Tilda Brown ihr mitgeteilt hatte, denn irgendwo mußte es einen Hinweis darauf geben, wieso ein hübsches achtzehnjähriges Mädchen, das alles hatte, sich das Leben nahm. Vielleicht gab es sogar einen Hinweis auf Anna Louise Caleys Verschwinden.

13

Nick hatte zusammen mit Bill Rooney mehr als nur ein paar Bierchen getrunken. Sie hatten ihre Notizen ausgetauscht, über die neuesten Entwicklungen diskutiert, und dann war Rosie zu ihnen gestoßen und hatte ihnen von ihrer Begegnung im Museum erzählt. Beim Essen in einem nahe gelegenen Bistro hatten sie sich dann weiter unterhalten. Alle drei waren der Ansicht, daß Robert Caley nicht mehr ihr Hauptverdächtiger war und daß sie sich auf Juda Salina und ihre Drogen- und Voodoo-Verbindung konzentrieren sollten, vor allem, nachdem sie nun wußten, daß Fryer Jones nach Anna Louises Verschwinden von der Polizei verhört worden war.

Es war nach zehn, als sie zurück ins Hotel kamen. Rooney und Rosie waren müde, aber Nick war hellwach, denn er war immer schon eine Nachteule gewesen. Als sie hörten, daß Lorraine zwar in ihrem Zimmer war, aber nicht gestört werden wollte, ärgerte das Nick, aber die beiden anderen waren dankbar.

Nick ging auf sein Zimmer, lief darin auf und ab und trank eine viertel Flasche Wodka, bevor er beschloß, doch noch zu Lorraine zu gehen. Er klopfte an ihre Tür und wartete, dann sah er sich schnell nach links und rechts um und holte seinen eigenen Zimmerschlüssel heraus. Er kannte genug Hotels, um zu wissen, daß die Sicherheit in bezug auf die Schlüssel häufig zu wünschen übrig ließ. Und er hatte recht – sein Schlüssel paßte, und er öffnete Lorraines Tür.

Nick blieb stehen und schaute sie an. Langsam drehte er den Verschluß der Wodkaflasche auf und trank einen Schluck. Lorraine lag auf dem Bauch, ein Arm hing über der Bettkante, den anderen hatte sie unter das Kissen gesteckt, und das Laken bedeckte sie nur bis zur Taille. Nick kam näher, setzte sich auf das Bett neben dem ihren, um diesen Anblick in sich aufzunehmen. Er wollte neben ihr liegen, nackt, das wünschte er sich. Lorraine schlief lautlos, den Mund leicht geöffnet, und selbst im trüben Licht konnte Nick die Narben auf ihren Armen und dem Rücken sehen. Durch den Alkohol verlor er seine Hemmungen mehr und mehr, und schließlich legte er die Flasche neben das Bett und strich sanft mit der Hand über Lorraines Rücken; sie rührte sich und drehte sich langsam zu ihm um, während sie erwachte.

»Nick?« murmelte sie leise, immer noch verschlafen.

»Ja«, erwiderte er. Sie griff langsam nach dem Laken, um ihre nackten Brüste zu bedecken.

»Verdammt, wie bist du hier reingekommen?«

»Ich hab einfach tief Luft geholt und die Tür aufgepustet.«

»Du bist betrunken«, sagte sie und gähnte.

»Noch nicht, aber ich konnte mich einfach nicht von dir fernhalten.«

Sie setzte sich auf, wickelte sich fester ins Laken. »Du solltest lieber gehen. Du bist verrückt, Nick.«

»Ich weiß, aber wie ich schon sagte – ich konnte es nicht lassen.«

Lorraine seufzte. Das hatte ihr gerade noch gefehlt, und langsam wurde sie ärgerlich. »Ich muß schlafen, Nick.«

Er stand plötzlich auf. »Ich weiß. Tut mir leid, ich war immer ein Idiot, aber –«

Sie ließ sich zurücksinken, starrte ihn an. »Aber was?«

Er wich ihrem Blick aus.

»Aber was, Nick?«

Er lachte leise. »Glaubst du, ich könnte einen Kuß bekommen, nur einen – dann verschwinde ich wieder.«

»Du spinnst, weißt du das?«

»Ja, aber das ist alles, was ich will – nein, stimmt nicht, ich möchte erheblich mehr, aber vielleicht ist es wirklich nicht die richtige Zeit dafür.«

»Du solltest lieber gehen«, sagte sie noch einmal, aber sie lächelte. Sie konnte nichts dagegen tun, irgendwie verwirrte er sie, das wußte sie, und vielleicht wußte er das auch.

»Komm her, Bartello, wir machen einen Handel über ...«

»Einen Kuß«, sagte er und sprang beinahe über das Bett, um sich zu ihr zu setzen und sie in die Arme zu nehmen. Sie setzte sich auf und küßte ihn auf die Lippen, und als das Laken herunterrutschte, beugte er den Kopf und küßte eine ihrer Brustwarzen.

»Nick, das reicht jetzt.«

Er stöhnte, ließ die Zunge über ihre Brust gleiten, dann nahm er das Laken und deckte sie wieder zu.

»Gute Nacht, Prinzessin. Ich liebe dich.«

Sie sah ihm nach, wie er zur Tür hinkte, sich noch einmal umdrehte, und dann war er weg. Manchmal erinnerte er sie so stark an Jack Lubrinski, daß sie hätte weinen können, aber er war nicht Jack, er war Nick Bartello, und als sie sich wieder zusammenrollte, spürte sie die Wärme seiner Liebe, und obwohl sie es nicht zugeben wollte, war es angenehm.

Nick konnte nicht schlafen. Auch um elf Uhr war er immer noch ruhelos, also beschloß er, noch einmal in Fryers Bar zu gehen und zu sehen, was er herausfinden konnte. Es war beinahe zwölf, als er das Hotel verließ.

Robert Caley hatte gegen sieben Uhr begonnen, Scotch zu trinken, und nun hatte er sich beinahe nüchtern getrunken. Die einzige Frau, für die er sich seit Jahren interessiert hatte, rief ihn nicht nur nicht an, sie hatte ihn auch in einem Ausmaß verraten, daß er nicht wußte, ob er lieber sie oder sich selbst umbringen sollte. Lloyd Dulay war wie ein Besessener über ihn hergefallen, hatte ihn angeklagt, es mit seiner eigenen Tochter zu treiben und ihm mit sichtlichem Vergnügen mitgeteilt, der Gouverneur habe ihm vertraulich angedeutet, er halte eine breitere Verteilung des Eigentums am geplanten Casino und den Lizenzen für angemessen, und er, Lloyd, werde nicht zögern, sich der Dubloons-Gruppe anzuschließen. Schließlich hatte Dulay verkündet, Caley steckte wohl bis zum Hals in der Scheiße, und wenn er noch einen weiteren Cent des Trustfonds seiner Tochter benutzte, würde er sich vor Gericht wiederfinden.

»Woher hast du all diesen Mist?« hatte Caley wütend gefragt.

Dulay hatte gezögert, dann aber Caley offen ins Gesicht gesehen. »Von dieser Detektivin, Lorraine Page.«

Caley verstand die Welt nicht mehr. Die Anklagen waren wie Stiche direkt in sein Herz gewesen. Warum, fragte er sich immer wieder, warum tat sie das? Wie konnte sie in der Nacht in seinen Armen liegen und am nächsten Tag systematisch versuchen, ihn zu zerstören, wenn das nicht schon die ganze Zeit ihre Absicht gewesen war? Er konnte es nicht glauben. Der Alkohol half, den Schmerz zu betäuben, und je mehr er trank, desto überzeugter war er, daß sie ihm so etwas nicht antun würde. Aber als er immer wieder anrief und keine Antwort erhielt, wurde er wütend auf sich selbst, weil er so abhängig von ihr war, wütend, daß er genau das vielleicht sein ganzes Leben lang gewesen war.

Die Wut wurde größer, als er ein Telegramm erhielt, das ankündigte, Elizabeth habe die Klinik auf eigenen Wunsch verlassen und Edward angewiesen, sie nach New Orleans zu fliegen. Caley rief Phyllis an, nur um zu erfahren, daß Dulay Elizabeth angerufen hatte. Phyllis hatte ihm die Nummer der Klinik gegeben.

Um Mitternacht war Caley betrunken, verletzt und verwundert – und er sah sich dem Bankrott gegenüber. Aber er versuchte immer wieder, Lorraine zu erreichen, wollte unbedingt mit ihr sprechen, wollte ihr eine Chance geben, ihm alles zu erklären, denn er wollte immer noch nicht glauben, daß sie ihn verraten hatte. Nichts sonst war ihm wichtig, nicht das Geld, nicht einmal mehr Anna Louise, nur daß Lorraine, die Frau, in die er sich vollkommen und blind verliebt hatte, ihn ausgenutzt haben sollte. Selbst als Elizabeth ihn anrief, fühlte er sich nur betäubt. Sie klang ruhig und distanziert und wütend. Sie weigerte sich, ihm zu sagen, wieso sie das Krankenhaus verlassen hatte und erklärte nur, sie werde nicht ins Hotel kommen, sondern sofort in ihr Haus im Garden District fahren.

Dulay mußte ihr etwas gesagt haben, aber Caley hatte nicht mehr die Energie für einen Streit am Telefon und wollte sie lieber persönlich sehen. Er fragte allerdings, ob Lorraine Page ebenfalls in der Klinik angerufen habe. Elizabeth schien überrascht. Dann hörte er, wie sich Angst in ihre Stimme mischte.

»Hat sie etwas herausgefunden?«

Caley seufzte und zog an seiner Zigarette. »Kann sein, aber ich glaube nicht, daß es etwas mit Anna Louise zu tun hat…«

»Was sonst?« wollte Elizabeth wissen. Ihre Stimme zitterte.

»Du bist diejenige mit den Geheimnissen, Elizabeth. Ich bin nur der Dummkopf, der zu allem ja und amen gesagt hat.«

Sie schwieg. Und dann: »Glaubst du, wir sollten sie nicht weiterbezahlen?«

»Wir? *Wir?* Du hast sie mit dieser Ermittlung beauftragt, Elizabeth, nicht ich. Nur du kannst sie rauswerfen. Und sie ist nur für zwei Wochen engagiert, nicht wahr? Hör einfach auf zu bezahlen.«

Wieder schwieg sie lange, und er konnte ihren Atem hören, wußte, daß sie einen Angstanfall erlitt, aber diesmal war es ihm gleich, diesmal war er nicht da, um alles für sie zu regeln und sie ins Bett zu bringen.

»Es gab noch einen Bonus«, sagte sie leise.

»Was?« Er zündete sich eine neue Zigarette an. »Wovon redest du da?«

Sie holte tief Luft. »Sei nicht böse, aber ich habe ihr eine Million angeboten, falls sie Anna Louise findet.«

Er schloß die Augen. Sie weinte, und auch ihm war nach Weinen zumute. »Das ist deine Angelegenheit. Wir sehen uns im Haus.« Er legte auf, bevor sie antworten konnte, dann ließ er sich mit dem Empfang verbinden und sagte, er wolle nicht mehr gestört werden.

Er legte sich aufs Bett, inhalierte tief und ließ den Rauch wieder aus den Lungen dringen. Ein Bonus von einer Million! Kein Wunder, daß sie mit ihm ins Bett gegangen war. Wäre Lorraine Page in diesem Augenblick ins Zimmer gekommen, hätte er sie auf der Stelle erwürgt.

Lorraine schlief, traumlos und erschöpft. Sie hatte das Laken weggeschoben und lag da, glänzend vor Schweiß. Aber nichts weckte sie, nicht das rote Licht an ihrem Telefon, als neue Anrufe kamen, einer um Mitternacht, einer um Viertel nach zwölf und der letzte um Viertel nach eins.

Juda Salina erwachte schweißgebadet. Sie konnte spüren, wie sich ihr die Kehle zuzog und wußte, daß das, was sie vor ein paar Tagen vorausgesehen hatte, nun geschah.

»Raoul«, krächzte sie, dann schrie sie: *»Raoul, komm sofort her!«*

Blinzelnd und mit verquollenen Augen stand er in ihrer Schlafzimmertür. »Ja? Was ist denn?«

»Wasser! Bring mir ein Glas Wasser.«

Es geschah, und sie konnte nichts tun, um es zu verhindern. Was sie gesehen, was sie gespürt hatte, würde sie wieder durchmachen müssen, und es ärgerte sie, daß sie so offen für diesen Schmerz war. Aber das war die Macht, die Gott ihr gegeben hatte, und so sehr sie es auch haßte, sie mußte es geschehen lassen. Es war der Wille der Geister, sie war auserwählt, und es gab nichts, was sie dagegen tun konnte.

Raoul reichte ihr ein Glas lauwarmes Wasser, sie trank es schnell, und ihre dickliche Hand zitterte. Er war stehengeblieben und wartete. »Bist du krank?«

Sie schüttelte den Kopf und ließ sich seufzend wieder in den Kissenberg sinken. »Nein, ich bin nicht krank. Wir fahren trotzdem.«

»Willst du noch mehr Wasser?«

»Nein. Setz dich lieber eine Weile her und sprich mit mir.«

Er setzte sich auf ihre Bettkante, den Gürtel des kurzen Bademantels fest um die Taille gezurrt.

»All das Durcheinander zu Hause geht in ein paar Tagen los, und Ruby ist schon ganz unruhig.«

Wieder seufzte Juda. »Hast du mit deiner Mama gesprochen?«

Er nickte. »Ja. Sie hatte Jesse und Willy mit dem Besen verprügelt, weil die sich bekifft haben und bei Fryer aufkreuzten, und Sugar May will unbedingt Sängerin werden, also hängt sie auch immer da rum. Mama macht sich deswegen ziemlich verrückt.«

Juda nickte. »Ruby hat ein hübsches Gesicht und einen sehr schönen, festen Körper, aber ich glaube nicht, daß sie das Wissen hat, deshalb wird sie sich schon durchschlagen. Aber wenn wir heimkommen, nimmst du dir deine Brüder vor und sagst ihnen, sie sollen sich von Fryer Jones fernhalten. Wenn nicht, wird es ihnen schlecht ergehen, und dasselbe gilt für Sugar May.«

Sie schloß die Augen und er begann, an den Nägeln zu kauen.

»Du nimmst doch keine Drogen mehr, Raoul?«

»Nein, Tante Juda. Nicht mehr, seit ich für dich arbeite.«

»Guter Junge. Das Zeug ist schlecht für dich. Und hör auf, so mit dem Fuß zu wippen, das geht mir auf die Nerven. Du bist die letzte Zeit so unruhig. Wenn du nicht schlafen kannst, mach dir was von diesem Tee, den ich für Mrs. Caley zusammengestellt habe.«

»Der wirft einen Elefanten um«, sagte er und kaute weiter an den Nägeln.

»Ich hab ihn im Lauf der Jahre immer stärker machen müssen...«

Er schlug die Beine übereinander und fing sofort wieder an, mit dem Fuß zu wippen. Er konnte nicht aufhören, sein ganzer Körper zuckte, er wollte zurück zu seiner Pfeife, er hatte gerade geraucht, als sie nach ihm gerufen hatte. Wenn sie ihm in die Augen gesehen hätte, hätte sie es selbst entdeckt: Raoul rauchte kein Ganja mehr, er war jetzt auf Crack. Sobald sie schlief, würde er sich in die Clubs schleichen und zurückkommen, ehe sie wieder erwachte.

Nick war auf dem Weg zu Fryer Jones' Bar, die Hände in den Hosentaschen, eine Zigarette im Mundwinkel. Er hörte eine Fehlzündung, wie ein Schuß, und er bückte sich automatisch, drehte sich um und wich zur Wand hin aus. Krach, wieder eine Fehlzündung, und dann hörte er laute Musik, als ein alter Camaro auf ihn zukam.

Willy war high. Sein Bruder Jesse hing aus dem Fenster und schrie: »Ich hab dir doch gesagt, er ist es. *Los, Willy, fahr zu!*«

Nick seufzte genervt; er hatte kein bißchen Angst vor den beiden bekifften Kids, aber er nahm die Hände aus den Taschen und sah sich um, überlegte, in welche Richtung er sich wenden sollte, ob es einen Zeugen gab, der sehen würde, was er mit ihnen machte.

»He! Arschloch!«

Der alte Camaro kam ein paar Meter vor Nick ruckend zum Stehen. Nick wich weiter an die Wand zurück, die Fäuste geballt, bereit, sie beide zu verprügeln und zur Not den kleinen 22er aus dem Stiefel zu holen.

Willy legte krachend den Rückwärtsgang ein, und der Camaro bewegte sich nach hinten. Willy hatte nicht auf den Bürgersteig fahren wollen, er hatte sich nur verschätzt. Jesse hing immer noch aus dem Fenster und verfluchte den Kerl, der sie letzte Nacht verprügelt hatte. Aber heute war er allein, kein Fryer Jones war in der Nähe. Als Nick sich zur Seite bewegte, um dem Auto auszuweichen, knickte sein Bein um. Er stolperte und hatte sich gerade wieder aufgerichtet, als Jesse sich kreischend auf ihn stürzte und einen angeberischen Kung-Fu-Tritt ausprobierte. Nick packte seinen Fuß und drehte ihn um, Jesse verlor das Gleichgewicht.

»Schnapp dir den Scheißkerl, Willy!«

Willy rannte auf Nick zu, einen Baseballschläger in der Hand, holte wild aus, traf Nick, der sein Gesicht schützen wollte, am Unterarm. Wieder gab Nicks Bein nach, was Jesse genug Zeit gab, wieder aufzustehen. Er nahm seinem Bruder den Baseballschläger ab, und als die beiden auf ihn zudrängten, duckte Nick sich und rannte davon, auf eine hell erleuchtete Bar zu. Er rannte so schnell er konnte, behindert durch sein Bein, und es dauerte einen Augenblick, bis er die Pistole aus dem Stiefel geholt hatte. Beide Jungen waren dicht hinter ihm, Jesse holte mit dem Schläger aus. Kurz bevor er die Bar erreichte, stolperte Nick wieder. Willy überholte ihn, und Nick sah, wie der Junge ein Messer zog. Er hob die Hände, schnappte nach Luft.

»He! Leute, immer mit der Ruhe...«

Nick sah die Gasse rechts von der Straße aus und sprang zwischen den beiden durch, aber Jesse versetzte ihm noch einen Schlag an den Kopf, direkt über seinem Ohr. Nick konnte das Neonlicht eines Schnapsladens sehen und versuchte, sich dorthin zu retten. Seine Lungen brannten, der Schmerz in seinem Bein war unerträglich, und sein Kopf dröhnte, aber er schaffte es bis zum Eingang. Die Tür war verschlossen. Er drückte auf die Klingel und warf sich gegen die Tür.

»Aufmachen! Verdammt, macht die Tür auf!«

Die beiden Jungen grinsten. Einer schwang den Baseballschläger, der andere ließ das Messer aufschnappen. Nick saß in der Falle.

Raoul saß immer noch am Bett seiner Tante, er zuckte jetzt am ganzen Körper und wollte nur noch zurück zu seiner Pfeife.

»Soll ich noch bei dir bleiben?«

Sie gab keine Antwort. Er stand auf und beugte sich zu ihr, war überzeugt, daß sie schlief, und dann jagte sie ihm einen Todesschrecken ein. Sie setzte sich auf, umklammerte ihren Hals und begann zu würgen. Er wich zurück – nicht, daß er so etwas noch nicht gesehen hatte, seine Mama hatte oft solche Krämpfe, und er konnte das nicht ausstehen. Er hatte es immer gehaßt, daß alle möglichen Leute in ihr schäbiges Haus gekommen und dort in dem verdunkelten Wohnzimmer herumgetobt und -geschrien hatten. Die Kinder waren immer in den Hof gesperrt worden.

Juda wand sich auf dem Bett, das unter ihrem Gewicht knarrte und ächzte. Einmal war es sogar nahe dran umzukippen, als sie sich auf die Seite rollte. In diesem Augenblick sah Raoul die alte Holzkiste, und er bekam noch mehr Angst vor Judas Grunzen und Stöhnen. Speichel lief ihr über das fette Kinn, sie hatte Schaum in den Mundwinkeln, aber Raoul konnte nur noch an die Kiste denken, denn er wußte, was darin war.

Nick Bartello konnte nicht mehr ausweichen. Er versuchte, seine 22er zu erreichen, aber der Junge schlug ihn auf den Arm, und er hörte, wie der Knochen brach. Er war hilflos, aber er erinnerte sich an ihre Gesichter, so jung, die beiden arroganten Schwarzen, die er aus Fryers Bar geworfen hatte. Er wehrte sich nach Kräften, aber er wußte, er war am Ende, und mit diesen Schmerzen im Bein hatte er keine Chance gegen sie. Er rollte sich zusammen, versuchte, seinen Kopf mit den Händen zu schützen. Dann beugte sich einer der Jungen über ihn, und er sah das Messer. Lorraines Gesicht war das letzte Bild, das er vor Augen hatte.

Fryer Jones saß auf seinem Hocker an der Theke. Willy und Jesse Corbello kamen herein und setzten sich neben ihn. Fryer griff nach seiner Posaune, als Willy das Gris-Gris auf die Theke warf.

»Ist das deins, Fryer?«

Er hob es auf, spürte das klebrige Blut an den weißen Knochen und seufzte. »Jungs, ihr habt gerade etwas sehr Schlimmes getan. Das hier hat mir gehört, und es wurde im Guten gegeben.«

»Du hast uns nicht gegeben, was du uns versprochen hast, du alter Dreckskerl, und außerdem wirst du für uns dasselbe tun, was wir für dich getan haben. Wir waren den ganzen Abend hier, Mann, wir haben die Bar nie verlassen«, sagte Jesse und beugte sich über die Theke nach einem Bier.

Willy öffnete Nick Bartellos Brieftasche. »Wen interessiert das schon? Es hat uns eh keiner gesehen. He! Eine Lokalrunde, wir haben uns gerade ein paar Dollar beschafft.«

Fryer betrachtete die Jungen und zuckte die Achseln. Sie waren nicht mehr zu kontrollieren, brachten sich selbst nur noch in Schwierigkeiten, genau wie ihr verrückter Bruder Raoul. Er sah das Gris-Gris an, das er dem armen Kerl gegeben hatte. Er kippte sein Bier darüber, wusch das Blut ab, dann hängte er es sich wieder um.

»Ich glaube, ich sollte auf die Bühne«, sagte er. Er schob sich vom Barhocker und machte sich auf den Weg. Als er an zwei untersetzten Männern vorbeikam, die Karten spielten, murmelte er: »Verpaßt ihnen eine ordentliche Lektion, sie haben's bitter nötig.«

Die beiden Jungen saßen an der Theke, lachten und witzelten, tranken ihr Bier und waren überzeugt, Herren der Lage zu sein. Immerhin waren sie die Söhne einer Salina-Schwester.

»Wo ist Nick?« fragte Lorraine, als sie sich am Frühstückstisch zu Rosie und Rooney gesellte.

»Keine Ahnung, aber wir sind alle früh ins Bett gegangen«, meinte Rooney und studierte die Speisekarte. »Ich hab in seinem Zimmer angerufen, aber es geht keiner ran.«

Lorraine setzte sich und holte die kleinen weißen Umschläge mit den Telefonnachrichten heraus.

»Wie war es gestern abend?« fragte Rosie und winkte der Kellnerin.

Lorraine begann, die Umschläge aufzuschlitzen. »Sie wissen nicht genau, wann Tilda Brown sich aufgehängt hat, aber es war vermutlich zwei oder drei Stunden, nachdem ich gegangen war.« Sie hatte insgesamt fünfzehn Nachrichten von Robert Caley, und eine darunter besagte, daß seine Frau auf dem Weg nach New Orleans sei. Dulay hatte viermal angerufen, Nick zweimal. Sie bemerkte die Zeit des letzten Anrufs. »Ich denke, Nick schläft noch. Sieht aus, als wäre er doch nicht so früh ins Bett gegangen.« Sie warf Rooney den Zettel zu.

Rosie hatte die Speisekarte gelesen und wandte sich jetzt an Rooney.

»Vielleicht sollten wir doch mit dem Zucker vorsichtiger sein. Ich weiß, wir hatten einen Pakt, aber ich muß ehrlich sagen, ich habe mich viel wohler gefühlt, bevor ich hier wieder angefangen habe, wie ein Schwein zu fressen.«

Er nickte. »Dann bestell du für mich.«

»Gut. Vielleicht sollten wir nur Obst nehmen.«

»Gut«, sagte er, und dann wurde er rot, weil er Lorraines Blick und ihr Lächeln bemerkt hatte.

»Warum schaust du mich so an?«

»Es ist schön zu sehen, daß ihr beiden so gut miteinander auskommt.«

»Mir ist aufgefallen, daß du dich ganz gut mit Nick angefreundet hast«, warf Rosie ein, weil sie befürchtete, Lorraine könnte ihre Freundschaft mit Rooney für unprofessionell halten.

»Du mußt dich doch nicht verteidigen, Rosie, und du hast recht, ich komme wirklich gut mit Nick zurecht, er ist in Ordnung, aber das heißt noch nicht, daß es zu einer Doppelhochzeit kommen wird –«

Rooney schnappte nach Luft. »Wer redet denn hier vom Heiraten? Rosie und ich machen nur dieselbe Diät.«

Schnell klappte Rosie die Speisekarte vors Gesicht – sie wollte nicht, daß Rooney sah, wie sehr seine Bemerkung sie enttäuscht hatte.

»Also Obst für alle?« fragte sie mit ausdrucksloser Stimme.

Juda Salina schlurfte ins Bad und rief nach Raoul, er solle Kaffee aufsetzen und das Auto vorfahren. Es war eine schlimme Nacht gewesen, aber nun war es vorüber, die dunkle Wolke hatte sich gehoben. Sie senkte sich eine Viertelstunde später wieder über Juda, als sie die Küchentür aufstieß und feststellte, daß kein Kaffee auf dem Herd stand und Raouls Schlafsack noch mitten in der Küche lag. Und die Wolke wurde dunkler, als sie in ihr Schlafzimmer zurückkehrte, denn direkt unter der

Bettkante erspähte sie ihre kostbare Holzkiste. Trotz ihres Umfangs bückte sie sich und holte sie heraus. So nah am Rand hatte die Kiste sonst nicht gestanden! Normalerweise konnte Juda sie sogar unter der Matratze und dem Sprungrahmen spüren – ein zusätzlicher Schutz vor Diebstahl.

Juda stieß einen lauten Schrei aus, als sie sah, daß all ihre Ersparnisse verschwunden waren, mehr als hundertfünfzigtausend Dollar. Geld, das sie für Rubys Mitgift gespart hatte, für ihre Mardi-Gras-Gewänder, für ihre Schwester und deren Kinder. Ihre gesamten Ersparnisse!

Zuerst dachte Edith Corbello, es sei eine ihrer Kundinnen, die dort am Telefon kreischte; es dauerte eine Weile, bevor ihr klar wurde, daß es ihre Schwester war.

»Ruhig, Juda, ganz ruhig, ich versteh kein Wort von dem, was du sagst.«

Schließlich brachte Juda heraus, daß Raoul alles gestohlen hatte, was sie besaß, die Ersparnisse ihres ganzen Lebens, alles, wofür sie so schwer gearbeitet hatte, damit sie später in New Orleans im Stil der alten Tage leben konnte.

»Nein, nein, Liebes, du mußt dich irren.«

»Ich irre mich nicht, er hat sogar mein Auto mitgenommen, Edith, dieser kleine Scheißkerl hat mein Auto!« Juda mußte sich am Bett festhalten, und ihr gewaltiger Busen bebte. »Ich habe nie etwas Böses getan, Edith, das weißt du, aber so wahr mir Gott helfe, diesem Jungen werde ich es zeigen. Ich werde ihn dazu bringen, seine eigenen Eingeweide zu fressen; er wird sich noch wünschen, nie geboren zu sein.«

Wütend knallte sie den Hörer auf die Gabel. Sie sackte auf einen Stuhl, schlug die Hände vors Gesicht und weinte. Wie oft hatte Mrs. Caley ihr geraten, sie solle ihr Geld auf die Bank bringen, und immer hatte sie sich geweigert. Unter Tränen verfluchte sie Raoul. Sie hatte nicht einmal mehr genug Geld, um zum Karneval nach Hause zu fliegen, sie würde nicht sehen, wie Ruby gekrönt wurde.

Schließlich wichen Tränen und Wut einer tiefen Depression,

und sie blieb sitzen, als wäre sie an den Stuhl gebunden. »Wie konnte er mir das antun?« sagte sie immer wieder, dann schaute sie zur Decke. »Wie kann es sein, daß die Geister mit mir sprechen, ich aber nicht weiß, daß mich mein eigen Fleisch und Blut bestiehlt?«

Sie wischte sich das Gesicht, putzte die Nase und griff noch einmal zum Telefon. Vielleicht würde *sie* ihr helfen, wie sie ihr all diese Jahre geholfen hatte.

Phyllis ging an den Apparat und war erstaunt, die flehende Stimme am anderen Ende zu hören. »Juda? Mrs. Salina, sind Sie das?«

»Ja, Phyllis. Es ist etwas Schreckliches passiert, und ich muß mit Mrs. Caley sprechen.«

Phyllis schürzte die Lippen. Was nun folgte, würde sie sicher genießen. »Es tut mir leid, Mrs. Salina, aber Mrs. Caley ist nicht zu Hause.«

»Können Sie sie bitten, sich bei mir zu melden?«

»Wenn sie hier anruft, werde ich es ihr ausrichten.«

Phyllis war überzeugt, daß diese schreckliche Person weinte, und als sie an all die Jahre dachte, in denen diese fette Kuh sie wie einen Fußabtreter behandelt hatte, genoß sie diesen Augenblick der Macht.

»Sie wissen ja, Phyllis, ich bin eine sehr gute und langjährige Freundin von Mrs. Caley, also bitte, ich flehe Sie an, wenn sie zu Hause anruft, sagen Sie ihr, sie soll sich bei mir melden. Diesmal bin ich es, die sie braucht, und ich brauche sie sehr.«

»Wie ich schon sagte, Mrs. Salina, ich werde es Mrs. Caley ausrichten. Auf Wiederhören.«

Sie legte gerade den Hörer auf, als Peters in den Flur kam.

»Wer war denn das?«

Phyllis folgte ihm ins Frühstückszimmer. »Diese schreckliche Juda Salina wollte mit Mrs. Caley sprechen. Ich habe ihr gesagt, ich würde es ausrichten, aber es könnte sein, daß es mir einfach entfällt. Ich habe sie immer gehaßt, sie ist eine Blutsaugerin, und Mr. Caley kann sie auch nicht ausstehen.«

Phyllis setzte sich Peters gegenüber an den Frühstückstisch, und Peters starrte zum Fenster hinaus.

»Schön, daß wir das Haus ganz für uns haben, nicht wahr?«

»Alles in Ordnung, Mrs. Caley?« fragte Edward, und Elizabeth ließ die Zeitschrift sinken.

»Sollten Sie nicht im Cockpit sein?«

Er lächelte. »Wir fliegen auf Automatik, Mrs. Caley.«

Sie wandte sich ab. »Wir bezahlen *Sie* dafür, die Maschine zu fliegen, Mr. Hardy, und nicht den Autopiloten. Bitte bleiben Sie im Cockpit; Sie wissen, wie unruhig mich das macht.«

Mario, der weiter hinten saß, blickte von seinem Buch auf. Edward warf ihm einen Blick zu und kehrte ins Cockpit zurück.

»Darf ich Ihnen etwas bringen, Mrs. Caley?«

»Nein, danke.«

Sie griff wieder nach der Zeitschrift, und die Hochglanzseiten verschwammen vor ihren Augen. Die Models in ihren strahlenden Posen und Kleidern erinnerten sie an den letzten Flug mit Anna Louise, und sie konnte die Stimme ihrer Tochter hören. »Das hier gefällt mir, Mama, was meinst du?«

Sie hatte erwidert, das Kleid sei einfach entzückend, ohne genau hinzusehen. Ihre Tochter zu beobachten, quälte sie; Anna Louise war so jung, so hübsch, und sie hatte ihr ganzes Leben noch vor sich. Sie beneidete Anna Louise um ihre Jugend, um ihre Begabung für den Sport. Sie war ihrem Vater so ähnlich, daß es Elizabeth manchmal verstörte, dieses blonde Haar und die leuchtenden blauen Augen zu sehen.

Elizabeth seufzte. Das Geheimnis um Anna Louises Vater würde in diesen Zeiten niemanden mehr kümmern, niemand würde sich daran stören, aber als sie in Anna Louises Alter gewesen war, und bei ihrem Hintergrund, war es sehr wichtig gewesen. Sie schloß die Augen und überdachte noch einmal ihr Leben. Wenn sie sich noch einmal anders entscheiden könnte, würde sie nie etwas mit dem Film zu tun haben wollen, daran zweifelte sie keine Sekunde lang – vor allem nicht mit *diesem* Film. Er hatte sie zerstört, hatte sie von Juda Salina und ihren

Leuten abhängig gemacht, und irgendwo tief drinnen sehnte sie sich danach, endlich frei zu sein. Vielleicht nahm sie deshalb so viele Drogen, spielte mit ihrem Leben. Sie sehnte sich nach Freiheit, nach Luft, nach Sonne, der Sonne, die sie nicht an ihre milchweiße Haut lassen wollte – nicht, weil sie sie verbrannte, sondern weil sie sie braun brannte.

Ihr brannten die Augen, und Tränen liefen ihr wie in Zeitlupe über die Wangen. Sie hatte ihre Fähigkeit, auf Kommando zu weinen, oft in ihrer Karriere genutzt und war stolz darauf gewesen, aber jetzt gab es keine »action«, keine Kameras. Die Tränen waren nur für ihr eigenes leeres, dummes, verängstigtes Leben.

Alle anderen hatten das Frühstückszimmer schon verlassen, nur Rosie, Rooney und Lorraine saßen immer noch an ihrem Tisch.

»Also gut, legen wir los«, sagte Rooney und schob seinen Stuhl zurück.

Lorraine drückte die Zigarette aus. »Versuch noch mal, bei Nick anzurufen. Wenn er nicht da ist, steck ihm einen Zettel unter der Tür durch und schreib ihm auf, wo wir sein werden, damit er sich mit uns in Verbindung setzen kann.«

»Gut, und du paßt auf dich auf.«

Lorraine lächelte. »Jawohl, Ma'am.«

»Hör mal, wegen diesem Video –«

Lorraine hatte den Arm leicht um Rosies Schulter gelegt.

»Warum fragst du nicht Lloyd Dulay? Er kennt Elizabeth schon so lange, und da du ihn ohnehin aufsuchen willst, dachte ich…«

»Eine gute Idee. Ich werde ihn fragen, Rosie.«

Rooney stand am Empfangstisch. Er drehte sich um, als die Frauen auf ihn zukamen. »Der Mistkerl ist nicht in seinem Zimmer, er war die ganze Nacht nicht hier.«

»Wahrscheinlich hat er sich eine Nutte gesucht«, sagte Lorraine ein wenig gereizt und ging zum Aufzug. Ihre Reaktion überraschte sie: Sie war eifersüchtig, aber sie verbarg es gleich wieder. Sie lächelte und sagte Rooney, er solle Nick ausschlafen lassen, aber nicht zu lange. Sie hatten nur noch eine Woche.

Edith Corbello fand Jesse auf dem Rücksitz des Autowracks. Er war schwer zusammengeschlagen worden, seine Nase und sein rechter Arm waren gebrochen. Er weinte vor Schmerz, aber als sie ihn fragte, wer ihm das angetan hatte, wimmerte er nur, er sei die Treppe hinuntergefallen.

Sie war gerade dabei, ihren Sohn zu verbinden, als sie hörte, wie die Haustür zufiel und Schritte den Flur entlangschlurften.

»Bist du das, Willy? *Willy, schaff deinen Arsch hier rein!*«

Sie glaubte, es sei Willy gewesen, der seinen Bruder geschlagen hatte, und als er in die Küche kam, war sie sicher. Er hatte zwei blaue Augen, seine Nase blutete, und er hatte eine gewaltige Beule an der Stirn. Sie hätte ihn geschlagen, aber er konnte kaum mehr laufen.

»Ich hab genug von euren Prügeleien, ich werde Fryer holen, damit er euch Manieren beibringt. Ich schaffe das einfach nicht mehr, und es wird Zeit, daß er ein bißchen Verantwortung übernimmt.«

»Es war Fryer, der das getan hat«, sagte Willy, und Jesse trat ihn so fest, daß er vor Schmerzen aufjaulte. Er hatte so viele blaue Flecken am Körper, daß man sie kaum verfehlen konnte.

»Du willst mir sagen, daß der alte Mistkerl euch das angetan hat? *Ja?*«

Jesse schüttelte den Kopf. »Nein, Mama, wir haben uns geprügelt, wir haben rumgealbert und ...«

Edith starrte ihn wütend an. »Du und dein Bruder, ihr geht jetzt sofort ins Krankenhaus. Ihr seht schrecklich aus, und dabei wird eure Schwester bald gekrönt. Ich will nichts mehr mit euch zu tun haben. Ich schäme mich für euch, habt ihr das verstanden?«

Sie stürmte hinaus. Sie hätte weinen können. Erst Judas Anruf, und nun das! Was für ein Tag, und dabei war es noch nicht einmal neun. Aber sie wußte, es konnte noch schlimmer werden, noch viel schlimmer, wenn sie Ruby sagen mußte, daß kein

Geld mehr für ihr Kleid da war, das bereits halb zusammengenäht war.

Ruby lag auf ihrem Bett, im besten Schlafzimmer des heruntergekommenen Hauses, mit einer Packung auf dem Gesicht. Sie würde morgen für eine ihrer Friseurzeitschriften fotografiert werden, nur eine Anzeige für den Salon, in dem sie arbeitete, aber es war ein Anfang. Als sie hörte, was ihre Mutter zu sagen hatte, sprang sie wütend auf. »Willst du behaupten, daß Raoul Tante Judas Geld gestohlen hat? Er hat es *gestohlen*?«

»Das hat sie gesagt, und jetzt hat sie nicht mal mehr genug für den Flug übrig.«

Ruby schrie vor Wut. Sie würde es nicht zulassen, daß ihr verrückter, cracksüchtiger Bruder sich ihr in den Weg stellte, wenn sie endlich eine Gelegenheit hatte, dieses Haus zu verlassen. Sie schluchzte und hämmerte gegen die Wand, und ihre Tränen hinterließen Spuren auf der Gesichtsmaske, und schließlich hockte Ruby sich in die Ecke wie ein kleines Mädchen und hatte überhaupt keine Kraft mehr. »Ach, Mama, was sollen wir nur tun?«

Nebenan hörte Sugar May alles und grinste von einem Ohr zum anderen.

Das geschah dieser eingebildeten Ziege recht. Ruby bekam immer alles, was sie wollte, mußte nie anderer Leute abgelegte Kleider tragen, wie sie selbst. Erfreut schlich sie sich aus dem Haus, als ein altes gelbes Taxi vorfuhr, um Jesse und Willy ins Krankenhaus zu bringen.

Edith saß auf Rubys Bett und war selbst den Tränen nahe. Sie war vollkommen ausgelaugt.

»Vielleicht sollten wir Vater Leroy fragen, Ruby.«

Ruby schüttelte den Kopf. »Der hat eine Frau und zwei Kinder und braucht sein Geld, Mama. Mit seiner Detektivarbeit kann er nicht viel Geld machen. Du weißt, wer der einzige mit genug Geld ist.«

Edith schüttelte den Kopf. »Ich würde Fryer nicht mal drum bitten, in einen Eimer zu spucken.«

»Ich rede nicht von Fryer«, fauchte Ruby. »Warum fragen wir

nicht Tante Judas vornehme Freundin, die die ganzen Jahre so viel gezahlt hat? Wir wenden uns direkt an sie, sie hat doch Geld, oder?«

Edith schüttelte den Kopf. »Nein, wir mischen uns nicht in Judas Angelegenheiten, Ruby. Diese Mrs. Caley ist ihr Lebensunterhalt, und es ist ihr Geld, das uns alle am Leben erhalten hat. Ich werde nichts hinter Judas Rücken tun.«

Ruby baute sich vor ihrer Mutter auf. »Ich weiß, daß du für Geld Sachen gemacht hast, gegen die du immer gewesen bist, das weiß ich, Mama.«

»Jetzt sei aber still.« Edith fügte als Warnung noch eine Ohrfeige hinzu.

Ruby wich zur Seite aus. »Ich hab's doch gesehen, Mama. Ich weiß, daß Juda wegen diesem sogenannten Tee hierhergekommen ist.«

Wieder schlug Edith zu. »Du hast hier überhaupt niemanden gesehen, *hast du mich verstanden?* Sag kein Wort über diese Geschichte, ich warne dich –«

Ruby gab nicht nach. »Nein, Mama, ich warne dich, denn dieser Tag wird der beste in meinem Leben werden, und niemand wird mir das nehmen.«

Ruby rannte hinaus, und Edith schlug die Hände vors Gesicht. Sie hörte, wie die Haustür zugeschlagen wurde und ging zum Fenster. Ruby ging die Straße entlang, immer noch mit der Maske auf dem Gesicht. Ein schrecklicher Morgen. Und es würde noch schlimmer werden.

Als sie die schmale Treppe hinunterstapfte, kam Sugar May vorbei, eine zusammengerollte Zeitung in der Hand. Sie erschlug eine Fliege damit.

»Wenn das die Zeitung von heute ist, Sugar May, dann versau sie nicht, bevor ich sie gelesen habe.«

Das junge Mädchen warf ihr die Zeitung zu. »Ich haue hier ab, ich werde Raoul suchen und die Millionen mit ihm teilen.« Sie streckte die Zunge heraus, und ihre Mutter schlug mit der zusammengerollten Zeitung nach ihr. Sugar May lachte nur und rannte nach draußen.

Gleich auf der Titelseite verkündete eine Schlagzeile »Exdebütantin begeht Selbstmord«. Edith ließ sich auf die Treppe sinken, und die Augen fielen ihr beinahe aus dem Kopf, als sie den ausführlichen Artikel über Tilda Browns Selbstmord las. Sie hatte das Gefühl, daß sich eine Schlinge immer fester um ihren Hals zog und ihr die Luft abschnürte

Ruby kniete vor dem hohen weißen Grabmal auf dem St.-Louis-Friedhof. Vor sich hatte sie das Ve-Ve von Marie Laveau gezeichnet, die gewundene Hieroglyphe, die den Geist der Voodoo-Königin beschwören würde, und jetzt zeichnete sie ein weiteres Kreuz zu all den Hunderten, die bereits das Grabmal zierten, drückte ihre Hand fest dagegen und klopfte an die Grabwand. Sie war so versunken in ihr Gebet zum Geist der toten Priesterin, daß sie nicht hörte, wie Leroy Able sich auf leisen Sohlen näherte. Sie hatte immer noch Spuren der weißen Creme im Gesicht, und einen Augenblick lang glaubte Able, einer aus dem Grab Wiederauferstandenen gegenüberzustehen, und er erstarrte.

»Ruby?«

Sie drehte sich um.

»Ich dachte, du glaubst an all das nicht.« Zu Ediths großem Kummer hatte ihre Tochter kein Interesse an ihrem Erbe, verhöhnte es als abergläubischen afrikanischen Quatsch, der sie im Ghetto halten würde, wo sie doch nach New York gehen und die neue Veronica Webb werden wollte.

»Na ja«, meinte Ruby mürrisch und verlegen. »Kann ja nichts schaden. Es ist was Schreckliches passiert. Raoul ist mit dem Geld für mein Kleid abgehauen, und es ist doch schon halb fertig, ich hab nur noch zwei Anproben.«

»Komm jetzt weg von hier, hier wimmelt es nur so von Touristen, die sich die Gräber ansehen wollen. Beeil dich.«

Ruby führte Leroy von Marie Laveaus Grab zu einem weniger besuchten Teil des Friedhofs, wo die Ziegelgrabmale von Leuten, die sich kein Einzelgrab leisten konnten, an den Mauern aufgereiht waren. Sie nahm das Taschentuch, das er ihr anbot, und setzte sich auf den Boden, wischte sich das Gesicht ab und streckte die langen, schlanken Beine vor sich aus. Sie hatte sich verändert, seit er sie das letzte Mal gesehen hatte, und mit ihrem schönen, ovalen Gesicht, den schrägen schwarzen Augen und dem taillenlangen lockigen Haar sah sie mehr und mehr wie die große Königin aus; sie hätte ihre Tochter sein können, oder Marie Laveau selbst, die wieder zu Leben und Jugend erwacht war.

»Wir schaffen das schon, Ruby, alle werden zusammenlegen, du brauchst dir keine Sorgen zu machen. Die Krewe läßt dich nicht allein. Sei nicht albern.«

Sie seufzte. »Kann sein, aber zu Hause sieht es schlimm aus, Leroy, wirklich schlimm, und meine Brüder sind völlig durchgedreht. Und meine Schwester wird auch übel enden, sie geht immer in diese Scheißbar, das machen sie alle.«

Er bückte sich und streichelte ihr weiches Haar. »Aber du nicht?«

»Nein«, sagte sie leise.

»Weil du anders bist?«

»Du weißt, daß ich anders bin. Ich habe mehr vor mir als diese Gegend hier oder diese ganze verdammte Stadt; jedenfalls, bis Raoul diesen Mist gebaut hat, aber es gibt keine Möglichkeit, daß wir wieder zu genug Geld kommen, obwohl ich Mama gesagt habe, sie soll anrufen bei –«

Sie biß sich auf die Lippen und wandte sich ab. Er runzelte die Stirn. »Wen anrufen?«

Ruby schüttelte den Kopf. »Ich hab schon zu viel gesagt.«

»Nein, Ruby, du hast gar nichts gesagt. Wen soll deine Mama anrufen?«

Ruby behielt den Kopf gesenkt. »Mrs. Caley.«

Leroy richtete sich wieder auf. »Nein, das werdet ihr nicht tun, hast du gehört? Seit ihre Tochter verschwunden ist, hat die Polizei ermittelt, haben Privatdetektive ermittelt, und sie machen immer weiter. Halt dich fern davon. Das meine ich ernst, Ruby, halt dich da raus.«

Trotzig blickte sie auf. »Aber was wird aus meinem Kleid,

Leroy? Wenn wir Alma Dicks nicht bezahlen, wird sie es nicht fertignähen.«

Er zog sie hoch. Sie war so leicht, so zerbrechlich. »Dein Kleid wird fertig sein, Ruby, und du wirst die schönste Königin des Mardi Gras sein, die diese Stadt je gesehen hat.«

Sie lächelte. »Soll ich dir mal was zeigen, Leroy?« Sie begann, sich hin und her zu schwingen. »Ich kann den Schlangentanz, Leroy, wie Mama ihn getanzt hat.« Sie wiegte die Hüften und drehte den Kopf. Sie war so hypnotisierend wie eine Schlange, und er wollte nach ihr greifen und sie in seine Arme ziehen, aber sie tanzte auf die größeren Grabmale zu, und plötzlich war sie zwischen ihnen verschwunden. Es war, als wäre sie nie hier gewesen. Leroy seufzte. Er hatte sich so sehr verändert, seit er aus L.A. zurückgekommen war. Das lag nicht nur an der Verantwortung für Frau und Kinder; er hatte seine Wurzeln gefunden, sich selbst und seinen Glauben wiederentdeckt, aber manchmal war es schwer, diesen anderen Leroy hinter sich zu lassen, der sich auf alles stürzen wollte, was einen Rock trug und vor ihm mit dem Arsch wackelte. Und einer solchen Schönheit wie Ruby Corbello gegenüberzustehen, war wirklich eine Prüfung für seinen Glauben.

Nick Bartellos nackte Leiche lag im Leichenschauhaus, seine Kleidung war in Papiertüten verpackt worden. Sie hatten keine Papiere bei ihm gefunden, und man nahm an, er sei ausgeraubt worden, obwohl er nicht wie einer der üblichen Touristen aussah, eher wie ein Abenteurer, der zum Karneval gekommen war. Eine Menge Nick Bartellos wurden jedes Jahr tot aufgefunden und nie identifiziert, aber bei ihm fanden sie eine Tätowierung auf dem linken Unterarm: ein Schild, das Abzeichen der Polizei von L.A.

Leroy Able war schon wieder in seinem Büro, in seinem bürgerlichen Leben, als das Telefon klingelte. Als der Sergeant fragte, ob ihn in letzter Zeit alte Kumpel aufgesucht hatten, runzelte er die Stirn und stützte die Ellbogen auf den Tisch. »Nein, wieso fragst du?«

»Wir haben heute früh 'ne Leiche gefunden, und er war wohl Cop in L.A., genau wie du.«

»Ach ja?«

»Jedenfalls hat er dieses Schild eintätowiert. Papiere haben wir keine gefunden. Er hat auch ein paar Schußnarben im rechten Bein.«

Leroy zögerte. »Soll ich ihn mir mal ansehen?«

»Er lag zwei Blocks von Fryers Bar entfernt!« Der fette Polizist watschelte vor Leroy her, der ihm kaum bis zum Ellbogen reichte. »Man hat ihn zusammengeschlagen und ihm anschließend die Kehle durchgeschnitten. Keine Zeugen, nichts.«

Er zog das Tuch von Nicks Gesicht, und Leroy starrte es an. Er holte tief Luft. »Nein, den hab ich noch nie gesehen. Du weißt doch, viele von diesen alten Hippies haben sich tätowieren lassen, das muß nichts zu bedeuten haben.«

Lorraine hatte Zeit genug, jede Bonbonniere, jedes Ziertablett, jeden handgemalten Lampenschirm und jeden Porzellansittich in Lloyd Dulays Wohnzimmer genauestens zu studieren; er ließ sie jetzt schon seit einer Stunde warten, und sie war wütend, als er endlich hereinkam, die Hand ausgestreckt.

»Ich muß mich entschuldigen, aber ich wurde auf dem Flughafen aufgehalten. Ich habe Elizabeth Caley abgeholt. Dann mußte ich sie nach Hause fahren, und es war schwer, wieder wegzukommen.«

»Schon gut«, sagte sie kühl.

Er setzte sich auf das rotgoldene Sofa und streckte die langen Beine aus. »Es wurde noch schlimmer, als wir über Anna Louises Trustfonds gesprochen haben...«

Sie blickte auf. »Ach ja?«

»Ja. Es sind nur noch zweiundvierzig Millionen übrig.«

Sie verschluckte sich beinahe. »Robert Caley?«

Er zuckte die Achseln. »Sonst kann es keiner gewesen sein. Er weiß, daß ich es weiß, und ich habe mich auch aus dem Casinodeal zurückgezogen. Der Mann ist einfach ein Dieb. Er hat es nicht mal abgestritten! Ich hätte ihn am liebsten windelweich geprügelt. Und er wollte dasselbe mit mir machen, als ich ihm sagte, ich wüßte von ihm und Anna. Er hat es geleugnet, hat geschworen, er hätte sie nie berührt. Ich weiß nicht, ob er die Wahrheit gesagt hat oder nicht.«

Sie befeuchtete ihre Lippen. »Glauben Sie, er könnte sie auch umgebracht haben?«

»Wie bitte?«

»Wenn es stimmt, was Sie sagen, und Robert Caley sich aus Anna Louises Trustfonds bedient hat, könnte er doch auch etwas mit ihrem Verschwinden zu tun haben?«

Er stand auf und fuhr sich durch den dichten weißen Haarschopf. »Er mußte seine Tochter nicht umbringen, um das zu verbergen. Sie hätte es vielleicht nie herausgefunden.«

»Immer vorausgesetzt, der Casinoplan hätte funktioniert.«

»Ja.«

»Und wenn nicht?«

Er zuckte die Achseln. »Das kann ich Ihnen nicht sagen, weil ich es einfach nicht weiß.«

»Könnten Sie mir genau sagen, wieviel Geld Elizabeth Caley hat?«

Er ging über den unbezahlbaren bessarabischen Teppich ans Fenster. »Sie hat sich immer der besten Finanzberater bedient, was ihre Investitionen anging; das weiß ich, weil ich einer von ihnen bin ...« Er drehte ihr weiterhin den Rücken zu. »Elizabeth hat eine große Erbschaft gemacht, also würde ich ihr Vermögen auf um die zweihundert Millionen schätzen, vielleicht auch mehr.«

Lorraine blinzelte. Auf solche Summen war sie nicht gefaßt gewesen.

Dulay wandte sich ihr zu. »Wissen Sie, Robert hatte auch Zugang zu einem großen Teil dieses Geldes, soweit ich das beurteilen kann, aber er ist ein störrischer Mistkerl. Wollte auf eigenen Füßen stehen. Natürlich hat sie ihn immer aus dem Schlamassel geholt.« Er machte eine abfällige Geste. »Und Sie können wetten, daß sie es auch diesmal wieder tun wird.«

»Wäre das denn möglich?«

»Wäre was möglich?«

»Daß ihn jemand aus dem Schlamassel holt, wie Sie sagten?«

Er sah sie an, als wäre sie ein dummes Kind. »Ja und nein. Wie es im Augenblick aussieht, wird er keine Casinolizenz bekommen, aber wer auch immer diese Lizenz kriegt, wird mit ihm über das Land verhandeln müssen. Wenn Elizabeth ihm etwas vorstreckt, damit er über die Runden kommt, wird er es nicht unter Wert verkaufen müssen, nur weil er Geld braucht.«

Wieder war sie verblüfft und wandte den Blick ab, damit er nicht sah, wie verwirrt sie war, aber er schaute sie gar nicht an. Er nestelte an einer Goldkette an seiner Weste. »Ich werde Ihnen jetzt etwas sehr Vertrauliches sagen, Mrs. Page, und ich möchte, daß Sie mir schwören, daß es absolut unter uns bleiben wird.«

Sie verschränkte die Arme. »Das kann ich nicht, wenn es um etwas Kriminelles geht.«

»Das ist es nicht.«

»Dann haben Sie mein Wort, Mr. Dulay.«

Er setzte sich wieder.

»Wenn zwischen den beiden etwas war, dann war es eigentlich kein Inzest.«

»Wie bitte?«

»Ich sagte, es war kein Inzest, Mrs. Page. Ich beziehe mich auf Ihre Andeutung von gestern, daß Caley eine sexuelle Beziehung zu Anna Louise unterhielt.«

»Das verstehe ich nicht.«

»Anna Louise ist nicht Robert Caleys Tochter. Sie ist meine Tochter, Mrs. Page, weshalb ich auch die Informationen über den Trustfonds beschaffen konnte, weil das Geld darin von mir stammt. Anna Louise ist meine Tochter und nicht die von Robert Caley.«

»Weiß er das?«

»Selbstverständlich.«

»Wußte Anna Louise davon?«

»Nein.«

Sie holte tief Luft. »Sie haben Robert Caley bezichtigt, Geld aus dem Fonds gestohlen zu haben, und er hat es zugegeben, aber Sie sagten, Sie seien nicht sicher, ob er wirklich eine sexuelle Beziehung zu Anna Louise hatte?«

»Wenn Sie es wörtlich wollen: Ich sagte, wenn er meine Tochter mißbraucht hätte, würde ich ihm den Kopf wegschießen, und er erwiderte, abermals wörtlich, Mrs. Page, wenn ich je wieder eine so ekelhafte Anschuldigung erheben würde, dann würde er *mich* erschießen.«

»Haben Sie ihm nun geglaubt oder nicht?« fragte sie leise.

»Ja, ich denke, ich habe ihm geglaubt, weil er so entsetzt war. Tatsächlich hat er Gefühle gezeigt, derer ich ihn nicht für fähig gehalten habe, aber am Ende war er einfach nur unglaublich wütend.« Er beugte sich vor, sah sie durchdringend an. »Sie sollten vielleicht lieber die Fakten erst überprüfen, bevor Sie anfangen, Dreck zu schleudern, Mrs. Page.«

Sie stand auf und fauchte zurück: »Wenn man mir die Fakten früher zugänglich gemacht hätte, wäre das vielleicht nicht nötig gewesen. Ich mache nur meine Arbeit, Mr. Dulay.«

Sie drehte sich um und ging zur Tür, blieb dann aber noch einmal stehen.

»Besitzen Sie ein Video von Mrs. Caleys Film *Sumpf*, das ich mir ansehen könnte?«

»Großer Gott, wieso wollen Sie das denn?«

»Ach, das gehört zu meiner Arbeit: soviel wie möglich über meine Klienten zu wissen.«

Er ging zu einem antiken Obstholzschrank in der Ecke und schob die Türen auf.

»Sie wird nicht froh darüber sein; es ist ein schrecklich billiger Film, aber sie ist wunderbar.« Er reichte ihr die Kassette.

Lorraine steckte sie in die Tasche. Sie zitterte und war wütend auf sich selbst. Sie hatte zu schnell solch widerwärtige Schlüsse gezogen, und jetzt schämte sie sich dafür. Am Abend zuvor war sie nicht in der Lage gewesen, Robert Caleys Anrufe zu beantworten, aber jetzt ließ sie schon der Gedanke an ihn vor Scham rot anlaufen, und sie schob ihn zur Seite, wollte nicht daran denken, wie sie diesen Schaden wiedergutmachen könnte.

Sie sagte ihrem Fahrer – demselben wie am Vortag –, er solle sie zum Haus der Browns bringen.

»Weißt du was, Bill, langsam mache ich mir Sorgen«, sagte Rosie, als sie in einem Straßencafé nahe dem Französischen Markt saßen.

»Ich auch. Die Sache stinkt. Sie verhaften diesen Kerl, jemand hat ihn mit Anna Louise Caley reden sehen, und –«

»Ich spreche nicht von Fryer Jones.«

Rooney schaute auf die Uhr. »Er war schon immer ein geiler Bock.« Aber selbst ihm kamen diese Worte hohl vor.

»Warum hat er sich nicht gemeldet?«

»Das kann ich doch nicht wissen!« fauchte Rooney, dann tätschelte er ihre Hand. »Entschuldige. Ich sag dir was: Wir warten noch bis eins, dann kommt Lorraine zurück ins Hotel. Wenn Nick bis dahin nicht hier ist, fangen wir an, ihn zu suchen.«

»Wo denn? Die Stadt ist ziemlich groß.«

Rooney trank seinen dritten Milchkaffee. »Wir fangen bei den Bullen an, und wenn die ihn nicht in der Zelle oder auf dem Tisch haben ...«

»Wie bitte?«

Er wischte sich den Schaum ab. »Im Leichenschauhaus, Rosie. Wir fangen ganz unten an und arbeiten uns dann hoch. Aber eins weiß ich sicher, ehe dieser Mistbock nicht aufgetaucht ist, werde ich diesem Fryer Jones nicht zu nahe kommen, und ich hoffe auch, daß Lorraine das nicht tut, ohne sich vorher an uns zu wenden. Sieh dir mal die Liste der sogenannten Augenzeugen an, die diesem Posaunisten ein Alibi gegeben haben: Die Hälfte davon sind Verwandte von Juda Salina, Raoul Corbello eingeschlossen.«

»Ich hab versucht, Juda zu erreichen. Es war beinahe eine Stunde lang besetzt, dann ging niemand ran.«

»Was ist mit Edith Corbello?«

Rosie wurde rot. »Sie steht nicht im Telefonbuch. Ich wollte gerade andere Möglichkeiten ausprobieren, als du zurückkamst.«

Rooney stand auf. »Komm, gehen wir zurück ins Hotel und versuchen's noch mal. Wir haben sowieso nichts Besseres zu tun, bis Lorraine wiederkommt.«

Mrs. Browns Schwester, Helen Dubois, betrat das Wohnzimmer, dessen Einrichtung vor allem aus Glas, Metall und hochglanzpoliertem Holz bestand, das Ganze vor geschmackvoll beigefarbenen Wänden, an denen eine Sammlung von modischen Wandbehängen und primitiver Kunst zu bewundern war. In diesem strengen Umfeld wirkte die rundliche, bedrückte Frau nur zu menschlich und fehl am Platze. »Leider können Mr. und Mrs. Brown nicht mit Ihnen sprechen, Mrs. Page. Sie stehen immer noch unter Schock, und meine Schwester hat Beruhigungsmittel genommen.«

»Es tut mir sehr leid. Bitte übermitteln Sie den beiden mein Beileid.« Bewußt langsam griff Lorraine nach Handtasche und Aktentasche. »Die Polizei wollte eine Aussage von mir. Ich war an diesem Tag vormittags hier und habe mit Tilda gesprochen.«

»Ja, ich weiß.«

»Ich muß immer wieder daran denken, daß ich vielleicht etwas gesagt habe, was es ausgelöst haben könnte…«

»Das werden wir wohl nie wissen«, sagte Mrs. Dubois traurig.

»Aber die Polizei sagte, Tilda habe einen Brief hinterlassen.«

»Ja, aber sie hat keine Gründe angegeben.«

»Darf ich fragen, was darin stand?«

Helen Dubois holte ein Taschentuch heraus und drückte es sich an die Augen. »Nur ›Möge Gott mir verzeihen… Tilda‹.«

Sie gingen zur Haustür, und Lorraine ließ sich viel Zeit, weitere mexikanisch aussehende Wandbehänge und ein Arrangement von Wüstengewächsen in der Halle zu betrachten. »Mrs. Dubois, wissen Sie, wieso ich hier war, wieso ich mit Tilda sprechen wollte?«

»Ja, ich glaube, es ging um das Verschwinden von Anna Louise Caley.«

»Könnte ich Tildas Zimmer sehen?«

»Warum?«

Lorraine zögerte, versuchte, so gut wie möglich auszuweichen. »Zum einen besteht eine Möglichkeit, daß Anna Louise immer noch am Leben sein könnte, und sie und Tilda waren sehr eng befreundet. Nach dieser Tragödie von gestern bete ich nur, daß ich nichts außer acht gelassen habe bei meiner Suche nach ihr. Und trotzdem, vielleicht habe ich etwas gesagt, was bewirkt hat... Ich habe schreckliche Schuldgefühle, Mrs. Dubois, und ich denke einfach, wenn ich einen Augenblick in Tildas Zimmer gehen und alles noch einmal überdenken könnte, was wir besprochen haben, wüßte ich vielleicht eher, wieso sie es getan hat, und könnte damit auch ihre armen Eltern trösten.«

Mrs. Dubois schaute zögernd zu der freistehenden Holztreppe hinüber.

Tildas Schlafzimmer erinnerte stark an das von Anna Louise – groß genug für ein türkisfarbenes Sofa mit nach hinten geneigten Metallbeinen, eine Kommode, einen Standspiegel, der von ebenfalls mexikanisch anmutendem Metall gerahmt war, und ein übergroßes Bett. Bis auf das Sofa war alles weiß, und das Zimmer schien seltsam nackt und charakterlos. Dem Zimmer war kaum anzumerken, daß seine Bewohnerin ein Teenager gewesen war.

Nahe dem Fenster gab es ein paar Fußabdrücke auf dem weißen Teppichboden, wahrscheinlich von Polizisten und Sanitätern, und ein paar blasse, ausgewaschene braune Flecken, die entweder von Kaffee stammen konnten, oder vielleicht hatte auch, wie oft bei Leuten, die sich erhängten, Tildas Schließmuskel nachgegeben. Nichts sonst wies darauf hin, daß in diesem Raum eine Tragödie geschehen war; selbst die Gardinenstange, an der Tilda sich erhängt hatte, war nicht verbogen, und der Hocker, mit weißem Stoff bezogen, stand wieder vor dem Frisierspiegel.

Mrs. Dubois stand in der offenen Tür und drückte sich wieder das Taschentuch an die Augen.

»Sie müssen nicht bei mir bleiben«, sagte Lorraine leise.

»Danke.« Mrs. Dubois wandte sich ab, und in diesem Augenblick sah Lorraine den weißen Bären auf dem Kissen auf dem Bett. »Eins noch, Mrs. Dubois.« Lorraine griff nach dem Stofftier, überzeugt, daß er von derselben Art war wie die weißen Bären, die sie auf Anna Louises Bett aufgereiht gesehen hatte. »Wissen Sie, woher Tilda diesen Bären hatte?«

Mrs. Dubois schluckte, runzelte die Stirn.

»Es ist nur, weil Anna Louise dieselben Bären hatte, und ich frage mich, wer ihn Tilda geschenkt haben könnte.«

Mrs. Dubois schüttelte den Kopf. »Ich weiß es wirklich nicht, sie hatte ihn schon eine Weile. Ich kann mich daran erinnern, ihn schon öfter gesehen zu haben. Ein Eisbär, ein Polarbär ...«

»Polar«, sagte Lorraine leise.

»Ja. So hat sie ihn genannt, Polar.«

Wieder begann Mrs. Dubois zu weinen, und sie entschuldigte sich. Lorraine legte den Bären wieder aufs Kissen. Sobald sie alleine war, zog sie das Bettzeug zurück und suchte unter den Kissen, den Laken und der Matratze, bückte sich und suchte unter dem Bett, aber dort war nichts versteckt.

Langsam sah sie sich in dem makellos aufgeräumten Zimmer um, setzte sich an den Frisiertisch und zog jede Schublade auf. Einige Laden enthielten Unterwäsche, sehr teure Stücke, alle säuberlich zusammengelegt und mit Seidenpapier umwickelt. Selbst die aufgerollten Tennissocken waren wie Bälle aufgereiht. In den Schränken hatte Tilda eine ebenso üppige Garderobe wie Anna Louise, dazu Reihen von Schuhkartons. Lorraine bückte sich und fragte sich, ob sie wohl zum zweiten Mal Glück haben würde, ob Tilda ihre persönlichen Andenken auf dieselbe Weise aufbewahrt hatte wie Anna Louise, aber sie fand nur Schuhe. Sie erinnerte sich an das Zimmer, das sie selbst als Teenager bewohnt hatte, voller Nippes, Bücher und Zeitschriften, Postkarten, die sie an die abgewetzte Tapete gesteckt hatte, an die Poster von Rockstars und Schauspielern, die sie angehimmelt hatte. Aber in Tildas und Anna Louises Zimmern herrschte der Geschmack der Innenarchitektur ihrer Eltern vor, und sie hatten kaum eigene Kleinigkeiten besessen, abgesehen von den irgendwie jämmerlichen Stofftieren. Selbst die Kosmetikartikel hätten eher zu einer älteren Frau gepaßt; Tildas Cremes in dem makellosen Badezimmer sollten gegen trockene Haut und Falten helfen, es gab Intensivkuren und Peelings. Nichts war benutzt – alles bis hin zur Zahnbürste schien brandneu.

Lorraine seufzte. Ein Mädchen hatte sich in diesem weißen, unschuldigen Zimmer erhängt, aber es gab kein Anzeichen der Tragödie, keinen Hinweis, wer Tilda Brown gewesen war. Lorraine schloß die Augen, versuchte, sich an das Gespräch mit ihr zu erinnern. Laut Tilda war Anna Louise auf jeden eifersüchtig gewesen, dem ihr Vater so etwas wie Zuneigung schenkte. Hatte Robert Caley den Mädchen die weißen Bären gegeben? Hatte sie ihn deshalb in ihren geheimen Aufzeichnungen Polar genannt? Wer hatte diese Geburtstags- und Valentinstags-Karten geschickt? Hatte Robert Caley den Namen Polar benutzt?

Lorraine griff nach einem der Tennisschläger, die ordentlich in einer Reihe in dem Schrank hingen, den Tilda für ihre Sportsachen reserviert hatte. Selbst wenn Robert Caley sich Polar genannt hatte, was hatte das jetzt noch zu bedeuten? Selbst wenn er Anna Louise sexuell mißbraucht hatte oder es zumindest wollte; sie war nicht sein Fleisch und Blut.

Lorraine beugte sich vor und legte den Tennisschläger zurück. Sie sah einen weiteren Schläger, dessen Hülle ein wenig ausgebeult war – vielleicht ein Paar Socken? Lorraine zog den Reißverschluß auf und griff hinein. Sie spürte eine Art Päckchen und zog es heraus. Das in Zeitungspapier gewickelte Päckchen war etwa zwanzig Zentimeter lang und fest mit einer Schnur umwickelt. Lorraine setzte sich auf den Frisierhocker und löste den Knoten. Sie legte das Päckchen auf den Frisiertisch.

Die Zeitung war vom 15. Februar, aber die Jahresangabe fehlte, weil die Seite dort abgerissen war. Sie hatte Flecken, die wie Schlammflecken aussahen, und ein Teil des Drucks war verwischt. Lorraine löste das Papier vom Inhalt, sprang auf und hätte beinahe alles fallen lassen, weil es so schrecklich stank. Menschlicher Kot war um eine Puppe geschmiert, deren Rumpf, Arme und Beine aus Sackleinen hergestellt waren, umwickelt mit Wolle. Die Puppe trug ein weißes Kleid, mit groben Stichen genäht und offenbar aus einem alten T-Shirt gefertigt. Ihr Kopf war aus billigem Plastik, und auf dem Gesicht klebte ein Bild von Tilda. Eine ganz normale Stecknadel war bis zum Hinterkopf durch das linke Auge der Puppe gestochen. Als Lorraine sie herumdrehte, sah sie zwei oder drei lange, blonde Haare und etwas, das nach Blutflecken aussah, zusammen mit einem winzigen, rosa-bräunlichen Stückchen Haut, das mit Wolle an den Rumpf der Puppe gebunden war.

»Mrs. Page«, rief Helen Dubois, und Lorraine packte die Puppe schnell ein und steckte sie in die Aktentasche, bevor die Tür aufging.

»Sie sollten jetzt lieber gehen. Der Kaplan ist gerade gekommen und will mit Mr. und Mrs. Brown über die Beisetzung sprechen, und ...«

»Schon gut, ich wollte ohnehin gerade gehen.«

Der Fahrer ließ den Motor an, sobald er Lorraine aus dem Haus kommen sah. Sie stieg ein und kurbelte eines der Fenster herunter. Sie konnte die Puppe in ihrer Tasche riechen, also schob sie die Tasche von sich fort. Sie wollte sie nicht herausholen, wollte sie nicht wieder berühren, ehe sie Wasser und Seife zur Hand hatte. Sobald sie im Hotel war, wusch sie sich die Hände. Dann trocknete sie sie ab, schnupperte daran und starrte auf das Päckchen.

»Lorraine? Bist du da?« Das war Rosie.

Lorraine öffnete die Tür und wandte sich sofort wieder dem Bett zu. »Du wirst nicht glauben, was ich bei Tilda Brown gefunden habe; es stinkt schon das ganze Zimmer voll und ...«

Rosie hatte rotgeweinte Augen und umklammerte ein großes weißes Taschentuch. »Lorraine ... ich muß dir etwas sagen.«

Sie wußte, daß etwas nicht stimmte, als Rooney hinter Rosie hereinkam und schweigend die Tür schloß.

»Was ist denn? Was ist passiert?« Sie spürte, wie ihr die Knie zitterten.

Rooney wollte nicht grob sein, aber er wußte nicht, wie er es sonst sagen sollte. »Nick ist tot, Lorraine.«

Sie wurde kreidebleich. Sie sah Rosie an, dann wieder Rooney, hoffte immer noch, es sei ein schlechter Witz, aber sie sah ihnen an, daß das nicht so war. Sie tastete nach dem Bett und setzte sich, versuchte, ruhig zu bleiben.

»Wie ist das passiert?«

Rooney half Rosie, sich zu setzen. »Er wurde umgebracht. Man hat ihm die Kehle durchgeschnitten. Die Cops haben ihn heute früh in einer Gasse gefunden, ohne Brieftasche, ohne Papiere, und man hat ihn ins Leichenschauhaus gebracht. Sie haben noch keine Autopsie vorgenommen.«

Lorraines Mund zitterte, und sie biß die Zähne zusammen, wollte nur noch allein sein. »Laßt ihr mich ein paar Minuten allein?«

Rooney nickte und nahm Rosie am Arm. »Sicher. Ruf an, wenn du uns brauchst.« Er wußte intuitiv, daß es besser war zu gehen, aber Rosie blieb stehen.

»Geh einfach, Rosie. Bitte.« Er zog sie zur Tür. Lorraine saß immer noch reglos, die Fäuste geballt.

Im Flur begann Rosie zu schluchzen. »Sie hat überhaupt keine Gefühle gezeigt«, weinte sie, aber Rooney wußte es besser: Er war lange genug Polizist gewesen, um diesen Blick zu kennen, dem oft ein Witz oder ein lässiger Kommentar folgte, alles, um den Schmerz zu verbergen. Lorraine würde um Nick weinen, das wußte er, aber nicht in Gegenwart anderer. Sie würde versuchen, mit Nicks Tod auf ihre Weise fertig zu werden, auf die Art, die er auch nur zu gut kannte – indem sie niemandem ihren Schmerz zeigte.

Lorraine spritzte sich kaltes Wasser ins Gesicht. Ihre Augen waren immer noch trocken, sie war immer noch in einer Art

Schockzustand, konnte sich nicht vorstellen, daß sie Nick nie wiedersehen würde. Sie flüsterte seinen Namen, wieder und wieder, halb fragend, als sie sich das Gesicht abtrocknete, und dann ging sie wieder ins Schlafzimmer und sah zuerst das Bett an, in dem sie geschlafen hatte, als er sie weckte, dann das Bett gegenüber, auf dem er gesessen hatte. Sie legte sich auf ihr eigenes Bett, rollte sich zusammen, das Gesicht dem leeren Bett zugewandt, und hätte am liebsten die Arme ausgestreckt, als wäre Nick immer noch dort.

»Nick?« flüsterte sie wieder. »Nick…« Und dann kamen die Tränen, sie verzog das Gesicht wie ein Kind, als sie um Nick Bartello weinte, den liebenswerten, verrückten Nick. Sie weinte, bis sie keine Kraft mehr hatte, und dann setzte sie sich auf, die Hände vors Gesicht geschlagen.

In diesem Augenblick entdeckte sie die Wodkaflasche, die er liegengelassen hatte. Sie war umgefallen und unter das Bett gerollt. Lorraine starrte die Flasche an, unfähig, den Blick abzuwenden, sie zog sie an wie ein Magnet, bis sie sich bückte und sie aufhob. Sie hielt die Flasche in der Hand, betrachtete sie, streichelte sie beinahe, und dann schraubte sie sie langsam auf. Nur ein Schluck, sie brauchte nur einen Schluck, um sich wieder zusammenzureißen und arbeiten zu können. Nur einen Schluck, und sie würde die Flasche wieder weglegen können. Sie war ganz sicher.

14

Rooney kümmerte sich darum, daß Nicks Leiche nach der Autopsie nach Hause geschickt werden würde. Er hatte Nicks Schwester angerufen, um ihr die Nachricht zu überbringen, und sie hatte sich widerstrebend bereit erklärt, die Beisetzung zu organisieren und Rooney eine Adresse in L.A. gegeben. Erst dann hatte sie gefragt, wie ihr Bruder ums Leben gekommen sei.

»Lenny konnte Ärger noch nie aus dem Weg gehen«, sagte sie.

»Lenny?« erwiderte Rooney verdutzt.

»Ja, wir – die Verwandten – haben ihn immer bei seinem zweiten Vornamen gerufen, Lenny, oder eigentlich Leonardo. Äh, und noch etwas, Mr. Rooney: Den Hund können wir nicht nehmen.«

»Ich kümmere mich um Tiger«, erklärte Lorraine, als Rooney ihr von seinem Gespräch mit Nicks Schwester berichtete. Rooney nickte und entschuldigte sich dann. Sie wußte, er mußte weinen, und das tat er auch, draußen auf dem Flur, neben dem Fahrstuhl.

Sie sprachen über die scheußliche, stinkende Puppe, und Rosie wickelte sie wieder in zwei Zeitungen und stopfte sie in eine Schublade. Lorraine hatte nicht die Kraft, mit jemandem zu sprechen, aber sie würde mit Elizabeth und Robert Caley reden müssen. Sie diskutierten auch über Fryer Jones. Rosie und Rooney waren strikt dagegen, daß Lorraine allein in Fryers Bar ging. Nick war nur ein paar Blocks entfernt gefunden worden, und wenn es eine Verbindung zu Anna Louise gab, würden sie das herausfinden müssen. Sie waren wütend, weil Nick so dumm gewesen war, alleine loszuziehen, und sie hatten keine Ahnung, wo er sonst noch gewesen sein mochte und mit wem er gesprochen hatte. Aber die Wut half ihnen nicht, über die Trauer hinwegzukommen.

Rosie zog ein Gesicht wegen des Gestanks aus Lorraines Aktentasche, als sie das Video von *Sumpf* herausholte und es in den Recorder steckte, den sie dem Empfangschef mit viel Überredungskunst abgeschwatzt hatte.

Lorraine zog die Vorhänge zu und hockte sich aufs Bett, Rooney und Rosie setzten sich auf das zweite. Sie sah, wie Rooney Rosie sanft tätschelte und sich zu ihr beugte. »Alles in Ordnung, Schatz?«

Rosie nickte und erwiderte das tröstende Tätscheln. Lorraine fühlte sich ausgeschlossen, aber sie ignorierte das, als der Film begann. Er war ausgeblichen wie ein alter Technicolorfilm aus den Sechzigern. Selbst das Wappen der Columbia Studios war verzerrt, und die Musik leierte schrecklich. Der Vorspann bewirkte, daß sie sich alle gespannt vorbeugten.

»Für diesen Film wurden sorgfältige Nachforschungen über das Leben und die Zeit der Voodoo-Königin Marie Laveau angestellt, die zu Beginn des neunzehnten Jahrhunderts nach New Orleans kam.«

Der Film war langweilig, und es dauerte, bis die Handlung in Gang kam. Trotz der blassen Farben konnte man deutlich sehen, wie attraktiv Elizabeth Caley war, und ihr Tanz mit einer Schlange war der Höhepunkt der ersten zwanzig Minuten.

»Das mit dem Make-up haben sie gut hingekriegt, sie sieht wirklich aus, als wäre sie schwarz«, murmelte Rosie. Der Film lief weiter, die Handlung war manchmal sehr verwirrend. Obwohl der Film mehr als zwanzig Jahre umspannte und alle anderen grau und faltig wurden, sah der Star die ganze Zeit aus wie zwanzig. Selbst als sie sie in den Sarg legten, sah sie jung und schön aus, während die echte Marie Laveau über achtzig Jahre alt geworden war. Es war tatsächlich eine Verzerrung der Fakten im typischen Hollywood-Stil.

Der Abspann begann, und Rosie wollte gerade abschalten, als Lorraine schrie: »Warte, warte! Spul mal zurück, Rosie, HALT!«

Sie hatten den letzten Teil der Schauspielerliste vor sich, und unter der Überschrift »Schlangenzauber-Tänzerinnen« fanden sich zwei vertraute Namen, Juda und Edith Salina. Bei den »Voodoo-Priestern« stand Fryer Jones.

Rosie schaltete den Fernseher aus und zog die Vorhänge zurück, während Lorraine sich eine Dose Cola nahm und sie auf dem Weg zum Bad öffnete. Dort kippte sie einen Teil des Inhalts in die Toilette und goß Nick Bartellos Wodka nach, bevor sie wieder ins Schlafzimmer zurückkehrte. Sie setzte sich und trank aus der Dose, nervös mit der Fußspitze wippend.

»Also gut, ich habe wieder genug Energie. Ich möchte heute nachmittag mit Elizabeth Caley sprechen...«

Rooney schnaubte. »Soll ich mitkommen?«

»Nein. Wir müssen auch Juda Salinas Schwester finden. Hast du ihre Adresse, Rosie?«

»Nein, noch nicht. Ich wollte es gerade versuchen, als...« Sie hatte Nicks Namen aussprechen wollen, bremste sich aber noch. »Sie steht nicht im Telefonbuch, aber im Museum habe ich ein Verzeichnis von Hellsehern, Voodoo-Beratern und Experten gefunden. Vielleicht steht sie da drin, ich habe noch nicht nachgesehen.«

»Dann tu das, aber laßt sie in Ruhe, bis ich wieder hier bin. Von jetzt an bleiben wir in enger Verbindung, und jedesmal, wenn wir uns weiterbewegen, beraten wir uns vorher.«

Rooney sah verärgert aus, und Lorraine wandte sich ihm zu. »Bill, ich hab diese Caley-Geschichte versaut. In einem Gespräch mit Dulay habe ich Dinge gesagt, die ich nicht hätte erwähnen sollen, ohne sie zunächst zu überprüfen. Also muß ich allein mit ihm reden und mich entschuldigen.«

»Schon gut. Du weißt schon, was du tust.«

»Nicht immer, Bill, und bei Caley habe ich mich getäuscht.«

»Aber du hast etwas erreicht.«

»Ja.« Sie zögerte. »Nick wurde ermordet, Tilda Brown hat Selbstmord begangen. Ich habe wirklich etwas erreicht, weil ich wütend und erschöpft war, denn ich habe mich die ganze Nacht zuvor von Caley ficken lassen.«

»Wie bitte? Meinst du das ernst? Du hast es mit Caley getrieben?«

»Ja.«

»Ich glaube es einfach nicht!« murmelte Rosie.

»Es stimmt aber, und es war ausgesprochen dumm von mir, aber...« Sie lächelte finster und zuckte die Schultern. »Ich konnte nicht anders. Also hab ich mich am nächsten Tag wie verrückt darauf gestürzt herauszufinden, ob er verdächtig ist oder nicht.«

»Dann hatte Nick recht? Er hat vorgeschlagen, daß du es tust, und es hat etwas gebracht.«

Lorraine wandte sich ab. »Nein, Bill, Nick hat sich geirrt. Ich habe es nicht wegen der Informationen getan, sondern weil ich scharf auf ihn war. Wenn ihr mich jetzt entschuldigen wollt, ich brauche eine Dusche.«

Sie schloß die Badezimmertür hinter sich, und Rosie suchte mit starrer Miene ihre Notizen zusammen. Rooney griff nach seiner Jacke und ging zur Tür.

»Das war's also, wie?« sagte Rosie wütend.

Überrascht drehte er sich um. »Was?«

Resolut baute sich Rosie vor ihm auf. »Wir akzeptieren das so einfach, ja? Sie schläft mit einem Klienten. Der Kerl hat uns eingestellt, Bill, und sie läßt sich von ihm vögeln. Wirklich professionell, echt gute Arbeit. Sie treibt es so wild, daß sie am nächsten Abend früh ins Bett muß, und Nick zieht alleine los und wird umgebracht.«

»Rosie«, sagte Rooney mit einem warnenden Blick zum Bad.

»Es ist mir ganz gleich, ob sie es hört oder nicht, ich bin einfach angewidert! Und jetzt geht sie und redet mit seiner Frau! Was wird wohl passieren, wenn Elizabeth Caley das rausfindet? Wir verlieren unseren Bonus. Ich habe genug davon, mich von dieser Schlampe rumkommandieren zu lassen.«

Rooney öffnete die Zimmertür und ging in den Flur hinaus. »Komm schon, Rosie, sie hat die Sache mit dem Trustfonds rausbekommen, und das hätte sie vielleicht nicht gekonnt, wenn sie sich nicht durch diese Verbindungstür geschlichen hätte.« Er blieb stehen und wandte sich ihr mit einem Lächeln zu. »Wir haben keine, oder?«

»Wie bitte?« Sie knallte die Tür hinter sich zu und holte ihn am Fahrstuhl ein. »Sollte das eine blöde Anmache sein, Bill?« Wütend blickte sie ihn an.

»Mein Gott, nein. Nur ein Witz.« Er betrat den Fahrstuhl. »Ich würde dir keine unanständigen Angebote machen, Rosie, dazu achte ich dich zu sehr.«

Schweigend fuhren sie zu ihrem Stockwerk. Rosies Tür war die erste auf dem Flur, und sie war entschlossen, sie aufzuschließen, ohne Rooney auch nur einen Blick zu gönnen, aber er legte seine große Hand auf den Türknauf.

»Es sei denn, du willst es so.«

Sie sah ihn an, wollte auf keinen Fall lächeln. »Mir hat lange keiner mehr unanständige oder auch anständige Anträge gemacht, Bill, aber jetzt, so kurz nach Nicks Tod, glaube ich nicht, daß ich damit zurechtkomme. Bis später.«

Sie schloß auf und ging ins Zimmer. Erst nachdem sie die Tür hinter sich geschlossen hatte, gestand sie sich ein Lächeln zu. »Der alte Knabe ist tatsächlich scharf auf mich.«

Lorraine zog sich mit aller Sorgfalt an. Sie trug eines ihrer neuen Seidenkostüme, Sandaletten mit hohen Absätzen und eine einreihige billige, aber gut aussehende Perlenkette. Sie griff nach ihrer Aktentasche, die sie wieder und wieder ausgewaschen hatte, um den Gestank der Puppe loszuwerden.

Am Empfang begegnete sie Rooney, der sie anlächelte. »Gut siehst du aus.«

»Danke. Hast du die Tür so zugeknallt, oder war das Rosie?«

»Ich, weil ich mir Sorgen machte, ob du nicht unsere Million aufs Spiel setzt. Weißt du, ob Mrs. Caley schon Bescheid weiß?«

»Wenn, dann werde ich mich darum kümmern. Ihr werdet wegen mir nichts verlieren, Bill. Das, was ich getan habe, war unprofessionell, aber wengistens habe ich euch nicht belogen. Und zu behaupten, daß es mir leid tut, wäre auch eine Lüge. Ich hab ihn gemocht. Sehr.«

Rooney wandte sich ab. »Und was war mit Nick? Mochtest du den auch?«

»Das weißt du doch.«

»Dann teilen wir jetzt also durch drei?« meinte er betrübt.

»Das nehme ich an. Was hast du denn da?«

Er hatte ein Blatt Papier in der Hand. »Eine Liste von Nicks Sachen. Nur Kleider, sonst haben sie ihm nichts gelassen. Seine Cowboystiefel, die Brieftasche und der Führerschein waren weg.«

Lorraine seufzte, aber dann fiel ihr etwas ein. »Was ist mit dem Halsschmuck? Dieses Gris-Gris, das er um den Hals trug, ist es da aufgeführt?«

»Nein, aber wir wissen nicht, ob er es überhaupt getragen hat oder ob es auch gestohlen wurde.«

»Dann sieh in seinem Zimmer nach. Ich komme hierher zurück, sobald ich bei den Caleys fertig bin.«

»Wissen sie, daß du kommst?«

»Nein, ich überrasche sie lieber. Inzwischen werden sie von Tilda Browns Tod erfahren haben, es stand in den Zeitungen.« Lorraine ging auf die Tür zu, dann blieb sie noch einmal stehen. »Bill, die Zeitung, in die diese Voodoo-Puppe eingepackt war, hatte ein Datum, fünfzehnter Februar, aber die Jahresangabe war nicht mehr mit drauf. Könntest du die Druckereien anrufen und fragen, ob man das Datum anhand der Artikel feststellen kann? Es ist ein bißchen zuviel für einen Zufall.«

Sie ging hinaus, wo der Fahrer schon auf sie wartete. Rooney blieb stehen und starrte die jämmerliche Liste mit Nicks Besitztümern an, und er hörte im Geist Nicks Stimme, sein heiseres Lachen. »So was wie Zufälle gibt es nicht, Billy Boy. An so was solltest du nicht glauben, nur an gute Detektivarbeit.«

Rooney seufzte. Er konnte sich nicht mehr genau erinnern, ob es Nick oder Jack Lubrinski gewesen war, der das gesagt hatte – sie waren sich so ähnlich gewesen, und jetzt waren sie beide tot. Rooney wurde sich seiner eigenen Sterblichkeit bewußt und bekam Angst: kein Kind, keine Frau, aber vielleicht, nur vielleicht, die Aussicht auf ein wenig finanzielle Sicherheit über seine magere Pension hinaus. Und vielleicht auch Rosie.

Elizabeth warf den Tiegel mit Halscreme von Lancaster nach Caley, aber sie verfehlte seinen Kopf um Meter, und der Tiegel krachte gegen die Wand ihres Schlafzimmers in dem wunderschönen Herrenhaus im Garden District, in dem sie aufgewachsen war.

»Wie konntest du nur? Verdammt, wie konntest du mir das antun?«

Caley wich den Bürsten und dem Handspiegel aus und wartete, bis sie sich auf die Chaiselongue geworfen hatte, den Arm in klassischer Pose über die Stirn gelegt.

»Laß mich allein. Ich hasse dich.«

Er applaudierte. »Bravo! Keine deiner Vorstellungen hat so sehr den Oscar verdient wie diese.«

»Arschloch!«

»Warum beruhigst du dich nicht einfach? Warum regst du dich so auf, daß du dann deinen Dealer anrufen mußt, damit du dich ausknipsen kannst? So machst du es doch für gewöhnlich, nicht wahr?«

Wütend starrte sie ihn an. »Ich soll mich beruhigen? Du hast gestohlen, du hast das Geld deiner eigenen Tochter gestohlen!«

»Ich muß dich korrigieren: Sie ist nicht meine Tochter.«

»Du bist dafür bezahlt worden, sie so zu behandeln, als wäre sie es!« Sie war vor Zorn dunkelrot angelaufen, aber noch während sie den Satz zu Ende sprach, wünschte sie sich, sie hätte es nicht gesagt, denn sie sah seine Qual. Sofort rettete sie sich in Tränen. »Wie konntest du nur Anna Louise bestehlen, Robert, und warum? Wann immer du etwas gebraucht hast, habe ich es dir gegeben, das weißt du doch. Warum also?«

Er setzte sich hin, verschränkte die Finger. »Weil ich genug davon hatte, dich um Taschengeld anzubetteln. Ich hatte genug davon, immer dasselbe Theater zu spielen, mich immer wieder von dir retten zu lassen. Ich wollte keinen Cent von deinem Scheißgeld mehr anrühren. Ein einziges Mal wollte ich auf eigenen Füßen stehen und beweisen, daß es geht. Vielleicht, um meine Selbstachtung zurückzugewinnen. Das ist alles. Ich wollte dich einfach nicht mehr bitten müssen.«

Sie lächelte. »Warum denn nicht? Das hat dir zwanzig Jahre lang nichts ausgemacht, und es ist ja nicht so, daß ich arm wäre!«

Er war zu erschöpft, um es ihr zu erklären, aber er wußte, daß er es ihr schuldig war. »Ich wußte, daß es funktionieren würde. Ich wußte es, und dieses Geschäft hätte mich unabhängig gemacht. Verstehst du das nicht? Es wäre meine eigene Sache gewesen, meine Show, nicht deine – es hätte nicht das geringste mit dir zu tun gehabt.«

Sie lächelte höhnisch. »Aber du hast es wieder mal nicht geschafft. Genau, wie keiner deiner sogenannten Partner dich ohne mich auch nur wahrnehmen würde.«

Er seufzte, schüttelte den Kopf, und seine Stimme hatte einen sarkastischen Unterton. »Das stimmt. Alles, was ich bin, bin ich durch dich, durch das, was du mir gegeben hast. Was soll ich tun, dir die Füße küssen? Mein Gott, Elizabeth, ich habe zu oft auf den Knien gelegen und mir zuviel von dir anhören müssen, um das noch einmal zu tun.«

»Von mir anhören müssen? Meinst du denn, es gefällt mir, mit einem Versager verheiratet zu sein? Glaubst du nicht, mir wäre jemand lieber, auf den ich mich stützen könnte? Jemand, der Verantwortung tragen kann?«

»Was? *Was hast du da gesagt?*«

»Ich habe immer jemanden gebraucht, der…«

Er konnte sich kaum mehr beherrschen. »Du und was du *brauchst,* das ist alles, worum ich mich gekümmert habe, seit dem Tag, als ich mich bereit erklärt habe, dich zu heiraten, und das war, wie du verdammt genau weißt, auch ein Teil des Handels, mich um dich zu kümmern, um deine Drogen, deinen Suff und Lloyd Dulays uneheliches Kind. *Erzähl mir nicht, was du brauchst.* Wann hast du jemals, *jemals* einen Gedanken daran verschwendet, was ich brauche?« Er zog sie zu sich hin, erschreckte sie. »Ja, schau mich an, Elizabeth, du stehst gut da, denn was immer mir gezahlt wurde, um dich zu heiraten, welche Verträge ich auch immer unterschrieben habe, den Mund zu halten – es ging immer um Anna Louise. Jetzt ist sie tot, jetzt sind diese Verträge hinfällig.«

Sie versuchte, sich ihm zu entziehen, aber er packte sie an den Handgelenken, hielt sie weiter fest. »Ja, sie ist *tot,* du willst es nur nicht wahrhaben.«

»Sie ist nicht tot – wie kannst du so etwas sagen? Du weißt es nicht sicher.«

Am liebsten hätte er sie geschlagen, aber er ließ sie nur los, entfernte sich so weit wie möglich von ihr. »Es ist beinahe ein Jahr her, Elizabeth. Wenn sie nicht tot ist, wo in Gottes Namen ist sie?«

Sie begann zu weinen, und er wollte hinausgehen, aber sie schrie ihm hinterher: »Juda sagt, sie spürt sie noch, das hat sie mir gesagt.«

Er blieb stehen und zeigte mit dem Finger auf sie. »Diese Frau ist nichts als eine Blutsaugerin!«

»Damit kennst du dich ja bestens aus, Robert.«

Mit vier raschen Schritten war er bei ihr und schlug ihr ins Gesicht. Sie taumelte, und er packte sie am Haar.

»Du hast Tausende für diese fette Kuh ausgegeben. Selbst als ich ihr das Haus verboten habe, bist du immer noch zu ihr gefahren, hast sogar Anna Louise mit zu ihr genommen, zu dieser fetten, stinkenden Kuh, die nur deiner Eitelkeit schmeichelt, damit sie kriegt, was sie will. Wieviel hast du ihr denn dafür bezahlt, damit sie *spürt,* daß Anna Louise noch lebt? Wieviel, Elizabeth?«

»Nicht annähernd so viel, wie du in einer Woche nimmst, von den letzten zwanzig Jahren nicht zu reden. Juda und ich...«

»Oh, bitte nicht wieder die Platte von den alten Jugendfreundinnen, sonst wird mir schlecht. Sie ist eine Betrügerin, und wie sie dich zwanzig Jahre lang an sich binden konnte, ist mir ein Rätsel. Es sei denn, sie hat dich erpreßt.«

»Mach dich nicht lächerlich.«

»Lächerlich?« Er setzte sich hin, schüttelte den Kopf. »Das ist kein Leben, das du da führst, Elizabeth, du verbringst deine Tage und Nächte betäubt von Drogen und Schnaps, und Lorraine Page...«

Er zögerte. Schon ihren Namen auszusprechen, traf ihn wie ein Schlag. »Mrs. Page hat mir gesagt, daß du dir jetzt eine Droge spritzt, von der du eine Thrombose bekommen könntest. Kannst du dich überhaupt nicht daran erinnern, wie ich dich zum Krankenwagen gebracht habe, um dir das Leben zu retten? Wie viele Krankenhäuser noch, Elizabeth? Wieviel kann dein Körper noch ertragen, wie oft noch können dich die Ärzte wieder zusammenflicken? Aber das wird nicht länger meine Sorge sein.«

»Wie meinst du das?« Sie klang verängstigt.

»Es ist aus. Ich kündige. Ich lasse mich scheiden«, sagte er ruhig und sachlich.

»Ich werde dich anzeigen, weil du Annas Geld gestohlen hast. Lloyd wird die Polizei einschalten.«

Robert Caley lachte. Tief drinnen fühlte er sich gut, vielleicht zum ersten Mal seit Jahren. »Ach ja? Weißt du, was ich dann tun werde? Ich werde allen erzählen, daß du mich angelogen hast, daß Anna Louise nicht mein Kind war. Ich werde verlangen, daß Dulay einen Bluttest macht, und das bedeutet genau das, wovor du so schreckliche Angst hast, Elizabeth – daß dein Blut ebenfalls geprüft wird. Wenn du die Sache auf die dreckige Tour beenden willst, wirst du tiefer in der Scheiße sitzen, als du dir in deinen schlimmsten Alpträumen vorstellen kannst. Ich werde deine Drogensucht öffentlich machen und deine verrückte Freundschaft mit dieser fetten Kuh.«

»HÖR SOFORT AUF!«

Er lächelte und zählte an den Fingern ab. »Ich werde Einzelheiten über deine Schönheitsoperationen verbreiten, das Liften, das Fettabsaugen, alles. So viel für deinen Status als Star! Der einzige Ort, an dem du immer noch etwas giltst, ist hier, aber in der wirklichen Welt bist du seit fünfzehn Jahren vergessen.«

»Hör auf!«

»Nein, Elizabeth, du hörst auf mit diesem Theater, hier und jetzt, denn es besteht keine Notwendigkeit weiterzumachen. Nicht ohne Anna Louise. Frag deine Anwälte, aber sie werden mir recht geben.«

»Tu das nicht, Robert. Das meine ich ernst. Es wird dir noch leid tun. Ich werde dafür sorgen, daß es dir leid tut.«

»Ach ja?« Er ging zur Tür, lächelte jetzt. »Es hat mir schon leid getan, Elizabeth, seit dem Tag, an dem wir geheiratet haben. Jetzt werde ich dich dafür zahlen lassen, und du *wirst* für diese zwanzig Jahre zahlen. Glaub mir, dein Supervermögen wird genau in der Mitte geteilt werden.«

»Ich warne dich«, sagte sie wütend.

»Nein, ich warne *dich*, denn diesmal meine ich es ernst.«

Sie starrte ihn an, den Mund zu einer dünnen Linie verkniffen. »Wenn du das tust, werde ich ihnen sagen, daß du mit deiner Tochter im Bett warst.«

»Dafür hättest du einen Schlag ins Gesicht verdient, Elizabeth, aber ich werde dich nie wieder anfassen. Du wirst mir das nie anhängen können, und wie du weißt, war sie nicht meine Tochter.«

»Du hast sie adoptiert.«

»Ich habe ihr meinen Namen gegeben. Ich habe sie auch wie eine Tochter geliebt, und sie hat mich geliebt. Das kannst du mir nicht nehmen. Du kannst nichts tun, um mich zu treffen. Es ist vorbei.«

»Sie war eine billige Schlampe – das hast du nicht gewußt, wie? Diese kostbare *Tochter*, die du so geliebt hast, war eine dreckige Hure.«

»Tu das nicht; laß sie in Ruhe.«

Elizabeth lächelte höhnisch. »Frag doch Mrs. Page, laß dir das Foto deiner geliebten süßen Tochter zeigen.«

Er ging hinaus, schloß die Tür leise hinter sich, und sie blieb in blinder Wut zurück, wollte ihm hinterherschreien, ihn treten, schlagen, ihm die Augen auskratzen. Aber statt dessen ging sie zum Fenster und schaute hinaus.

»Dafür wirst du bluten, Robert Caley. So wahr mir Gott helfe, ich werde dein Leben zur Hölle machen, wie meines die Hölle ist.«

Lorraine starrte aus dem Autofenster auf die anmutigen Häuser, die die amerikanischen Neubürger von New Orleans sich im Garden District gebaut hatten, nachdem Baumwolle, Zukker und Sklaven sie reich gemacht hatten. Vieles in diesem Viertel war schon Jahrzehnte vor dem Bürgerkrieg entstanden, als seien die großartigen mediterranen und neoklassischen Gebäude errichtet worden, um der Welt zu zeigen, daß der Süden es mit jeder anderen Region der Welt aufnehmen konnte.

»Nette Gegend«, sagte sie zu ihrem Fahrer. Er begann langsam, sich für Lorraine zu erwärmen; ihm gefiel, daß sie sich nie herablassend benahm oder glaubte, ihn in dumme Gespräche verstricken zu müssen, und daß sie mit ihren Stimmungen nicht hinterm Berg hielt. Er mochte es auch, daß sie manchmal sehr attraktiv war und manchmal nicht. Heute war sie es. Sie sah sexy und stilvoll aus, was bewirkte, daß er sich etwas aufrechter hinsetzte. Als sie an dem großen Herrenhaus mit der doppelten Galerie an einer der exklusivsten Straßen im Viertel anhielten, stieg er rasch aus, um Lorraine die Tür aufzuhalten. Lorraine trank noch einen Schluck aus der Coladose, die sie mitgebracht hatte, dann stellte sie sie auf den Sitz zurück. Die Cola war mit Wodka gemischt, und sie hatte im Hotel schon eine neue Flasche gekauft.

»Also gut. Warten Sie hier; ich weiß nicht, ob die mich überhaupt reinlassen.« Sie blickte zu dem weißen Haus auf, das, von zwei Kastanienbäumen eingerahmt, hinter einem strengen schmiedeeisernen Zaun stand, und zupfte sich die Jacke zurecht.

»Gut, Ma'am, ich bleibe hier und warte. Wüßte eh nicht, wo ich sonst hin soll.« Sie starrte ihn einen Augenblick lang an. »Wie ist Ihr Name?«

»Frankie, für François.«

Sie berührte kurz seine Schulter. »Drücken Sie mir die Daumen, François.«

Es gefiel ihm, daß sie ihn nicht Frankie nannte, François klang viel cooler.

Missy, eines der Mädchen der Caleys, führte Lorraine ins Wohnzimmer.

»Bitte warten Sie einen Augenblick. Ich sage Miss Elizabeth sofort, daß Sie hier sind. Ich glaube, sie ruht sich ein wenig aus.«

»Danke, und sagen Sie ihr bitte, es sei sehr wichtig.«

Elizabeth legte den Hörer auf und lächelte; sie hatte Juda nicht einmal überreden müssen, sie hatte sofort zugestimmt. Also rief sie nun Edward an, um ihm zu sagen, er solle sofort nach L.A. zurückkehren und dort Mrs. Juda Salina abholen.

Jetzt fühlte sie sich bereits sicherer – sie würde Robert auf seinen Platz verweisen, sie würde ihn zahlen lassen. Sie lächelte ihr Spiegelbild in dem großen vergoldeten Spiegel über dem Schreibtisch an, und das Gefühl unterdrückter Wut schwand langsam, bis sie sich beinahe leichtfertig fühlte und nur noch an Rache dachte. Robert Caley war nur ein billiger Betrüger, und das war er schon gewesen, als sie ihn kennengelernt hatte. Er war sehr attraktiv, das hatte geholfen, und er hatte schneller angebissen, als sie geglaubt hätte. Aber es hatte auch schnell gehen müssen, denn sie war bereits im dritten Monat schwanger gewesen, und weder sie noch Lloyd, der verheiratet war, wollten einen Skandal riskieren. Und nachdem Caley die entsprechenden Verträge unterzeichnet hatte, hatten Lloyd und Elizabeth mit Champagner auf diesen Erfolg angestoßen.

»Er ist ein guter Fang, Elizabeth«, hatte Dulay bewundernd gesagt.

»Nun ja, wir hatten keine große Auswahl.«

Dulay hatte sich vorgebeugt und ihren Bauch getätschelt. »Betrüger sind leicht zu beherrschen. Laß ihn nur nie an dein Geld, Schatz, darum werde ich mich immer kümmern, und ich werde diesen Fonds für dich und mein Baby einrichten.«

»Wenn es ein Junge ist, Lloyd, was dann?«

»Dann scheiß auf den Skandal. Du wirst diesen Kerl wieder los, ich lasse mich scheiden, und wir heiraten.« Sie hatten einander zugeprostet.

Sie hatten sogar schon entschieden, daß sie das Kind Louis nennen würden, wenn es ein Junge würde. Elizabeth hatte geweint, als sie hörte, daß sie ein Mädchen zur Welt gebracht hatte, und Anna Louise war nach dem Sohn benannt worden, den Lloyd sich so sehr wünschte. Aber er hatte Wort gehalten, was die finanziellen Angelegenheiten anging, hatte Berater eingestellt, die sich um ihr Geld und den Trustfonds kümmerten, sowohl für sie als auch für Anna Louise. Aber dann war er immer seltener zu Besuch gekommen, und schließlich hatte sie ihn nur noch einmal im Jahr gesehen, am Mardi Gras. Anna Louise hatte nie erfahren, wer ihr Vater war, denn Caley hatte seine Seite des Vertrags eingehalten, hatte sie als seine eigene Tochter großgezogen und wurde auf der Geburtsurkunde als Vater aufgeführt.

Missy spähte herein. »Drunten ist eine Mrs. Page und fragt nach Ihnen; sie sagte, es sei wichtig, Ma'am.«

Elizabeth reagierte gereizt auf die Unterbrechung ihres Tagtraums, aber dann bekam sie Schuldgefühle. »Ich komme sofort, Missy, ich muß mir nur noch die Nase pudern.«

Sie öffnete eine der Schubladen und starrte Reihen von Fläschchen mit Tabletten an, dann schob sie die Lade wieder zu. »Hör auf, Elizabeth, fang nicht wieder damit an«, sagte sie scharf zu ihrem Spiegelbild. »Bleib einfach ganz ruhig.«

Lorraine wartete und sah sich in dem Doppelwohnzimmer um, dessen elegante Proportionen und Möblierung Zurückhaltung und Anmut ausstrahlten, so wie die des Dulay-Hauses nach Aufmerksamkeit schrien. Hier war wenig verändert worden, seit Elizabeths Urgroßmutter das Haus eingerichtet hatte. Die Deckenfresken, die kurz nach dem Bau des Hauses ausgeführt worden waren, waren nie übermalt worden, und die russischen Teppiche, der Flügel und das Musikkabinett, die zierlichen Stühle und Beistelltische waren Teil der Mitgift der jungen Braut gewesen. Seit fünfzig Jahren hatte man die Wände in einem beruhigenden Nilblau gestrichen. Die beiden Kamine waren nicht mit Trockenblumen oder künstlichen Holzscheiten blockiert; über einem hing ein großes Familienporträt, über dem anderen ein Corot.

Nach einer Viertelstunde betrat Elizabeth Caley das Zimmer, hinreißend schön in einem cremefarbenen Seidenkostüm.

»Mrs. Page. Es tut mir wirklich leid, daß Sie warten mußten.«

Lorraine lächelte. »Das macht wirklich nichts.«

»Was kann ich Ihnen anbieten? Champagner oder Wein oder vielleicht einen echten Südstaaten-Gin?«

»Ich trinke nicht, Mrs. Caley.«

»Oh, dann vielleicht einen Eistee?«

»Das wäre nett.«

Elizabeth klingelte nach dem Mädchen, zog sich einen der Stühle heran und setzte sich Lorraine gegenüber. »Sie wollten mich sprechen?«

Ihre Augen leuchteten, ihre Frisur war perfekt, sie war manikürt und gepflegt und strahlte ein größeres Selbstvertrauen aus, als Lorraine es je bei ihr bemerkt hatte.

»Sie sehen sehr gut aus«, sagte sie schnell.

»Danke, es geht mir auch gut. Ah, hier kommen die Erfrischungen.«

Missy reichte beiden hohe Gläser mit geeistem Zitronentee. Das Getränk war bittersüß und erfrischend.

»Mhm, köstlich«, sagte Elizabeth und stellte ihr Glas ab. »Eine Zigarette?«

Lorraine holte ihr eigenes Päckchen heraus und gab Elizabeth Feuer.

»Haben Sie etwas Neues herausgefunden?« Es war, als fragte sie einen Agenten nach einem Filmvertrag; nichts ließ auf ihre Gefühle schließen. Sie hatte sich fest in der Hand.

»Nun, ich war jedenfalls sehr aktiv.« Lorraine klappte ihr Notizbuch auf. »Erinnern Sie sich an die Bären auf Anna Louises Bett? Haben Sie sie ihr geschenkt?«

Elizabeth sah sie mit großen überraschten Augen an, aber sie wußte, daß die Frage nicht als Witz gemeint war. »Nein, ich glaube, Robert hat ihr drei oder vier davon gegeben. Sie hat ihn manchmal Polar genannt, denn er kann ziemlich frostig sein.«

»Hat er auch Tilda Brown einen gegeben?«

Wieder schien Elizabeth einigermaßen verblüfft über diese Frage. »Das weiß ich wirklich nicht.«

Lorraine sah sie direkt an. »Haben Sie von Tilda Brown gehört?«

»Ja. Die Browns waren die ersten, die ich nach meiner Ankunft anrief. Es ist tragisch, einfach schrecklich.«

»Ja. Ich habe mit Tilda gesprochen, bin noch einmal ihre frühere Aussage mit ihr durchgegangen, aber sie hat noch einmal bestätigt, daß sie Anna Louise nicht mehr gesehen hat.«

Lorraine hielt inne, während Elizabeth noch einen Schluck

Tee trank und sich dann die Lippen mit einer Leinenserviette abtupfte.

»Kennen Sie einen Mann namens Fryer Jones?«

Elizabeth blinzelte, dann schüttelte sie den Kopf. »Nein, das glaube ich nicht.«

»Er ist der einzige, den die hiesige Polizei im Zusammenhang mit Anna Louises Verschwinden verhaftet hat; ein Augenzeuge hat gesehen, wie er am Abend des Fünfzehnten mit Anna Louise sprach, ganz in der Nähe seiner Bar im French Quarter, nicht weit von Ihrem Hotel entfernt.«

»Ich wußte nicht einmal, daß sie jemanden verhaftet hatten.« Sie klang überrascht.

»Es wurde auch nicht bekanntgegeben, denn sie haben ihn am selben Abend wieder entlassen. Mehrere Leute haben ihm ein Alibi gegeben, er hat angeblich seine Bar an dem bewußten Abend nicht verlassen. Einer der Zeugen war Jesse Corbello, dann sein Bruder Willy und ihre jüngere Schwester Sugar May, und außerdem…« Lorraine reichte Elizabeth die von Rooney handgeschriebene Liste. »Kennen Sie eine dieser Personen?«

»Nein, tut mir leid.«

»Kennen Sie auch Edith Corbello nicht?«

»Nein.«

Lorraine tat so, als konzentrierte sie sich auf ihre Notizen, aber in Wahrheit beobachtete sie Elizabeth genau – sie hatte die Liste kaum angesehen. »Aber Sie kennen Juda Salina.«

Jetzt spannte Mrs. Caley sich deutlich an, kleine Anzeichen von Unsicherheit wurden sichtbar. Sie drückte die Knie fester zusammen, ihre Arme zuckten ein wenig. »Das wissen Sie doch.«

»Sie ist die Schwester von Edith Corbello.«

Plötzlich wurde Elizabeth lebhafter. »Ja, aber natürlich, ich erinnere mich an sie. Ich kenne sie nicht, aber ich erinnere mich daran, daß Juda ihre Schwester erwähnte; sie ist mit diesem Fryer Jones verheiratet, glaube ich.«

Überrascht blickte Lorraine auf. Sie hielt einen Augenblick

inne, dann fuhr sie fort. »Es gibt noch einen weiteren Sohn, Raoul Corbello; er hat in Los Angeles für Juda gearbeitet.«

»An diesen Namen kann ich mich nicht erinnern.«

»Und eine zweite Tochter, sie ist achtzehn. Ruby Corbello – sie wird demnächst gekrönt.«

»Sicher nicht zur Debütantin des Jahres!«

»Nein, sie ist Königin einer neuen schwarzen Krewe – es ist offensichtlich eine große Ehre und eine gewaltige Zeremonie.«

»Ja, das ist es. Noch Tee?«

»Nein danke.« Lorraine griff nach ihrem Glas – sie hatte erst ein paar Schlucke getrunken – und beobachtete, wie Elizabeth an ihrem Rock zupfte. »Und was ist mit Lloyd Dulay? Kennen Sie ihn?«

Elizabeth riß den Kopf hoch und starrte Lorraine an. »Selbstverständlich kenne ich Lloyd; er ist ein guter alter Freund.«

»Anna Louise war seine Tochter«, stellte Lorraine fest.

Elizabeth wandte sich ab und wurde rot. »Sie waren wirklich fleißig. Ich hoffe, daß Sie auch ebenso diskret waren, denn dies ist eine sehr private Angelegenheit. Hat er es Ihnen erzählt, oder war es Robert?«

»Es wird unter uns bleiben, Mrs. Caley, das versichere ich Ihnen, und ich habe es von Mr. Dulay.«

»Lieber Himmel!« Sie seufzte, dann verkündete sie, sie sei müde, und wenn Lorraine keine weiteren Fragen habe, würde sie sich entschuldigen.

»Ich habe Ihren Film *Sumpf* gesehen. Er hat mir gut gefallen.«

Elizabeth lachte auf – ein wenig theatralisch. »Liebe Güte, wo um alles in der Welt haben Sie den denn gesehen?«

»Mr. Dulay hat mir ein Video geliehen. Mir ist bei der Besetzungsliste aufgefallen, daß beide Salina-Schwestern und Fryer Jones ebenfalls Rollen hatten, wenn auch keine großen – sie waren so etwas wie Statisten.«

»Ich hatte nichts mit den Statisten zu tun, Mrs. Page.«

»Aber Juda Salina haben Sie trotzdem kennengelernt.«

»Ja, allerdings nicht während der Dreharbeiten. Wir sind uns

Jahre später bei einer Veranstaltung hier begegnet, und, um ehrlich zu sein, ich verstehe wirklich nicht, was dieser alte Film mit dem Verschwinden meiner Tochter zu tun haben soll. Meine Güte, ich war kaum älter als Anna Louise, als ich ihn gedreht habe, also ist es schon lange her.«

»Glauben Sie an Voodoo, Mrs. Caley?«

Sie hob die Hand. »Also, das kann ich wirklich nicht beantworten, nein.«

»Und Ihre Tochter?«

»Ich bezweifle es sehr; sie war ein ausgesprochen vernünftiges Mädchen.«

»Das sind auch viele tausend Gläubige hier. Wissen Sie, ob Tilda Brown daran geglaubt hat?«

»Tilda? Keine Ahnung, aber man weiß ja nie, was in diesen Kindern vor sich geht.«

»Sie war kein Kind mehr, sie war so alt wie Anna, fast neunzehn…« Lorraine überlegte, ob sie die Puppe erwähnen sollte. Sie wußte, daß Elizabeth sie belog, ihr nervöser Tick war viel deutlicher geworden, sie zupfte wieder und wieder an den Knötchen der Rohseide, dann kratzte sie mit ihren langen, roten Fingernägeln daran.

Lorraine ging zum Angriff über. »Ich habe eine Puppe in einer von Tilda Browns Tennisschlägertaschen gefunden. Eine widerwärtige, stinkende selbstgebastelte Puppe, die mit Exkrementen beschmiert war. Sie sollte Tilda ähnlich sehen, man hatte sogar ein Foto Tildas auf das Gesicht der Puppe geklebt. Menschenhaar und wahrscheinlich Blut waren daran befestigt, und eine lange Nadel war durch einen Augapfel gesteckt, bis sie am Hinterkopf wieder herauskam.«

Elizabeth Caley starrte ihren Fuß an und war nun ausgesprochen reglos. Lorraine schwieg lange, bevor sie fortfuhr: »Ich habe noch nicht mit Mr. und Mrs. Brown darüber sprechen können, aber meine Partner bringen die Puppe ins Leichenschauhaus in der Hoffnung, Proben von Tildas Haar und Blut erhalten zu können, um zu überprüfen, ob es eine Übereinstimmung gibt.«

»Das alles hat nichts mit Anna Louise zu tun«, sagte Elizabeth scharf.

»Kann sein, aber wissen Sie, was die Puppe bedeutet? Laut einem Buch über Voodoo, das ich mir gekauft habe, ist sie ein schrecklicher Fluch. Mrs. Caley, es ist eine Todespuppe.«

Lorraine blätterte in einem der Bücher, die Rosie aus dem Museum mitgebracht hatte. »›Man steckt Haare der Person, die man treffen will, in die Puppe und benutzt eine schwarze Nadel, wenn man ihr Schmerz zufügen will‹, hier ist eine Zeichnung –«

»Nein, das will ich nicht sehen, nehmen Sie es weg, bitte.«

Lorraine klappte das Buch zu. »Es muß keine Verbindung zu Anna Louise bestehen, aber auf der anderen Seite muß ich –«

»Hören Sie sofort damit auf, und zeigen Sie den Browns nicht etwas so Abstoßendes. Es ist widerwärtig, daß Sie überhaupt in Erwägung ziehen, die arme kleine Tilda hätte –«

»Sie hätte diese Puppe nicht für sich selbst gemacht. Jemand muß sie gemacht und ihr gegeben haben. Und vielleicht ist, wer immer das getan hat, zumindest des Totschlags schuldig.«

»Nein, sie hat sich selbst umgebracht.«

»Das weiß ich, Mrs. Caley, aber Tilda war Anna Louises beste Freundin, und ich versuche einfach festzustellen, ob sie sich mit Voodoo beschäftigt haben, ob sie zu Zeremonien gingen …«

»Nein, ganz bestimmt nicht. Nein.«

»Aber Sie stehen Juda Salina sehr nahe, die einmal eine Hohepriesterin gewesen ist, ebenso wie ihre Schwester. Edith Corbello ist offenbar nicht mehr sehr aktiv, aber sie leitet immer noch eine Gruppe und arbeitet ähnlich wie ihre Schwester in L.A. Juda Salina erwähnt Voodoo nicht, aber sie nennt sich auf ihrem Handzettel Medium, liest Tarotkarten, hat sich auf Trance und Hypnose spezialisiert, auf Spiritismus und … Voodoo. Ich habe eine Kopie ihrer Broschüre –«

»Nein, ich will nichts davon wissen.«

»Da Anna Louise Sie einige Male zu Mrs. Salina begleitet hat, könnte sie die Broschüre doch dort gesehen haben? Und da sie jung und leicht zu beeindrucken war, hat sie vielleicht angefangen, mit solchen Dingen herumzuspielen.«

Elizabeth schob ihren Stuhl zurück, ohne jede Rücksicht auf den antiken Teppich. »Ich möchte mich nicht wiederholen, Mrs. Page, aber das geht mir jetzt zu weit. Ich möchte diese Angelegenheiten nicht mit Ihnen besprechen. Wenn Sie tatsächlich glauben, Anna sei tot, dann gibt es für Sie keinen Grund mehr, Ihre Ermittlungen fortzusetzen.«

Lorraine stand auf. »Keinen Grund? Ich versuche herauszufinden, ob Ihre Tochter ermordet wurde und wer dafür verantwortlich sein könnte. Sie ist jetzt seit elf Monaten verschwunden!«

»Das weiß ich!«

»Wieso behaupten Sie dann, es bestünde kein Grund, weiter in dieser Richtung zu ermitteln?«

»Voodoo ist keine Richtung, Mrs. Page, es ist eine Lebensweise, und Sie verstehen vermutlich nicht, wie komplex es ist. Es wird hier sehr ernst genommen und hat nichts mit dem Okkulten oder Schwarzer Magie zu tun, wie Sie andeuten wollen. Man benutzt Voodoo nicht für Flüche oder Böses, sondern im Gegenteil, es soll gegen Krankheit schützen und spirituell fördern.«

»Ich versuche ja, mehr darüber zu erfahren, Mrs. Caley, und ich wäre dankbar für jede weitere Information.«

»Was meinen Sie mit Information? Ich habe keine Informationen – was glauben Sie, wieso ich Sie eingestellt habe? Und nun werde ich Sie entlassen. Ich werde Ihnen alle Unkosten ersetzen, die Sie bisher hatten, aber ich möchte nicht, daß Sie diese Ermittlung fortsetzen.«

»Es tut mir leid, aber ich kann mich nicht einfach davon abwenden.«

»Selbstverständlich können Sie das, Sie sind nur eine Angestellte, Sie haben keine persönlichen Verbindungen zu dieser Sache.«

»Ich fürchte doch. Einer meiner Partner wurde bei der Arbeit an diesem Fall umgebracht, also habe ich wichtige persönliche Gründe, mich weiter damit zu befassen.«

Elizabeth zögerte, aber sie fragte nicht weiter nach dem

Mord. »Sie haben offenbar vergessen, um was es eigentlich ging.«

»Nicht im geringsten. Ich soll Ihre Tochter finden, tot oder lebendig.«

»Aber Sie haben sie nicht gefunden.«

»Und meine Zeit ist noch nicht abgelaufen. Ich habe immer noch eine Woche, darüber haben wir einen Vertrag.«

»Und ich zahle Sie aus, Schluß. Phyllis wird Ihnen einen Scheck schicken. Wenn Sie mich jetzt entschuldigen wollen...«

»Eine Million, Mrs. Caley. Sie können heute zahlen oder nächste Woche, aber der Vertrag besteht.«

»Seien Sie nicht albern, das war eine mündliche...«

»Nein. Wir haben es schriftlich. Eine Million Dollar. Selbst wenn Sie mich auszahlten, würde ich nicht gehen, nicht, ehe ich nicht jedem Hinweis nachgegangen bin. Tut mir leid.«

Elizabeth hatte die Fäuste fest geballt und starrte Lorraine erbost an. »Sie wissen nicht, auf was Sie sich einlassen, Mrs. Page.«

»Das weiß man bei keinem Fall, Mrs. Caley. Das macht es ja so interessant: diese unerwarteten Wendungen.«

Elizabeth sprach jetzt leise, aber die Drohung war nicht zu überhören: »Sie könnten sich hier vor einer sehr unerwarteten Wendung finden, und glauben Sie mir, Sie werden sich noch wünschen, die Sache nicht weiter verfolgt zu haben.«

Elizabeth drehte sich um und ging. Ihre Schritte hallten von den schwarzweißen Schachbrettfliesen der Halle wider. Dann hörte Lorraine sie rufen: »Missy, Mrs. Page möchte gehen, bringen Sie sie zur Tür.«

Das Mädchen erschien an der Tür.

»Nicht nötig, Missy, ich kümmere mich schon darum.«

Lorraine fuhr herum und fand sich Robert Caley gegenüber.

»Du hast wirklich Nerven, noch hier ins Haus zu kommen.«

Sie schloß die Aktentasche. Ihn so überraschend vor sich zu sehen, ließ ihr die Knie zittern. Sie nahm sich zusammen und hob den Kopf, begegnete seinem Blick.

»Ich muß mich bei dir entschuldigen. Ich habe Dinge gesagt,

die ich nicht hätte sagen dürfen, ehe ich alle Fakten überprüft hatte. Es tut mir ehrlich leid.«

Er steckte die Hände in die Hosentaschen. »Leid? Du ruinierst meinen Ruf bei meinen Partnern, du verbreitest widerwärtige Anschuldigungen über mich und meine Tochter, du schnüffelst in meinen Papieren herum und –«

»Ich habe doch schon gesagt, daß es mir leid tut.«

»Das reicht aber nicht. Ich möchte, daß du einen förmlichen Widerruf deiner Behauptungen an Lloyd Dulay schickst.«

Sie wurde rot und konnte ihn nicht mehr ansehen. »Aber du hast dich doch illegal aus Anna Louises Trustfonds bedient?«

»Du gibst wohl nicht nach, wie? Dieser Millionen-Bonus muß ein hoher Anreiz sein.«

»Wie der Fonds deiner Tochter für dich?«

»Volltreffer!«

Lorraine nahm ihre Aktentasche vom Boden. »Es geht mir nicht um Punkte, Robert.«

»Ach ja?«

Sie seufzte. »Nein. Ich versuche nur, meine Arbeit zu machen, das ist alles.«

Er war so wütend, daß er sie am liebsten gewürgt hätte. »Schließt das auch ein, für Informationen zu vögeln, wie du es früher für Alkohol getan hast?«

Sie wollte sagen, daß es ihr viel bedeutet hatte, sie wollte die Aktentasche fallen lassen und sich ihm in die Arme werfen. Statt dessen starrte sie ihn kalt an, ihr Blick ohne jegliches Gefühl, so offen und eisig, daß er sich schließlich abwandte.

»Hast du Anna Louise diese weißen Bären geschenkt, die Polarbären?«

Er schüttelte ungläubig den Kopf. »Wie bitte?«

»Sie hatte eine Reihe weißer Bären auf ihrem Bett – hast du sie ihr geschenkt?«

»Ja.«

»Und sie hat dich Polar genannt?«

»Ja.«

»Hast du auch Tilda Brown einen dieser Bären geschenkt?«

»Nein.«

»Kannst du dich erinnern, wie viele du deiner Tochter geschenkt hast?«

Er mußte sich hinsetzen. Sie feuerte die Fragen ab, als wäre er ein Verdächtiger auf einem Polizeirevier.

»Es ist wichtig, Robert. Wie viele?«

»Fünf, zu ihrem dreizehnten, vierzehnten, fünfzehnten, sechzehnten und siebzehnten Geburtstag. Dann habe ich gesagt, es gäbe keinen Platz mehr für mehr, sie waren Zeichen ihrer Teenagerjahre, für ihre Tagebücher.«

»Ihre Tagebücher?«

Er rieb sich den Kopf. »Ja, diese Bären haben eine Art Geheimfach, das sie benutzte, um ihr Tagebuch zu verstecken.«

Lorraine konnte das Kribbeln spüren. »Hat die Polizei sie gesehen?«

Er schüttelte den Kopf. »Nein …«

»Warum nicht?«

»Sie waren nicht da. Vielleicht war sie inzwischen zu alt für so etwas, ich weiß nicht.«

»Scheiße, kannst du dich erinnern, ob Anna Louise auf dem Flug nach New Orleans einen dieser Bären mitgenommen hat?«

»Keine Ahnung.«

»Es ist sehr wichtig, Robert. Denk nach.« Er schüttelte den Kopf, und sie trat näher zu ihm. »Als du im Hotel in ihr Schlafzimmer gingst, hast du da einen der Bären gesehen?« Er seufzte, und sie kam noch näher. »Schließ die Augen und denk nach, Robert. Du sagtest, ihre Handtasche war im Wohnzimmer, und ihr neues Kleid lag im Schlafzimmer bereit, also mußt du doch auch das Bett gesehen haben.«

»Ist das denn so wichtig?«

Sie war jetzt nahe genug, sie hätte sich vorbeugen und ihn berühren können, aber sie tat es nicht. »Als ich in Anna Louises Schlafzimmer in L.A. war, lagen dort vier Bären auf ihrem Bett. Vier, Robert, nicht fünf.«

Er streckte die Hand aus, ohne sie anzusehen, und streichelte ihre Wade. »Nein, ich habe im Hotel keinen gesehen.« Er zog sie an sich und beugte sich vor, drückte seinen Kopf zwischen ihre Beine. »Warum hast du nie zurückgerufen, Lorraine, warum?«

»Ich wollte, Robert, aber ich hatte zu viele Schuldgefühle. Ich war den ganzen Tag vollkommen durcheinander und übermüdet. Und ich glaube, als Tilda diese Andeutungen über dich und Anna Louise machte und Dulay von dem Trustfonds erzählte, war ich eifersüchtig oder einfach nur wütend, aber es gibt keine Entschuldigung für mich, und ich hätte das alles nicht sagen dürfen ohne –«

Sie konnte seinen Atem, seine Lippen durch den Rock spüren, aber ein Teil ihres Hirns arbeitete selbständig weiter. Sie erinnerte sich daran, daß Phyllis gesagt hatte, sie habe an diesem Tag gepackt – oder war es Elizabeth gewesen?

»Ich muß gehen, Robert.«

Er ließ die Hände sinken und lehnte sich zurück, blickte zu ihr auf. »Was ist an diesem Bären so wichtig?«

Sie hatte ihre Aktentasche aufgehoben und war schon auf dem Weg zur Tür. »Tilda Brown sagte, Anna Louise habe sie am Fünfzehnten nicht besucht, aber was, wenn sie gelogen hat? Was, wenn der Bär ein Friedensangebot war, weil sie sich gestritten hatten? Der Streit ging um dich, Robert, weißt du das? Deine Tochter war eifersüchtig wegen der Aufmerksamkeit, die du Tilda geschenkt hast.«

Er stand auf, sah sie verblüfft an. »Eifersüchtig? Sie war eifersüchtig auf die kleine Tilda?«

»An diesem Tag bist du Tilda auf dem Weg zur Arbeit am Tennisplatz begegnet, erinnerst du dich? Du hast ihr einen Kuß gegeben, weil sie weinte, und Anna Louise hat das gesehen.«

»Das war vollkommen harmlos, das schwöre ich dir.«

»Ich weiß, aber Anna Louise wußte es nicht, und ich glaube, das hat bei ihr einen Wutanfall ausgelöst. Das Ergebnis war dann –«

»– daß Tilda abreiste …«

Sie nickte. »Darf ich mal telefonieren?«

Sie wartete nicht auf eine Antwort, sondern rief im Haus der

Caleys in L.A. an. Phyllis war am Apparat, und bevor sie auch nur die ersten Höflichkeitsfloskeln loswerden konnte, fiel Lorraine ihr ins Wort und fragte sie, ob sie Anna Louise am Fünfzehnten beim Packen geholfen habe. Phyllis schwieg.

»Phyllis, sind Sie noch da?«

»Ja. Ich denke nach. Wissen Sie, ich habe nicht selbst gepackt, aber ich erinnere mich, daß Mrs. Caley mich bat nachzusehen, ob Anna Louise auch genügend Kleider für Partys und so weiter mitgenommen hatte und –«

Lorraine unterbrach sie. »Haben Sie gesehen, was in ihrem Gepäck war?«

»Ja, und Mrs. Caley auch. Es waren vor allem T-Shirts und Turnschuhe.«

»Was außerdem?«

»Nicht viel. Sie haben sich deshalb hinterher gestritten, und Mrs. Caley sagte Anna, sie solle neu packen. Aber ich habe nie tiefer in die Tasche hineingesehen, und ich glaube auch nicht, daß Mrs. Caley das getan hat. Ist das wichtig?«

Lorraine verneinte und dankte Phyllis. Als sie den Hörer auflegte, stand Missy in der Tür.

»Ich habe all Ihre Koffer heruntergebracht, Mr. Caley.«

Lorraine runzelte die Stirn. Robert wartete, bis Missy weg war, dann erklärte er ruhig, er werde zurück ins Hotel ziehen. »Darf ich dich anrufen?«

Lorraine ging zu ihm und küßte ihn. Er hielt sie noch im Arm, als Elizabeth Caley in der Tür erschien. Lorraine bemerkte das und löste sich schnell von ihm.

»Scheiße.«

Er sah, daß Elizabeth die Treppe hinaufrannte. »Schon gut, ich verlasse sie. Ich habe genug, ich gehe endgültig. Komm, ich bringe dich zu deinem Auto. Fährst du zurück zum Hotel?«

»Du verläßt sie?«

»Ja, das hätte ich schon vor Jahren machen sollen.«

Robert küßte Lorraine noch einmal, bevor sie einstieg. »Vielleicht könnten wir heute abend zusammen essen?«

»Ja, gern.«

Sie lächelte ihn an, wünschte sich, er würde sie wieder küssen, und er berührte ihre Wange. »Elizabeth hat etwas über ein Foto gesagt. Du hättest ihr ein Foto von Anna Louise gezeigt. Stimmt das?«

»Ja. Es wurde in einem Nachtclub aufgenommen.«

»Hast du es dabei? Ist es etwas, was ich sehen sollte?«

Sie zögerte. Sie hatte das Foto in der Tasche, aber sie beschloß, es ihm jetzt nicht zu zeigen. »Wir reden heute abend darüber.«

Er küßte sie noch einmal und schloß dann die Autotür. François fuhr an, und Lorraine winkte und lächelte Robert noch einmal zu.

François warf Lorraine im Rückspiegel einen Blick zu und lächelte. »Sieht nicht so aus, als hätte der Sie rausgeschmissen.«

Er lachte laut und dröhnend. Diese Dame gefiel François wirklich immer besser.

»Zurück zum St. Marie?«

Sie lehnte sich zurück und schloß die Augen. »Nein, zu Tilda Brown.«

Sie hatte Schuldgefühle, weil es ihr so gut ging. Robert Caley stand nicht mehr unter Verdacht, und er würde auch frei sein, wenn er Elizabeth verließ. Und sie freute sich auf den Abend mit ihm. Sie trank den Rest Cola mit Wodka und versicherte sich, daß sie sich unter Kontrolle hatte – die Gier hatte aufgehört, sie lechzte nicht mehr nach Alkohol, sie stillte nur einen ganz normalen Durst. Alles war unter Kontrolle.

Elizabeth Caley spähte durch die Spitzenvorhänge ihres Schlafzimmers zur Einfahrt hin. Sie wußte nicht, wie sie mit all dem zurechtkommen sollte, und sie brauchte Juda unbedingt. Alles brach zusammen, und die Tabletten in der Schublade zogen sie an wie ein Magnet.

Lorraine beugte sich vor, biß sich auf die Lippe und blätterte in ihrem Notizbuch weit zurück. Alle hatten gemerkt, wie ungewöhnlich es war, daß Anna Louise sich dieses Kleid bestellt hatte, das sie in der *Vogue* gesehen hatte. Vielleicht hatte sie nicht neu gepackt, wie ihre Mutter von ihr verlangt hatte, sondern nur noch den Bären eingesteckt. Lorraine wußte, daß sie nur spekulierte, aber vielleicht erklärte das das Theater mit dem Kleid, das ihr extra aus L.A. nachgeschickt worden war.

Lorraine war so auf ihre Arbeit konzentriert, daß sie genau das tat, was sie eigentlich nicht tun wollte: Sie vergaß, Rooney und Rosie davon zu informieren, daß sie auf dem Weg zum Haus der Browns war. Und sie hatte erst recht nicht vor, ihnen zu sagen, daß sie François gebeten hatte, an einem Schnapsladen anzuhalten, wo sie sich einen Sechserpack Cola und eine weitere Flasche Wodka gekauft hatte. Es war schon in Ordnung, sagte sie sich, niemand würde es erfahren, solange sie den Trick mit der Coladose anwendete. Und es half – es half, Nick Bartellos Stimme zu vergessen, sein Lächeln, brachte all das zum Verschwinden. Vor allem aber gab es ihr das Gefühl, alles unter Kontrolle zu haben.

15

Zuerst wollte Mrs. Dubois Lorraine nicht ins Haus lassen; die Vorbereitungen für Tildas Beisetzung waren im Gang, also war es kaum der angemessene Zeitpunkt für ihre Eltern, mit Lorraine zu sprechen.

»Ich muß nur noch mal in Tildas Schlafzimmer. Bitte, Mrs. Dubois, es ist wichtig, sonst würde ich an einem solchen Tag nicht stören. Ich glaube, ich habe hier meinen Schlüssel vergessen, er ist mir wohl aus der Tasche gefallen. Es wird nicht länger als zwei Minuten dauern.«

Mrs. Dubois war einverstanden und bat das Mädchen, Lorraine zu begleiten.

Das Mädchen blieb an der Tür stehen, als Lorraine begann, das Zimmer zu durchsuchen, begierig, endlich zu dem weißen Bären zu kommen, der immer noch auf Tildas Kissen lag. Als

Mrs. Dubois nach dem Mädchen rief, war Lorraine endlich allein und griff sich sofort den Bären. Er war zu leicht, sie wußte sofort, daß nichts mehr darin versteckt sein konnte, aber sie fand den versteckten Reißverschluß und sah trotzdem noch einmal nach. Sie war enttäuscht und gab sich nicht einmal die Mühe, so zu tun, als hätte sie nach dem Schlüssel gesucht, als das Mädchen zurückkam.

»Danke. Kein Glück!« sagte Lorraine. Die junge Frau machte einen etwas nervösen Eindruck. »Wie sind Sie denn mit Miss Tilda ausgekommen?« fragte Lorraine.

»Gut, Ma'am, aber sie war sehr zurückhaltend. Ich habe ihr Zimmer geputzt, ihre Kleider gebügelt. Sie hat sich nicht angestellt und nichts, nicht so wie früher. Ich soll Sie hinausbegleiten, da Mrs. Dubois keine Zeit hat.«

»Wie meinen Sie, ›sich nicht angestellt wie früher‹?« fragte Lorraine, immer noch ganz lässig und freundlich.

»Ach, meine Vorgängerin ist rausgeflogen, sie ist nicht mit Miss Tilda ausgekommen, und Mrs. Brown hat mir gesagt, ich dürfe Miss Tildas persönliche Sachen nicht anfassen. Sie mochte nicht mal, wenn ich ihr Zimmer geputzt habe, aber sie war auch immer sehr ordentlich.«

»Wann ist Ihre Vorgängerin denn rausgeflogen?«

»Vergangenes Jahr; ich arbeite erst seitdem hier.«

Lorraine lächelte weiter. »In welchem Monat denn?«

Das Mädchen wartete ungeduldig, daß Lorraine endlich ging. »Ich hatte mein Vorstellungsgespräch Mitte Februar, und da war Ruby schon weg.«

»Ruby?« Lorraine folgte ihr die Treppe hinunter.

»Ja, Miss, meine Vorgängerin hier war ein Mädchen namens Ruby Corbello, sie hat danach bei einem Friseur angefangen.«

»Danke.«

Die Enttäuschung über das fehlende Tagebuch war vergessen, und zur Erleichterung des Hausmädchens ging Lorraine, ohne noch einmal um ein Gespräch mit Mrs. Dubois zu bitten.

Lorraine saß im Wagen und dachte, daß dies wirklich zu viel war, um noch Zufall sein zu können. Dann seufzte sie. Vielleicht war das endlich die Spur, die sie brauchte. Sie sah auf die Uhr und sagte François, er solle sie zurück zum Hotel fahren, denn inzwischen hatte sie gemerkt, wie spät es war und daß sie ihre eigenen Anweisungen, mit den anderen in Verbindung zu bleiben, ganz vergessen hatte.

Rosie und Rooney saßen am Gartentisch im Hof des St. Marie und hatten Tassen mit schaumgekröntem Milchkaffee vor sich.

»Ich weiß auch nicht, erst sagt sie uns, wir sollten uns melden, und dann setzt sie sich ab. Wo steckt sie jetzt? Mrs. Caley sagte, sie sei vor über anderthalb Stunden gefahren«, stellte Rosie gereizt fest.

Rooney schaute auf die Uhr und schwieg. Er hatte getan, um was Lorraine ihn gebeten hatte, hatte auf dem Revier nachgefragt, aber bei Nicks Leiche war kein Gris-Gris gefunden worden.

»Vielleicht hat er es nicht getragen«, sagte er.

»Was?«

»Das Halsband.«

»So weit ich mich erinnern kann, trug er es, als wir ihn zum letzten Mal gesehen haben, es hat ihm gefallen. Er fehlt mir, Bill.«

»Ja, mir auch. Er war ein prima Kerl.«

Schweigend tranken sie ihren Kaffee, dann zückte Rosie ihren Notizblock.

»Was sollten wir wegen Edith Corbello unternehmen? Es ist eine Schande, die Zeit so zu verschwenden. Ich habe ihre Adresse, aber die Telefonnummer ist nicht angegeben, also sollten wir vielleicht einfach hinfahren.«

Rooney schob die Kaffeetasse zur Seite. »Da hast du recht. Ich schiebe meinen Bericht unter Lorraines Tür durch, und wir sehen uns diese Mrs. Corbello mal an.«

Lorraine fand Rooneys Nachricht unter ihrer Tür. Sie setzte sich aufs Bett und las das Gekritzel. Bei Nick Bartellos Leiche war kein Halsschmuck gefunden worden. Rooney hatte auch kurz notiert, was die Cops über Fryer Jones und seine Alibizeugen gesagt hatten. Auf der Liste dieser Zeugen stand auch Raouls Name, und Lorraine, die sich von L.A. her an ihn erinnerte, unterstrich ihn.

Was Rooney nicht erwähnt hatte, war die Tatsache, daß er und Rosie versuchen wollten, mit Edith Corbello zu sprechen. Das hatte er zwar gewollt, aber Rosie hatte vorgeschlagen, sie sollten es erst einmal einfach versuchen und Lorraine erst später davon erzählen. Lorraine wartete eine Weile, holte sich ein Sandwich und eine Cola und setzte sich in den Hof. Sie sah ihre Notizen durch, fragte sich, was sie als nächstes tun sollte und beschloß, der Spur, die zu Ruby Corbello wies, nicht zu folgen, ehe sie nicht mit Fryer Jones gesprochen hatte.

François war nicht begeistert davon, Lorraine zu Fryer Jones' Bar zu fahren. Er beobachtete sie im Rückspiegel, wie sie Cola trank und Wodka nachgoß, aber sie wirkte nicht betrunken.

»Ich bin keine Touristin, François. Aber Sie können draußen warten, und wenn ich in einer halben Stunde nicht wieder draußen bin, kommen Sie rein und holen mich. Und jetzt bringen Sie mich hin.«

»Schon auf dem Weg.«

Das Taxi hielt vor dem winzigen, verfallenen Haus am alten Irish Channel.

»Sind Sie sicher, daß die Adresse stimmt?« fragte der Fahrer.

»Ja, aber wenn Sie warten, haben Sie bald auch wieder eine Fuhre zurück«, sagte Rooney und reichte ihm das Geld und zehn Dollar zusätzlich.

»Klar, ich bleibe hier, Sir.«

Rooney und Rosie fanden sich einer ramponierten Haustür gegenüber; das Glas des kleinen Fensters war zerbrochen und durch ein Stück Karton ersetzt worden, also war es unmöglich, ins Haus hineinzusehen. Rooney ging ein paar Schritte die Gasse zwischen diesem Haus und dem Nachbargebäude entlang und blickte in einen Hinterhof mit Autowracks und einer Hängematte, die an zwei kahlen Bäumen befestigt war. Rostige Automotoren standen zwischen aufgerissenen Reifen, Auspuffen und berstenden Mülltüten.

»Wenn die Adresse hier wirklich stimmt, solltest du das Reden mir überlassen«, sagte Rooney.

»Das sagst du jetzt zum dritten Mal«, meinte sie gereizt.

»Gut, dann halte dich auch dran.«

Die Klingel funktionierte nicht; Rooney klopfte an die Haustür, und sie ging knarrend auf.

Sie spähten in den Flur und klopften noch einmal.

»Ja, was ist denn?« Sugar May kam aus der Küche.

»Mrs. Edith Corbello?«

»Sie hat zu tun; haben Sie einen Termin?«

Rooney warf Rosie einen Blick zu und sagte leise: »Wie ich schon sagte, sehen wir mal, was wir erreichen können.«

Rosie nickte, und Rooney lächelte Sugar May freundlich an. »Hallo. Wir dachten, wir versuchen's einfach mal. Fryer Jones hat uns hergeschickt.«

Sugar May zog die Nase kraus und ging ein paar Schritte in den dunklen, schmutzigen Flur zurück. »Sie mag es nicht, wenn sie gestört wird. Am besten warten Sie und sehen, was sie sagt.«

Sie zeigte auf ein Zimmer, das vom Flur abging, dann verschwand sie wieder in der Küche.

Rosie und Rooney setzten sich auf ein durchhängendes Sofa, dessen gebrochene Sprungfedern sie stachen. Der Teppich war abgewetzt und voller Zigarettenbrandlöcher, und auf jeder freien Oberfläche gab es Bierflecken. In der Tür hing ein alter Vorhang aus Perlenschnüren.

»Was für ein Rattenloch«, sagte Rosie leise, dann fuhr sie auf, als aus einem anderen Zimmer ein schriller Schrei erklang.

Auf dem Tisch stand ein Spiegel, der eine kleine Statue der Jungfrau Maria reflektierte, dahinter hing ein Bild von Marie

Laveau. Vor der Statue brannten Räucherstäbchen und drei blaue Kerzen, umgeben von Untertellern mit Regenwasser, einem Teller mit Brot und Äpfeln und anderen mit bestimmten Gräsern und Ölen.

Edith hatte das junge Mädchen angewiesen, sie solle sich auf eine Pritsche legen, und jetzt rieb sie ihr den Kopf mit einem Kräutersud ein, massierte die Schläfen des Mädchens mit beiden Händen, die Augen geschlossen, und rezitierte eine Anrufung der heilenden Kräfte der Geister.

Unter dem Druck von Ediths kräftigen Händen hatte das Mädchen das Gefühl, ihr Hals würde brechen, und das war noch schlimmer als die mörderischen Kopfschmerzen, die sie jeden Monat hatte.

»Oh, was haben wir für eine Spannung hier. So viel Spannung. Jetzt setz dich, Mädchen, und bück den Kopf runter, damit ich deinen Nacken abtasten kann.«

Das Mädchen stöhnte, und Edith schloß die Augen, rieb und knetete die Wirbel am Hals, bis sie ein Klicken spürte. Rasch drehte sie den Hals des Mädchens, und es klickte noch zweimal laut. Edith lächelte.

»Ja, das war's. Geht es dir jetzt besser, Schatz?«

Rosie sah Rooney an, als das Stöhnen aufhörte und man leises Lachen hörte, aber er war ganz in eine alte Zeitschrift vertieft.

»Hör dir das an. Voodoo kam im sechzehnten Jahrhundert mit den Sklaven aus Westafrika. Marie Laveau ist in New Orleans so etwas wie eine Legende. Sie soll auch indianisches Blut gehabt haben, und sie heiratete einen Jacques Paris, der nach der Hochzeit auf geheimnisvolle Weise verschwand; danach nannte sie sich Witwe Paris. Mein Gott! Marie Laveau hatte fünfzehn Kinder, und sie wohnte in der St. Anne's Street, zwischen der North Rampart und der Burgundy Street. Sie soll alle anderen Königinnen durch die Macht ihres Gris-Gris zerstört haben, buchstäblich zu Tode gehext. Und heute konsultieren hochgeachtete Mediziner Voodoo-Ärzte, wenn es um die Behandlung paranoider Schizophrener geht.«

Rooney wollte weiterlesen, aber unten am Flur ging eine Tür auf, und obwohl sie nicht sehen konnten, wer herauskam, hörten sie die tiefe Stimme von Edith Corbello.

»Mach dir keine Sorgen wegen der Bezahlung. Werd erst mal gesund und such dir eine Arbeit, dann kannst du wiederkommen, Tulla.«

Sugar May rief aus der Küche: »He, Mama! Im Wohnzimmer sitzt Kundschaft. Hast du gehört, Mama?«

Edith Corbello betrat das Wohnzimmer, und was immer Rosie und Rooney erwartet hatten, es wollte nicht so recht zu der dicken Frau in Kittelschürze und alten Hausschuhen passen, deren rundes, verschwitztes Gesicht von krausem grauem Haar umgeben war.

»Ja?«

Rooney erhob sich. »Ich bin Bill Rooney, und das da ist meine Freundin Rosie.«

Edith seufzte. »Ja, und was wollen Sie?«

»Können wir mit Ihnen sprechen? Sind Sie Edith Corbello?«

»Ja, aber ich arbeite nicht für Fremde. Wer hat Sie geschickt?«

»Fryer Jones«, sagte Rooney.

Edith nickte und ging hinaus. »Kommen Sie mit, aber ich habe in einer Viertelstunde den nächsten Termin.«

Das Zimmer war dunkel, weil die Vorhänge zugezogen waren, und außer der Pritsche und dem Altartisch gab es noch eine große alte Truhe und eine Reihe von Stühlen. Selbst im trüben Licht fiel auf, daß es erheblich sauberer und ordentlicher war als der Rest des Hauses, und an den Wänden hingen Masken und Bilder.

»Setzen Sie sich«, sagte Edith zu den beiden. Sie öffnete die Truhe, holte Karten und einen Stapel Broschüren heraus. »Hier stehen meine Preise.«

Sie reichte ihnen zwei zerfledderte, vergilbte Broschüren. Dort waren Rituale, Konsultationen und Lesungen aufgezählt, die die Zukunft enthüllen konnten, ebenso wie heilende Bäder mit einer langen Liste von Ölen und Kräuterheilmitteln. Sämtliche Behandlungen kosteten zwischen zwanzig und fünfzig Dollar. Rot unterstrichen waren Gegenstände, die zusätzlich berechnet würden – Kräuter, Tees, Kerzen und Räucherwerk sowie Hausbesuche.

Rooney holte zwei Fünfzigdollarnoten aus der Brieftasche.

»Ich soll Ihnen die Karten legen?« fragte Edith und zeigte auf die Tarotkarten.

Rooney beugte sich zu Rosie und ergriff ihre Hand. »Wir brauchen Rat.«

»Dann sind Sie hier am richtigen Ort.« Edith starrte Rooney an und berührte die Geldscheine nicht.

»Also, Mrs. Corbello, Rosie und ich – das hier ist Rosie ... wir wollen heiraten.«

Rosie wäre beinahe vom Stuhl gefallen und riß den Mund auf. Rooney drückte ihr einen Kuß auf die Wange.

»Wir lieben uns«, sagte er.

Rosie war sprachlos: Bill brauchte sich keine Sorgen mehr zu machen, daß sie ihn unterbrechen würde, denn seine Worte hatten ihr einen Schock versetzt.

»Mhm.« Edith faltete die Hände vor dem Bauch, sah von einem zum anderen und lächelte, aber ihr Blick blieb mißtrauisch. »Das wollen viele Leute, heiraten. Wenn Sie diese Dame wollen, und sie Sie, worin besteht dann das Problem?«

»Ich bin schon verheiratet.«

»Dann lassen Sie sich scheiden.«

»Sie will nicht.«

»Ah, Sie haben also eine Frau, die Ihnen Ärger macht.«

»Genau.«

»Mhm, zu der Sorte hab ich auch mal gehört.« Sie kicherte.

Rooney ließ Rosies Hand los. »Ich habe ihr eine gute Abfindung angeboten, aber sie weigert sich, und sie will das Haus nicht hergeben. Wir haben keine Kinder. Sie weigert sich aus reiner Bosheit.«

»Das ist schade. Kinder machen ein Haus erst lebendig, wenn sie es auch ziemlich kaputtmachen können.« Wieder kicherte sie.

Das war nicht gerade das, was er erwartet hatte. Es gab keine bösen Geister und Trommeln, nur eine dicke Frau, die sich offenbar über ihn amüsierte. Er war unsicher, wie er weiter vorgehen sollte, aber dann beugte sich Edith zu ihm.

»Sie sind doch nicht impotent, oder?« fragte sie und begann, die Tarotkarten mit ihren großen, groben Händen zu mischen.

»Nein, ganz bestimmt nicht. Aber manchmal komme ich mir so vor, bei einer Frau, die sich nicht scheiden lassen will. Ich werde warten müssen, zwei Jahre oder länger, und dann wird sie –«

»Wie lange sind Sie mit dieser anderen Frau verheiratet?«

»Äh, fünfundzwanzig Jahre.«

»Eine lange Zeit. Und war sie eine gute Frau?«

»Ja.«

»Und jetzt ist Sie Ihnen nicht mehr gut genug, wie? Weil sie nicht mehr erwünscht ist?«

»Genau. Also, wir haben gedacht – man hat uns gesagt –, daß Sie uns helfen könnten.«

Edith nickte, unterdrückte ein Gähnen, die Hand immer noch auf den Tarotkarten, die sie für solche Leute verwendete, für weiße Touristen.

Rooney mußte husten. Es war drückend heiß im Zimmer. »Wenn dieses Voodoo funktioniert, wie man uns gesagt hat, dann könnten Sie etwas für uns tun.«

»Mhm.« Edith starrte Rosie an, und dann fragte sie: »Können Sie reden?«

»Ich bin derselben Ansicht wie Bill; er redet für uns beide«, sagte Rosie schüchtern.

»Ach ja? Und, Bill, was wollen Sie denn nun genau? Voodoo ist ein sehr weites Gebiet, Sie müssen mir schon genauer sagen, was Sie von mir erwarten.«

»Meine Frau soll sterben, Mrs. Corbello. Können Sie das tun? Uns eine von diesen Voodoo-Puppen machen, von denen die Leute …«

Edith schlug fest auf den Tisch und zog eine Grimasse. »Sie wollen, daß ich Ihnen eine Voodoo-Puppe mache? Ihre Frau soll Angst vor ihrem eigenen Schatten haben? Glauben, daß sie verflucht ist? Sie soll solche Angst vor den Geistern bekommen, daß sie sich einfach hinlegt und stirbt? All ihre Glieder sollen starr werden, ihre Gedanken verdreht, damit sie zum Zombie wird? Wie? Das wollen Sie von mir?«

Rosie sah Rooney ängstlich an.

»Ja, und wenn das mehr als fünfzig Dollar kostet, können wir auch darüber reden«, sagte Rooney.

Edith lehnte sich zurück und umklammerte die Armlehnen des Stuhls. »Sie glauben, daß ich so etwas für Sie tun könnte?«

»Können Sie es?« fragte Rosie.

»Wollen Sie diese Puppe auch, Miss Rosie mit den rosigen Wangen?«

Rosie nickte, und dann fielen sie und Rooney fast von den Stühlen, als Edith den Deckel der Truhe niederkrachen ließ und die Karten auf den Boden fielen. Einen Augenblick glaubten sie beide, Edith werde in Trance fallen, als sie sich erhob und sich zu ihnen beugte.

»Verschwinden Sie hier, raus aus meinem Haus, beide!«

»Aber Mrs. Corbello...«, wandte Rooney ein.

Sie kam auf ihn zu, bohrte ihm den Finger in die Brust. »Sie kennen meinen Namen, aber Sie kennen mich nicht und ich kenne Sie nicht. Schaffen Sie Ihre bösen Gedanken aus meinem Haus *und nehmen Sie Ihr Geld wieder mit*!« Sie warf ihm die beiden Fünfzigdollarscheine ins Gesicht und riß die Tür auf. »Sugar May, *Sugar May*! Diese beiden hier gehen, und sie werden nicht wiederkommen!«

Das junge Mädchen mit den Rattenschwänzen und den Badelatschen führte Rosie und Rooney nach draußen. Die zerbrochene Haustür fiel laut hinter ihnen zu, dann schwang sie wieder auf. Kein Wunder, daß das Glas kaputt war.

»Ich habe dir das Reden überlassen«, sagte Rosie, als sie auf der Straße standen.

»Ich hab es eben mal probiert«, meinte er mürrisch. »Wegen dieser Puppe, die Lorraine gefunden hat. Vielleicht hätten wir sie ja zum Reden bringen können.«

»Wir? Du hast geredet, Bill Rooney, und es hat überhaupt nicht funktioniert.« Sie sahen sich nach dem Taxi um, aber das war nicht mehr da. Rosie zuckte die Achseln. »Er hat uns wahrscheinlich kommen sehen. Das war ein nettes Trinkgeld, was du ihm gegeben hast, Bill, mehr als die Taxigebühr.« Sie hakte sich bei ihm ein.

»Egal, wir können auch laufen.« Er kam sich dumm und unfähig vor; er hatte es versaut, und er fragte sich, ob er wirklich seinen Instinkt verloren hatte. »Wir hätten auf Lorraine warten sollen«, sagte er.

»Das haben wir, und sie ist nicht aufgetaucht«, fauchte Rosie. Sie hatte genug davon, immer auf Lorraine zu warten, aber trotzdem schlichen sie ins Hotel zurück wie zwei ungezogene Schulkinder, die wußten, daß ihnen eine Standpauke bevorstand.

Das Telefon hinter der Theke, neben der Tür zu Fryers Zimmer, klingelte. Der Barmann hatte gerade seine Schicht begonnen und griff nach dem Hörer. »Fryer's.«

»Hol den Dreckskerl ans Telefon«, schrie Edith.

»Von welchem Dreckskerl redest du?« fragte der Barmann grinsend.

»Zak, du Hurensohn, hier ist Edith, und das weißt du auch, also hol ihn ans Telefon. Sag ihm, er soll mir nie wieder solches Pack schicken wie vorhin. Sie rochen meilenweit nach Cops, und ich wußte sofort, daß er keine Frau hat, die ist längst begraben. Das könnte mir eine Menge Ärger machen.«

Zak sagte, er werde nachsehen, ob Fryer da sei, und legte den Hörer auf die Theke.

»Ich weiß, daß er da ist, dieser Dreckskerl hebt seinen Arsch doch nie aus diesem Loch«, schrie Edith ins Telefon.

Zak ging die schmale Treppe hinauf. »He, Mann, Fryer, Edith ist am Telefon und stinksauer, weil du ihr ein paar Cops vorbeigeschickt hast.«

»Was?«

»Ich hab nur wiederholt, was sie ins Telefon gebrüllt hat. Sie ist stinksauer.«

Die Tür oben an der Treppe ging auf. »Sag der fetten Kuh, ich hab niemanden geschickt. Sie zieht böse Geister einfach an.«

Zak zuckte die Achseln und kehrte hinter die Theke zurück.

»He, Edith«, sagte er.

»Hol endlich diesen faulen Mistbock ans Telefon«, schrie sie.

Zak holte tief Luft. »Fryer läßt ausrichten, er würde nie deine kostbare Zeit verschwenden, indem er Leute zu dir schickt, denen er nicht traut wie einem Bruder. Im Augenblick fühlt er sich nicht recht wohl, aber er wird dich später anrufen. Wenn er vorbeikommen soll, wird er das tun, ganz gleich, wieviel er hier zu tun hat, weil du für ihn sehr wichtig bist.«

»Möge Gott dir die Lügen vergeben, Zachary. Dieser Nichtsnutz hat vermutlich nicht mal seinen verkaterten Kopf gehoben.« Sie knallte den Hörer auf die Gabel.

Zak lachte, dann drehte er sich um, als die Tür der Bar aufging. Lorraine Page versuchte blinzelnd, sich an das Dunkel zu gewöhnen, dann kam sie herein. Zak wandte den Blick nicht von ihr, als sie den Rock ein wenig hochzog und sich auf einen der Hocker setzte.

»Eine Cola Light, wenn Sie damit fertig sind, den Preis meiner Klamotten abzuschätzen«, sagte sie leise und holte ihre Zigaretten aus der Tasche. »Haben Sie Feuer?«

Juda reiste luxuriös im Privatjet der Caleys, und am Flughafen wartete schon der Wagen, der sie direkt zu dem Herrenhaus im Garden District brachte. Sie fragte sich, was wohl so dringend sein mochte und wurde schon von der Aussicht auf ein Gespräch mit Elizabeth Caley müde. Aber sie würde es tun – das war der Preis, den sie für den Luxus zahlte, für die Erster-Klasse-Reise.

Missy, die die Haustür öffnete, sah verängstigt aus.

»Oh, Mrs. Salina, ich bin so froh, daß Sie da sind. Sie führt sich schrecklich auf. Sie weint und schreit und tobt vor Wut. Mr. Caley hat seine Sachen gepackt und ist gegangen. Er sagt, er werde nie wiederkommen.«

»Schon gut, Missy, reg dich nicht auf, mach uns eine schöne Kanne Tee, wie Mrs. Caley ihn mag, und bring ihn gleich nach oben.«

Langsam ging Juda die geschwungene Treppe hinauf. Die Beine taten ihr weh, ihre Füße waren vom Flug geschwollen, und sie klammerte sich fest ans Geländer, als sie sich Stufe um Stufe nach oben hievte.

»Hat sie Tabletten im Schlafzimmer, Missy?«

Missy blickte verängstigt auf. »Ich weiß nicht, was sie da oben hat, Mrs. Salina, aber sie führt sich auf wie eine Verrückte, behauptet, es wären Leute bei ihr und sie hätte Dinge in sich. Ich mußte die Fensterläden verriegeln, dann mußte ich sie wieder aufmachen. Mir läuft es eiskalt den Rücken runter, wenn ich sie sehe, ehrlich.«

Juda konnte jetzt hören, wie Möbel herumgeschoben wurden und wie Elizabeth laut mit sich selbst sprach.

»Bleibt mir vom Leib, verschwindet, *faßt mich nicht an*!«

Juda holte tief Luft, bevor sie die Schlafzimmertür öffnete. Elizabeth Caley war vollkommen aufgelöst, ihr Haar hing ihr wirr um den Kopf, und sie taumelte im Zimmer herum. Die geschmackvolle Einrichtung des Raums ließ ihr Verhalten nur noch grotesker wirken. Sie schien zu tanzen, aber in Wirklichkeit versuchte sie nur, die Krämpfe auszugleichen, die sie schüttelten. Speichel stand ihr in den Mundwinkeln, aber sobald sie Juda sah, seufzte sie erleichtert und streckte ihr die Arme entgegen.

»Gott sei Dank, Juda! Hilf mir! Bitte hilf mir, sie sind hinter mir her! Sie sind wieder da, die Schlangen in meinem Inneren!«

Robert Caley packte seine Koffer aus. Er war wie berauscht von Adrenalin. Endlich hatte er geschafft, was er schon vor Jahren hätte tun sollen.

Er rief Lorraine in ihrem Hotel an, erfuhr aber nur, daß sie nicht auf ihrem Zimmer war; dann fragte er beim Empfang seines Hotels an, ob die angrenzende Suite noch frei war für sie. Er rief Lloyd Dulay an und bat um einen Termin. Er würde nicht zu Kreuze kriechen, nie wieder. Doubloons hatte die Casinolizenz nicht erhalten; sie war an einen riesigen Freizeitindustriekonzern aus einem anderen Bundesstaat gegangen, von dem Caley nicht einmal gewußt hatte, daß er überhaupt im Rennen war. Der Gouverneur hatte offenbar neue Freunde gefunden, aber er hatte auch seine alten Freunde nicht vergessen – das Land gehörte selbstverständlich immer noch Caley, und der Gouverneur hatte verkündet, Doubloons, Caley und die neue Gruppe sollten sich zusammensetzen und zu einer Partnerschaft kommen. Caleys finanzielle Zukunft war gesichert.

Dulay reagierte sofort auf Caleys Tonfall und sagte zu, sich am Abend mit ihm zu treffen. Dann rief Caley seinen zweiten Partner an und vereinbarte einen Termin für den nächsten Tag. Er fühlte sich nun viel besser; er wußte, daß er genug Druck auf Dulay ausüben konnte, damit er keinen Ärger mehr machte. Aber der Mensch, mit dem er seine neu gewonnene Freiheit teilen wollte, war immer noch nicht zu erreichen. Er hinterließ eine Nachricht mit der Nummer seines Handys im St. Marie.

Lorraine war ein wenig unbehaglich zumute, nachdem weitere Gäste Fryers Bar betreten und sich so weit wie möglich von ihr entfernt niedergelassen hatten.

Sie hatte gefragt, ob sie Fryer sprechen könne, aber der Barmann sagte, er schliefe noch. Sie rauchte vier Zigaretten und wurde immer nervöser und ungeduldiger: Sie hatte Reihen von Schnapsflaschen vor sich, wollte unbedingt etwas trinken, aber sie riß sich zusammen und bestellte nichts, sagte sich immer wieder, es sei nicht nötig. Das Telefon klingelte, und der Barmann bat den Anrufer dranzubleiben, dann verschwand er hinter einer Tür am Ende der Theke. Sie hörte, wie er nach Fryer rief und wie eine mürrische Stimme antwortete.

»Scheiße, Mann, wieso weckst du mich deshalb? Sag ihm, er soll heute abend vorbeikommen.«

Lorraine stand auf und ging an der Theke entlang. »Er ist jetzt wach, oder? Also gehe ich jetzt rauf, ob Ihnen das gefällt oder nicht.«

Zak griff wieder nach dem Telefon, sah aber Lorraine an. »Tun Sie das nicht, Miss.«

»Versuchen Sie doch mal, mich aufzuhalten.«

Fryer Jones hatte einen teuflischen Kater, noch schlimmer als sonst, und er ärgerte sich über den Lärm von unten. Er beugte sich aus dem Bett, griff nach einer Flasche Bourbon und trank einen Schluck, ehe er sich auf die schmutzigen, fleckigen Kissen zurücksinken ließ. Die Tür ging auf, und Lorraine spähte herein.

»Mr. Fryer, ich bin Lorraine Page.«

»Was soll das?« grunzte er und stützte sich auf den Ellbogen. Sie kam herein, konnte ihn aber im Dunkeln kaum sehen. Er hingegen sah sie, und der Anblick gefiel ihm. »Immer herein, sagte die Spinne zu der Hübschen mit der Aktentasche.«

Es stand widerwärtig nach Urin, Tabak, Schnaps und Schweiß. Vor dem kleinen Fenster hinter Fryers Bett hing eine halbzerfetzte Gardine; auf einem Sessel mit geplatztem Bezug, aus dem das Polster hervorquoll, lagen vergilbte Notenblätter. An den Wänden hingen Plakate, alte Fotos und Masken. Die Regale bogen sich unter Büchern und Zeitschriften.

»Wollen Sie sich setzen?« fragte Fryer und kratzte sich im Schritt. Er war barfuß, sein Jeanshemd offen, ebenso wie der Ledergürtel seiner schmutzigen Jeans und sein Hosenschlitz, aber er benahm sich, als säße er in einem Boudoir, und er machte eine elegante Geste, die ihn über diese ganze Schäbigkeit hinaushob.

»Setzen Sie sich, Miss. Wie, sagten Sie, war Ihr Name?«

»Lorraine Page. Mrs.« Sie reichte ihm ihre Karte und warf einen zweifelnden Blick auf den einzigen Stuhl, der nicht unter Müll begraben war. Es war ein Schaukelstuhl, über den ein gestricktes Tuch geworfen war, und als Lorraine sich setzte, knarrte er unheilverkündend und schaukelte nach hinten, so daß sie sich weit nach vorn beugen mußte, um die Füße wieder auf den Boden zu bekommen und die Aktentasche neben sich abstellen zu können.

»*Mrs.* Lorraine Page«, sagte Fryer leise, dann schnippte er die Karte weg. »Oh-oh, eine Privatdetektivin.«

»Ja, Mr. Fryer. Elizabeth und Robert Caley haben mich beauftragt, ihre Tochter Anna Louise zu finden.« Wieder knarrte der Stuhl, und Lorraine klammerte sich an die Armlehnen und versuchte, sich sowenig wie möglich zu bewegen. Ihr fiel auf, daß eines der Plakate, das sich an der feuchten Wand wellte, den Film *Sumpf* anpries – ein grellbuntes Bild von Elizabeth Seal, eine Schlange um den Körper gewickelt, die Arme zum Himmel gereckt.

Lorraine holte das Notizbuch aus der Tasche. »Darf ich Ihnen ein paar Fragen stellen?«

»Wenn eine Dame so entschlossen in mein Schlafzimmer spaziert kommt, habe ich wohl keine Wahl. Wieso setzen Sie sich mit Ihrem kleinen festen Hintern nicht lieber zu mir aufs Bett?«

»Ich fühle mich hier ganz wohl, Mr. Fryer.«

Er lächelte, dann stieß er ein knurrendes Lachen aus. »Das sehe ich, Mrs. Page, aber ich weiß nicht, wie ich Ihnen bei Ihren Ermittlungen helfen könnte.« Er bemerkte, daß sie wieder das Filmplakat ansah. »Da habe ich mitgespielt, zusammen mit Ihrer Auftraggeberin, Mrs. Caley.«

»Ja, das weiß ich. Und am sechzehnten Februar vergangenen Jahres wurden Sie verhaftet, in Zusammenhang mit dem Verschwinden von Anna Louise, Mrs. Caleys Tochter.«

»Ja, aber ich wurde auch wieder entlassen, ohne daß Anklage erhoben wurde. Und ich hatte die Bar voller Kunden, die alle bezeugen konnten, daß ich in der fraglichen Nacht keinen Fuß aus meinem Lokal gesetzt habe.«

»Ja, nur daß die meisten Ihre Verwandten waren.«

Er schwenkte die Beine aus dem Bett, starrte seine Zehen an. »Ach ja? Vielleicht sollten Sie mit der Polizei darüber reden, denn die haben eine Liste, die mindestens so lang ist wie Ihre hübschen Beine, und da stehen nicht nur meine Verwandten drauf, sondern alle möglichen Leute, die hier gesessen und getrunken und Musik gemacht haben.«

»Haben Sie Anna Louise in jener Nacht gesehen, Mr. Jones?«

Er griff nach ein paar Blättchen und einem Tabaksbeutel. »Nein, aber irgend so ein Arschloch hat behauptet, er hätte mich mit dem armen Kind reden sehen, und in dieser Stadt gibt es eine ganze Menge davon. Arschlöcher. Nur, wenn die Polizei dieser mächtig feinen Stadt einen verhaftet, dann widerspricht man nicht, dann hat man keine Wahl. Sie verprügeln einen in der Zelle, und wenn sie einen entlassen, verprügeln sie einen noch mal – nur, damit sie was zu tun haben. Das ist so eine Art Brauch hier.«

Er streute Tabak – jedenfalls glaubte sie, daß es Tabak war – auf das Papier und leckte es an. Langsam gewöhnten sich ihre Augen an das trübe Licht und an ihn; Fryer Jones hatte etwas Anziehendes an sich. Es schien ihm gleich, ob sie da war oder nicht, er war so lässig und entspannt, und seine tiefe, kehlige, rauchige Stimme war ziemlich attraktiv.

»Aber man hat Sie bis zum nächsten Morgen festgehalten«, sagte sie.

»Ja, so lange hat es gedauert, bis sie überprüft hatten, daß ich die Wahrheit gesagt habe – und es war die Wahrheit, Mrs. Page. Ich habe Miss Caley an diesem Abend nicht gesehen. Ich habe sie schon sehr, sehr lange nicht mehr gesehen. Mindestens vier oder fünf Jahre.«

»Aber Sie kannten sie?«

»Aber sicher, genau wie ihre Mama.«

»Mrs. Caley behauptet, Sie nicht zu kennen, Mr. Fryer.«

»Tut sie auch nicht. Ich kenne sie, und vielleicht weiß sie von mir. Dadurch sind wir noch lange keine Freunde.«

Er zündete die Zigarette an und inhalierte tief, saugte dann den Rauch in seine Lungen, bevor er ihn seufzend wieder ausstieß. Dann bot er Lorraine zu ihrem Erstaunen eine Zigarette an.

»Möchten Sie mal?«

»Nein danke.«

»Und wie wär's mit was zu trinken?«

Er hob die Flasche Bourbon hoch.

»Nein danke, ich trinke nicht.«

Lachend sah er sie an, dann trank er einen großen Schluck und schraubte die Flasche wieder zu. Lorraine holte ihre Zigaretten heraus, und da sie ihr Feuerzeug vergessen hatte, mußte sie aufstehen und sich von ihm Feuer geben lassen. Er entzündete ein Streichholz, sah ihr ins Gesicht.

»O ja, schöne Augen haben Sie auch. Sie gefallen mir. Ihre ganze Haltung. Sie sind eine Dame, Mrs. Page, mhm.«

Lorraine kehrte zu ihrer wackligen Sitzgelegenheit zurück. »Sie waren mit Edith Corbello verheiratet?«

»Beinahe richtig. Ich war mit ihrer Schwester verheiratet, mit Juda Salina.«

Lorraine biß sich auf die Lippen. Er zog an seinem Joint und bedachte sie mit einem spöttischen Blick, während sie darüber nachdachte, wie sie zu den Fragen überleiten sollte, die sie wirklich interessierten. Und sie fragte sich, wieso Elizabeth Caley ihr diese falschen Informationen gegeben hatte.

»Sie sind also mit Juda Salina verheiratet?«

»Ja, Ma'am. Wir sind uns bei diesem Film begegnet – so gutes Geld habe ich nie wieder verdient. Sie haben uns alle als Statisten eingestellt. Wir sollten nur eine Woche oder so arbeiten, aber dann hab ich länger als einen Monat rumgesessen. Aber sie haben gut dafür bezahlt. Ich hab mir davon die Bar gekauft – so leicht hab ich nie wieder Geld verdient.« Er kicherte.

»Und Juda und ihre Schwester?«

Er nickte, das Gesicht beinahe hinter dem Rauch des Joints verborgen.

»Die Salinaschwestern wurden eingestellt, weil es Ärger gab, damit sich die Leute wieder beruhigten. Es ist irgendwie außer Kontrolle geraten, aber mir war das gleich, ich wurde ja bezahlt. Wir hatten damals alle keine Arbeit.« Er lehnte sich zurück, lächelte sie an. »Wissen Sie, es ist schwer zu glauben, daß die beiden mal sehr hübsch waren – Mann, sie sahen einfach toll aus. Aber so ist es mit der Natur, und sie sind so fett geworden, daß man kaum glauben kann, daß sie wirklich mal was dargestellt haben. Ich wußte nicht, welche ich mir zuerst vornehmen sollte.«

Er starrte ins Leere, hinauf zur schmutzigen, fleckigen Decke und seufzte und faßte sich an den Schwanz.

»Elizabeth Seal war auch schön«, sagte Lorraine leise.

»Nein, Elizabeth Seal war nur ein hübsches kleines Ding. Ich mochte sie, aber die Leute hier waren gegen sie, sie war weiß und reich, und sie war nicht Marie Laveau. Und sie würde es auch nie sein, das dachten sie jedenfalls. Marie Laveau ist eine Göttin, sie wird hier angebetet, und es hat für Ärger gesorgt, daß sie von einem hübschen kleinen weißen Mädchen gespielt werden sollte. Ziemlichen Ärger.« Er zog die Beine an und legte sich auf die Seite. »Also haben sie die Salinaschwestern eingestellt, als Beraterinnen, damit die Leute sich wieder beruhigen, denn hier glauben sie, die Salinas seien mit Marie Laveau verwandt, und wenn sie ihren Segen zu dem Film geben ...«

Fryer starrte die Kippe seines Joints an und ließ sie in den vollen Aschenbecher neben seinem Bett fallen. »Ich bin jetzt ziemlich stoned. Das liegt am Alter, ich brauche immer weniger. Ist noch ein bißchen Schnaps übrig? Ich glaube schon. Sind Sie sicher, daß Sie nicht mittrinken wollen, Mrs. Page?«

Wieder trank er einen Schluck, schraubte die Flasche wieder zu, dann drehte er sich den nächsten Joint. »Wissen Sie, wieso Elizabeth Seal verrückt ist, Mrs. Page?« fragte er, die Aufmerksamkeit dem Joint zugewandt. Lorraine hingegen konzentrierte sich auf die Flasche – sie brauchte jetzt unbedingt etwas zu trinken.

»Nein.«

»Soll ich es Ihnen erzählen?«

»Ja.«

»Dann kommen Sie her und setzen sich neben den alten Fryer; kommen Sie näher.«

»Ich fühle mich hier ganz wohl«, sagte sie.

»Ach ja? Na gut, aber über mich hat sich noch nie eine Frau beschwert. Ich mag alt sein, aber meine Schlange hat mich noch nie enttäuscht.«

»Erzählen Sie mir von Elizabeth«, unterbrach sie ihn.

»Und dann setzen Sie sich zu mir?«

Lorraine zuckte die Achseln. Sie wollte, daß er sich klar äußerte, nicht schwafelte. »Vielleicht.«

»Oooh, lassen Sie mich mal nachdenken. Elizabeth Seal. Also, sie hatte große Träume, große Hoffnungen, und alle waren am Zerbrechen, weil sie sich fragte, ob der Film je gedreht würde. Es gab viel Ärger; Leute betranken sich und kamen nicht zur Arbeit, und wenn sie auftauchten, fingen sie Schlägereien an. Dann hat Juda etwas über Elizabeth herausgefunden, ich weiß nicht wie, aber Juda konnte alles rausfinden. Niemand konnte je etwas vor den Salinaschwestern geheimhalten.«

»Und was hat sie herausgefunden?«

Fryer kicherte und brauchte viel länger, um den nächsten Joint zu rauchen, weil er sich so langsam bewegte. »Marie Laveau war von gemischtrassiger Herkunft, und Juda hat rausgefunden, daß auch die kleine Elizabeth Seal schwarzes Blut in den Adern hatte. Nicht viel davon, aber es war da, wie eine schlafende Kobra. Also kriegt Juda eine Menge Geld, und sie ruft alle zusammen und sagt, sie sollten mit den Drohungen und Flüchen aufhören.«

»Wie meinen Sie das?«

»Ach, sie hatten ihr Särge und Zauberpäckchen vor den Wohnwagen gelegt, haben die Trommeln geschlagen, so daß sie nicht mehr zum Schlafen kam, haben diesem Kind das Leben zur Hölle gemacht mit ihrem Singen und den Flüchen. Es gab sogar Gerüchte, daß ein Opfer gebracht worden sei, damit sie nicht mehr gehen oder reden könnte oder diesen Scheißtext sprechen, den sie als Drehbuch ausgegeben haben. Und eines Abends hat eine ganze Bande von Dreckskerlen sie mit raus in den Sumpf genommen; sie haben erklärt, jetzt würden sie ihr die Rituale zeigen. Sie haben erheblich mehr getan als das.«

»Was?«

Fryer zögerte, trank noch einen Schluck aus der Flasche, und Lorraine konnte aus seiner Ungeschicklichkeit beim Zuschrauben des Verschlusses sehen, daß er jetzt nicht nur stoned, sondern auch noch betrunken war. Einen Augenblick lang wiegte er sich und schnalzte vor sich hin.

»Sie war, was man einen Zombie nennt – verstehen Sie, was ich sage? Die hatten ihr solche Angst eingejagt, daß sie ganz starr war, kein Leben mehr in sich hatte. Ich hab mir fast in die Hosen gemacht – jeder, der sie gesehen hat, hat's mit der Angst gekriegt, vor allem die, die sich um sie kümmern sollten. Sie war kaum älter als fünfzehn, sechzehn, und es sah nicht so aus, als würde sie je wieder arbeiten können. Und sie hatten schon alles fertig für diese große Szene, und alle rannten hierhin und dahin und fragten sich, ob sie einen Arzt für sie holen sollten.«

»Ich verstehe immer noch nicht.«

Fryer leckte das Zigarettenpapier zu einem weiteren Joint. »Dann haben sie die Salinaschwestern zurückgeholt und ihnen noch mehr Geld gegeben. Miss Seal war zwei Tage mit ihnen eingeschlossen. Dann hat Juda eine Versammlung einberufen, hat alle Schwarzen in einer alten Kirche versammelt, und sie haben die Türen verschlossen, und dann ist Juda auf die Kanzel gestiegen und hat angefangen zu schreien und eine Art Anfall gekriegt und allen erzählt, sie hätten etwas sehr Böses getan. Sie sagte, Elizabeth Seal habe das Recht, Marie Laveau zu spielen, weil sie ebenso schwarz sei wie wir anderen. Und dann hat sie das Bild hochgehalten und ganz leise und ruhig gesagt …«

Lorraine mußte warten, bis er den Joint zum Brennen gebracht hatte.

»Seht euch das Gesicht eurer Königin an, seht ihr Gesicht, und dann sagt mir, ob ihr nicht die Ähnlichkeit erkennt!« Er begann zu kichern, zog wieder die Beine an. »Ich hab mir gesagt, von dieser Schönheit hätte ich gerne ein Stück. Sie war so gut, so mächtig, und sie hat sie alle zum Schweigen gebracht, hat ihnen Angst eingejagt. Sie hat gesagt, jeder Fluch, der gegen Elizabeth Seal ausgesprochen wird, wird mit doppelter Wirkung zurückgeschickt werden. Sie haben geschrien und gebrüllt, Mann, die ganze Kirche hat gewackelt. Die Fenster haben vibriert, so laut haben sie geschrien.«

»Und entsprach das der Wahrheit? Hat Juda die Wahrheit gesagt?«

Er sah sie an, und plötzlich schien er wütend zu werden.

»Wer weiß schon, was die Wahrheit ist und was nicht? Die Schwestern haben mehr und mehr Geld bekommen, mehr als jeder andere von uns, unter der Bedingung, daß der Film weitergedreht wird. Ich weiß nicht, was wahr war und was nicht.« Er seufzte. »Ich weiß nur, daß die einzige Szene in dem Film, die was taugt, der Schlangentanz ist. Sie hat wirklich nicht weiß ausgesehen und sich nicht bewegt wie eine Weiße, und von da an haben Juda und ihre Schwester mit in dem großen vornehmen Wohnwagen gewohnt, bis der Film abgedreht war.«

Wieder schraubte Flyer die Flasche auf und trank. Sein Blick wurde langsam glasig.

»Was, glauben Sie, ist mit Anna Louise Caley passiert?«

Er hob die Hände. »Verdammt, das weiß ich nicht, aber ich fürchte, nichts Gutes.«

Lorraine öffnete die Aktentasche. »Ich möchte Ihnen was zeigen.«

Er faßte sich zwischen die Beine und starrte Lorraine gierig an. »Ich zeig Ihnen auch was, wenn Sie herkommen und sich zu mir setzen.«

Lorraine holte die Voodoo-Puppe heraus, die sie in ein Handtuch gewickelt hatte.

»Das hier habe ich bei Tilda Brown gefunden; sie war eine Freundin von Anna Louise. Wissen Sie, was das zu bedeuten hat? Und wichtiger noch: Wissen Sie, wer so etwas herstellen würde?«

Fryer starrte die Puppe an. Er schnupperte daran und wich zurück. »Wo haben Sie das her?«

»Von Tilda Brown; sie hat sich umgebracht. Das hier war in ihrem Zimmer versteckt.«

Wieder schnupperte Fryer, dann packte er die Puppe wieder ein. »Mrs. Page, ich bin kein Gläubiger, aber ich will mit solchen Sachen nichts zu tun haben. Verschwinden Sie hier, und nehmen Sie dieses Ding mit. Los, raus hier, *raus*!« Er sprang vom Bett auf, zeigte mit seinem verkrümmten Finger auf sie.

»Bringen Sie diesen Mist hier raus. Ich glaube nicht an dieses Zeug, Mrs. Page, aber das heißt nicht, daß es mich nicht nervös macht, verstehen Sie? Ich gebe mich nicht mit denen ab, und die lassen mich in Ruhe.«

»Das verstehe ich nicht.«

Er starrte sie an. »Nein, das erwarte ich auch nicht. Weiße verstehen das nicht. Ihr versucht immer, alles auseinanderzunehmen, versucht zu verstehen, aber das werdet ihr nie. Schwarz ist schwarz und weiß ist weiß. Wenn Sie einen guten Rat wollen, dann werfen Sie das Ding da weg, verbrennen Sie es, denn –«

»Denn was, Mr. Fryer? Warum sagen Sie mir nicht, was das für ein Ding ist?«

»Dazu würde ich ein ganzes Leben brauchen, Schatz.«

Lorraine griff nach der Puppe. »Ich habe aber nur noch ein paar Tage, um Anna Louise Caley zu finden. Ich brauche alle Hilfe, die ich kriegen kann.«

Er zeigte auf die Puppe. »Jemand versucht, jemandem Angst einzujagen. Wer immer das diesem kleinen Mädchen gegeben hat, wollte ihr weh tun, sehr weh tun, und die Puppe zu zerstören, würde es noch schlimmer machen. Das ist wirklich eine böse Sache, jemanden so zu quälen.«

Sie klappte die Tasche wieder zu. »Vielleicht hat es ja genau das bewirkt: ein achtzehnjähriges Mädchen so verängstigt, daß es sich umgebracht hat.«

»Ich hab schon Schlimmeres gesehen.«

»Was könnte schlimmer sein?«

Fryer riß das Plakat von der Wand. »Was sie Elizabeth Caley angetan haben. Sie haben sie zu einer Sklavin der Trommeln gemacht.« Er setzte sich aufs Bett und griff nach seiner Posaune. »Wissen Sie, darum geht es immer. Ich bin der Sklave dieses Instruments, es beherrscht mein Leben, ich bin nur ein ganzer Mann, wenn ich spiele. Wenn ich mich verliere, den Klang spüre, wie die kleine Elizabeth Caley den Boden unter ihren Füßen gespürt und sich in Trance getanzt hat, bis sie fühlte, wie das Blut, das sie verleugnet hat, in ihr floß, und sie wirklich tanzen konnte. Tanzen Sie, Mrs. Page?«

»Nein, ich glaube nicht.«

»Das ist traurig. Aber Sie haben auch etwas sehr Trauriges an sich. Ich spüre, daß es von Ihnen ausgeht, Mrs. Page. Setzen Sie sich zu mir. Kommen Sie, wir trinken was zusammen.«

Sie wollte nicht, aber sie fühlte sich von ihm und der Flasche unwiderstehlich angezogen.

Er schraubte den Verschluß auf, wischte den Flaschenhals an seinem Ärmel ab und reichte ihr die Flasche – keine sexuelle Geste mehr, nur noch Freundlichkeit. Der Bourbon traf sie brennend in der Kehle, wärmte sie, und sie lächelte Fryer an und trank einen weiteren Schluck.

»Als sie damals die Sklaven herbrachten, zerrten sie sie an Ketten von ihren Wurzeln und ihren Religionen weg. Sie haben ihre Toten in Massengräbern verscharrt, zusammen mit Katzen und Hunden. Sie waren verwirrt und verängstigt, wenn sie sahen, wie die Menschen, die sie liebten, die Reise ins Jenseits ohne Essen und Wasser antreten mußten. Das war schrecklich, denn sie glaubten, wenn die Toten für diese Reise nicht genug Kraft hätten, würden ihre Seelen für immer auf der Erde wandeln. Und Aberglaube, vermischt mit Angst, ist eine mächtige Waffe.«

Er schraubte die Flasche zu und griff nach seiner Posaune.

»Wenn Sie dieses Ding, das Sie mit hergebracht haben, jemandem bringen, der keine Angst hat, dann bedeutet das nichts als ein bißchen Gestank. Aber geben Sie es einem, der daran glaubt, verbrennt es die Luft und wird zu etwas Schrecklichem, einem Fluch. Verstehen Sie, was ich sage?«

Sie versuchte, seinen Worten zu folgen und fragte sich, ob Tilda Brown wohl gewußt hatte, was es bedeutete, wenn ein solcher Fluch gegen sie gerichtet war. »Glauben Sie, Juda oder ihre Schwester könnten so etwas gemacht haben?«

Er starrte sie an, und sie mußte sich von seinen dunklen, unergründlichen Augen abwenden. »Nein, sie würden das, was sie für ein Geschenk der Geister halten, nie auf solche Weise mißbrauchen. Sie tun gute Werke, Mrs. Page, und nichts Böses.« Er berührte sie an der Stirn. »Sie können die Vergangenheit und die Zukunft sehen.«

»Aber Sie glauben nicht daran?« fragte sie leise.

Er schloß die Augen und streichelte die Posaune. »Ich bin dabei gewesen, wenn sie in Trance gefallen sind, das Böse entfernt und Schmerz geheilt haben. Aber ich wollte nie ein Teil davon sein, weil ich das nicht könnte. Ich bin nicht wie sie, meine Seele ist jung, meine Seele lebt in meiner Musik, und ich bin ein glücklicher Mensch. Ich hab all diesen Schmerz nicht gewollt, bin nicht damit zurechtgekommen.«

Er setzte die Posaune an die Lippen und spielte zwei tiefe Töne. Dann sah er Lorraine lächelnd an, und seine Goldzähne glitzerten im trüben Licht. »Finden Sie heraus, wer diese Puppe gemacht hat, Mrs. Page, und dann finden Sie das Böse, oder bleiben Sie hier bei mir, und wir machen zusammen Musik.«

Lorraine erwiderte das Lächeln. Sie hatte keine Angst mehr, sie mochte ihn, und er wußte das. Er lachte.

»Das ist mein Problem – die Frauen. Ich liebe Frauen, und das kann ich Ihnen sagen, ich hatte viele, und nie ist eine unglücklich weggegangen.«

Sie stand auf und lachte ebenfalls. »Sind Sie da sicher?«

»Nein, ich bin nie sicher, nur, was das hier angeht.« Er hob die Posaune hoch. Er blickte nicht auf, als sie hinausging, sondern begann, das Instrument mit den Hemdzipfeln zu polieren, betrachtete sein Spiegelbild darin. Er wußte, er hatte zuviel gesagt, aber so ging es ihm immer, wenn er stoned war. Er ließ sich wieder aufs Kissen fallen und dachte nach.

Etwas kratzte ihn am Nacken, und er schob die Hand unter das Kissen, um nach dem Halsband zu tasten. Er hatte es nicht mehr getragen, seit die Jungs es ihm blutverklebt zurückgebracht hatten. Es hatte ihn nervös gemacht, ein wenig verängstigt, und er würde es nie wieder tragen. Aber er wollte es unbedingt in der Nähe haben, wenn er schlief, denn es hätte genausogut sein Hals sein können, den diese verrückten Kids aufgeschlitzt hatten. Juda hatte es ihm gegeben. Damals hatte sie ihn geliebt und nicht gewollt, daß ihm etwas zustieß. Sie hatte ihm sogar gesagt, er solle es nie weggeben, weil es alles Böse abhielt, das gegen ihn gerichtet war. Bisher hatte er Glück gehabt, anders als dieser arme hinkende Kerl.

Lorraines Gang war ein wenig unsicher, als sie zu François zurückkehrte, aber im Wagen trank sie noch mehr und sagte sich, ein wenig Schlaf werde alles besser machen – und sobald sie einen Kaffee getrunken hätte, würde es ihr wieder bessergehen. Sie fühlte sich jetzt sehr entspannt, aber als sie näher zum Hotel kamen, sank ihre Stimmung, und sie warf die Coladose aus dem Fenster, fluchend und vor sich hin murmelnd. François sah das alles im Rückspiegel, sah, wie sie sich durchs Haar fuhr und hin und her schwankte, selbst wenn er langsam um die Kurven fuhr.

»Vielleicht sollten Sie lieber nichts mehr trinken, Mrs. Page.«

Sie beugte sich vor, das Gesicht vor Wut verzerrt.

»Scheiße, was bilden Sie sich eigentlich ein, mir zu sagen, was ich tun soll? Sie werden fürs Fahren bezahlt, nicht für gute Ratschläge. Arschloch.«

»Schon gut. Wir sind gleich da.«

Er sah, wie sie auf dem Weg zur Hoteltür stolperte, wie sie stehenblieb, sich den Rock zurechtzupfte und eine Sonnenbrille aufsetzte. Es sah so aus, als holte sie noch einmal tief Luft, bevor sie, aufrecht und mit hocherhobenem Kopf, in den Hof ging und hinter den Palmen verschwand.

Rosie und Rooney saßen an ihrem Tisch im Hof des Hotels.

»Verdammt, wo seid ihr denn gewesen?« fauchte sie sie an.

»Dasselbe könnten wir dich fragen«, gab Rosie zornig zurück.

Lorraine setzte sich und zog die Schuhe aus. »Ich habe gearbeitet.«

»Das haben wir vielleicht auch«, sagte Rosie und versetzte Rooney unter dem Tisch einen Tritt, damit dieser auch endlich den Mund aufmachte.

Lorraine stützte den Kopf in die Hände und berichtete kurz, was sie unternommen hatte, dann räkelte sie sich gähnend.

»Fryer hat recht, wir müssen herausfinden, wer diese Puppe gemacht hat.« Sie winkte der Kellnerin. »Noch ein Bier, Bill, oder bist du schon blau genug?«

Rooney wandte den Blick ab. Er war wütend auf Lorraine

und alles andere als blau. Rosie beobachtete Lorraine forschend: Anfangs war sie nicht sicher gewesen, aber jetzt konnte sie den Alkohol sogar riechen.

Lorraine sah sich im Hof um, dann fuhr sie mit ein wenig zu lauter Stimme fort: »Morgen steht Ruby Corbello als erste auf meiner Liste. Die Browns haben sie genau an dem Tag rausgeschmissen, als Anna Louise in New Orleans ankam. Vielleicht hat sie ja das Tagebuch aus dem Bären genommen, und dieses Tagebuch könnte sehr wichtig sein. Es ist vielleicht alles, was wir haben, und könnte uns einen Hinweis liefern, woher diese Puppe stammt. Und wir müssen herausfinden, wann Tilda sie bekommen hat. Hast du dich um dieses Zeitungsdatum gekümmert, Bill?«

Die Kellnerin kam, und Rooney war dankbar, weil er wegen der Zeitung noch nichts unternommen hatte. Bei Lorraines derzeitiger Stimmung hätte das Ärger bedeuten können. Lorraine bestellte einen schwarzen Kaffee und ein Sandwich.

»Und, Rosie, hast du die Adresse von Edith Corbello?«

Lorraine steckte sich eine Zigarette an und hörte zu, immer wütender mit dem Fuß wippend, während Rosie berichtete, was sie und Rooney getan hatten.

»Ich kann mich nicht erinnern, euch gebeten zu haben, Edith Corbello zu besuchen und dumme Geschichten zu erfinden, sie sollte euch eine Voodoo-Puppe machen. Mein Gott, so was Blödes hab ich noch nie gehört! Wie soll ich mich jetzt dort sehen lassen? Wie bist du nur auf die Idee gekommen, Bill? Das hättest du wirklich besser wissen müssen! Immerhin bist du ein Profi!«

»Einer wie du?« fragte Rosie leise.

»Wie?«

»Ich kann es riechen, Lorraine.«

Rooney runzelte die Stirn, sah erst Rosie an, dann Lorraine.

»Ich hab ein paar Schnapspralinen gegessen.« Lorraine lachte freudlos und zu laut. Sie spähte über den Rand ihrer Sonnenbrille. »Du hast Scheiße gebaut, Bill.«

»Tut mir leid.« Er zuckte die Achseln.

»Das reicht nicht!« fauchte Lorraine.

Jetzt wurde Rosie ernstlich wütend. »Wir haben hier auf dich gewartet, und als du dich nicht gemeldet hast, wie wir vereinbart hatten, und wir erfahren haben, daß du nicht mehr bei den Caleys warst, wußten wir nicht, was wir tun sollten. Also stell dich nicht an; es ist deine Schuld, weil du nicht zurückgekommen bist und uns gesagt hast, was wir tun sollen.«

»Ach, halt einfach die Klappe, Rosie, ja? Du gehst mir auf die Nerven.«

Rosie schob ihren Stuhl zurück.

»Das tue ich, und wenn du nüchtern bist, können wir vielleicht ein vernünftiges, professionelles Gespräch führen.« Sie ging davon. Rooney schaute ihr nach, dann sah er Lorraine an.

»Das ist alles Quatsch, Bill, was ist denn los? Hast du nicht nur den Instinkt, sondern auch noch die Sprache verloren?«

Rosie war immer noch in Hörweite, und sie fuhr herum. »Laß ihn in Ruhe!«

»Ach, redest du jetzt an seiner Stelle, ja? Dann sag mir doch mal, ob er was über die Zeitung herausgefunden hat, in die die Puppe gewickelt war.«

»Scheiße, ich wußte doch, daß ich was vergessen hatte«, sagte Rooney bedrückt, und ihm fiel auf, daß die Leute an den Nachbartischen sie anstarrten.

Lorraine schaute ihn ebenfalls an. »Hast du in Nicks Zimmer nach dem Gris-Gris gesucht?«

Rosie wandte sich an Rooney. »Wir sollten sie auf ihr Zimmer bringen, Bill.«

»Verdammt, ich hab ihm eine Frage gestellt!« rief Lorraine. »Und, hast du es gefunden oder nicht?«

»Nein.«

Lorraine schlug auf den Tisch. »Wieso gehst du dann nicht jetzt rauf und suchst? Sie werden es bald neu vermieten, vielleicht ist das auch schon passiert, also frag am Empfang, ob sie was gefunden haben.«

Rooney schob seinen Stuhl zurück. »Gut, wie du willst, aber schrei hier nicht rum. Alle starren uns schon an.«

Rosie kam wieder näher. »Laß dir so was doch nicht gefallen,

Bill. Sie ist betrunken. Kannst du es nicht riechen? Schau sie doch an!«

Lorraine war aufgestanden, und als sie jetzt auf Rooney zeigte, stieß sie ihren Stuhl um. »Hört endlich auf, Mist zu bauen, ihr beiden! Von jetzt an tut ihr, was ich euch sage.«

Rooney wandte sich ab und ging. Er wirkte deprimiert, aber Lorraine ließ ihn gehen. Sie war noch nicht fertig, und sie konnte ihre Schuhe nicht finden. Jetzt wandte sie sich Rosie zu. »Hör endlich auf, dich aufzuführen wie in einem Theaterstück. Das hier ist ernsthafte Detektivarbeit und kein Spiel.«

»Ach ja? Bist du deshalb mit Robert Caley ins Bett gegangen? Sehr professionell! Und jetzt reiß dich zusammen und geh auf dein Zimmer.«

»Ich habe wenigstens was rausgefunden, und das ist mehr, als man von euch beiden behaupten kann. Jetzt habt ihr Edith Corbello auch noch vorgewarnt.«

»Aber du sagtest doch, daß Fryer Jones –«

Wieder schlug Lorraine auf den Tisch.

»Rosie, nimm nicht alles, was er sagt, so ernst. Er ist ein bekiffter alter Mistkerl, dem ich nicht über den Weg trauen würde. Was ich wirklich ernst nehme ist, daß Rooney, der mir Rückendeckung geben soll, *einfach Scheiße baut.*«

Rosie biß die Zähne zusammen. Manchmal haßte sie Lorraine wirklich, aber bevor sie noch etwas sagen konnte, kam die Kellnerin mit dem Kaffee.

»Hat er dich schon gefickt?« Rosie wurde rot. »Ach, komm schon, was soll denn das? Es paßt nicht zu dir, so schüchtern zu tun, Rosie, und all diese verstohlenen Seitenblicke und die elende Tätschelei gehen mir auf den Wecker.«

»Vielleicht bist du eifersüchtig?«, gab Rosie zurück und begegnete trotzig den neugierigen Blicken der anderen Gäste. Lorraine setzte sich wieder hin und griff nach der Kaffeekanne.

»Wo bleibt mein Sandwich? Ich hab ein Sandwich mit Schinken und Käse bestellt.«

Die Kellnerin biß sich auf die Lippen und erklärte, sie würde es sofort bringen. Lorraine trank ihren Kaffee.

»Ich und eifersüchtig? Das soll wohl ein Witz sein. Aber du hast meine Frage nicht beantwortet. Hat er? Kann er überhaupt?« Sie lachte, löffelte Zucker in den Kaffee und verschüttete ihn dann über ihre Bluse. Rosie beugte sich näher heran.

»Das ist meine Angelegenheit, und du solltest dich lieber bei ihm dafür entschuldigen, wie du mit ihm gesprochen hast. Vor allem solltest du dich selbst mal genauer ansehen, Lorraine, und dann entdeckst du eine dumme, versoffene Schlampe.«

Der Schlag kam so schnell, daß Rosie rückwärts taumelte. Sie konnte das Gemurmel der Umsitzenden hören; alle starrten sie an.

»Das einzige, was dich interessiert, Rosie, ist doch dein Anteil von der Million. Falls wir sie noch kriegen.«

Rosie konnte sich nicht mehr bremsen. Sie ballte die Fäuste und versetzte Lorraine einen Schlag gegen die Schulter – eingentlich hatte sie ihr Gesicht treffen wollen, aber danebengeschlagen. Lorraine sackte wie in Zeitlupe vom Stuhl. Rosie unternahm keine Anstrengung, ihr zu helfen.

»Ja, *falls*. Und wenn hier jemand unsere Chancen versaut hat, dann warst du das mit dieser Affäre mit Robert Caley.«

Lorraine hielt sich amTisch fest und kam mühsam auf die Beine. Langsam wurde ihr übel.

»Aber selbst wenn wir das Geld nicht kriegen, wird es uns nichts ausmachen, weil wir noch etwas anderes haben, und das ist etwas, was du wohl nie schaffen wirst: Wir werden heiraten, Lorraine.«

Rosie rauschte davon. Lorraine klammerte sich immer noch an die Tischkante. Alles drehte sich vor ihren Augen, und als die Kellnerin mit dem Sandwich kam, wurde Lorraine ohnmächtig.

Rooney sah Rosie am Empfang stehen und kam auf sie zu.

»Ich habe sie auf ihr Zimmer getragen, na ja, zusammen mit dem Fahrstuhljungen. Sie ist vollkommen hinüber«, sagte er.

Rosie nickte und reichte ihm einen Computerausdruck ihrer Rechnung. »Sieh dir das an; sie hat es auf die Rechnung setzen lassen. Drei Flaschen Wodka.«

»Scheiße.«

»Wir werden sie ausnüchtern und dann versuchen müssen, ein Meeting zu finden«, sagte Rosie ungeduldig, als wollte sie ihren Ärger über Lorraine an Bill auslassen. »Warum hast du es zugelassen, daß sie so mit dir redet?«

»Na ja, zum Teil hatte sie ja recht, und außerdem wußte ich, daß etwas mit ihr nicht stimmt. Wir sollten sie ihren Rausch ausschlafen lassen und mit ihr reden, wenn sie sich wieder zusammengerissen hat.«

»Was, wenn sie sich nicht mehr zusammenreißt?« fragte Rosie erbost.

Jetzt war es Bill, der sich gegen sie wandte: »Dann werde ich die Sache übernehmen, und das meine ich bitter ernst, denn ich hab genug von ihrem Mist. Ich habe nicht vor, meinen Anteil an der Million zu verlieren, selbst wenn sie es darauf anlegt.«

Bevor Rosie sich noch entschuldigen konnte, hatte Rooney sich umgedreht und war hinausgegangen, und die Schwingtüren der Halle klapperten hinter ihm.

Nachdem Lorraine sich übergeben hatte, spürte sie jetzt unerträgliche Kopfschmerzen. Sie hatte ein Handtuch mit Wasser getränkt und Eis hineingewickelt, und nun lag sie flach auf dem Bett und war kaum imstande, den Kopf vom Kissen zu heben. Sie seufzte, wußte nicht mehr, warum sie so grausam zu den anderen gewesen war. Morgen würde sie alles wiedergutmachen. Heute war sie zu müde.

Sie versuchte auch, alles zu verarbeiten, was dieser Tag gebracht hatte. Sie mußte herausfinden, wer diese Puppe gemacht hatte. Und wer sie Tilda Brown gegeben hatte. Sie zuckte schmerzerfüllt zusammen, als die Tür plötzlich aufging. Rosie kam herein und stellte mit lautem Knall ein Tablett mit Sandwiches und einer Kanne schwarzem Kaffee vor Lorraine hin.

»Jetzt wirst du erst mal nüchtern«, sagte sie und goß eine Tasse Kaffee ein. »Du wirst duschen, diesen Kaffee trinken, all diese Sandwiches essen, und dann begleitest du mich zu einem Meeting. Ich habe eine Adresse, es fängt in einer Stunde an.«

Lorraine begann zu weinen. »Laß mich in Ruhe, es geht mir nicht gut; ich muß was Falsches gegessen haben.«

»Ja, die Schnapspralinen. Lügen helfen nicht, Lorraine. Ich weiß, daß du sturzbesoffen warst – das ganze Hotel weiß Bescheid, und es ist ein Wunder, daß sie uns nicht rausgeworfen haben. Und jetzt *setz dich gefälligst auf.*«

»Nein.«

Rosie hievte Lorraine auf die Beine und zerrte sie vollständig bekleidet unter die Dusche. Lorraine schrie, als das eiskalte Wasser sie traf, brüllte, sie werde Rosie umbringen und Bill Rooney die Eier abschneiden. Ihre Drohungen wurden immer absurder, aber schließlich hörte sie auf, sich gegen Rosie zu wehren.

Danach half ihr Rosie ins Nachthemd und zwang sie, den Kaffee und die Sandwiches zu vertilgen und ließ sie nicht einschlafen, ehe sie versprochen hatte, am nächsten Tag zu einem Meeting zu gehen, und sie ließ sie auf die Hotelbibel schwören, keinen Tropfen Alkohol mehr anzurühren und Bill oder Rosie zu rufen, wenn ihr auch nur der Gedanke kam. Lorraine weinte jetzt wie ein Kind, das man ausgeschimpft hatte.

»Ich wollte es wirklich nicht, Rosie, das schwöre ich, so wahr mir Gott helfe. Fryer hat mir etwas angeboten, und ich dachte, es wäre Cola. Ich gebe dir mein Wort, ich werde keinen Alkohol mehr anrühren; bitte, ich will einfach nur noch schlafen.«

Rosie seufzte, räumte das Durcheinander im Zimmer auf und sah nach, ob noch irgendwo Flaschen versteckt waren. Bis sie fertig war, war Lorraine schon beinahe eingeschlafen, und Rosie setzte sich noch einen Augenblick lang zu ihr aufs Bett.

»Du mußt dich auch bei Bill entschuldigen, hörst du mich? Er hat Nick wirklich gern gehabt, und er trauert sehr um ihn. Also wirst du dich morgen als erstes mit ihm versöhnen – ich bin an so was gewöhnt, aber er nicht. Du warst sehr unhöflich.«

»Tut mir leid.« Lorraine klang wie ein Kind.

»Ja, das sollte es auch, wo doch so viel auf dem Spiel steht.« Rosie stand auf, und Lorraine streckte die Arme aus.

»Laß dich noch mal umarmen, Rosie, bitte. Es tut mir so leid.«

Rosie umarmte sie, dann lächelte sie ihr zu und rückte die Kissen zurecht. »Du stellst deine Freunde wirklich auf die Probe, Lorraine Page.«

»Aber ich habe viel Glück, solche Freunde zu haben«, antwortete Lorraine leise.

Rosie ging, aber Lorraine konnte nicht einschlafen. Schließlich stand sie auf und sah sich die Telefonnachrichten an – mehrere davon waren von Robert Caley. Einerseits hätte sie ihn gern angerufen, und wenn er sie gebeten hätte, zu ihm zu kommen, hätte sie das getan. Es genügte nicht, von Rosie, einer Freundin, umarmt zu werden – sie wollte von jemandem wirklich geliebt werden. Von Robert Caley. Wieso konnten Rosie und Rooney Trost beieinander finden, wenn sie keinen finden konnte? Aber sie fand immer wieder Ausreden, Caley nicht anzurufen.

Sie holte das Handtuch aus der Aktentasche, packte die groteske Puppe aus und starrte sie an. Jemand mußte Zugang zu einem Foto von Tilda gehabt haben. Diese Person mußte gewußt haben, daß ein solcher Fluch jeden ängstigen würde, der daran glaubte. Lorraine fragte sich, ob es sich bei dieser Person um Elizabeth Caley handelte, oder gar um ihre verschwundene Tochter Anna Louise. Es war vielleicht auch Juda Salina oder Edith oder Ruby Corbello gewesen, oder gar – und dieser Möglichkeit wollte sie sich am wenigsten stellen – Robert Caley.

Das Unbehagen blieb, als sie sich wieder ins Bett legte. Sie zuckte zusammen, als das Telefon klingelte, aber sie nahm nicht ab. Danach rief sie am Empfang an: Der Anrufer war Robert Caley gewesen. Sie schloß die Augen und spürte wieder dieses warme Gefühl, als er sie geküßt hatte, als er ihr gesagt hatte, er wolle seine Frau verlassen. Sie war in ihn verliebt, und das machte ihr angst. Sie konnte die Pornozeitschriften und die Valentinstagskarten nicht vergessen, die sie in Anna Louises Schlafzimmer gefunden hatte; die Karten alle mit »Polar« unterzeichnet. Wer hatte die Tagebücher – wenn es denn welche gegeben hatte – aus den Bären genommen? Caley hatte gesagt, es sei keines davon gefunden worden. Aber er hatte das Versteck gekannt und sich denken können, daß auch Tilda Brown, falls sie Tagebuch geführt hatte, es an dieser Stelle versteckt hätte. Alles drehte sich wieder in ihrem Kopf, bis sie vor Müdigkeit hätte weinen können.

»Bitte, laß es nicht ihn sein«, flüsterte sie.

16

Rooney mußte mehr als eine Stunde warten, nachdem ein Drucker die Zeitungsfetzen mitgenommen hatte, die um die Voodoo-Puppe gewickelt gewesen waren. Es war beinahe acht, als schließlich ein kleiner, verkniffener Mann mit Tintenflecken auf den Händen und Schürze aus einem Hinterzimmer kam, ein Zeitungsblatt in der Hand.

»Also, diese Zeitung ist vom fünfzehnten Februar letzten Jahres, das sieht man an den Casinobildern und den –«

Rooney unterbrach ihn und griff nach dem Blatt. »Mehr wollte ich gar nicht wissen, danke.«

Vor der Druckerei blieb er stehen und faltete das Blatt zu einem kleinen Rechteck zusammen. Der Abend war heiß und schwül, und Rooney schwitzte am ganzen Körper, also stieg er in die nächste Straßenbahn. Er setzte sich auf eine Bank nahe dem Eingang und hoffte auf ein wenig Fahrtwind, aber die Luft war nur heiß und drückend. Er fuhr sich mit den Fingern unter den Hemdkragen. Er war nicht sicher, ob es nur die Hitze war oder die Tatsache, daß er sich entschlossen hatte, Rosie einen Heiratsantrag zu machen.

Rasiert und geduscht stand er schließlich vor ihrer Tür. Rosie öffnete, ein großes Badetuch um den rundlichen Körper geschlungen.

»Wie ist es gelaufen?«

»Es war das Datum, das wir vermutet hatten – der fünfzehnte Februar letzten Jahres. Darf ich reinkommen?«

»Klar.« Sie trat beiseite und zog das Badetuch höher. »Ich war gerade unter der Dusche.«

Er setzte sich auf eines der vielen Betten und wartete, während sie sich im Bad anzog. Er schalt sich selbst einen einsamen alten Narren und versuchte, sich selbst zum Rückzug zu überreden.

»Bist du geschieden?« fragte er Rosie sofort, als sie aus dem Bad kam.

Sie sah ihn überrascht an. »Ja, das habe ich dir doch gesagt, und zwar schon seit Jahren. Wieso?«

Er holte tief Luft. »Kein bestimmter Grund«, brummte er, faltete die Zeitungsseite auseinander und reichte sie ihr.

»Das ist eine Lüge; du hast einen Grund.« Sie sah sich das Blatt an. »Was gibt's?«

»Könntest du dir vorstellen, dich auf mich einzulassen?«

»Jede Wette.«

»Was?«

Sie setzte sich neben ihn und nahm seine Hand. »Ich habe gesagt: Ja, ich will.«

»Scheiße! Ehrlich?«

»Ja… stört dich das?«

»Nein, ich wollte doch, daß du das sagst!«

Es gab einen Augenblick des Schweigens, dann sahen sie einander an.

»Dann sind wir jetzt verlobt?« fragte sie schüchtern.

»Ich glaube schon«, murmelte er. Es war alles so gelaufen, wie er gewollt hatte, aber ein bißchen zu schnell.

»Wir sollten es Lorraine sagen«, schlug Rosie vor, aber er zögerte.

»Vielleicht sollten wir nichts übereilen und warten, bis wir uns selbst an den Gedanken gewöhnt haben, ja?«

Lächelnd nickte sie. »Ich meinte das Zeitungsdatum, Bill.«

Lorraine schlief noch tief, als Rooney anrief, um ihr zu sagen, daß die Zeitung vom selben Tag stammte, an dem Anna Louise in New Orleans eingetroffen war. Lorraine weigerte sich, mit

Rooney und Rosie essen zu gehen und erklärte, sie brauche jetzt ihren Schlaf. Es war nach neun, und sie konnte lange nicht wieder einschlafen. Sie überlegte, ob sie zu Robert Caley gehen sollte, entschied sich aber dagegen. Statt dessen wälzte sie sich hin und her, verdrängte Caley aus ihren Gedanken und überdachte noch einmal, was an diesem Tag passiert war – mit Ausnahme ihres Rückfalls.

Sie stand auf und begann, im Zimmer auf und ab zu gehen. Sie kam zu dem Schluß, daß nur ein Mensch Tilda Brown gehaßt haben konnte, um ihr so etwas anzutun, und das war Anna Louise Caley. Aber wie um alles in der Welt sollte sie das beweisen, wenn Anna und Tilda nicht mehr am Leben waren? Und Tilda Browns Selbstmord durfte nicht wichtiger werden als Anna Louises Verschwinden, es sei denn, beides hatte miteinander zu tun. Lorraine wußte instinktiv, daß dies der Fall war… aber wie?

Sie wollte unbedingt etwas trinken und schaute nach, ob Rosie eine Flasche übersehen hatte, immer noch halbwegs überzeugt davon, daß sie sich unter Kontrolle hatte und es nur der Bourbon bei Fryer gewesen war, der den Ärger verursacht hatte, nicht der Wodka, den sie den ganzen Tag über getrunken hatte. Aber sie würde erheblich geschickter vorgehen müssen, weil Rosie und Rooney jede ihrer Bewegungen beobachten würden. Sie konnte sich nicht einfach eine Flasche aufs Zimmer bringen lassen, sie war sicher, daß Rosie das herausgefunden hätte, vielleicht hatte sie das Personal sogar gebeten, ihr keinen Alkohol mehr zu bringen, und sie hatte nicht genug Energie, das Zimmer zu verlassen.

Ihr war nicht klar, daß das nichts mit Energie zu tun hatte, sondern daß eine neue Phase der Sucht begonnen hatte – die der Angst. Sie hatte Angst, das Hotelzimmer zu verlassen, Angst, Rosie und Rooney gegenüberzutreten, und ihr Selbstvertrauen, den Fall aufklären zu können, war gewaltig ins Wanken geraten. Je länger sie in ihren Notizen wühlte und die Einzelheiten durchging, desto unsicherer wurde sie, und schließlich wußte sie nicht mehr, was sie als nächstes tun sollte. Später, als sie zu schwitzen begann, wußte Lorraine, daß sie etwas brauchte, um sich wieder auf die Beine zu bringen. Sie rief am Empfang an und fragte, ob ihr Fahrer, François, vor dem Hotel sei, und wenn ja, ob sie ihn heraufschicken könnten.

Es dauerte über eine halbe Stunde, bis man François aufgespürt hatte. Und bis er zugestimmt hatte, Lorraine eine Flasche Wodka zu bringen, war mehr als eine Stunde vergangen. Lorraine rief wieder beim Empfang an und ließ sich einen Sechserpack Cola bringen, suchte alles zusammen, was sie brauchte, aber sie öffnete die Flasche nicht sofort. Es genügte schon zu wissen, daß der Wodka da war – jetzt ging es ihr gleich besser.

Sie beschloß, am nächsten Tag mit Ruby Corbello zu sprechen.

An diesem Abend verließ Robert Caley die Stadt und fuhr die Küste entlang zu einem Casino in Gulfport, Mississippi, wo er und Dulay oft in einem der Privatzimmer gespielt hatten. Spieler, die wirklich hohe Einsätze wagten, gaben sich mit den Casinos auf den Dampfern in New Orleans selten ab, aber sobald das Casino, an dem er beteiligt sein würde, eröffnet wäre, würde alles anders werden. Für ihn würde sich jetzt vieles verändern. Um halb zehn hatte er bereits 10 000 Dollar verloren, aber das war ihm gleich; er würde bald reich sein. Er würde sich nie wieder um Geld sorgen müssen. Nach zehn kam Dulay herein, und es war gut, sein falsches Lächeln zu sehen, die Zigarre im Mundwinkel. Selbst Dulay hatte es nicht geschafft, ihn auszubooten. Er hatte aufs richtige Pferd gesetzt.

»Hallo, Robert, wie geht's?«

Caley lächelte. »Gut, danke.«

»Nun, es sieht so aus, als hätten wir es beide geschafft… nach dieser Ankündigung, meine ich.« Selbst Dulays Höflichkeiten hatten etwas Ungelenkes an sich. »Wir stehen wieder auf derselben Seite – so sollte es ja auch sein, nicht wahr, Robert?«

Caley lächelte; der Mann war eine Schlange. Es gab keinen Grund, weshalb die Doubloons-Gruppe in das Geschäft miteinbezogen werden sollte, aber es half anscheinend, dem Gouverneur den Golfwagen zu schieben. Dennoch war es ein gutes Gefühl, zu den Siegern zu gehören, und Caley war sicher, sehr sicher, daß er schließlich doch gesiegt hatte.

»Ja, Lloyd«, erwiderte er mit ebenso falscher Herzlichkeit.

»Sieht so aus. Und jetzt entschuldige mich, ich war auf dem Heimweg.«

Er schaute auf die Uhr und fragte sich, ob Lorraine inzwischen angerufen hatte. Er wollte sie sehen, wollte, daß sie die guten Nachrichten erfuhr, wollte mit ihr feiern.

Er fuhr zurück nach New Orleans und malte sich die neue Welt aus, die sie miteinander teilen würden. Er begehrte Lorraine, er wollte sie heute nacht noch, denn jetzt würde alles anders sein – er war von niemandem mehr abhängig, er war frei. Er hatte jahrelang in der Falle gesessen, gefangen in Elizabeth Caleys geheimen Alpträumen, aber das war vorüber. Und außerdem waren das Alpträume, die er nie verstanden hatte, von denen er nie etwas hatte wissen wollen.

Caley rief Lorraine an, aber man sagte ihm, daß sie keine Anrufe entgegennahm, also hinterließ er die Nachricht, er sei wieder im Hotel und ihre alte Suite warte auf sie. Um Mitternacht rief er noch einmal an, aber er erfuhr erneut, daß Mrs. Page nicht gestört werden wolle. Verwirrt ließ er den Hörer wieder auf die Gabel fallen. Er würde darauf warten, daß sie zu ihm kam, und sie nicht wieder anrufen.

Früh am nächsten Morgen, noch bevor Rosie und Rooney zum Frühstück herunterkamen, hatte Lorraine schon das Hotel verlassen. Sie hatte nur ein paar Schluck Wodka und eine halbe Kanne Kaffee getrunken; zwar hatte sie schrecklich gezittert und einen furchtbaren Kater gehabt, war aber zumindest imstande gewesen, sich anzuziehen und das Zimmer zu verlassen. Nun saß sie im geparkten Auto und sah sich durchs Fenster das Haus der Corbellos an.

»Warten Sie hier, François.«

Sie klopfte dreimal, bis endlich jemand an die Tür kam.

»Hallo, ich suche Ruby Corbello.«

Das junge Mädchen trug ein reichlich freizügiges Kleid und Badelatschen.

»Kommen Sie von der Festivalorganisation?«

»Nein, aber ich muß mit ihr sprechen, und wenn es sein muß, kann ich dafür auch bezahlen.« Lorraine holte einen Zwanzigdollarschein heraus.

»Heute nachmittag wird sie für eine Zeitschrift fotografiert. Sie redet nur noch mit Journalisten.«

»Ich bin Journalistin«, log Lorraine.

»Sie ist da hinten.« Das Mädchen wies in den Flur, schnappte sich den Geldschein und rannte an Lorraine vorbei nach draußen.

»Ruby? Ruby?« rief Lorraine.

»Was ist denn? Wer ist da?« antwortete eine schrille Stimme.

»Ich komme von der Pressegruppe des Mardi Gras.«

Ruby Corbello hatte sich in ein Laken gewickelt, als sie schließlich die schmale Treppe herunterkam. Sie war atemberaubend schön.

»Wer sind Sie?«

»Ich heiße Lorraine Page. Dürfte ich kurz mit Ihnen sprechen?«

Ruby glitt die letzten Stufen hinab und klammerte sich an den Geländerpfosten, plötzlich kokett geworden.

»Ohne Make-up lasse ich mich aber nicht fotografieren.«

Lorraine schaute in das Zimmer nebenan. »Können wir uns unterhalten?«

Ruby nickte und raffte ihr Laken um sich. »Sicher, aber keine Fotos, solange ich nicht mein Kleid anhabe.«

Sie zeigte auf das alte, durchgesessene Sofa und stellte sich daneben. Das zerrissene Laken hätte von Yves Saint Laurent drapiert sein können – an diesem Mädchen würde alles edel aussehen.

Lorraine schlug ihr Notizbuch auf. »Sie haben als Hausmädchen für Mr. und Mrs. Brown gearbeitet?«

»Ja, hab ich, aber das liegt jetzt alles hinter mir.«

Lorraine lächelte. »Erzählen Sie mir von Tilda Brown.«

»Miss Brown?« fragte Ruby verwirrt.

»Wieso haben Sie die Stelle bei den Browns aufgegeben, Ruby?«

Ruby starrte sie an. »Wieso wollen Sie das wissen? Haben sie Sachen über mich erzählt?«

Lorraine seufzte. »Nun ja, in gewissem Sinn, und wenn ich Ihr Porträt für die Zeitungen schreiben soll –«

»Ich bin nicht rausgeflogen oder so, ich bin gegangen, weil dieses Mädchen verrückt war, und weil ich einen richtigen Beruf wollte.«

»Sprechen Sie von Tilda?«

»Mhm-hm, sie hat immer auf mir rumgehackt und mir das Leben zur Hölle gemacht, weil sie sich für was ganz Besonderes hielt. Aber so besonders war sie gar nicht. Das weiß ich genau, ich weiß alles über Miss Tilda Brown.«

»Wissen Sie auch, daß sie sich umgebracht hat?«

»Ja.«

»Warum hat sie das wohl getan?«

Ruby zuckte die Achseln und hockte sich auf die Kante eines Sessels. »Keine Ahnung.«

»Kennen Sie Anna Louise Caley?«

»Ja, ich hab sie kennengelernt, und die beiden waren von einem Schlag, beide hielten sich für was ganz Besonderes.«

»Ist sie hierher gekommen?«

Ruby warf den Kopf zurück und lachte. »Mein Gott, nein, das hätten diese weißen Mädchen nie gewagt.«

»Ist Mrs. Caley hergekommen?«

Ruby wich zurück. »Wie bitte? Soll das ein Witz sein? Die berühmte Elizabeth Caley – hierher? Niemals.«

Lorraine biß sich auf die Lippen und fragte sich, wie sie weiter vorgehen sollte. Ruby warf die dichten Locken zurück wie vor einer Fernsehkamera.

»Ich habe gehört, die Browns hätten Sie rausgeworfen, weil Sie gestohlen haben.«

»WIE BITTE?« Sie sprang auf und tänzelte durchs Zimmer, fragte immer wieder, wer so etwas behauptet habe. Dann baute sie sich vor Lorraine auf und beugte sich zu ihr. »Wer hat es gewagt, so was über mich zu sagen?«

»Das kann ich Ihnen nicht verraten, Ruby, aber ich muß diese Fragen stellen, denn wenn wir Sie auf die Titelseite der Zeitungen bringen, müssen wir sicher sein, daß es keinen Ärger gibt. Sie sind eine der Königinnen beim diesjährigen Mardi Gras, und die Augen des ganzen Landes werden auf Ihnen ruhen.«

Ruby ließ sich in einen Sessel fallen. »Ich hab nichts getan, überhaupt nichts, und es war sowieso ein Zufall, weil sie mich überwacht hat.«

»Was war ein Zufall?«

»Daß ich es gefunden habe.«

»Was gefunden?«

»Tildas Tagebuch. Es war in diesem dummen Spielzeug, das auf ihrem Kissen lag, einem Bären. Ich habe gespürt, daß was drinnen war, also hab ich nachgesehen.«

Lorraine spürte, wie ihr die Knie zitterten, als sie sich vorbeugte. »Sie haben Tilda Browns Tagebuch?«

»Nein, natürlich nicht.«

»Aber Sie hatten es.« Ruby nickte und knabberte an einem Zipfel des Lakens.

»Sie hat mich angebrüllt und alles mögliche behauptet, ich hätte ihr Schmuck gestohlen und so, und ich schwöre bei allen Heiligen, daß ich nie etwas genommen habe. Aber ihre Eltern haben mich einfach weggeschickt. Ich bin wütend geworden und in ihr Zimmer gegangen, ich wollte nichts stehlen, nur ein bißchen Durcheinander machen, und da hab ich das Tagebuch gefunden. Ich wollte es zurückgeben.«

»Wann genau war das, Ruby?«

»An dem Tag, als sie nach Hause gekommen ist.«

Lorraine holte tief Luft. »Sie sind an dem Tag gefeuert worden, an dem Tilda nach Hause kam? Das war im Februar…«

»Am vierzehnten, am Valentinstag. Ja, an dem Tag hat sie mich rausgeschmissen. Ich kann mich noch genau erinnern, weil ich so viele Herzen bekommen habe, und Errol Bagley hat mir sogar einen kleinen Blumenstrauß geschickt, und ich hab ihr gesagt, daß ich sowieso gehen wollte. Ich glaube, sie war eifersüchtig auf all meine Karten und den Blumenstrauß, weil sie überhaupt nichts gekriegt hat.«

»Ruby, sind Sie sicher, daß es einen Tag vor Anna Louises Ankunft in New Orleans war?«

»Ich weiß nicht, wann *sie* gekommen ist, weil ich dann nicht mehr für Mr. und Mrs. Brown gearbeitet habe. Sie haben mir das Geld für eine Woche gegeben! Für eine Woche! Sie hätten mir ein Monatsgehalt geben müssen!«

Lorraine fragte Ruby, wie lange Tilda den Bären schon besessen hatte, aber Ruby konnte sich nicht genau daran erinnern, nur, daß es eine ganze Weile gewesen war. Als Lorraine fragte, was Ruby mit dem Tagebuch gemacht habe, wich die junge Frau aus, lehnte sich zurück und fläzte sich im Sessel herum, begann wieder, an einer Ecke des Lakens zu kauen. Sie wich Lorraines Blick aus.

»Haben Sie es gelesen, Ruby?«

»Klar. Jedenfalls das meiste davon.«

»Und was haben Sie damit gemacht?« fragte Lorraine wieder.

Ruby ließ sich noch tiefer in den Sessel sinken. »Es war nichts Schlimmes, nichts Illegales, und wir mußten eine Anzahlung für mein Kleid für die Zeremonie machen. Es wird beinahe tausend Dollar kosten, das sollten Sie sich aufschreiben.«

Lorraine kritzelte in ihr Notizbuch, beunruhigt, daß sie Ruby zu sehr drängte, also stellte sie ein paar Fragen nach dem Schnitt und Material des Kleides, und schließlich wurde Ruby wieder ein wenig zugänglicher.

»Es ist aus blauer, handgewebter Seide und ganz mit Gold bestickt. Ich würde es Ihnen ja zeigen, aber es ist noch bei der Schneiderin.«

Lorraine lächelte ermutigend und gab sich interessiert. »Das klingt, als würden Sie darin großartig aussehen, Ruby.«

»Ja, und ich habe auch die passenden Schuhe dazu!«

»Darf ich das Tagebuch mal sehen?«

Ruby schwebte schon wieder durchs Zimmer, das Laken hinter sich herschleppend. »Meine Güte, wieso fragen Sie dauernd nach diesem Ding. Ich hab es nicht mehr.«

»Wer hat es jetzt, Ruby?«

Ruby starrte aus dem Fenster und betrachtete forschend ihre frisch lackierten Fingernägel. »Das weiß ich nicht. Warum fragen Sie mich dauernd danach? Er hat gesagt, niemand würde es erfahren – wer hat es Ihnen denn erzählt?«

Lorraine wurde eiskalt, denn sie wußte, von wem Ruby sprach. »Wieviel hat Robert Caley Ihnen dafür gezahlt?«

»Zweihundert Dollar«, sagte Ruby leise.

»Wissen Sie noch, wann er Ihnen das Geld gegeben hat?«

Ruby nickte seufzend. »Am nächsten Tag bin ich in sein Hotel gegangen. Er war gerade erst angekommen und wollte schwimmen gehen. Ich denke, es war einen Tag, nachdem ich rausgeflogen bin.«

Lorraine holte tief Luft. »Im vergangenen Jahr, am fünfzehnten Februar?«

Ruby nickte.

»Woher hat Mr. Caley gewußt, daß Sie das Tagebuch hatten?«

Sie kniff den Mund zu und starrte ins Leere.

»Wußten Sie, daß Anna Louise an diesem Abend verschwunden ist?«

Ruby nickte. »Er hat mir gesagt, ich solle niemandem erzählen, daß ich ihn angerufen habe, und das habe ich auch nicht getan.«

»Sie haben ihn im Hotel angerufen?«

»Ja, klar. Na ja, nicht genau. Ich kenne einen von den Pagen dort, Errol, er ist ziemlich verrückt nach mir und hat mir diesen Blumenstrauß geschickt, von dem ich gerade erzählt habe. Also, ich hab ihm gesagt, er soll Mr. Caley ausrichten, daß ich draußen warte und daß es um was Dringendes geht.«

»Um welche Zeit war das, Ruby?«

»Ach, so gegen sechs. Wissen Sie, ich wußte, daß die Caleys herkommen würden. Miss Tilda sollte eigentlich mit ihnen fliegen, aber sie kam schon einen Tag früher.«

Lorraine dröhnte der Kopf, so angestrengt versuchte sie, Ruby beim Thema zu halten, alles zu begreifen und richtig zusammenzusetzen. Sie holte tief Luft und lächelte Ruby wieder an, die inzwischen deutlich gelangweilt war.

»Wieso sollte er so viel für Tilda Browns Tagebuch zahlen?«

Ruby gähnte und räkelte sich. »Wahrscheinlich wollte er nicht, daß seine Frau es rausfindet.«

»Was denn?«

Ruby kicherte. »Daß er was mit dem gnädigen Fräulein hatte. Mr. Robert Caley hatte Miss Tilda Brown gebumst, das war's.« Sie hielt die Hände vor den Mund und quietschte vor Lachen wie ein kleines Mädchen. Sie fand das alles verdammt komisch.

Lorraine ließ den Kopf an die Rückenlehne sinken. François sah sie an. Er nahm an, Lorraine habe sich von Edith Corbello die Karten legen lassen.

»Läuft es nicht so, wie Sie wollen?«

»Nein, François, überhaupt nicht. Würden Sie am nächsten Schnapsladen haltmachen?«

Als sie abfuhren, kam Edith Corbello mit zwei großen Plastiktüten voller Einkäufe zurück. Sie hatte Lebensmittel gekauft, um für Juda zu kochen.

»Ruby, ist Juda schon hier? Ruby?«

Rubys Kopf tauchte über dem zerbrochenen Treppengeländer auf. »Wenn sie hier wäre, Mama, hättest du sie schon gehört.«

»Sie hat nicht angerufen oder so?« fragte Edith, schlurfte in die Küche und stellte die schweren Tüten ab.

»Nein, sie hat nicht angerufen, aber ich hab einer Dame von der Zeitung ein langes Interview gegeben, und ich komme auf die Titelseite.«

Edith drehte sich um, als Ruby hereinkam und sich an der Tür in Positur warf. »Du hast halbnackt mit einer Reporterin gesprochen?«

Ruby verdrehte die Augen.

Edith seufzte und fing an, die Tüten auszupacken. »Wenn das

da das saubere Laken für Tante Judas Bett ist, dann geh rauf und räum Jesses Zimmer für sie auf, wie ich es dir gesagt habe! Los, rauf mit dir.«

Ruby schlenderte hinaus, und Edith fuhr fort, Lebensmittel in den alten, brummenden Kühlschrank zu packen. Sie war verschwitzt und erschöpft, und als sie sich in der schmutzigen Küche umsah, hätte sie weinen können. Es würde Stunden dauern, bis sie alles geputzt hatte. Juda war ziemlich empfindlich, und da sie die Familie finanziell unterstützte, würde Edith noch alles saubermachen und aufräumen müssen. Aber es wurde immer anstrengender für sie. Sie mußte sich um die Jungen kümmern, Ruby und Sugar May halfen ihr nie, und das Haus fiel immer mehr in sich zusammen.

Als Ruby wieder hereinkam, war Edith auf dem Küchenstuhl eingeschlafen, und als sie auf den Tisch schlug, fuhr Edith erschrocken auf.

»Das hier hab ich unter Jesses Kissen gefunden, Mama, er hat wieder Leute beklaut. Eine Brieftasche, ein Führerschein und...«

Edith riß ihr die Brieftasche aus der Hand und klappte sie auf.

»Es ist kein Geld mehr drin«, meinte Ruby.

Edith sah den alten, abgegriffenen Führerschein mit Nick Bartellos Adresse, ging zur Hintertür und stieß sie auf.

Jesse lag in der mottenzerfressenen Hängematte und schrieb mit einem Filzstift auf seinen Gipsarm. Er konnte sich nicht wehren, als Edith ihn aus der Hängematte trat.

»Schaff sofort deinen Arsch in die Küche, und bring deinen nichtsnutzigen Bruder mit.«

»Warum? Was ist denn, Mama? Ich hab nur geschlafen, und du hast mir fast noch den anderen Arm gebrochen!«

Edith fuchtelte mit der Brieftasche vor seiner Nase herum. »Ich hab euch doch verboten zu stehlen. Macht, daß ihr in die Küche kommt, oder ich rufe die Cops.«

»Die hab ich gefunden«, sagte Jesse und wich zurück.

»Ach ja? Dann wird es dich ja nicht stören, wenn ich die Polizei anrufe und es ihnen sage, oder? *Oder?*« Sie gab ihm eine Ohrfeige, und er rannte davon und rief nach seinem Bruder.

Ruby hatte die Hände auf die Hüften gestützt. Sie kochte vor Wut. »Sie machen nur Ärger, Mama, und dann wird es in der Zeitung stehen, wenn ich meinen großen Tag habe; es ist einfach unfair. Sie werden mir alles verderben.«

Edith wandte sich Ruby zu und drohte ihr mit dem Finger. »Niemand wird irgendwas tun, um dir die Krönung zu verderben, Ruby Corbello.«

»Es sei denn, sie selbst«, sagte Fryer, der gerade durch das Tor zum Hinterhof hereinkam und Edith blinzelnd anstarrte.

Ruby schrie: »Ich hab nichts getan, Fryer Jones, und du hast gerade Grund zu reden. Du läßt Sugar May in deiner Bar saufen, und dabei ist sie noch ein Kind. Das nächste ist, daß sie sich dann auszieht wie die Nutten, die du auf die Straße schickst.«

»Schaff deinen Arsch ins Haus und mach das Zimmer für Juda fertig!« schrie Edith. Türenknallend verschwand Ruby im Haus. Edith ließ sich schwer auf die Treppe vor der Hintertür sacken und starrte die Brieftasche an, die sie immer noch in der Hand hielt.

»Sie sind nicht mehr zu bändigen, Fryer. Die letzte Zeit bin ich schon erschöpft, wenn ich nur aufwache.«

Fryer stützte sich aufs Geländer und sah Edith an. Er griff nach der Brieftasche und klappte sie auf. »Diesmal gibt es mehr Ärger als je zuvor, Edith. Deine Jungs haben diesen Typ umgebracht.«

»Nein, so was würden sie nicht tun«, erklärte sie entschlossen.

Fryer quetschte sich neben sie und legte ihr den Arm um die Schultern. »Sie haben es getan, Edith. Sie waren beide high und haben in meiner Bar rumgepöbelt, und Jesse hatte eine Pistole. Sie machen alles mögliche, wenn du schläfst, Edith, aber darum kümmern wir uns. Laß es mich auf meine Art machen.«

Edith nickte. Fryer half ihr hoch, und sie gingen in die Küche. Ruby schleuderte das schmutzige Geschirr ins Spülbecken.

Fryer setzte sich an den wackligen Tisch und öffnete eine

Flasche Bier. »Erst mal verbrennen wir diese Brieftasche. Soweit ich weiß, hat niemand die beiden gesehen, und die Polizei weiß nichts. Ich werde sagen, daß sie die ganze Nacht in meiner Bar waren, wenn jemand fragt. Sie haben schon mal eine gehörige Tracht Prügel bezogen, und das wird jetzt noch mal passieren.«

Edith nickte, und Fryer zog den alten Ledergürtel aus den Schlaufen seiner Jeans. Ruby ließ Wasser ins Spülbecken laufen. Die Rohre knackten und gurgelten, als sie halbherzig die schmutzigen Teller abspülte und dabei versuchte, ihren Nagellack nicht zu beschädigen. Edith fächelte sich mit einer alten Zeitung und starrte bedrückt aus dem Fenster.

»Sie kommen jetzt durch das hintere Tor«, sagte sie.

Fryer wischte den Flaschenhals ab. »Eine Privatdetektivin taucht hier überall auf und stellt Fragen. War sie schon hier?«

Edith schüttelte den Kopf. »Die Caleys haben sie eingestellt, um ihre Tochter zu finden. Eine große blonde Frau, sieht ganz gut aus, mit einer Narbe auf der Wange.«

Ruby ließ einen Teller fallen. Fryer sah seine Nichte unheilverkündend an.

»Weißt du irgendwas über diese Frau, Ruby? Sie heißt Lorraine, Mrs. Lorraine Page.«

Ruby hielt sich am Spülbecken fest. »Nein, hab ich nie gesehen.«

Edith hob die Scherben des Tellers auf und warf sie in den Müll. Dann standen die beiden Jungen in der Tür.

»Also gut, Edith. Macht, daß ihr rauskommt, du und Ruby.«

Ruby hatte Angst. Sie bezog das schmale Bett und horchte nach unten, wo ihre Brüder Prügel bezogen. Sie heulten wie Hunde. Es dauerte mindestens eine Viertelstunde.

Edith hantierte mit einem alten Staubsauger, der mehr Staub ausstieß als er einsaugte, aber der Krach der Maschine übertönte wenigstens die Schreie ihrer Söhne.

Die Brüder wischten sich die Augen mit den Hemdzipfeln, als Fryer seinen Gürtel wieder anlegte.

»Ich werde die Klappe halten, aber das wird euch etwas kosten. Von jetzt an arbeitet ihr für mich. Ihr haltet meine Bar sauber und tut, was ich euch sage, sonst bringe ich das hier zur Polizei.« Fryer hielt Nick Bartellos Brieftasche hoch. »Und als erstes fangt ihr mit dieser Küche hier an. Ich will, daß es hier nur so glänzt, daß alles an Ort und Stelle ist, habt ihr mich verstanden?«

Sie nickten wie mürrische Kinder, fingen an, den Müll hinauszutragen, und Fryer holte sich ein neues Bier. Er würde die Brieftasche verbrennen, aber das würde er den Jungen nicht sagen.

Sugar May kam hereinstolziert, in hochhackigen Silberschuhen, einen Kakao in der Hand. Sie kicherte höhnisch, als ihre Brüder sich mit Besen, Mops und Eimern bewaffneten.

»Was ist daran komisch, Sugar May?« fragte Fryer.

Sugar May kicherte. »Ich hab gehört, wie sie wie die Schweine gequiekt haben.«

»Ach ja? Und wo warst du heute früh?«

Sugar May zuckte die Achseln. »Spazieren.«

Fryer starrte ihre Schuhe an. »Ach ja, mit den Schuhen da?«

Sie schwang die Hüften und trank ihren Kakao aus, ließ den Strohhalm laut gurgeln, bevor sie die Tüte in Richtung der Mülltonnen warf.

»Zeig mir mal deine neuen Schuhe, Sugar May.« Fryer streckte die Hand aus, und Sugar May stellte ihm einen Fuß auf den Schoß. »Hast du die geklaut, Sugar?«

»Nein, gekauft.«

»Woher hast du denn das Geld für Lederschuhe von dieser Qualität?«

»Das hab ich von einer Reporterin gekriegt, die mit Ruby reden wollte, zwanzig Dollar, und das ist die Wahrheit.«

Fryer sah dem Mädchen nach, als sie zur Tür schlenderte. Ihre Füße sahen in den Schuhen mit Plateausohlen lächerlich groß aus.

»Wann war diese Reporterin denn hier?«

»Heute früh. Frag Ruby. Ich lüg dich nicht an.«

Fryer trank sein Bier aus und zeigte mit der Flasche auf Sugar May. »Geh und hilf deiner Mama beim Saubermachen. Ihr bekommt Besuch, deine Tante Juda kommt zum Mittagessen.«

»Ich mache keinen Dreck, wieso soll ich aufräumen?« Schmollend blieb sie in der Tür stehen.

Fryer starrte sie an und drohte ihr mit dem Finger. »Weil ich es dir sage, und weil du nicht auch noch Prügel beziehen willst wie deine Brüder, oder?«

Sie setzte zu einer frechen Antwort an, aber etwas in seiner Haltung hielt sie davon ab, und sie tänzelte zurück zum Spülbecken, um Rubys Arbeit zu beenden.

Im Flur begegnete Fryer Edith. »Ist Ruby oben?« Sie nickte. »Mach dir wegen den Jungs keine Sorgen, Edith, die werden sich jetzt eine Weile benehmen.« Langsam stieg er die Treppe hinauf, dann beugte er sich über das Geländer und schaute auf die dicke, verschwitzte Frau hinab. Kaum zu glauben, daß sie einmal, ebenso wie ihre Schwester Juda, so schön gewesen war wie Ruby heute.

»Es ist verdammt schwer, alt zu werden, wie, Edith?«

»Ja, und noch schwerer, wenn man zwei arbeitslose Söhne hat. Und Ruby gibt auch nicht viel ab.«

»Aber du arbeitest doch immer noch, oder?«

»Ja, aber du weißt ja selbst, Fryer, die Hälfte von den armen Seelen, die hierherkommen, haben selbst nichts zu beißen. Denen geht es genauso wie uns.«

Fryer hatte genug Geld, er gab es nur ungern her. Aber jetzt wühlte er in den Taschen seiner alten Jeans. »Hier, hol ein paar frische Blumen für Juda und kauf dir ein neues Kleid.« Er warf ein Bündel Geldscheine auf die Treppe.

»Du bist ein guter Mensch, Fryer.«

Er ging weiter die Treppe hinauf. »Nein, das bin ich nicht, Edith, das war ich nicht und das werde ich auch nicht sein, aber ich bin auch kein Arschloch.«

Ruby war gerade dabei, den Frisiertisch aufzuräumen und nutzte dabei die Gelegenheit, sich im Spiegel zu betrachten. Als

Fryer hereinkam, die Tür hinter sich schloß und den Riegel vorlegte, warf sie ihm einen wütenden Blick zu.

»Setz dich nicht aufs Bett, das habe ich gerade erst gemacht«, sagte sie mürrisch. Fryer mißachtete die Anweisung, ließ sich nieder und sah sie an.

»Du hattest heute früh Besuch, Ruby. Die Frau hat behauptet, sie sei von der Zeitung, stimmt das?«

»Ja, ich komme auf die Titelseite.«

»Vielleicht passiert das wirklich, Ruby, aber nicht so, wie du es dir vorstellst. Ein großes Foto von deiner Verhaftung, vielleicht in Handschellen.«

Ruby wollte ihn anfauchen, überlegte es sich aber anders. Sie hatte keine Angst vor Fryer Jones wie ihre Brüder; er war nur ein dreckiger geiler alter Bock, der sie betatscht hatte, seit sie ein Kind gewesen war.

»Also, Ruby, erzähl mal, wieviel Geld du für diese Puppe bekommen hast, die du gemacht hast.«

Ruby riß den Mund auf. »Ich hab gar nichts gemacht.«

Fryer lächelte, ließ sich auf das saubere weiße Kissen zurückfallen. »Doch, Kind, also solltest du mir lieber erzählen, für wen du sie gemacht hast – nicht, daß ich das nicht schon wüßte.«

»Wenn du es weißt, wieso fragst du dann noch?«

Er setzte sich wieder auf, und jetzt war er ernstlich wütend. »Weil du mit dem Feuer gespielt hast, Mädchen, und vielleicht wirst du dafür bezahlen müssen. Erzähl es mir, Ruby, und zwar von Anfang an, oder ich prügele es aus dir heraus.«

»Faß mich ein einziges Mal an, und es wird dir leid tun.«

Gegen seinen Willen mußte er lachen. Sie war so schön, wenn sie wütend war; schon sie zu sehen, erregte ihn. Sie erinnerte ihn an Juda, dasselbe Feuer in den Lenden, dieselben seltsam schlangenfarbenen Augen. Er wandte sich ab und seufzte, aber er sprang schnell auf, als sie versuchte, aus dem Zimmer zu schlüpfen. Er zerrte sie zurück zum Bett, warf sie darauf und beugte sich über sie.

»Du hast den Tod an deinen Händen, Ruby.«

Sie sah ihn an, ohne eine Spur von Angst. Sie begann, sich

die billige weiße Baumwollbluse aufzuknöpfen, leckte sich die vollen Lippen.

»Willst du mit mir spielen, Fryer?«

Er legte ihr die Hände auf den Hals, drückte fest zu, bis sie keuchte. »Nein, Ruby, ich will nicht spielen, ich bin hier, um deine Seele zu retten, also sag mir endlich, was du getan hast. Und wenn du lügst, dreh ich dir den Hals um.«

Ruby rollte sich auf die Seite, und er wartete. Seine Drohungen schienen ihr nichts auszumachen. Sie wickelte sich eine lange Haarsträhne um den Finger.

»Diese Tilda Brown hat behauptet, ich hätte in ihren Sachen rumspioniert, dabei habe ich nur die Sklavenarbeit für sie und ihre Eltern gemacht. Sie hatte keine Achtung vor mir, und ich hab's ihr zurückgegeben, hab ihr gesagt, sie sei mit ihrer Hochnäsigkeit bei mir an die Falsche geraten. Und dann hat sie mit dieser schrillen Stimme gesagt: ›Ach ja? Sie sind gefeuert, Miss Ruby Corbello.‹«

Fryer saß da, den Kopf gesenkt, und lauschte ihrer kleinen Stimme, ihrem Singsangton, der wie Musik klang. Er spürte, wie sie sich umdrehte und auf ihn zubewegte, wie sie begann, ihm den Rücken zu streicheln. Sie erzählte ihm, daß Tilda Browns Eltern sich auf die Seite ihrer Tochter gestellt hatten, und als sie sie gebeten hatten zu gehen, sei sie wütend geworden und in Tildas Schlafzimmer gegangen. Sie hatte nicht vorgehabt, etwas zu stehlen, sie hatte nur auf ihre hübschen weißen Rüschenkleider pinkeln wollen. Die Erwähnung dieser Idee ließ sie kichern. Aber dann hatte sie Tildas Tagebuch gefunden.

Fryer hörte verblüfft zu, als Ruby ihm erzählte, sie habe das Tagebuch gesehen und gewußt, daß sie hier etwas in der Hand hatte, das gutes Geld wert war. Also hatte sie sich mit Errol im Hotel der Caleys in Verbindung gesetzt und Robert Caley ausrichten lassen, sie wolle ihn sprechen. Sie seufzte. Erst jetzt war ihr klargeworden, daß sie viel mehr Geld hätte fordern können, aber damals hatte sie zweihundert Dollar für einen guten Preis gehalten.

»Ich hätte ihm Tausende abknöpfen können. Ich war dumm. Er hat mir das Geld gleich gegeben und gesagt, ich solle es nie jemandem erzählen, nie zugeben, daß ich mich mit ihm getroffen habe, und er würde es auch keinem sagen.«

Fryer spürte immer noch ihre Hand an seinem Rücken, spürte, wie er reagierte, und sie kicherte.

»Erzähl weiter, Ruby.«

Sie erklärte, sie sei zur Schneiderin gegangen und habe Goldstickerei auf dem Kleid bestellt, aber die Schneiderin habe erklärt, für zweihundert Dollar könne sie nur das Vorderteil des Mieders besticken. »Und ich wollte überall Gold, Fryer. Ich wollte strahlen wie die Sonne.«

Sie rollte sich weg, und er drehte sich zu ihr um.

»Jedenfalls – Errol hat mir so einen niedlichen kleinen Blumenstrauß zum Valentinstag geschickt, also bin ich wieder ins Hotel gegangen, um mich zu bedanken, und wir standen im Hof, als Anna Louise Caley mich vom Balkon aus rief. Sie wollte, daß ich auf ihr Zimmer komme, und sie sagte, es sei wichtig.«

Sie hatte einen Augenblick lang befürchtet, Robert Caley zu begegnen, aber Errol hatte sie durch den Dienstboteneingang ins Haus geschmuggelt, und sie war zu Anna Louise gegangen.

»Das war ein Fehler, Fryer. Weißt du, ich dachte, vielleicht hätte sie das Tagebuch irgendwo gesehen, und ich habe gleich gesagt, ich hätte nichts damit zu tun, wie ich es Mr. Caley versprochen hatte. Aber sie ist vollkommen durchgedreht, Fryer, so was hast du noch nicht gesehen. Sie hat geschrien vor Wut und mich immer wieder gefragt, was in dem Tagebuch stand, also hab ich es ihr erzählt.«

Sanft fuhr er ihr mit dem Handrücken über die Wange. »Und dann, Schatz, was hast du dann getan?«

Sie saugte an seinem Finger und lächelte. »Sie wollte, daß ich ihr eine Voodoo-Puppe mache, sie hat mir ein Foto und einen kleinen Umschlag mit ein paar von Tildas Haaren, einem kleinen Stückchen Haut und Blut dran gegeben. Aber ich weiß nicht, es waren einfach nur kleine schwarze Stückchen.«

Fryer spürte, wie sein Herz heftiger zu schlagen begann, als sie mit ihrer Singsangstimme beschrieb, wie sie nach Hause gegangen war und die Puppe gebastelt hatte. Sie kicherte wie ein Kind, als sie ihm erzählte, sie habe darauf geschissen und gepinkelt und die Puppe dann in Zeitungspapier gewickelt und mit Bindfaden verschnürt.

»Sie hat mir dreihundert Dollar gegeben, Fryer, und ich habe alles gespart. Damit habe ich mein Kleid bezahlt, und jetzt ist auch der Rock mit Gold bestickt.«

»Wie hast du ihr die Puppe gebracht?«

Ruby lächelte und beschrieb, wie Anna Louise eine Schnur vom Balkon gelassen und sie die Puppe daran gebunden hatte, und dann hatte Anna Louise die Puppe hochgezogen. Ruby war nach Hause gegangen und hatte nicht mehr daran gedacht.

Fryer hatte Kopfschmerzen, und er stand vom Bett auf. Im Spiegel des Frisiertisches sah er Ruby, auf einen Ellbogen gestützt; ihr Rock war weit hochgerutscht, sie hatte die Bluse immer noch halb aufgeknöpft und die Beine weit gespreizt.

»Das darfst du keinem anderen Menschen sagen, Ruby. Hast du verstanden?«

Sie legte den Kopf schief. »Ich habe es nie jemandem erzählt, Fryer, ich bin doch nicht blöd. Aber weißt du, was komisch ist?«

»Was?«

Ruby schwang die Beine vom Bett und senkte den Kopf. »Anna Louise war so voller Haß, sie kochte vor Wut. Sie sagte, sie wolle, daß Tilda Brown weh getan wird, daß sie große Schmerzen hat. Als ich die Puppe gemacht hab, hab ich eine der Nadeln von der Schneiderin genommen, und ich hab die Puppe angesehen und die Augen zugemacht und den Kopf getastet, und dann hab ich die Nadel reingedrückt. Und dabei hab ich gesagt: ›Das wird ihr verdammt weh tun.‹ Ich wollte auch, daß ihr was passiert, weil sie so gemein zu mir war. Weil sie dafür gesorgt hat, daß ich rausgeflogen bin. Also hab ich besonders fest zugedrückt, nur für mich.«

Fryer sah zu, wie sie den Kopf hob. Als er ihre glitzernden

Augen sah, hatte er das Gefühl, dem Blick einer gefährlichen Schlange zu begegnen.

Lächelnd flüsterte sie: »Und dann hat sie sich aufgehängt. Ist das nicht komisch?«

Fryer ging in die Küche, wo die Jungs gerade den Boden schrubbten und Edith ein Huhn briet. Das sah alles so normal aus, so häuslich, so unschuldig.

»Ich gehe jetzt wieder in die Bar, Edith. Grüß Juda von mir.«

»Mach ich, Fryer, und Sugar May ist unterwegs und kauft einen schönen Blumenstrauß für ihr Zimmer.«

»Gut so.«

Edith wischte sich die Hände an der Schürze ab. »Kommst du mit uns auf den Ball, Fryer? Es wird was ganz Besonderes sein, und Ruby wird aussehen wie ein Traum, wenn sie sie krönen.«

Er nickte. Davon war er überzeugt, und zu wissen, was dieser Traum gekostet hatte, beunruhigte ihn. Die Schwestern hatten ihn, als sie noch jünger gewesen waren, immer nervös gemacht. All diese Zaubertränke und Visionen und diese Menschen, die kamen, um sie um Hilfe zu bitten. Leute, die weinten und jammerten und die Schwestern wie Königinnen behandelten, und auf ihre Weise waren sie das ja auch gewesen. Und jetzt war Ruby erwachsen, und im Gegensatz zu allem, was Edith und Juda glaubten, waren sie nicht die letzten, die die Macht hatten. Das Erbe Marie Laveaus lebte weiter. Ruby war der Beweis, und das beunruhigte ihn.

»Paß auf Ruby auf, Edith. Vielleicht solltet ihr mal mit ihr reden, Juda und du, und dafür sorgen, daß sie nicht mißbraucht, was Gott ihr gegeben hat. Paß darauf auf.«

Edith verstand nicht ganz, was er meinte. »Sie ist einfach nur ein hübsches Mädchen, Fryer… Fryer, was ist denn los?«

»Nichts ist los, Edith, paß einfach nur auf das Kind auf. Vielleicht wird es Zeit, daß sie etwas von deinem großen Herzen lernt.«

Er ging, bevor sie ihm noch mehr Fragen stellen konnte, und sie rührte weiter in der Pfanne. Schweiß lief ihr über das runde

Gesicht. Jemand klopfte an der Hintertür. Sie warf den Löffel auf den Herd und ging zur Tür.

Die Frau hatte ein kleines Kind auf dem Arm. Sie sagte mit flehender Stimme: »Bitte, Mrs. Corbello, mein Jüngster ist so krank, es ist irgendein Fieber.«

Edith schob die verängstigte Frau in das Zimmer mit dem Altar. Sie wollte gerade die Tür schließen, dann zögerte sie jedoch und rief nach oben: »Ruby, mein Schatz, kannst du mal runterkommen?«

Ruby spähte über das Geländer. »Ich kämme mich gerade, Mama.«

»Das kannst du auch später machen. Komm jetzt runter.«

Ruby blinzelte. Ihre Mutter hatte sie noch nie gebeten, mit in dieses Zimmer zu kommen.

»Ich soll mit dir da rein?« fragte sie zögernd.

»Ja, komm, ein Kind ist krank geworden.« Ediths Tonfall machte deutlich, daß sie eine Weigerung nicht hinnehmen würde.

Ruby kam die Treppe herunter, knöpfte sich die Bluse zu und zog den Rock glatt, ein wenig verängstigt.

Edith setzte sich hinter den Tisch. Die Frau weinte und wiegte das kranke Kind in ihren Armen.

»Wie lange stillst du ihn nicht mehr?«

»Ein paar Tage, Mrs. Corbello. Er ist immer ganz schlaff geworden und hat die ganze Nacht gebrochen. Jetzt rührt er sich kaum noch. Ich wollte ihm die Flasche geben, aber er nimmt sie nicht.«

Ruby sah zu, wie Edith das Kind nahm, ihm die Decke abwickelte und es auszog, während die Mutter weiter weinte und sich auf dem Stuhl vor- und zurückwiegte. Edith winkte Ruby heran.

»Halt ihn mal, Ruby, ganz vorsichtig, und leg ihn flach auf die Decke.«

Edith eilte in die Küche. Sie stellte einen Topf mit Milch auf den Herd, sah sich die Babyflasche an, schnupperte daran, dann kochte sie Wasser und sterilisierte die Flasche und den Sauger.

Sie drehte sich um, als Ruby hereinkam, das Kind in den Armen, das nur in die Decke gewickelt war.

»Mama, der Kleine hat lauter blaue Flecken, überall auf dem Bauch und auf dem Rücken.«

»Ich weiß, aber wir müssen vorsichtig mit ihr reden und sehen, was sie sagt. Wir werden Kräuter und Öl benutzen, für die blauen Flecken und um ihn zu kühlen. Ich brauche ein kaltes Tuch und frisches Wasser.«

»Er sollte zu einem Arzt gebracht werden, Mama.«

Edith war am Herd beschäftigt, probierte die Milch.

»Sie hat kein Geld für einen Arzt, und sie hat Angst wegen dem, was sie mit dem Kind gemacht hat. Wenn ein Arzt das sieht, wird er die Polizei rufen; deshalb ist sie zu mir gekommen. Also tu, was ich dir sage, Ruby.«

Edith sprach ruhig mit der weinenden Frau, während Ruby sich um das Baby kümmerte. Es war immer noch teilnahmslos, aber das Kräuteröl senkte das Fieber. Die Mutter gab schließlich zu, daß sie das Kind nach mehreren schlaflosen Nächten geschlagen hatte, als sie das Weinen nicht mehr hatte ertragen können. Edith untersuchte die Brüste der Frau und sagte ihr, da sie keine Milch mehr habe, habe das Kind nach Nahrung geschrien, und sie müsse dem Kleinen beibringen, aus der Flasche zu trinken. Sie tadelte die Frau mit keinem Wort, war nur sanft und verständnisvoll.

Ruby hielt dem Baby die Flasche an die Lippen, und während die Frau sich weiter an Ediths Hand klammerte, erklärte Edith ihr, sie werde sie ein wenig beruhigen, damit sie besser mit dem Kind zurechtkäme. Sie massierte Kopf und Schultern der Frau, bis diese beinahe einschlief, dann widmete sie sich Hals und Rücken. Schließlich trank Edith einen Schluck aus einem Becher auf dem Altar, und Ruby starrte sie verblüfft an, als sie die Flüssigkeit über den Kopf der Frau ausspuckte. Das wiederholte sie noch zweimal, dann führte sie die Frau zu der Liege in der Ecke des Zimmers und half ihr, sich hinzulegen. Die Frau schlief fest, kaum daß ihr Kopf das Kissen berührt hatte.

Ruby sah das Kind an. Sie sagte nichts, aber Edith bemerkte, wie sich ihr Blick tief in den des Kindes versenkte, und keine Spur des boshaften Teenagers mehr zu entdecken war, nur noch Ruhe. Das Kind schaute zurück, nicht mehr teilnahmslos, und verschlang sie mit den Augen. Dann spitzte es plötzlich die Lippen und begann, an der Flasche in Rubys Hand zu saugen.

Ruby sah ihre Mutter an, als Edith dem Kind den Puls fühlte, und es war, als sähe sie sie zum ersten Mal – keine dicke, nervtötende Frau, sondern eine beinahe königliche Gestalt, jemand, den man bewundern konnte, und Ruby schämte sich. Vergeblich kämpfte sie gegen die Tränen an. Edith gab ihrer Tochter einen Kuß auf die Stirn und fing eine Träne mit dem Finger auf. Eine Sekunde lang schimmerte sie wie Kristall.

»Sie wollen nicht deine Tränen, Ruby, nur deine Liebe und ein bißchen von deiner Kraft. Meine läßt jetzt nach, aber…«

»Ich bin stark, Mama, ich bin stark.« Selbst Rubys Stimme hatte sich verändert; sie schien ruhiger und melodiöser geworden zu sein.

Edith nickte. »Das weiß ich, Ruby. Du mußt dein Herz reinigen, denn vielleicht bist du stärker, als du weißt.«

Auf dem Weg zum Haus von Elizabeth Caley schwieg Lorraine. François hatte versucht, ein Gespräch anzufangen, aber nachdem er keine Antwort bekommen hatte, hielt er nur ebenfalls den Mund und beobachtete Lorraine im Rückspiegel. Sie umklammerte eine Flasche in einer braunen Papiertüte. Er hatte schon zweimal gesehen, wie sie dazu angesetzt hatte, sie zu öffnen, aber dann hatte sie innegehalten. Sie benahm sich wie jemand, der gerade schlechte Nachrichten bekommen hatte. So war es auch tatsächlich, und Lorraine brauchte ihre gesamte Willenskraft, um nicht sofort zu Robert Caley zu fahren und ihn zur Rede zu stellen, vor allem aber, um gegen ihre Gier nach Alkohol anzukämpfen. Sie mußte weitere Beweise für Caleys Schuld finden. Wieder war er ihr Hauptverdächtiger, und diesmal würde sie es sich nicht erlauben, von ihren Gefühlen fehlgeleitet zu werden. Sie wollte ihn festnageln.

Lorraine stand in der Halle von Elizabeth Caleys Herrenhaus. Juda Salina kam langsam die Treppe herunter.

»Diesmal hat sie es wirklich beinahe geschafft. Sie haben ihr den Magen ausgepumpt, und jetzt schläft sie wie ein Kind.«

Lorraine wartete, bis Juda auf der letzten Stufe angekommen war. »Es wäre schade, wenn das Huhn, das goldene Eier legt, stürbe, nicht wahr?« fragte sie.

Juda starrte sie erbost an. »Ich hab mir jeden Cent, den sie mir gegeben hat, schwer verdient, das können Sie mir glauben, Mrs. Page.«

Missy brachte ihnen Tee ins Wohnzimmer und ließ sie dann allein. Juda machte einen sehr erschöpften Eindruck, und ihr dickes Make-up war verwischt.

»Ich habe nicht geglaubt, daß ich Sie noch einmal sehen würde.«

»Warum?« fragte Lorraine.

»Kein bestimmter Grund«, sagte Juda, dann lächelte sie. »Meine Kraft läßt nach, ich bin in letzter Zeit immer zu müde und durcheinander. Hat jemand, der Ihnen nahesteht, den Anfangsbuchstaben L?«

»Nein.«

»Gut. Ich hatte eine Vorahnung über jemanden, und ich dachte, Sie wären es.«

Lorraine zuckte die Achseln. »Wie Sie sehen, Mrs. Salina, geht es mir gut. Wo ist Robert Caley?«

»Das weiß ich nicht. Vielleicht im Hotel, vielleicht auch nicht. Ich habe ihm Nachrichten hinterlassen, aber er ist nicht hergekommen, also nehme ich an, es interessiert ihn nicht mehr.«

»Elizabeth interessiert ihn nicht mehr?«

»Nun, sie glaubte, er würde vielleicht kommen, wenn ich ihm sagte, daß es ihr wirklich schlechtgeht, aber ich nehme an, das hat sie einmal zu oft probiert.« Juda umfaßte die Armlehnen ihres Stuhls. »Es mag schwer zu glauben sein, Mrs. Page, aber Mrs. Caley ist eine reizende Frau. Sie ist jedoch von Dämonen besessen. Ich versuche seit zwanzig Jahren, ihr zu helfen, aber diese Dämonen werden so stark, daß sie einfach verrückt wird, und manchmal jagt sie mir selbst Angst ein. Vielleicht sollte sie sich eingestehen, wer sie wirklich ist, aber das will sie nicht, sie verbirgt es, und daher braucht sie alles, was den Schmerz dämpft, alles, was die Dämonen aufhält.«

»Sie halten diese Dämonen am Leben, nicht wahr? Ich weiß, daß sie nicht zugeben will, daß sie schwarzes Blut hat, aber ich kann nicht glauben, daß das alles sein soll.«

Juda lächelte. »Ach, haben Sie mit Fryer gesprochen? Er ist der einzige, der es weiß. Ich habe recht, wie? Sie waren bei Fryer Jones?«

Lorraine nickte. »Ich bin allerdings nicht sicher, ob er auch weiß, daß Anna Louise nicht Robert Caleys Kind war.«

»Oh, das weiß er. Aber, Mrs. Page, vielleicht hat er sich auch nur Dinge zusammengereimt. Fryer mag es nicht, im dunkeln gelassen zu werden, er will immer alles wissen.«

»Haben Sie Mrs. Caley wegen ihrer Vergangenheit erpreßt?«

Juda lachte leise und schloß die Augen. »Nein, Mrs. Page, so etwas habe ich nicht getan, so tief würde ich nicht sinken.«

Lorraine zog die Brauen hoch; wenn Ruby versucht hatte, Robert Caley zu erpressen, wieso sollten dann Juda und Edith davor zurückschrecken?

»Glauben Sie mir nicht?«

»Nein, Mrs. Salina. Ich habe Ihre Wohnung und das Auto gesehen – wollen Sie etwa behaupten, daß Sie eine Wohnung in einer so vornehmen Gegend von Ihren Einnahmen bezahlen?«

Juda starrte Lorraine an. »Sie bezahlt mich, das gebe ich zu, und sie bezahlt gut, aber es ist nicht so, wie Sie denken.«

»Sondern?«

Juda seufzte und wandte den Blick ab. »Mrs. Caley ist vor langer Zeit verhext worden. Weil sie Marie Laveau in diesem Film gespielt hat, ist sie gläubig geworden, und als Gläubige braucht sie mich. Mehr bin ich nie für sie gewesen – jemand, mit dem sie sprechen konnte, jemand, der ihre Geheimnisse kennt und sie trösten konnte, wenn sie Angst bekam. Sie ist eine sehr ängstliche Frau.«

»Ja? Elizabeth Caley hat Angst? Wovor?« Juda zuckte die Schultern und weigerte sich immer noch, Lorraine anzusehen.

»Was ist mit Anna Louise, Juda?«

Juda trank ihren Tee. »Sie war versessen auf ihren Vater, um es einmal harmlos auszudrücken, sie wollte ihn ganz für sich allein.«

»Hat er sie sexuell begehrt?«

Lächelnd schüttelte Juda den Kopf. »Nein, Schatz, das Mädchen war nur in ihn verliebt. Er sieht wirklich gut aus, und Anna machte eben diese Phase durch. Und sie kam immer wieder zu mir und bat mich, ihr zu helfen: Sie wollte Liebespulver und Kräuter und Gris-Gris. Ich hab sie einfach nur reden lassen.«

»Haben Sie ihr etwas gegeben?«

Juda wandte den Blick ab. »Ich muß meinen Lebensunterhalt verdienen, aber ich hab das Mädchen nie ermutigt, hab ihr immer gesagt, daß daraus nichts Gutes werden würde, daß es nicht richtig sei für ein Mädchen, ihren Vater auf diese Weise zu lieben.«

»Aber er war nicht ihr Vater, und das wußten Sie. Haben Sie ihr das gesagt?«

Juda schüttelte den Kopf. »Nein, Ma'am, das Kind hat es nicht gewußt, dieses Geheimnis haben wir alle für uns behalten. Ich konnte ihr nur sagen, sie solle nicht versuchen, etwas zu erreichen, das sie nicht erreichen konnte. Aber sie war wie verrückt. Hat mich immer wieder um Liebestränke gebeten. Sie dürfen nicht vergessen, daß Anna Louise viel Zeit hier in New Orleans verbracht hat, als sie noch kleiner war, sie war oft monatelang hier allein. Die Dienstboten waren alle schwarz, und sie war ein kluges Kind und hat alles erfaßt, was um sie herum vorging. Sie war ein wirklich neugieriges kleines Mädchen.«

Juda seufzte und schloß die Augen. »Ich hab ihr wieder und wieder gesagt, daß nur Böses aus ihren Absichten entstehen könne, aber das hat ihr irgendwie gefallen. Sie hatte eine dunkle Seite an sich. Ich rede ungern darüber, aber manchmal hatte sie so etwas im Blick, war boshaft und böswillig. Sie war verwöhnt, war daran gewöhnt, alles zu bekommen, was sie wollte, aber eines bekam sie nicht, nämlich ihren Vater zum Liebhaber! Es war geradezu widerwärtig.«

»Was, glauben Sie, ist mit ihr passiert?«

Juda öffnete die Augen wieder und starrte Lorraine forschend an. »Wenn ich das wüßte, mein Schatz, dann würde ich mich auch um die Million anstellen, hinter der Sie her sind.«

»Wieso wissen Sie davon?«

Juda holte tief Luft. »Es gibt nicht viel, das mit Elizabeth Seal zu tun hat und von dem ich nichts weiß. Und die Wahrheit ist, wir wissen doch alle, daß dieses Kind tot ist, und das schon seit langer Zeit.«

»Elf Monate?«

Juda nickte. »Ja, sie ist schon lange tot, ich habe lange schon nicht mehr das Gefühl, daß sie noch lebt. Jetzt wissen Sie es. Aber ich muß mir meinen Lebensunterhalt verdienen, ich muß eine große Familie versorgen, und manchmal hat es Mrs. Caley geholfen, ein wenig Hoffnung zu haben.«

»Selbst, wenn das auf einer Lüge beruhte?« fragte Lorraine kühl.

»Ich wollte ihr nicht sagen, daß ich Anna Louise nicht mehr spüre, weil ich wußte, daß sie dann wieder mit diesen Drogen anfangen würde. Ich habe nur versucht, sie zu stützen.«

Lorraine rieb sich die Stirn. »Dann frage ich Sie noch einmal: Was, glauben Sie, ist mit Anna Louise passiert?«

»Ich bin erst hier gewesen, nachdem sie schon eine Weile verschwunden war. Da war es schon zu spät, ich habe nichts mehr gespürt.«

»Was ist mit Ruby?«

Juda lächelte, aber Lorraine konnte spüren, wie angespannt sie plötzlich war.

»Ruby ist Ruby. Sie ist meine Nichte. Wieso fragen Sie mich nach Ruby?«

»Sie hat für Tilda Browns Eltern gearbeitet.«

»Ja, das hat sie. Ich habe ihr diese Stelle sogar besorgt. Anna Louise hat mir erzählt, ihre Freundin brauche ein Stubenmädchen, also habe ich Edith angerufen, und Ruby hat sich bei den Browns vorgestellt. Das war vor etwa drei Jahren. Es ist schwer, hier Arbeit zu finden.«

»Tilda Brown ist ebenfalls zu Ihnen gekommen, nicht wahr? Mit Anna Louise.«

Juda kniff die Lippen zusammen; der dunkle Lippenstift war in die Falten um ihre Lippe gelaufen. »Ein- oder zweimal. Ich habe Tarotkarten gelegt, ihr aus der Hand gelesen, nichts Ernstes. Sie waren einfach nur Teenager, es war harmlos, und sie haben mir fünfzig Dollar gezahlt.«

»Hat Tilda geglaubt, so wie Anna Louise? Sie waren eng befreundet, sie haben es vielleicht für Spaß gehalten. Sind sie immer nur zusammen zu Ihnen gekommen?«

Juda seufzte. »Einmal kam Mrs. Brown allein. Aber sie machte einen ängstlichen Eindruck, und als ich Anna Louise das nächste Mal sah, sagte ich ihr, daß sie ihrer Freundin Alpträume verursache. Sie müssen das verstehen, Tilda ist auch in dieser Gegend aufgewachsen und von schwarzen Dienstboten erzogen worden, und Kinder hören Dinge und verstehen sie oft falsch.«

Lorraine war wieder unruhig geworden. Sie stand auf und begann, auf und ab zu gehen.

»Was für Alpträume?«

»Ach, sie konnte nicht im Dunkeln schlafen. Albernes Zeug. Sie fragte, was man dagegen tun könne, wenn einen jemand verfluchen wolle, solche Dinge.«

»Wer wollte sie verfluchen?«

»Das weiß ich nicht. Als ich sie fragte, sagte sie nur, das habe sie irgendwo gelesen.«

»Hat Anna Louise Sie gebeten, ihr etwas zu geben, Juda?«

»Ja, das habe ich Ihnen doch gesagt: Liebeszauber.«

»Keine Todespuppe? Eine Voodoo-Puppe mit dem Bild von Tilda?«

Juda schnappte entsetzt nach Luft und rang die Hände. »Nein, und auf so etwas würde ich mich auch nicht einlassen, Mrs. Page. Ich will nichts damit zu tun haben, ganz gleich, wieviel Geld man mir bietet.«

»Tatsächlich? Ganz gleich, wieviel Geld im Spiel ist? Anna Louise war reich, sie hätte ihnen viel anbieten können.«

Wütend stand Juda auf und baute sich vor Lorraine auf. »Ich habe es nicht nötig, mir so was anzuhören. Ich würde nie die Kraft mißbrauchen, die ich habe,so wahr mir Gott helfe, nicht für ein Kind und für niemanden. Ich lasse mich nicht auf diese Dinge ein, denn wenn ich das tue, werde ich auch darin verwickelt. Vielleicht verstehen Sie nicht, was ich bin, aber ich habe eine Gabe, die ich keinem wünsche, eine Berufung. Ich helfe Menschen – ich spiele nicht mit dem Feuer.«

Lorraine zog die Brauen hoch. »Sind Sie da so sicher, Juda? Ich meine, es scheint Ihnen nicht schlechtzugehen. Was ist mit Ihrer Schwester? Diese Kräfte, die sie angeblich hat, lasten sie schwer auf ihr?«

»Machen Sie ruhig Witze, Schatz, wir erwarten nicht, daß ihr Weißen es je versteht. Wenn ihr zu uns kommt, wollt Ihr nichts Gutes, es geht nie darum, anderen zu helfen. Es geht nie darum, Freude zu verbreiten oder zu heilen oder zu lieben, ihr wollt immer Böses. Nur dann wollt ihr glauben, wenn ihr etwas von uns haben wollt, und so ist es schon seit Jahrhunderten.«

Lorraine lachte leise. »Kommen Sie schon, es sind nicht wir, die Hühner töten und Blut trinken. Oder waren es Neugeborene, die bei diesen freudigen ›Liebe deinen Nächsten‹-Zeremonien geschlachtet wurden?«

Juda kniff die Lippen zusammen, ihr Gesicht glänzte wie ihr Lippenstift. Ihr blauer Lidschatten verlief mit den Flecken, die die Wimperntusche hinterlassen hatte.

»Sie werden es nicht schaffen, mich wütend zu machen, damit ich etwas sage, was Sie gegen mich verwenden können, Mrs. Page, weil ich nämlich nichts getan habe.«

»Machen Sie keine Witze, Juda, Sie haben Beweise zurückgehalten. Sie haben mir und der Polizei erzählt, daß weder Anna Louise noch ihre Freundin Tilda Brown Sie je aufgesucht hätten. Sie haben Elizabeth Caley seit Jahren erpreßt. Sie behaupten das Gegenteil, aber ich glaube Ihnen nicht. Im Augenblick interessiert mich nur, was zum Teufel mit Anna Louise passiert ist, denn ich glaube, sie hat das hier gemacht. Und ich glaube, sie hat es Tilda Brown gegeben.«

Lorraine holte die Voodoo-Puppe heraus, die immer noch in das Hotelhandtuch eingewickelt war, und hielt sie Juda hin. Judas schwarzer Busen hob und senkte sich, als sie das Handtuch langsam entrollte; keuchend holte sie Luft, und Lorraine sah, daß ihre schwarze Perücke ein wenig verrutscht war, unter der ihr kurzes, krauses graues Haar vorlugte. Juda war schweißgebadet. Auf dem Rücken ihres Kleides zeichnete sich ein dunkles V ab, ihre Achselhöhlen waren feucht, ihre Knöchel geschwollen, ihre Füße in den engen Pumps aufgequollen. Lorraine sah zu, wie Juda die Puppe betrachtete, bemerkte, daß sie an ihr roch, wie Fryer Jones es getan hatte, und sie dann wegschob.

»Das hat niemand gemacht, der sich mit Voodoo auskennt. Es muß ein Amateur gewesen sein. Widerwärtig. Die Nadel ist eine einfache Stecknadel, nicht die richtige Sorte. Wer immer das gemacht hat, wußte nicht, was er tut.«

Juda deckte die Puppe wieder mit dem Handtuch zu. »Ich habe dieses Ding nicht gemacht, Mrs. Page, und ich weiß ehrlich nicht, wer es gewesen sein könnte. Ich werde alt, genau wie Edith, wir sind fast zu müde für Trancen und Rituale. Die Jungen werden alles übernehmen.«

»Was ist mit Ruby? Hat sie auch die Kraft, die Sie angeblich haben?«

Juda kicherte. »Die ich angeblich habe, Mrs. Page, und jetzt vergessen Sie endlich diese Hochnäsigkeit, denn Sie wissen, daß ich sie habe, Sie haben nur ein bißchen Angst davor. Es hat lange gedauert, Mrs. Page, aber Sie fangen an zu glauben.«

»Nein, Mrs. Salina, das tue ich nicht.«

Juda schüttelte den Kopf, holte ein Papiertaschentuch aus der Handtasche und tupfte sich den Mund ab. »Es ist mir auch gleich, aber vielleicht sollten Sie mein goldenes Huhn, wie Sie Mrs. Caley bezeichnet haben, einmal fragen, ob ich sie erpresse oder nicht. Fragen Sie sie, mein Schatz.«

»Das werde ich vielleicht tun.«

Juda stützte die Hände auf die ausladenden Hüften. »Ich

möchte nicht nach L. A. zurückkehren, Mrs. Page, ich will bei meinen Verwandten bleiben. Ich bin eine müde alte Frau, und ich bete darum, daß die Kraft mit Edith und mir endet. Die kleine Ruby hat das Wissen nicht, und wissen Sie was, ich bin froh darüber, weil der Schmerz manchmal so schlimm ist. Wir reden nicht darüber, was wir empfinden, wenn jemand an unserem Tisch sitzt und weint, aber wir wissen es immer. Dieses Wissen ist ein Leiden, mit dem wir schon zur Welt gekommen sind.«

Sie trat zu Lorraine und hielt ihr Kinn fest, starrte ihr in die Augen. »Sie sind eine kluge Frau, Mrs. Page, haben scharfe Augen wie ein Vogel, und denen entgeht nichts, aber ich sehe auch, daß Sie leiden, wegen einer Liebe, und daß es Sie zerreißt. Sie haben lange Zeit nicht geliebt, und in einer Schnapsflasche werden Sie keine Liebe finden.«

Lorraine wurde rot, und Juda lachte leise. »Ich habe recht, wie – aber wissen Sie, was ich nicht verstehe –, wieso weiß ich nicht vorher, daß mein eigener Neffe mir meine Ersparnisse stiehlt? Wieso nützt mir all diese Hellsichtigkeit nichts, wenn es um mich selbst geht? Wie kommt es, daß ich das nicht gespürt habe? Das Leben ist wirklich nicht leicht.«

Lorraine wollte eigentlich nicht fragen, aber sie konnte sich nicht bremsen. »Welche Zukunft sehen Sie für mich, Juda?«

Juda lachte leise. »Schatz… das kostet fünfzig Dollar.«

Lorraine wollte ihre Brieftasche zücken, aber Juda legte ihr die Hand auf den Kopf.

»Nein. Sie müssen gehen und sich Ihre eigene Zukunft schaffen, glauben Sie mir. Sie wollen nicht wissen, was passieren wird. Außerdem habe ich nicht die Energie, mich damit zu befassen.«

Missy kam herein. »Mrs. Salina, sie fragt nach Ihnen, sie sagt, Sie sollten hierbleiben. Sie will nicht, daß Sie gehen.«

Juda nickte und zeigte auf die Tür. »Ich halte sie am Leben, Mrs. Page, und wenn sie mich dafür bezahlt, wieso sollte ich es nicht nehmen? Ich habe eine Nichte, die unbedingt eine Königin in einem Festgewand sein will, und eine Schneiderin, die mehr Geld verlangt, als die Polizei erlaubt. Wenn Sie jetzt raufgehen und mit ihr reden, tun Sie das. Ich muß mich ein wenig frisch machen.«

Lorraine sah Juda zu, als sie zur Tür ging. Sie schien niedergedrückt, nicht nur von ihrem Gewicht, sondern von etwas anderem, von Traurigkeit. Und Lorraine erinnerte sich daran, daß Fryer gesagt hatte, daß sie einmal schön gewesen war.

Lorraine klopfte an die Tür von Elizabeth Caleys Schlafzimmer.

»Juda, bist du das?«

Es war die Stimme eines verängstigten Kindes, und als Lorraine die Tür öffnete, sah sie, daß das Zimmer im Halbdunkel lag und die Fensterläden geschlossen waren. Selbst in diesem trüben Licht konnte man jedoch sehen, daß Elizabeths Gesicht kreidebleich war, so blaß, daß Lorraine erschrak.

»Ich bin es, Lorraine Page. Ist alles in Ordnung?«

»Gehen Sie weg. Ich will Juda. Ich brauche Juda. Ich kann jetzt mit niemand anderem reden. Gehen Sie weg. Juda. Juda!« Elizabeth hatte sich zusammengerollt und umklammerte ihr Kissen, ihre Stimme war kaum zu verstehen. »Bitte, bitte holen Sie Juda, ich brauche sie – ich bin krank, sehr krank.«

Lorraine ging ein paar Schritte weiter ins Zimmer hinein, und Elizabeth stöhnte und drehte sich um. Sie hatte die Fäuste geballt und begann, tiefe, gutturale Laute von sich zu geben. Sie zuckte wie bei einem Anfall.

»Juda! Juda!« kreischte sie und verdrehte die Augen, daß fast nur noch das Weiße zu sehen war. Lorraine war verängstigt, wußte nicht, was sie tun sollte, aber dann tauchte Juda hinter ihr auf. Sie hatte ein zeltartiges Kleid angezogen, einen blauen Seidenturban aufgesetzt, und sie war barfuß.

»Hier bin ich, Schatz, ruh dich jetzt aus. Juda ist ja bei dir.«

Lorraine sah zu, wie Juda im Bad einen Waschlappen befeuchtete und ihn in einen Eiskübel neben dem Bett tauchte.

»Wollen Sie Mrs. Caley etwas fragen? Fragen Sie ruhig. Haben Sie je einen Menschen in diesem Zustand gesehen? Schauen Sie gut hin, Mrs. Page, das sind ihre Dämonen.«

Lorraine sah zum Bett. Elizabeth stöhnte und schlug um sich, aber Juda ließ sich davon nicht stören.

»Sie ist jetzt seit zwanzig Jahren so. Es hat alles mit diesem Film angefangen. Sie haben das arme Kind verhext, haben ihr weisgemacht, der Geist der Schlange sei in ihr, und manchmal überwältigt es sie. Das ist das, was sie jetzt rausschreit. Nicht die Drogen, nicht der Alkohol, sondern ihre Angst. Das kann das Böse aus einem Menschen machen. Das kommt davon, wenn man mit den Geistern spielt, Mrs. Page. Diese arme Frau hier wurde verflucht.«

»Das verstehe ich nicht«, flüsterte Lorraine.

»Nein, Leute wie Sie verstehen so was nicht. Wenn Sie keine Fragen haben, dann werde ich jetzt versuchen, sie zu beruhigen. Dafür werde ich bezahlt, und ich tue es, weil sie niemandem sonst traut.«

Lorraine sah noch einmal Elizabeth Caley an, dann ging sie hinaus. Sie verstand immer noch nicht so recht, was eigentlich los war, aber sie wollte nichts mehr davon sehen, weil es sie beunruhigte, daß jemand so die Beherrschung verlieren konnte.

Juda saß an Elizabeth Caleys Bett und wischte ihr die glühende Stirn mit dem kühlenden Lappen ab. Immer wieder staunte sie über Elizabeths Schönheit, es berührte sie jedes Mal aufs neue, ebenso, wie die Dämonen in Elizabeth sie erschöpften.

»Juda«, murmelte Elizabeth.

»Ich bin hier, Liebes, wie immer, ganz nah bei dir, und ich gehe nicht weg.«

Juda spürte, wie Elizabeths Nägel sich in ihre Handfläche gruben, als sie ihre Hand umklammerte. Elizabeth würgte, aber sie übergab sich nicht; es war, als stieß sie etwas anderes aus, Speichel lief ihr über das Kinn, die Zunge hatte sie weit vorgestreckt. Dann lag sie wieder still und ließ Juda langsam los. Es war vorüber.

Zehn Minuten später öffnete sie die schönen Augen, und die Angst war verschwunden. Juda sah nur das liebenswerte, unschuldige, dankbare Lächeln.

»Alle lassen mich allein, Juda, aber du nicht. Ich liebe dich, Juda, ich liebe dich.«

Juda küßte ihre faltenlose Wange. »Ich weiß. Jetzt bist du schön ruhig, hast keine Angst mehr. Niemand wird dir etwas tun, Marie. Meine kleine Marie Laveau.«

Elizabeth schloß die Augen und seufzte. »Erzähl mir mehr von ihr. Erzähl mir, wie stark sie war.«

Juda lächelte. »Du erinnerst dich doch noch an den Tag, als ich dich zum ersten Mal mit der Schlange gesehen habe, und du hast gesagt: ›Juda, ich kann dieses Ding nicht um mich wickeln.‹ Und ich sagte: ›Komm schon, wenn Marie Laveau das konnte, kannst du das auch. Und du wirst mir ihr tanzen, dich in sie verlieben, ihren Körper in deinem spüren‹, und du sagtest –«

»Tanz mit mir durch die Hölle und wieder zurück.«

Sanft wiegte Juda sie in ihren Armen. »So ist's recht, Schatz, du hast gezeigt, daß du keine Angst hattest. Willst du jetzt tanzen, Liebes, oder bist du zu müde?«

Elizabeth schob die Laken weg und stand mit Judas Hilfe auf. Ihr verknittertes Chiffonnachthemd zeigte die Umrisse ihres glänzenden, schweißgebadeten Körpers.

»Ich will tanzen, Juda.«

Sie konnte nicht mehr sagen, wie oft sie das schon gesehen hatte, aber sie sah wieder einmal zu, als wäre es das erste Mal, und flüsterte Ermutigungen, als Elizabeth Caley durchs Zimmer taumelte. Die weißen Arme bewegten sich wie Schlangen, das weiße Hemd wirbelte um sie herum. Und Juda hätte weinen mögen, weinen um die exotische Schönheit Elizabeth Caleys, die einen Augenblick lang erlaubte, daß ihr wahres Blut sich durchsetzte, auf Zelluloid gebannt als die Reinkarnation der größten Voodoo-Königin aller Zeiten.

Nicht nur Juda, auch viele andere hatten geschworen, Marie Laveau sei wieder zum Leben erwacht: Die Kameras waren weitergelaufen, der Regisseur hatte kein Wort gesagt, alle Anwesenden hatten geschwiegen, als die große Voodoo-Szene ein Eigenleben entwickelt und die junge Elizabeth Seal bis zur vollkommenen Erschöpfung getanzt hatte. Aber es war noch nicht zu Ende gewesen, auch nicht, als Juda Elizabeth in den Wohnwagen geholfen hatte. Sie war nicht wieder aus der Trance gekommen, und Juda hatte die Männer nicht aufhalten können, hatte nicht verhindern können, daß sie sie zu einer Nacht der Ausschweifungen überredeten. Selbst als die Crew und der Regisseur längst gegangen waren, ging das »Tanzen« weiter, bis die Männer Elizabeth mit in den Sumpf genommen hatten. Juda hatte nicht mitgehen dürfen, und Elizabeth war erst im Morgengrauen zurückgebracht worden: Sie war mehrmals vergewaltigt worden, und Blut bedeckte ihr Kleid und ihr Gesicht. Was immer geschehen sein mochte, war so schrecklich gewesen, daß Elizabeth Caley auch noch Jahrzehnte danach in Angst lebte und manchmal wieder in die Schattenwelt dieser Nacht zurückfiel.

Elizabeth Caley glaubte, sie sei verflucht, weil sie die berühmte Marie Laveau gespielt hatte. Als man ihr die Möglichkeit gegeben hatte zuzugeben, daß sie das Recht dazu hatte, weil schwarzes Blut in ihren Adern floß, hatte sie sich geweigert und diese Gerüchte öffentlich als schamlose Lügen bezeichnet. Bis zu diesem Tag hatte sie immer noch Angst, daß jemand es beweisen würde, aber ihre Eltern waren bald nach den Dreharbeiten gestorben, und es gab niemanden mehr, der sie verraten konnte, nur die Sonne. Elizabeth Caley hatte keine Sonnenallergie. Die Sonne verbrannte ihre zarte, schneeweiße Haut nicht – sie zeigte nur ihr Erbe. Wäre das in ihren Jahren als Hollywood-Star bekanntgeworden, hätte man sie gefeuert. Die Geburt ihrer Tochter, Anna Louise, hatte endlich den Gerüchten ein Ende gemacht – das blonde Haar und die blauen Augen des Kindes ließen Elizabeth Caleys Geheimnis weiter versinken, denn Anna Louise schlug ihrem wahren Vater, Lloyd Dulay, nach. Er war der Mann, den Elizabeth seit Jahrzehnten geliebt hatte, aber wie alles andere in ihrem traurigen Leben hatte auch das ein Geheimnis bleiben müssen.

17

Rosie legte den Hörer auf und sah Rooney an.

»Das Mädchen bei Caleys sagt, sie sei gerade gegangen.«

Er seufzte. »Na ja, vielleicht regst du dich ganz umsonst auf, Schatz.«

»Nein, Bill, du hast nicht gesehen, wie es ihr ging. Das verstehst du nicht – sie ist Alkoholikerin; ein versoffener Abend wird ihr nicht genügen.«

»Immerhin ist sie schon vor uns beiden aufgestanden, vielleicht ist sie widerstandsfähiger, als du ihr zutraust.«

»Ja, und vielleicht kenne ich sie besser, als sie sich selbst kennt, Bill, und zwar aus dem einfachen Grund, daß ich selbst abhängig bin. Ich hab so oft geglaubt, ich könnte mich beherrschen, weißt du, nur ein Glas oder zwei, aber glaube mir, das geht nicht, und deshalb mache ich mir Sorgen.«

»Du hast sie sehr gern, nicht wahr?«

Rosie sah ihn überrascht an. »Selbstverständlich. Wie brüllen uns dauernd an, aber sie ist die beste Freundin, die ich je hatte.«

»So sieht es aber nicht aus. Sie hat eine verdammt spitze Zunge, das weiß ich, die habe ich auch schon oft zu spüren bekommen.«

Rosie warf ihm einen strengen Blick zu. »Trotzdem, Bill, wir sind beide nur wegen ihr hier. Und du hast oft genug gesagt, daß sie eine der Besten war – wenigstens so lange, wie sie nüchtern blieb.«

»Ich weiß, und vielleicht ist mein Problem auch, daß ich feststelle, daß ich nicht mehr zu den Besten zähle. Sie hetzt mich rum, aber sie selbst ist erheblich schneller als ich. Ich komme mir richtig müde vor. Vielleicht liegt es nur daran, daß ich keinen rechten Antrieb mehr habe, aber ich bin nicht mehr sonderlich gut, war es wohl nie… und das merke ich erst jetzt.«

»Warst du doch, und du bist es auch immer noch – denk doch nur dran, wie du diesen Cop ausgehorcht hast.«

Er kicherte. »Nein, Rosie, ich gehöre noch zum alten Schlag, wir sterben langsam aus, und weißt du was? Ich hatte immer Angst, es vor mir selbst zuzugeben, aber es ist die reine Wahrheit – ich habe mein ganzes Leben mit Abschaum verbracht, und ich möchte gern den nächsten Teil in der frischen Luft verbringen. Ich habe viel darüber nachgedacht.«

Rosie fürchtete sich plötzlich: Wollte er damit sagen, daß er sein neues Leben ohne sie führen wollte? Ihr Herz zog sich zusammen, als Rooney fortfuhr.

»Rosie, ich finde, wenn wir wirklich diesen Bonus bekommen, sollten wir beide ein bißchen reisen, vielleicht sogar nach Europa. Ich wollte immer mal nach Wien – auch das hätte ich früher nie zugegeben.«

Rosie nahm ihn fest in die Arme. »Bill, ich würde überall mit dir hingehen, nach Wien, nach China …«

»China?« sagte er und sah sie neugierig an.

»Ja, dahin wollte ich immer, frag mich nicht, warum. Ich würde gern an exotische Orte reisen, verstehst du?«

Er strahlte. »Dann also China. Aber zuerst sollten wir nach einem Ring Ausschau halten und die ganze Sache offiziell machen.«

Rosie war außer sich vor Glück und küßte ihn leidenschaftlich, mitten in der Hotelhalle. Keine der alten Damen aus den Reisegruppen achtete sonderlich auf sie, denn es gab in New Orleans Interessanteres zu sehen als küssende Paare.

Lorraine saß im Auto vor dem Haus der Browns, trank ihre zweite Dose Cola mit Wodka und dachte darüber nach, was sie jetzt tun sollte. Sie fühlte sich leer und erschöpft. Wieder war Robert Caley auf den Platz des Hauptverdächtigen gerückt, und das tat weh. Ebenso, wie es weh tat, was Nick Bartello ihr gesagt hatte, wie sein Tod schmerzte, wie alles schmerzte. Sie konnte einfach nicht aussteigen.

»Alles in Ordnung, Mrs. Page?«

»Nein, François, überhaupt nicht. Ich muß an einen netten Kerl denken, der gestorben ist, und an einen anderen Mann, den ich für einen netten Kerl gehalten habe, der es aber nicht war. Wenn ich jetzt in dieses Haus gehe, dann muß ich mit einem Ergebnis rauskommen, oder sie werden mich nicht mehr reinlassen.«

François drehte sich zu ihr um. »Darf ich Ihnen einen Rat geben, Mrs. Page?«

Sie lachte. »Warum nicht?«

»Ich an Ihrer Stelle würde morgen wiederkommen. Sie sind jetzt nicht stark genug, das spüre ich. Was immer Sie in diesem Haus wollen, kann warten.« Sie lächelte und stimmte ihm zu.

»Ja, Sie haben recht. Wir kommen morgen wieder, François, und morgen werde ich nüchtern sein.«

Er lächelte sie strahlend an, so daß sie all seine Zahnlücken und Goldzähne sehen konnte.

»Alles klar, Mrs. Page.«

Juda stand in der Küche, und schon der Geruch nach Brathuhn bewirkte, daß es ihr besser ging. Das kleine Haus war ordentlich und sauber, erheblich sauberer, als sie es in Erinnerung hatte. Sie hatten ihr Gepäck in das Zimmer eines der Jungen getragen, und sie war gerührt gewesen, als sie die schönen frischen Blumen sah. Die Jungs trugen Anzüge, und Sugar May, in einem sauberen bedruckten Kleid, deckte den Tisch.

Auch Edith hatte sich umgezogen und freute sich, Juda zu sehen, umarmte sie liebevoll und vergaß dabei fast Raouls schreckliche Tat. Sie sprachen auch nicht sofort davon, denn Rubys Schneiderin war zu einer letzten Anprobe vorbeigekommen, also gab es eine Menge Aufregung im Wohnzimmer, und Ruby schrie immer wieder, daß niemand hereinkommen dürfe, ehe das Kleid nicht fertig war.

Edith reichte Juda ein Glas Bier.

»Wirst du länger bleiben können?«

»Kann schon sein. Ich muß auf Mrs. Caley aufpassen, es geht ihr wieder schlechter, aber sie hat die Widerstandskraft eines Wildpferds. Ich hab sie schon in so schrecklichen Zuständen gesehen, Edith, aber sie rafft sich immer wieder auf.« Juda trank einen Schluck Bier. Edith setzte sich ihrer Schwester gegenüber.

»Du weißt, daß hier immer ein Platz für dich ist.«

»Das will ich hoffen, Edith, immerhin zahle ich für dieses Haus, seit ich mich erinnern kann.«

Plötzlich klingelte das Telefon.

»Ich weiß nicht, wer das sein könnte«, sagte Edith, »du bist die einzige, die unsere Nummer hat. Es könnte natürlich auch Fryer sein.«

Nervös griff sie nach dem Hörer. »Hallo?« Man konnte Piepen und Rauschen hören. »Wer ist da, bitte?«

»Mama? Ich spreche von einem Handy aus«, erklang Raouls Stimme. Edith brach der Schweiß aus.

»Wo bist du, Junge? *Wo steckst du?*«

Raoul lachte und erklärte, er rufe von seinem Auto aus an. »Ich möchte heimkommen, Mama, aber ich werde nicht zulassen, daß du mich verdrischst oder einen Fluch auf mich legst. Ich weiß, ich hab einen Fehler gemacht, aber ich möchte heimkommen und dabeisein, wenn meine kleine Schwester gekrönt wird.«

Edith reichte Juda den Hörer. »Das ist Raoul. Rede du mit ihm, ich habe mit diesem diebischen Nichtsnutz nichts mehr zu tun.«

Juda griff nach dem Telefon. »Er spricht von einem Telefon im Auto aus«, erklärte Edith.

»Und ich weiß, mit wessen Geld er das bezahlt hat«, meinte Juda und wurde rot vor Zorn. »Hier ist Juda. Hörst du mich, Raoul Corbello? Schaff deinen Schlangenarsch hierher, und bring mir gefälligst mein Geld mit – hast du mein Geld noch?«

»Ja, Tante Juda, nur ein paar Dollar weniger, aber ich werde nicht wiederkommen, wenn du vorhast, mir was Böses anzuhängen. Ich weiß, es war verrückt von mir, dein Geld zu nehmen, und ich werde dir alles zurückgeben, was ich noch habe. Ich will nur wieder bei meiner Familie sein, und ich hoffe, daß du mir verzeihst und ich sehen kann, wie meine Schwester gekrönt wird.«

»Hast du Drogen genommen, Junge?«

»Nein, Tante Juda, ich bin clean, ich nehme nichts mehr.«

Juda kniff die Lippen zusammen. »Du kannst mir ja viel erzählen, Junge, aber komm gefälligst erst mal her. Bring mir mein Geld zurück, und vielleicht können wir eine friedliche Lösung finden. Du wirst nicht verdroschen, aber so wahr mir Gott helfe, wenn du verschwindest, werd' ich dir den Teufel persönlich auf den Hals hetzen.«

»Ich werde bald heimkommen, Tante Juda. Mach's gut.«

Juda knallte den Hörer auf die Gabel. Sie hätte Raoul gerne noch gesagt, daß sie ihn persönlich bis aufs Blut auspeitschen würde, aber sie wollte erst ihre Ersparnisse zurück.

Edith war darauf vorbereitet, sich Judas Klagen wegen Raoul anhören zu müssen, aber dann rief Ruby, sie sollten kommen und sie ansehen. Juda erhob sich mühsam, und Edith ergriff ihre Hand.

»Sie hat sich verändert, Juda. Es ist so schnell passiert. Du wirst sie kaum wiedererkennen.« Juda trank ihr Glas leer und stellte es vorsichtig ab.

»Ist sie ein braves Mädchen, Edith?«

Edith nickte und hakte sich bei Juda ein. »Sie sieht genauso aus wie wir früher, Juda.«

Juda klammerte sich an den Arm ihrer Schwester. Sie sprach leise, wollte nicht, daß Jesse und Willy etwas hörten. Die beiden Jungen, die in ihren Anzügen wie Chorknaben aussahen, wagten kaum, sich ohne Erlaubnis auch nur eine Cola aus dem Kühlschrank zu holen. Fryers Prügel hatten ihnen wirklich Benehmen beigebracht, jedenfalls für eine Weile.

»Wie sehr ähnelt sie uns, Edith?« fragte Juda.

Edith sah Juda in die Augen. »In allem. Ich habe es erst nicht geglaubt, aber sie hat mir heute geholfen, und etwas war da, ich habe es gespürt.«

Edith schob die Tür auf, Juda ging direkt hinter ihr, und beide tasteten automatisch nach der Hand der anderen, weil sie so ergriffen waren. Selbst die mürrische alte Schneiderin war den Tränen nahe, drückte sich an die Wand und lächelte stolz.

Langsam drehte sich Ruby zu ihrer Mutter und Tante um. Es brannte nur eine einzige Lampe, und ihr Licht umgab Ruby wie ein schwacher Heiligenschein; das Kleid war so reich bestickt, daß es zu glühen schien. Das hautenge Mieder brachte die schlanke Taille des Mädchens vollendet zur Geltung, während der Ausschnitt, umgeben von Girlanden von Stickerei, die glatte braune Haut ihres Busens und ihrer Kehle enthüllte. Der Schnitt war allerdings eher züchtig, die blauen Ärmel lang und mit einem Dutzend winziger Goldknöpfe zwischen Ellbogen und Handgelenk geschlossen. An den Hüften war das Kleid nach hinten gerafft, wie nur ein gertenschlankes Mädchen es tragen konnte, und es erinnerte an einen altmodischen Reifrock mit Schleppe und schien fast das gesamte Zimmer zu füllen.

»Schau doch nur, Mama.« Ruby lächelte und hob den Rock vorn ein wenig an, um das Seidenfutter und die Tüllunterröcke zu zeigen, ebenso wie ihre zarten Gelenke und die hochhackigen goldenen Schuhe. Sie ließ die Röcke schwingen, und die Stickerei tanzte und funkelte wie goldene Sonnenstrahlen auf dem Wasser. Edith wischte sich eine Träne ab.

»Es gibt auch noch einen Umhang«, rief Ruby und winkte der Schneiderin, die ein blaues Seidencape entfaltete.

»Oje, oje«, flüsterte Juda.

»Bist du zufrieden, Tante Juda?« fragte Ruby leise, und erst jetzt hob sie den Blick, um ihre Tante anzusehen, und es war deutlich, daß ihre nachtschwarzen Augen Geheimnisse kannten, daß sie Alpträume und Träume anderer kennen würden.

Juda flüsterte beinahe ehrfürchtig: »O ja, ich bin zufrieden. Jetzt bist du wirklich bereit, eine Königin zu sein, Ruby. Jetzt hast du Licht in deinen Augen, Kind, spürst du, wie es schimmert? Mißbrauch es nicht, Liebes, mißbrauche es nie, denn es ist sehr kostbar.«

Dann war es vorüber. Die Schneiderin befestigte den Kopfputz aus Straußenfedern auf Rubys Kopf, und Ruby lachte, posierte, war wieder die junge Karnevalskönigin. Aber Juda wußte, was sie gesehen hatte, und sie schaute ihre Schwester an, und sie brauchten keine Worte mehr zu verlieren. Beide wußten, wie kostbar das Wissen war, und daß es das junge Mädchen schließlich erschöpfen und niederdrücken würde. Aber sie würden an ihrer Seite sein, wenn das Dunkel drohte, sie hinabzuziehen, genau wie ihre Mutter und ihre Großmutter und ihre Urgroßmutter dagewesen waren.

Lorraine saß an dem billig furnierten Tisch im Hotelzimmer und ergänzte ihre Notizen. Sie hatte einen Zettel von Rosie und Rooney gefunden, der besagte, daß die beiden essen gegangen waren, eine Wegbeschreibung zum Restaurant eingeschlossen. Es gab auch eine Adresse für ein AA-Meeting und einen Kommentar von Rosie: Wenn Lorraine noch einen Rest Vernunft in sich habe, solle sie hingehen. Trotz des Vorschlags, sie solle zum Restaurant kommen, fühlte Lorraine sich ausgeschlossen, und sie hatte Schuldgefühle, weil sie den ganzen Tag getrunken hatte, aber es war nur wenig gewesen, und sie war sicher, daß selbst jemand, der sie so gut kannte wie Rosie, es nicht bemerken würde. Sie versteckte die Flaschen, die sie gekauft hatte, dann bestellte sie sich noch ein paar Dosen Cola, einen Hamburger und Pommes frites.

Sie arbeitete weiter an ihren Notizen, überzeugte sich, daß alles ordentlich und lesbar war. Nichts durfte sie verraten, nichts durfte zeigen, daß sie wieder trank: Sie gestand es sich nicht einmal selbst ein.

Es war spät, schon nach Mitternacht, und Fryer Jones schaukelte auf seinem Stuhl, sah von Edith zu Juda, ein Lächeln auf den Lippen. Manchmal vergaß er fast, mit welcher der Schwestern er verheiratet gewesen war, und er war nie vollkommen sicher, ob es nicht beide gewesen waren. Er hatte so oft mit beiden geschlafen – was der Grund für Eddie Corbellos Verschwinden war –, und er war nicht sicher, welche von Ediths Kindern auch die seinen waren. War er tatsächlich von Juda geschieden? Er hatte nicht vor, dieses gemütliche Besäufnis zu unterbrechen, und noch einmal füllten sie ihre Gläser. Jetzt tranken sie auf die mächtigste Königin des Voodoo, Marie Laveau, deren Licht immer noch in Ruby Corbellos Augen leuchtete. Dann erhob Fryer sich; er hatte genug.

»Gute Nacht. Paßt mir auf die kleine Ruby auf, und wenn sie Ärger bekommt, dann ruft mich. Ob es euch beiden Hexen gefällt oder nicht, ich spiele in dieser Familie eine wichtige Rolle.«

Er ging durch die Gassen zwischen den kleinen, verfallenen Häusern, freute sich auf die Musik, die er noch spielen würde. Er hatte dafür gesorgt, daß Ruby und die Jungs in Sicherheit waren. Und bald würde er seine Lippen wieder an den küssenswertesten Gegenstand der Welt legen: seine Posaune.

Lorraine wühlte weiter in ihrem Notizbuch, überprüfte Informationen, notierte Daten und Namen sorgfältig in einem neuen Buch, und erst nach zwölf fiel sie ins Bett. Robert Caley hatte nicht angerufen, aber sie hatte auch am Empfang gesagt, man solle ihm ausrichten, sie sei nicht in ihrem Zimmer. Sie wollte um sieben Uhr morgens geweckt werden, und sie hatte eine Nachricht für Rosie und Rooney hinterlassen, daß sie sich um halb acht zum Frühstück treffen würden.

Lorraine war so erschöpft, daß sie sofort einschlief, aber sie war schon vor dem Weckruf wieder wach, duschte, zog sich an und ging hinunter ins Frühstückszimmer. Sie hatte nur einen kleinen Schluck Wodka getrunken und dann, wie üblich, eine Dose Cola mit Wodka gemischt. Sie war sicher, daß nichts in ihrem Verhalten sie verraten könnte.

Rooney und Rosie saßen bereits am Tisch, obwohl es erst fünf vor halb acht war.

»Guten Morgen. Danke, daß ihr so früh aufgestanden seid, wir müssen in die Gänge kommen.«

»Dafür sind wir ja hier. Wir halten uns bereit und warten auf den Einsatzbefehl, Boß«, sagte Rooney und goß ihr Kaffee ein.

Lorraine stellte ihre Coladose auf den Tisch und schlug das Notizbuch auf. Für Höflichkeitsfloskeln hatte sie keine Zeit.

»Also gut. Habt ihr das Gris-Gris gefunden, das Nick um den Hals hatte?«

»Nein. Es war nicht in seinem Zimmer«, erwiderte Rooney, und Lorraine begann, an ihrem Filzstift zu kauen.

»Bist du sicher, daß er es trug, als er wegging?«

»Nein, ich hab ihn nicht mehr gesehen, aber vorher hatte er es an. Er hatte es nicht mehr abgenommen, seit Fryer es ihm gegeben hat.« Lorraine notierte sich etwas und sah Rooney an.

»Und die Zeitung? Hast du die Bestätigung dafür, daß sie vom fünfzehnten Februar vergangenen Jahres stammt?«

Rooney nickte und holte die Kopie der Zeitungsseite aus der Tasche. »Das heißt, daß jemand Tilda die Puppe an diesem Tag gegeben hat oder einen Tag später. Wenn jemand was einwickelt, nimmt er vielleicht nicht die neueste Morgenzeitung, aber die von gestern, die noch rumliegt. Also wissen wir mehr oder weniger, wann Tilda die Puppe bekommen hat.«

»Mhm.« Lorraine trank einen Schluck Kaffee. Sie klappte das Notizbuch zu und griff nach der Speisekarte, legte sie dann aber wieder zur Seite. Sie hatte keinen Appetit; das einzige, was sie interessierte, war die Dose Cola, und wieder griff sie danach. Rosie warf Rooney einen raschen Blick zu. Sie unterbrach Lorraine, als diese die Ergebnisse ihrer Arbeit am Vortag zu schildern begann.

»Was sagst du da? Tilda Brown hat es mit Robert Caley getrieben?«

»Ja, jedenfalls hat sie in ihrem Tagebuch darüber geschrieben. Vielleicht waren es Lügen, aber wenn er Ruby Corbello für das Tagebuch bezahlt hat, möchte ich das bezweifeln. Er muß sich schuldig gefühlt haben, und Anna Louise hatte um so mehr Grund sich aufzuregen, als sie sah, daß er sie küßte. Ich weiß nicht, was sie herausgefunden hat. Was den Bären angeht, habe ich mich geirrt, sie hatte ihn schon seit Monaten, jedenfalls behauptet Ruby das, aber das ist jetzt ohnehin gleich. Ich glaube nicht, daß dieses Tagebuch noch existiert.«

Rooney studierte die Speisekarte und wandte sich dann an Rosie: »Vielleicht solltest du bestellen? Nichts zu Fettes.«

Rosie nickte und winkte der Kellnerin, die ihre Bestellung von Kaffee und frischem Obst entgegennahm.

»Ißt du nichts?« fragte Rosie Lorraine.

»Nein, mir reicht der Kaffee.«

Unruhig tippte Lorraine mit der Fußspitze an den Tisch. Sie zählte an den Fingern auf, was sie über Elizabeth Caley herausgefunden hatte und trank dabei Kaffee und Cola.

»Ruby Corbello, Juda oder Edith – eine der drei hat diese Puppe gemacht. Vielleicht sogar Fryer Jones? Aber ich bin sicher, daß sie den Zweck hatte, Tilda Brown zu Tode zu erschrecken. Aber Tilda hat sich nicht umgebracht, als sie die Puppe bekam. Wieso hat sie also so lange gewartet, und warum hat sie die Puppe nicht zerstört?«

Rooney goß sich Kaffee nach. »Du glaubst, Anna Louise hat ihr die Puppe gegeben?«

»Ja, das ist doch klar«, sagte Lorraine gereizt. »Die Frage ist, woher sie sie hatte, und wann sie sie zu Tilda gebracht hat.«

Rooney kratzte sich am Kopf. »Ich wette, an dem Abend, an dem sie verschwunden ist. Vielleicht hat sie geglaubt, sie könnte bis zum Essen schon wieder im Hotel sein, und dann ist entweder bei Tilda etwas passiert oder auf dem Rückweg.«

»Ja, genau«, stimmte Lorraine ihm zu. »Ich bin immer wieder durchgegangen, was ich an jenem Nachmittag zu Tilda gesagt habe, und ich kann mir immer noch nicht vorstellen, daß irgendwas, was ich gesagt habe, sie dazu gebracht haben soll, sich umzubringen. Ich sagte nur, wenn Anna Louise mit ihrem Vater geschlafen hatte, dann könnte das vielleicht ein Grund für ihr Verschwinden sein. Seitdem haben wir herausgefunden, daß es nicht Anna Louise war, die eine Affäre mit Caley hatte, sondern Tilda, also war sie vielleicht verängstigt, weil sie wußte, daß ich mit Caley reden würde und daß dann doch alles rauskäme. Außerdem hatte ich dieses Foto von Anna Louise im Viper Room, und sie fürchtete, auch *das* werde ans Licht kommen, denn in ihrem Abschiedsbrief hat sie etwas geschrieben wie ›Gott möge mir verzeihen…‹«

Die Kellnerin kam, servierte Kaffee und Obst, und während der ganzen Zeit hörte Lorraine nicht auf, nervös mit dem Fuß zu wippen.

»Du solltest mit dem Pagen in Caleys Hotel reden, Bill, mit diesem Errol, und ihm ein bißchen Angst einjagen. Er hat Ruby Corbello reingeschmuggelt, hat eine Nachricht für sie abgegeben, und das hat er nie erzählt, weder der Polizei noch mir.«

Lorraine trank die Coladose leer, dann löffelte sie sich Zukker in den Kaffee.

»Möchtest du lieber Honig?« fragte Rosie. »Du brauchst nur zu fragen.«

»Zucker ist in Ordnung.«

Rosie beobachtete Lorraine genau. Sie mochte sich irren, aber sie war ziemlich sicher, daß Lorraine immer noch trank. Lorraine spähte in die Schachtel Marlboro Lights, ob dort noch eine letzte Zigarette zu finden sei, dann warf sie das leere Päckchen plötzlich weg.

»Brauchst du neue?«

»Später.« Immer noch wippte sie mit dem Fuß. »Also, wir gehen folgendermaßen vor. Du hältst dich von Caley fern, Bill. Ich möchte nicht in die Nähe des Hotels kommen, weil ich ihm nicht begegnen möchte. Und du, Rosie, fragst bei allen Taxifahrern nach, ob sie die Fahrten des Abends, an dem Anna Louise verschwunden ist, irgendwo verzeichnet haben.«

Rooney nickte und sah Rosie an.

»Wir wissen, daß sie schon befragt worden sind, ohne daß etwas herausgekommen ist, also geben wir diesmal ein genaueres Datum an, den fünfzehnten Februar, und eine Uhrzeit, gegen sieben, und Tilda Browns Adresse. Vielleicht wird sich jemand erinnern, wenn du sagst, ein Taxifahrer habe eine Handtasche gefunden und abgegeben, und die sei nie zurückverlangt worden. Ziemlich unwahrscheinlich, aber du kannst es ja mal versuchen, Rosie, und behaupten, du suchst den Fahrer wegen einer Belohnung oder so, erfinde einfach irgendwas, aber erwähne bloß nicht Anna Louise Caley.«

Rosie nickte. Es gefiel ihr, wenn Bill den alten Captain Rooney durchscheinen ließ, obwohl sie ihn nicht gekannt hatte, als er noch im Dienst war. Rooney berührte Lorraine am Ellbogen.

»Vielleicht sollte ich fragen, ob die Cops Fryers Bar nach diesem Halsband durchsucht haben.«

»Ja, gute Idee. Wenn nicht, dann frag sie, ob sie es noch machen wollen, oder vielleicht gehst du mit einem von ihnen zusammen hin. Dieser Kerl, dem du fünfhundert Dollar gezahlt hast, hilft uns vielleicht, und wenn nötig, zahlst du ihm eben noch mehr. Aber geh nicht alleine hin, Bill, es ist eine üble Gegend.«

»Du warst schließlich auch da!«

Sie nickte. »Ja, ich weiß, und das war dumm, aber irgendwie bin ich davon ausgegangen, daß sie hier nicht solche Chauvischweine sind und ich damit durchkomme. Ein Kerl wie du dürfte mehr Schwierigkeiten haben, also geh bitte kein Risiko ein.«

Rosie lächelte und schob ihren Stuhl zurück. »Ich hole dir Zigaretten; es wird nicht lange dauern, sie haben welche am Empfang.«

Lorraine blickte auf und lächelte. »Danke, Rosie.«

Rooney schälte sich einen Apfel. »Sonst noch was? Ich meine, ich weiß, was ich tun werde, aber was hast du vor?«

Lorraine runzelte die Stirn.

»Wir arbeiten«, fuhr Bill fort, »aber… wir sind immer noch nicht dichter dran, Anna Louise Caley zu finden, ganz gleich, wie viele Informationen wir auftun. Bis hierher zu kommen, hat viel Zeit verschlungen, und Zeit ist das einzige, was wir nicht haben. Ohne dieses Tagebuch, ohne Beweise, daß etwas zwischen Caley und Tilda lief, wird sein Wort gegen deines stehen, und das wird nicht gut aussehen, wenn es zu Protokoll genommen wird. So etwa wie: Wann haben Sie über das mögliche sexuelle Motiv gesprochen? Oh, als ich gerade mit dem Angeklagten im Bett war.«

Lorraine kniff die Lippen zusammen und wandte sich ab. »Manchmal schlägst du wirklich unter die Gürtellinie, Bill.«

»Aber du weißt doch, daß ich recht habe.«

Lorraine nickte. »Komm schon, die Lage ist nicht so schlimm, und vielleicht haben wir ja mit den Taxifahrern Glück.«

Rooney steckte sich ein Stück Apfel in den Mund. »Meinst du wirklich? Dann schau dir mal die alten Akten an. Jeder Taxifahrer in der Gegend ist verhört worden, man hat allen Fotos von Anna Louise Caley gezeigt. Keiner hat zugegeben, sie gesehen oder gar gefahren zu haben. Es war so ziemlich das erste, was die Detekteien unternommen haben, hier und in L. A. Sie haben nichts gefunden. Möchtest du ein Stück Apfel?«

Lorraine lächelte und riß dann den Mund auf wie ein Jungvogel im Nest. »Klar, geschält mag ich sie am liebsten. Schmeckt einfach besser.«

Rosie hatte am Empfang gesagt, sie wollte etwas aus Lorraines Zimmer holen, und da die Angestellte wußte, daß sie befreundet waren, gab sie ihr Lorraines Zimmerschlüssel. Rosie war schnell. Sie wußte, wo sie selbst ihre Flaschen versteckt hatte, also brauchte sie nicht lange, um Lorraines Vorräte zu finden. Sie ließ die Flaschen, wo sie waren, und ging wieder.

»Ein Päckchen Sargnägel«, sagte sie und warf Lorraine die Zigaretten hin. Sie beobachtete, wie Lorraine ihr Notizbuch einpackte und sich erhob, um zu gehen.

»Wir sollten noch miteinander reden«, sagte Rosie leise.

»Ich habe alles gesagt, Rosie. Wir haben nicht die Zeit, rumzusitzen und zu schwätzen.«

»Du mußt zu einem Meeting gehen, Lorraine.«

Rooney tätschelte Rosies Hand. »Vielleicht solltest du das im Augenblick sein lassen.«

»Das geht nicht. Nicht wahr, Lorraine?«

»Aber sicher. Ich habe im Augenblick wichtigeres zu tun, Rosie, und du auch.« Rosie griff nach der leeren Coladose und schnupperte daran.

»Du kannst vielleicht Bill etwas vormachen, vielleicht sogar dir selbst, aber mir nicht. Riech mal, Bill, das hier ist nicht nur Cola. Es gehört zu den dümmsten Ammenmärchen, daß man Wodka nicht riechen kann… man kann es doch, glaubt mir, man kann es.«

»Wovon redet sie?« fragte Rooney.

»Erzähl's ihm, Lorraine. Warum sagst du ihm nicht, wieviel du getrunken hast, um überhaupt zum Frühstück zu kommen? Nicht, daß du was gegessen hättest.«

»Laß mich in Ruhe, Rosie.«

Rosie schmetterte die Dose auf den Tisch. »Um Himmels willen, Lorraine, sei doch nicht so dumm! Du kommst nicht damit durch. Das glaubst du vielleicht, aber du irrst dich.«

»Verdammt, was ist hier eigentlich los?« fragte Rooney.

»Sag's ihm, Lorraine, los, sag's ihm.«

»Laß mich in Ruhe«, fauchte Lorraine.

»Nein, dafür steht zuviel auf dem Spiel. Sie trinkt, Bill, sie hat wieder angefangen zu saufen.«

Rooney lehnte sich zurück. »O Scheiße, das hat uns gerade noch gefehlt. Um Himmels willen, Lorraine, hast du den Verstand verloren?«

Lorraine sah keinen von beiden an, sondern nestelte an der Zigarettenschachtel herum.

»Sie hat Flaschen in ihrem Zimmer versteckt«, sagte Rosie.

»Stimmt das?« fragte Bill betrübt.

»Glaubst du, ich lüge? Ich war gerade erst oben«, fauchte Rosie, und Rooney sah sie an.

»Rosie, tu mir einen Gefallen und laß uns einen Augenblick allein, ja? Das meine ich ernst. Bitte, warte in der Halle.«

Rosie schob ihren Stuhl zurück. »Gut, aber ich werde nicht lange warten. Wie ich schon sagte, uns rennt die Zeit davon.«

Rooney gab Lorraine Feuer; sie inhalierte tief.

»War das denn unbedingt nötig?«

Lorraine stieß den Rauch durch die Nase aus. »Ich brauche es, Bill, aber ich habe es unter Kontrolle, das schwöre ich. Ich brauche es nur für eine Weile, dann werde ich zu einem von ihren verdammten Meetings gehen.«

»Weißt du wirklich noch, was du tust?« Er griff nach ihrer Hand, aber sie entzog sie ihm. Als sie sprach, war ihre Stimme leise und heiser.

»Bitte, fang jetzt nicht von dem Jungen an, den ich erschossen habe. Bitte nicht. Ich brauche nur etwas, das mich aufrecht hält. Ohne das breche ich zusammen., ich fühle mich schrecklich.«

»Wegen Caley?«

Sie nickte, dann seufzte sie.

»Ja. Ich hab ihn wirklich gemocht, Bill, und um ehrlich zu sein, hatte ich das Gefühl, daß es vielleicht, nur vielleicht, doch so etwas wie Liebe in meinem Leben geben könnte. Und Nick – er war so ein netter Kerl. Manchmal habe ich das Gefühl, wenn jemand nett zu mir ist, mich nur ein kleines bißchen liebt, dann versaue ich es, oder es wird auf andere Weise versaut, und dann bin ich so einsam…«

»Weißt du«, sagte er leise, »Rosie und ich haben dich beide sehr gern. Sie macht sich Sorgen, und ich möchte auch nicht mit ansehen, wie du dich in die Scheiße reitest.«

Sie schenkte ihm ihr seltenes Lächeln. »Wenn du mich jetzt in Ruhe läßt, wenigstens so lange wir noch an dem Fall sind, dann werde ich aufhören, das verspreche ich dir. Ich versuche ja, das Zeug nicht mehr anzurühren – mehr kann ich nicht versprechen.«

Rooney nickte. »Gut, aber wenn du Mist baust, dann…« Er seufzte. »Mach dich nicht selbst kaputt, Lorraine, du bist zu gut, zu klug, und du bist eine tolle Detektivin, besser als ich je sein könnte, besser als die meisten, denen ich je begegnet bin.«

»Danke, und jetzt geh und rede mit Rosie, wir haben viel Arbeit vor uns.«

Er beugte sich vor und küßte sie auf die Wange. »Versprich mir nur, daß du mit uns reden wirst, wenn du es brauchst. Wir sind immer für dich da.«

Sie sah ihm nach, wie er hinausging, beschämt, aber unfähig zu weinen.

Rooney stand mit Rosie in der Halle, als Lorraine vorbeieilte. Sie lächelte, blieb aber nicht stehen.

»Könntest du uns vielleicht sagen, wo wir dich erreichen können? Nur für den Fall, daß wir was rausfinden«, rief Rosie ihr hinterher, und Lorraine drehte sich um.

»Ich bin auf dem Weg zum Haus der Browns, und danach komme ich wieder her. Keine Ahnung, wie lange ich brauchen werde.«

Die Tür schwang hinter ihr zu. Rosie wäre ihr beinahe nachgerannt, aber Rooney hielt sie zurück.

»Laß sie, Rosie; laß sie gehen.«

Sie starrte ihn wütend an. »Ich hoffe, du weißt, was du tust; sie hängt wieder an der Flasche, Bill.«

»Ich weiß«, sagte er traurig und griff Rosie unters Kinn, so daß sie ihn ansehen mußte. »Wir können versuchen, uns um sie zu kümmern, aber wir können sie nicht aufhalten. Sie hat etwas in sich, das uns beiden fehlt.«

»Dann laß dir mal erzählen –«

»Nein«, sagte er entschlossen, »jetzt erzähle ich dir was. Sie hat größere Schuldgefühle, als einer von uns je haben wird, und wenn sie Alkohol braucht, um darüber hinwegzukommen, dann müssen wir sie einfach gehen lassen und uns um sie kümmern, so gut es eben geht – viel Zeit haben wir ohnehin nicht.«

Rosie zuckte die Achseln. »Gut, aber wenn sie so weitermacht, werden wir weder nach Wien noch nach China kommen, weil sie keine gute Arbeit leisten wird.«

Er richtete sich auf. »Aber wir, und wir haben viel zu tun, also los.«

Robert Caley war inzwischen ärgerlich über Lorraines Schweigen; er verstand es einfach nicht. Als er ihre Hotelnummer wählte, klopfte es leise an seiner Tür. Er öffnete und fand sich dem Pagen gegenüber.

»Ja?«

Errol warf einen Blick den Flur entlang, dann schaute er wieder Caley an.

»Was wollen Sie?«

»Äh, könnte ich reinkommen, Sir? Es ist nur, jemand hat mir Fragen gestellt, und ich weiß nicht, was ich sagen soll.«

Caley seufzte und öffnete die Tür weiter. »Was ist denn?«

Errol nahm seine Mütze ab. »Ich bin ein Freund von Ruby

Corbello, Mr. Caley, ich hab Ihnen letztes Jahr diese Nachricht von ihr gebracht.«

»Ich weiß nicht, wovon Sie reden. Welche Nachricht?«

Errol trat von einem Fuß auf den anderen. »Am Abend nach Ihrer Ankunft im letzten Februar, Mr. Caley. Ruby hatte mir eine Nachricht für Sie gegeben, und ich habe sie weitergeleitet, und dann haben Sie sich mit ihr am Pool getroffen, Sir.«

Caley holte tief Luft und griff nach der Brieftasche. »Nein, ich kann mich nicht erinnern, je mit Ihnen oder Miss Corbello gesprochen zu haben. Ich habe keine Ahnung, wer sie ist. Wieviel bin ich Ihnen schuldig?«

Errol leckte sich die Lippen und spähte ins Zimmer. »Dieser Mann hat mich auf dem Weg zur Arbeit angesprochen und mich danach gefragt. Ich hab gesagt, ich hätte keine Nachricht überbracht, und –«

Caleys Blick war wie Eis. »Das haben Sie auch nicht, und ich habe an jenem Abend keine Nachricht bekommen. Hier sind hundert Dollar, und jetzt raus mit Ihnen, oder Sie sind Ihren Job los. Und wenn mein Casino öffnet, werde ich gute Leute mit Erfahrung und guten Zeugnissen brauchen, verstehen Sie?«

»Ja, Sir. Danke, Sir.«

Caley trat die Tür zu. Er machte sich keine allzu großen Sorgen. Im Zweifelsfall würde sein Wort gegen das des Jungen stehen. Aber er würde auch Ruby Corbello beibringen müssen, den Mund zu halten. Es gab kein Tagebuch mehr, das hatte er sofort vernichtet, aber es gefiel ihm nicht, daß sie sich jetzt wieder meldeten, nachdem schon alles so gut aussah.

Lloyd Dulay hatte es gar nicht gefallen, als Caley erklärt hatte, daß er klagen würde, wenn diese Andeutungen über eine sexuelle Beziehung zwischen ihm und Anna Louise weiter verbreitet würden, und dabei würde zweifellos auch herauskommen, daß Anna Louise Dulays Tochter war. Es war nur eine Drohung gewesen, aber Dulay hatte ihn ernst genommen. Und Caley bei den Verhandlungen in der neuen Geschäftspartnerschaft zur Seite zu stehen, würde sich für beide als vorteilhaft erweisen. Einerseits würde das alle Gerüchte Lügen strafen, denn wenn ein Mann von Lloyd Dulays Format sich geschäftlich mit jemandem zusammentat, der beschuldigt wurde, Inzest mit seiner Tochter getrieben zu haben, dann konnte das einfach nicht stimmen. Und andererseits würden sie dann auch nicht öffentlich zugeben müssen, daß Anna Louise Dulays Kind war. Er hatte auch erwähnt, daß Elizabeth derart verstört war, daß er sie auf keinen Fall einem solchen Skandal aussetzen wollte. Dulay hatte sofort nachgegeben, es hatte nicht viel Druck gebraucht.

Caley entschloß sich, eine kurze Strecke zu Fuß zu gehen, bevor er in ein Taxi stieg und sich zum Haus von Edith Corbello bringen ließ.

Lorraine war zu Mr. und Mrs. Brown gefahren. Sie hatten beinahe eine halbe Stunde miteinander gesprochen, ein quälendes, schleppendes Gespräch. Die Browns konnten sich nicht erinnern, wann sie Tilda zum letzten Mal mit Anna Louise oder Robert Caley zusammen gesehen hatten. Soweit sie wußten, hatte ihre Tochter keine Probleme gehabt, keine. Deshalb fiel es ihnen so schwer, ihren Tod zu akzeptieren.

»Und in der ganzen Zeit, seit Anna Louise vermißt wird, haben Sie an Tildas Verhalten nie etwas Verdächtiges bemerkt? Ich meine damit: Hat sie sich verändert? Wurde sie bedrückter oder irgendwie unberechenbar?«

Mrs. Brown war so bleich und abgehärmt, daß Lorraine sich beinahe grausam vorkam bei diesen Fragen. Sie weinte ununterbrochen, wischte sich die Tränen ab, faltete das Taschentuch auseinander, um sich die Nase zu putzen, knäulte es wieder zusammen, um sich die Augen zu wischen …

»Selbstverständlich war sie sehr, sehr aufgeregt. Anna Louise war ihre beste Freundin, sie war untröstlich wegen ihr, und daß Anna Louise einfach so verschwunden war, war schrecklich für Tilda. Sie hatten einander immer sehr nahegestanden, und was es noch schlimmer machte, sie hatten sich am Tag zuvor gestritten, so daß Tilda nie die Gelegenheit hatte, sich mit Anna Louise zu versöhnen. Das hat sie am meisten aufgeregt.«

Lorraine sah Mr. Brown an, der steif dasaß, mit gequälter, verwunderter Miene.

»Glauben Sie, daß Tilda sich umgebracht hat, weil sie immer noch traurig wegen Anna Louise war?« fragte Lorraine.

»Das wissen wir nicht; wir hatten angenommen, sie sei darüber hinweg, aber das war offensichtlich nicht der Fall, und Ihr Besuch, Mrs. Page, hat sie vielleicht wieder in Depressionen versinken lassen. Wir wissen es nicht, ebensowenig, wie wir wissen, wieso Sie so unbedingt mit ihr sprechen wollten.« Er warf Lorraine einen beinahe anklagenden Blick zu, und sie bemerkte, daß er begann, sich aufzuregen. Er ballte die Fäuste, lockerte sie wieder und versuchte dann, die Bewegung zu verbergen, indem er die Hände gegen die Hüften drückte. »In den Wochen nach Anna Louises Verschwinden sind wir häufig befragt worden, und die arme Tilda, die gerade ihre beste Freundin verloren hatte, wurde noch öfter verhört als wir. Was haben Sie sie gefragt, Mrs. Page? Warum sagen Sie uns nicht, ob sie etwas aufgeregt hat, denn wir möchten es wirklich gern wissen, wir *müssen* einfach wissen, was unsere einzige Tochter dazu veranlaßt hat, etwas so Schreckliches zu tun. Sie hat uns das Herz gebrochen.«

Lorraine log ihnen eine halbe Stunde lang etwas vor, erfand harmlose Fragen und Antworten. Aber die Atmosphäre war ungeheuer angespannt, und Lorraine hatte das Gefühl, daß die Browns ihr sämtliche Energie nahmen.

»Ich muß mit all den Freunden von Tilda sprechen, mit denen sie regelmäßig Kontakt hatte. Ich muß mir ein Bild von Ihrer Tochter machen, wie sie vor der Tragödie gewesen ist.«

Mr. und Mrs. Brown flüsterten miteinander, und Mrs. Brown nickte schließlich. Sie entschuldigte sich dann und verließ das Zimmer.

Mr. Brown seufzte und wandte sich dem Fenster zu, hinter dem man den Pool und den Tennisplatz sehen konnte.

»Wir haben versucht, damit fertig zu werden, Mrs. Page. Wir wissen, welche Sorgen sich Tilda um Anna Louise gemacht hat. Es ist so viel über Entführung und Vergewaltigung und sogar –

gebe Gott, daß es nicht wahr ist – über Mord gesprochen worden. Und deshalb hat sich Tilda die letzten Monate sehr zurückgezogen, aber meine Frau wird Ihnen ein paar Namen nennen können.«

»Ich danke Ihnen.«

Er starrte seine Schuhe an, biß sich auf die Lippen. »Obwohl ich nicht recht verstehe, wieso Sie das so interessiert. Ich glaube, Mr. und Mrs. Caley haben Sie eingestellt, um ihre Tochter zu finden, und ich verstehe nicht, wieso Sie so viel Zeit darauf verwenden, nach Tilda zu fragen. Tatsächlich habe ich sogar ein schlechtes Gewissen, weil wir Sie von Ihren Ermittlungen abhalten, wenn wir über Tilda reden.«

Lorraine lächelte. »Bitte, Mr. Brown, ich denke, es wird mir auf jeden Fall helfen. Die beiden waren so gut befreundet, und je mehr ich über Tilda herausfinde, desto mehr werde ich auch über die arme Anna Louise erfahren.«

»Ah ja, das kann ich verstehen, also dann …«

Lorraine öffnete die Aktentasche und holte die Puppe heraus, die immer noch in das Handtuch gewickelt war. Mr. Brown starrte mit leerem Blick zum Fenster, schien sie nicht mehr zu beachten. Lorraine ging zu dem Eßtisch nahe dem Fenster und wickelte die Puppe aus.

»Ich wollte nicht, daß Ihre Frau das hier sieht, aber ich denke, Sie sollten es sich einmal anschauen.«

Er kam zum Tisch, dann schnappte er entsetzt nach Luft. »Lieber Gott, wo haben Sie das gefunden?«

»In Tildas Zimmer, in der Hülle eines Tennisschlägers.«

Seine Hände zitterten, als er sie ausstreckte, – nicht, um die Puppe zu berühren, sondern um sich an der Tischkante festzuhalten.

»Das war im Schlafzimmer meiner Tochter?« fragte er erschrocken.

»Ja. Wie Sie sehen, ist auf dem Gesicht ein Foto von Tilda angebracht, und …«

Er schlug mit der Faust auf den Tisch. »Es muß jemand vom Personal sein, aber warum? Allmächtiger Gott, warum sollte einer von ihnen so etwas gemacht haben? Das ist einfach widerwärtig!«

»Jetzt wissen Sie, wieso ich hier bin. Ich weiß, daß ein Mädchen, das hier gearbeitet hat, Ruby Corbello, rausgeworfen wurde, und ich denke, sie hat vielleicht aus Rache diese Puppe gebastelt, um Tilda zu erschrecken.«

»Ich werde sie vor Gericht bringen.«

»Ich habe keine Beweise dafür, daß sie es gemacht hat, Mr. Brown. Und die Zeitung, in die die Puppe gewickelt war, stammt vom fünfzehnten Februar letzten Jahres, dem Tag, an dem Anna Louise verschwand, also hatte Ihre Tochter die Puppe schon lange.«

Er starrte die Puppe an, und plötzlich begannen seine Schultern zu beben, und er schluchzte laut.

Mrs. Brown kam herein, ein Blatt zartlila Briefpapier in der Hand. »Ich habe alle aufgeschrieben, die mir eingefallen sind.«

Mr. Brown versuchte angestrengt, sich zusammenzunehmen, aber es gelang ihm kaum. »Es tut mir leid, bitte entschuldigen Sie mich, es tut mir leid.«

Er rannte an seiner Frau vorbei aus dem Zimmer, und Lorraine deckte schnell die Puppe zu und schaute ihm nach. Mrs. Brown versuchte ihn aufzuhalten, aber er war schneller.

Mrs. Brown trat zu Lorraine ans Fenster und seufzte. »Ich glaube, ich weiß, was ihn so aufgeregt hat. Sie haben dort stundenlang gespielt, als sie Kinder waren, Tilda und Anna Louise. Wir sollten es abreißen.«

Lorraine schaute in dieselbe Richtung wie Mrs. Brown, konnte aber nur einen Gärtner entdecken und ein kleines weißes Gebäude von der Größe eines Gartenhäuschens, nahe bei den Büschen. Selbst vom Haus aus konnte man erkennen, daß ein großes Vorhängeschloß an der Tür hing.

»Mein Mann hat dieses kleine Haus für sie gebaut, und sie hat nie zugelassen, daß es abgerissen wurde. Sie sagte immer, sie werde später unsere Enkel herbringen, um dort zu spielen, also muß der Anblick ihn daran erinnert haben. Wir haben unsere Tochter sehr geliebt, Mrs. Page.«

»Ja, selbstverständlich.«

Mrs. Brown reichte Lorraine das zusammengefaltete Blatt. »Hier sind Namen und Adressen einiger Freundinnen, und ich habe auch den Namen ihres Pastors und der Gruppe aufgeschrieben, mit der sie sich immer in der Kirche traf. Und ihren Arzt und die Mädchen aus dem Reitverein, und eine Liste ihrer Bekannten vom College. Die meisten waren auch auf der Beerdigung – natürlich nicht ihre Freunde vom College.«

»Danke. Sie haben mir sehr geholfen.«

»Sie ist nach Anna Louises Verschwinden nicht nach Los Angeles zurückgekehrt; sie sagte, sie könne es nicht ertragen. Sie wollte hier sein, nur für den Fall, daß Anna Louise anriefe oder sonstwie versuchte, sich mit ihr in Verbindung zu setzen.« Mrs. Brown holte wieder ihr Taschentuch heraus. »Sie war eine so gute Schülerin, es war eine Schande, aber sie sagte immer, sie könne sich nicht konzentrieren, ehe sie nicht wüßte, was mit Anna passiert sei.« Mrs. Brown zuckte die Achseln.

»Es muß sie wirklich sehr bedrückt haben.«

Mrs. Brown nickte. »Ja, es hat uns alle sehr bedrückt. Und jetzt wird es nie wieder so sein wie früher.«

Um halb elf kam Rosie zu der Einsicht, daß sie zu wenig Geld geboten hatte. Bei der ersten Taxifirma schien sich niemand dafür zu interessieren, ob es eine Belohnung für etwas gab, was vor elf Monaten in einem Taxi gefunden worden war, weil jede Auskunft darüber bedeutet hätte, Stapel von alten Unterlagen durchzugehen. Also dachte Rosie noch einmal nach und nahm sich ein Taxi zum Hotel Cavagnal. Die Vorbereitungen für den Mardi Gras waren jetzt in vollem Gang, und immer mehr Besucher strömten in die Stadt. Girlanden und Fahnen wurden aufgehängt, gewaltige Blumenkübel aufgestellt, und jedes Schaufenster war festlich dekoriert. An allen Wänden klebten Plakate für die zu erwartenden Ereignisse.

Rosie stieg vor dem Hotel aus, ging aber nicht hinein. Statt desen ging sie ein Stück die Straße entlang. Anna Louise hatte sich kein Taxi im Hotel bestellt, das wußten sie; war sie also zur nächsten Kreuzung gegangen und hatte sich eins herbeigewinkt? Rosie fiel auf, daß ununterbrochen Taxis vorbeifuhren. Ein paar Fahrer fragten sogar, ob sie einen Wagen brauchte. Schließlich ging sie auf eines der Taxis zu, das schon dreimal an ihr vorbeigefahren war.

»Haben Sie sich verlaufen, Ma'am?« fragte der Fahrer höflich.

»Nein, aber ich suche ein bestimmtes Taxi. Ich arbeite für eine Versicherung, und der fragliche Fahrer könnte...« Sie zögerte und fragte sich, welche Summe wohl Anreiz genug sein könnte. Dann hielt sie inne, weil ihr einfiel, daß Robert Caley ausgesagt hatte, er habe die Handtasche seiner Tochter auf dem Bett liegen sehen. Hieß das, daß Anna Louise kein Geld bei sich gehabt hatte? Dann hatte sie vielleicht jemand aus dem Hotel mitgenommen.

Rosie winkte dem Taxifahrer zu, er solle weiterfahren, dann sah sie sich nach einem Münzfernsprecher um, weil sie mit Lorraine sprechen wollte.

Sie rief bei den Browns an, erfuhr aber nur, daß Lorraine sich schon wieder verabschiedet hatte. Dann versuchte sie es im Hotel, aber weder Rooney noch Lorraine waren dort. Sie kehrte zum Cavagnal zurück und beobachtete zwei Pagen, die Gepäck hinein- und heraustrugen. Sie hörte, wie einer dem anderen zurief: »Die hier in die blaue Suite im ersten Stock, Errol.«

Rosie schlenderte zu dem schwitzenden Errol und fragte sich, ob Rooney wohl schon mit ihm gesprochen hatte.

»Hallo. Könnten Sie mir vielleicht behilflich sein?« fragte sie mit einem freundlichen Lächeln.

»Immer zu Diensten, Ma'am«, sagte er mit einer leichten Verbeugung.

Rosie erklärte, sie sei kein Hotelgast, würde sich aber gern einmal unter vier Augen mit ihm unterhalten und dafür auch bezahlen. Wenn er dazu im Augenblick keine Zeit habe, könne sie warten.

Errol schob seine Mütze zurück und sah sich kurz um. »Worüber wollen Sie denn reden?«

Rosie war ganz direkt. »Über Anna Louise Caley.«

Er machte eine resignierte Geste, schüttelte den Kopf. »Lady, ich bin so oft wegen diesem Mädchen verhört worden, daß sie es mir vom Lohn abgezogen haben. Ich weiß nichts über sie, und das ist die Wahrheit.«

Rosie wandte den Blick ab – sie hatte beobachtet, daß Lorraine das in solchen Situationen tat. »Na gut; es ist nur so, daß ich gerade fünfhundert Dollar für ein paar Informationen übrig hätte.«

»Für welche Informationen?« fragte er. Aber dann fuhr ein Auto vor und er mußte weiterarbeiten.

»Ich habe in einer Viertelstunde Pause; warum kommen Sie dann nicht wieder?«

Robert Caley bat den Taxifahrer, einen Block vom Haus der Corbellos entfernt anzuhalten. Er bezahlte und sagte dem Fahrer, wenn er noch einmal das Doppelte haben wolle, solle er warten. Dann ging er zum Haus der Corbellos.

»Mr. Caley!« sagte Juda erstaunt. Schon das Reden tat weh; sie hatte einen solchen Kater, daß sie kaum den Kopf heben konnte.

»Mrs. Salina«, erwiderte er.

»Kommen Sie rein«, knurrte sie, und er sah sich noch einmal um, ob ihn jemand beobachtete.

Caley setzte sich in die Küche, lehnte jede Erfrischung ab und überlegte angestrengt, ob er nach Ruby fragen sollte.

»Meine Schwester und meine Nichte Ruby sind unterwegs und besuchen ein krankes Kind. Ich bin hier allein, und das ist gut, denn nun kann ich offen mit Ihnen reden.«

Er nickte und fragte sich, wieviel sie wußte und ob sie versuchen würde, ihn zu erpressen, so wie ihre Nichte. Ihm wurde alles zu viel, zu schwer, und er knöpfte sich den Kragen auf.

»Ich weiß, Sie mögen mich nicht und haben mich nie gemocht«, sagte Juda und goß sich ein Glas Root Bier ein. »Aber jetzt bitte ich Sie, mir zu helfen.«

»Sie wollen, daß ich Ihnen helfe?« fragte er lächelnd.

»Ja. Ich habe gerade die Ersparnisse meines ganzen Lebens verloren, mein Neffe hat sie gestohlen, und ich bin so arm hierher zurückgekehrt, wie ich vor zwanzig Jahren gegangen bin.«

Jetzt kommt es, dachte er und fragte sich, wieviel sie wohl verlangen würde.

»Ich möchte hierbleiben, Mr. Caley, ich möchte nicht mehr zurück nach L. A., denn hier ist mein Zuhause.«

Er betrachtete die fleckige Tapete. Das wird teuer werden, dachte er, aber er würde nicht zeigen, daß er nicht vorhatte zu zahlen. Er würde sich ganz unschuldig geben.

»Ich kann mich nicht mehr um Ihre Frau kümmern, Mr. Caley, sie erschöpft mich, aber ich habe sie gern und möchte sie nicht enttäuschen. Ich fühle mich für sie verantwortlich, und das hing immer wie ein Mühlstein an mir. Ich hatte das Gefühl, ich sei an ihrem Zustand mitschuldig, aber das glaube ich inzwischen nicht mehr.«

»Wollen Sie Geld von mir, Mrs. Salina?«

»Nein, Sir, kein Geld. Ich will Ihr Geld nicht. Ich will, daß Sie jemanden für Mrs. Caley finden, weil ich erschöpft bin und hierbleiben möchte, bei meiner Schwester.«

Er hüstelte und zerrte an seinem Hemdkragen. »Ich weiß immer noch nicht so recht, was Sie von mir erwarten, Mrs. Salina.«

»Nein, schließlich haben Sie sich nie sonderlich für mich interessiert, aber Sie sollten einiges über Ihre Frau wissen. Sie wissen, daß sie sich so verhält, weil sie nicht anders kann.«

»Meine Frau ist alkohol- und drogensüchtig.«

»Nein, Sir, sie versucht nur, ihre Angst zu betäuben. Sie mögen das vielleicht nicht glauben – das ist Ihr gutes Recht –, aber sie braucht jemanden, der ihre Dämonen unter Kontrolle hat. Wenn man ihr nicht hilft, wird sie den Verstand verlieren.«

Er lächelte höhnisch. »Sie behaupten also, sie sei noch normal?«

Juda starrte ihn wütend an. »Ich behaupte, daß Sie nicht verstehen, daß Ihre Frau Hilfe braucht. Nicht von irgendeinem Arzt, sondern von –«

»Leuten wie Ihnen?«

Sie beugte sich vor. »Wofür halten Sie mich eigentlich, Mr. Caley?«

Er wich nicht zurück, sondern beugte sich ebenfalls weiter vor. »Sie erpressen meine Frau und versetzen sie in Angst und Schrecken, das ist alles.«

»Sie irren sich. Ich bin gezwungen, ihr ihre Angst zu nehmen, und ich sage Ihnen nur, daß ich es nicht mehr schaffe. Ich bin alt und müde. Sie ist Ihre Frau, Sie haben sie mehr ausgebeutet, als ich es je könnte, aber das geht mich nichts an. Ich habe ihr nur geholfen, denn im Gegensatz zu Ihnen liebe ich sie.«

»Ach ja?«

»Ja, Sir, aber wie ich sagte, ich bin zu alt, also bitte ich Sie, zu ihr zurückzukehren. Ich werde jemanden finden, der ihr die Hilfe geben kann, die sie braucht.«

»Sie meinen jemanden, der ihr Drogen gibt?«

Kopfschüttelnd lehnte sich Juda zurück. »Nein, Sir, ich rede von spiritueller Hilfe – das ist alles, was ich Ihrer Frau je gegeben habe.«

»Ich werde nicht zu meiner Frau zurückkehren, Mrs. Salina.«

Juda starrte ihn an, und ihr wurde kalt. Die Kälte breitete sich von ihren geschwollenen Füßen durch ihren ganzen Körper aus. »Wieso sind Sie dann hergekommen? Um mir das zu sagen?«

Er zuckte die Achseln. Er hatte mit Ruby reden wollen. Das alles war so verwirrend und ärgerlich, und er wollte nur noch gehen.

Juda starrte ihm ins Gesicht, erkannte seine Schwäche und lächelte. »Sie werden die Frau, die Sie begehren, nie bekommen, Mr. Caley, Ihr Herz ist unter Ihrer Gier schon längst erstarrt. Sie sollten jetzt lieber gehen; ich möchte nichts mehr mit Ihnen zu tun haben.«

Er schob den Stuhl zurück und wollte gerade aufstehen, als Ruby hereinkam. Sie warf ihm einen kurzen Blick zu, ging zum Kühlschrank und holte sich ein Root Beer.

»Na, wenn das nicht Mr. Robert Caley ist«, sagte sie und nahm den Öffner aus der Schublade.

»Ihr kennt euch?« fragte Juda überrascht.

»Sicher – das ist Anna Louises Vater, oder?«

Juda schaute von Caley zu Ruby und wieder zurück.

»Hast du vergessen, daß ich für Tilda Brown gearbeitet habe, Tante Juda? Sie war die beste Freundin von Mr. Caleys Tochter. Nicht wahr, Mr. Caley?«

»Ja.« Er starrte Ruby an, hatte keine Ahnung, was los war und wieviel Juda wußte. Sein Ärger war der Angst gewichen.

»Mr. Caley wird ein großes Casino eröffnen, Tante Juda, und ein reicher Mann werden.«

Juda schaute ihre Nichte an, dann Caley. Sie verstand nicht, um was es bei diesen Andeutungen ging, aber sie spürte, daß Ruby Caley in der Hand hatte.

»Mr. Caley ist ein sehr attraktiver Mann, und er mag Mädchen in meinem Alter, nicht wahr, Mr. Caley?«

Er stand auf, entfernte sich so weit von Ruby, wie die kleine Küche es zuließ. Juda konnte seine Angst riechen, und als Ruby an ihr vorbeiging, faßte sie sie am Arm.

»Mr. Caley, würden Sie bitte einen Augenblick im Flur warten? Ich sehe, daß Sie noch mit meiner Nichte sprechen möchten.«

Caley schob sich an Juda vorbei und verließ die Küche. Juda trat hinter ihm die Tür zu.

»Was ist los, Ruby?«

Ruby setzte sich auf die Tischkante, trank ihr Root Beer und berichtete genüßlich, was sie in Tilda Browns Tagebuch über Robert Caley gelesen hatte. Judas Schlag traf sie vollkommen unvorbereitet. Ruby fiel auf den Boden. Die Flasche zerbrach. Ruby rollte sich furchtsam zusammen, als Juda begann, mit dem feuchten Geschirrtuch nach ihr zu schlagen, so fest, daß ihr die Tränen in die Augen traten. Sie schützte den Kopf mit den Händen und schrie, aber dann fing Juda an, sie zu treten. Es war, als wäre die ältere Frau verrückt geworden, und sie ließ erst nach, als sie sich erschöpft hinsetzen mußte.

»Du hast diese Puppe für Anna Louise Caley gemacht, nicht wahr?« Juda atmete keuchend.

Ruby begann zu weinen. Sie hatte Angst vor ihrer Tante.

»Das hättest du nicht tun sollen, Ruby. Das war schrecklich – du hast das Böse beschworen.«

»Er ist böse; er hat es mit dieser Tilda getrieben.«

Juda trat sie so fest, daß sie sich krümmte. Dann ging sie zum Spülbecken und füllte ein Glas bis zum Rand mit kaltem Wasser. Ruby sah nicht, wie sie schluckte, sie sah nur, wie sich ihre Tante über sie beugte und das Wasser sprühend wieder ausspuckte. Sie versuchte zurückzuweichen, aber Juda packte sie am Haar und legte ihr die Hände fest um den Kopf.

»Du hast das Böse in dir, Mädchen, und ich werde es dir austreiben.«

Caley stand im düsteren Flur und wartete. Er konnte Rubys Schreien und Schluchzen hören, und dann Juda Salinas Stimme, die Worte rief, die er nicht verstand. Schließlich erschien Ruby, das Haar naß und verklebt, und sie weinte.

»Bitte gehen Sie nicht, Mr. Caley.« Sie kniete vor ihm nieder und faltete die Hände. »Es tut mir leid, daß ich Sie um Geld gebeten habe. Ich habe es nicht böse gemeint; ich hab nie etwas Böses gewollt. Ich werde Sie nie wieder um etwas bitten, darauf gebe ich Ihnen mein Wort. Bitte, sagen Sie niemandem, was ich getan habe. Ich werde auch nie erwähnen, was in diesem Tagebuch stand.«

Caley starrte sie verblüfft an, als Juda aus der Küche kam.

»Bitte gehen Sie jetzt, Mr. Caley. Ruby wird Sie nicht mehr belästigen, sie hat Wichtigeres zu tun. Wir wollen kein Geld von Ihnen, wir wollen überhaupt nichts von Ihnen.«

»Stimmt das, Ruby?«

Ruby nickte, immer noch auf den Knien, und einen Augenblick später ging Caley.

Juda trat hinter Ruby. »Du wirst nie wieder etwas tun, was andere so verletzt, hast du gehört, Ruby?«

»Ja, Tante Juda«, flüsterte sie.

»Wenn du dich mit dem Bösen einläßt, wird es dich nicht mehr loslassen. Du hast Kraft, Kind, und die darfst du nicht für Böses benutzen, oder das Böse wird in deine Seele eindringen, und du wirst seine Sklavin sein. Hast du mich verstanden?«

Ruby nickte und sah dann erstaunt zu, wie ihre Tante sich auf die Knie niederließ.

»Und jetzt bitte um Verzeihung, Ruby.«

Ruby faltete die Hände. »Was, wenn wir viel Geld bekommen könnten, Tante? Könnten wir damit nicht auch vielen helfen?«

»Wir wollen kein Geld vom Teufel, denn er ist heimtückisch, und er will immer, daß man es ihm zurückzahlt. Man darf nie Schulden beim Teufel machen. Ich kenne eine Frau, die dem Teufel etwas schuldet, und ich will nicht, daß dir jemals so etwas geschieht. Du hast eine Zukunft vor dir, aber heute mußt du den Geistern gehorchen und dich gut um deine eigenen Leute kümmern, wie Königin Marie.«

Ruby faltete die Hände fester und gestand Juda flüsternd, daß sie sich fürchtete.

»Wir haben alle Angst, mein Kleines, jeder Mensch fürchtet sich irgendwann in seinem Leben, aber du kannst helfen, die Menschen durch diese Angst hindurchzugeleiten. Du mußt deine Kraft achten und sie nie mißbrauchen; liebe sie, und sie wird Gutes tun. Mr. Caley wird seine eigenen Schulden bezahlen, kümmere du dich um deine, Ruby.«

Errol hatte die Pagenmütze in der Hand und kratzte sich am Kopf. »Ich liebe Ruby Corbello, ich habe sie geliebt, seit wir zusammen in der Schule waren, aber sie scheint nicht mal zu wissen, daß es mich gibt. Manchmal kommt sie auf dem Weg zu Fryer Jones' Bar an mir vorbei, schwingt die Hüften und lächelt. Ich weiß, daß ich ihr nicht das Wasser reichen kann, aber trotzdem bleibt mir dann immer fast das Herz stehen.«

Rosie nickte. »Ich weiß, was das für ein Gefühl ist, mir ging es mit jemandem auch sehr lange so. Ich hätte nie geglaubt, daß er mich lieben könnte, so gering war meine Selbstachtung, Errol. Aber weißt du was, vor zwei Tagen hat er mich gebeten, ihn zu heiraten.«

»Soll das ein Witz sein? Jemand will *Sie* heiraten?« Er war so verblüfft, er verstand nicht einmal, daß er sie beleidigte. Für ihn war Rosie so meilenweit von der schönen Ruby Corbello entfernt, daß er kaum glauben konnte, daß jemand diese dicke Frau liebte, die hier neben ihm saß. Rosie mußte lachen.

»Ich sage die Wahrheit.«

»Vielleicht ist es für Sie anders, Miss Rosie, vielleicht verstehen Sie nichts von *Sehnsucht.*«

»Errol, glaub mir, ob dick oder dünn, häßlich oder schön, alle finden ihren Partner, und er oder sie wird dann zum schönsten Geschöpf auf der ganzen Welt.«

»Sie verstehen das nicht, ehrlich. Ruby Corbello ist die vollkommenste Frau, die Gott je geschaffen hat. Sie ist eine Göttin.«

»Die für Mr. und Mrs. Brown als Stubenmädchen gearbeitet hat, bis man sie wegen Diebstahl feuerte, und die jetzt in einem Friseursalon Haare auffegt. Eine seltsame Göttin, Errol.« Rosie schwieg einen Augenblick, dann fuhr sie fort: »Ich möchte nur wissen, ob du Ruby Corbello irgendwie geholfen hast, Miss Anna Louise Caley ein Päckchen zu übergeben, und ob du wußtest, was in diesem Päckchen war. Du kannst ganz ehrlich sein, denn ich habe nichts mit der Polizei zu tun.«

Rooney kehrte zum Hotel zurück. Er hatte seinen Bekannten bei der Polizei nicht getroffen, weil dieser auf Streife war, aber man hatte ihm gesagt, er solle nach dem Mittagessen wiederkommen. Mit diesem mürrischen Pagen hatte er auch kein Glück gehabt, also war der Morgen bisher recht enttäuschend verlaufen. Am Empfang fand er eine Nachricht, er solle Lorraine in ihrem Zimmer anrufen.

Als Rosie Lorraines Zimmer betrat, sah Rooney ihr gleich an, daß sie etwas herausgefunden hatte, aber sie schwieg vorerst.

Lorraine, die gerade aus dem Bad kam, sah erschöpft aus.

»Also gut, dann fange ich an. Ich hatte einen ziemlich schwierigen und unergiebigen Morgen. Tilda Browns Vater ist zusammengebrochen, als er das Haus im Garten sah, das er für Tilda gebaut hatte, als sie noch klein war, und das war schon der Höhepunkt. Der Rest war noch schlimmer, aber es gibt immer noch ein paar ›enge Freunde‹ von Tilda, mit denen ich sprechen muß. Ich hoffe, sie sind ein wenig hilfreicher als dieser alte Pfaffe, der erklärte – ich zitiere – ›Tilda Brown war ein Vorbild für alle jungen Leute. Sie war lebensfroh, begeisterungsfähig und bereit, allen zu helfen, die in Not sind.‹ Daß dieses Beispiel an Lebensfreude den Kimonogürtel an die Gardinenstange gebunden und sich aufgehängt hat, scheint ihm entgangen zu sein. Nur einer, ein Junge aus dem Chor, in dem Tilda gesungen hat, sagte, daß sie sich im letzten Jahr verändert habe. Sie sei früher viel lebhafter und freundlicher gewesen, aber sie habe in den letzten Monaten kaum mehr mit jemandem gesprochen und sei ihm sehr nervös vorgekommen.«

Rooney hüstelte. »Darf ich mal was sagen?«

»Klar.«

»Na ja, wir sollen eigentlich Anna Louise Caley finden, und mir kommt es so vor, als wärst du vollkommen von dieser Tilda Brown abgelenkt.«

»Meinst du, daß ich meine Zeit verschwende, Bill?«

»Nein, aber es scheint mir ein Nebengleis zu sein, das ist alles.«

Dann erzählte Rosie, weshalb sie zum Hotel gegangen war und was sie von Errol erfahren hatte.

»Ich hab auch mit ihm gesprochen«, murmelte Rooney.

»Ich weiß; ich hatte gehofft, daß ich dich dort noch antreffe«, sagte Rosie strahlend. »Ich hab nur deshalb mehr rausgefunden als du, weil Errol und ich uns sehr lange unterhalten haben. Er hat zugegeben, daß er Caley eine Nachricht überbracht hat. Ruby hat sich mit Caley unterhalten, am Pool, und nachdem Caley wieder in sein Zimmer gegangen war, hat Anna Louise Errol und Ruby im Hof gesehen und Ruby gebeten raufzukommen, und Errol hat Ruby ins Hotel geschmuggelt. Er sagt, das sei so gegen sechs Uhr gewesen. Sie war nur zehn Minuten bei Anna Louise und verließ das Hotel wieder durch die Hintertür. Und er sagte, sie habe es mächtig eilig gehabt. Und Errol hat Ruby Corbello an diesem Abend, dem Abend, an dem Anna Louise verschwand, noch einmal gesehen, es muß so gegen halb acht gewesen sein, als sie wieder zum Hotel kam.«

Lorraine blätterte in ihrem Notizbuch. »Die Caleys sagten, sie seien um diese Zeit hinunter ins Restaurant gegangen.«

Rosie nickte. »Errol sagt, Ruby habe sich hinten im Hof versteckt, bei den Palmen. Er ist in sie verliebt, also war er eifersüchtig, weil er dachte, sie wolle sich mit einem der anderen Jungen treffen, die im Hotel arbeiten. Er ist ihr gefolgt, und dann hat er gesehen, wie sie hoch zu Anna Louise Caley schaut, die auf ihrem Balkon steht und sich runterbeugt. Was bedeutet, daß Anna Louise um halb acht immer noch in ihrem Zimmer war.«

»Ja und?« fragte Lorraine ungeduldig.

»Na ja, bis Errol schließlich zu dem Balkon kam, war von beiden Mädchen nichts mehr zu sehen, und da er arbeiten mußte, konnte er sich nicht mehr lange dort aufhalten.«

Lorraine seufzte. »Das ist alles?«

»Ja. Was ich jetzt sage, ist reine Spekulation, aber könnte Anna Louise nicht auch die Dienstbotentreppe benutzt haben, genau wie Ruby Corbello, um das Hotel zu verlassen? Dann brauchte sie nicht am Empfang vorbei, brauchte den Fahrstuhl nicht zu benutzen. Und an der Hintertür könnte ein Auto auf sie gewartet haben.«

»Mhm.« Lorraine ging zu ihrem Schreibtisch und suchte dort nach etwas. »Wir müßten wissen, wie lang man vom Hotel zum Haus der Corbellos braucht.«

Rooney und Rosie schauten einander an.

Lorraine blätterte in Stadtplänen und Reiseführern, warf sie dann beiseite und suchte nach einem Stadtplan, der alle Touristenattraktionen auflistete.

»Wenn Ruby Corbello das Hotel um Viertel nach sechs verlassen hat und um halb acht zurückgekommen ist, dann hatte sie nur eine knappe Stunde Zeit, um die Puppe herzustellen, sie einzupacken und zu Anna Louise zu bringen.«

»Es sei denn, sie hat sie in Fryers Bar gemacht«, meinte Rooney.

Lorraine hatte den Plan endlich gefunden und studierte ihn. Dann folgte sie der Route mit dem Finger.

»Vielleicht war sie wirklich bei Fryer. Wenn nicht, war es ein ziemlicher Weg zurück zu ihrem Haus, es sei denn…«

»Jemand hat sie gefahren.«

Alle drei standen neben den Mülltonnen am Hinterausgang des Hotel Cavagnal. Rosie sollte zu Fryer Jones' Bar gehen und dann wiederkommen. Rooney war für die Strecke zum Haus der Corbellos eingeteilt. Beide hatten Lorraine dieselbe Frage gestellt.

»Und was wirst du tun?«

»Mit den Sicherheitsleuten im Hotel reden. Gut, noch ein Uhrenvergleich, und dann los.«

Sie lächelte, als beide losstürmten wie Kinder bei einem Wettbewerb. Ihr fiel auf, wie viele Leute den Dienstboteneingang benutzten. Dann schlüpfte sie selbst hinein und ging einen schmalen Flur entlang. Rechts hinten gab es eine Treppe, und Lorraine ging nach oben, bis sie zu einer Tür kam, auf der »PRIVAT – ZUTRITT FÜR UNBEFUGTE VERBOTEN« stand. Lorraine öffnete die Tür. Dahinter stand ein Sicherheitsmann. Er hörte nicht einmal, wie Lorraine die Tür leise wieder schloß und weiter nach oben ging, bis sie das Stockwerk mit der Suite der Caleys erreichte. Sie hatte niemanden gesehen, war nicht aufgehalten worden, und oben drehte sie um und ging denselben Weg zurück. Wieder bemerkte sie niemand, aber als sie das Hotel verließ, sprach sie ein Sicherheitsmann an.

»Arbeiten Sie hier?«

»Nein, ich bin Gast«, sagte Lorraine und gab die Nummer der Suite an, die sie benutzt hatte. Er fragte sie nach ihrem Namen und rief beim Empfang an. Als bestätigt wurde, daß die Suite für Lorraine Page gebucht war, entschuldigte er sich, erklärte ihr aber auch, sie solle nicht diese Treppe benutzen, die sei nur für das Personal.

»Ich bin sehr beeindruckt vom Sicherheitsdienst des Hotels«, sagte sie lächelnd.

Er nickte ihr zu.

»Wird dieser Ausgang ständig bewacht?«

»Ja, Ma'am.«

»Tag und Nacht?«

»Ja, Ma'am.«

»Wie viele Leute sind dafür zuständig?«

»Drei, Ma'am, in Schichten.«

»Wie lange arbeiten Sie denn schon hier?«

»Seit fünf Jahren.«

Sie nickte, immer noch lächelnd. »Waren Sie an dem Tag hier, als Anna Louise Caley verschwand?«

»Ja.«

»Mr. Caley hat mich beauftragt, seine Tochter zu finden. Sie sind doch sicher schon befragt worden, wie die meisten Angestellten hier?«

»Ja.«

Lorraine wandte sich der Dienstbotentür zu. »Vielleicht hat sie das Hotel auf diesem Weg verlassen und ist deshalb von niemandem gesehen worden. Halten Sie das für möglich?«

Er zuckte nur die Achseln, ließ sich auf nichts ein.

»Sie müssen doch ab und zu mal Pause machen. Es wäre also durchaus möglich.«

»Kann sein. Wie Sie schon sagten, wir machen Pausen, aber für gewöhnlich springt dann ein anderer ein.«

Sie lächelte und zeigte auf den kleinen Hof. »Parken hier hin und wieder Autos?«

»Nein, hier darf niemand parken. Alle werden sofort abgeschleppt.«

»Aber man könnte sich hier gut abholen lassen.«

»Ja, das hat ja nichts mit Parken zu tun. Ein paar von den Frauen, die hier nachts arbeiten, lassen sich abholen. Im French Quarter gibt es immer viele Betrunkene.«

»Entschuldigen Sie, was haben Sie gesagt?«

»Die Frauen fühlen sich sicherer, wenn sie nicht zu Fuß gehen müssen.«

»Benutzen sie ein bestimmtes Taxiunternehmen?«

»Ja, Gordon's Cabs – die meisten, die hier arbeiten, fahren mit Gordon's Cabs.«

Lorraine nickte. »Die Gäste nicht?«

Er lächelte. »Nein, Ma'am, die Autos sind nicht besonders komfortabel. Die Firma gehört zwei Brüdern; einer hat mal hier gearbeitet. Wollen Sie die Nummer?«

»Danke«, sagte Lorraine erfreut und gab ihm zehn Dollar. Er steckte das Geld schnell ein, dann schrieb er ihr eine Nummer auf die Rückseite einer Karte des Hotels.

»Nochmals vielen Dank. Ich erwarte demnächst zwei Freunde. Eine rundliche Frau und einen Mann mit ziemlich rotem Gesicht. Würden Sie ihnen bitte sagen, daß sie in meine Suite kommen sollen?«

Lorraine ging um das Hotel herum zum Vordereingang. Was für ein Glück, daß Robert Caley noch die Suite für sie reserviert hatte. Sie holte ihren Schlüssel ab, fragte, ob Mr. Caley in seiner Suite sei und war sehr erleichtert zu hören, daß er ausgegangen war. Dann fuhr sie nach oben. Das Zimmer war wunderbar kühl, und sie setzte sich aufs Bett und bestellte Tee und Kuchen. Dann rief sie Gordon's Taxiunternehmen an, erreichte aber nur den Anrufbeantworter und beschloß, es später noch einmal zu versuchen. Ihr Blick wanderte immer wieder zu der geschlossenen Tür zur Nachbarsuite, ihr Körper erinnerte sich an die Nacht, die sie dort verbracht hatte. Langsam ging sie auf die Tür zu. Früher oder später würde sie Caley gegenübertreten müssen, das war ihr bewußt. Die Tür war verschlossen, und Lorraine drückte ihre Wange erleichtert an das weißlackierte Holz. Aber sie konnte nicht vergessen, wie nahe sie sich Caley in jener Nacht gefühlt hatte. Sie hatte sich geliebt gefühlt. Und dann bekam sie Angst, denn sie erinnerte sich an Judas Worte, sie sei so lange ohne Liebe gewesen, und Traurigkeit stieg in ihr auf. Diese Nacht hatte nichts mit Liebe zu tun gehabt, sondern mit Begierde, und sie war sicher, daß Robert Caley sie nur ausgenutzt hatte, weil er sich hatte schützen wollen, damit sie nicht die Wahrheit über den Tod seiner Tochter herausfand. Rasch trat sie von der Tür zurück. Sie hatte es sich zuvor schon gesagt, und nun sprach sie es laut aus und zeigte dabei auf die Verbindungstür: »Ich werde dich festnageln, Robert Caley.«

18

Rosie war zurückgekehrt und schaute sich gerade in der Suite um, als der Tee serviert wurde.

»Wirklich sehr hübsch hier. Ich würde am liebsten gleich einziehen«, sagte Rosie bewundernd.

Lorraine goß ihnen Tee ein. »Wie lange hast du gebraucht?«

»Hin und zurück fünfundzwanzig Minuten. Wenn ich gerannt wäre, hätte ich noch schneller sein können. Es war übrigens ziemlich voll in der Bar, tolle Musik, und draußen standen auch noch Leute und haben Bier getrunken, vor allem Jugendliche. Die Stadt heizt sich immer mehr auf, und ich rede nicht vom Wetter.«

Rooney kam erst zwanzig Minuten später. Schwitzend ließ er sich aufs Bett sinken; die Suite interessierte ihn kein bißchen.

»Elend heiß da draußen. Ich habe zehn Minuten gebraucht, bis ich ein Taxi hatte. Es sind Unmengen Leute unterwegs, und Mardi Gras hat noch nicht mal begonnen. Es gab hin und wieder einen Stau, aber ich denke, wenn Ruby Glück hatte, kann sie es hin und zurück in einer knappen Stunde geschafft haben.«

»Das läßt ihr nicht mehr viel Zeit, um die Puppe herzustellen«, meinte Lorraine unzufrieden.

»Also hat sie sie bei Fryer gemacht«, sagte Rosie und reichte Rooney eine Tasse Tee.

»Es war nicht gerade sorgfältige Arbeit«, fügte Rooney hinzu.

Lorraine seufzte. »Ich habe den Eindruck, wir klammern uns

bei dem Versuch, dieses Puzzle zusammenzusetzen, an jeden Strohhalm.«

»Du versuchst nachzuweisen, daß Anna Louise zu Tilda Brown fuhr, nicht wahr?« fragte Rooney, und Lorraine nickte.

»Aber niemand hat sie dort gesehen, niemand hat gesehen, wie sie das Hotel verließ, es gibt keine Aussagen von Taxifahrern, und sie hatte ihre Handtasche nicht dabei.«

»Es könnte sein, daß sie mit einem der Taxis gefahren ist, die die Angestellten benutzen. Es ist ein kleines Unternehmen und steht nicht im Telefonbuch, vielleicht arbeiten sie ohne Lizenz. Würdest du das überprüfen, Rosie? Vielleicht machst du es direkt, nicht am Telefon. Und wenn du mit deinem Tee fertig bist, Bill, solltest du diesen Cop anrufen und mit ihm zu Fryer gehen. Versuch, das Gris-Gris zu finden, und erkundige dich, ob Ruby am Abend des fünfzehnten Februar dort gewesen ist.«

Lorraine gähnte. Sie war müde und deprimiert. Immer noch drehten sie sich im Kreis. Die Zeit verging schnell, es blieben nur noch fünf Tage. Bill und Rosie machten sich sofort auf den Weg.

Lorraine hatte nicht einschlafen wollen, sie wollte alles noch einmal durchdenken. Sie hörte nicht, wie der Schlüssel in der Verbindungstür umgedreht wurde, sie bemerkte nicht, daß Robert Caley das Zimmer betrat.

Er strich ihr mit dem Finger über die Wange, und sie fuhr erschrocken auf.

»Hallo. Ich dachte schon, ich würde dich nie wiedersehen.«

Errötend setzte sie sich auf.

»Du hast nie zurückgerufen. Weißt du, wie oft ich versucht habe, mit dir Kontakt aufzunehmen? Der Empfangschef in deinem Hotel kennt mich schon so gut, daß ich mich nicht mehr vorstellen muß.«

»Tut mir leid, aber ich hatte zu tun.«

Er setzte sich auf einen Stuhl dem Bett gegenüber. Er trug ein weißes kragenloses Hemd und Jeans.

»Ich wollte dich mit auf einen der Flußdampfer nehmen. Ich wollte dir überhaupt einiges von der Stadt zeigen.«

»Ich bin hier, um zu arbeiten, Robert.«

»Das weiß ich, aber wenn du mich nicht sehen willst, wieso sagst du es dann nicht?«

»Es kommt einfach immer wieder was dazwischen.«

Er legte den Kopf schief. »Wie wäre es mit Abendessen?«

»Ich glaube nicht.« Sie wich seinem Blick aus.

»Ach nein? Heißt das, daß du andere Verpflichtungen hast? Was heißt, du glaubst nicht?«

Sie biß sich auf die Lippen. Er starrte sie an, versuchte sie zu ergründen, dann beugte er sich vor. »Es wäre nett, mit jemandem feiern zu können.«

Sie blickte auf. »Feiern?«

Er nickte. »Es geht weiter mit dem Casino. Die Lizenz hat zwar eine andere Gruppe bekommen, aber weil ich das Land besitze, haben sie mich als Partner akzeptiert. Dulay hat die Seiten gewechselt, aber nun fressen er und seine Gruppe mir aus der Hand. Und das Geld rollt.«

»Wie geht es Elizabeth?« unterbrach sie ihn.

»Das weiß ich nicht. Ich habe dir doch schon das letzte Mal gesagt, daß ich sie verlasse. Ich bin seitdem hier gewesen und habe hinter dieser Tür da auf dich gewartet.«

»Ach ja?« Lorraine schwang die Beine vom Bett, drückte die Füße fest auf den Teppich und starrte ihre Zehen an. Sie holte tief Luft, dann hob sie langsam den Kopf, um seinem Blick zu begegnen. »Du bist ein sehr guter Lügner, Mr. Caley, einer der besten, denen ich je begegnet bin.«

»Wie bitte?«

»Du hast mich genau verstanden. Du bist ein Lügner.«

Er lehnte sich zurück, hob hilflos die Hände. »Worüber soll ich gelogen haben?«

Sie stand auf und ging zum Frisiertisch. Er streckte die Hand nach ihr aus, aber sie wich ihm aus. Sie begann, sich zu kämmen, während sie ihn im Spiegel betrachtete. »Worüber du gelogen hast? Nun, zum Beispiel über Ruby Corbello.«

Wieder lehnte er sich leicht zurück, sah sie aber weiterhin an.

»Sie hat dir durch den Pagen Errol die Nachricht zustellen

lassen, sie am Swimmingpool zu treffen. Das war am Abend des fünfzehnten Februar vergangenen Jahres, falls du es vergessen haben solltest, an dem Abend, an dem deine Tochter, deine Adoptivtochter, verschwunden ist.«

Er wandte sich ab, schien aber ansonsten unbeeindruckt.

»Ruby hatte ein Tagebuch, nicht wahr? Tilda Browns Tagebuch, und in diesem Buch standen Einzelheiten über ihr Verhältnis mit dir. Mit dir, Mr. Caley. Also war dieser Kuß am Tennisplatz nicht ganz so unschuldig, oder?«

Er zuckte die Schultern, dann stützte er den Ellbogen auf, stützte das Kinn in die Hand, aber sein Blick blieb ruhig.

»Was hast du dazu zu sagen?«

»Nicht viel, Lorraine, aber wenn du Einzelheiten willst, dann bleibt mir nichts anderes übrig. Tilda war nicht minderjährig, sie war achtzehn. Tatsächlich ging die Initiative von ihr aus, und da du ausreichend informiert bist über den körperlichen Zustand meiner Frau – von dem geistigen ganz zu schweigen –, kannst du dir vielleicht vorstellen, daß es schwierig war, ein junges, hübsches und williges Mädchen nachts in mein Schlafzimmer schleichen zu sehen. Ich war einfach scharf auf sie, also hab ich es mit ihr getrieben. Es hat ihr gefallen, es hat mir gefallen, und mehr gibt es nicht zu sagen.«

»Sie hat sich umgebracht«, sagte Lorraine.

»Das weiß ich, und das tut mir sehr leid, aber ich kann mir nicht vorstellen, daß unser Verhältnis etwas damit zu tun hatte.«

»Ach nein?«

»Nein, aber du siehst das offensichtlich anders. Wenn du etwas dazu zu sagen hast, dann tu es jetzt.«

Lorraine warf die Haarbürste auf den Tisch. »Deine Tochter hat mit Tilda Brown um deine Zuneigung gekämpft, und das wußtest du. Hat dich das angemacht? Wie du mir ja schon mitgeteilt hast, war Anna Louise nicht deine Tochter – hast du sie auch gebumst?«

»Nein. Nur Tilda und ein paar andere Frauen. Möchtest du eine Liste?« Er sprang auf, und jetzt konnte sie sehen, wie wütend er war. Ein kleiner Muskel an seinem Hals zuckte. »Ich habe gelogen, um Tilda zu schützen. Sie war so deprimiert über Anna Louises Verschwinden, und ich wollte sie vor weiteren Verhören bewahren.«

»Wolltest du Tilda schützen oder dich selbst?«

»Macht das einen Unterschied?«

Lorraine klappte die Aktentasche auf und holte das Handtuch mit der Puppe heraus.

»Wickel das Handtuch ab und schau dir das an. Ich glaube, deine kleine erpresserische Freundin Ruby Corbello hat das da für deine Tochter gemacht, damit Anna Louise es deiner Freundin Tilda geben konnte. Los, sieh es dir an, Robert. Wie du schon sagtest, sie war achtzehn, sie wußte, was sie tat. Was du nicht gesagt hast, wie lange sich dieses Verhältnis schon hinzog. Sie war schon als Kind mit deiner Tochter befreundet, nicht wahr?«

Er schlug ihr ins Gesicht, und sie griff nach der Bürste und schlug zurück. Er wich ihr aus. »Das war ein guter linker Haken, aber du bist ja auch eine harte Frau, nicht wahr? Du hast ja die Narben, um es zu beweisen. Eine Hure, eine Säuferin... ich hätte verlangen sollen, daß du einen Bluttest machst, bevor ich dich gefickt habe, oder?«

»Arschloch!« fauchte sie.

»Ach ja? Und was bist du? Bei einem so jungen Mädchen wie Tilda konnte ich wenigstens einigermaßen sicher sein, daß sie keine Krankheiten hatte.«

Sie trat ihm zwischen die Beine. Keuchend sackte er zusammen. »Ich kann gut auf mich aufpassen, Mr. Caley. Wenn du mir solchen Mist an den Kopf wirfst, kriegst du ihn zurück, und das würde ein junges, unschuldiges Mädchen vielleicht auch nicht tun. Und jetzt sieh dir die Puppe an.«

Er wand sich vor Schmerzen und war immer noch vornüber gebeugt, als sie das Handtuch abwickelte.

»Weißt du, ob Ruby Corbello das hier für deine Tochter gemacht hat?«

»Verdammt, ich habe keine Ahnung! Das ist ja widerlich.«

»Das bist du auch. Diese Puppe hier habe ich in Tildas Schlafzimmer gefunden, in der Hülle eines Tennisschlägers.«

Er setzte sich aufs Bett. »Anna Louise hätte etwas so Krankhaftes nicht getan. Vielleicht ihre Mutter. Wenn du weißt, wo man so etwas bekommt, könnte ich eine für Elizabeth bestellen.«

»Findest du das komisch?«

»Nein. Ich weiß verdammt noch mal nicht, was ich denken soll, und mit diesen elenden Schmerzen fällt es mir schwer, überhaupt noch zu denken. Wieso hast du mir in die Eier getreten?«

Lorraine packte die Puppe wieder ein. »Du hast Anna Louises Trustfonds gestohlen. Du bist ein Dieb, Robert Caley.«

Er lachte. »Quatsch, ich werde alles zurückzahlen können. Ich habe es sogar schon angeboten, aber Lloyd Dulay will nichts davon hören, und es ist sein Geld, Lorraine. Wer stiehlt hier von wem?«

»Du hast Tilda Browns Unschuld gestohlen.«

Er legte den Kopf zurück und lachte laut. »Ach ja? Und hast du mir nicht erzählt, daß sie und Anna Louise es in diesem Club mit allen möglichen Leuten getrieben haben? Lorraine, du schlägst wild um dich, um irgendwas zu finden, um mir irgendwas anzuhängen ... warum? Was willst du beweisen?«

»Daß du ein Dieb bist.«

Er lachte. »Ich gebe es ja zu. Und, was noch? Ja, sicher, ein Kinderschänder, das war das nächste. Noch was?«

»Vielleicht auch ein Mörder.«

Er stand auf, rieb sich zwischen den Beinen. »Wen soll ich umgebracht haben, Lorraine? Willst du behaupten, ich hätte Anna Louise getötet?«

Sie verschränkte die Arme.

»Ich habe meine Tochter nicht umgebracht. Ich habe keine Ahnung, wieso sie wie vom Erdboden verschwunden ist, es sei denn, um von ihrer Mutter wegzukommen, was ich auch tun werde. Ich gebe zu, daß ich Anna Louises Trustfonds benutzt habe, aber ich hatte das Recht dazu, denn ich habe meine besten Jahre für Elizabeth und ihre Tochter geopfert. Ich habe mich vom Tag ihrer Geburt an um dieses Kind gekümmert, und ich mußte mich damit zufriedengeben, mir von diesem Miststück ein Taschengeld zahlen zu lassen, als wäre ich ein Angestellter. Ich war es, der ihre Immobilien aufgebaut hat – das Zeug war nichts wert, als ich sie kennenlernte, und wird jetzt auf Millionen geschätzt. Ich habe ihre Sauferei gedeckt, ihren Drogenkonsum, ich habe ihr das Leben gerettet, nicht nur einmal, sondern Gott weiß wie oft, und sie hat mir nie auch nur eine Spur von Respekt gezeigt. Ich wurde ins Kreuzverhör genommen, von Cops und Leuten wie dir ausgefragt, von Leuten, denen es am Ende nur um Geld geht. Aber du wirst gewinnen. Du bist so versessen auf diese Million, die meine verrückte Frau dir angeboten hat, daß du alles tun wirst, und ich weiß, warum. Du hast nur noch fünf Tage. Du bist sogar mit mir ins Bett gegangen, um dir Informationen zu beschaffen. Du, mein Schatz, bist die Schlimmste von allen. Und jetzt nimm dein stinkendes Beweisstück und mach, daß du rauskommst, ehe ich dich rauswerfen lasse, du Hure!«

Er war so wütend, daß er keuchte, aber sie wich nicht zurück, sondern lächelte ihn nur an.

»Mit Hurerei kennst du dich ja aus, Robert.« Sie versetzte ihm einen rechten Aufwärtshaken, und er schlug so fest zurück, daß sie nach Luft schnappend rückwärts taumelte. Aber dann stieß sie sich von der Wand ab und wollte sich wieder auf ihn stürzen. Er erstarrte, wollte nicht weiterschlagen, und das war sein Fehler. Lorraine riß das Knie hoch und traf ihn wieder zwischen die Beine, und dann schlug sie ihn so fest ins Gesicht, daß er spürte, wie sie sich die Knöchel an seinen Zähnen aufriß. Er sank in die Knie, gab keinen Laut mehr von sich.

Sie griff nach ihrer Aktentasche, dann warf sie zwanzig Dollar nach Caley, der am Boden kauerte. »Das ist für den Tee.«

Sie schüttelte ihre Faust, die ihr mehr weh tat als das Auge. Als sie die Tür öffnete, klingelte das Telefon. Sie zögerte, dann griff sie nach dem Apparat.

Rosie war so aufgeregt, daß sie kaum sprechen konnte. »Wir

haben Glück. Nicky Gordon hat am fünfzehnten ein Mädchen am Hinterausgang des Hotels mitgenommen. Er hatte gerade eine Stammkundin abgesetzt.«

Lorraine unterbrach Rosie, weil Robert Caley langsam wieder auf die Beine kam.

»Wo hat er sie hingefahren?«

»Zu Tilda Brown.«

Rooney legte das Steak über Lorraines Auge, das jetzt wirklich sehr geschwollen war.

»He, wenn du glaubst, daß ich schlimm aussehe, dann solltest du den anderen mal sehen.«

Rosie verband Lorraines Knöchel, die ebenfalls geschwollen waren; die Haut war gerissen. »Du hättest dir was brechen können, Lorraine«, sagte sie.

»Quatsch. Es ist alles in Ordnung.« Lorraine setzte sich auf, drehte sich zum Spiegel und wäre fast ohnmächtig geworden; ihr rechtes Auge war zugeschwollen, und schon zeigten sich dunkle Flecken darüber und darunter.

»Na ja, so schlimm hatte ich es mir nicht vorgestellt. Aber wir dürfen nicht noch mehr Zeit verschwenden.«

Rosie schlug ihr Notizbuch auf. »Der Taxifahrer hat nie eine Aussage gemacht und ist nie verhört worden, weil er dachte, das Mädchen sei im Hotel angestellt, sie trug ein Kopftuch und eine Sonnenbrille. Sie kam aus der Dienstbotentür, als er gerade Mimi Lafayette, ein fünfzigjähriges Zimmermädchen, das Spätschicht hatte, absetzte. Er wendete, Anna Louise winkte ihm, gab ihm die Adresse und wurde ziemlich ungeduldig, als er die Adresse noch einmal nachschauen mußte. Er war ziemlich nervös, als er mit mir sprach, trotz der Belohnung. Du hattest recht, er hat keine Taxilizenz.«

Lorraine drückte sich das Steak wieder aufs Auge, als Harris Harper, der Polizist, anrief und erklärte, er könne sich erst am nächsten Morgen mit Rooney treffen. Also beschlossen sie, erst morgen zu Fryers Bar zu gehen und zunächst wieder zum Haus der Browns zu fahren.

Rosie blieb im Auto sitzen, als Rooney und Lorraine zur Haustür gingen und klingelten. Lorraine spähte durch das Fenster in den Flur, und Rooney klingelte abermals. Schließlich schaltete ein Mädchen das Flurlicht ein und öffnete die Tür.

»Ich muß dringend mit Mr. und Mrs. Brown sprechen.«

»Sie sind leider nicht zu Hause.«

»Wann werden sie zurückkommen?«

»Sie sind zum Essen zu Freunden gegangen.«

Lorraine, Rooney, Rosie und François saßen über eine Stunde im Wagen und warteten. Endlich konnten sie die Scheinwerfer eines Autos auf sie zukommen sehen.

»Ich hoffe, das sind sie.«

Sie beobachteten, wie das Auto in die Einfahrt einbog. Lorraine legte François die Hand auf die Schulter. »Fahren Sie direkt hinterher, damit wir sie noch erwischen, bevor sie im Haus sind.«

Mr. und Mrs. Brown waren erstaunt, Lorraine zu sehen.

»Mr. Brown, es tut mir sehr leid, aber ich muß dringend mit Ihnen sprechen.«

Eine halbe Stunde später beharrten Mr. und Mrs. Brown immer noch darauf, daß Tilda am Abend des 15. Februar in ihrem Zimmer gewesen war und ferngesehen hatte. Sie hatte nicht mit ihnen zusammen gegessen, sondern sich um halb acht etwas heraufbringen lassen. Beide waren sie um halb elf zu Tilda gegangen, um ihr gute Nacht zu sagen. Sie hatte ihr Zimmer nicht verlassen, niemand hatte angerufen und niemand war vorbeigekommen. All das hatten sie schon so oft ausgesagt, und Mr. und Mrs. Brown wurden langsam müde und ärgerlich.

»Könnte ich bitte noch mal ihr Zimmer sehen?«

Rooney und Lorraine standen mitten im Zimmer des toten Mädchens, als Mr. Brown die Türen zu dem schmalen Balkon öffnete. Mrs. Brown hatte wieder angefangen zu weinen, und ihr Mann war wütend über die Störung, aber Lorraine weigerte sich zu gehen. Rooney war verlegen und fühlte sich sehr unbehaglich.

»Vielleicht sollten wir bis morgen warten«, sagte Rooney leise.

»Nein. Wenn der Taxifahrer die Wahrheit gesagt hat, dann ist Anna Louise Caley an diesem Abend hier gewesen.« Lorraine trat hinaus auf den Balkon und zeigte auf eine schmale Metalltreppe, die in den Garten hinunterführte. »Sie haben doch keinen Hund, oder?«

»Nein.«

Lorraine spähte in den Garten. »Wenn jemand am Abend hergekommen und über den Rasen gegangen wäre, hätte er also auch leicht auf diesen Balkon gelangen können?«

»Ja, aber wieso sollte das passieren?«

»Wenn jemand nicht gesehen werden wollte und sich auskannte und wußte, daß Tildas Zimmer hier war, hätte er unbemerkt kommen und gehen können.«

Mr. Brown ging plötzlich zum Angriff über. »Was wollen Sie da eigentlich andeuten? Daß meine Tochter hier Besuch hatte – einen Besucher, den sie uns verheimlichen wollte?«

»Nein, Mr. Brown, nur, daß jemand vielleicht nicht gesehen werden wollte. Würden Sie uns ein paar Minuten allein lassen? Das wäre eine große Hilfe.«

Die Browns verließen das Zimmer, aber es war sehr offensichtlich, daß sie ungehalten waren, und sie erklärten, sie würden nicht länger als zehn Minuten warten. Sobald sich die Tür hinter ihnen geschlossen hatte, wandte Lorraine sich Rooney zu.

»Was glaubst du?«

Er setzte sich auf Tildas Bett. »Na gut, also war Anna Louise hier und ist wieder gegangen. Es fehlen noch mindestens vier Stunden, bevor Robert Caley und seine Frau die Polizei gerufen haben, also hätte sie sich gut mit Tilda treffen können, aber Gott weiß, was dann mit ihr passiert ist.« Lorraine griff nach dem weißen Bären und warf ihn dann wieder aufs Bett zurück. »Wenn sie das Grundstück verlassen hat, dann nicht in einem Taxi, und das Auto, mit dem sie gekommen war, war schon wieder weg. Bill, was ist, wenn sie das Grundstück nie verlassen hat?«

»Wie bitte?«

Lorraine ging hinaus auf den Balkon und starrte in den Garten. Rechts von ihr befand sich das kleine Haus, in dem die beiden Mädchen als Kinder gespielt hatten und das jetzt verschlossen war. Plötzlich wußte Lorraine Bescheid. Ihre Nackenhaare sträubten sich.

»Ich glaube nicht, daß sie wieder gegangen ist. Komm mit, Bill.«

Mr. und Mrs. Brown saßen im Wohnzimmer und schwiegen verärgert, als Lorraine hereinkam, aber bevor sie sie bitten konnten zu gehen, zeigte sie auf das Fenster, dessen Läden bereits geschlossen waren.

»Dieses Häuschen im Garten – mir ist aufgefallen, daß es ein Vorhängeschloß hat. Warum ist das so?«

Mrs. Brown sah ihren Mann verwirrt an, aber er runzelte nur die Stirn.

»Haben Sie das Schloß angebracht, Mr. Brown?«

»Nicht, daß ich mich erinnern könnte. Du, Schatz?«

»Nein, ich dachte, du wärst es vielleicht gewesen. Vielleicht war es Tilda.«

Er stand auf. »Ich war es nicht. Ehrlich gesagt, ich vermeide es, das Ding auch nur anzusehen, es weckt immer Erinnerungen. Sind Sie sicher? Ein Vorhängeschloß?«

Lorraine zuckte die Achseln. »Ich habe die Kette gesehen, als ich bei Tageslicht hier war, aber vielleicht irre ich mich ja. Haben Sie eine Taschenlampe?«

Rooney stapfte hinter Lorraine her, Mr. Brown ging mit der Taschenlampe voraus.

»Kannst du mir mal sagen, was das soll, Lorraine?« flüsterte Rooney.

»Sag du's mir. Alle anderen hier an der Straße haben Kameras, aber die Browns nicht; sie lassen das Tor zur Einfahrt offen, und dann hängen sie auf einmal ein Vorhängeschloß an ein Kinderhaus? Ziemlich widersprüchlich, oder?«

Im Lichtkegel der Taschenlampe war deutlich ein schweres Vorhängeschloß zu sehen.

»Vielleicht bewahrt der Gärtner Werkzeuge dort auf?« schlug Mr. Brown vor.

»Haben Sie einen Bolzenschneider oder ein Stemmeisen?«

»Warum?« wollte Mr. Brown wissen.

Lorraine zögerte. »Ich möchte hineinschauen.«

Es dauerte noch weitere zehn Minuten, bevor sie eines der Kettenglieder aufgestemmt hatten. Lorraine zog die kleine Tür auf und bückte sich.

»Können Sie mit der Taschenlampe hier reinleuchten, bitte?«

Zwei Kinderstühle und ein niedriger Tisch, auf dem Plastiktassen gedeckt waren, und ein winziges Bett mit zwei Puppen darin war alles, was in das kleine Haus paßte.

»Da ist nichts«, murmelte Rooney.

Lorraine nahm Mr. Brown die Taschenlampe ab und leuchtete in dem Haus umher. Schließlich richtete sie den Lichtkegel auf die Plastikfolie, die den Boden bedeckte.

»Kannst du was riechen, Bill?«

Rooney beugte sich zu der kleinen Tür und schnupperte. »Nur Schimmel.«

»Mir ist ziemlich kalt«, sagte Mr. Brown, der hinter Rooney stand. Lorraine schlug vor, er solle ins Haus zurückkehren, und nach kurzem Zögern folgte er ihrem Rat. Lorraine ließ den Lichtstrahl wieder über die Einrichtung des Häuschens wandern und schnupperte. Schließlich ließ sie sich auf die Knie nieder und schnupperte näher am Boden.

»Bist du sicher, daß es nur Schimmel ist?«

Rooney seufzte und bückte sich tief, um hereinzukommen. »Ja, Schimmel oder Moos, oder so was, aber das ist ganz normal. Es muß ekelhaft heiß hier sein, wenn die Sonne draufscheint, und alles ist aus Plastik und schwitzt in der Hitze. Was machst du denn da?«

»Halt die verdammte Lampe fest, Bill, ich werde die Folie wegziehen.«

»Um Himmels willen, Lorraine, wieso kommen wir nicht morgen früh wieder?«

»Weil wir jetzt hier sind. Also tu, was ich sage.«

Rooney kniete am Boden und hielt die Lampe, während Lorraine begann, die Folie vom Boden wegzuziehen. Sie schob die kleinen Stühle und den Tisch beiseite und zerrte die Folie darunter weg. Dann griff sie nach einem der Plastikteller auf dem Tisch.

»Was hast du vor?«

»Graben – was hast du gedacht? Verdammt, halt das Licht gerade, ich kann nichts sehen.«

Rooney sah zu, wie sie die Erde wegkratzte.

»Der Boden muß hier ziemlich trocken gewesen sein. Es war Februar, nicht wahr? Und wenn etwas unter der Folie begraben war, sollte man eine Menge Schimmel erwarten.«

Rooney bewegte den Lichtkegel weiter über den Boden, und Lorraine saß im Dunkeln.

»Was machst du denn?«

»Ich suche nach Rattenscheiße. Wenn hier eine Leiche begraben wäre, hätten die Ratten sie schon gefunden, und hier ist nichts dergleichen, Lorraine. Außerdem gibt es hier Waschbären, die hätten schon alles auseinandergenommen.«

Lorraine grub weiter, und Rooney hielt ihr die Lampe und wartete. Zwei Zentimeter, fünf Zentimeter, immer tiefer. Das Licht der Taschenlampe wurde schwächer.

»Die Batterien sind fast leer«, sagte Rooney.

Lorraine begann, mit bloßen Händen zu wühlen, dann lehnte sie sich zurück. »Hier ist was. Komm mal näher. Los, mach schnell, ich kann nichts sehen. Und es wäre vielleicht nicht schlecht, wenn du mir helfen würdest.«

Rooney kroch auf sie zu. Das Licht war jetzt schon sehr schwach. »Was ist denn?«

»Ich weiß nicht, verdammt, ich kann nichts sehen. Grab du, ich halte die Lampe.« Sie nahm ihm die Lampe ab, und er begann zu graben. Er benutzte eine der Plastiktassen. Erdkrümel fielen auf Lorraine, und sie wischte sie weg.

»Scheiße, du hast recht, hier ist wirklich was.« Rooney grub weiter, dann spähte er in das Loch. Sie konnten nur ein Stück einer schwarzen Mülltüte sehen. Rooney hob die Hände: Weiße Maden hingen daran, bedeckten die Kante seines Jackenärmels.

»Scheiße, das sind ja Millionen! Maden! Gib mir die verdammte Lampe, ich kann nichts sehen!«

Lorraine reichte ihm die Lampe, und er leuchtete in das Loch, das er in die schwarze Plastikfolie gerissen hatte. Im schwachen Licht konnte er einen Teil eines Schädels sehen, die Haut war schon vollkommen verwest, aber es gab Strähnen blonden Haars und etwas, das wie ein Haarband aussah.

»Ich glaube, wir haben Anna Louise gefunden«, sagte Rooney leise.

»Und wir sind vielleicht um eine Million reicher«, fügte Lorraine hinzu.

Rooney sah sie an – ein blaues Auge auf der einen Seite, eine Narbe auf der anderen. Sie sah aus wie ein Preisboxer vor der zehnten Runde.

»Du gibst so schnell nicht auf, wie?«

»Nein. Das Leben ist nicht leicht. Meines jedenfalls nicht.« Sie stand auf, konnte sich aber nicht ganz aufrichten, weil das Haus so niedrig war. »Ich gehe jetzt zu den Browns.«

Als die Polizei im Morgengrauen das Gelände absperrte und Flutlicht aufstellte, waren sie immer noch da. Es dauerte zwei Stunden, bis die Leiche vollständig ausgegraben war. Sie war in vier Lagen schwarzer Mülltüten gewickelt, die mit Klebeband aneinander befestigt waren. Von der Kleidung waren nur noch faulende Lumpen übrig. Der Verwesung nach zu schließen, war die Leiche beinahe ein Jahr lang im Boden gewesen. Käfer und Maden hatten sich in den Augenhöhlen und im Schädel niedergelassen. Es hatte keinen Verwesungsgeruch mehr gegeben, weil die Gase längst ausgeströmt waren und die Leiche in ihrer luftdichten Verpackung ausgetrocknet war. Es war nicht viel geblieben, um die Identität der Toten festzustellen, bis auf das Gebiß und vielleicht das feine, beinahe taillenlange blonde

Haar. Es würde sogar schwierig sein, die Todesursache festzustellen.

Um elf Uhr am Morgen hatte man den Schädel bereits ins Polizeilabor nach Los Angeles gebracht. Um halb eins wurde die Leiche als die von Anna Louise Caley identifiziert. Sie war an einem einzigen Schlag auf den Hinterkopf gestorben, der vermutlich mit einem abgerundeten stumpfkantigen Gegenstand ausgeführt worden war.

Elizabeth Caley wurde um 12 Uhr 45 benachrichtigt, daß die Leiche ihrer Tochter im Garten der Browns gefunden worden war. Man sagte ihr auch, daß die Entdeckung Lorraine Page und ihrem Partner, Mr. William Rooney, zu verdanken sei. Kurz nach zwei an diesem Mittag fuhren Lorraine und François in den Garden District zum Haus der Caleys.

»Sie kommen wegen des Bonus?« fragte Elizabeth kühl. Sie war so elegant wie eh und je, und Lorraine war beeindruckt davon, wie unverwüstlich diese Frau war.

»Ich werde meinen Bericht schriftlich abfassen und ihn hierher oder an Ihre Adresse in Los Angeles schicken, was Ihnen lieber ist.«

»Wie ist sie gestorben?« fragte Elizabeth und zündete sich eine Zigarette an.

»Im Augenblick wissen wir noch keine Einzelheiten, aber sie hatte eine tiefe Wunde am Hinterkopf.«

Elizabeth inhalierte. »Sie haben ein Stirnband hergebracht und gefragt, ob ich es als Eigentum von Anna Louise identifizieren könne. Es gehörte nicht ihr, sondern mir.«

Lorraine überreichte ihr alle Quittungen ihrer Ausgaben, die Rosie gesammelt, notiert und zusammengeheftet hatte.

»Ich werde eine detaillierte Kostenaufstellung an Phyllis senden, es sei denn, daß Sie sie selbst durchsehen wollen, Mrs. Caley?«

Elizabeth starrte aus dem Fenster auf die Feigenbäume im Garten. »Schicken Sie sie an Phyllis, sie wird Sie bezahlen.«

Lorraine steckte die Quittungen wieder in die Aktentasche.

»Wer hat sie umgebracht, Mrs. Page?« fragte Elizabeth mit leiser Stimme.

Lorraine zögerte. »Ich kann nur spekulieren, denn ohne eine Aussage werden wir nie genau erfahren, was passiert ist.«

»Was glauben Sie, was passiert ist?«

»Ihre Tochter war sehr eifersüchtig auf Tilda Brown. Wußten Sie, daß Tilda eine sexuelle Beziehung zu Ihrem Mann unterhielt?«

Elizabeth zog die geschwungenen Brauen hoch. »Nun, irgendwo mußte er es sich ja holen. Von mir ganz bestimmt nicht.«

Lorraine wandte sich ab. Elizabeth Caley widerte sie an. Sie schien überhaupt keine Gefühle zu haben; sie war ruhig, beinahe sarkastisch.

»Bitte, fahren Sie fort. Ich bezahle Sie dafür, also sollte ich mir lieber anhören, was Sie zu sagen haben.«

»Anna Louise war offenbar sehr eifersüchtig, weil sie in ihren Adoptivvater verliebt war, und der Streit, den die beiden Mädchen hatten, bevor Tilda so überstürzt nach New Orleans zurückkehrte, war ausgebrochen, weil Ihre Tochter gesehen hatte, wie Tilda Mr. Caley küßte oder umarmte.«

»Dieser billige Dreckskerl«, sagte Elizabeth erbittert und drückte ihre Zigarette aus.

Lorraine leckte sich die Lippen. Ihr Kopf dröhnte, und ihr Auge war inzwischen zwar nicht mehr so geschwollen, tat aber immer noch weh. Außerdem hatte sie die ganze Nacht nicht geschlafen.

»Weiter, Mrs. Page«, fauchte Elizabeth.

»Nachdem Sie am fünfzehnten Februar im Hotel eingetroffen waren …«

Elizabeth ging zum Fenster und starrte weiterhin die Bäume an, während Lorraine fortfuhr:

»Ihr Mann hat sich mit einer gewissen Ruby Corbello getroffen, einem Mädchen, das für Tilda Browns Eltern als Hausmädchen arbeitete. Sie hat versucht, ihn zu erpressen.«

»Wie bitte?«

»Sie hatte Tilda Browns Tagebuch gefunden und wollte Geld dafür. Das Tagebuch enthielt Informationen über das Verhältnis Ihres Mannes mit Tilda.«

»Haben Sie dieses Tagebuch gelesen?« fragte Elizabeth.

»Nein. Ich habe es nicht gesehen, aber Ihr Mann hat zugegeben, daß er sich mit Miss Corbello getroffen hat, um sich von ihr das Tagebuch aushändigen zu lassen. Er hat ihr dafür zweihundert Dollar gegeben.«

Elizabeth lachte. »Das war billig. Das dumme Kind hätte erheblich mehr rausholen können. Weiter, Mrs. Page.«

»Ruby Corbello ging dann durch den Dienstboteneingang zu Anna Louises Suite. Sie verließ das Hotel nach zehn Minuten wieder, wurde aber später noch einmal im Hof des Hotels unter dem Balkon Ihrer Tochter gesehen. Ich nehme an, Ihre Tochter hat Ruby Corbello darum gebeten, ihr eine Puppe zu machen, eine Voodoo-Puppe mit dem Gesicht von Tilda Brown. Sie hat ihr vermutlich ein Foto Tildas für das Gesicht der Puppe gegeben und Ruby Corbello dafür bezahlt, aber Ruby hat das noch nicht zugegeben, und ohne die Aussage Ihrer Tochter wird das schwer zu beweisen sein.«

Elizabeth steckte sich eine neue Zigarette an. Lorraine bemerkte, daß ihre Hand zitterte, aber ansonsten blieb sie ruhig und winkte Lorraine nun zu, sie solle fortfahren.

»Ich habe einen Taxiunternehmer gefunden – er hat keine Lizenz, aber er fährt die Hotelangestellten nach der Spätschicht nach Hause. Ein Fahrer erinnert sich, am Abend des fünfzehnten Februar eine junge Frau vom Hotel zum Haus der Browns gefahren zu haben.« Lorraine trank einen Schluck von dem Eistee, den man ihr serviert hatte. »Er ist der letzte, der Ihre Tochter gesehen hat. Ich glaube, Anna Louise kannte sich im Haus der Browns gut genug aus, um es nicht durch die Haustür zu betreten, sondern über den Balkon zu Tildas Zimmer. Tildas Eltern haben ausgesagt, Tilda habe an diesem Abend ihr Schlafzimmer nicht verlassen, also haben sich die beiden Mädchen wahrscheinlich gegen Viertel vor acht getroffen.«

Elizabeth setzte sich hin, strich über ihren engen Rock, schlug die Beine übereinander: »Weiter.«

Lorraine seufzte. Ihre Kopfschmerzen waren noch schlimmer geworden. »Wie sollen wir wissen, was genau passiert ist? Sie waren wütend aufeinander, eifersüchtig, und beide waren mehrmals bei Juda Salina gewesen, um sich die Karten legen zu lassen oder so etwas. Beide Mädchen waren hier aufgewachsen und hatten viel von Voodoo gehört, und Anna Louise kannte sich vielleicht wegen Ihrer Verbindungen noch besser aus.«

»Meiner Verbindungen?« fragte Elizabeth scharf.

»Sie haben Marie Laveau dargestellt, haben sogar ein Porträt von sich in dieser Rolle in Ihrem Haus in Los Angeles. Also muß Anna Louise etwas über Voodoo gewußt haben. Vielleicht hatten sie beide Angst davor, ich weiß es wirklich nicht, aber ich glaube, Anna Louise wollte Tilda erschrecken, wollte ihr große Angst einjagen. Vielleicht hat sie ihr die Puppe gezeigt, und es hat damit angefangen, wer weiß, aber sie hatten sich schon vorher gestritten. Als ich mit Tilda sprach, berichtete sie, Anna Louise habe sie gekratzt und geschlagen. Vielleicht ist es wieder zu Handgreiflichkeiten gekommen, und vielleicht hat Tilda nach einem Gegenstand gegriffen, einem Tennisschläger vielleicht, und Anna Louise damit erschlagen.«

Lorraine öffnete ihr Zigarettenpäckchen und zündete sich eine an. Elizabeth schwieg, den Kopf leicht gesenkt.

»Vielleicht wollte Anna Louise gehen, wandte ihr auf dem Balkon den Rücken zu, als Tilda zuschlug. Auf dem Teppich vor dem Fenster waren Flecken, aber nach Tildas Selbstmord wurde der Teppich gereinigt, also werden wir nie wissen, ob es sich um Blut handelte oder nicht.«

Elizabeth starrte aus dem Fenster.

»Ich nehme an, Tilda ging sofort in die Küche und holte sich ein paar Plastiktüten, denn die Leiche wurde kurz nach dem Tod verpackt. Sie hat ganze Rollen von Klebeband verbraucht, um die Tüten um die Leiche zu binden. Sie hat sie vielleicht bis zum nächsten Morgen in ihrem Zimmer verborgen, sie dann über das Balkongeländer geworfen und zu dem kleinen Häuschen im Garten gezerrt. Dann hat sie Anna Louise in diesem Häuschen vergraben, ein Vorhängeschloß an die Tür gehängt und...«

»Mein Kind verrotten lassen«, sagte Elizabeth leise.

»Ja. Sie ist nicht wieder aufs College zurückgekehrt, sie blieb bei ihren Eltern, und ihre Freunde haben mir berichtet, sie sei sehr unruhig geworden und habe sich zurückgezogen. Wahrscheinlich lebte sie in ständiger Angst, daß die Leiche gefunden würde. Ich glaube, mein Besuch muß sie sehr verängstigt haben. Ich war wohl die einzige, die nicht nur die sexuellen Abenteuer der beiden Mädchen entdeckt hatte, sondern auch von ihrer Eifersucht wußte. Tilda hat sich sehr aufgeregt, als ich mit ihr sprach, aber damals konnte ich noch nicht darauf schließen, daß sie bei der Ermordung Ihrer Tochter eine Rolle spielte.«

»Eine Rolle spielte? Himmel, sie hat sie umgebracht!«

»Ich würde sagen, der Druck, der auf ihr –«

»Versuchen Sie nicht, sie zu entschuldigen. Sie hat meine Tochter umgebracht.«

»Ja.«

Elizabeth stand auf, zupfte an einer Falte in ihrem Rock. »Jetzt ist es also vorbei.«

Auch Lorraine erhob sich. Sie schwankte ein wenig, fühlte sich elend und mußte sich an der Armlehne festhalten.

»Geht es Ihnen gut?« fragte Elizabeth und sah Lorraine zum ersten Mal seit ihrer Ankunft direkt an.

»Ich bin sehr müde.«

»Was ist mit Ihrem Gesicht passiert?«

»Ach, ich bin gegen eine Tür gerannt, nichts Schlimmes, aber ich würde jetzt gerne gehen.«

Elizabeth ging zu einem Sekretär und öffnete ihn. Sie setzte sich auf einen der zierlichen englischen Stühle und holte ein Scheckbuch aus ihrem Fach. Lorraine griff nach ihrer Jacke und ihrer Aktentasche.

»Haben Sie die Puppe immer noch, Mrs. Page?«

»Ja.«

»Sie haben sie nicht der Polizei gegeben?«

»Nein.«

»Würden Sie sie hierlassen? Ich glaube nicht, daß es nötig ist, daß jemand sie sieht.«

Lorraine öffnete die Aktentasche wieder.

»Darf ich fragen, warum Sie sie nicht der Polizei gegeben haben?«

»Ach, es wäre doch nur ein Indizienbeweis.«

»Wir sind ja so professionell!«

Lorraine legte die Puppe, die immer noch in das Hotelhandtuch gewickelt war, auf den Tisch.

Elizabeth pustete die Tinte auf dem Scheck trocken. Sie hielt ihn Lorraine mit weit ausgestrecktem Arm hin. »Ihr Bonus, Mrs. Page.«

Lorraine ging die paar Schritte auf Mrs. Caley zu und nahm den Scheck entgegen. Sie warf einen kurzen Blick auf den Betrag: eine Million Dollar.

»Er ist gedeckt«, sagte Elizabeth und klappte den Sekretär wieder zu. Dann griff sie nach der Puppe und ging, ohne sich noch einmal umzusehen, zur Tür.

»Das Mädchen wird sie hinausbegleiten, Mrs. Page. Ich danke Ihnen.«

Lorraine blieb stehen und starrte den Scheck an, und das Klicken von Elizabeth Caleys Absätzen verhallte draußen.

Missy erschien und winkte Lorraine, mit ihr zur Tür zu kommen.

Elizabeth sah aus ihrem Schlafzimmerfenster zu, wie Lorraine ins Auto stieg und davonfuhr, dann ließ sie die Gardine zurückfallen. Sie ging zum Schreibtisch. Das Stirnband befand sich immer noch in der Plastiktüte, in der die Polizei es gebracht hatte, und sie berührte es zart mit einem Finger, bevor sie es aufhob und in den Papierkorb warf. Sie ging zum Bett, wo sie die Puppe abgelegt hatte, und wickelte sie langsam aus. Sie starrte das Gesicht mit Tilda Browns Foto an, die Nadel, die im linken Auge der Puppe steckte. Sie hob sie auf, trug sie zu dem alten Kamin, bückte sich und legte sie auf die schmiedeeiserne Feuerstelle. Sie goß eine ganze Flasche Nagellackentferner darüber, bevor sie sie mit einem Streichholz anzündete. Die Flammen verschlangen die Puppe schnell, und als letztes schmolz der Puppenkopf aus Plastik mit Tilda Browns Gesicht.

Elizabeth wartete, bis nur noch Asche und der stechende Geruch nach verbranntem Plastik übrig waren. Dann ging sie zum Bett, griff nach Anna Louises Foto und drückte es an ihre Brust. Sie legte sich hin, das Foto immer noch umklammernd, mit starrer Miene, aber langsam füllten sich ihre Augen mit Tränen, bis sie schließlich leise zu schluchzen begann und immer wieder den Namen ihrer Tochter sagte, und daß es ihr so leid tue.

Robert Caley hatte darum gebeten, die Leiche oder das, was von ihr übrig war, sehen zu dürfen, aber nichts hatte ihn auf dieses schwärzliche, verweste Etwas vorbereitet. Er war entsetzt und blieb nur einen Augenblick. Wie seine Frau, weinte auch er um Anna Louise. Er bat sie um Verzeihung, denn er wußte, daß er an vielem die Schuld trug. Er war auf dem Weg, alles zu erreichen, wovon er immer geträumt hatte, und er würde zweifellos ein sehr reicher Mann werden, aber er fühlte sich leer, erschöpft und beschämt. Zwei junge Mädchen waren wegen seiner Dummheit und seines Egoismus gestorben. Die Frau, die er hätte lieben können, hatte ihn durchschaut, und er wußte, daß dieser Schaden nicht wiedergutzumachen war. Der Gedanke an sie ließ ihn wieder zu der Verbindungstür zwischen den Suiten hinüberschauen, und sein Herz klopfte heftig, als diese Tür aufging.

»Entschuldigen Sie, Mr. Caley, der Geschäftsführer läßt fragen, ob Sie die Doppelsuite immer noch benötigen, denn ...«

»Nein, ich werde heute abend abreisen.«

»Soll ich den Geschäftsführer entsprechend informieren, Mr. Caley? Jetzt, wo der Karneval vor der Tür steht ...«

»Ja, bitte, tun Sie das.«

Das Mädchen schloß die Tür und verschloß sie von der anderen Seite, und er packte seine Koffer, weil er das Hotel so schnell wie möglich verlassen wollte.

Der Page trug die Koffer zu seinem Auto, als Saffron Dulay in ihrem Rolls Corniche vorfuhr.

»Liebling, du reist doch nicht etwa schon ab?«

Er sah, wie sie ausstieg und auf ihn zurauschte, die Arme weit ausgebreitet. Goldbraune Haut, goldblondes Haar – sie erinnerte ihn an Anna Louise.

»Daddy, nimm mich in den Arm, ganz fest, und sag mir, daß du mich ganz, ganz lieb hast.«

Caley umarmte Saffron und weinte.

»Schon gut, Liebling, ich weiß. Ich weiß, daß sie sie gefunden haben«, gurrte Saffron und streichelte ihm übers Haar.

Er wandte sich ab, verlegen über seine Tränen, und sie zog ihn wieder an sich.

»Du willst doch nicht schon abreisen? Nicht, nachdem ich den ganzen Weg gekommen bin, um dich zu sehen, und nachdem Daddy und du wieder zusammenarbeitet; du kannst doch jetzt nicht einfach abreisen; das müssen wir feiern.«

Saffron hatte Anna Louises Tod schon wieder vergessen. Sie sah, wie er zögerte, und wandte sich dem Pagen zu.

»Bringen Sie Mr. Caleys Gepäck in mein Auto, ja?« Sie bedachte ihn mit ihrem breiten, kalten Lächeln. »He, wir werden viel Spaß haben, Mardi Gras hat gerade erst begonnen!«

Sie ging zur Fahrertür, während sein Gepäck eingeladen wurde, setzte sich ins Auto und ließ den Motor an.

»Daddy sagt, du hättest diese Säuferin verlassen, an die du die ganze Zeit gekettet warst. Stimmt das, Robert?«

Er nickte und stieg ein. Sie machten sich auf den Weg zur Esplanade. Robert hatte den Arm locker auf Saffrons Lehne gelegt und streichelte ihr den Nacken.

»Das ist ja so angenehm.« Sie lachte.

Caley lächelte – ein trauriges Lächeln, denn er wußte, daß er sein Leben ab jetzt mit Frauen wie Saffron verbringen würde.

Lorraine starrte aus dem Fenster von François' drückend heißem Auto. Sie war sicher, daß Caley sie nicht bemerkt hatte, und sie war froh darüber, aber nicht, weil sie so schlimm aussah, sondern weil sie vielleicht nicht imstande gewesen wäre, ihre Gefühle zu verbergen. Saffron hatte den blonden Kopf zurückgelegt und lachte; Robert Caleys Hand lag auf ihrem Nacken. Ein goldenes Paar, das keine Reue, keinen Schmerz und keine Trauer zu kennen schien. Lorraine war froh, denn es machte sie wütend, daß sie so dumm gewesen war, etwas für ihn zu empfinden. Er war es nicht wert, und was sie empfunden hatte, würde bald vergessen sein. Er würde bald vergessen sein, wie die arme Anna Louise, deren Skelett im Leichenschauhaus lag.

Als Lorraine hereinkam, klappte Rosie gerade den letzten Koffer zu.

»Fertig. Du weißt ja, sie wollen uns so schnell wie möglich loswerden, weil sie ausgebucht sind.«

»Für wie lange hast du das Zimmer gebucht?«

»Ich habe dir doch gesagt, daß wir einen Sonderpreis bekommen haben, solange wir verschwinden, ehe das Hotel wirklich voll wird. Mardi Gras ist ihre Hauptsaison.«

»Das weiß ich«, gab Lorraine gereizt zurück.

Rosie ging zum Schreibtisch. »Ich habe noch eine provisorische Buchung für ein Hotel weit außerhalb, falls wir hätten bleiben müssen, aber das müssen wir doch nicht, oder?«

Rooney kam hereingeplatzt und stellte seine Taschen ab.

»Und, wie ist es gelaufen?«

»Ich habe den Scheck in der Tasche. Eine Million.«

Rosie stieß einen Freudenschrei aus, und Rooney schlug mit der Faust gegen die dünne Wand. »Ja! Eine ganze Million!«

Lorraine verschränkte die Arme. »Ihr wollt also beide weg?«

Rooney runzelte die Stirn. »Ja, aber wollten wir das nicht alle? Möchtest du an Mardi Gras hierbleiben?«

»Nein, ich bin nicht scharf darauf, in den Straßen rumgeschubst zu werden, aber...«

»Aber was?« Rosie holte Lorraines Brieftasche heraus und sah sich den Scheck an.

»Aber glaubt ihr denn, daß wir hier fertig sind?«

Rosie reichte Rooney den Scheck.

»Meinst du, wir sollen gleich überprüfen, ob er auch gedeckt ist? Ich kann mir nicht vorstellen, daß sie ihn platzen läßt«, sagte Rooney und betrachtete den Scheck blinzelnd.

»Ist Nicks Zimmer schon weitervermietet?«

»Was?«

»Ich fragte, ob Nicks Zimmer schon weitervermietet ist.«

»Ja, wir zahlen nicht mehr dafür«, sagte Rosie mißtrauisch.

»Seine Schwester hat die Leiche abgeholt?«

»Ja.«

»Das weißt du doch, das haben wir dir gesagt. Inzwischen ist er schon begraben.«

»Und vergessen, oder wie? Vergessen wir dieses jämmerliche Skelett im Leichenschauhaus? Nur zu eurer Information: Ich habe Nick nicht vergessen, absolut nicht.«

»Scheiße, Lorraine, das haben wir doch auch nicht. Wenn du darauf hinauswillst, daß wir seinen Angehörigen etwas von der Million abgeben, dann ist das in Ordnung«, sagte Rooney.

»Wir brauchen niemandem etwas abzugeben«, sagte Lorraine, ließ sich auf einen Stuhl sacken und stützte den Kopf in die Hände.

»Was ist denn los?«

Sie schüttelte den Kopf und lehnte sich zurück, schloß die Augen. »Irgend so ein Dreckskerl hat Nick umgebracht, das ist es, und dieser Dreckskerl läuft weiter frei rum und niemand unternimmt etwas, das ist los!«

Rooney seufzte. Er konnte spüren, wie ihm der Teppich unter den großen Plattfüßen weggezogen wurde. »Lorraine, die Cops haben nichts in der Hand, und wir auch nicht. Was sollen wir denn tun – hierbleiben und eine neue Ermittlung beginnen?«

»Ich will, daß wir zu Ende bringen, was wir angefangen haben. Wie ich schon sagte: Ich will, daß du in Fryer Jones' Bar gehst und zusammen mit diesem Cop, dem du fünfhundert Dollar gegeben hast, die ganze Bude durchsuchst, weil irgend jemand das Halsband haben muß. Irgendein Dreckskerl hat Nick umgebracht, und ich möchte noch einiges überprüfen, bevor wir uns alle wieder nach Los Angeles verpissen und uns Eigentumswohnungen kaufen.«

Rooney seufzte und hob die Hände. »Ist ja gut, bleib ganz ruhig, ich werde mich gleich mit ihm in Verbindung setzen, und wir können gleich anfangen. Aber wenn wir nichts finden, dann ist es mir egal, was du sagst, dann verschwinde ich hier. Was ist mir dir, Rosie?«

Rosie nickte. »Ja. Ich gehe mit Bill.«

Lorraine stand auf. »Gut, aber ich werde bleiben, bis ich das Gefühl habe, daß wir gut genug nach Nicks Mördern gesucht haben. Also behalten wir ein Zimmer für uns alle, wir können meines nehmen, ich habe noch nicht gepackt.«

Sie ging und warf die Tür hinter sich zu, und Rosie seufzte.

»Wenn sie in so einer Stimmung ist, würde ich ihr am liebsten eine scheuern. Wie sollen wir was rausfinden, wenn die Polizei nichts gefunden hat? Sag mir das mal! Sie kann einfach nicht aufgeben.«

Rooney rieb sich das Kinn. »Wenn sie zu früh aufgegeben hätte, hätten wir Anna Louise nie gefunden und auch diesen Scheck nicht bekommen. Also laß uns anfangen und tun, was sie sagt, um sie bei Laune zu halten. Ich will nicht riskieren, daß sie plötzlich glaubt, einen größeren Anteil beanspruchen zu können.«

»Das darf sie nicht!«

Rooney ließ den Scheck vor ihrer Nase baumeln. »Der ist auf ihren Namen ausgestellt, Rosie. Sie wird ihn auf ihr Konto einzahlen müssen und uns dann unsere Anteile auszahlen, also sollten wir lieber tun, was sie will.«

Lorrraine duschte und zog sich um, aber sie fühlte sich hinterher nicht frisch oder belebt, sondern nur wütend, und das hatte mit Robert Caley zu tun. Wütend starrte sie ihr Spiegelbild an.

»He, vergiß es. Er ist deine Zeit einfach nicht wert, also hör auf damit!«

Rooney klopfte, und sie öffnete die Tür.

»Ist jemand bei dir?«

»Nein, ich hab nur Selbstgespräche geführt.«

»Dieser Bulle ist unten. Willst du mit ihm sprechen?«

»Ja.«

Rooney hielt ihr die Tür auf. All ihre Taschen standen im Zimmer herum. »Ich sollte dich warnen, er ist nicht gerade Burt Lancaster, er sieht ziemlich seltsam aus.«

»Ach ja?«

»Ja, sein Hals ist so breit wie sein Arsch.«

Harper saß mit Rosie zusammen, ein Bier in der fetten Hand, und hob eine halbe Arschbacke, als Lorraine zu ihnen trat. Sie saßen unter einem Sonnenschirm in einem Straßencafé, dessen Neonlichter schwach im Tageslicht glühten. Der Bürgersteig vor ihnen wimmelte von Menschen.

»Darf ich Ihnen Lorraine Page vorstellen?«

»Hallo, wie geht's?«

»Gut. Danke, daß Sie gekommen sind.« Sie betrachtete ihn über den Rand ihrer Sonnenbrille. Rooney hatte recht, der Kerl war wirklich fett.

»Kein Problem. Möchten Sie ein Bier, oder …«

»Kaffee«, sagte sie und zündete sich eine Zigarette an.

»Es wird langsam warm. Schade, daß Sie nicht über Karneval bleiben; dieses Jahr hat die Polizei einen tollen Wagen.«

Lorraine drückte die Zigarette aus. »Also gut, können wir zum Thema kommen?«

»Klar. Schießen Sie los.«

Lorraine sprach schnell, berichtete über die Ereignisse, die Nick Bartellos Tod vorausgegangen waren und erwähnte die Tatsache, daß er am Abend zuvor in Fryer Jones' Bar gewesen war und vielleicht dorthin hatte zurückkehren wollen.

»Hören Sie, ich weiß, daß er euer Kumpel war, aber er muß verrückt gewesen sein, nachts allein in diese Gegend zu gehen und sich mit irgendwem dort einzulassen. Ich weiß, daß wir Ermittlungen angestellt haben, wir haben rumgefragt, denn er wurde ganz in der Nähe der Bar gefunden, einen Block entfernt in einer Gasse, aber niemand hat ihn gesehen.«

Lorraine beugte sich vor. »Sie wollen also sagen, jetzt, wo Mardi Gras bevorsteht, ist so ein armer Hund selbst schuld, wenn er zufällig in Fryer Jones' Bar gerät, ein paar Bier trinkt und sie ihm hinterher die Kehle durchschneiden? Haben Sie dort Schilder aufgestellt: ›Vorsicht, hier könnten Sie umgebracht werden‹?«

Harper rümpfte die Stupsnase; es paßte ihm nicht, daß eine Frau so mit ihm sprach.

Lorraine zählte es ihm an den Fingern vor: »Wir wissen, daß er dort war, wir wissen, daß er sich mit ein paar Jugendlichen angelegt hat, weil sie Fryer mit der Pistole vor der Nase herumfuchtelten. Wir wissen, daß er sie vor allen anderen blamiert hat. Wir wissen, daß Fryer Jones Nick ein Halsband gegeben hat, ein Gris-Gris, das nicht bei seiner Leiche gefunden wurde, ebensowenig wie seine Brieftasche und sein Führerschein.«

Harper nickte.

»Fryer Jones hat zugegeben, daß er Nick kannte, und ich will wissen, wer an diesem Abend in der Bar war. Ich will wissen, wer am darauffolgenden Abend in der Bar war – mit anderen Worten: Ich will wissen, ob Nick Bartello noch einmal in die Bar gegangen ist und jemand von dort ihm die Kehle durchgeschnitten hat. Und wenn das bedeutet, daß wir einen Durchsuchungsbefehl brauchen, wenn es –«

Harper schüttelte den Kopf. »Sie sind wirklich eine ungeduldige Frau.«

»Wir haben das Zimmer nur noch für eine Nacht«, sagte sie mit angespanntem Lächeln.

»Schon gut. Die Gegend, in der Ihr Freund sich verlaufen hat, ist bekannt dafür, daß sich Weiße dort in den frühen Morgenstunden nicht sehen lassen sollten, es sei denn, sie haben mit einem Dealer zu tun. Wollte Ihr Freund Dope kaufen?«

»Nein.«

»Na gut, dann war er einfach blöd. Aber wir gehen nicht gern in Bars wie die von Fryer Jones, ohne daß wir Beweise haben. Fryer ist nämlich einer unserer Spitzel.«

Lorraine lehnte sich zurück. »Ach ja? Haben Sie ihn deshalb verhaftet, nachdem Anna Louise Caley verschwunden ist?«

»Ja, Ma'am, wir haben ihn verhaftet, und wir mußten ihn ein bißchen rumschubsen. Wir mußten den alten Fryer fragen, ob er irgendwas gehört hat, ob er wußte, wohin sie verschwunden sein könnte, denn in dieser Gegend des French Quarter passiert nicht viel, ohne daß Fryer Jones es erfährt. Aber wir müssen dabei aufpassen, daß es gut aussieht, denn wenn etwas über seine Spitzeltätigkeit bekannt würde, dann würde man auch den alten Fryer bald mit durchschnittener Kehle finden.« Harper lehnte sich zurück und rülpste, dann schlug er sich mit der Faust auf die Brust. »Was raus muß, muß raus.«

Lorraine steckte sich eine Zigarette an und schaute auf die Straße hinaus. »Also gut, versuchen wir's auf andere Art. Sie sagen also, Sie können keinen Durchsuchungsbefehl besorgen und ein paar Leute aufs Revier schaffen? Geht es darum?«

»Ja. Wir wollen kein Durcheinander.«

»Also gut. Wieviel würde ein bißchen Durcheinander denn kosten?«

»Wie bitte?«

»Sie haben mich genau verstanden. Ich frage Sie, was es kosten würde, wenn mir vier oder fünf Ihrer Kollegen Rückendeckung geben – Leute, die nicht nur mit Schlagstöcken bewaffnet sind? Es könnten Cops sein, es könnten auch andere Leute sein, die sich als Cops ausgeben, wenn Sie mir folgen können?«

Rosie spürte, wie ihr das alkoholfreie Bier im Magen brannte. Rooney starrte weiter auf die Straße hinaus, aber ihm lief der Schweiß in Strömen übers Gesicht.

»Wieviel?« fragte Harper.

»Sagen Sie's mir.«

Rooney warf Rosie einen Blick zu. Ihr Gesicht glänzte ebenfalls vor Schweiß, und sie wickelte sich die Ecke des Tischtuchs immer wieder um den Finger.

Harper wischte einen Wassertropfen von seiner Bierflasche ab. Er leckte sich den Finger. »Werden Sie heute nachmittag noch in der Stadt sein?«

»Im Hotel, sicher. Wir werden warten, bis Sie sich melden.«

Harper schob seinen Stuhl zurück. »Ich melde mich. War nett, mit Ihnen zu reden, Mrs. Page, Bill. Nett, Sie kennenzulernen, Rosie.«

Er watschelte davon, verursachte eine Wellenbewegung auf dem überfüllten Bürgersteig, als die anderen Fußgänger von ihm abzuprallen schienen. Sein Specknacken ließ ihn wie einen Schurken aussehen, was durch den dünnen schwarzen Schnurrbart in seinem Kindergesicht noch betont wurde.

»Was glaubst du, wieviel sie verlangen werden?« fragte Rosie.

Lorraine stand auf. »Machst du dir Sorgen um dein schwer verdientes Geld, Rosie?«

»Nein, ich bin nur vorsichtig. Und du solltest diesen Scheck auf die Bank bringen, bevor du ihn verlierst.«

Lorraine lachte und hängte sich die Tasche über die Schulter. »Klar, und ihr beide hättet gern einen Scheck über euren Anteil, aber könntet ihr bitte warten, bis das Geld auf meinem Konto ist?«

Sie ging davon, und Rosie griff nach Rooneys Hand. »Ich mag diesen Typ nicht, und sie mag ich langsam auch nicht mehr.«

Beide sahen Lorraine nach. Sie stand auf dem Bürgersteig und wandte sich ihnen langsam zu, als ihr auffiel, daß auf der gegenüberliegenden Seite ein rotes Mustang-Cabrio vorbeikam. Am Steuer saß Raoul Corbello, eine Hand lässig am Lenkrad. Rapmusik dröhnte laut, und Raoul studierte hinter seiner verspiegelten Sonnenbrille eifrig eine junge Frau, die Postkarten verkaufte. Er fuhr weiter – er hatte Besseres verdient als eine Straßenhändlerin, und er mußte zu seinem Onkel, zu Fryer Jones in die Bar. Raoul war aufgeputscht vom Crack und mußte sich noch ein wenig entspannen, bevor er sich seiner Familie stellen und zusehen konnte, wie seine kleine Schwester gekrönt wurde. Schließlich war er zum Mardi Gras nach Hause gekommen.

19

Raoul Corbello schlich sich in die Bar seines Onkels und blieb ganz in der Nähe der Tür am Ende der alten Holztheke stehen. Er lehnte sich an die Wand, als der Barmann auf ihn zuschlenderte.

»Ein Bier und einen Bourbon mit Eis«, sagte er. Er hatte den Kragen hochgeklappt und trug immer noch die Sonnenbrille.

»Klar, Raoul, aber erst will ich Geld sehen.«

»Arschloch.« Aber er legte zwanzig Dollar hin.

Zak öffnete eine Flasche Bier, stellte sie auf die Theke und ging ein paar Schritte weiter, um den Bourbon einzugießen.

»Und, wie war's in L. A., Mann? Hast du die Klamotten von dort?«

Raoul zuckte die Achseln. Ihm lief die Nase, und er schnüffelte, als Zak ihm den Bourbon hinschob.

»Cool, wirklich cool da.«

»Du siehst aus, als bräuchtest du ein bißchen Ruhe.«

Raoul trank den Bourbon, dann griff er nach der Bierflasche.

»Deine Brüder arbeiten hinten.«

»Ist Onkel Fryer da?«

»Der schläft, wie immer um diese Zeit. Es war brechend voll letzte Nacht, und er hat so viel gespielt, daß seine Lippen geschwollen sind, aber das muß man ihm lassen, er kann mit dieser verbeulten Tröte wirklich umgehen.«

Raoul schnüffelte abermals und wischte sich die Nase mit dem Hemdsärmel. Er holte ein dickes Geldbündel aus der Tasche und zog einen weiteren Zwanziger raus. »Noch mal dasselbe, und trink einen mit.«

Zak warf einen Blick auf das Geldbündel. »Nichts dagegen, Bruder, nichts dagegen.«

Raoul mußte eine Weile warten, da auch andere Kunden Bestellungen aufgaben. Er fing langsam an zu zittern und fragte sich, warum er überhaupt zurückgekommen war. Wenn er sich zu Hause sehen ließ, würde es nicht nur beim Zittern bleiben.

Zak schob ihm noch ein Bier und einen Bourbon hin, hob ein Glas, um zu zeigen, daß er sich auch etwas eingegossen hatte, und begann mit zwei alten Knaben zu schwatzen, die am anderen Ende der Bar standen.

»Zak, eh, Mann, komm noch mal 'nen Moment her«, sagte Raoul laut.

»Was ist denn?« fragte Zak, der gerade leere Bierflaschen in die Kisten unter der Theke räumte. Er schien schon zu wissen, was Raoul von ihm wollte, denn er zog eine Schublade unter der Kasse auf und holte ein Päckchen heraus. »Willst du was davon?«

Raoul legte eine Hand auf das Päckchen. Zak beugte sich vor, flüsterte ihm zu, es sei gutes, selbst angebautes Zeug, das garantiere er.

»Hast du Blättchen?« fragte Raoul und gab ihm fünfzig Dollar.

»Scheiße, Mann, soll ich auch noch für dich rauchen?« Er griff in die Hosentasche und warf Raoul ein zerdrücktes Päckchen Papier hin.

Die beiden Corbello-Jungs waren schmutzig vom Kistenstapeln und standen bereit, den LKW zu beladen, als Rauol im Hintereingang der Bar auftauchte. Johlend umarmten sie ihren Bruder, und dann setzten sie sich alle ins Klo auf dem Hof, und Raoul rollte drei dicke Joints.

»Wieso arbeitet ihr denn hier draußen?« wollte Raoul wissen.

Anfangs zögerten sie, aber nach ein paar Zügen erklärten sie, Fryer habe sie dazu gezwungen. Kichernd fügten sie hinzu, daß es Raoul auch nicht besser ergehen würde, wenn Tante Juda ihn erwischte. Raoul lachte, meinte, das sei schon in Ordnung und erzählte ihnen von seinem Mustang, vom Dealen und dem Diebstahl der Ersparnisse seiner Tante. Sie konnte ja versuchen, es aus ihm rauszuprügeln, aber er würde ihr nicht verraten, wo er das versteckt hatte, was noch nicht ausgegeben war. Die beiden Jüngeren beäugten ihn ehrfürchtig, und je bekiffter sie wurden, desto lauter prahlten sie mit dem Weißen, den sie aufgeschlitzt hatten. Raoul hörte ihnen zu und glaubte es nicht so recht, aber es war ihm ziemlich gleich. Sie drehten sich noch ein paar Joints und fingen an herumzualbern, als Raoul sich beim Pinkeln abstützen mußte, damit er noch gerade stehen konnte.

»He! Wie geht's Ruby?«

»O Mann, die hängt nur noch mit Mama und Juda zusammen und hat für uns keine Zeit mehr.«

»Fängt sie jetzt auch mit dieser Voodoo-Scheiße an?«

Seine beiden Brüder waren schon damit beschäftigt, Flaschen gegen die Wand zu werfen und achteten kaum mehr auf ihn. Fryer Jones spähte aus seinem schmutzigen Fenster, zog die zerrissene Gardine zur Seite. Er konnte seine drei Neffen, die vielleicht auch seine Söhne waren, genau sehen, aber was er sah, gefiel ihm überhaupt nicht. Sie johlten und grölten und warfen mit Flaschen. Er zog sich seine schmutzige Jeans an und ging nach unten. Er hatte einen gewaltigen Kater. Es war ein guter Abend gewesen, zu gut, und ihm dröhnte immer noch der Kopf.

»He, Zak, gieß mir einen ein, ja?« rief er, und Zak wartete schon auf ihn.

»Raoul ist wieder da«, sagte er.

Fryer trank sein Glas in einem Zug leer und schmatzte mit den geschwollenen Lippen. »Ja, ich hab ihn schon gesehen, und ich hab wirklich genug von der verfluchten Verwandtschaft. Gib mir noch einen, ich muß erst mal wach werden, bevor ich diesen kleinen Dreckskerlen den Gürtel überziehe.«

Lorraine wusch sich das Haar. Sie hatte ein paar Stunden geschlafen und fühlte sich erheblich besser. Sie hatte keinen Tropfen Alkohol mehr getrunken, seit sie Caleys Hotel verlassen hatte, aber sie war nicht sonderlich stolz auf sich; sie hoffte nur, daß es ihr gelingen würde, trocken zu bleiben. Das Zimmer war mit Rosies und Rooneys Gepäck vollgestopft, aber sie hatte keine Ahnung, wo die beiden geblieben waren. Eine Sekunde später klopfte Rosie an die Tür.

»Wir sind's, Lorraine«, rief sie.

»Es ist offen«, erwiderte Lorraine, die immer noch ihr Haar trockenrieb.

Die beiden kamen herein, und Rooney setzte sich schwerfällig aufs Bett – anders als Lorraine hatte er den versäumten Schlaf noch nicht nachgeholt, und jetzt gähnte er laut und ließ sich in die Kissen sinken.

»Ich hab den Scheck zur Bank gebracht. Der Kassierer sagte, es würde ein paar Tage dauern. Wo wart ihr denn?« Lorraine kämmte sich und fing an, sich das Haar zu fönen.

»Bei Harper«, antwortete Rosie.

»Er hat fünf Leute zusammengetrommelt, mit ihm sind es sechs, und wir beide. Er will nicht, daß du mitkommst, Lorraine.«

»Ich will aber dabeisein. Hat er einen Durchsuchungsbefehl?«

Rooney schüttelte den Kopf. »Davon hat er nichts gesagt, aber ich bezweifle es. Es sind alles Ex-Cops. Zweitausend für jeden.«

»Wie bitte?« fragte Rosie.

»Zwölftausend Dollar. Das ist es wert«, erklärte Rooney.

Lorraine schaltete den Fön aus. »Und Nick Bartello ist tot. Wenn er noch leben würde, Bill, würde er erheblich mehr von der Million beanspruchen, also hör auf zu meckern. Und du auch, Rosie.«

»Ich habe kein Wort gesagt.«

»Gut, aber du hast daran gedacht«, sagte Lorraine und betrachtete sich im Spiegel. Ihr Haar war immer noch feucht, also schaltete sie den Fön wieder ein. Im Spiegel beobachtete sie Rosie und Rooney: Sie sahen erschöpft aus, Rosie gähnte, und Rooney fielen fast die Augen zu.

Niemand sagte etwas, und Rooney döste schließlich ein und begann zu schnarchen. Lorraine schaltete den Fön aus und ging ins Bad, um sich umzuziehen. Als sie herauskam, schlief Rosie ebenfalls. Lorraine lächelte: Manchmal waren die beiden wie Kinder, und sie fühlte sich unbehaglich bei dem Gedanken, sie in die Szene in Fryers Bar einzubeziehen. Sie wollte nicht, daß ihnen etwas passierte, nicht jetzt, nachdem sie zueinandergefunden hatten.

Sie starrte sie an, dann setzte sie sich hin und schrieb etwas auf einen Zettel. Sie ließ den Zettel auf Rooneys breiter Brust liegen, packte ihre Sachen und trug sie nach draußen, dann schloß sie die Tür leise hinter sich. Auf dem Zettel stand: »Ich bleibe nicht über Mardi Gras. Wir sehen uns in *meiner* neuen Wohnung. Viel Glück, L.«

Lorraine ließ das Gepäck beim Empfang und ging hinaus, um François zu bezahlen. Er fragte, ob er sie noch zum Flughafen bringen sollte und war erstaunt, daß sie nicht zum Karneval blieb.

»Nein, danke, François. Passen Sie auf sich auf.«

Sie ging davon, und er zählte sein Geld. Sie hatte ihm einen Bonus gegeben, fünfzig Dollar mehr. Er grinste.

Lorraine ging ins French Quarter. Es war ein schwüler Abend, und die Straßen waren voller denn je. Überall waren Dekorationen in Lila, Grün und Gold zu sehen, aber Lorraine war nicht in Feierlaune.

Die sechs Männer warteten in zwei Streifenwagen in einer Nebenstraße. Sie rauchten, trugen alle dunkle Sonnenbrillen und hatten sämtliche Autofenster offen. Lorraine stieg neben Harper ein und lächelte, als er sie den anderen Männern vorstellte, die sich auf dem Rücksitz zusammengequetscht hatten.

»Vorkasse, Mrs. Page.«

Sie holte einen Umschlag aus der Handtasche. »Zwölftausend, ja? Die Hälfte jetzt, die Hälfte nachher.«

Harper drehte sich zu seinen Freunden um, und sie zuckten die Schultern. Er stieg aus und ging zu dem Auto hinter ihnen, beugte sich hinein, sprach kurz mit den Männern.

»In Ordnung, aber versuchen Sie lieber nicht, uns zu bescheißen.«

Lorraine lächelte. »Glauben Sie, das würde ich wirklich tun? Ich weiß doch, was Sie riskieren.«

Das genügte. Er nickte, daß seine Kinne wackelten.

»Also, wie gehen wir vor?« fragte sie.

Rooney grunzte und zuckte zusammen. Er hob den Kopf. »Scheiße, wie spät ist es?«

Rosie murmelte etwas, als er sich erhob. Der Zettel flatterte zu Boden, und er bückte sich danach.

»Rosie, wach auf, Mädchen. Rosie!«

Sie blinzelte und schluckte, dann fuhr sie mit einem Ruck auf.

»Sie ist weg.« Er hielt ihr den Zettel hin.

»Was sollen wir machen?«

Rooney zögerte, dann ging er ins Bad. »Frag mal nach, ob wir heute noch einen Flug zurück bekommen können. Wenn nicht, dann bleiben wir.«

»Wir lassen sie im Stich?«

»Frag einfach nach dem Flug, Schatz.«

Rooney wusch sich das Gesicht und trocknete sich mit einem der Handtücher ab, die Lorraine benutzt hatte. Es roch nach Shampoo, und Rooney starrte sich über das Tuch hinweg im Spiegel an. Er kam sich alt vor und fragte sich, was das sollte, sich in seinem Alter noch zu verloben. Hatte er sie wirklich gebeten, zu ihm zu ziehen? Er setzte sich auf den Badewannenrand und wünschte sich, er hätte die Schuhe ausgezogen, bevor er eingeschlafen war; seine Füße waren geschwollen.

Rosie rief ihm zu, daß sie in anderthalb Stunden fliegen könnten.

»Einen Moment«, rief er zurück. Er wußte nicht, was er tun sollte. Er hatte keine Ahnung, was Lorraine mit Harper abgesprochen hatte, wann sie etwas unternehmen wollten und vor allem *was*. Was erwartete sie davon? Er seufzte.

Rosie kämmte sich gerade, als er herauskam.

»Ich hab ihnen deine Kreditkartennummer angegeben, ist das in Ordnung?« Sie sah, wie er unschlüssig im Zimmer herumlief. »Bill? Willst du nun zurückfliegen oder nicht?«

»Ich überlege, Rosie.«

Auch sie hatte darüber nachgedacht und stellte sich schließlich dieselbe Frage, die er sich selbst gestellt hatte: »Was erwartet sie eigentlich von dieser Aktion?«

»Keine Ahnung, Rosie. Vielleicht denkt sie, daß irgend jemand Angst bekommt und etwas über Nick sagt. Ich finde, es ist rausgeschmissenes Geld, aber das ist nur meine Ansicht.«

»Meine auch. Ich hab Nick wirklich gern gehabt, aber es ist nicht sehr aussichtsreich, oder? Wir wissen nicht mal, ob er an dem Abend, als er umgebracht wurde, tatsächlich in Fryers Bar war. Selbst wenn Nicks Mörder dumm genug war, das Gris-Gris zu behalten, wie kann sie denn glauben, daß er damit in der Bar rumsteht?«

»Keine Ahnung, Rosie.« Er hatte sie nicht anfauchen wollen, es kam einfach so heraus.

»Hör mal, wenn du nicht fliegen willst, dann bleiben wir eben hier.«

Er setzte sich und erklärte, er brauche jetzt etwas zu trinken. Rosie warf ihm die Bürste hin.

»Wir können uns nicht mehr lange aufhalten, Bill, der Flug geht in anderthalb Stunden.«

»Das weiß ich, Rosie.«

»Ich wiederhole es trotzdem noch mal.«

Rooney wartete in der Halle, während Rosie die Rechnung bezahlte, und er starrte Lorraines Gepäck an, das hinter dem Tisch des Empfangschefs stand.

»Bill, wenn du hierbleiben willst, solltest du es jetzt sagen; es warten schon Leute auf unser Zimmer. Wenn wir jetzt ausziehen und hierbleiben, haben wir keine Bleibe für heute nacht. Es ist Mardi Gras, Bill, die Hotels sind alle überfüllt.«

Plötzlich faßte er einen Entschluß. »Bleib du hier beim Gepäck, ich gehe rüber zu Fryers Bar.«

»Und was ist mit dem Flug?«

»Verdammt, den verpassen wir eben. Wenn es sein muß, mieten wir uns ein Privatflugzeug. Warte einfach hier!«

Er stürzte hinaus. Rosie war den Tränen nahe – so hatte er sie noch nie angeschrien. Aber dann verstand sie ihn: Er machte sich Sorgen um Lorraine. Obwohl er sich immer über sie beschwerte, hatte er sie gern, und Rosie stellte wieder einmal fest, daß es ihr ebenso ging.

»Entschuldigen Sie, reist Mrs. Page auch ab oder nicht?«

Rosie starrte den Empfangschef an, der immer nervöser wurde. Es war immer dasselbe an Mardi Gras.

»Ja, Mrs. Page zieht ebenfalls aus, aber wir müssen das Gepäck hierlassen, geht das?«

Der Empfangschef seufzte; er steckte schon knietief in Gepäck. »Gut, aber das Hotel kann keine Verantwortung dafür übernehmen.«

»Na gut, dann nehme ich die blöden Dinger eben mit raus.«

Rooney versuchte vergeblich, ein Taxi zu finden. Die Stadt war überfüllt, Leute drängten sich auf den Bürgersteigen. Jongleure und Clowns waren aufgetaucht und verteilten Flugblätter, die alle möglichen Ereignisse ankündigten. Überall wurden Feuerwerkskörper gezündet, krachten und sprühten Funken und beleuchteten den dunklen Himmel. Eine Dixielandband spielte, oder übten sie nur? Es war, als wäre er in einem Riesenrad auf einem Rummelplatz und könnte nicht aussteigen. Er schob und drängte sich weiter, hielt nach einem leeren Taxi Ausschau, und langsam geriet er in Panik. Er wußte gar nicht, worüber er sich so aufregte – über sein eigenes Leben oder über Lorraine. Vielleicht war es auch nur die Erinnerung an Nick Bartello, aber er hatte das schreckliche Gefühl, daß etwas bevorstand. Lorraine war irgendwo mit diesen Typen, die vermutlich nichts Gutes im Sinn hatten. Sie war allein, und er hätte sie nicht ohne Rückendeckung gehen lassen sollen. Er war ihr Partner, und er würde es sich nie verzeihen können, wenn ihr etwas geschah, denn trotz all ihrer Fehler, trotz ihrer Sturheit hatte er sie gern, und zwar mehr, als er je zugegeben hätte. Und eines wußte er: Sie war eine verdammt gute Polizistin, ob sie jetzt noch bei der Truppe war oder nicht. Lorraine war eine Klasse für sich.

»Taxi!« schrie er.

Rosie saß vor dem Hotel, und sie war nicht die einzige, die in einem Meer von Gepäck hockte. Es gab Leute mit Rucksäcken, es gab Familien, einige aßen Eis, andere stritten sich mit ihren übermüdeten Kindern, und der Krach der Feuerwerkskörper verursachte Rosie Kopfschmerzen.

François hupte und winkte ihr zu. Rosie sprang auf und winkte hektisch zurück. Er grinste, dann merkte er, daß sie ihn zu sich winkte.

»Können Sie die Taschen und Koffer einladen?«

»Klar. Wollen Sie zum Flughafen?«

»Ja, aber jetzt noch nicht, erst will ich zur Bar von Fryer Jones im neunten Bezirk. Lorraine ist dort.«

Er sprang aus dem Wagen, riß den Kofferraum auf und begann, das Gepäck einzuladen.

Rooney schwitzte. Er hätte beinahe eine Schlägerei mit einem Transvestiten angefangen, der dasselbe Taxi gewollt hatte, aber da Rooney einen Kopf kleiner gewesen war, hatte er lieber gekniffen. Jetzt hörte er plötzlich, daß jemand nach ihm rief, und er sah sich verwirrt um. Er erkannte Rosies Stimme und drängte sich durch eine Menschentraube, bevor er entdeckte, daß Rosie ihm aus François' Auto zuwinkte.

»Was ist los? Hast du von Lorraine gehört?«

»Nein. Steig ein und sei still«, sagte sie.

Rooney setzte sich neben sie, und François fuhr weiter.

»Fahren wir zum Flughafen?«

»Nein«, fauchte sie. »Wir fahren zu Fryer Jones.«

Er griff nach ihrer Hand. »Sie ist meine Partnerin, Rosie.«

»Meine auch, falls du das vergessen hattest.«

Mit Donnergetöse explodierten weitere Feuerwerkskörper. »Der Karneval beginnt!« rief François vergnügt. »Mann, jetzt geht es wirklich los, das kann man überall spüren. Das ist vielleicht eine verrückte Stadt!«

Ruby stellte dampfende Schalen mit Krebseintopf auf die Zeitung, die als Tischtuch diente. Juda, Edith und Sugar May langten zu. Sie hatten kühles Bier und Brot, und sie aßen hungrig, denn sie hatten den ganzen Tag an Rubys Wagen gearbeitet. Blüten waren körbeweise geliefert worden, und sie hatten sie alle rund um den Thron befestigt, um ein Meer von Farben zu schaffen, über das die Königin hinwegschreiten konnte.

Ruby war barfuß und trug nur einen Unterrock. Sie hatte das Haar hochgesteckt, weil sie schwitzte. Sie waren alle müde, aber sie würden auch am nächsten Morgen wieder früh aufstehen. Es brauchte viel Zeit und Mühe, diese Wagen zu dekorieren, und all die Arbeit hatte ihre Aufregung gesteigert, bis sie wie berauscht waren.

Juda tunkte ihr Brot ein und saugte daran. Es war schön, wieder zu Hause zu sein, frei zu sein. Sie hatte beschlossen, nicht wieder nach L. A. zurückzukehren, selbst wenn Elizabeth Caley ihr ein Vermögen bieten würde. Sie brach ein neues Stück Brot ab und wollte es gerade in die Schale tauchen, als sie den Zeitungsartikel entdeckte.

»Leiche der vermißten Filmstar-Tochter gefunden!«

»Schieb mal deinen Teller weg, Sugar May.«

Juda zog die Zeitung herum, um besser lesen zu können. »Sie haben Anna Louise Caley gefunden.« Sie zog die Zeitung vom Tisch und wischte die Krümel ab. »O Gott, sie war … o Gott.«

Edith sah ihre Schwester besorgt an. »Was ist denn, Juda?«

Juda rollte die Zeitung zusammen, starrte Ruby an.

»Sie haben die arme Anna Louise Caley in einem Garten gefunden, unter verdächtigen Umständen, heißt es hier.«

Ruby aß weiter und saugte lautstark an ihrem Brot.

»Wo denn, Juda?«

Juda ließ den Blick nicht von Ruby weichen. »In Miss Tilda Browns Garten. Du weißt, wer das ist, nicht wahr, Ruby?«

Ruby blickte auf, ihre Augen glänzten, und ihre Stimme klang beinahe wie ein Schnurren. »Ich weiß, wer sie ist, Tante Juda. Sie hat sich aufgehängt, am Gürtel ihres Bademantels.«

Sugar May kicherte und bekam einen Klaps mit der zusammengerollten Zeitung. Edith starrte Juda verwirrt an, als diese langsam den Stuhl zurückschob und aufstand. Sie trug weder ihre Perücke noch die falschen Wimpern, nur ein einfaches Kleid, und ihr kurzgeschnittenes graues Haar sah am Hinterkopf ganz schütter aus.

Ruby versuchte, sich lässig zu geben, tunkte immer noch das Brot in die Schale, aber sie blickte nicht auf, wich ihrer Tante aus. Sie hatte Angst vor ihr, und jetzt, wo Juda drohend neben ihr stand, wurde das noch schlimmer.

»Ruby, erinnerst du dich an das, was ich dir gesagt habe: Spiel mit dem Teufel, und er holt sich deine Seele?«

»Wird er nicht. Und außerdem wird sich Fryer darum kümmern, wie er sich auch um meine Brüder kümmert. Niemand wird je etwas erfahren.«

Edith war immer noch durcheinander, schaute von ihrer Schwester zu ihrer Tochter und wieder zurück. »Wovon redet ihr eigentlich?«

Juda ging zur Tür. »Sie weiß es, Edith, Ruby weiß es, und Fryer hat sich immer nur um sich selbst gekümmert. So ist er eben. Er hat sich dem Teufel schon vor sehr, sehr langer Zeit verkauft.«

Edith war jetzt ernstlich beunruhigt, schob ihren Teller weg und folgte Juda nach draußen.

»Was hast du denn getan?« fragte Sugar May leise.

Ruby hatte gerade einen Schluck Wasser im Mund, und jetzt wandte sie sich Sugar May zu und spuckte das Wasser sprühend wieder aus.

»Ich habe nur meine Kraft genutzt, Sugar May.«

Sugar May huschte hinter ihrer Mutter her, und Ruby blieb allein am Tisch. Sie empfand keine Reue über das, was sie getan oder was sie in Bewegung gesetzt hatte. Schließlich hatte sie ihnen nur gegeben, was sie wollten.

Elizabeth Caley saß neben Lloyd Dulay, so gefaßt und schön wie eh und je. Sie trug Schwarz, aus Achtung für ihre Tochter, und alle hatten leise ihr Beileid bekundet. Die Dulays waren alter Geldadel, und ganz New Orleans hatte die Einladung aus Neugier angenommen und wollte Anna Louises trauernde Mutter mit eigenen Augen sehen. Elizabeth enttäuschte sie nicht. Sie war gefaßt und distanziert, wie erstarrt vor Trauer und Schock. Sie spielte in einem neuen Film, und sie tat es mit äußerster Perfektion. Sie wußte, daß Robert viel Geld von ihr verlangen würde, aber das war ihr gleich. Sie hatte mehr Geld, als sie brauchte. Geld war ihr nie wichtig gewesen, sie war damit aufgewachsen, hatte immer welches gehabt und konnte es sich anders nicht vorstellen. Sie würde zu jedem Mardi-Gras-Ball in der ganzen Stadt eingeladen werden, wie schon seit ihrer Kindheit. Sie war berühmt, jetzt sogar noch mehr, wegen des tragischen Todes ihrer Tochter. Sie saß neben Lloyd Dulay, dem Mann, den sie immer schon geliebt hatte. Sie war sein Ehrengast, aber heute abend konnte sie das nicht so recht genießen – es war ihr gleichgültig. Sie hatte beschlossen, daß es keine Geheimnisse mehr geben würde, und sie wartete nur auf den richtigen Augenblick. Der kam, als Lloyd sich erhob und alle im Saal bat, auf Elizabeth Seal zu trinken.

Höfliches Murmeln ertönte, niemand erwartete, daß sie etwas sagte, aber sie erhob sich wie eine Königin. Sie hielt das Glas in der rechten Hand und hob es ein wenig.

»Vor langer Zeit erhielt ich eine Hauptrolle in einem Film namens *Sumpf*. Ich war damals sechzehn und ganz aufgeregt über die Aussicht, ein Star zu werden. Es hat mich nicht interessiert, daß ich die große Voodoo-Königin Marie Laveau spielen sollte. Die Kultur, die Marie Laveau ihrem Volk gebracht hatte, bedeutete mir nichts, es war nur ein Film, und ich würde ein Star sein.«

Elizabeth gab die Vorstellung ihres Lebens, aber diesmal gab es kein Drehbuch, alles entstammte aus Jahren der Qual, angefangen mit dem Alptraum während der Dreharbeiten, als man sie vergewaltigt und gefoltert und ihr mit ihrem eigenen Blut Flüche auf die Haut geschrieben hatte. Sie erzählte ihnen von der Puppe, die sie in ihrem Wohnwagen gefunden hatte, einer Puppe mit ihrem Gesicht, die sie und all ihre Kinder zur Hölle der lebenden Toten verdammte, die bewirken sollte, daß Elizabeth Seal ihr Leben lang den Druck des Sargdeckels der großen

Königin auf ihrem Herzen spürte. Die Versammelten bekamen Angst bei diesen gequälten, gepeinigten Geständnissen, und sie knieten vor ihr nieder, als sie schließlich zugab: »Ich bin schwarz, und ich habe mich hinter einer weißen Haut verborgen. Ich bin bestraft und verflucht worden, weil ich die große Voodoo-Göttin Marie Laveau verhöhnte. Und mein Kind war ebenso dazu verflucht, in diesem Schatten zu leben.«

Elizabeth wußte genau, was sie tun und sagen mußte, und die Wirkung ihrer Worte gab ihr mehr Kraft, als sie in ihrem ganzen elenden Leben empfunden hatte. Sie würde sich befreien, sie würde frei sein. Keine Alpträume mehr, es war vorüber.

Sie hielt immer noch das Foto ihrer Tochter Anna Louise im Arm, als die Drogen sie so verwirrten, daß sie wirklich glaubte, in diesem Saal neben Lloyd Dulay zu stehen. Tatsächlich wartete er ungeduldig ein Stockwerk tiefer, als Missy aus dem Schlafzimmer gerannt kam, wo sie Mrs. Caley nicht mehr hatte wecken können. Entsetzt verkündete sie, etwas müsse geschehen sein.

Lloyd Dulay tastete nach Elizabeths Puls und fühlte ihn nur noch sehr schwach. Elizabeth öffnete die Augen noch einmal und lächelte ihn an, sagte, jetzt sei alles gut, es sei vorüber. Ihr schwarzes Kleid lag schon zum Ausgehen bereit, mit passenden Schuhen und bestickter Abendtasche. Als der Doktor eintraf, war sie tot. Sie sah friedlich und ruhig aus, hatte ein unschuldiges Lächeln auf den Lippen. Dulay setzte sich auf einen Stuhl neben dem Bett.

»Elizabeth, meine kleine Königin.«

Fryer Jones saß mit Raoul am hinteren Ende der Theke und versuchte, ihn auszunüchtern, daß er nach Hause gehen und sich seiner Tante Juda stellen konnte. Raouls Brüder lagen vollkommen stoned zwischen den Bierkästen, die sie hätten stapeln sollen. In der Bar waren nur ein paar Stammgäste; richtig voll wurde es hier erst nach Mitternacht. Sugar May hatte sich hereingeschlichen, hielt sich im Hintergrund und sprach mit einer der Nutten, als es geschah.

Fryer starrte verblüfft die Männer an, die vom Hinterhof und durch die Vordertür hereingestürzt kamen. Selbst Zak schnappte nach Luft. Hier hatte es seit Jahren keine Razzia mehr gegeben, sie hatten viel dafür bezahlt, verschont zu bleiben, und nun wußte niemand, was das sollte. Gläser zerbrachen, Spiegel wurden zerschmettert, und die Männer schrien alle Anwesenden an, sich an die Wand zu stellen. Die Kunden hoben entsetzt die Hände hoch, als sie gegen die Wand gestoßen wurden; andere versuchten, sich unter den Tischen zu verstecken.

Fryer schrie wütend: »Was habt ihr Arschlöcher vor?«

Schlagstöcke trafen Köpfe, Stiefel, Leisten. Je lauter die Cops schrien, je fester sie zuschlugen, desto lauter kreischte auch Fryer. Die Cops verprügelten die Kunden und fragten sie zwischen Schlägen nach ihren Namen. Einer von ihnen hatte die Corbello-Jungen auf den Boden geworfen, und dort lagen sie zusammengerollt und schrien, sie hätten nichts getan.

Raoul wurde vom Barhocker gerissen, aber keiner der Cops rührte Fryer selbst an.

»Ich hoffe, ihr habt einen verdammt guten Grund für das, was ihr hier tut, ihr Scheißkerle«, brüllte Fryer.

Lorraine betrat die Bar. Es war die Hölle, überall Geschrei und Gebrüll, Schläge, Tritte, Leute, die sich am Boden krümmten.

Lorraine rief: »Das hier ist für Nick Bartello. *Nick Bartello!*«

Fryer starrte sie an.

»Man hat ihm einen Block von hier entfernt die Kehle durchgeschnitten.«

Fryer schüttelte den Kopf und zeigte auf sie. »Sie sind vollkommen verrückt!«

Währenddessen warfen die Cops die Drogen aus der Schublade unter der Kasse auf die Theke. Zwei Männer gingen die schmale Treppe zu Fryers Zimmer hinauf.

Rooney kam herein, als Fryer Lorraine anspuckte. »Dafür wirst du bezahlen, du dreckige Hure! Hier kommt niemand rein und übernimmt meine Bar! Niemand!«

»Würden Sie darauf wetten, Mr. Jones? Sparen Sie sich die Mühe, es ist schon passiert.«

Rooney kam näher heran und sagte zu einem der Cops, der einen Kunden trat, der zwischen Tischen gefangen war: »Ich gehöre zu ihr. Ich bin mit Mrs. Page hier.«

Lorraine drehte sich kurz um, und als sie Rooney entdeckte, grinste sie ihm kurz zu, bevor sie sich wieder Fryer zuwandte.

»Wir werden alle wieder gehen, Fryer, wenn Sie uns die Namen der Leute nennen, die Nick Bartello die Kehle durchgeschnitten haben. Mehr wollen wir nicht, mehr will ich nicht, keine Anklage, nichts. Aber ich will wissen, wer meinen Freund umgebracht hat.«

Einer der Cops, der nach oben gegangen war, stand in der Tür hinter der Theke. »Mrs. Page?«

Lorraine wandte sich ihm zu, und der Cop winkte sie näher heran und warf Nick Bartellos Brieftasche auf die Theke. Fryer sah sie und begann, leise vor sich hin zu fluchen. Er hatte es versaut. Er hatte die Brieftasche verbrennen wollen. Aber dann lächelte er. »Das wird dich teuer zu stehen kommen, Arschloch.«

Lorraine trat näher zu ihm und zog an seinem Hemd. Er trug ein Gris-Gris, genau wie das, das Nick getragen hatte.

»Gehört das Ihnen, Mr. Jones?«

Fryer sah sie an und lachte. »Klar, Kleine, wir machen sie fürs Museum. Wie viele wollen Sie? Ihr Dreckskerle habt nicht mal einen Durchsuchungsbefehl, wie?«

Dann kam der zweite Cop die Treppe herunter. Er hatte Nick Bartellos Führerschein in einen Plastikbeutel gepackt und warf ihn ebenfalls auf die Theke.

Harper sah sich die Brieftasche und den Führerschein an, dann wandte er sich an Lorraine. »Gehörten die Ihrem Freund?«

Lorraine griff nach der leeren Brieftasche, sah sich den Führerschein an und sagte dann: »Ja, die gehörten Nick Bartello.«

Harper hob die Hand. »Also gut, immer mit der Ruhe! Ich will jetzt Ruhe hier!«

Er holte die Handschellen heraus und ging zu Fryer. »Diesmal haben Sie's übertrieben, Fryer, diesmal werden Sie sich nicht rausreden können.«

»Ich hab das Zeug nie in meinem Leben gesehen«, sagte Fryer ruhig.

Harper legte ihm grob die Handschellen an.

»Das da lag unter Ihrem Kopfkissen, Fryer, und wahrscheinlich sind auch Ihre Fingerabdrücke drauf. Also gehen wir jetzt ganz ruhig hier raus, ja?«

Fryer Jones senkte den Kopf. Er konnte Raoul sehen, der zitternd in der Ecke stand, seine Brüder unter einem Tisch, und Sugar May, die weinend bei den Nutten stand. Er stand auf und ließ sich an Lorraine vorbeizerren. Er starrte sie an.

»Sie haben den Teufel im Leib, Lady.«

Im Streifenwagen lehnte sich Fryer Jones zurück und schloß die Augen. Er bat, man möge ihn die Posaune mitnehmen lassen. Harper drehte sich um und starrte ihn verblüfft an. Er hatte wirklich nicht damit gerechnet, daß Fryer etwas mit dem Tod Nick Bartellos zu tun gehabt hatte. Er beugte sich aus dem Fenster und rief seinem Kumpel zu: »Bring dem alten Knacker seine blöde Posaune mit.«

Fryer Jones spielte in der Zelle Posaune, bis die anderen Häftlinge ihn baten aufzuhören, weil sie nicht schlafen konnten. Dann saß er schweigend da und starrte zu dem kleinen Fenster der Zelle hinauf. Er würde Willy und Jesse nicht verraten, und auch Ruby nicht. Es war wohl an der Zeit, daß er die Verantwortung übernahm und seine Schulden zahlte, also gestand er, Nick Bartello ermordet zu haben. Er bat nicht um einen Anwalt, er rief nur Juda Salina an. Sie kam, wie er gehofft hatte, aufgedonnert mit Turban und falschen Wimpern.

»Elizabeth Caley ist tot.«

»Mhm-hm.«

»Anna Louise Caleys Leiche ist gefunden worden.«

»Mhm-hm.«

Sie seufzte, wich seinem Blick aus. »Ruby wird bald gekrönt werden, und sie zeigt keine Reue. Ich mache mir Sorgen um dieses Mädchen – sie sollte auf sich aufpassen.«

»Mhm-hm.«

»Raoul ist wieder da und hat nur noch die Hälfte meiner Ersparnisse.«

»Und ich werde für einen Mord sitzen, den ich nicht begangen habe.« Er umklammerte die Gitterstäbe mit verkrümmten Händen. »Das tue ich für dich, Juda. Übernimm du meine Bar und paß auf die jungen Leute auf.«

Sanft streichelte sie ihm über den Kopf. »Warum tust du das, Fryer?«

Er grinste sie an, zeigte die Goldzähne. »Weil du einmal jung und schön warst wie Ruby. Nichts bleibt jung und schön, Juda, nur die Erinnerung. Und jetzt geh.«

Juda hätte weinen mögen, aber sie drehte sich um und ging. Noch lange konnte sie den Klang der Posaune hören, auch noch, als sie bei Edith in ihrem kleinen Zimmer saß. Das Leben spielte einem solche Streiche, ließ einen Dinge hören, die nicht da waren, und Dinge sehen, die erst geschehen würden. Das Leben war voller Seltsamkeiten, besonders in New Orleans, und ganz besonders kurz vor Mardi Gras.

Rosie hatte alle Taschen und Koffer vollgepackt, dazu zwei große Kisten. Ihre Wohnung sah plötzlich sehr leer aus.

»Jetzt habe ich alles«, sagte sie traurig. Sie sah sich noch einmal um. »Wenn du hier bleibst, Lorraine, solltest du lieber eine Küche einbauen lassen.«

Lorraine lächelte. »Das habe ich vor, Rosie. Ich werde alles renovieren lassen. Es wäre Geldverschwendung umzuziehen, und die Wohnung genügt mir.«

Rosie biß sich auf die Lippen. »Du kannst mich immer anrufen, wenn du jemand im Büro brauchst, stundenweise. Ich arbeite gerne für dich.«

»Ja, das hast du mir schon viermal, nein, fünfmal, gesagt. Die Schecks – habt ihr beiden eure Schecks?«

»Ganz bestimmt«, sagte Rosie und tätschelte ihre Handtasche.

Lorraine lächelte. »Ich hätte nie geglaubt, daß ich einmal Schecks über solche Beträge ausstellen würde, und von meinem eigenen Konto! Wir sind reich, Rosie, wir haben jeder mehr als eine Viertelmillion. Bist du jetzt glücklich?«

Rosie nickte. »Na ja, ich glaube, wir schaffen es schon. Ich werde es jedenfalls versuchen, und vergiß du nicht, zu den Meetings zu gehen. Gib nicht auf, ich möchte nicht, daß du diese Chance aufgibst.«

»Rosie, ich weiß, daß ich beinahe wieder alles versaut hätte, aber ich verspreche dir, ich hab das Zeug wirklich aufgegeben, und wenn dir das hilft, dann gebe ich dir mein Wort, daß ich zu den Meetings gehe. Ich werde mich von Jake betreuen lassen, wie wäre das?«

Rosie gab ihr einen Kuß und umarmte sie fest. »Du wirst mir schrecklich fehlen.«

Bevor Rosie noch mehr Tränen vergießen konnte, traf Rooney ein und hupte. Rosie begann, Taschen und Koffer und Kisten nach unten zu schleppen, und Rooney packte mit an.

»Ich weiß nicht, ob das funktionieren wird, Lorraine, aber ich …«

Sie lachte. »Aber du willst es wenigstens versuchen? Und du weißt ja, daß bei Page Investigations für dich immer eine Stelle frei sein wird. Das habe ich Rosie auch schon gesagt. Ich mache das Büro Montag früh wieder auf – die Nummer hast du doch?«

»Ja, danke.«

Schließlich nahmen sie wirklich Abschied; alle waren ein bißchen verlegen. Sie wußten nicht, was sie einander noch sagen sollten, denn trotz all der Auftragsangebote wußte Lorraine doch, daß dies das Ende ihrer Partnerschaft war. Weder Rosie noch Rooney hatten das ausdrücklich gesagt, aber sie wußte es. Sie wußten es alle.

»Wir machen vielleicht verlängerte Flitterwochen«, murmelte er.

»Toll, tut das, aber ich werde doch zur Hochzeit eingeladen, oder?«

»Sei nicht blöd!«

Es gab nichts mehr zu sagen, aber es war ihr letzter gemeinsamer Augenblick, also klammerten sie sich daran. Sie schienen nicht so recht zu wissen, wie sie gehen sollten, also schob Lorraine sie schließlich nach draußen und sagte, wenn sie sich alle in Ruhe niedergelassen hätten, würden sie zusammen feiern, aber bis dahin sollten sie gefälligst verschwinden und sie in Frieden lassen.

Rosie begann zu weinen, also sagte Rooney ihr, sie solle schon vorgehen, dann wandte er sich noch einmal Lorraine zu, die die Tür schon halb geschlossen hatte.

»Du weißt ja, wenn du mich für irgendwas brauchst, werde ich immer für dich da sein… du weißt schon, wenn du wieder Probleme mit dem Alkohol hast. Ruf mich an, ruf uns an, und wir kommen sofort.«

Lorraine umarmte ihn noch einmal. »Es geht mir gut, Bill, aber ich danke dir.«

Er blieb noch einen Augenblick stehen, dann drehte er sich abrupt um und ging. Die Fliegentür fiel krachend hinter ihm zu.

Lorraine sackte auf das Schlafsofa, auf dem sie jetzt nicht mehr würde schlafen müssen. Sie würde Rosies Wohnung ganz für sich haben, und plötzlich hatte sie ein gutes Gefühl. Ihr Zimmer. Ihre Wohnung. Sie würde gleich morgen mit dem Renovieren anfangen, und nun begann sie, über Farben und Stoffe nachzudenken. Dann setzte sie sich plötzlich ruckartig wieder auf. Sie hatte ihn vergessen, in all der Aufregung um die Heimkehr und die Million hatte sie ihn ganz vergessen!

Das Tierheim sollte gerade geschlossen werden, als sie ankam. Sie hatte es versprochen, und sie würde ihr Versprechen auch halten, aber ihr kamen erste Zweifel, als das Mädchen vom Tierheim ihr erzählte, daß er vom ersten Augenblick an nur Probleme gemacht habe. Er hatte sämtliche Helfer angegriffen und jeden anderen Hund, und wurde nun in Einzelhaft gehalten.

Tiger begrüßte sie nicht. Er saß am anderen Ende des Maschendrahtzwingers und starrte sie wütend an.

»He, Junge, ich bin's bloß. Nick kann dich leider nicht mehr abholen.«

Er blieb sitzen und fletschte die Zähne.

»Hör mal, Mann, es liegt an dir, aber ich bin jetzt alles, was du hast. Wenn ich gehe, bleibt dir nur noch die Spritze, verstanden?«

Die blauen Augen blieben eiskalt, und Lorraine beugte sich vor.

»Komm schon, Tiger, sie wollen den Laden hier zumachen, und ich bin müde.«

Tiger stand langsam auf und trabte auf sie zu, mit gesenktem Kopf. Zögernd begann er, mit dem Schwanz zu wedeln.

»Also gut, Mann. Verschwinden wir von hier.«

Danksagung

Von Herzen danke ich Suzanne Baboneau, Arabella Stein, Philippa McEwan, der echten Lorraine Page, die meiner Heldin ihren Namen gab, Susanna Porter und Harold Evans von Random House, Gill Coleridge, Esther Newberg, Peter Benedek, Hazel Orne.

Mein großer Dank gilt Alice Asquith und Vaughan Kinghan, Mitarbeiter der La Plante Productions. Der Pasadena Polizei und dem Sheriff's Office schulde ich Dank für ihre Zeit und ihr Fachwissen.

Ein Dankeschön für ihren Beitrag an Eliot Hoffman, Arthur Q. Davis, Clara Earthly, Geoffrey Smith, Paul Lovell, Priesterin Miriam Chawani, Brandi Kelly, The Voodoo Museum, Yosha Goldstein, Centre for New American Media, Sergeant Barry Fletcher und Lt. Sam Fredella vom New Orleans Police Department, John Gagliano, New Orleans Coroner's Office, Dr. Munroe Samuels, Tyler Bridges, Arthur Hardy, Mardi Gras Guide, Luke Delpip, Zulu Social Aidand Pleasure Club. Warren Green, NOMTOC, Ed Renwick, Institute of Politics, New Orleans, John Maloney, Lakefront Airport, Dr. Ragas, University of New Orleans, Kim Browne, Housing Authority of New Orleans, Kara Kebodeaux, Chamer of Commerce, New Orleans, Wayne Everard, New Orleans Public Library, Jerry Romig, University City Hospital, Rodney und Frances Smith, Soniat House Hotel, Norman und Sandra King, Betty Baggert, Longue Vue House, Wade Henderson, 6 WDSU Television, Courtney Marsiglia, WVUE TV Channel 8, die Anonymen Alkoholiker, L. A. County Coroner's Office und *The Times-Picayune*.

Aber ganz besonders danke ich einer bewundernswerten Dame, die mir ihre Lebensgeschichte geschenkt hat.

ELIZABETH GEORGE

....macht süchtig!

Spannende, niveauvolle Unterhaltung in bester britischer Krimitradition.

43771

43577

42960

9918

GOLDMANN

ROCHELLE MAJER KRICH

Eine Mordserie erschüttert Los Angeles.
Die Opfer sind junge Anwältinnen.
Auch die Strafverteidigerin Debra Laslow gerät in das Visier des Mörders...

»Ihre Bücher sind brillant konstruiert und halten mehr Überraschungen bereit als die verschlungenen Highways von L.A.« *Jonathan Kellerman*

43585

GOLDMANN

Das Gesamtverzeichnis aller lieferbaren Titel erhalten Sie im Buchhandel oder direkt beim Verlag.

Taschenbuch-Bestseller zu Taschenbuchpreisen
– Monat für Monat interessante und fesselnde Titel –

✳

Literatur deutschsprachiger und internationaler Autoren

✳

Unterhaltung, Thriller, Historische Romane
und Anthologien

✳

Aktuelle Sachbücher, Ratgeber, Handbücher
und Nachschlagewerke

✳

Esoterik, Persönliches Wachstum und
Ganzheitliches Heilen

✳

Krimis, Science-Fiction und Fantasy-Literatur

✳

Klassiker mit Anmerkungen, Autoreneditionen
und Werkausgaben

✳

Kalender, Kriminalhörspielkassetten und
Popbiographien

Die ganze Welt des Taschenbuchs

Goldmann Verlag · Neumarkter Str. 18 · 81673 München

Bitte senden Sie mir das neue kostenlose Gesamtverzeichnis

Name: ______________________________

Straße: ______________________________

PLZ / Ort: ______________________________